原武 哲

二三人の作家

――藤村・草平・弥生子・らいてう・勇・和郎・捷平・葦平 など――

鳥影社

一三人の作家

―藤村・草平・弥生子・らいてう・勇・和郎・捷平・葦平など―

目次

第一章　島崎藤村

第二章　森田草平

第三章　野上豊一郎

第四章　野上弥生子

第五章　平塚らいてう

第六章　吉井勇

第一一章　牛島春子

第一二章　嘉陽安男

第一三章　帚木蓬生《ははきぎほうせい》

一三人の作家

——藤村・草平・弥生子・らいてう・勇・和郎・捷平・葦平など——

第一章　島崎藤村

①島崎藤村と野田宇太郎――ふるさとへの思い――

筑後松崎で日用雑貨を手広く商い、料亭も経営していた野田清太郎の独り息子野田宇太郎は、恵まれた家庭で両親の慈愛の下、豊かに育てられた。一九一七（大正六）年五月三日、宇太郎七歳の時、生母タキは肺結核のため感染の恐れから、我が子との面会を切望しながら許されぬまま、他界した。小学校二年生で母を亡くした宇太郎は、寂しげに独りぽつんと通りを眺めながら、詩のようなものを書いていた物憂い少年であった。四年生の時、継母キクヱが来た。父清太郎は生家から少し離れた松崎横町（桜馬場）に、松のある料亭「松廼屋《まつのや》」を建てた。生母の死、父の再婚、転居、という環境の変化は、多感な少年の心に文学への密やかな芽生えをもたらした。

「詩を作るより田を作れ」という風土の中で、短気で正義の念の強かった田舎実業家の父は、一九二二（大正一一）年四月、野田が福岡県立朝倉中学校に合格入学した時は、恥ずかしくなるほど欣喜雀躍して喜んだ。

実母を早く亡くした宇太郎が詩を自分で書いてみようと思いはじめたのは、中学一年生のころというから、かなり早熟であろう。新体詩に初めて接したのは、国語の教科書であった。島崎藤村の詩を読んだ後、教師は感想を絵に描くことを宿題に課した。それは、

海にして響《ひゞ》く艪《ろ》の聲
水を撃《う》つ音《おと》のよきかな
大空《おほぞら》に雲は飄《たゞよ》ひ
潮《しほ》分けて舟は行くなり

を第一連とする『落梅集』（春陽堂、一九〇一年八月）の「舟路」であった。日頃あまり成績に自信のなかった野田は、この詩を水彩画にして提出すると、この絵に限り大変褒められて面目をほどこした。抒情的な藤村の詩が、海のない筑後松崎に育った野田の魂に、甘美な詩の魅惑と創作への慕情を導いたようである。「海にして響く艪の聲」で始まる「舟路」の第一節は終生忘れず、覚えていた（『野田宇太郎全詩集　夜の蜩』編集後記）。

中学二年の時、肋膜炎のため半年休学し、代数と幾何が全く不得手だった野田宇太郎は、学期試験が終わった後、不安が当って父が学校から呼び出しを受けた。父は宇太郎に黙って朝から一〇キロ以上も離れた甘木の中学に出かけ、意外に早く帰って来た。「お前は原級になった。落第と思うな」と、あの雷親爺《かみなりおやじ》がと思うほど、やさしく言い、父の心中の寂しさが、かえって宇太郎の心を悲しませた。この一度の原級体験が、宇太郎には成人後どれほど役立ったかわからないと述懐した。原級を機に勉学と運動に打ち込んだが、親に隠れて読む詩歌や小説は、少年を魅惑する甘美な禁断の媚薬となった。

野田が初めて手に入れた詩集は、島崎藤村の合本『藤村詩集』（春陽堂、一九〇四年九月）であったという。野田は教科書にもある詩集ということを大義名分に、母にせがんで説得し、「白絹を張った高尚な美しい表紙」の「値段も一円二、三〇銭ぐらゐ」する贅沢すぎる本を手に入れた。しきりに文学書を読みたくなり、ゾラの『女優ナナ』やユーゴーの『レ・ミレラブル』など、罪悪感にさいなまれながら、父に隠れてこっそりとむさぼるように読んだ。

一九二七（昭和二）年一月二五日、父清太郎は五六歳で他界し、野田は翌年朝倉中学を卒業し、一年間浪人し、一九二九年早春、初めて上京し、早稲田大学第一高等学院英文科に入学したが、心悸亢進症に倒れ、学業を断念し、帰郷して療養生活に入った。不安で孤独な中でひたすら文学書を読み、詩作に耽った。

一九二九年ころであろうか、『田舎』という同人雑誌を謄写版刷りで創刊した。前年岩波文庫『藤村詩抄』を刊行し、大作「夜明け前」の準備にかかっていた島崎藤村に、野田は若気の至りで、寄稿依頼の手紙を出した。

「文学の道は独立独歩の道だから、他人に頼らずやるやうに」

と、思いもかけず、敬愛する大詩人直筆の返事の葉書が来た。期待していなかっただけに、断り状ながら、天にも昇る思いだった。残念ながら、この葉書は当「野田宇太郎文学資料館」に現存しない。

一九三〇年、野田宇太郎は義母の出奔により破産、天涯孤独の身となり、久留米に出て文房具店（篠山町）を始め、丸山豊らの文学青年が集まって来た。三三年二月、第一詩集『北の部屋』を自費出版。三五年二月、第二詩集『音楽』。同年一二月、第三詩集『菫歌』を刊行したが、詩人の通例のごとく上京、帰郷を繰り返していた。三七年五月、早田トシと結婚、三八年二月、久留米市役所に職を得て、やっと生活が安定した。

一九四〇年五月、小山書店主小山久二郎の誘いで上京、小山書店に入社し、『新風土』を編集した。四一年三月、「綻《ほころ》びの歌」で第一回九州文学詩人賞を受賞した。同年六月、文学者・芸術家が集まるサロン「花の書の会」のメンバーになった。ここで建築家・東京工業大学教授の谷口吉郎と出会ったことが、野田にとって運命的な決定的意味を持つことになった。この会の友情によって、四二年一一月、野田の青春の賦《ふ》第四詩集『旅愁』が出版され、当時としては稀有の売れ行きを示し、詩人としての評価を確立した。四三年、小山書店を退社して、第一書房に入社し、六月から『新文化』を編集した。このころ、「花の書の会」で木下杢太郎に出会い、生涯、人生・文学上の師表として仰ぐことになる。四四年二月、第一書房は廃業し、四月、河出書房に入社、一一月、『文藝』の編集責任者となった。

一九四五(昭和二〇)年、野田が『文藝』二月号の「学芸彙報」で特に期待したのは、菊池重三郎の「木曽の記念事業」だった。菊池は宮崎生まれの英文学者・詩人・随筆家・小説家で、生前の島崎藤村に親炙して、大磯の藤村邸から五百メートルも満たない近くに住まい、家族ぐるみの付き合いをしていた。藤村が亡くなった一九四三(昭和一八)年八月二二日、夫人静子の依頼で葬儀その他の会計係雑事に携わった。一〇月九日、故郷木曽馬籠《まごめ》の永昌寺で行われた藤村遺髪埋葬式に出席した菊池は、藤村文学の源泉である木曽の自然の美に強烈な印象を受け、永く彼を捕えて離さなかった。四五年四月、藤村の亡き骸が帰るなら自分も馬籠の仲間に入れてもらいたいと望み、馬籠の人の勧めで藤村の祖父吉左衛門の隠居所に疎開した。そして、『夜明け前』の舞台になった馬籠から木曽谷の旧宿場を中心に、藤村を記念する自然文化公園を作ろうという、壮大な文化事業の構想を描いた。

菊池からこの構想を聴いた野田は、ぜひ実現したいと、勧めて『文藝』三月号から「馬籠(まごめ)──藤村先生のふるさと──」を連載することになり、六回続いた。そして一二月号を「太田博士追悼号」として『文藝』編集を辞し、河出書房を退社した。四六年一月、東京出版に入社し、木下杢太郎の著書に因んだ『藝林閒歩』を創刊した。菊池の「馬籠──藤村先生のふるさと──」は『文藝』廃刊後も『藝林閒歩』に受け継がれ、全一〇回で完結し、四六年一一月、東京出版から菊池重三郎著『馬籠──藤村先生のふるさと──』として刊行され、菊池の代表作となった。

菊池重三郎の藤村思慕は藤村の住む大磯居住となり、藤村の故郷馬籠疎開となり、さらに『夜明け前』の舞台となった馬籠から木曽谷の旧宿場を中心に藤村記念館を建て、周辺を自然文化公園にしたいという遠大な計画を抱くようになった。この構想を菊池から聞いた野田は、敗色濃厚な東京大空襲の直前、感動して『文藝』の「学芸彙報」に「木曽の記念事業」の題で構想の趣旨を書いてもらった。

戦争一色の当時、時代錯誤とも見えた藤村記念館が実現に動き出したのは、敗戦の翌年、地元木曽の協力と熱意が高揚し、一九四六年一〇月二五日、野田が建築家谷口吉郎と新宿から夜行列車で木曽に向かった時であった。木曽福島に着くと、清冽な木曽川の流れと燃え立つ紅葉が彼らの心を洗い流してくれた。菊池重三郎・藤村の長男楠雄・「ふるさと友の会」の安藤茂一会長らの出迎えを受け、木曽教育会館で野田は詩人としての藤村の業績、福島と『夏草』について講演した。三留野から中仙道を歩き妻籠に入り、馬籠峠を越え、どこにも書かれていない藤村の言葉、

血につながるふるさと
心につながるふるさと
言葉につながるふるさと

を安藤氏から聞いた。かつて私は久留米の石橋文化ホールで、「久留米地方の文学について」と題した野田宇太郎の講演を聴いた。野田にとって久留米はふるさとであるが、ふるさととは何か。藤村が文学者として初めて馬籠に帰って講演した時、演壇に立った藤村は何分間か黙っていたが、やっとゆっくりと「血につながるふるさと……」とつぶやいて、まただまりこんでしまったという。野田はそう言って、筑後、久留米に対する思いは藤村の木曽馬籠への思いと同じだと言った。そして漱石の親友菅虎雄に触れ、菅を研究している私のことに言及された。忘れ難い思い出である。

野田・谷口の木曽旅行によって藤村記念堂建設は谷口の設計、地元の資材提供、労力奉仕、一般募金なしで進められることになった。大工、左官、屋根屋、石屋、鍛冶屋など馬籠の農民の手仕事でなされた。一九四七年一一月一五日、馬籠訪問から一年一ヶ月後、食糧難の中で資材と労力を提供した地元村民の献身によって見事に落成した。落成式では野田は、「遂に、新しき詩歌の時は来りぬ」の『藤村詩集』序と「まだあげ初めし前髪の」の「初恋」詩を朗読した。これを

契機に野田は、文学を地理的に風土の中で捕えて研究する「文学散歩」学を確立し、畢生の大作『野田宇太郎文学散歩』（文一総合出版）二六冊を完成させた。少年の日、島崎藤村によって文学に灯りがともされ、「文学散歩」に至る漂泊の旅が野田宇太郎の生涯であった。

（『蝶を追ふ――野田宇太郎生誕一〇〇年――』野田宇太郎文学資料館ブックレット8、小郡市図書館、二〇一〇年三月三一日）

第二章　森田草平

②森《もり》田《た》草《そう》平《へい》

【作家概要】

明治一四・三・一九～昭和二四・一二・一四（一八八一～一九四九）。岐阜生。本名、米松。別号に白楊・二十五絃。東大在学中、漱石の知遇を得、明治三九年東大英文科卒。与謝野晶子の閨秀文学講座講師となり、聴講生の平塚明子《はるこ》と恋愛、明治四一年三月塩原尾花峠に情死行を企てて、漱石の庇護で事件を小説化、「煤煙」（明治四二）として『朝日新聞』に連載、文壇に登場した。漱石の「朝日文芸欄」の編集を担当。「自叙伝」「扉」「初恋」（明治四四）、「十字街」（明治四五）を執筆、翻訳もした。漱石死後、『漱石全集』編集校正に参加。大正九年法政大学英文学教授就任。「輪廻」（大正一二）、「吉良家の人々」（昭和四）発表。昭和九年法政大学退職。「信長の死」（昭和一〇）、『夏目漱石』（昭和一七）『続夏目漱石』上梓。昭和二三年共産党入党。「細川ガラシャ夫人」（昭和二三）は未完。

年譜　「自叙小伝」（『明治大正文学全集（29）』春陽堂　昭和二・一一）と「年譜」（『現代日本文学全集（42）』改造社　昭和五・六）が自筆。熊坂敦子「森田草平年譜」（『日本現代文学全集（41）』講談社　昭和四二・一二）、内田道雄「年譜」（『明治文学全集（75）』筑摩書房　昭和四三・八）、小野勝美「年譜」（『日本近代文学大系（47）』角川書店　昭和四五・五）、紅野敏郎「森田草平年譜」（『現代日本文学大系（29）』筑摩書房　昭和四六・六）。

全集　定本となる全集は編集されていない。昭和三一年理論社より『森田草平選集』全六巻（一、四、五巻のみ既刊。以後中断）。

【研究史の展望】

仮に三期に分けると、第一期は昭和一一年までとなる。草平論の大部分は「煤煙」論であり、漱石と関連づけられて論ぜられる。漱石は草平宛書簡（明治四二・二・七）日記（明治四二・三・六）「煤煙」序、「それから」（六）で前半は安全であるが、後半性格が出ていない。世紀末の人工パッションのために囚われていると評し、以後の草平評に決定的影響を与えた。小宮豊隆も「ダヌンチオの『死の勝利』と森田草平の「煤煙」」（『ホトトギス』明治四二・七・一）で濃厚な強烈な刺激が眼につくがクライマックスがない、戯曲的にしたため失敗したと評した。生田長江は「人として芸術家としての森田草平氏」（『新小説』大正二・二）でワイルドと結びつけ、人生の上に芸術を模倣し、芸術の上に人生を改造するロマンティケルと断じた。第二期は片岡良一の「森田草平の位置と作風」（『国語と国文学』昭和一二・一）から始まる。彼は草平の作風を漱石系統というよりむしろ森鷗外系統の頽廃派に近いものがあると述べ、人生派的拘泥は混迷を伴っていたという指摘は画期的な見解であった。伊藤孝子「森田草平」（『学苑』昭和三〇・八）は資料的に見落せないし、竹島清治「森田草平書翰」（一）～（七）（『国語国文学報』昭和三六・五～四一・一二）も伝記研究では見逃せない。熊坂敦子の「『煤煙』の発想」（『国文目白』（1）昭和三七・三）は片岡の森鷗外系統頽廃派説を受け、近代的個人主義の確立が明治末期の時代の翳に押しやられ、頽廃味を帯びたと説いた。大久保典夫「森田草平論―その私小説的発想の構造美学」（『文学』昭和四〇・三）は『輪廻』（大正一五・一）が、私小説的発想の構造美学の、もっとも端的に現われた草平最高の文学的達成であると断定した。清水孝純「草平・漱石におけるドストエフスキーの受容」（『大正文学の比較文学的研究』昭和四二・三）は「煤煙」をドストエフスキー的世界の現出であると「死の勝利」の影響を過少に評価し、神の問題が欠落していると論じた。第三期は昭和五一年根岸正純の『森田草平の文学』（桜楓社　昭和五一・一〇）以後である。根岸は「『煤煙』と岐阜方言」より草平研究に取組み、現段階の最も完備した唯一の単行研究書をまとめた。草平の生涯を運命への反逆、運命の肯定、運命からの脱却、の三期に分け、ユニークな個性と、たえず根源に立帰って既成流派へのアンチ・テーゼとを提起しつづけたと論じた。

【研究の現状と指針】

まず定本となる全集の編集が望まれる。「煤煙」一つとっても初出の『朝日新聞』と初版本との間には大きな異同がある。本文批評《テキストクリティク》が急がれるし、詳細な年譜が必要である。根岸『森田草平の文学』（前出）の「著作目録」「参考文献」が充実しているので、後は補遺が欲しい。漱石との師弟関係は最も論ぜられているが、小宮豊隆・内田百間など同門関係ももっと論ぜられていい。「煤煙」論は誰もするが、漱石もほめた「初恋」、好評の「輪廻」、晩年の歴史小説の研究は少ない。翻訳上の業績については未開拓であり、ダヌンチオ・ドストエフスキー・ズーデルマン・ワイルド・イブセンとの比較文学的研究もさらに深めるべきだろう。正義派と異端児の混交した性情、共産党入党などの思想的変遷など森田草平研究はまだ端緒についたばかりと言える。

【参考文献要覧】

その他の単行書所収主要論文

①熊坂敦子「森田草平」（『近代文学研究必携』学燈社　昭和三六・九）②福田清人注釈「初恋」（『明治短篇集〈日本近代文学大系(47)〉』前出）③津田青楓「森田草平」（『春秋九十五年』求龍堂　昭和四九・一）④小坂晋「漱石文学と草平」（『講座夏目漱石(1)』有斐閣　昭和五六・七）⑤助川徳是「夏目漱石・『煤煙』事件」（『漱石と明治文学』桜楓社　昭和五八・五）＊根岸『森田草平の文学』遺漏・以後のもの。

その他の雑誌紀要掲載主要論文

①井上百合子「正・続・夏目漱石」（『解釈と鑑賞』昭和三九・三）②小沢勝美「草平と漱石との出合いについて」（『日本文学』昭和四九・五）③重枝佳理子「『煤煙』への一視点―『草枕』との関わり方について」（『大妻国文』(12)　昭和五六・三）④石崎等「『自叙伝』の改稿―森田草平研究」(一)(二)(三)（『跡見学園短期大学紀要』(17)(18)(20)　昭和五六・三、五七・三、五九・三）⑤重枝佳理子「漱石と草平―『煤煙』と『心』について」（『大妻国文』(13)　昭和五七・三）⑥斎藤英雄「漱石の手紙―鈴木三重吉・森田草平へ」（『別冊国文学夏目漱石必携Ⅱ』昭和五七・五）⑦小坂晋「漱石と草平・明子―平塚明子作『峠』に描かれた『煤煙』事件」（『解釈と鑑賞』昭和五七・一一）⑧根岸正純「『煤煙』論拾遺」（『岐阜大学教養部研究報告』(18)　昭和五八・一）⑨重枝佳理子「『輪廻』の一側面―告白の二重性を中心にして」（『大妻国文』(14)　昭和五八・三）⑩原武哲「夏目漱石とある無名文学婦人と伊藤証信―未公開漱石・草平書簡の紹介」（『方位』(6)　昭和五八・七）⑪酒井英行「『百鬼園随筆』への転回―内田百閒と森田草平」（『日本文学』昭和五九・六）⑫内田道雄「阿部次郎・小宮豊隆・安倍能成・森田草平『影と声』」（『解

釈と鑑賞』昭和五九・一〇）⑬佐々木英昭「森田草平における『近代』病」（『比較文化雑誌（東京工業大学）』（2）昭和五九・一二）⑭杉浦兼次「森田草平の晩年—岡崎への転居を熱望」（『愛知大学国文学』（24）・（25）昭和六〇・三）⑮佐々木英昭「森田草平の新生—『煤煙事件』後の思想と文学」（『愛知県立芸術大学紀要』（14）昭和六〇・三）⑯佐々木英昭「草平とらいてうの『内面道徳』論—『炮烙の刑』論争に見る二つの〈事件後〉」（『愛知県立芸術大学紀要』（15）昭和六一・三）⑰坂本秀樹「森田草平に関する一考察—『煤煙』以後の作品」（『立教大学日本文学』（56）昭和六一・七）⑱酒井英行「『居候匇々』—法政騒動の百閒と草平」（藤女子大学『国文学雑誌』（38）昭和六二・二）⑲菊地敦子「森田草平—その初期作品について」（『学苑』（579）昭和六二・三）⑳佐々木英昭「漱石と草平のアイロニー—『浪漫的アイロニー』と『俳味禅味』」（『比較文学研究』（51）昭和六二・四）㉑佐々木英昭「〝謎としての平塚らいてう〟—『煤煙事件』とは何か」（名古屋工業大『外国語教室』（8）昭和六二・一〇）㉒佐々木英昭「漱石と草平の『新しい女』像—平塚明子の衝撃」（『比較文化雑誌（東京工業大学）』（3）昭和六三・二）

（『明治・大正・昭和　作家研究大事典』重松泰雄監修、桜楓社、一九九二年九月三〇日）

③森田草平と夏目漱石

一八八一（明治一四）年三月一九日～一九四九（昭和二四）年一二月一四日。小説家。英語教師。別号・二十五絃、白楊、緑苹、蒼瓶。東大英文学科の教え子であり、漱石山房の門下生。

森田草平
『明治大正文学全集』29 春陽堂、1927 年刊。（1927 年頃撮影）

岐阜県稲葉郡鷺山村七拾番戸（現・岐阜市鷺山）に父・亀松、母・とくの長男として出生した。本名は米松。生家は村の庄屋で、菩提寺の門を寄進するほどの名望家であった。一八九五年四月、岐阜市高等小学校を卒業と同時に単身上京し、芝区新銭座攻玉社海軍予備校に入学した。『文藝倶楽部』を愛読し、広津柳浪「黒蜥蜴」「今戸心中」、泉鏡花「夜行巡査」「外科室」、川上眉山「うらおもて」、樋口一葉「にごりえ」「十三夜」などの小説に親しんだ。海軍予備校を退学、日本中学校に編入学した。九九年三月、同校を卒業し、金沢の第四高等学校に一番で入学したが、従姉の森田つねと同棲、彼女の父に訴えられて諭旨退学となる。

一九〇〇（明治三三）年五月、再度上京し、文庫派詩人河井酔茗を相知った。九月、第一高等学校に入学。二年生のころ、同級生の生田長江、栗原古城らと同人回覧雑誌『夕づつ』を発行、〇二年、与謝野寛、晶子を新詩社に訪ねて知遇を得た。〇三年にはドーデエの「サフォー」に影響されて「旅寝姿」を書き、『文藝倶楽部』に投稿して一等に入選し、賞金二〇円を得た。同年七月、第一高等学校文科を卒業し、九月、東京帝国大学文科大学英文学科に入学し、偶然、本郷区丸山福山町の樋口一葉旧居に住み、将来が約束されたような感慨に有頂天になった。

草平が生涯の師夏目漱石に初めて会したのは、一九〇五（明治三八）年一〇月末か一一月初めのことだったらしい。既に東大英文学科で漱石の講筵に列なっており、近く『藝苑』に載るはずの「病葉《わくらば》」の批評を乞うた。

草平は馬場孤蝶・上田敏の知遇を得て、雑誌第二次『藝苑』の同人となり、創刊号（一九〇六年一月）に「病葉《わくらば》」を発表した。その雑誌は前年末に、書店から寄贈を受けた漱石は、早速、「よく出来て居ます。文章抔は随分骨を折つたものでせう。趣向も面白い。然し美しい愉快な感じがないと思ひます。或は君は既に細君をもつて居る人ではないですか。それでなければ近時の露国小説抔を無暗によんだんでせう。どつちから来たか知らんが書物か、実地かから来たに相違ない。」（〇五年一二月三〇日付草平宛書簡）と評し、細君がいるのではないかという指摘は下宿屋の娘岩田さくの存在によって証明されるし、ロシア小説の耽読も馬場孤蝶や生田長江の影響による大陸文学への傾倒を鋭く見破られた。「然しあれをもつと適切に感ぜさせるのはあの五六倍かゝないと成程とは思はれないですよ。凡ての因縁ものは因縁がなる程と呑み込める様に長たらしくかゝんと面白くゆかぬ様に思ひますがどうですか。あれで悪いといふのではない。長くしたらもつと面白く見えるだらうと云ふのです。」(〇五年一二月三〇日付)と書き、「美しい愉快な感じ」の作品として、伊藤左千夫の「野菊の墓」を推奨した。草平はこの「病葉《わくらば》」の丁寧な批評によって、漱石に対する敬慕の念は一気に高まった。草平は長い手紙を漱石に出した。

一九〇六(明治三九)年一月七日、漱石から好意的な手紙が来た。「御世辞にも小生の書翰が君に多少の影響を与へたとあるのは嬉しい。夫程小生の愚存に重きを置かれるのは難有いと云ふ訳です。小生は人に手紙をかく事と人から手紙をもらふ事が大すきである。」と書き、前便で伊藤左千夫の「野菊の墓」を賞讃していたので、草平が読んで批評を漱石に送ったのに対して、再批評した。草平は「野菊の墓」を全体としては好意的な批評であったが、趣向が陳腐で、月並み臭を脱しないなど欠点も指摘した。漱石は「野菊に取るべき所は真率の態度を以て作者が事件を徹頭徹尾描き出して居る点である。」「死に崇高の感を持たせやうとするときは、其方を用ゐるがよいと思ふが、死に可憐の情を持たせるのは、あれでなくてはいかぬ。」と草平のロシア文学的「真」を批判し、「君は文に凝り過ぎて失敗しさうな懸念が僕にある。」「僕は君の文が出る度に読みます。さうして時間の許す限り、心づく限りは愚評を加へる積りです。」と辛口の警告と好意ある激励を与えた。

漱石の長い手紙をもらった草平は、感激してすぐ長い返事を出した。同年一月九日、漱石は大学講義ノート作成の合間を縫って、若い作家志望の学生草平に、まるで恋文を交わすような「頼母しい心持ちで」楽しく読み、長い返事を書いた。「君が人の作を読む態度は甚だよろしいと思ふ。それでなければクリチシズムは出来ない。只人の長所を傷けない丈の公平眼は是非共御互に養成しなければならん。」「君の手紙をよむと君の人間を貫ぬいて見る様な心持ちがします。」と、草平が自己の弱点を含め赤裸々な暗い出生の秘密や家系意識を宿命として告白する態度を、漱石のみに打ちけてくれた放胆な特別の待遇として喜んだ。

同年二月一三日付漱石書簡では、「君は少々病気に相違ない。」「君はあまり感じが強過ぎるので其鋭敏な感じに耽り過ぎた結果今日に至つたのであらう。」「可成方面《なるべく》の違つた人間と話したり丸で趣味の違った書物を読んだり、若しくは人と喧嘩をしたり、或は借金をして放蕩をして見たり。或は人に手紙を出して鬱気を洩らすがいゝと思ふ。」と弱気になったり、甘えたりする草平を諭した。

同年二月一五日付漱石書簡では、「自分の作物に対して後悔するのは芸術的良心の鋭敏なので是程結構な事はない。」「君抔も死ぬ迄進歩する積りでやればいゝではないか。作に対したら一生懸命に自分の有らん限りの力をつくしてやればいゝではないか。」「君の文章には君位の年輩の人にしてはと思ふ様な警句が所々ある。夫丈でも君は一種の宝石を有して居る。」「君の批評を見ると普通の雑誌記者抔よりも遥かに見識が見える。」「僕は君に於て以上の長所を認めて居る。何故に委縮するのである。」と、草平の欠点をよく知り、長所を伸ばすべく、ともすれば委縮する彼を激励した。

同年四月一日、三日付草平宛漱石書簡では、島崎藤村の「破戒」を買って読み、「人工的な余計な細工」がなく、真面目に人生に触れていて、「明治の小説としては後世に伝ふべき名篇也」「君四月の藝苑に於て大に藤村先生を紹介すべし」と草平をけしかけた。草平は漱石の要請に応えて、

『藝苑』（一九〇六年五月）に鈴羊子の名で「『破戒』を読む」を書いた。漱石は草平の『破戒』評を読んで、「あの位思ひ切つてほめてやれば藤村先生も感謝していゝと思ふ。」（〇六年五月五日付）と書いた。

一九〇六年五月、草平は卒業論文「沙翁の前駆者クリストファー・マアロウ」（中判の洋罫紙四八頁の英文）を東京帝国大学文科大学英文学科に提出した。講師夏目金之助はこの論文を査読し、その批評を草平宛書簡で、「君の論文は大に短かい而してよく釣合がとれてよく纏つて居るあれはマーローの脚本が数に於て少ないのと其数の少ない脚本が三とも同種類の主人公で貫いて居る所為《せい》か又は君の手際がうまいのか。文章も君のかいたのと人のを借りたのとは区別出来る様に思ふが君のかいたと思はれる所が中々面白く出来て居る。但し綴字の間違に乱暴なのがあるのは驚ろいた。」（五月一九日付）と、長所、短所を指摘した。一受業生の卒業論文を私信で愛情深く励ます師弟愛は麗しい。五月二〇日、漱石の新短編集『漾虚集』（五月一七日発行。大倉書店・服部書店刊）を贈呈される。西洋の習慣として見返しに署名することを聞いていたが、漱石のサイン入りの著書を初めてもらった。

草平の卒業口述試験は、惨憺たるものであった。惨憺たる結果を漱石に泣き言を言った。漱石は「学問の出来る中川（芳太郎）と平然たる（野村）伝四とを外にしては大概は惨憺たるものである。サンタン豈《あに》君のみならんや。」（六月二三日付書簡）と書き慰めた。

一九〇六（明治三九）年七月、草平は東京帝国大学文科大学英文学科を卒業した。

同年八月二日夕刻、草平は千駄木の漱石宅を訪問すると、先客に寺田寅彦がいて、初めて漱石と、寒月よろしく前歯の欠けた寺田との話を傍聴、観察していた。そこへ若い婦人が茶菓を運んで来た。草平は漱石宅に出入りして、一年近くなるが、鏡子夫人に会ったことがなかった。寺田は茶菓が出されても、首を背後に反らしただけだったので、草平は奥さんではあるまいと判断した。帰ってどうも気になるので、その夜、漱石に手紙を出して、今日出ていらしたのは先生の奥さんですか、奥さんにしては若過ぎる、と書いた。翌日、「君に御辞儀をしたものは正に僕の妻にして年齢は当年三十。二十五六に見えたと申し聞かしても喜びさうもないから話さずに置く。僕の妻にしては若過ぎるとは大に此方を老人視したものだ」（八月三日付草平宛書簡）とおどけた返事を出した。

「いゝ年をしてこんな事を云ふと笑ふなかれ僕の妻は御覧の如く若きが故に亭主も中々元気がある也」（八月六日付草平宛漱石書簡）と妻を若く見た草平と面白がった。

草平は大学卒業後、就職のことが気懸りで一ヶ月ほど東京に残っていたが、八月中、一旦、郷里鷺山に帰省し、母屋と離座敷を売り、母、子を産ませたつね・亮一母子、下宿の娘さくの処遇など、鬱々として土蔵の二階で暑い夏を送っていた。八月末、「草枕」掲載の『新小説』九月号を岐阜市内で購入して、自宅で貪り読み、打ちのめされたような感動を覚えた。文学への激情が彼を突き動かし、売れ残った六、七反歩の畑地その他を手放す処置を講じて、留守中の母の生活費に当て、九月初め、憑かれたように岐阜を跡にして東京に向かった。

すぐ漱石に「草枕」批評の手紙を出した。折り返し、「草枕を読んで下された由難有い。其上あつと感心してくれた所などは尤も難有い。あれはどうしても君に気に入る場所があると思つた。

今日迄草枕に就て方々から批評が飛び込んで来る。来る度に僕は喜こんでよむ。然し言語に絶しちまつたものは君一人だから難有い。」「尤も驚《（ママ）》も感情的なものは君のである。」（〇六年九月五日付）と喜びの返事が来た。漱石と草平の「人情・非人情論」と「憐れ」の解釈は九月三〇日付書簡に引き継がれた。

　このころ、草平は川下江村と生田長江の三人で「はなうづ」という三人家文集を出版しようと計画、漱石に相談した。漱石は『吾輩ハ猫デアル』を出版した服部書店の服部国太郎を紹介し、三人の文章を批評して助言を与えた（〇六年一〇月一一日付）。

　この日一〇月一一日（木）、第一回木曜会が漱石宅（本郷区駒込千駄木町五七）で鈴木三重吉の提案によって開催された。大学の講義ノート作成や作品執筆で年々と多忙になる漱石は、仕事の時間を確保するために、木曜日午後三時からを面会日と決め、その他の日は「面会謝絶」と玄関格子戸右上に赤唐紙を張り出した。

　一〇月二一日、漱石は「君の所から白い状袋の長い手紙が来ないと森田白楊なるものが死んで仕舞つたかの感がある。今日曜早起きるや否や白状があつたので矢っ張り生きてるなと思つた。」と草平の手紙を待ち焦がれていた。「一体君は評論をして理窟を云ふ方が筋の立つた事を云ふ。又訳の分つた事を云ふ。だから創作が其主義を応用する様に出来てるかと思ふと、さう旨く行つてゐない。」と評論には秀でた理論を表わすが、創作はその主義の通りに実行されていない欠点を指摘した。

　同年一〇月二〇日夜中、草平は「父親に関する重大な告白を伝えた手紙」（荒正人『増補改訂　漱石研究年表』）を漱石に書いた。おそらく亡父・亀松のハンセン病の疑いのことであろう。漱石はすぐ「余は満腔の同情を以てあの手紙をよみ満腹の同情を以てサキ棄てた。あの手紙を見たものは手紙の宛名にかいてある夏目金之助丈である。君の目的は違せられて目的以外の事は決して起る気遣はない。安心して余の同情を受けられん事を希望する。」「此一事を余に打ち明くべく余義《ママ》なくさるゝ程君の神経の衰弱せるを悲しむ」（〇六年一〇月二一日付書簡）と書いた。このシリアスな手紙を読んだ草平は、涙滂沱と流し、わなわなと顫え、夕日の中、中仙道を北に向かい、浦和まで彷徨した。

漱石は鈴木三重吉に草平評を書いた。「君は森田の事丈は評して来ない。恐らく君に気に入らんのだらう。あの男は松根と正反対である。一挙一動人の批判を恐れてゐる。僕は可成《なるべく》あの男を反対にしやう〳〵と力《つと》めてゐる。近頃は漸くの事あれ丈にした。それでもまだあんなである。然るにあゝなる迄には深い源因がある。それで始めて逢つた人からは妙だが、僕からはあれが極めて自然であつて、而も大に可愛《ママ》さうである。僕が森田をあんなにした責任は勿論ない。然しあれを少しでももつと鷹揚に無邪気にして幸福にしてやりたいとのみ考へてゐる。」（〇六年一〇月二六日付書簡）は草平に対する思いやりに溢れている。

一一月八日は松根東洋城・坂本四方太・野間真綱・皆川正禧《まさき》・中川芳太郎・森田草平・小宮豊隆ら一三、四人が集まった。木曜会の席上では初期のころ、草平は多く沈黙を守り、鈴木三重吉や小宮豊隆は漱石宅を我が家のごとく振る舞ったが、草平は漱石の傍で小さくなって畏まっていた。その代り帰宅すると、手紙を書いた。少しでも認められたい客気に駆られたと同時に、矮小な自己でも砥礪《しれい》したいという欲望があった。漱石は議論を吹っ掛けて来る草平の手紙に対して、待ち兼ねたように懇切な返事を書いた。「君が手紙をかく僕が手紙をかく而して互に連発すれば手紙で疲弊して仕舞ふ。」（〇六年一一月七日付）と書いた。

〇六年一一月一七日、漱石が初めて草平の下宿（本郷区丸山福山町）を訪ね、柳町・菊坂を経て、真砂亭で西洋料理をご馳走し、不忍池を歩いた。上野東照宮の前で草平は、一一歳で死別した父・亀松に対する尊敬と、無教育な母・とくが父を尊敬するように仕向けてくれたことを漱石に告白した。漱石は黙って聞いていたが、「風葉の青春よりも余程面白」い（一一月一七日付松根東洋城宛漱石書簡）と感じた。そして「昨夜不忍池畔の君の身の上話しをきいた時は只小説的だと思つた。今朝になつて見ると何だか夢の世界に逍遥した様な気がする。」（一一月一八日付草平宛書簡）と書いた。

一二月六日の木曜会に鈴木三重吉が「山彦」の原稿を持参、高浜虚子らが批評、漱石も二、三ヶ所を非難する。草平は「山彦」評を漱石に手紙で送った。漱石からの返事で、「一々賛成に候然しデカダン派の感じは仮令如何なる文学にも散在せざれば必竟駄目に候。」（〇六年一二月八日付）と、草平のデカダンは結構であるが、真のために美や道徳を犠牲にする一派である。それもよい。三重吉の方が上等だと書いた。草平の批評は漱石を通じて作者三重吉に廻された。三重吉は草平評に対して作者として反論し、漱石を通じて草平に渡された。漱石は「丸で色の取持をしてゐる様なものだ。昔の小説にある女髪結の亜流だと思ふ」（同年一二月一〇日付草平宛書簡）と冗談めかしに書いた。三重吉の「山彦」は虚子が持ち帰り、『ホトトギス』（〇七年一月）に発表された。

一九〇七（明治四〇）年四月、漱石と松浦一の周旋によって、天台宗中学林の英語教師になり、漱石は一高、東大の講師を辞して、朝日新聞社に入社して専属作家となった。草平は六月、成美女学校（飯田町）に閨秀文学会が開設され、生田長江、与謝野晶子らと共に講師になった。その聴講生に平塚明子《はるこ》（らいてう）、青山（山川）菊栄らがいた。

夏、草平・生田・川下共著『草雲雀《くさひばり》』（「はなうづ」が最初の書名案）が印刷に付せられた時、草平は在来の白楊の雅号が気に入らず、漱石に「雅号を付けてください。」と頼んだ。漱石は和綴の本から「緑萃破処池光浄」の句を見つけ、「緑萃がよかろう」と言ったので貰うことにした。すると、漱石は「書に書いてやろうか。」と言って、『緑萃破処池光浄』の七字を書き、できたばかりの「漱石山房」の印を捺して渡した。しかし、草平は緑萃の「緑」が斎藤緑雨の緑をもらったようで、気になったので、漱石に「下の一字だけ頂戴したい。そして、萃の字を二つに分けて、草平にしたい。」と言って、許してもらった。

夏、岐阜から生まれて間もない長女を連れてつねが上京、井戸水を飲まされたせいか、腹をこわして、疫痢となり漱石の紹介する医師にかかったが、「森田ノ赤ン坊が死ニカヽル。二三日何にもしない由。」（〇七年八月三日付小宮豊隆宛漱石書簡）「森田の子が死にかゝつて森田先生毎日僕の所へ病気の経過を報告にくる。可愛らしい男であります。」（八月六日付小宮宛）「先日は御不幸御気の毒の至に不堪実は御悔みに上がらうと思ふがオツカサンや奥さんで却つて御迷惑と思つて控へてゐる。先日生田君の取りに来たものは乍些少香奠として差上るから其積にて御使用下さい。」（八月九日付草平宛）と草平の幼女の病死を悼んだ。

九月から京華中学（本郷区弓町）にも就職した。一二月、学期試験の日を忘れて出校しなかったため天台宗中学林から免職された。

〇七年一一月一四日、森田草平・川下江村・生田長江共著『草雲雀』が服部書店より漱石の序文（同年一〇月二六日執筆）を掲げて刊行された。

一九〇八（明治四一）年一月、草平は「閨秀文学会」の最初の雑誌に、平塚明子が初めて回覧雑誌に発表した短編小説「愛の末日」（〇八年一月）について、長い批評を発表した。これから二人は急速に接近し、草平の言によれば、「相手に対して恋愛を感じてはゐなかつたけれども、恋愛以上のものを求めてゐた。霊と霊との結合——人格と人格との接触による霊の結合を求めてゐた。」（『続夏目漱石』「『煤煙事件』の前後」二『煤煙事件』の真相）。禅による「見性《けんしょう》」を求める平塚明子と霊の結合を求める草平との間で書簡の往来が交され、やがて塩原への逃避行となった。

三月二一日、漱石は草平が田端からしばらく旅に出るという葉書を受け取った。草平は海禅寺（浅草松葉町）で平塚と会い、午後八時ごろの列車で田端から大宮に着き、駅前旅館で一夜を明かす。二二日二人は列車で西那須野に着き、西那須野から人力車で夕刻奥塩原に至り一泊した。二三日、二人は塩原温泉奥の尾花峠に向かい、雪中で夜が明かした。草平の遺書で失踪を知った警察は生田長江に連絡、生田は漱石から旅費を借りて、草平の宿泊先を探し、塩原に救助に向かった。草平・平塚の心中未遂事件は新聞各紙に報道される。二四日未明、二人は宇都宮警察署員に発見され、生田長江・平塚光沢《つや》（明子の母）に引き取られ、下塩原の会津屋に泊った。二七日、生田が漱石宅（牛込区早稲田南町）に草平を連れて来た。その日から草平は一〇日間ばかり漱石宅に引き取られた。

四月初め、生田は平塚家を訪問、漱石と馬場孤蝶に事件の処理を委ねてと語り、「森田がやったことに対しては、平塚家ならびにご両親に十分謝罪させる。その上で時期をみて、平塚家へ令嬢との結婚を申し込ませる。」（平塚らいてう自伝『元始、女性は太陽であった』）と伝言した。明子も両親も意外に感じた。四月一〇日、草平は漱石宅を出て、牛込区筑土《つくど》八幡前町の植木屋方に下宿した。四月中旬、漱石は平塚定二郎（明子の父）宛に「森田は今度の事件で職を失い、ものを書くより外、生きる道をなくした。森田を生かすために今度の事件を小説として書かせることを認めてほしい。貴下の体面を傷つけ、御迷惑を掛けることを自分の責任においてさせないから、曲げて承知してほしい。」との主旨であったが、両親は承知しない。後日、光沢《つや》は定二郎の意を受けて漱石宅を訪問、漱石は草平の事件を小説として発表することに、強いて許可を求め、光沢の説得に努めたが、物別れとなった。

同年五月、漱石は草平の小説を『煤煙』と題名をつけて、春陽堂から出版するよう取り計らった。寺田寅彦は穏やかに反対意見を述べ、草平を失望させた。七月末、草平は植木屋の下宿を引き払い、漱石が紹介した正定院（牛込区横寺町）の裏座敷に移った。八月二日夜、漱石は草平の体調不良に尼子四郎医師に相談するように勧めた。九月一〇日木曜会で草平は「煤煙」発端二〇枚ほどを持参し、朗読した。一同沈黙。漱石はよくないと思われる理由を説明した。
〇八年一一月二九日、草平が漱石宅に行って、「煤煙」の原稿を書き直していると言って、帰った。夜、渋川玄耳が漱石宅に来て、草平の「煤煙」について、『朝日新聞』掲載について相談する。翌三〇日、漱石は渋川玄耳に「煤煙」の見本を送り、読んだ上で、掲載の可否を決めて欲しいと伝える。その結果、「煤煙」掲載が決定した。漱石はすぐ吉報を知らせるため、坂元雪鳥を連れて、草平の下宿正定院を訪ねるが、二度とも不在。「書き直すひま惜しとて帰りながら二度行つても居らず。何所をあるいて居るにや。あまり呑気にすると向後も屹度好い事なき事受合に候。」(〇八年一一月三〇日付書簡)と業を煮やして憤慨した。一二月一日、『朝日新聞』二千号を記念して草平「煤煙」の予告が出た。十二月上旬、草平は平塚明子に、漱石の紹介で〇九年元旦から「煤煙」が掲載される、と手紙で伝えた。

一九〇九(明治四二)年一月一日、「煤煙」の連載が始まった。漱石は「煤烟出来栄ヨキ様にて重畳に候」(一月二日付馬場孤蝶宛書簡)と一安心した。一月七日、小宮は草平を訪問して「煤煙」を褒めた(小宮豊隆日記)。一月二四日、「煤煙」が二、三日休載になったので、漱石は「是迄朝日の小説は一回も休載なきを以て特色と致し候に森田草平に至って此事あるは不審也。」「もし本人の不都合から出たなら僕は責任がある実に困る」(中村古峡宛書簡)と事情報告を求め、困惑した。一月二六日、漱石は「草平今日の煤烟の一句にてあたら好小説を打壊し了せりあれは馬鹿なり。何の芸術家かこれあらん」(小宮豊隆宛書簡)と幻滅、落胆した。二月七日、漱石は手紙で「煤烟世間にて概して評判よき由結構に候。」と書き、一から六まではうまいが、七になって会話が上調子となり、警句が生きていない、作者草平が主人公要吉を客観視して書いていないからである、自己の陋を描きながら自ら陋に安んずることができず、一いち弁解しているのは嫌味ではないか、と欠点を鋭く指摘した。「今日の所持ち直しの気味なり」と最初と最後は激励のつもりで褒めた。

三月六日、漱石は日記で、「煤烟は劇烈なり。然し尤もと思ふ所なし。この男とこの女のパッションは普通の人間の胸のうちに呼応する声を見出しがたし。たゞ此男と此女が丸で普通の人を遠ざかる故に吾々は好奇心を以て読むなり。しかも其好奇心のうちには一種の気の毒な感あり。彼等が入らざるパッションを燃やして、本気で狂気じみた芝居をしてゐるのを気の毒に思ふなり。」「神聖の愛は文字を離れ言説を離る。ハイカラにして能く味はひ得んや。」（〇九年三月六日付）と厳しい評価をした。四月二七日、「煤煙」に要吉と朋子との接吻の場面がある、と警保局より東京朝日新聞社社会部に注意があった。

漱石は草平の「煤烟」の原稿料を大塚楠緒子と同等と言うので、一回四円五〇銭だろうと教えたが、草平が新聞社に取りに行って、三円五〇銭の間違いで渡すべき稿料なしと言われ青くなる。漱石の記憶違いで、締めて百円ほどの損、滑稽よりも気の毒になる。草平は漱石宅に来て、「煤煙」が単行本として春陽堂から出そうにないと憤った。「彼は他の書物が発売禁止になつても平気な男也。そこで余かれに告げて曰く。煤烟どころか如何なる傑作が発売禁止にならうと世間は平然たる時代なり。煤烟なんかどうなつたつて構ふものか。」（五月一五日付漱石日記）と手痛く甘さを指摘した。五月一六日、「煤煙」の連載は全一二七回をもって完結した。

七月、春陽堂で草平単行本『煤煙』を出版することになり、活字を組む直前、警保局長の意見を訊いたところ、発売禁止となり、出版を断念した。一九一〇年二月一五日金葉堂・如山堂から『煤煙』第一巻を漱石の序を付けて刊行、第二巻は一〇年八月二〇日、第三巻は一九一三（大正二）年八月三日、第四巻は一三年一一月二四日に刊行された。

漱石は「それから」六の二で「煤烟」を読んだ主人公長井代助に批評を試みさせている。「ダヌンチオの主人公は、みんな金に不自由のない男だから、贅沢の結果あゝ云ふ悪戯をしても無理とは思へないが、「煤烟」の主人公に至つては、そんな余地のない程に貧しい人である。それを彼処迄押して行くには、全く情愛の力でなくちや出来る筈のものでない。所が、要吉といふ人物にも、朋子といふ女にも、誠の愛で、已むなく社会の外に押し流されて行く様子が見えない。彼等を動かす内面の力は何であらうと考へると、代助は不審である。あゝいふ境遇に居て、あゝ云ふ事を断行し得る主人公は、恐らく不安ぢやあるまい。これを断行するに躊躇する自分の方にこそ寧ろ不安の分子があつて然るべき筈だ。代助は独りで考へるたびに、自分は特殊人《オリジナル》だと思ふ。けれども要吉の特殊人たるに至つては、自分より遥に上手《うはて》であると承認した。」（〇九年七月二四日付『朝日新聞』掲載）と期待して推薦した作品が、期待外れに終わった悔しさを、『朝日新聞』の読者の面前で揚言した。

一九〇九年一一月上旬ごろ、漱石は東京朝日新聞社から「文芸欄」を設けたいと打診された。考慮の末、「朝日文芸欄」を主宰する決心をして、友人大塚保治・作家永井荷風・音楽家中島六郎など数名に特別寄稿者になってもらい、使者として草平を遣わした。

〇九年一一月二五日、『東京朝日新聞』「文芸欄」が発足し、第一回に漱石の「『煤煙』の序」が掲載された。草平は月給五〇円を受け取り、漱石宅で編集した。毎日、三面の一段か三、四段を埋め、一段六七行一八字詰め雑報欄として「柴漬《ふしづけ》」を添えた。後、草平に任され、草平宅で編集し、週二、三回新聞社に草平が原稿を持参した。漱石としては、草平を朝日新聞社の社員にしたかつたが、「社長があゝ云ふ人は不可ないといふんだから弱つた。」（〇九年一一月二八日付寺田寅彦宛書簡）と残念がった。

一九一〇（明治四三）年二月二一日、草平は漱石から『朝日新聞』の新連載小説の予告と題名を依頼されたので、小宮豊隆と相談、ニーチェの「ツアラツストラ」の中の「門」の語を小宮が選び、朝日に知らせる。

同年三月二日、漱石の五女ひな子出生、草平が名付け親となり、翌日草平が牛込区役所に届けに行った。同月一八日、漱石は『東京朝日新聞』に「草平氏の論文に就て」を発表、草平の言う主義・説が科学の基礎の上に置かれている間は異論がないが、哲字の上に移されると、議論が生ずるという草平の意見に疑問を呈した。

同年七月一七日、草平は生田長江の原稿を持って来て、漱石に読んでもらう。漱石は感心しないと言ったのに、草平は生田に煤煙事件で恩義があるので負い目を感じ、無断で新聞社に持って行って掲載しようとした。翌日、漱石は、事後謝罪で済まそうとした草平の生田原稿処理に立腹激怒した。

一〇年八月二四日、静養先の修善寺菊屋旅館で大吐血、三〇分間人事不省に陥る。翌日、草平は漱石の妻子と共に修善寺に駆け付けた。

同年一〇月一一日、漱石は修善寺を去り、新橋着、家族・新聞社・友人・門下生草平ら出迎える。直ちに長与胃腸病院に入院した。漱石は「朝日文芸欄」について病院から草平に疑問点や苦情をしばしば呈す。「好加減な事ハヨス方が、」（一一年二月一四日付草平宛書簡）と怒っている。一一年二月二六日、漱石は長与胃腸病院を退院した。

同年三月一六日、春陽堂から阿部次郎・小宮豊隆・安倍能成・森田草平共著『影と声』が刊行された。

草平は塩原尾花峠の心中未遂事件以後も平塚明子と手紙の往復を続け、二、三回会ってもいた。〇九年夏には平塚が薙刀稽古に行く途中、水道橋で市電を降りた時、草平に会い、二人は三崎町あたりの旅館で『煤煙』・禅・性欲について一夜を語り明かした。一一年四月二七日から七月三一日まで草平は『東京朝日新聞』に「煤煙」の続編ともいうべき「自叙伝」を発表する。その間「朝日文芸欄」は小宮豊隆が担当する。

同年五月一六日午前一一時、生田長江が漱石宅に平塚らいてうの母光沢《つや》を連れて来た。『朝日新聞』連載の草平「自叙伝」を撤回してくれという。事情を聞くと、草平が違約している。生田に草平を迎えに行かせると、新聞社に行ったので、電話で呼び寄せようとしたが、手紙を寄こして、行かぬと断った。漱石は怒って小宮が来ていたので、迎いにやった。夜八時ごろまでかかった（漱石日記。森田草平『続夏目漱石』「五　私の『自叙伝』またお目玉」）。同年六月一〇日、漱石は東京朝日新聞社の評議会に出席すると、連載中の草平「自叙伝」が不評判である。半ば弁護し、半ば同意して帰った（漱石日記）。

一一年九月一九日、東京朝日新聞社評議会で草平の「自叙伝」が不道徳であるとの理由で「文芸欄」について廃止派政治部長弓削田精一・渋川玄耳と存続派池辺三山との間で論議され、一旦「文芸欄」は存続と決まったが、九月三〇日、池辺は辞任した。一〇月三日、池辺が漱石宅を訪問、草平「自叙伝」が原因で弓削田と争い、辞職したことを漱石は知り大いに驚く。池辺への恩義から辞意を漏らすが引き留められる。

一〇月二三日、漱石は病気を押して東京朝日新聞社評議会に出席し、「文芸欄」廃止と森田草平解任を提案し承認された。一二月二〇日、森田草平の『自叙伝』が春陽堂から刊行された。

その後、草平は『中央公論』『新小説』他に短編小説を発表したが、「初恋」(『中央公論』一一年一二月)だけは漱石に褒められた。創作に自信を失った草平は、やがて、翻訳に逃避するようになった。

一九一六(大正五)年一一月二二日朝、漱石は体調不良で起き上がれない。翌二三日教え子の医師真鍋嘉一郎が呼ばれ、重態であることがわかる。二八日、人事不省に陥る。草平・三重吉・野上豊一郎・豊隆・内田百閒ら交代で夜伽をする。一二月九日午後六時三〇分過ぎ、草平は久米正雄から危篤の電話を受け、駆け付けて最後に水筆を取って唇を浸した。午後六時四五分、漱石は永眠した。草平は新聞記者係となり、記者たちに応対した。草平の発案でデスマスクを作ることになった。一二日、青山斎場の告別式でも草平は新聞報道係を勤めた。草平は漱石遺作『明暗』の校正、『漱石全集』の編集・校正係に加わったが、小宮豊隆との意見の対立、確執でしばしば悩んだ。

一九一七年一二月八日、一周忌逮夜を催し、「木枯」の題で句座を開き、草平は「死面とりし後歯の白き寒さかな」と詠んだ。

一九一九(大正八)年一一月、『文章道と漱石先生』を春陽堂から刊行した。二〇年三月、法政大学英文学教授となったが、漱石同門の野上豊一郎と対立した「法政騒動」で、一九三四(昭和九)

年八月、退職した。「これ迄の創作的生活の総勘定」として二三年一〇月から二五年一二月まで「輪廻」を『女性』に連載、二六年一月、新潮社から出版した。

一九三五（昭和一〇）年門下生の間に「漱石言行録」出版が計画され、草平が編者として漱石讃美者、批判者に関わらず資料収集に奔走して、三五年一〇月から『漱石全集』月報第一〜一九号に発表された。

一九四八（昭和二三）年五月、突然共産党に入党し、世間を驚かせた。四九年一月から一〇月まで『日本評論』に「細川ガラシヤ夫人」を連載、歴史小説に新天地を開こうとしたが、未完の絶筆になった。肝硬変のため死去。六八歳。

森田草平は還暦を一年超えても、数え年五〇歳で世を去った漱石が年下とはどうしても思われなかった。草平はいつまで経っても年下の「永遠の弟子」であった。小宮豊隆は漱石によって初めて作られた弟子であった。鈴木三重吉は漱石の持っている一面を濃厚に代表していた（森田草平評）。草平は自分が門下生の中で一番よく師を知っていたとは言われない、一番多く師から可愛がられたとはなおさら言われない。しかし、一番深く師に迷惑をかけたことを自覚していた。

小宮豊隆の『夏目漱石』は客観的な資料、科学的な考察で評伝を目指したが、草平の『夏目漱石』『続夏目漱石』は「煤煙事件」や「朝日文芸欄」運営など漱石との私的な関わりを追憶と敬愛をもって、漱石を描くことによって、自己を語っている。「一生弟子として終る人間」による「世にも善い師匠」の物語である。

〔参考文献〕森田草平『夏目漱石』甲鳥書林、一九四二年九月二〇日。／森田草平『続夏目漱石』

甲鳥書林、一九四三年一一月一〇日。／森田草平『漱石の文学』東西出版社、一九四六年一二月一五日。／根岸正純『森田草平の文学』桜楓社、一九七六年九月一五日。／『近代文学研究叢書』第六七巻「森田草平」昭和女子大学、一九九三年七月二〇日。

（『夏目漱石周辺人物事典』原武哲編著、笠間書院、二〇一四年七月二五日）

第三章　野上豊一郎

④野上豊一郎と夏目漱石

野上豊一郎
『野上弥生子展 ── その百年の生涯と文学 ── 』日本近代文学館、1985年5月30日。
(1909年9月撮影)

一八八三（明治一六）年九月一四日～一九五〇（昭和二五）年二月二三日。英文学者・小説家・文芸評論家・能楽研究者。号は臼川。一高・東大英文学科以来の漱石門下生。

大分県北海部《あまべ》郡福良《ふくら》村二四六番地（現・臼杵市福良）の雑貨商野上庄三郎と母・チヨの長男として生まれた。一八九〇（明治二三）年臼杵尋常小学校に入学、さらに臼杵尋常高等小学校に入学、一八九七年三月高等小学校三年を修業、翌四月新設の大分県立臼杵中学校に入学した。中学時代から『中学世界』に新体詩などを投稿してしばしば入選した。一九〇二年三月臼杵中学校を第一期生首席で卒業した。

一九〇二（明治三五）年九月第一高等学校第一部（法文）甲（英語）に入学、同期生に安倍能成・藤村操・小宮豊隆らがいた。上京した豊一郎は、本郷弥生町の叔父小手川豊次郎宅に寄寓していた明治女学校生小手川ヤヱ（後の野上弥生子）に同郷のよしみで英語を教えることになった。〇三年五月英国から帰朝した夏目金之助（漱石）から英語の授業を受け始めた。一高二年の中頃から漱石と個人的な関わりを持つようになる。〇五年第一高等学校を卒業して、九月東京帝国大学文科大学英文学科に中勘助と共に入学した。漱石の「十八世紀英文学」の講義、シェイクスピアの「オセロ」(小宮豊隆は「テンペスト」という)を受講した。同年一一月のある朝、豊一郎は初めて漱石を本郷区千駄木町に訪問した。豊一郎は自身の将来の勉強に対する方法や文学上の疑問などの助言を求めた。一年のうちに単位をたくさん取って後は好きなことをしようと計画していた豊一郎は、「君は一週何時間出ているかね」と訊かれて、「三十時間出ています」と答えた。漱石は「そんなに出ちゃたまるまいね」と憐れんだように、冷やかしたように言った。一種の妙な圧迫を感じていた豊一郎は、長い間尊敬していた人に会うことのできた喜びで興奮と満足に浸っていた。同年末頃から高浜虚子・森田草平・寺田寅彦・鈴木三重吉・小宮豊隆・野上豊一郎らが漱石宅に参集し、木曜会と称せられた。〇六年八月、豊一郎は小手川ヤヱと結婚式を挙げた。同年一二月、漱石は本郷西片町に転居、門下生らと共に豊一郎も引越しの手伝いをする。木曜会に出席した豊一郎は、深夜巣鴨町上駒込の新居に帰宅して、ヤヱに漱石師弟の議論の雰囲気を逐一伝え、ヤヱは日記に記録した。

一九〇八(明治四一)年七月、東京帝国大学文科大学英文学科を卒業し、同大学院に進んだ。漱石門下の教養的雰囲気に薫染して漱石・虚子・能成・豊隆らと宝生新について謡を稽古した。〇九年秋、一年間在籍後、大学院を修了し、高浜虚子の紹介で国民新聞社に入社、文芸欄の編集を一一年廃刊まで担当した。豊一郎が専攻の英文学よりも熱情の対象となった能楽に誘い込んだのは、虚子が観せた桜間伴馬(後の左陣)の「葵の上」であった。やがて後継者桜間金太郎(弓川)

に傾倒して、金春流の保護育成に尽くした。

一九〇九（明治四二）年九月和仏法律学校法政大学（現・法政大学）予科の英語英文学講師となり、同年九月から一二月にかけて『国民新聞』に「赤門前」を九一回連載した。

一九一二年三月一二日から四月六日の間、野上は腸チフスに罹り、東大病院三浦内科に入院した。野上弥生子からの便りと宝生新からの知らせで豊一郎の入院を知った漱石は、東大病院に野上を見舞った。

一九一五（大正四）年四月、万朝報社に入社、以後二〇年七月まで勤めた。

一九一六年一一月二一日、夏目漱石はフランス文学者辰野隆の結婚披露宴に出席し、胃の不調を訴え、翌日から病臥に伏した。同月三〇日から小宮・森田・鈴木・野上ら門下生が、夜中、交代で泊まり込んだ。一二月二日、診察看病中の真鍋嘉一郎（東大）らの医師は、診断結果をドイツ語で報告し合っていた。当番の野上は寝たふりをして聞き、医師の言葉に希望的観測はなかった。同月五日、野上は当直していた。九日午後六時四五分、漱石はついに永眠した。翌一〇日夜、野上は漱石逝去通知文の発信担当となり、久米正雄らに封筒の宛名書きを手伝ってもらった。一一日午後一〇時過ぎ、野上が来て、芥川龍之介と江口渙のあたっていた火鉢に手をかけながら、漱石の病気の経過や解剖の結果を伝えた。

一九一七年一月二日、春陽堂の『新小説』臨時号「文豪夏目漱石」が発行され、野上豊一郎は、「夏目漱石氏の一生」の「大学教授時代」を担当し、大学教師としての夏目金之助（漱石）について「大学の講義を三年して居れば、真面目な人ならきっと神経衰弱になる」と言って、漱石の態度は真摯で、且つ厳格であった、と述懐した。

一七年六月には西神田倶楽部で清嘯会主催に野上は幹事として安倍能成・坂元雪鳥らと漱石追善謡曲会を開き、「山姥」を謡った。同年一二月八日、神楽坂の「末よし」で漱石一周忌の逮夜を催し、野上は「硝子戸の外は木枯なり今宵」を詠む。

一九二〇(大正九)年、大学令により法政大学が発足、四月には教授となり予科長に就任した。二二年にはフランス文化紹介の功に対し、フランス政府からレジオン・ドヌール勲章を授与された。

一九三〇(昭和五)年五月、大学生時代に受講した漱石のシェイクスピア講義のノートに拠る『漱石のオセロ』(鉄塔書院)を出版した。三一年二月、法政大学学長松室致が急逝、野上は理事・学監に就任、高等師範部長・図書館長を兼任した。三二年二月、経済学部の一部教授たちが学内行政改革案を提出、これをきっかけとして、三三年九月、「法政騒動」が持ち上がった。この事件は表面上は野上と同じ漱石門下の同僚森田草平との学内権力闘争の様相を呈した。結局、この騒動は、三三年一二月、野上は理事、学監、予科長解職、教授休職となり、三四(昭和九)年六月、もう一方の責任者森田草平の法政大学教授解職ということで一応の決着を見た。

その後、野上は東洋文庫に通い、能研究に専念した。三五年一月、中央公論社嶋中雄作の依頼を受けて『解註　謡曲全集』(一九三五年五月〜三六年三月)全六巻の編集に着手した。豊田実の尽力で九州帝国大学講師の職を得て、集中講義に出かけた。三六年五月、仙台宮城女学校で開催された英文学会で「スターンと漱石」の講演を行なった。

一九三八（昭和一三）年七月、『能　研究と発見』で文学博士になり、法政大学文学部名誉教授となる。一〇月一日より一年間、外務省より欧米諸大学交換教授として英国に行き、「能の芸術理論を中心として日本文化の特質について」を講義した。三九年一一月無事帰国し、ヨーロッパ旅行の成果を見聞記『西洋見学』（日本評論社、一九四一年九月）にまとめた。一九四一（昭和一六）年三月、法政大学文学部長として再び迎えられ、一九四六（昭和二一）年二月学長を経て、一九四七年三月総長に就任、学園の復興に着手した。

四八年一月、法政大学より帰途、身体の不調を覚え、診断の結果、蜘蛛膜下出血と判明、療養生活に入る。四五年夏より、妻弥生子は空襲を避け、北軽井沢の山荘に疎開して、戦後も山荘で執筆活動を続けていたが、成城町の家屋を購入と、豊一郎の病気を機に、一九四八年九月弥生子も山荘生活を切り上げ東京に帰った。一九五〇（昭和二五）年二月二三日、成城町の自宅で先年の蜘蛛膜下出血が再発し、六六歳で逝去した。

野上豊一郎の業績は三つに分けることができる。

第一は小説・評論などの創作家としての仕事であった。『中学世界』の常連投稿青年であった野上は、一八九九（明治三二）年三月「戸次原の古戦場」、同年八月「沈堕瀧」、同年一二月「早吸のながめ」を始め、小説、評論を投稿した。上京後、一九〇五年一月「吾輩は猫である」（『ホトトギス』）以後漱石に私淑し、第一高等学校『校友会雑誌』（一九〇五年四月）に「吾輩も猫である」という一文を草した。漱石門下生の一人として『ホトトギス』に登場したのは、一九〇七年一〇月の「自然派観」、同年一一月の「小説短評」などの評論であった。最初の小説「破甕」が『ホトトギス』に掲載されたのは〇九年一月で、妻弥生子の処女作「縁」（『ホトトギス』）よりも二年遅い。「石菖屋の婆さん」（〇九年二月）は漱石から「石菖屋の婆さん拝見あれは破甕よりは数等上等の作、御進境、嬉敷存候。たゞ時々同材料を引っ張りスギテ、クドイ所あり。今少短カク隙間ナクスル方モ考ヘラルベシ。トニカク大体ニ於テ、此調子ハ本物也」（一九〇九年一月二一日付野上豊一郎宛漱石書簡）と肯定的な評価を与えている。

『国民新聞』（一九〇九年九月八日～一二月二九日）に連載された半自叙伝的小説「赤門前」は明治末期の東大英文科内の教師・学生間対立や交流を体験的に描いたものである。漱石門下生の余裕派の作品で、袛徊趣味を好む、貴族的で写生文派だ、という評があったが、野上は漱石の「三四郎」「それから」との関連で青春小説として考察する見方を示唆した。

「ミナ」（『新文藝』一〇年三月）は、もらったコリー犬ミナが唯一ほえない牛屋の娘お杉に牛乳配達人の男が通うようになり、ミナがほえるようになる。やがてお杉は男と駆け落ちし、ミナの容態も悪くなり入院、死亡する。女の堕落と犬の死が重ね合わせて語られている。漱石は「ミナも拝見あれは面白く候此前の新小説のと共に佳作に候。「赤門前」よりはよろしく候」（一九一〇年三月一三日付野上豊一郎宛漱石書簡）と、「ミナ」と「此前の新小説」（「郊外」『新小説』一〇年一月）は、「赤門前」よりも佳作であると批評した。

「崖下の家」（『新文藝』一〇年六月）は崖下の植木屋に下宿する学生を通して先妻の娘お米が轢死に至る悲惨を描いて、漱石の「門」、「三四郎」を髣髴とさせる。漱石は「赤門前御出版の由承知致候あれは如《おおせのごとく》仰小生よく読まざりしものなれど読んだうちに大分不本意の所有之君もいま繰り返したらば定めて色々な欠点に気がつくだらうと思ふ何卒《なにとぞ》其辺に御注意の上よく御訂正あり度切望致候　新文藝に出た崖下の家面白く候今日の万朝の六号につまらないものゝ様にかいてあり候があれは嘘に候　僕は君の短篇の方が却つて赤門前より優れてゐるのがあると思つてゐる。」（一〇年六月一〇日付野上豊一郎宛漱石書簡）とあるように、野上の「赤門前」を『国民新聞』全九一回連載中、漱石は必ずしも連続して読んでいたわけではなく、断片的に折に触れて読んでいたらしい。それでも欠点が目に着き、単行本としてまとめる時は、「御訂正あり度」と感じていた。しかし、単行本化の試みはついに成就せず、同類の正宗白鳥の「何処へ」ほど評判にならず、歴史的に埋没してしまった。漱石は野上の「郊外」「ミナ」「崖下の家」などの短編小説の方が、「赤門前」のような中長編小説よりも優れているといっている。

第二の業績は、外国文学の翻訳、研究である。

一九一二年一月、女を題材にした「ミナ」「おらく」「干満」の三編を集めて短編集『巣鴨の女』（現代文芸叢書6、春陽堂）を上梓して以後、次第に小説から遠ざかっていった。本来、野上は大学で英文学を専攻した英文学研究者であり、『中学世界』投稿時代からツルゲーネフ、ポープ、スウィフト、ゴーリキー、スティヴンソン、シェリーなどの外国文学を紹介してきた。単行本としては、『邦訳近代文学』（尚文堂書店。一九一三年三月）、『春の目ざめ』（東亜堂書房。一九一三年六月）は芸術座や築地小劇場で上演され、しばしば改訳され、版を重ねたが、漱石が書簡（一三年八月七日付）で小宮の調査で二十箇所以上誤訳があることを知らせてきたように、誤訳が問題になった。

一九三〇（昭和五）年五月、『漱石のオセロ』（鉄塔書院）を刊行した。野上は大学入学時一九〇五年九月から漱石辞職時〇七年三月までの一年半「オセロ」「テンペスト」「ベニスの商人」「ロミオとジュリエット」などのシェイクスピア講義を聴講していたが、筆記した講義ノートをもとに編集した。「はしがき」で「筆記者はいかに夏目金之助氏の講義を聴いたかを示すものに過ぎないかも知れぬ」と書いているように、講義者漱石のシェイクスピア観を描くよりも、筆記者野上が漱石のシェイクスピア講義をどう聴いたか、という点に重点が移っているのは已むを得ない。

第三の業績は能の研究である。野上は日常の淡々とした味わい深い情調を描いた短編創作には秀でた才能を示したが、今一つ突き破る独自の人生観を確立する力に届かなかった。また一方で弥生子が指摘するように、日本人がいくら英語英文学を研究しても、行き着くところは本国人の「後塵を拝するにすぎない」という思いが、英文学研究から日本伝統文化なかんずく能楽研究に彼を転換させた。後半生はもっぱら能楽研究家として能の理論の確立を目指し、著しい業績をあげて能楽界に貢献した。

一九〇九年二月、吉田東伍校訂『世阿弥十六部集』が能楽会から出版され、識者の注目を集め、能楽研究が本格的に始まった。野上も高浜虚子の慫慂で観た桜間左陣の「葵の上」に刺激を受け、激しい傾倒にのめり込む。「囚はれざる能評」を一九一一年一二月『能楽』に発表して以来、能研究を次第に深め、『花伝書』（岩波文庫、一九二七年一一月）、『申楽談義』（岩波文庫、一九二八年五月）、『能作書　覚習条条　指導至花道書』（岩波文庫、一九三一年七月）を校訂出版し能の普及に貢献した。

やがて、世阿弥を中心とした研究、『世阿弥元清』（創元社、一九三八年一二月）、『世阿弥と其の芸術思想』（日本精神叢書、一九四〇年七月）、『観阿弥清次』（要書房、一九四八年五月）を著し、彼の能理論研究は『能　研究と発見』（岩波書店、一九三〇年二月）、『能の再生』（岩波書店、一九三五年一月）、『能の幽玄と花』（岩波書店、一九四三年一月）に集約された。その理論は曲舞と小歌を基礎にした演戯であり、華麗、簡素、優婉、豪壮の調和の中に表現された象徴主義としての能に着目した。その中核は「能の主役一人主義」である。能楽協会の顧問になり、その功績を記念して一九五二年に「野上記念法政大学能楽研究所」が設立された。

〔参考文献〕『近代文学研究叢書』第六七巻「野上臼川」昭和女子大学、一九九三年七月二〇日。／平岡敏夫『日露戦後文学の研究　上』有精堂、一九八五年五月。

（『夏目漱石周辺人物事典』原武哲編著、笠間書院、二〇一四年七月二五日）

⑤野上豊一郎書簡の紹介

優れた英文学者であり、能楽研究者であった夏目漱石門下の野上豊一郎（号は臼川）は一八八三（明治一六）年九月一四日、大分県北海部《あまべ》郡福良村二四六番地（現臼杵市福良）に生まれた。臼杵中学校、第一高等学校を経て、一九〇八（明治四一）年七月、東京帝国大学英文学科卒業、卒業論文は「バーナード・ショーの研究」、同大学院を修了した。一高時代、夏目漱石に師事し、小宮豊隆、阿部次郎、安倍能成らと漱石門下に入り、その教養的雰囲気に薫染して漱石・虚子・能成・豊隆らと宝生新について謡を稽古し、桜間金太郎（弓川）に傾倒して、金春流の保護育成に尽くした。一九〇九（明治四二）年九月法政大学講師、一九二〇（大正九）年同教授、予科長、学監を歴任したが、一九三四（昭和九）年三月「法政騒動」のため、法政大学教授の職を退いた。その後、豊田実の尽力で九州帝国大学講師の職を得て、集中講義に出かけた。一九三八（昭和一三）年七月「能研究と発見」で文学博士になり、法政大学文学部名誉教授となる。一〇月一日より一年間、外務省より欧米諸大学交換教授として英国に行き、「能の芸術理論を中心として日本文化の特質について」を講義した。帰朝後一九四一（昭和一六）年三月、法政大学文学部長となる。一九四六（昭和二一）年二月学長を経て、一九四七年三月総長に就任した。後半生はもっぱら能楽研究家として能の理論を確立し、著しい業績をあげて能楽界に貢献し、能楽協会の顧問にもなった。その功績を記念して一九五二年に「野上記念法政大学能楽研究所」が設立された。

野上豊一郎と野田宇太郎との出会いがどういうものであったか、今はよくわからないが、野田の『灰の季節』（修道社、一九五八年五月五日）によると、「巻頭は幸田露伴の「音の各論」（二）に続いて野上豊一郎の「能の構想の合理性と非合理性」である。野上氏を私はこのとき法政大学総長室に訪れたのか、それとも弥生子夫人に小説を書いてもらった時に頼んで置いたのか、日記にもないのでよく覚えない。多分弥生子夫人の小説と同時に依頼したと思うが、内容も能の歴史をその内面から解きあかした立派な論文なので私はうれしかつた。」（『灰の季節』「月遅れの三月号」）とある。つまり、敗戦直前の一九四五（昭和二〇）年四月二五日に河出書房の『文藝』三月号の見本が、予定より一ヶ月以上遅れてできた。その三月号の巻頭は幸田露伴の文章に続いて、野上豊一郎の「能の構想の合理性と非合理性」であった。おそらく、この執筆依頼は野田が記憶にないので夫人の野上弥生子を通じて行われたと思われる。と言うのは、野上豊一郎が法政大学総長となったのは、戦後の一九四七（昭和二二）年三月のことであり、初対面であったなら、記憶が鮮明であるはずであるからだ。

夫人弥生子と野田とは、一九四四（昭和一九）年一二月、『文藝』に小説「草分」を執筆したのが始まりであろうが、その執筆依頼と同時に豊一郎にも能に関する論文の執筆依頼があったものと思われる。

野田宇太郎は一九四五（昭和二〇）年一二月号「太田博士追悼号」を最後に、河出書房を退職した。そして、一九四六年一月、野田は東京出版株式会社に入社、木下杢太郎のユマニスムを継承し、戦後の日本人に教養思想を滲透させるため、営利や商業主義文壇を目的としない新しい文芸雑誌『藝林閒歩』を創刊し、自ら編集兼発行人となった。

野上豊一郎は『藝林閒歩』第一巻第四号（一九四六年七月号）の巻頭に「大臣柱の蔭——或る脇師の感懐——」という能楽のワキ師を主人公にした小説を発表している。派手な脚光を浴びるシテを助け引き立てるだけの役目にすぎない、うだつの上がらぬワキの悲嘆は、単に舞台の上だけではなく、人生においても常に埋め合わせのつかないワキ師であった、という感懐を小説仕立てにした好短編である。

その次ぎに野上豊一郎が『藝林閒歩』に書いたのは、一九四六（昭和二一）年一二月号（第一巻第九号）の「ゲッセマネの小童」であった。『マルコ所蔵福音書』第一四章の「その時一人の年少《わか》き男の子、裸体に亜麻布を打ちかけ、イエスに従ひゐたれば、人々かれを捕へたり。かれ亜麻布を捨て、裸かにて逃げ去りたり。」にある、ゲッセマネにおけるイエス・キリストの捕縛時、裸体に亜麻布をまとった小童が逮捕者の手から逃げたが、この小挿話は四つの「福音書」の中でもマルコだけが取り上げて、他のマタイ、ルカ、ヨハネには記載がない。このゲッセマネの小童は実は後日「福音書」の筆者マルコ自身ではなかったか、と推測したものであった。しかし、『塚本虎二著作集』第七巻「裸の青年」によると、「古来最も有力なる、そして伝統的の解釈となっているのは、ヨハネ・マルコ、すなわちこの福音書の記者自身であるという説である。」とあり、野上豊一郎の独創的見解ではない（本学宗教主事中川憲次助教授の御教示による）。

豊一郎が次ぎに『藝林閒歩』に書いたのは、一九四七（昭和二二）年六月号（第二巻第五号）の「能三十句」であった。「高砂　夕がすみ今日も松葉掻くふたりなり」に始まる能にちなんだ俳句三〇句であった。能の演目をまず挙げて一句ずつ詠んでいる。

一九四七（昭和二二）年四月、野上豊一郎は野田宇太郎の東京出版から『シェバの女王』（定価八〇円）を出版した。「シェバの女王」「ソロモンの智慧」「王ソロモンの後宮」「十二使徒」「ゲッセマネの小童」「パウロと奴隷」などが収録されている。「あとがき」によると、古代エジプトの王や女王を描いて、一つは世界文化史上の顕著な思想、性格、事件を思い浮かべて見るよすがともなるようにと、また一つは日本歴史が一部偏見者の力説するほど、古さ故に尊いというようなことはなく、少しも誇るに足りないことを反省するようにと期待して書いたという。そして、中世の「教会」の色眼鏡によって神聖化された人々を「人間」として見直してこそ一層敬愛の念も高められると述べた。「終りに、此の書の刊行については野田宇太郎、川上洋典両君に殊にお世話になった。」と感謝の辞が付されている。

一九五〇（昭和二五）年二月二三日午後六時一五分、蜘蛛膜下出血の再発で急逝した。享年六六。

著書として、小説では『隣の家』、『赤門前』、『巣鴨の女』（一九一二年一月春陽堂）、翻訳ではフランク・ヴェデキント『春の目ざめ』（一九二四年九月岩波書店）、ピエール・ロティ『お菊さん』（一九二九年五月岩波文庫）、バーナード・ショー『聖女ジョウン』（一九三二年八月岩波文庫）、スウィフト『ガリヴァーの航海』上、下巻（一九四一年一・四月岩波文庫）、デフォー『ロビンソン・クルーソー』四巻（一九四六年四月～五〇年八月岩波文庫）や『翻訳論――翻訳の理論と実際』（一九三八年一月岩波書店）、『クレオパ

トラ』（一九四一年一二月丸岡書店）がある。文化論では『西洋見学』（一九四一年九月日本評論社）、能楽研究では『能　研究と発見』（一九三〇年二月岩波書店）、『能の再生』（一九三五年一月岩波書店）、『能面』（一九三六年八月〜三七年七月、岩波書店）、『能の幽玄と花』（一九四三年一月岩波書店）、『能面論考』（一九四四年七月、小山書店）、『世阿弥元清』（一九三八年一二月創元社）、『観阿弥清次』（一九四九年五月要書房）、『花伝書』（一九二七年一一月岩波文庫）、『中楽談義』（一九二八年五月岩波文庫）、『謡曲選集――読む能の本』（一九三五年五月、岩波文庫）、『能作書　覚条条　至花道書』（一九三一年七月岩波文庫）、編著『解註　謡曲全集』六巻（一九三五年五月〜三六年三月中央公論社）、『能楽全書』全六巻（一九四二年〜四四年創元社）がある。

(1)一九四八（昭和二三）年六月一三日付　ペン書50銭官製葉書（千歳　23・6・15）

武蔵野市吉祥寺
　二五〇七
野田宇太郎様

世田谷区成城南
二〇
野上豊一郎

藝林閒歩[1]有り難う。久しぶりで
故人に逢つた感じがします。小生も長い間
病臥[2]してゐて方々に御無沙汰してゐます。
何かお役に立つものでも書かうと思ひます
が病後でまだ自由に筆が執れません。
沢柳君[3]の文はおもしろく読みました。
あれをもつと長く突つ込んで書いてもらひ
たかつたと思ひます。
六月十三日

【注】

1　藝林閒歩＝野田宇太郎が敬愛した木下杢太郎の評論集『藝林閒歩』（岩波書店、一九三六年六月一五日）の書名に因んだ高踏的な芸術総合雑誌。一九四六年四月一日、東京出版株式会社より編輯兼発行人野田宇太郎により創刊され、一九四八年一〇月、第二三号（蜂書房）をもって終刊した。ここは一九四八年四月一日発行の第二一号「鷗外と漱石」（洗心書林発行）のことである。『藝林閒歩』は創刊号から第一九号まで東京出版から出版されていたが、文化の蓄積者としての編輯兼発行人野田宇太郎と営利業者東京出版株式会社との間に摩擦が生じた。野田は東京出版を退社し、『藝林閒歩』を「藝林閒歩社」という独立した組織から発行、継承することにした。第二〇号をやっと発行したが、資金が続かず、第二一号は洗心書林、第二二号、第二三号は蜂書房から刊行と放浪の末、遂に終刊となった。

2　病臥＝豊一郎は一九四八（昭和二三）年一月、法政大学より帰途身体の不調を覚え、帰宅後中川正儀の診断により過労による蜘蛛膜下出血と判明、約二ヶ月の療養生活を送るが大事には至らず、病床でも翻訳の仕事を行った。五月には豊一郎らが身を寄せていた三男燿三宅からほど近い世田谷区成城町二〇番地の森可修家の建物を購入、約六百坪の敷地を借り受けた。そして九月、弥生子は山荘（群馬県吾妻郡北軽井沢法政大学村）での疎開生活を本格的に切り上げ東京に戻った（『近代文学研究叢書 67』昭和女子大学、一九九三年七月「野上臼川」一 生涯 二 活躍後期）。

3 沢柳君＝沢柳大五郎のこと。美術史学者、評論家。一九一一（明治四四）年八月二三日東京市生まれ、一九三五（昭和一〇）年東北帝国大学法文学部美学美術史学専攻卒業。東北帝国大学助手を経て、日本文化大観編修会、美術研究所に勤務し、東京教育大学教授、早稲田大学教授を歴任した。岩波書店版第三次『鷗外全集』編者の一人で、『鷗外箚記《さつき》』（一九四九年八月十字屋書店）の著がある。著書には『ギリシアの美術』（一九六四年四月岩波書店）、『ギリシア美術襍稿』（一九八二年美術出版社）、『ギリシア神話と壷絵』（一九六六年三月鹿島研究所出版会）、『パルテノン彫刻の流転』（一九八四年グラフ社）、『アッティカの墓碑』（一九八九年グラフ社）、『木下杢太郎記』（一九八七年小沢書店）、『百花譜百選』（一九九〇年岩波書店）、『様式の歴史』（編著）新装版（一九九〇年美術出版社）やヨハン・ヴィンケルマン『希臘芸術摸倣論』（一九四八年二月座右宝刊行会）の翻訳などがある。ここでは沢柳大五郎の「鷗外漱石と欧羅巴」を指している。沢柳はこの文章の中で、森鷗外の西欧的風貌について、勤勉無比の鷗外がStreber（野心家、猟官家）を蔑視し、Sittliche Entrüstung（習慣的な憤怒）を苦々しく思い、何にもましてlächerlich machen（物笑いの種にする）することに我慢のならない人だったと述べている。鷗外夫人しげの小説は実はしげが材料を提供し、鷗外の筆になったものである、鷗外はその魂の深みに、その稟質の内部にまで触れるある西欧的なものを身に体していた、など注目すべき意見が述べられていた。

（『福岡女学院短期大学紀要』第三三号（国語国文学・英語英文学）一九九七年二月二八日）

第四章　野上弥生子

⑥野上弥生子と夏目漱石

野上弥生子
『野上弥生子展 ── その百年の生涯と文学 ── 』日本近代文学館、1985年5月30日。(1912年6月撮影)

一八八五（明治一八）年五月六日～一九八五（昭和六〇）年三月三〇日。小説家。漱石門下生の野上豊一郎の妻。豊一郎を通じて漱石の小説修行の指導を受ける。

大分県北海部《きたあまべ》郡臼杵町五一一に父・古手川角三郎、母・マサの長女として生まれた。本名ヤヱ。初期の号は八重子。家は祖父の代から醸造業であった。一八九九（明治三二）年三月、臼杵尋常高等小学校を卒業した。

一九〇〇（明治三三）年上京し、本郷区弥生町の叔父古手川豊次郎方に寄寓、叔父の親しかった島田三郎（新聞記者・政治家）に会い、木下尚江に連れられて、四月府下巣鴨村庚申塚の明治女学校普通科に入学した。一九〇三（明治三六）年三月、明治女学校普通科を卒業、四月明治女学校高等科入学し、一九〇六（明治三九）年三月、明治女学校高等科を卒業した。同郷で第一高等学校学生の野上豊一郎と交際を始め、卒業後、八月、結婚した。

一一月、東京府下巣鴨町上駒込三八八番地内海方に転居、「木曜会」の漱石山房に出入りする夫豊一郎に励まされて習作「明暗」に着手した。豊一郎は妻の「明暗」を漱石に見せ、批評を乞うた。読んだ漱石は弥生子に巻紙五メートルに及ぶ手紙を送って、詳細に批評した。

「　明暗

一　非常に苦心の作なり。然し此苦心は局部の苦心なり。従つて苦心の割に全体が引き立つ事なし

一　局部に苦心をし過ぎる結果散文中に無暗に詩的な形容を使ふ。然も入らぬ処へ無理矢理に使ふ。スキ間なく象嵌を施したる文机の如し。全体の地は隠れて仕舞ふ。」

「人情ものをかく丈の手腕はなきなり。非人情のものをかく力量は充分あるなり。」

「趣向は全体として別段の事なし。あしく云へばありふれたるものなるべし。只運用の妙一つにて陳を化して新となす。作者は惜しい事に未だ此力量を有せず。」（一九〇七年一月一七日付野上弥生子宛漱石書簡）

とかなり厳しく若い弥生子の弱点を鋭く指摘したが、翌一月一七日の木曜会で朗読された弥生子の原稿「縁《えにし》」を高浜虚子に紹介して、『ホトトギス』に掲載することを希望した。

「「縁」といふ面白いものを得たからホト、ギスへ差し上げます。「縁」はどこから見ても女の書いたものであります。しかも明治の才媛がいまだ曾て描き出し得なかった嬉しい情趣をあらはして居ます。「千鳥」をホト、ギスにすゝめた小生は「縁」をにぎりつぶす訳に行きません。ひろく同好の士に読ませたいと思ひます。」「こんななかに「縁」の様な作者の居るのは甚だたのもしい気がします。これをたのもしがつて歓迎するものはホト、ギス丈だらうと思ひます。夫だか

らホト、ギスへ進上します。」（〇七年一月一八日付高浜虚子宛漱石書簡）と前日の本人宛の書簡とは打って変わって高く推奨した。これが『ホトトギス』二月号に掲載されて文壇的デビューを果たした。

一九〇七年四月、夏目漱石は一切の教師を辞め、「朝日新聞社」に専属作家として入社し、入社挨拶と「虞美人草」取材とを兼て、京都旅行に行った。弥生子は漱石に「京人形をおみやげに買ってきてくださいまし」と、おねだりの手紙を出した。漱石は京都から帰り、留守中に印材用の唐茄子の蔕《へた》を送られたので、お礼の手紙で「京人形の一寸ほどのものを買ひ求め候」（四月一二日付野上豊一郎宛漱石書簡）と書いてあったので、弥生子は心が躍るばかり喜んだ。次の木曜日、豊一郎が持って帰ったのは、浅草の仲見世にでもあるような、安っぽい小さな人形だったので、始めはがっかりした。後につつましい旅の中、入社第一作の小説構想中に通りの人形屋で思い出して、小さい人形を買った漱石に深い感謝の念を抱いた。

「縁」をきっかけにして、六月「七夕さま」を『ホトトギス』に発表し、「漱石評。大傑作なり」と批評して褒めた。「七夕さまは「縁」よりもずつと傑作と思ふ　読み直して驚ろいた。燈籠を以て着物を見に行く所は非常によい。末段はあれでよろし」（一九〇七年五月四日付野上豊一郎宛漱石書簡）「七夕さまをよんで見ました、あれは大変な傑作です。原稿料を奮発なさい。先達てのは安すぎる。」（一九〇七年五月四日付高浜虚子宛漱石書簡）と書いて、原稿料の奮発を促している。漱石は森田草平宛書簡（六月二一日付）でも弥生子の「七夕さまへ感服して呉れたのはうれしい。」と、たいへんな肩の入れようである。

「「紫苑」は少々触れ損ひの気味にて出来栄あまりよろしからず。「柿羊羹」の方面白く候。是も非難を申せば吉田さんが不自然の自然（ママ）に出来上つて居り候へども、大体の処結構に御座候。」「ただ柿羊羹の方が上等の代物と覚召し御取計可然《しかるべく》候」（一九〇七年一二月九日付野上弥生子宛漱石書簡）、と評し、「紫苑」は『新小説』（〇八年一月）に、「柿羊羹」は『ホトトギス』（同）に掲載された。

〇八年一二月「女同士」を『国民新聞』に連載し、野上弥生子の筆名を用い始めた。

「八重子「鳩公の話」といふ小説をよこす。出来よろし。」（一九〇九年三月二〇日漱石日記）

「鳩の話早速拝見。面白く候すぐ虚子の手許へ廻し候来月は附録を出すとか出さぬとか申居候故都合によりては如何と思ひ候へども出来るならば掲載する様願ひ置候」（一九〇九年三月二〇日付野上弥生子宛漱石書簡）

弥生子の「鳩公の話」は夫豊一郎を通じて漱石の下読みを受け、『ホトトギス』附録として、〇九年四月、発表された。

一九一一（明治四四）年九月、平塚らいてう（明子）の女性文学集団「青鞜社」が結成され、弥生子もその社員になった。しかし、一〇月には退社し、寄稿家として協力することにして、小説「京之助の居睡」（一二年九月）、翻訳「近代人の告白」（一二年一〇月～一三年一月）などを発表した。

一九一二（明治四五）年三月、夫豊一郎が腸チフスに罹って入院したので、弥生子は漱石に手紙で知らせた。漱石はすぐ返事を出し、「御手紙拝見致しました野上君の御病気は驚ろきました。あなたも嘸御心配でせう。」「御手紙の模様では大した事にもならずに済みさうでまことに結構です、夫に入院さへしてゐれば手当は充分出来るから貴方は安心して寝て入らつしやい。」「あなたは身体のしつかりする迄傍へ寄らない方がいゝチフスだから感染すると不可ない」と気遣い、東大病院三浦内科に見舞った。

一九一三（大正二）年七月一五日翻訳『伝説の時代』（タマス・ブルフィンチ原著）を尚文堂から刊行したが、漱石に序文を頼み、漱石は書簡風な序文で、

「私はあなたが家事の暇を偸んで『伝説の時代』をとう〳〵仕舞迄訳し上げた忍耐と努力に少からず感服して居ります。」「況《ま》して夫の世話をしたり子供の面倒を見たり弟の出入に気を配つたりする間に遺る家庭的な婦人の仕業としては全くの重荷に相違ありません。あなたは前後八ヶ月の日子を費やして思ひ立つた翻訳を成就したと云つて寧《むし》ろ其長きに驚ろかれるやうだが、私は却つて其迅速なのに感服したいのです。」「恐らく余りに切実な人生に堪へられないで、古い昔の、有つたやうな又無いやうな物語に、疲れ過ぎた現代的の心を遊ばせる積りではなかつたでせうか。」（野上弥生子訳『伝説の時代』序）と家庭婦人の翻訳作業の重荷を慮った。弥生子は序文の御礼として、謡本百八十番を入れる桐箱を持参したが、箱を見ると小さな汗のしみが付いていた。弥生子は驚いて、玄関まで運んでくれた車夫の汗のせいだと釈明したが、漱石は不愉快な顔を露わにした。

一九一四（大正三）年八月『東京朝日新聞』に新進作家の短編小説連載が始まり、弥生子も選ばれて、九月二一日から一〇月四日まで一三回「或夜の話」を連載した。最初は「死」という題だったが、第一回の武者小路実篤の作品も「死」だったので、同じ題が二つも続くのは変だからということで、改題させられたが、後に単行本『新しき命』に収録する際は、「死」に戻した。

一九一五（大正四）年四月、弥生子の実家小手川武馬（大分県臼杵町）が弥生子の依頼であろうか、

漱石に味噌一樽贈り、漱石は小手川に礼状を出した。一六年一一月小説集『新しき命』を岩波書店から刊行した。漱石歿後、弥生子はますます秀作を発表し、当代を代表する女流作家に成長した。二二年九月「海神丸」(『中央公論』)を発表した。一九二八(昭和三)年八月「真知子」(『改造』)の分載始まり、三一年四月長編単行本として『真知子』(鉄塔書院)は刊行された。三八年一〇月、日英交換教授となった豊一郎に同行して渡欧、三九年九月第二次世界大戦に遭い、アメリカを回って、一一月帰国した。

戦後は、一九四八年一〇、一二月『迷路』第一、二部を岩波書店から刊行した。五六年一〇月「方船の人」を『迷路』第六部として分載、全六部完結した。五八年二月『迷路』により第九回読売文学賞を受けた。一九六四(昭和三九)年二月『秀吉と利休』を中央公論社から刊行。四月『秀吉と利休』により第三回女流文学賞を受けた。六五年一一月文化功労者に選ばれ、七一年一一月文化勲章を受けた。七二年五月『森』第一章「入学」(『新潮』)を連載始めた。八一年一月朝日賞を受けた。八四年一月『森』第一五章「春雷」(『新潮』・未完)発表した。完成を目前にして急性心不全で死去した。満九九歳。

野上弥生子の見た夏目漱石は、

「先生のことは、一高の時から教はつてゐた野上にたえず噂を聞いてゐたので、まだ書いたものを見て頂かないまへから、わたしにも先生のやうな気がしてゐた。はじめて見て頂いたのは『縁《えにし》』と云ふ、その頃『ほととぎす』を中心としてはやつてゐた写生文風の短いものであつたが先生はそれを褒めて下すつたので、虚子さんが雑誌に載せてくれた。云はばこれがわたしのささやかな文壇的デブューになつたわけである。しかしわたしには文壇への野心といふやうなものは少かつた。わたしはただその後もなにか出来ると見て頂いてゐた先生から、これでよいと云はれることが最上の名誉であり、満足であつた。同時に世間からどんなに喝采されようとも、先生に否定されるやうなものなら恥かしいと思つた。そんなものは決して書いてはならない。況んや金のために。——わたしは自分でどうしても書きたいと思ふものでなかつたら、一行も書くまいとさへ決心してゐた。今の若い人達は不思議がるかも知れないやうな、この窮屈な潔癖がつねにわたしを支配してゐたのは、読んで頂く人として先生をいつも一番に頭に入れてゐたからであつた。」「なにか新らしいものが出来ると、木曜会の時に野上がもつて行つてくれた。わたしはあれほどいろいろな人を引きつけてゐた木曜の会に一度も行かうとはしなかつた。」「当時の先生は訪問客にはうんざりしてゐられることを知つてゐたので、わたしまで出かけてその上先生を疲らせなくとも、そんな暇に書物の一ペイジも読んだり、子供の世話でもよくしてやれば、先生にはその方がお気に入るのだと信じてゐた。ひとつは野上から木曜会の度に、今夜は誰がどんな話をしてどんな議論が出て、また先生がどう仰しやつたと云ふやうなことまで委しく聞かされたので、行かなくとも大抵の話題や、出来事は知つてゐた。そんな事情で、あれほど長いあひだ親切にして頂いた先生に、わたしは五六度とはお目にかからなかつたやうな気がする。」（「夏目先生の思ひ出—修善寺にて」『文藝』一九三五年五月）という。

夫の豊一郎が木曜会から帰って、出席した面々の発言や漱石の意見を細かく妻に報告したので、弥生子はこまごましたことまで日記に書き留めていたらしい。しかし、残念ながら、その部分の日記は残っていない（「夏目先生の思い出――漱石生誕百年記念講演――」）。

後に能楽研究者になった野上豊一郎は勿論、弥生子も謡は堪能であったが、漱石の謡だけは、「及第点」をあげられないと言って、エピソードを語っている。弥生子が夏目家を訪ねた時、座敷で待っていると、書斎から「清経」の悲しみ嘆く謡の、幽玄で燻銀のような声が聞こえてきた。弥生子は涙ぐましくなるような陶酔で聴き入った。すると、「めえーっ」と山羊の鳴くような、甘っぽい、いかにも素人らしい、間延びした謡が続いた。弥生子は二度びっくりして、きょとんとし、間違いでもしたように赤くなった。弥生子はその晩宝生新の代稽古尾上始太郎《もとたろう》の謡を漱石だと思ったのであった。

研究者たちは漱石と野上弥生子との関係をどう見ているだろうか。

篠田一士は「夏目漱石の小説遺産をもっとも正統的に受けつぎ、同時に、現代という時代のなかで、それを生々と実現した作家がだれかということになれば（略）野上弥生子をおいてほかにない」（『日本文学全集』第三五巻、集英社、一九六八年一〇月）と、野上弥生子が最も正統的後継者と見なした。

瀬沼茂樹は「漱石門下といえば、野上弥生子が漱石の風格を継承し、生かした唯一の閨秀作家として地歩を占めてきたといえるであろうか。」「野上弥生子は少女時代から国文学の教養や英文学の見識を身につけていたが、漱石に教えられて、漱石風な写生文に出発したといってよい。自己の身辺の事象や見聞に取材して、写生文としての小品をつづる間におのずから娘らしい物語を孕み、明治の才媛がかつて描出できなかった「嬉しい情趣」をあらわしたと漱石の評したような世界から漱石の見解を超えた小説の世界を拓いていった。」（『野上彌生子の世界』二「写生文」、岩波書店、一九八四年一月二〇日）と評した。

漱石の孫松岡陽子マックレインも「あせらず根気ずくで、牛となって八十年近い作家生活を送ったのは野上氏の他になく、この意味で野上氏こそ真の漱石の一番弟子と言う事が出来るのではないだろうか」（「漱石の一番弟子」『新潮』一九八四年六月）と言っている。

渡辺澄子は「夏目漱石との師弟関係も、漱石直接の弟子とならずに豊一郎経由であったことが結果として幸せだったのではないかと思われる。」（「野上弥生子論」『解釈と鑑賞』一九八五年九月）と、弥生子が漱石の直弟子でないことが、かえって幸いしたとの見解を述べている。

井上百合子は「弥生子が女流にありがちな感情の誇大や、官能の悩みを書くことがなかったのは、資質はもとよりだが、やはり漱石に教えられたものであり、またそこから目を開かれたオースティンやエリオットらイギリスの女流の影響であろう。」（『夏目漱石試論』「野上弥生子」河出書房新社、一九九〇年四月）と、漱石に学んだ英国女流文学者の影響を重視した。

相原和邦は「ディオニソス的な批判精神においては漱石に一歩譲るとしても、その倫理感、社会観、および精緻な観察と知的分析力の多くは漱石に学んだものといえよう。」（「漱石山脈事典」『夏目漱石事典』学燈社、一九九〇年七月）と、漱石に学んだことを指摘した。

飯田祐子は「弥生子の語る師としての漱石は、非常に抽象化されているが、それが容易に可能になったのは、書かれたもののみでの限られた関係だったからではないか。直接議論重ねるような機会があれば、立場や感受性の違いが前景化してしまう事態に陥り易い。」「ことに「女」という特別席を与えられてしまうものにとって、このような間接性を積極的に利用することが、自らの力に対する妨害を除去する可能性を持つ場合もあるのである。弥生子は積極的に間接性を維持していた。野上弥生子をめぐって見えてくるのは、「師」たるものを自分の支えとして作り出した弟子の姿である。漱石山脈にあって、それはたしかに特殊なものであったはずだ。」（「野上弥生子の特殊性―「師」の効用」『漱石研究』第一三号、翰林書房、二〇〇〇年一〇月）と、漱石と野上弥生子との特殊な師弟関係に切り込んだ。

〔参考文献〕助川徳是『野上弥生子と大正教養派』桜楓社、一九八四年一月。／渡辺澄子『野上弥生子の文学』桜楓社、一九八四年五月。／瀬沼茂樹『野上弥生子の世界』岩波書店、一九八四年一月二〇日。

（『夏目漱石周辺人物事典』原武哲編著、笠間書院、二〇一四年七月二五日）

⑦野上弥生子書簡の紹介

野田宇太郎が初めて野上弥生子に『文藝』（河出書房）原稿執筆を依頼したのは、夫豊一郎よりも早く、一九四四（昭和一九）年一二月「草分」の時であろう。どういう経緯で野田が弥生子に原稿を依頼したか、くわしいことはわからない。一九四二、四三年と太平洋戦争の深刻化に伴い、思い通りに書けなくなった状況の中で、野上弥生子は毎年六月から一一月近くまで浅間山麓の高原である北軽井沢の山荘で静かに過ごしていた。この山荘は一九二八（昭和三）年、法政大学学長松室致が所有する草津電鉄沿線の土地を開放して別荘地としたものであった。松室学長を名誉村長に、野上豊一郎を議長とする村会で、村は万事自治的に運営された。大学村は一人五百坪を単位に分譲し、一坪一円の地代を給与から差引き、百数十軒の別荘にふえた。知的で健全で、素朴な共同生活を村の憲法とし、奢侈と華美を否定し、ペンを枉《ま》げずに良心を貫く生活の中で、「草分」は和子ものの一つで、植村時雄・和子夫妻が大学村の村民となっていく由来が描かれた。その年一九四四年秋、東京空襲を避けてこの北軽井沢山荘に疎開し、初めて越冬した。

敗戦後一九四五（昭和二〇）年一二月、『文藝』の「太田博士追悼号」を発行すると、それを機に野田宇太郎は、河出書房を退社し、一九四六（昭和二一）年四月、東京出版から『藝林閒歩』創刊号を出した。一九四七（昭和二二）年三月一〇日、野田は野上弥生子の自選小説集『明月』（収録作品「明月」「茶料理」「ノッケウシ」「哀しき少年」「おつねの小説」「若い息子」）を東京出版から刊行した。

同年五月、野田宇太郎の『藝林閒歩』（第二巻第四号、通巻第一三号）に野上弥生子は、和子もののの「鍵――へんな村の話――」を発表した。「へんな村」とは疎開以来住みついた北軽井沢の大学村のことである。こんな山奥で、駅から三〇分も歩いて来なければならない森の村まで泥坊が来るはずがない、鍵など必要ないと思っていたところ、初老の泥坊が捕えられた。二年半後、出所した同じ泥坊がまた捕えられた。和子も盗品の確認に立ち合わされ、官憲の権柄ずくな態度に、これが日本を戦争に捲き込んだのだと思い、不快な官憲より泥坊の方が好きになれると思った。土地の子供たちが山荘荒しをした事件もあった。村の女三人が和子の庭に入り、ぎぼしの株を抜いていたこともあった。和子が注意すると、黙って隣の山荘に移った。和子は女たちが自然は誰の所有物でもなく、何を採ろうと勝手次第で、後から来た疎開者こそ自分たちの縄張りを侵すものだと信じているかも知れないと悄げながらも、反撥を覚えた。

野上弥生子は五年間の北軽井沢山荘生活を打ち切り、一九四八（昭和二三）年九月、東京都世田谷区成城町二〇番地の自宅に帰った。

同年一〇月、野田宇太郎の『藝林閒歩』も第二三号をもって終刊号となった。野田はあらゆる出版社から手を引き、詩作と近代文学研究の著述生活に入った。一九五一（昭和二六）年六月より『日本読書新聞』に「新東京文学散歩」を連載、「文学散歩」の語を創案し、以後「九州文学散歩」から「ヨーロッパ文学散歩」に至る。一〇数万キロに及ぶ実地踏査による文学と風土の研究は「文学散歩」という普通名詞を造るほど社会現象化した。一九六一（昭和三六）年一月、雑誌『文学散歩』(雪華社)が野田宇太郎によって創刊された。しかし、この雑誌に野上弥生子の文章が掲載されることはなかった。

一九八四(昭和五九)年七月二〇日、野田宇太郎は七四歳で亡くなり、一九八五(昭和六〇)年三月三〇日、野上弥生子は満百歳の誕生日を三七日後に控え、成城の自宅で溘焉としてみまかった。

(1)一九四六(昭和二一)年一一月八日付ペン書封書

(應桑　21・11・9　群馬県)

東京都外　武蔵野町
吉祥寺二五〇七
野田宇太郎様

群馬県
吾妻郡北軽井沢
大学村

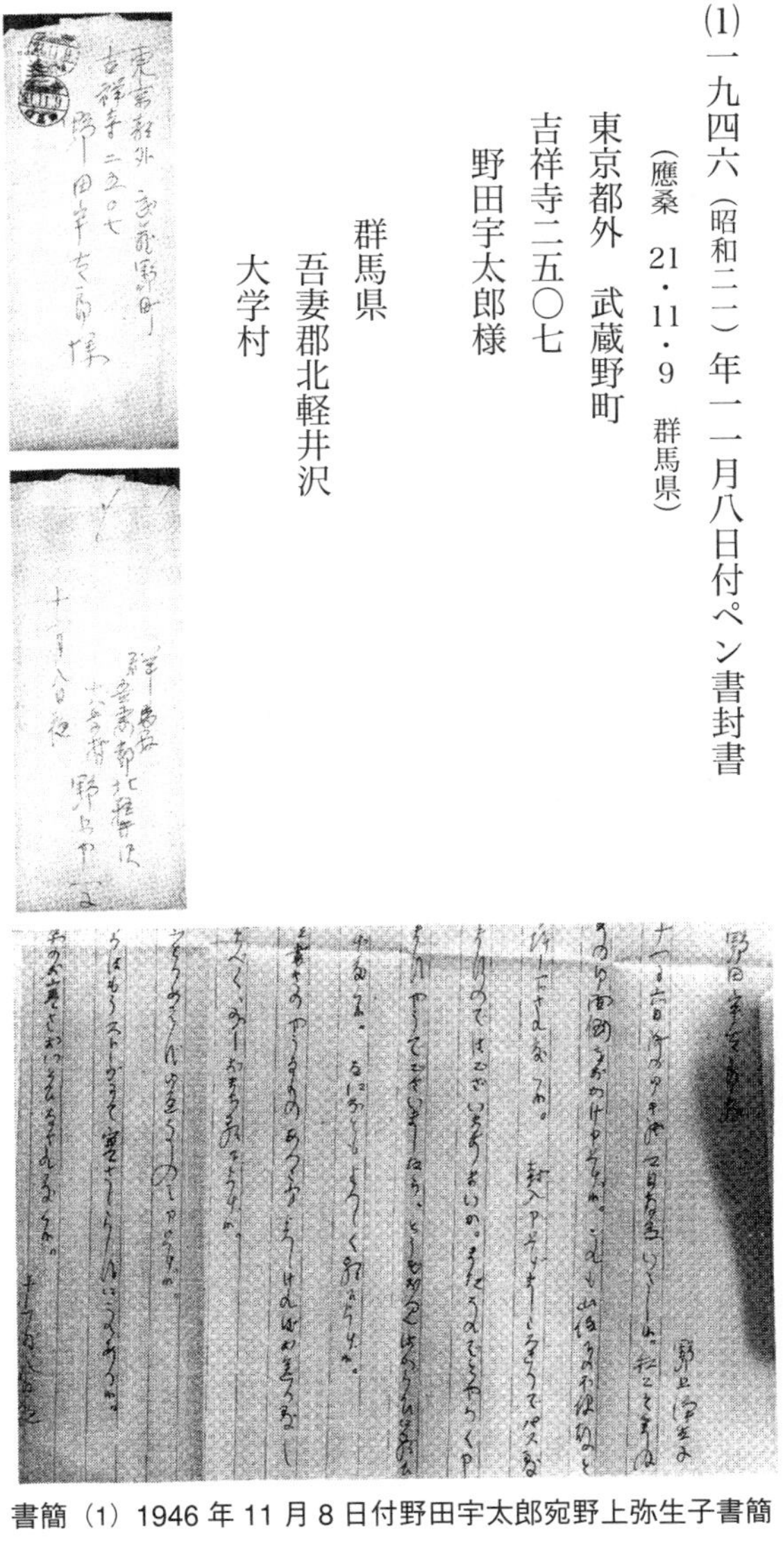

書簡(1)1946年11月8日付野田宇太郎宛野上弥生子書簡

野上やへ子

十一月八日夜

野田宇太郎様

野上弥生子

十一月六日附の御手紙[1]今日拝受いたし候。私こそ重ね重ね御面倒をおかけ申上げ候。これも山住ひ[2]の不便故とお許し下され度く候。封入申上げましたつきりでパス致しますのではございますまいか。まだこれでとやかく申しますやうでございましたら、どうぞお見はからひに願ひ上げ度く候。なに分ともよろしく願ひ上げ候。

あと書き[3]のやうなものあつた方よろしければお送り致し申すべく、少しおまち願ひ上げ候。

以上とりあえず御返事のみ申上げ候。

こちらはもうストーヴにて寒さしらずにこれあり候。

東京のお寒さおいとひなされ度く候。

十一月八日夜

【注】

1　御手紙＝どういう野田宇太郎の手紙であったか、未詳。

2　山住ひ＝野上豊一郎弥生子夫妻は一九二八（昭和三）年、群馬県吾妻郡北軽井沢の大学村に山荘を購入し、例年避暑に来ていたが、弥生子は六月から一一月まで半年は山荘で執筆活動を続けながら暮していた。しかし、一九四四（昭和一九）年秋から東京空襲を避けて山荘に疎開、一九四八（昭和二三）年九月、五年間の山荘生活から世田谷区成城町二〇番地の自宅に帰った。

3　あと書き＝何のあと書きか未詳。

(2)一九四七（昭和二二）年一一月一二日付ペン書50銭官製葉書（應桑　22・11・13　群馬県）

東京都千代田区
内幸町二ノ三
幸ビル内
東京出版株式会社
野田宇太郎様

群馬県吾妻郡
北軽井沢大学村

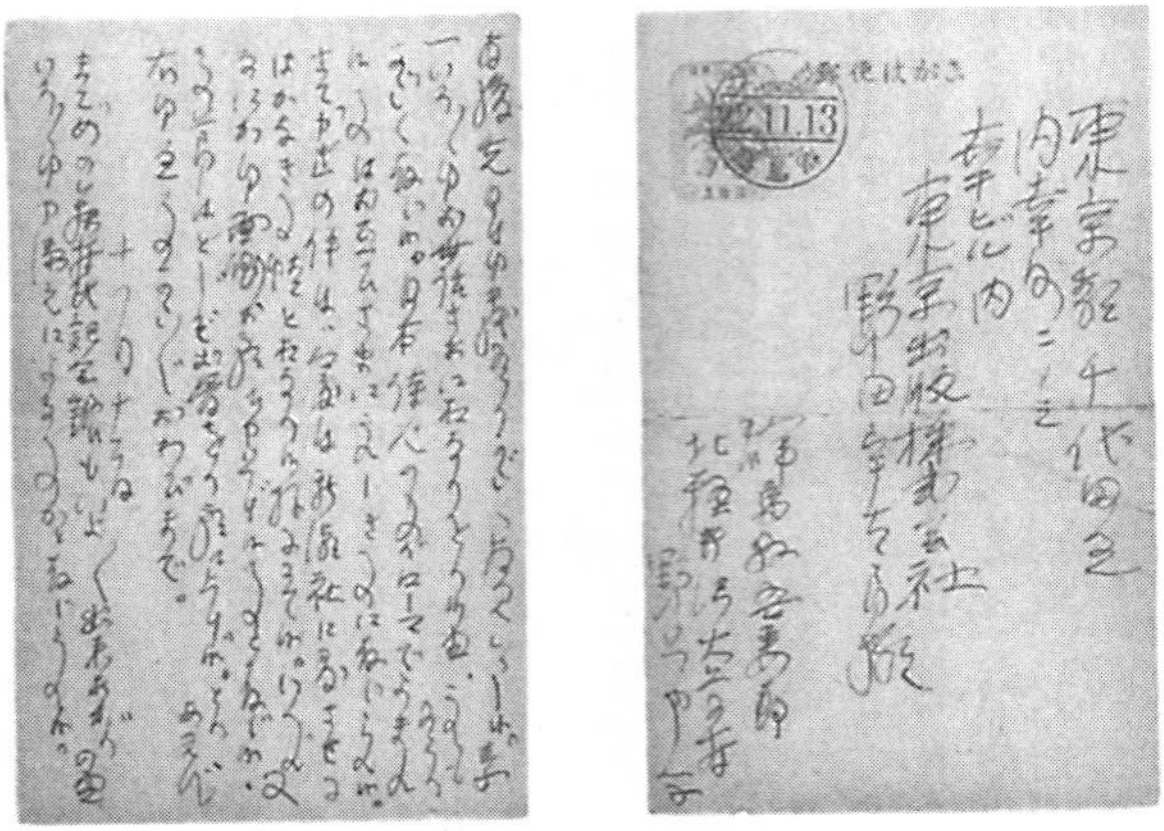

書簡（2）1947年11月12日付野田宇太郎宛野上弥生子書簡

野上やへ子

拝復先日は御手紙有りがたく拝見いたし候。素(1)
一いろ〳〵御お《(ママ)》世話さまに相なりをり候由、これも有り
がたく存じ候。日本詩人のものがローマでよまれ
候事はお互ひさまにうれしき事に存じられ候。
さて「カギ」(2)の件は、今度は新潮社に致させる
ほかなき事情と相なり候様子にて候。いづれ又
なにか御面倒お願ひ申上げ候事と存じ候。
その節はどうぞお骨をり願ひ上げ候。とりあえず
右御返事かた〴〵おわびまで。

十一月十二日

まごめ(3)の藤村氏記念館もいよ〳〵出来あがりの由
いろ〳〵御力添えによる事かと存じられ候。

【注】

1　素一＝野上素一。一九一〇（明治四三）年一月二九日東京生まれ。イタリア文学者。言語学者。野上豊一郎、弥生子の長男。東京帝国大学文学部言語学科で西洋古典学を修め、一九三六（昭和一一）年九月、第一回日伊交換学生としてイタリアのローマ大学文学部古典科に留学。イタリア古典学を専攻するかたわら同大学の日本語講師も勤めた。一九四六（昭和二一）年、一〇年ぶりに帰国。同年京都大学文学部講師を経て、一九五四（昭和二九）年イタリア語学文学講座初代教授に就任。一九五一年日本ダンテ会を創設し、これをイタリア学会に解消発展させた。一九七三（昭和四八）年退官後は聖心女子大学教授、実践女子大学教授、京都外国語大学教授を歴任。著書にボッカッチオ著『デカメロン』（訳。一九四八年九月～五九年一〇月、岩波文庫）、『イタリア語入門』（一九五四年）、ポール・アリーギ著『イタリア文学史』（訳。一九五八年、白水社）、『イタリア語四週間』（一九六四年、大学書林）、『新伊和辞典』（一九六四年）、『世界古典文学全集35　ダンテ（訳）』（一九六四年七月、筑摩書房）、『イタリア現代史』（翻訳。P・ジェンティーレ著。一九六七年、世界思想社）、『ダンテ神曲物語』訳著（一九六八年、社会思想社）、『沈黙の世界史　4　エトルリア・ローマ・ポンペイ』（一九七〇年、新潮社）、『ダンテは中世人かルネサンス人か〈中世とルネサンス〉』（一九七七年、荒竹出版）がある。ダンテ賞（イタリア）、カヴァリエレ・ウフィチャーレ勲章（一九五四年）、イタリア文化勲章（一九六四年）、コメンダートレ勲章（一九六四年）、毎目文化賞（一九六四年）、勲三等旭日中綬章（一九八二年）、メダリアドーロ賞（一九八六年）を受賞した。

2　「カギ」の件＝『藝林閒歩』第二巻第四号（一九四七年五月号）に発表された野上弥生子の「鍵――へんな村の話――」を始めとする野上弥生子の短編小説集単行本出版のこと。新潮社から出版しなければならない事情があったらしい。しかし、結局、一九四八（昭和二三）年一二月一日、『鍵』（収録作品「鍵――へんな村の話――」「ロンドンの宿」「父親と三人の娘」「狐」）は実業之日本社から刊行された。

3　まごめの藤村氏記念館＝島崎藤村の故郷、長野県木曽馬籠の島崎藤村記念堂。野田宇太郎は建築学者谷口吉郎と共に一九四六（昭和二一）年一〇月、木曽馬籠を訪れ、木曽谷の大自然と歴史を背景として藤村の「夜明け前」の意義を考え、そこに詩に貫かれた藤村のモニュメントを作ったならば、敗戦後、荒廃した日本人の心に文学の香気を灯し、文化も育つだろうと藤村記念堂建設を訴えた。野田宇太郎、藤村の長男島崎楠雄、馬籠に疎開していた英文学者・随筆家・小説家の菊池重三郎《しげさぶろう》（発起人代表）、設計者谷口吉郎、その他地元の人々の協力で藤村記念堂は馬籠の本陣跡に建設された。一九四七（昭和二二）年一一月一五日、佐藤春夫と有馬生馬も参列して、藤村記念堂落成式は行われ、野田宇太郎は『藤村詩集』序と「初恋」の詩を朗読した（野田宇太郎『混沌の季節——被占領下の記録』〈大東出版社、一九七一年五月二〇日〉「藤村の故郷」「藤村記念堂落成前後」）。

(3)一九四八（昭和二三）年八月三〇日消印ペン書一円五〇銭切手50銭官製葉書（應桑　23・8・30　群馬県）

東京都外
武蔵野市吉祥寺二五〇七
野田宇太郎様

群馬県
吾妻郡北軽井沢
大学村
野上やへ

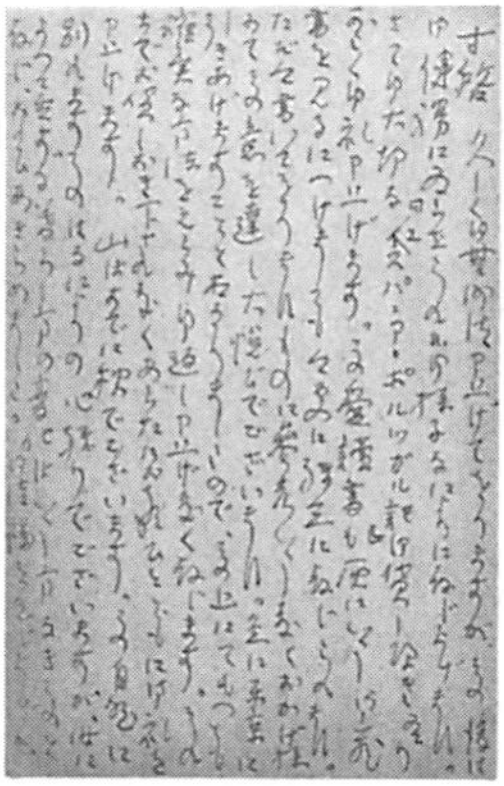

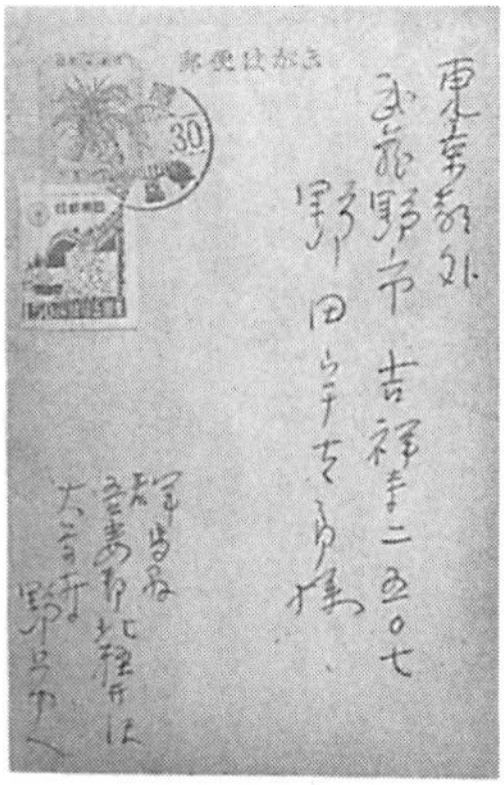

書簡（3）1948年8月30日付野田宇太郎宛野上弥生子書簡

寸啓　久しく御無沙汰申上げてをりますが、その後は御健勝にゐらせられ候御様子なによりに存じ上げます。さて御大切な『エスパニア・ポルツガル記』[1]御貸し頂き有りがたく御礼申上げます。この愛読書も灰にいたし御蔵書を見るにつけましても今更に残念に存じられます。た[2]だ今書いてをりますものに参考いたし度くおかげ様にてその意を達し大悦びでございます。急[3]に東京に引きあげますことと相なりましたので、その上にてもつとも確実な方法をえらみ御返し申上げ度く存じます。それまでお貸しおき下され度くあらたにお願ひとともに御礼を申上げます。山はすでに秋でございます。この自然に別れます事はなによりの心残りでございますが、時によつて生ずる暮らし方の変化はいたし方なき事と存じ、おもひあきらめました。御清福を念じ上げ候。

【注】

1 『エスパニア・ポルツガル記』＝木下杢太郎著『えすぱにや・ぽるつがる記　及び初期日本吉利支丹門に関する雑稿』（岩波書店、一九二九〈昭和四〉年八月二〇日発行）。木下杢太郎は一九二四（大正一三）年六月、フランスから帰国予定を変更し、ドン・マンシオ伊東ら天正少年遣欧使節が四百年前にどんな所を歩いたかを見て、戯曲的空想の資料を得ようとスペイン・ポルトガル旅行を思い立った。その地で珍書、稀有な史料を入手、その旅行記を大阪毎日新聞に掲載した。「ぽるつがる記」は雑誌『思想』に掲載された。なお、野田宇太郎が所蔵していた『えすぱにや・ぽるつがる記』は確かに野上弥生子から野田に返却され、『野田宇太郎蔵書目録』（小郡市役所、昭和六二年三月二五日発行）に記載され、筆者は現物を確認した。なお野上弥生子が旧蔵していた『えすぱにや・ぽるつがる記』は一九四五（昭和二〇）年四月一三日、荒川区日暮里渡辺町一〇四〇番地の自宅が東京空襲により焼失した時、烏有に帰した。

2 ただ今書いてをりますもの＝『迷路』。野上弥生子は一九三六（昭和一一）年、『中央公論』一一月号に「黒い行列」、一九三七（昭和一二）年、『中央公論』一一月号に「迷路」を発表したが、言論の自由のない戦時下のため思うように書けず中断、戦後徹底的に改稿して、一九四八（昭和二三）年、岩波書店から一〇月二〇日『迷路』第一部、一二月二〇日『迷路』第二部を刊行した。そして、一九四九（昭和二四）年一月より『世界』に「江島宗通」（『迷路』第三部）を書き始め、一九五六（昭和三一）年一〇月、「方船の人」『迷路』第六部を『世界』に発表し、二〇年かかって完成した。一九四八（昭和二三）年八月当時、野上弥生子が『迷路』のどのあたりを執筆していたか、わからないが、主人公菅野省三が社会主義運動に参加して逮捕され、拷問の末、転向し、大学は放校処分になり、昔亡父が面倒をみた郷里の出世頭で政界の重鎮垂水重太の世話で、旧藩主阿藤子爵家の史料編纂所に勤めるところあたりを書いていたか。省三は阿藤家の史料調査で帰郷を機に、大友宗麟を中核とする東九州地方のキリスト教伝播を、文化史的に調査したい欲望を感じた。「今度の帰郷が一種の逃避であつたやうに、昨日からひそかに彼を捕へた鈎はそれであつた。思ひきり遠く、できたら国外へでも素つ飛んでしまひたい。——この願望には、海ばらの目路の果に淡く

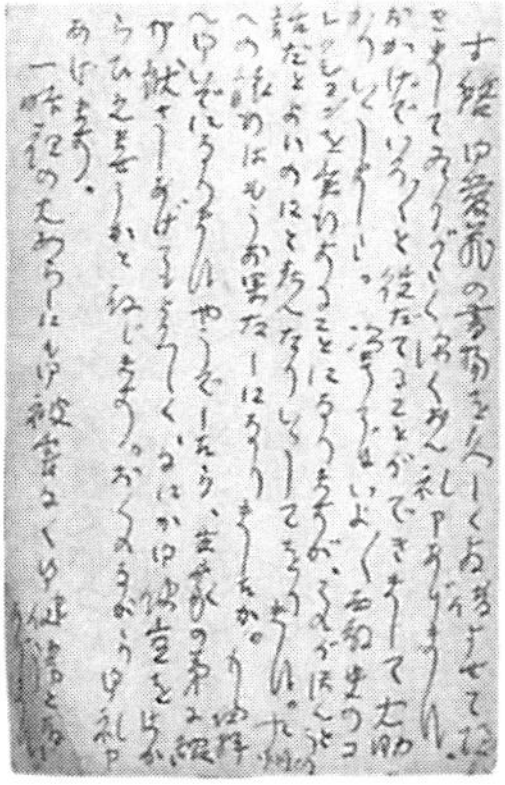

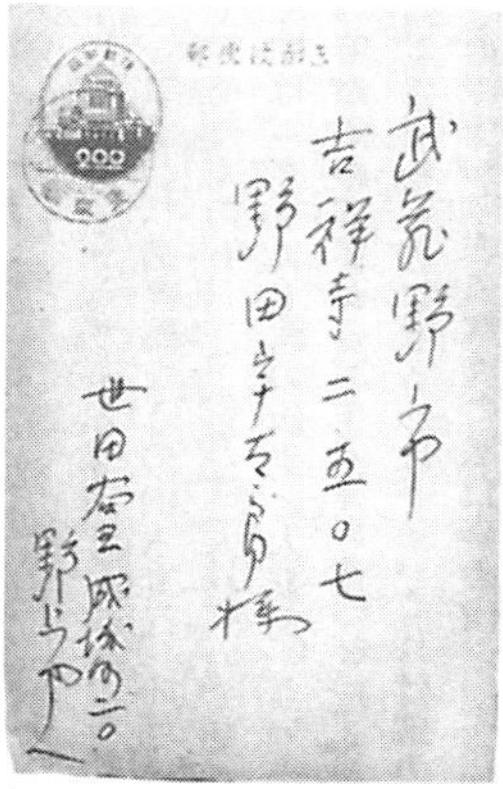

書簡（4）1949年□月□日付野田宇太郎宛野上弥生子書簡

それともわかぬ島影が浮かぶに似て、マラッカや、マカオの町が、彼の西教史的な追懐の靄を通してぼんやり横たはつてをり、また同じ興味で、この頃愛読書の一つになつてゐる木下杢太郎の「えすぱにや、ぽるつがる記」から、コインブラの丘陵の古都や、トレドの町の尖塔が遊意を誘つた。」（『迷路』第三部「伯父」）

3　急に東京に引きあげますこと＝一九四八（昭和二三）年九月、野上弥生子は一九四四年秋からの五年間の山荘生活を切り上げ、東京都世田谷区成城町二〇番地の自宅に帰った。

(4)一九四九（昭和二四）年□月□日消印ペン書二円官製葉書（□□　24・□・□　東京都）

武蔵野市
吉祥寺二五〇七
野田宇太郎様

世田谷区成城町二〇
野上やへ

寸啓　御愛蔵の書物(1)を久しく拝借させて頂きまして有りがたく深くおん礼申あげます。おかげでいろ〳〵と役だてることができまして大助かりいたしました。次号(2)ではいよ〳〵西教史(3)のコレクションを実行することになりますが、これがほんとうの話だとよいのにと考へたりいたしてをります。九州(4)への旅行はもうお果たしになりましたか。もし臼杵へ御いでになりますやうでしたら、生家の弟(5)に紹介状さしあげてもよろしく、なにか御便宜をはからひえませうかと存じます。おくれながら御礼申あげます。

一咋夜(6)の大あらしにも御被害なく御健勝と存じあげます。

【注】

1　御愛蔵の書物＝木下杢太郎著『えすぱにや・ぽるつがる記』。野上弥生子書簡(3)【注】1、『エスパニア・ポルツガル記』参照のこと。

2　次号＝この書簡(4)は消印が不鮮明で昭和二四年であることはわかるが、月日が不明である。日付も書かれていない。従って「次号」というのが、『迷路』掲載の『世界』（岩波書店）の何月号であるかわからない。しかし、「西教史のコレクションを実行すること」という語句があるので、『迷路』「橋」であるとすると、「次号」とは『世界』の一九五〇（昭和二五）年一月号であろう。逆算すると、書簡(4)は一九四九（昭和二四）年一〇月から一二月の間と思われる。

3　西教史のコレクションを実行すること＝「西教史」は西洋の宗教史、すなわちキリスト教の歴史のこと。『迷路』では「青い夢」（『世界』一九四九年八月号）において、同郷の出世頭の実業家増井礼三が帰郷した時、阿藤子爵家史料編纂所を辞して故郷の図書館に勤めていた菅野省三は増井に言う。「たとへばですね、図書館をこの由木《（臼杵）》といふ郷土の歴史に聯関させてやつて行くのも、一つの方法ではないでせうか。さうなるとこの土地は、「クリスト教の伝来と大友氏」といふすばらしい主題をもつてゐるのですから、その線にそつて行くだけで、よそでは真似のできないものになるわけです。これは僕の個人的な興味にも基くのですが、すくなくとも日本の内地において、ことが西教史に関する限り、由木の図書館を除外しては研究はできない、といはれるくらゐ、書物でも、文献でも、記録でもあまさず集めたいですね。勿論これは容易な仕事ではありません。しかし買へない稀覯書は写さしても、プリントにしてもすむことだし、金さへ潤沢に使へれば、どんな手も打てませう。むかしシャヴィエルや、ワリニャーニヤの伴天連たちが親しくやって来た城址に、それらの立派な蒐集に充たされた図書館があるといふことは、それのみで特異な価値をもつと僕は信じるのです。」

そして、「橋」（『世界』一九五〇年一月号）では、増井の酔狂で西教史の記録蒐集に金を出すことになり、菅野省三はその予算打ち合わせのため、上京して、秘書の江幡や増井に会って、蒐集の実行を始める。蒐集の参考意見を聞くために財団法人東洋文庫の井村博士に会い、ラテン語の必要性を説かれる。おそらく野上弥生子がこの書簡(4)を書いていた時期はこの「西教史のコレクションを実行」にあたる「橋」を執筆していた時に一致すると思われる。従って書簡(4)は一九四九（昭和二四）年一〇月から一二月の間に書かれたであろう。

「西歐の文物を日本へ導き入れた最も早い、長崎や平戸や乃至横浜のどこよりも早い不思議な」（一九二五年一月『改造』「長風行」）町臼杵に生まれ育った野上弥生子にとって、大友宗麟以来の西教史の文化史的研究は見果てぬ夢であった。だからこそ、『迷路』の主人公菅野省三に「大友氏の文化史的研究」を課したのである。

4　九州への旅行＝野田宇太郎は一九四九年ころから文学散歩の準備を始め、一九五一年六月より『日本読書新聞』に「新東京文学散歩」を連載、「文学散歩」の語を創案し、続いて一九五三年初頭から『西日本新聞』に「九州文学散歩」を連載した。ここではおそらく「九州文学散歩」の取材旅行のことだろう。ただし創元社版『九州文学散歩』（一九五三年八月一〇日）、『続九州文学散歩』（一九五四年五月三一日）ともに臼杵の項はないので、臼杵には立ち寄っていないのかも知れない。

5　弟＝野上弥生子の同腹弟の武馬（一八九一〈明治二四〉年五月二二日～一九七一〈昭和四六〉年七月九日）。弥生子の生家は「代屋《しろや》」といい、「宗麟」を銘柄とする小手川酒造株式会社であるが、道一つ隔てた「向う店」は味噌・醤油等を製造する小手川醤油株式会社（創業一八六一〈文久元〉年九月）である。一九〇三（明治三六）年一二月二五日、武馬は初代金次郎（弥生子の父常次郎〈二代目角三郎〉の弟）の養子となり、一九二二（大正一一）年一月二七日、二代目金次郎を襲名した。その長男力一郎は後を継いで、フンドーキン醤油株式会社（一九三一〈昭和六〉年六月）に拡張した。

6　一昨夜の大あらし＝台風であろうが、どの台風のことか不明。

（『福岡女学院短期大学紀要』第三三号〔国語国文学・英語英文学〕一九九七年二月二八日）

第五章　平塚らいてう

⑧平塚らいてうと夏目漱石

平塚らいてう
『平塚らいてう――近代と神秘――』一九一一年、『青鞜』創刊のころ。

一八八六（明治一九）年二月一〇日～一九七一（昭和四六）年五月二四日。
女性解放運動家。平和運動家。雑誌『青鞜』編集者。森田草平と塩原逃避行をした時、漱石は森田を引き取り保護し、森田の「煤煙」・「自叙伝」発表で平塚家と対立した。

平塚らいてうは元和歌山藩士平塚定二郎（後に会計検査院長）と母・光沢《つや》の三女として東京市麹町区三番町に生まれた。本名・明《はる》。明子《はるこ》。雷鳥。東京女子高等師範学校付属高等女学校を経て、一九〇三年四月、日本女子大学校家政科に入学し、父との葛藤、良妻賢母教育への反発、日露戦争期のナショナリズムなどに疑問を抱き、観念の彷徨の末、釈宗活について参禅、見性し慧薫の安名を授かり自己探求に没頭した。〇六年三月、日本女子大学校家政科を卒業、女子英学塾、二松学舎に通い、成美女子英語学校に転じた。
〇七年六月、成美女子英語学校に、生田長江の肝煎りで閨秀文学会が生まれ入会した。回覧雑誌を作り、「愛の末日」を発表した。〇八年一月末、閨秀文学会で講師を務めていた森田草平から「愛の末日」の批評を受け、交際が急速に深まった。

三月二一日夜、明は家を出て、草平と田端駅から大宮駅下車、駅前の旅館で一夜を明かす。二二日、西那須野駅で下車、人力車で夕刻塩原に至り、奥塩原の宿で一泊した。二三日、奥塩原温泉から尾花峠に向かうも、二四日捕えられて宇都宮署に保護され、下塩原の会津屋へ生田長江・母光沢と共に迎えられ生田と母に連れ戻された。生田は草平を漱石宅に連れてきた。漱石は草平を自宅に引き取った。

森田草平は塩原への逃避行に対して、「僕は意気地のない人間なのだ、人を殺すことなどできない、あなたなら殺せるかと思つたんだけれど、だめだ。」と言ったという。草平・明《はる》の失踪事件について漱石は、「狂言と云ふ噂もあるが、それは信ぜられぬ、………あんな深山へ這入つた点から見ると矢張死ぬ気があつたやうだ。」（『東京朝日新聞』一九〇八年三月二六日）と語った。漱石は馬場孤蝶と相談し事件の解決策として、「森田のやつたことに対しては、平塚家並びに両親に十分謝罪させる。その上で時期を見て平塚家へ令嬢との結婚を申し込ませる。」（平塚らいてう自伝『元始、女性は太陽であった』）と、生田長江に伝言させた。平塚家は意外に感じ、明はきっぱりと拒否した。

漱石は寄寓していた草平に塩原逃避行事件の執筆を勧めた。春陽堂から出版するよう話を進め、『東京朝日新聞』に掲載できるように交渉した。

四月中旬のある日、漱石は明の父・平塚定二郎宛の親展の手紙を出した。「森田は今度の事件で、職を失った。あの男はものを書くより外生きる道を失くした。あの男を生かすために、今度の事件を小説として書かせることを認めてほしい。貴家の体面を傷つけ、御迷惑をかけるようなことは自分の責任においてさせないから曲げて承知してほしい。」という主旨であったが、平塚定二郎・光沢は承知しなかった（平塚らいてう『元始、女性は太陽であった』大月書店）。この手紙は岩波書店版『漱石全集』「書簡」に収録されてない。

その後、母の平塚光沢は定二郎の意を受けて漱石宅を訪問した。漱石は森田草平の事件を小説として発表することに対して、強いて許可を求め、光沢を説得したが、折り合いは付かなかった。

それでも森田草平は一九〇九年一月一日から五月一六日まで「煤煙」を『東京朝日新聞』『大阪朝日新聞』に発表した。

一月二日、漱石は馬場孤蝶宛書簡で「煤烟出来栄《バエ》ヨキ様にて重畳に候」と出だしの好評を喜んだ。一月二四日、朝日新聞社員中村古峡宛の漱石書簡で、「煤煙が二三日出ない様に候がどんな事情に候や。」と、二三、二四日の休載を心配した。一月二六日、小宮豊隆宛書簡では、「草平今日の煤烟の最後の一句にてあたら好小説を打壊し了せりあれは馬鹿なり。何の芸術家かこれあらん」と、不満を爆発させてしまった。三月六日付漱石日記でも「煤烟は劇烈なり。然し尤もと思ふ所なし。この男とこの女のパツシヨンは普通の人間の胸のうちに呼応する声を見出しがたし。」と人物が描かれていないことに不平を漏らした。

四月一一日では、鈴木三重吉宛書簡で「森田のも世間では大分もてゝ居る由」と世間の評判回復にやや安堵した。

森田の「煤煙」が完結した後、漱石は世間が「『煤煙』は懺悔・告白の文学として、漱石以上であるとさへも称せられた」（小宮豊隆『漱石　寅彦　三重吉』）「鈴木三重吉」）過褒に不満もあった。自作の「それから」六で、書生の門野が「煤煙」を「現代的な不安」が出ていると言って面白がっているのに対して、主人公代助に「要吉といふ人物にも、朋子といふ女にも、誠の愛で、已むなく社会の外に押し流されて行く様子が見えない。」と批判させている。

漱石は『東京朝日新聞』に「文芸欄」（〇九年一一月二五日）を新設、主宰して、「『煤煙』の序」として、「煤煙の前半、即ち要吉が郷里に帰つて東京に出て来る迄の間」が「肝心の後編より却て出来が好い様に思はれる。」「煤煙の後編はどうもケレンが多くつて不可ない。非常に痛切なことを道楽半分人に見せる為に書いてゐる様な気がする」「事件が是程充実してゐる割に性格が出ていないのが不思議である。」と、その欠陥を指摘した。

後年、らいてう（明）は森田の「煤煙」に対して、「小説が進むにつれて、わたくしにもいろいろな不満や疑問が出てきました。もともと「死の勝利」を下敷にしたともいえるこの小説が、自分の実感によるものでないのは仕方がないとしても、あれほど自分の趣味や嗜好で、また自分よがりの勝手な解釈で作り上げないでもよさそうなものだと思われるのでした。しかし、いずれにしてもはじめて全力を傾倒し、ほんとうに「一生懸命」に書いた苦心の作であることだけは、はっきり感じられます。その点はほんとうに賞讃し、評価してあげたい気持をもっていました」（平塚らいてう自伝『元始、女性は太陽であった』上「塩原事件。そののち」七一年八月二〇日）と反応している。

そして、事件の事後処理に当った漱石についてらいてうは、「文壇の人たちとの接触で私の驚いたことは、口にされることはたいへん進歩的で新思想のもち主のようでも一たび実際問題にぶつかると、実に古い、（中略）森田先生と山に行き、山から帰つてきたときなども、新しい思想、新しい文学を論じていられる文壇の先生たちの中から出された解決策が何はともあれ、結婚させてしまえであつたのにはあきれました。子供でしたからほんとにびつくりしましたね、腹も立ちました。それが平塚家に対してだとか、世間に対する責任のようなことをいわれるのですから、全く女の気持など無視されて、……。（中略）馬場（孤蝶）先生のような方でさえそうです。夏目先生などはいつそう封建的な方だと思いましたね。新しい女への理解など全くなかつたでしょうね。」（「『青鞜社』のころ」『世界』一九五六年二月）と仮面を被った進歩的文化人の封建性を辛辣に批判し、その一番に漱石を槍玉に上げた。

一方、漱石作品の中にらいてうを意識したと思われる影響が表れた。

「ああいふのをみづから識らざる偽善者《アンコンシアス・ヒポクリット》といふのだ。ここにいふヒポクリットとはいふところの偽善者ではない。さういふ意味に取られては困るがつまりみづから識らざる間に別の人になつて行動するといふ意味だね。みづから識らずして行動するんだから、その行動には責任がない。朋子もさういふ女だとすれば、それで解釈ができないこともない」「どうだ、君が書かなければ、僕がさういふ女を書いてみせやうか」（森田草平『続夏目漱石』「『三四郎』の女主人公」）と漱石は森田を挑発して語ったと言う。そして、「三四郎」（一九〇八年九月一日〜一二月二九日『東京朝日新聞』）の里見美禰子の造型ということになる。

森田の「煤煙」連載が完了して、漱石の「それから」の連載が始まった。漱石は小説「それから」の中に、一ヶ月余り前に終わったばかりの現実の「煤煙」を登場させた。

「何《ど》うも「煤烟」は大変な事になりましたな」「現代的の不安が出てゐる様ぢやありませんか」「さ

うして、肉の臭ひがしやしないか」（六）
代助は門野の賞めた『煤烟』を読んでゐる。」「あゝいふ境遇に居て、あゝ云ふ事を断行し得る主人公は、恐らく不安ぢやあるまい。これを断行するに躊躇する自分の方にこそ寧ろ不安の分子があつて然るべき筈だ。代助は独りで考へるたびに、自分は特殊人《オリヂナル》だと思ふ。けれども要吉の特殊人《オリヂナル》たるに至つては、自分より遥に上手《うはて》であると承認した。それで此間迄は好奇心に駆られ『煤烟』を読んでゐたが、昨今になつて、あまりに、自分と要吉の間に懸隔がある様に思はれ出したので、眼を通さない事がよくある。」（六）（「それから」一九〇九年六月二七日〜一〇月一四日『東京朝日新聞』）
代助の「煤煙」観はほぼ漱石の「煤煙」観と一致しているだろう。主人公要吉の特殊性は代助の特殊性を凌駕し、漱石には異常にすら感じられたのだろう。
一九〇九（明治四二）年夏、薙刀の稽古に行く途中の平塚らいてうは、水道橋の乗換えで市電を降りた時、森田草平と会った。もう切れたはずの二人は、三崎町あたりの旅館で一夜を明かし、「煤煙」・禅・性欲について話す。翌朝、生田長江は平塚光沢に頼まれ迎えに行った。
〇九年一二月下旬、らいてうは、臨済宗妙心寺派海清寺（兵庫県西宮市）の「臘八接心」に赴き、公案の「無字」、「隻手の声」ほかいくつかが通り、見性を果たす。
一〇年三月、らいてうは、坐禅・英語・図書館通いのあい間に、馬場孤蝶の家で「閨秀文学」の流れの会を開き、青山（山川）菊栄・大貫（岡本）かの子らと共に参加した。
一〇年四月、生田長江の話では、森田草平が匿名で平塚らいてうに手紙を出し、会って清算したいと書いたという。らいてうは留守で母光沢が開封し、生田に相談に行き、放置することにした。続けて草平の三通の手紙が届き、直接面会したいと生田を訪ねて来たという。

一一年四月二七日、漱石の推薦で、草平の「自叙伝」（「煤煙」後篇）が『東京朝日新聞』に、連載される（七月三一日完結）。五月一六日一一時ごろ、漱石宅に平塚光沢が生田に連れられて来た。草平の「自叙伝」を撤回して欲しいと申し入れた。事情を聞くと、草平が完全に違約しているというので、生田に人力車で草平を迎えにやると、東京朝日新聞社に行って留守という。電話で呼び寄せると、「手紙を寄こして行かぬからといふ事であつた。」（漱石日記）。小宮豊隆が来ていたので、人力車で東京朝日新聞社に迎えに行ってもらい、午後八時ころまでかかった。結局、もの別れに終った。この「自叙伝」騒動は、漱石の信頼する池辺三山の辞任に発展、漱石の主宰する「文芸欄」は廃止され、草平は解任された。

一九一一年九月、らいてうは生田長江の勧めで女性だけの文芸雑誌『青鞜』を創刊した。創刊号に「元始女性は太陽であつた――青鞜発刊に際して」を発表し、「新しい女」の象徴的存在になった。しばしば発売禁止処分を受けながら、果敢に女性解放を訴えたが、『青鞜』は一六年二月無期休刊となった。その後、婦人参政権運動を起こした。戦後は平和運動に輪を広げ、非武装化、ベトナム戦争反対、日本国憲法擁護の立場を貫き、八五歳で死去した。

〔参考資料〕平塚らいてう自伝『元始、女性は太陽であった』上・下・続・完、大月書店、一九七一年八月二日～七三年一一月。／佐々木英昭『「新しい女」の到来――平塚らいてうと漱石――』名古屋大学出版会、一九九四年一〇月二〇日。

（『夏目漱石周辺人物事典』原武哲編著、笠間書院、二〇一四年七月二五日）

⑨平塚らいてう書簡の紹介

一

「元始、女性は太陽であつた」。『青鞜』発刊（一九一一年九月）の辞のこの言葉ほど女性解放を強烈に言い放ったマニフェストはない。『青鞜』の経営と編集執筆の中心的人物であり、後に女性解放のシンボルとなった平塚らいてうは、既に森田草平との「塩原事件」と森田草平の「煤煙」（『朝日新聞』連載）発表によって、当時充分に話題性のある良家の子女であった。久留米絣の対の着物と羽織にセルの袴という男装の尾竹紅吉（後の富本一枝）の入社は「五色の酒」「吉原登楼」などのゴシップがジャーナリズムの揶揄と嘲笑の好餌になった。『青鞜』は第二巻第四号で荒木郁子の「手紙」が当局の忌諱に触れ、発売禁止処分になった。

ジャーナリズムの攻撃は『青鞜』内部にも「新しい女」と呼ばれることを回避しようとして脱退したり、購読中止する者も出た。一九一二（明治四五）年夏、平塚らいてうは茅ヶ崎で奥村博（後に博史）と出会う。もう一つ、彼女の生涯を大きく左右したのは、スウェーデンの女性解放思想家エレン・ケイの「恋愛と結婚」との邂逅である。一九一三（大正二）年一月『中央公論』に「私は新しい女である」を発表、「新しい女」新宣言となった。『青鞜』第三巻第一号からエレン・ケイの「恋愛と結婚」の翻訳を連載し始めた。

一九一四年一月、らいてうと博は結婚という形式を取らない共同生活を巣鴨で営んだ。一九一五年には『青鞜』は発行部数減少や生活費などのこともあり、『青鞜』の経営と編集を伊藤野枝に譲り、一九一六年第六巻第二号をもって無期休刊となった。

与謝野晶子が一九一八（大正七）年三月、『婦人公論』で発表した「紫影録」の国家による母性保護は婦人の経済的独立に反する依頼主義だと主張したことに対して、らいてうは『婦人公論』五月号で母性としての女性を強調して、劣悪な労働状態によって歪められた母性の権利の保護を主張した。いわゆる「母性保護論争」は山川菊栄を巻き込んで女性問題の基本的論題となった。

一九二〇年三月、男女の機会均等、男女の価値同等観、家庭の社会的意義、婦人・母・子供の権利擁護を目指して「新婦人協会」が結成された。一〇月には、その機関誌『女性同盟』が発刊した。一〇二一年ごろ、らいてうは市川房枝との軋轢と博史の不満による不和で過度の心身疲労の自家中毒症状になり、療養のため上総の竹岡海岸に転地した。

一九二五年博史は成城学園の絵画教師となり、二六年秋には東京府北多摩郡砧《きぬた》村喜多見四一五（後に世田谷区成城町三六四）に家を新築、精神と経済はやや安定した。一九三〇（昭和五）年高群逸枝らの無産婦人芸術連盟に参加する。

それ以前から博史は成城在住の武者小路実篤と交流があり、広くなったアトリエでデッサンの勉強会を武者小路や新しき村関係者と開くようになった。博史製作の銀指環に対する世評が高まり、一九三四年頃から一家の経済的状態が好転する。一九四一年八月、長男敦史が早大を卒業すれば兵役に行かねばならず、幹部候補生試験を受ける時、私生児では不利だから、博史との婚姻届を提出し、奥村明《はる》となった。一九四二年四月、成城の自宅を知人に貸し茨城県北相馬郡小文間村字戸田井に疎開、農耕生活に入る。

一九四六年、日本国憲法の中の、母性権利に不満を持つが、主権在民、基本的人権の尊重、男女同権、戦争放棄、平和主義に共感する。一九五一年二月、全面講和条約を求めて「講和問題に関する日本女性の希望事項」をダレス米国務長官に提出。一九五二年四月、「講和条約発効の日を迎え女性は再軍備に反対する」声明を発表。一九五三年四月、全日本婦人団体連合会結成、会長となる。同年一二月国際民主婦人連盟副会長に就任。一九五六年二月～三月、博史の自伝小説「めぐりあい」を『婦人公論』に掲載、同年九月、現代社より単行本として刊行。一九五八年七月世田谷区成城町五三〇に移転。一九六四年二月一八日奥村博史永眠。同年一一月、『奥村博史素描集』を平凡社より刊行。一九六六年五月、ベトナム戦争終結のため「ベトナム話し合いの会」を起こし、反戦を呼びかける。一九七一年五月二四日、胆嚢胆道癌で永眠。享年八五歳。

二

野田宇太郎が平塚らいてうと交渉を持つようになったのは、いつからであろうか。一九四四年一一月『文藝』創刊から一九四五年一二月終刊までの編集記録『灰の季節』（修道社、一九五八年五月）や、一九四六年四月『藝林閒歩』創刊から一九四八年一〇月終刊までの編集記録『混沌の季節』（大東出版社、一九七一年五月）には、平塚らいてうの名はない。

野田宇太郎の「奥村さんの指環」（『わたくしの指環』奥村博史遺作集刊行会編、中央公論美術出版、一九六五年一〇月二〇日）と「らいてうさんとのめぐりあい」（『平塚らいてう著作集』月報3　一九八三年一〇月 第三巻付録）がその手がかりを与えてくれる。それらによると、武蔵野市吉祥寺南町に住んでいた野田の自宅近くTという人の二階に、らいてうの長女曙生（社会学者築添正二夫人）一家が住んでいた。その築添正二が時々書物のことで野田宅を訪問して、築添家と野田家とは自然に親密になった。その築添家にらいてうが孫に会いに来ていた。

一九五一年頃麻布の龍土軒で新龍土会がはじまってから、奥村博史と野田は親しく会うようになったという。ある冬の晩、鷗外・柳村を偲ぶ九日会で奥村が軽い脳貧血で倒れたことがあったそうだ（「奥村さんの指環」）。

築添正二の紹介である日突然曙生の父（らいてうの夫）奥村博史が訪ねて来た。平塚らいてうとの恋愛と共同生活の自伝小説の原稿を持参し、その内容や出版について意見を求められた。その原稿の一部は、一九五六年『婦人公論』二月号、三月号に「めぐりあい」として発表された。そして同年九月、現代社より『めぐりあい　運命序曲』は「現代新書45」として刊行された。

野田宇太郎は文化総合雑誌『塔』の編集顧問を受け、月に一、二度神田にあった羽田書店に出かけた。ある日野田は座談会の司会をすることになっていたので、午後羽田書店に行くと、平塚らいてうに初めて会った。野田は初対面であることも忘れて、『青鞜』に小説を発表していた鷗外夫人森しげ女の原稿に鷗外の手が加わっていたかどうかを尋ねた。らいてうはしげ女の原稿には鷗外らしい加筆と思われる跡などはなかったと答えた。その頃野田は成城大学非常勤講師（一九五五年四月〜七三年）として日本近代文学史の講義を担当し週一回通っていたので、同じ成城の奥村家での再会を約したという。

この野田の二つの資料には不審な点がある。野田が武蔵野市吉祥寺に住んでいたのはいつであろうか。らいてうが孫に会いに来たとあるので、一九四四年一二月以降である。奥村、野田の出会いが「奥村さんの指環」では、一九五一（昭和二六）年と明示しているが、「らいてうさんとのめぐりあい」では奥村博史が野田宅を訪ねたのは、野田が『大阪読売新聞』に「関西文学散歩」を連載中とあるので、一九五六年五月二八日から五七年七月中旬までの間である。奥村博史の「めぐりあい」が『婦人公論』発表は一九五六年二月であるからそれ以前でなければならず、この両者は互いに矛盾する。「関西文学散歩」連載中ではなく準備中と考えると、一九五六年二月以前である。

野田とらいてうが出会った時期が『塔』の座談会司会の時というのも不思議である。『塔』は『日本近代文学大事典』第5巻（石崎等執筆）によると、「昭和二四・一～八―九合併。全八冊」とある。しかし、野田が成城大学に通ったのは、一九五五年四月以後であって、六年の齟齬がある。しかもらいてうより奥村博史の方が先に会ったというので、『塔』の一九四九年初対面は成立しない。『塔』ではなく、他の雑誌だったのかもしれない。

これらを総合して考えると、後述のように野田宇太郎宛平塚らいてう書簡の最古の一九五二年六月二五日付葉書によって一九五二年からあまり溯らない時期に二人の交流が始まったと推定される。一九五一年六月『日本読書新聞』に「新東京文学散歩」を連載し始めたので文学散歩取材のため、らいてうに問い合わせ、協力を求めたものであろう。従って一九五一年から五二年前半にかけて、らいてう・野田二人の交流が始まったものと思われる。二人の初対面は『塔』の編集ではなく、別の雑誌の出版社だったのではなかろうか。

三

野田宇太郎宛の平塚らいてう書簡は、野田の一九八四年七月二〇日没後、遺言によって蔵書は故郷福岡県小郡市に寄贈された。その『野田宇太郎蔵書目録』（小郡市役所、一九八七年三月二五日）によると、「書簡六通　はがき一五枚」とあるが、私が小郡市の「野田宇太郎文学資料館」で調査の結果、平塚らいてう書簡は封書五通（内一通は本文なし）、葉書一七通、平塚らいてう葬儀委員会封書一通、奥村敦史・築添曙生連名死亡通知一通（本文なし）である。

本稿では「野田宇太郎文学資料館」所蔵のこれらのすべての書簡を翻刻し、注解を施すことにする。書簡の翻刻にあたっては、原文が一行の場合は一行に活字化することを原則とした。可能な限り忠実に原文を再現し、筆者の意思を尊重したいためである。

四

(1)一九五二（昭和二七）年六月二五日付5円官製葉書（消印　千歳　27・6・26　前8—12）

東京都下武蔵野市吉祥寺

二五〇七

野田宇太郎様

世田谷区成城町

三六四

平塚らいてう

六月二十五日

前略先日はわざ〳〵おはがき頂きおそれ入りました。御骨折により一葉[1]女史建碑のこと実現いたしますのをうれしく存じて居ります。岡田[2]さまどうしても執筆願へませんので、こゝまで運んで頂き乍ら女同士で、書く、書かぬと時を過してゐますのもどうかと存じまして、一かうに自信のない事ながら、ともかく御引受けいたしまして、不出来ですが、区役所の(中出[3]氏出張で御不在のよし)文化課長大隅[4]氏の御使の方に御渡しいたしました。あれでよろしきものかどうぞ一度御覧頂き度く、なほ裏面の細字の方はいつさう苦手で、手がふるえ、どうにも老人の文字が、あまり見苦しいやうに思ひます。あなた様又ハ寺田さま(6)に御願ひ出来ますなら幸と存じます。どうぞよろしきやう御取りはからひ下さいませ。

【注】

1 一葉女史建碑＝樋口一葉終焉の地本郷丸山福山町四番地（現・東京都文京区西片一丁目一七番一七号）の『一葉 樋口夏子碑』。一葉は一八九四（明治二七）年五月一日から九六年一一月二三日まで住んだ最後の住居跡に建てられた。文学碑には一八九四年四月二八日の日記の一部が刻されている。日記文以外の部分は平塚らいてうの揮毫である。野田宇太郎は正富汪洋と共にこの旧居を捜し出し、文学碑建立に奔走した。
2 岡田さま＝岡田八千代。本稿「らいてう書簡」（6）【注】1参照のこと。
3 中出氏＝未調査。
4 大隅氏＝区役所の文化課長であろうが、未調査。
5 寺田さま＝未調査。

⑵一九五二（昭和二七）年九月二七日付5円官製葉書（消印 千歳 27・9・29 前8―12）
東京都武蔵野市
吉祥寺二五〇七

野田宇太郎様

世田谷区成城町

三六四

平塚らいてう

九月二十七日

御高著パンの会[1]御恵贈いたゞきありがたく存じます。あれだけの資料をよく御集めになつたもの、あのころをいろ〳〵思ひ出し、同じ時代を生きてきたものとして、拝読を、特にたのしみにいたして居ります。先日の一葉[2]碑の除幕式には参加出来ませんで、残念でした。風邪から肺炎になり長びいて弱つて居りましたが、ようやく少し元気を回復いたしました。その内一度出かけ度く思つて居ります。

拝受の御禮のみ　早々

【注】

1　パンの会＝野田宇太郎著『パンの會（近代文藝青春史研究）』。明治四二年から四五年にかけて、木下杢太郎・北原白秋等によって展開された近代耽美派文芸運動「パンの會」の研究書。「序」「序説」「九州旅行」「明星消ゆ」「PAN」「永代亭」「三州屋」「終焉の頃」「フリッツ・ルムプ」「屋上庭園」「パンの会の詩歌集」「補遺」「人名索引」。六興出版社。一九四九年七月一〇日発行。野田はこの著書を基盤として『日本耽美派の誕生』（河出書房、一九五一年一月一五日）、『瓦斯燈文藝考』（東峰書院、一九六一年六月一五日）を発表、その集大成である『日本耽美派文学の誕生』（河出書房新社、一九七五年一一月二八日）で一九七六年芸術選奨文部大臣賞を受賞した。

2　一葉碑の除幕式＝一九五二年九月七日に行われた丸山福山町の『一葉 樋口夏子碑』の除幕式。平塚らいてうはこの碑の揮毫をしているので招待されたが、体調不良のため、欠席した。

(3)一九五六（昭和三一）年一〇月一日付5円官製葉書（消印　千歳　31・11・2　後0―6）

武蔵野市吉祥寺
二五〇七
　野田宇太郎様

世田谷区成城町
三六四
　平塚らいてう
十（ママ）月一日

御高著「(1)六人の作家未亡人」御恵贈いたゞき
ありがとうございます。さつそく興味ふかく
拝読いたしました。白秋の夫人だつた
江口章子(2)さんについては少し事実(3)と
違うところを発見いたしました。いづれ
そのうちお目のかゝれる機会をえまして
御話いたし度く存じます。娘あけみ(4)が何かと

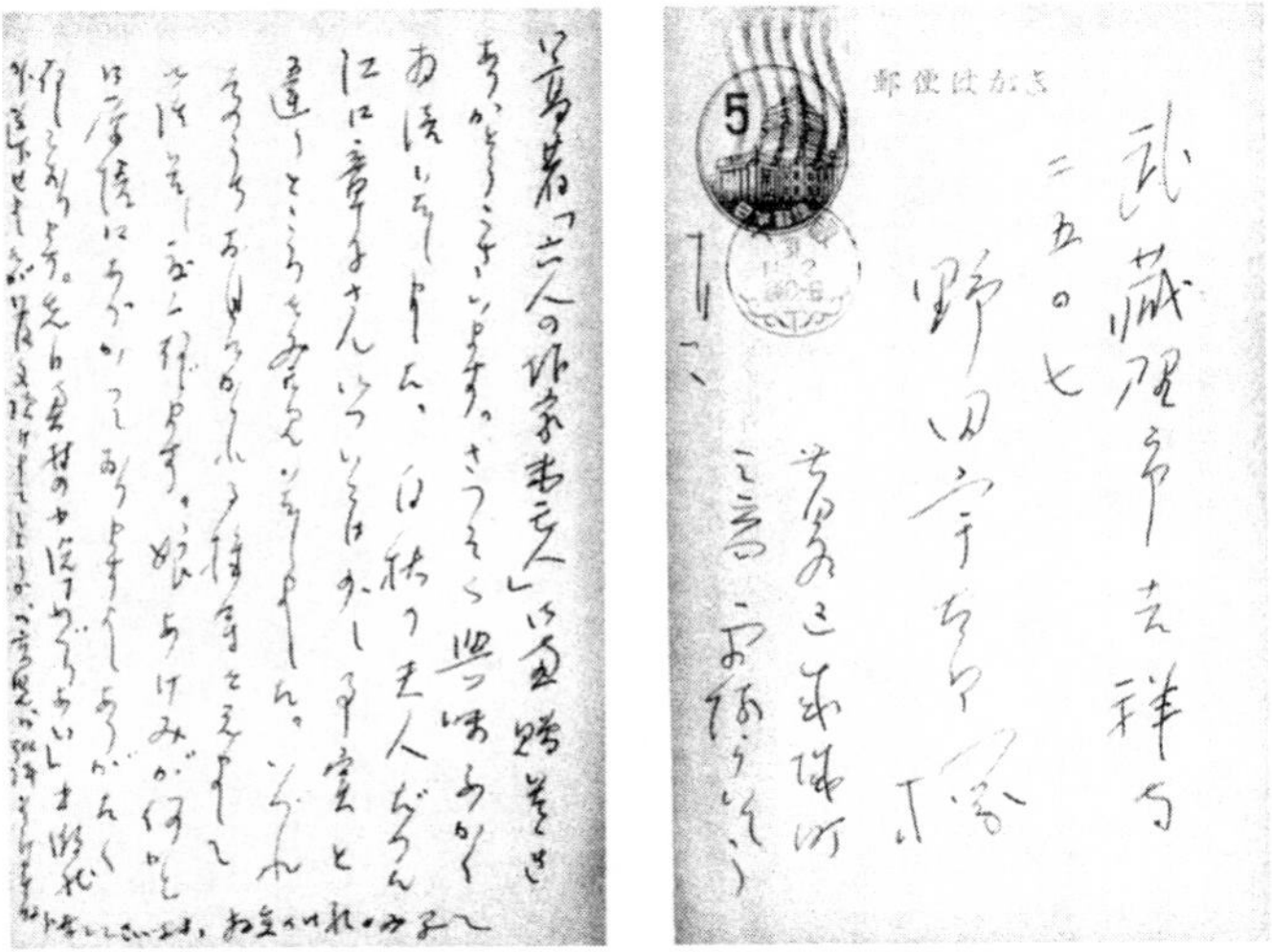

(3) 1956年10月1日付野田宇太郎宛平塚らいてう書簡

御厚情にあづかつておりますよしありがたく
存じております。先日奥村(5)の小説「めぐりあい」(6)出版社(7)
から送らせましたが落手頂けましたでしょうか。御高覧、御批評いただけますなら
幸でございます。拝受の御礼のみ　早々

【注】

1 「六人の作家未亡人」＝野田宇太郎著。夏目漱石夫人鏡子・国木田独歩夫人治子・北原白秋夫人菊子・武田麟太郎夫人留女・太宰治夫人津島美知子・織田作之助夫人輪島昭子の六人の作家未亡人が作家を影で支えて、今日なおひそかに生きて行く姿を描いた。新潮社。一九五六年一〇月五日発行。

2 江口章子《あやこ》＝北原白秋の二番目の妻。一八八八（明治二一）年四月一日大分県西国東郡香々地に生まれる。一九〇三年四月大分県立第一高等女学校入学。一九〇六年一一月安藤茂九郎弁護士と結婚。一九一五年一〇月離婚、上京し平塚らいてうを頼る。一九一六年五月北原白秋と葛飾亀井院に住む。一九一八年一月詩・短歌雑誌『ザムボア』（一九一八七年一月～九月。紫烟草社）の編集発行者。一九一九年七月白秋と婚姻届出。一九二〇年五月離婚。一九二八年詩文集『女人山居』出版。一九三〇年一二月中村戒仙と結婚。一九三四年『追分の心』出版。一九三八年剃髪尼僧。一九四六年一二月二九日故郷香々地の座敷牢で死去。五九歳。

3 事実と違うところ＝平塚らいてうは『平塚らいてう自伝――元始、女性は太陽であった』下巻の「江口章子の波乱の生涯」を描いているが、野田宇太郎の『六人の作家未亡人』「国民詩人の妻　北原白秋未亡人菊子さん」とどの点が事実と違うか、よくわからない。たぶん詩人生田春月夫人花世の紹介で江口章子が白秋のもとを訪れたという野田説明が、らいてうから見れば紹介ではなく、たまたま章子を連れ

て白秋宅を訪ねたのが縁で二人は愛の生活に入ったというものか。それとも野田が書いている「木兎の家」地鎮祭の夜、章子の「某新聞社関係の男」との駆け落ち事件が事実に反しているのだろうか。

4　あけみ＝「曙生」。一九一五（大正四）年一二月九日、奥村博史・平塚らいてうの長女として出生。二〇年四月私立滝野川幼稚園入園。二二年四月佐久山尋常小学校入学。同九月富士前小学校転校。二三年四月成城小学校入学。二八年四月自由学園中等部入学。三六年三月東洋英和女学院保育専門部卒業。三八年三月二四日築添正二と結婚。秋、鳥取に赴任。四二年葉山、鎌倉に住む。四三年東京本郷に転ず。一九四四年一二月一九日長男正生《まさみ》出生。一九四五年一一月武蔵野市吉祥寺の知人宅に住む。四八年三月、母らいてうとの共著『母子随筆』を桃李書院より刊行。一九五〇年四月長女美可出生。一九五三年一二月滋賀県立近江学園（南郷学園）に住み込む。一九五七年七月二五日二女美土出生。一九六六年九月一三日夫築添正二永眠。本稿「らいてう書簡の紹介」(22)【注】1を参照のこと。

5　奥村＝奥村博史。画家。一八八九（明治二二）年一〇月四日、神奈川県藤沢市に奥村市太郎・なみの長男として生まれる。藤沢小学校、逗子開成中学校に学ぶ。大下藤次郎の日本水彩画研究所で学び、ついで油絵に転ず。一九一二年茅ヶ崎で年上の平塚らいてうにはじめて出会い、恋愛。一九一四年一月、らいてうと巣鴨で共同生活を営み、「若い燕」として話題を呼んだ。はじめ二科会に出品、後に国画会に移る。一九一九年畑中蓼坡等の新劇協会に参加、六月有楽座でチエホフの『叔父ワーニヤ』に出演。一九二五年成城学園の教師となる。成城に居を構え、武者小路実篤等とも交わり、新しき村の美術部に属した。銀指環の制作を始める。以後、油絵、演劇、指環が仕事になる。一九三六年中国蘇州、杭州、舟山列島の普陀山など描き、上海で偶然魯迅の急逝に出会い、臨終の肖像を油絵で描いた。一九五六年九月自伝小説『めぐりあい　運命序曲』を現代社から出版。一九六四年二月一八日、再生不能性貧血で永眠。歿後『奥村博史素描集』、『奥村博史わたくしの指環』が遺作刊行会から刊行された。

6　小説「めぐりあい」＝奥村博史著。自伝小説。生前の唯一の著作。一九四三年頃から執筆に取り組み、四七年頃完成する。一九五六年「めぐりあい」の一部を『婦人公論』二月号、三月号に連載、同九月『め

ぐりあい　運命序曲』として現代社から出版された。

7　出版社＝奥村博史著『めぐりあい　運命序曲』の出版社現代社。

(4)一九五九（昭和三四）一月付5円切手活版印刷葉書（消印　千歳　34・1・26　後　0―6）

武蔵野市吉祥寺
二五〇七
野田宇太郎様

賀春
亥[1]どしを迎えいつそうのご活躍を期待し、ご健康をひたすらお祈り申しあげます。わたくし昨年中は闘病生活にあけくれ、心ならずも失礼を重ねて参りましたことをお許し下さい。本年も養生専一に、たとえちよくせつ運動への参加はむずかしくとも、ふたたび読書と執筆にたえうるだけの健康をとりもどし、残された使命のいくばくなりと果したき念願でございます。
どうか変らぬご交誼をお願いいたします。
一九五九年一月

平塚らいてう

東京都世田谷区成城町《(2)》五三〇

【注】

1 亥どし＝一九五九年。昭和三四年。己亥。つちのとい。

2 成城町五三〇＝前年一九五八年七月一三日、成城の北の奥、成城町五三〇番地の新居に移転。長男敦史一家も近所の新築の家に移り、この時から博史と二人暮らしとなる。

(5) 一九六一（昭和三六）年三月二四日付5円切手「裸女百態」絵葉書（消印　千歳　36・3・24後6—12）

武蔵野市
吉祥寺二二五〇七
野田宇太郎様

世田谷区成城町
五三〇
平塚らいてう

三月二十四日

申しおくれておりましたが「文学散歩」[1]のご創刊を心からお祝い申あげております。三月号誌[2]御贈りいたゞきありがたく拝受いたしました。若いころ――大正はじめ頃の仏文学誌を手にしたときのような新鮮な、清潔なたのしいおもいを味いました。（創刊号から拝見しています）東京文学散歩[3]の本郷はとても私にとつては思い出の地、いろ〳〵忘れていたことも次々とおもい出されました。「南郷四季」[4]もよいものであるよう祈つております。

ご健祥を祈りつゝ

博史よりもよろしく申上てております

DESSIN（裸女百態の内）奥村博史

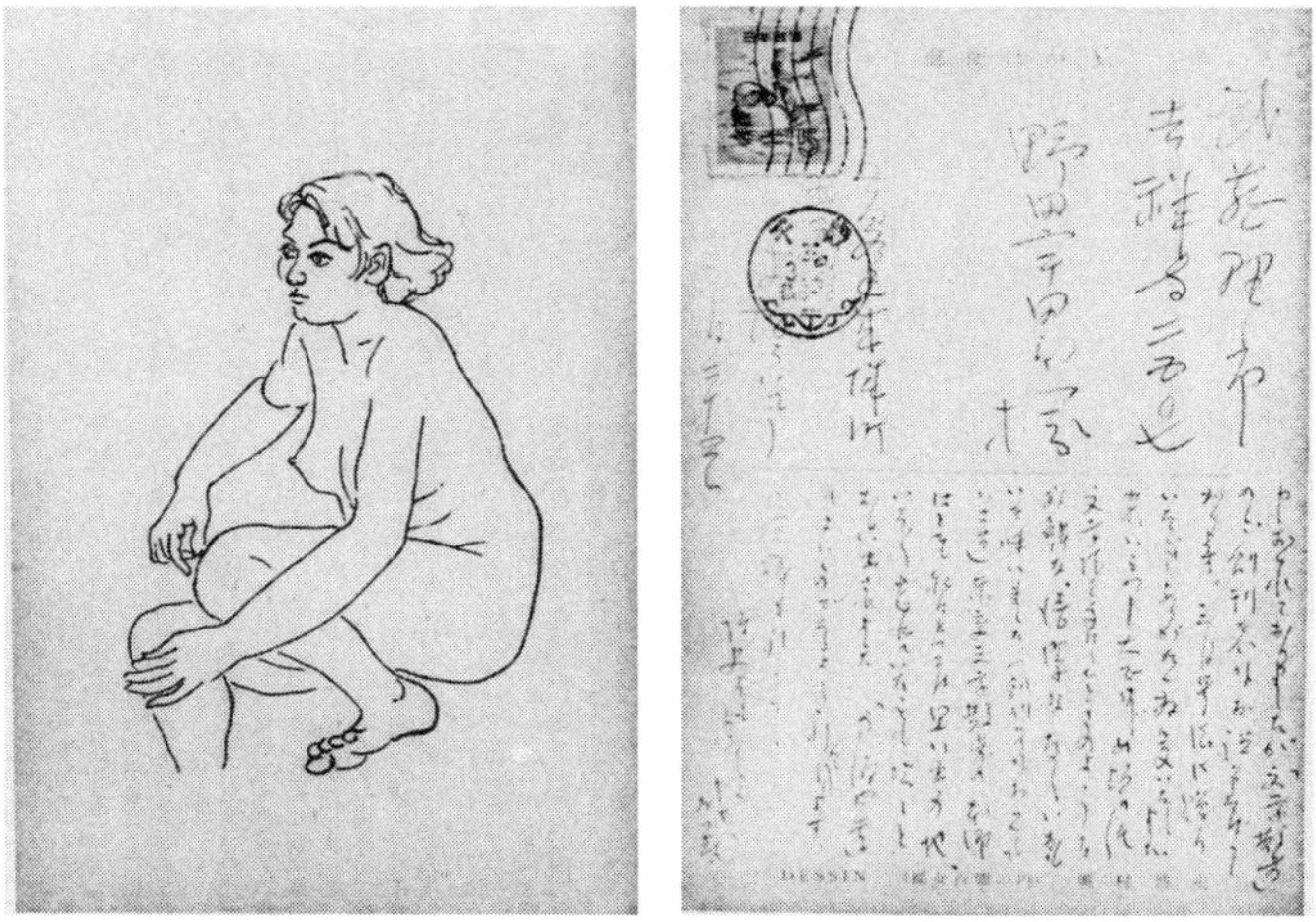

(5) 1961 年 3 月 24 日付野田宇太郎宛平塚らいてう書簡

【注】

1 「文学散歩」＝野田宇太郎が編集した文芸雑誌。一九六一年一月創刊。一〇号までは雪華社発行。一一号より二五号までは文学散歩の会発行。「日本の風土、歴史、文学、芸術を愛し、国字国語の正しい在り方を尊重する者を以て会員とし、文化に貢献した人物の調査研究、文献や遺跡の保護その他人道的立場からの正常な日本文化擁護運動を行ふと共に、特に各地方郷土史研究の綜合的発展に力を注ぐことを目的とする」同会の機関誌として第二五号（一九六六年一〇月）まで随時発行された。

2 三月号＝『文学散歩』第三号、一九六一年三月号。

3 東京文学散歩＝『文学散歩』創刊号より随時連載された野田宇太郎執筆の「東京文学散歩　山の手篇」「本郷・小石川」は第一〇号までに1から7まで連載された。

4 「南郷四季」＝『文学散歩』第二号より第一〇号まで全九回連載された築添明生（築添曙生のペン・ネーム）執筆の精神障害児施設報告である。『文学散歩』第三号に野田は編集後記に「築添さんは滋賀県の近江学園に家族と共に住みついて、不幸な精神薄弱児童の救済と教育にあたられていた人である。私はしばしば宇治川のほとり南郷の近江学園を訪れて、生れながらに人生の極北に運命づけられた不幸な子供たちを、温かく育てようとする築添さんたちの雄々しい姿をみつめた。この近江学園のことは私も「関西文学散歩」に少し書いた。「南郷四季」はむろん単なる生活記録ではない。あくまでも築添さんの文学である。」と記している。野田は『関西文学散歩』中巻（小山書店、一九五七年七月一五日）の「弔花の墓」の中で、精神障害児福祉施設「近畿学園」を開園した斎藤弔花夫妻と築添正二夫妻について述べている。

(6) 一九六二（昭和三七）三月三〇日付5円官製葉書（消印　千歳　37・3・31　後6―12）

武蔵野市吉祥寺二五〇七
野田宇太郎様
世田谷区成城町
五三〇
平塚らいてう
三月三十日

拝復、いつも御元気にて御活躍のことうれしく
およろこびいたします。岡田八千代様[1]の
おもいで[2]、仰せにしたがひよろこんでか丶せて
いた丶きます。最近は何をかくにもかつたるく
舌たらずのようなものしか書けませんけれども。
お目にか丶れます機会をたのしみにいたして
おります。博史よりもよろしく申してました。
御返事のみ　早々

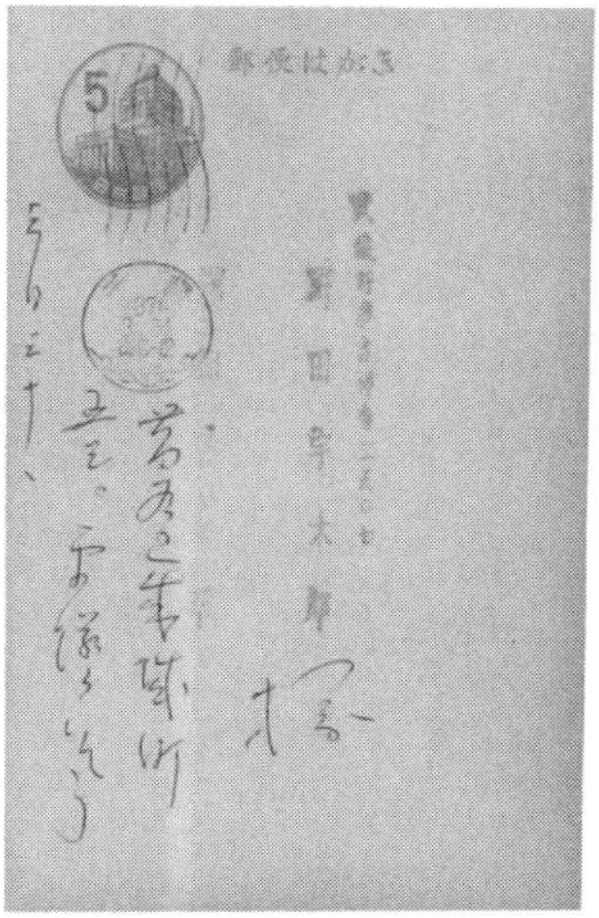

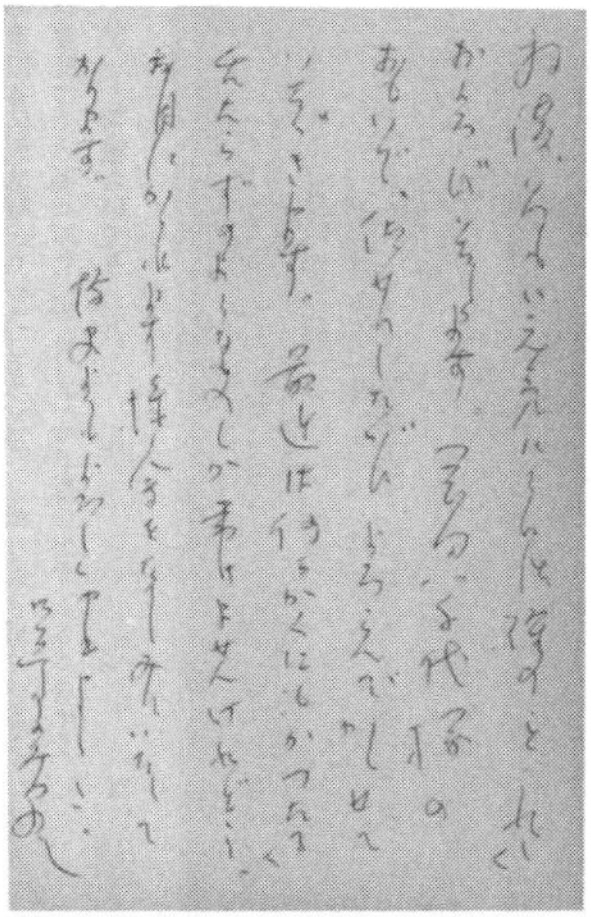

(6) 1962年3月30日付野田宇太郎宛平塚らいてう書簡

【注】

1　岡田八千代＝一八八三（明治一六）年一二月三日広島県生まれ。小説家、劇作家、劇評家、演劇家。旧姓小山内。小山内薫の実妹。一九〇二年成女学校（牛込）に入学。『明星』一九〇二年八月号に小品「めぐりあひ」を発表。『婦人界』同年一〇号に小説「おくつき」を発表し、三木竹二（森鷗外次弟森篤次郎）に認められ、三木主宰の演劇雑誌『歌舞伎』に劇評を執筆する。一九〇三年二月、森鷗外に認められて『万年艸』に「この里・一」を、六月劇評「本郷座のほととぎす」を『歌舞伎』に初めて芹影女《きんえいじょ》の筆名で発表した。一九〇六年四月短編集『門の草』を如山堂書店から処女出版。同年一二月森鷗外の世話で洋画家岡田三郎助と結婚。一九〇七年七月長編小説『新緑』を堺屋より、一九〇九年九月長編小説『恐怖』を水野書店より刊行。一九一一年九月『青鞜』創刊、賛助員となる。一九二二年一二月児童劇団「芽生座」を結成。一九二三年七月長谷川時雨と『女人芸術』を創刊。一九三〇年四月夫三郎助と渡仏。夫と再び不和。一九四八年五月日本女流劇作家会を創立、会長となる。一九六二年二月一〇日逝去。

2　おもいで＝野田宇太郎は『文学散歩』第一四号（一九六二年六月）を「回想の岡田八千代」特集にするつもりで故人の縁りの人たちに原稿執筆を依頼した。その依頼に応えたのがこの書簡である。平塚らいてうは最初承諾したが、姉孝（恭子）の看病に行って風邪をひき思い出は書けなかった。それで『文学散歩』第一四号には「岡田八千代『青鞜』所載作品目録」のみを寄せている。

(7)一九六二（昭和三七）年四月三〇日付5円官製葉書（消印　千歳　37・5・1　後0―6）

東京都武蔵野市

吉祥寺南町三ノ二五〇七
　野田宇太郎様
世田谷区成城町
五三〇
　平塚らいてう

前略、亡姉[1]の葬儀をすませ、去る二十二日帰京いたしましたところ、又々熱発、臥床いたし、今月いつぱい御待ち下さるとのおはがき[2]に対し、何とも申しわけなく存じ乍ら頭重く何を考える気力もないま丶に今日（三十日）になつてしまいました。風邪をコヂらしたものらしく医者からも老人のカゼは肺炎にならぬよう警戒せよと安静を命ぜられましたので、どうぞ御勘弁下さいませ。たいへん残念におもつています。

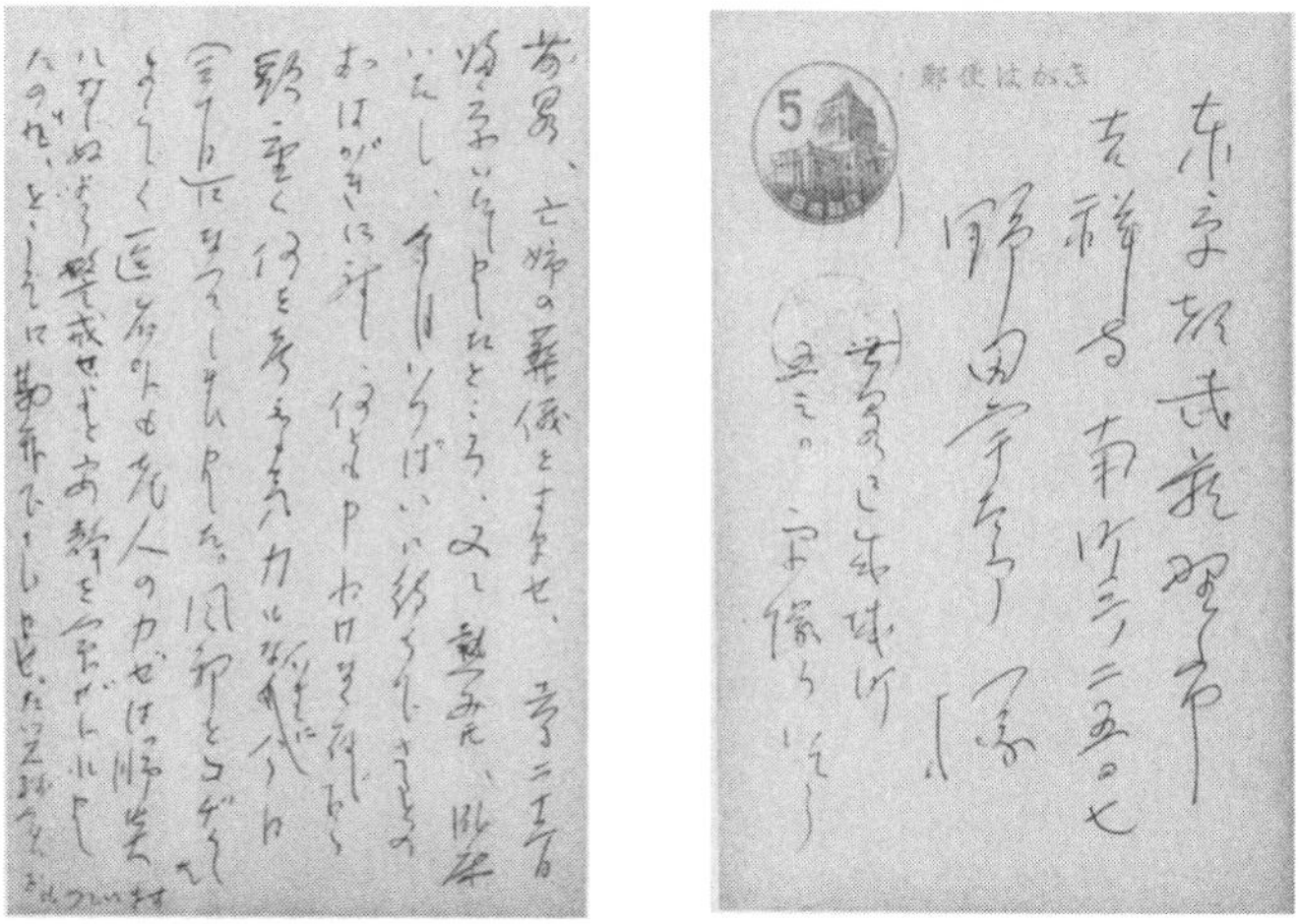

（7）1962 年 4 月 30 日付野田宇太郎宛平塚らいてう書簡

【注】

1　亡姉＝孝《たか》。一八八五（明治一八）年一月三〇日、平塚定二郎・光沢《つや》の二女として麹町区三番町に生まれる。一九〇六年一一月、孝が養子米次郎と結婚。後に恭子と改名。一九六二年四月一六日、胃癌で永眠。最初天理教に入り、その後大本教の信者となり、三五《あなない》教に帰依し、不動の信仰に生きた。もともと無口で引っ込み思案ならいてうよりも孝が、陽気な文学少女で社交的だったという。晩年の二人からは想像できない。

2　おはがき＝「平塚らいてう書簡の紹介（6）」のように『文学散歩』第一四号「回想の岡田八千代」に掲載する予定の岡田八千代の思い出執筆が、姉孝の看護と風邪で遅滞していることに対して、四月いっぱい待機するという野田の葉書。しかし、姉は亡くなり葬儀などに煩わされて、結局書くことができず、「岡田八千代『青鞜』所載作品目録」のみの掲載となる。

(8) 一九六二（昭和三七）年八月二七日付5円切手平塚らいてう私製葉書（消印　千歳　37・8・29　後0―6）

東京都武蔵野市
吉祥寺二五〇七
野田宇太郎様

平塚らいてう
東京都世田谷区成城町五三〇
電話　砧　(416)一四一五
（差出人氏名・住所電話印刷）

御言葉ですから鷗外(1)について少しばかり思い出すこ
ともかく
かきまして、只今御送りいたしました。しかし頭も
眼もわるく
ほとんど筆のとれぬ状態におりますので、よろしき
よう御願い
いたします。「南郷四季」(2)は廉価により
たいへんよい本になりましたことうれしく
感謝しております。

当用のみ

早々

八月二十七日

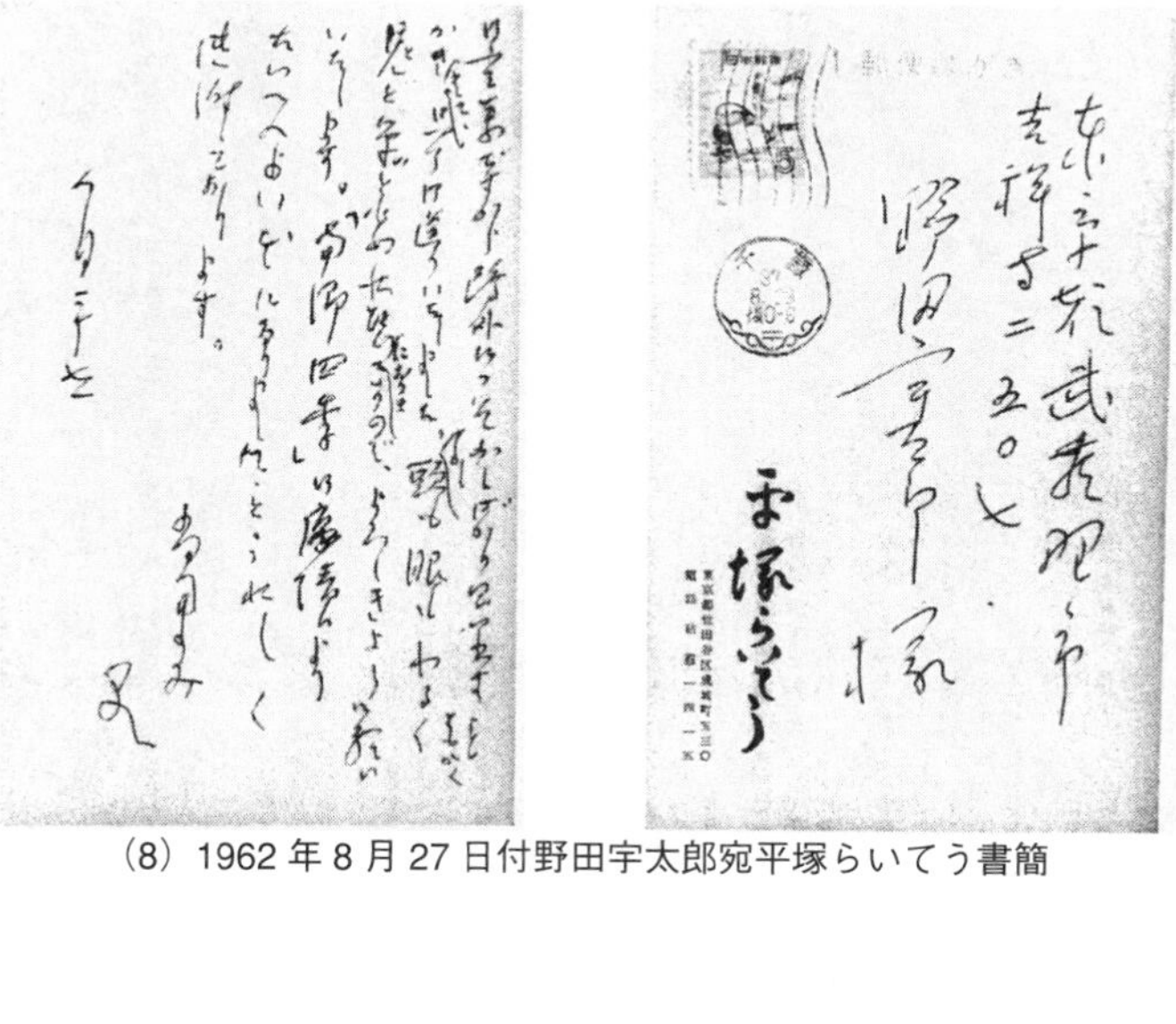

（8）1962年8月27日付野田宇太郎宛平塚らいてう書簡

【注】

1　鷗外について＝『文学散歩』第一五号（一九六二年一〇月）「鷗外生誕百年の記念」掲載の鷗外についての思い出を、野田が平塚らいてうに原稿依頼したもの。らいてうは『文学散歩』第一五号に「鷗外先生について」を寄稿した。そこでは、『青鞜』に対する鷗外の温かい理解と好意ある関心に感謝する言葉が述べられ、「漱石の婦人に対する態度、その無関心さと、無理解さとくらべて何という違いでしょう。」と、言い切っている。森田草平との塩原逃避行後の漱石の対応は、平塚家に不快感を招いたので、このような言となったのであろう。

2　「南郷四季」＝『文学散歩』第二号から連載された簗添明生の「南郷四季」を一冊にまとめたものか。未調査。国立国会図書館には未収蔵

(9)一九六四（昭和三九）年元旦付4円切手「世界連邦建設を日本の国是に」活版印刷年賀葉書（消印　千歳　38・12・31　後0―6）

武蔵野市吉祥寺
二五〇七
野田宇太郎様

年賀　（以下、活版印刷）

歴史的な東京宣言を発した第 11 回世界連邦(1)世界大会で　戦争放棄の憲法をもつわが国こそ　各国にさきがけて　世界連邦の達成を国是にしようと誓いました　今年は　ぜひ国会の議決を経て　世界連邦国家宣言を実現したいと願っております

平塚らいてう（手書き）

あけましておめでとうございます

元旦

【注】

1　世界連邦＝一九四五年九月尾崎行雄等が設立した「世界恒久平和研究所」の機関誌『一つの世界』を、平塚らいてうが読んで、世界連邦主義に関心を寄せたのがはじまりであった。一九四八年八月六日「世界連邦建設同盟」が結成され、総裁尾崎行雄、副総裁賀川豊彦、理事長稲垣守克が就任した。一九四九年らいてうも入会した。会員が聖書と言っているエメリー・リーヴスの『平和の解剖』、『世界憲法シカゴ草案』を読んで、世界連邦主義に二つの流れ——国連改良主義と人民会議主義の二つ方法があることを知った。らいてうは稲垣から世界連邦理論を学んだ。一九四六年一四ヶ国の世界連邦団体代表がルクセンブルグに集まり、世界的組織準備会を開き、一九四七年スイスのモントルーで「世界連邦世界運動」第一回世界大会を開いた。一九四九年八月第三回大会はストックホルムで開かれ、初めて日本代表が出席した。平塚らいてうは世界連邦建設同盟の理事になり、一九五〇頃には常任理事になった。五五年頃に同盟が会長に東久邇稔彦を頂いたり、保守政治家が名を並べたりしたので、不快感をもったが、世界連邦運動の信条は不変であった（『平塚らいてう自伝（戦後篇）続元始、女性は太陽であった』）。

⑽一九六四（昭和三九）年二月一八日付5円切手活版印刷死亡通知私製葉書（消印　千歳　39・2・20　前8—12）

武蔵野市吉祥寺町
二五〇七
野田宇太郎様

夫奥村博史昨年[1]十月以来「再生[2]不能性貧血」にて関東中央病院にて
加療中のところ二月十八日午前五時七十二才をもつて永眠いたし
ました
ここに生前のご厚誼を深謝し謹んでご通知申上げます
追て告別式は二月二十一日午后一時より二時まで自宅において
神式にて営みます

昭和三十九年二月十八日
東京都世田谷区成城町五三〇番地
（小田急成城学園前駅下車）
妻　平塚らいてう
長男　奥[3]村敦史

長　女　築　添　明　生
親戚代表　平(4)　塚　米　次　郎
友人代表　武者小路(5)　実　篤

【注】

1　昨年十月以来＝一九六三年一〇月、らいてうは眼底出血の具合を診察してもらうため、夫博史と関東中央病院に行った。ついでに博史も診察を受けたところ、白血病の疑いのため、即刻入院となった（『平塚らいてう自伝（戦後篇）続元始、女性は太陽であった』）。

2　再生不能性貧血＝博史は毎日輸血を受けながら、見舞いの花や果物を描き、六階の病室の展望を喜んで、楽しそうにスケッチに夢中であった。亡くなる二週間前、らいてうは長男の敦史から博史の病気が容易ならざることを打ち明けられた。らいてうは病院に泊まり込んで看護したが、既に熱は下がらず吐血が続き、最悪の徴候が表れた。二月一八日、粉雪の降る未明に、思いもよらぬ病名のもとに、この世の命を終わった。解剖の結果、再生不能性貧血と病名決定。「しかし病因は、多年油絵を描いていたためということもありうる――というようなことで、依然不明に終わる。」（『わたくしの指環』「年譜」奥村博史遺作集刊行会編、中央公論美術出版、一九六五年一〇月二〇日）

3　奥村敦史＝奥村博史・明（らいてう）の長男。一九一七（大正六）年九月二四日東京府下滝野川上中里に生まれる。二〇年四月私立滝野川幼稚園入学。二三年九月成城小学校秋組に入学。三六年四月早稲田高等学院に入学。四一年一二月早稲田大学理工学部機械工学科、繰り上げ卒業。三菱重工名古屋航空機製作所へ赴任。四二年二月応召、陸軍航空技術将校として千葉県柏部隊に入隊。四三年三月陸軍技術中尉となり、陸軍航空本部付となる。四四年一月二三日中山綾子と結婚式を挙げる。同年一二月長男誕生。

四五年早稲田大学専門部工科航空機学科助教授。一九四七年春、成城の家で父母と同居。同年早稲田大学理工学部機械工学科助教授。五六年一二月二八日工学博士の学位を受ける。五七年同大学教授。五八年七月成城町のらいてう一家の近所に新築の家を建て、移り住む。六八年国内研究員（文部省統計数理研究所）。七〇年一一月らいてう、妻綾子と共に伊豆今井浜にドライブ、今井荘に二泊、帰途はらいてうの希望で箱根まわりで帰宅。七四年ソ連モスクワ大学交換教授。八八年早稲田大学定年退職、名誉教授。著書『材料力学』（コロナ社、一九五八年）、『メカニックス入門』（共立出版、一九八四年五月）。

4　平塚米次郎＝旧姓山中。和歌山県の農家出身。和歌山中学の優等生で、一九〇〇年夏 平塚家の養子となる。第一高等学校、東京帝国大学独法科を経て、逓信省に入る。一九〇六年一一月、孝と結婚、平塚家の家督相続人となる。らいてうの実家の当主であり、姉婿（義兄）に当たる。

5　武者小路実篤＝小説家。「新しき村」主宰。奥村博史著『めぐりあい　運命序曲』（現代社、一九五六年一〇月三〇日）に序を寄せている。武者小路実篤の「奥村博史君のこと」（『奥村博史素描集』平凡社、一九六四年一一月三〇日）では、「奥村博史君とのつきあいは何年になるか、四〇年近いつきあいと思うが、もっと前からだったかも知れない。奥村君はまだ若かった。しかし一番よくゆきしたのは、僕が成城に住んでいた時だから、今から三二、三年前だ。」とあるが、四〇年前とすると、一九二四（大正一三）年ということになる。しかし、「年譜」によると、一九三一―三二年（昭和六、七年）の項に「この頃から成城に住む武者小路実篤氏や新しき村関係の数人がアトリエに集り毎週デッサンの勉強会を開く。」が一番古い。

⑾一九六四（昭和三九）年六月一二日付40円切手速達「平塚らいてう」専用封書（消印　発信　東京・世田谷成城北　39・6・12　前8―12　受信　武蔵野　39・6・12　後　6―12）

速達

武蔵野市吉祥寺南町三ノ二五〇七
野田宇太郎様

六月十二日
平塚らいてう
東京都世田谷区成城町五三〇　（活版印刷）
電話　砧(416)　一四一五番

（封筒のみ。本文なし）

⑿一九六四（昭和三九）年七月二七日付5円切手「裸女百態」私製絵葉書（消印　千歳　39・7・28
後0―6）

武蔵野市吉祥
寺、南町三ノ二五《（ママ）》〇
野田宇太郎様

世田谷区成城町

五三〇

平塚らいてう

七月二十七日

（表面）

おはがき拝見、ありがとう
ございます。奥村(1)の
詩のあの各行の上につけ
てある番号は何のつもり
か私にはわかりませんが、気
に入った詩は自分で作曲していまし
たから、そんな関係からかもしれま
せんが、発表して下さる
のでしたら数字は消して頂
きたいとおもいます。いろ〱と
お心づかいありがとう存じます。
毎日お暑いことです。
どうぞおからだ大切に。不一

DESSIN（裸女百態の内）奥村博史

（裏面）
去る十二日のお集り[2]の報告
今やっと案内状で印刷中です。内容の訂正とたいへん
おくれてしまいました。昨夜伊勢正義氏[3]その他の方で画を選びました。
一回ですまず、近く又もう一度集ります。今週中に決定の予定。

【注】

1　奥村の詩＝奥村博史の詩とは、野田宇太郎の『文学散歩』第二二号（一九六四年九月）に掲載された奥村博史の詩「素描について（遺稿）」と第二四号（一九六五年七月）掲載の詩「わたくしの指環（遺稿）」のことである。

2　十二日のお集り＝奥村博史の遺作を出版するための相談会であろう。まず素描集から刊行する予定で画の選択から始めたものと見える。

3　伊勢正義＝奥村博史の最も親しい画家。一九〇七〜一九八五。秋田県生まれ。大館中学校を経て、一九三一年東京美術学校西洋画科卒業。藤島武二に師事。三三年帝展入選。同年光風会展で受賞。三五年光風会特賞。第二部会展で特選。文化賞。協会創立会員。三七年日動画廊で個展。東山魁夷らと美術学校同期生と六窓会を結成。東京で歿す。代表作「キャバレー」（油彩、一九三六年）、「パンジーのある静物」（油彩、一九六三年）。本稿「平塚らいてう書簡の紹介（19）【注】2参照のこと。

⒀一九六四（昭和三九）年六月一二日付10円切手「平塚らいてう」専用封書（消印　千歳　39・6・19　後6—12）

武蔵野市吉祥寺
南町三ノ二五〇七
野田宇太郎様

平塚らいてう
東京都世田谷区成城町五三〇
電話　砧（416）一四一五番　（活版印刷）

（以下、手書き）

過日は御疲れのところをお越しいたゞきありがとうございました。その後友人高群逸枝さんの亡くなりましたことで何かと心うば、れておりまして、刊行会発足の準備がくれ《（ママ）》ましたが昨日ようやく印刷の方へ発起人依頼の手紙原稿を廻しました。その内容でございますが、経済的な負担はおかけしないという意味のことを入れたものでしょうか、その点を懸

念されて発起人となることをためらう方もありはしな
いかなど案じ
られますのであなた様のご意見おもらしいたゞきたい
と存じます。
あまりきつぱりと経済的な負担はかけないのだと言い
きつては、後で予
約募集のとき御願いすることも遠慮しなければならな
くなる
のではないかなど迷います。かつてながら
御電話いたゞけますなら幸です。416―1415
　六月十二日朝　いそぎ御願いのみ、　らいてう
野田宇太郎様

（以下、活版印刷）

御願い

新緑の色もいつか深まり、いよいよ真夏も間近くなってまいりました。お元気でいらっしゃいましょうか。日ごろは身辺にとりまぎれてごぶさたのみ申訳なく存

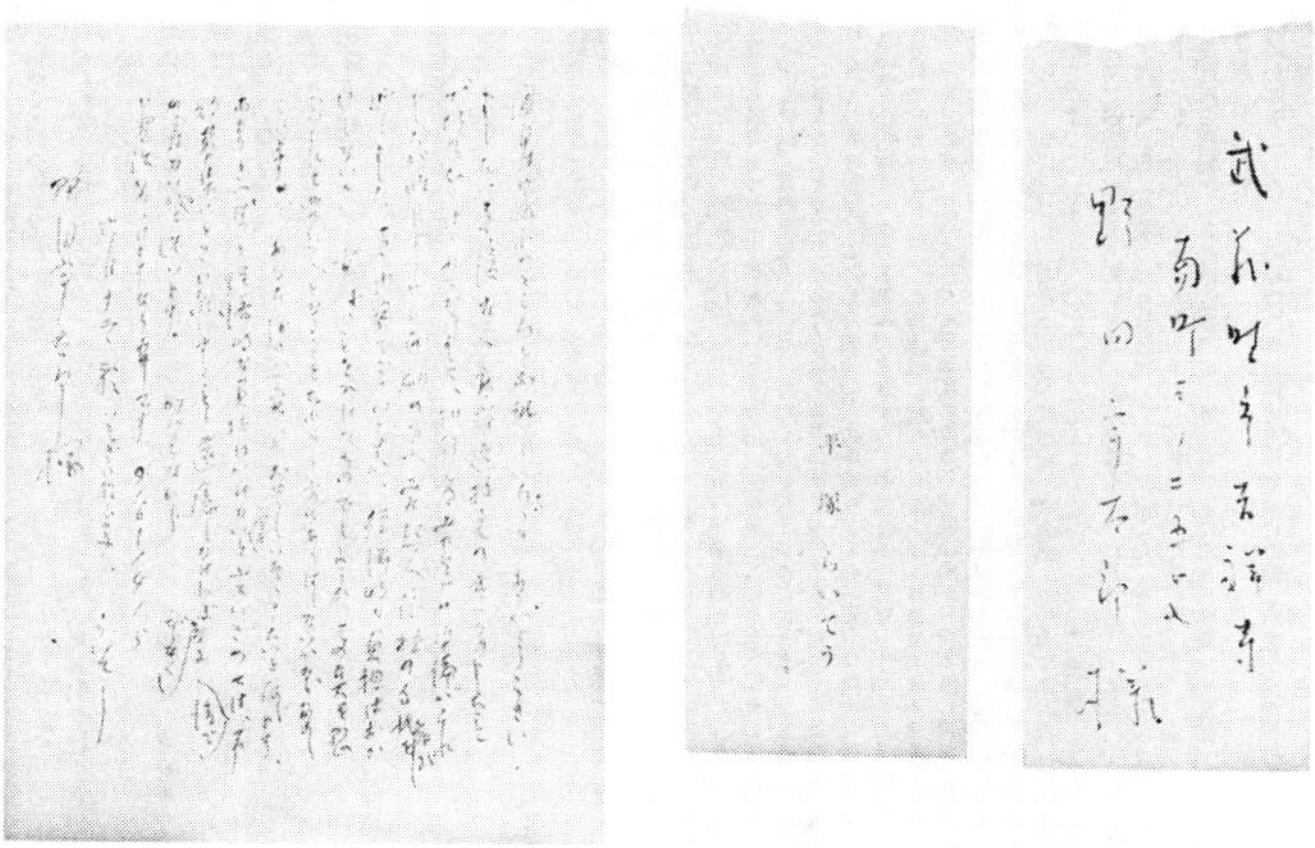

（13）1964年6月12日付野田宇太郎宛平塚らいてう書簡

じております。

さきに奥村博史帰幽の節は、お心づくしをたまわり、まことにありがたく存じました。早いもので、百日祭もとどこおりなくすませ、独り居のわびしさにもようやく慣れそめたこの頃でございます。

さて、このたびはまことに勝手な御願いを申しあげたくお便りいたしますことをおゆるし下さい。

実は、奥村の遺作のうちより裸婦[2]百態素描集と色刷りの指環[3]の本を何らかの形でこの際出版いたしたく存じ、つきましては故人にご縁故の深かった方々、ならびに故人の遺作を愛蔵される方々に発起人におなりいただいて、「奥村博史遺作集刊行会」というようなものを発足させ、この仕事の完成を期したいと存じます。それにつき早速ながら貴方さまに発起人におなりいただきたく、お願い申し上げる次第です。

お忙しくお過しの貴方さまに、このようなお願いを突然申し出ますのは、たいへん心ないことのようでございますけれど、故人をよく知り、愛して下さいました皆さま方とともに、夢多い故人のささやかな足あとをふりかえってみたい私の切なる願いからのことでございます。

どうぞ、私の気持をおくみとり下さいまして、発起人をお引受け下さいますよう、よろしくお願い申しあげます。

（恐れ入りますが折返しお返事いただけますなら、この上ない幸せでございます）

昭和三十九年六月　日

平塚らいてう

野田宇太郎様

過日はありがとうございました。よろしくお願いいたします。（手書き）

とにかくこの依頼状を百名あまりに本日出しました。

【注】

1　高群逸枝＝一八九四年一月一八日〜一九六四年六月七日。熊本県生まれ。詩人、評論家、婦人運動家、女性史研究家。一九三〇年一月、平塚らいてう等と無産婦人芸術連盟を結成。三月機関誌『婦人戦線』を刊行しアナキズム系の評論活動を行なった。らいてうの『元始、女性は太陽であった――平塚らいてう自伝（完結篇）』によると、「そのころ――いいえ、その後も終始、高群逸枝さんほど、わたくしを惹きつけたひとはありません。ただ、もう無性に好きなひとでした。わたくしが高群逸枝さんの存在を知ったのは遅く、大正十五年ごろかとおもいます。ふとした機会に、高群逸枝さんの「東京は熱病にかかってゐる」ほか、二、三の彼女の文章を読んだときから、わたくしの魂は、すっかりこのひとにつかまえられてしまいました。」（高群逸枝に魅せられる――「無産婦人芸術連盟」のころ）とある。一九六二年一月一八日、高群逸枝の望郷子守唄の碑が、熊本県松橋町寄田神社境内に建立され、除幕式に際し、らいてうの代理として奥村博史が出席、挨拶の代読をした。奥村は「高群れる松なよかばいはせ集う歌碑をたたえる人はよかよか」という即興歌を作って、らいてうに送った。高群と出身地松橋《まつばせ》町を読み込んだものであった（高群逸枝さんの歌碑）。高群は一九六三年『日本婚姻史』を書き上げた後、体が不調であった。『続招婿婚の研究』が完成したら、らいてうの家で語り合おうと約束していたが、一九六四年六月七日、国立東京第二病院で癌性腹膜炎のため、死去した。七〇歳。らいてうはこの年、夫と盟友の、かけがえのない二人を失った（高群逸枝さんの訃報）。

2　裸婦百態素描集＝『奥村博史素描集』奥村博史遺作集刊行会編（平凡社、一九六四年一一月三〇日）のこと。

3　指環の本＝『わたくしの指環』奥村博史遺作集刊行会編（中央公論美術出版、一九六五年一〇月二〇日）のこと。

(14)一九六四（昭和三九）年七月付十円切手「平塚らいてう」専用封書（消印　千歳　39・8・14　後6―12）

武蔵野市吉祥寺
南町三ノ二五〇七
野田宇太郎様

平塚らいてう
東京都世田谷区成城町五三〇
電話　砧(416)　一四一五番

（以下　全文　活版印刷）

盛夏の候をむかえお元気でお過しでいらっしゃいましょうか。その後ごぶさた申しあげましたが、先日は奥村博史遺作集刊行会の発起人をご快諾下さいまして、まことにありがとうございました。

このたび発起人をご承諾下さいました方々は別記の百名あまりで、かくも多方面の先輩やお友だちの友情に支えられて、この刊行会を発足させることのできましたことは、故人はもとより、わたくしにとりましても大きなよろこびであり、ふかい感謝でございます。

お蔭さまで、刊行会の発足とともに、平凡社が　社長下中邦彦氏のご厚意により、デッサン集の出版をお引きうけ下さることになりました。それで、さしあたり発起人有志、十五名の集りをさる七月十二日、私宅で開き、平凡社から提示された案にもとづき、ご検討いただきました結果大体次のようなことを決めました。

大きさ――Ｂ４版（アサヒグラフの大きさ）
内　容――デッサン五十葉、油絵原色版一葉
用　紙――ダイヤペーク、又はケント
体　裁――綴じずに、タトウ[1]包みとする
製作部数――五百部（内、三百部を刊行会として頒布）
頒[2]　価――二、五〇〇円程度（印刷は大塚巧芸社による）

なお、発行(3)の期日は十月中の予定のこと、予約募集の印刷物を早くつくることなど話されました。今後刊行会は平凡社内に置き、会の事務は平凡社がして下さいます。

右、御礼とともに、大略ご報告申しあげました。何かとお気づきの点について、ご意見およせいただければ幸いに存じます。

酷暑の折からご健康をお祈りいたします。

（申し忘れましたが、指環の本の出版に先だち、雑誌「太陽」にその一部を掲載することになりました。多分十一月号あたりかと思います。）

昭和三十九年七月

平塚らいてう　（手書き）

野田宇太郎様

発起人氏名　（以下、活版印刷）　（五十音順 敬称略）

青山　圭男　加藤八千代　佐藤　進三　萩谷　巖
赤尾　好夫　金嶋　桂華　佐藤　千寿　服部正一郎
赤城　淳　神近　市子　佐藤　紀子　林　武
赤城　輝子　軽部　清子　佐藤　若菜　浜田　糸衛
蘆原　英了　川喜多道子　山東誠三郎　日比谷八重子

新谷　愛子
生田　花世
石田　アヤ
伊勢　正義
板倉　賛治
市川　清
市川　房枝
糸賀　一雄
井上　鐘
今井　いく
今田　謹吾
岩波　淳子
植原　路郎
榎　恵
大下　はる
大橋　鎮子
小笠原貞子
岡本　半三
河崎　なつ
川村たか子
神崎　清
岸田　時子
岸田鶴之助
金須千枝子
河野　義博
高良　真木
小林　哥津
小林　作子
小林登美枝
小林　秀雄
五味　英子
五味　秀夫
小森宗太郎
小山　周次
小山　良修
榊原　勇吉
式場隆三郎
柴田　静子
上代　たの
杉　裕之
鈴木　天明
高木　珠江
高橋邦太郎
田坂　乾
千葉千代世
辻　信彦
勅使河原蒼風
遠山　静雄
戸川　エマ
徳永　恕
富本　一枝
豊増　昇
中尾恵津子
中河　与一
平井康三郎
藤江　志津
別府貫一郎
細川ちか子
堀川　肇子
松山　善三
真鍋　静子
水沢　澄夫
水谷八重子
水野　以文
源川　雪
宮田　重雄
武者小路実篤
村上佳寿子
山川勇一郎
山高しげり
吉田小五郎
吉田　萌子

小畠辰之助　坂本　良隆　中西　悟堂　吉屋　信子
小原　国芳　桜沢　如一　夏川　静江　渡辺　貫三
小原　信子　桜沢　リマ　日塔　笑子　渡辺　もと子
小原　博司　笹川　玉庭　日塔　智子　東山千栄子
笠置八千代　笹野徳太郎　野口　道方
加藤　花子　佐藤　欣子　野田宇太郎

【注】

1　タトウ＝畳紙。厚手の和紙に渋・漆などを塗り折り目をつけたもの。衣類や結髪の道具などを包むのに用いる。ここではデッサンの紙を包むために用いた。
2　頒価＝予定では二五〇〇円だったが、出来上がった時は、二七〇〇円になった。
3　発行の期日＝「十月中の予定」とあるが、実際は十一月三十日に発行した。

⒂一九六四（昭和三九）年八月三〇日付十円切手「平塚らいてう」専用封書（消印　千歳　39・8・□前□—□）

武蔵《ママ》市吉祥寺南町
三ノ二五〇七

野田宇太郎様

八月三十日

平　塚　ら　い　て　う

東京都世田谷区成城町五三〇　（活版印刷）
電話　砧　(416)　一四一五番

（以下、手書き）

奥村博史裸婦素描集刊行規定

一、奥村博史遺作集刊行会編集
東京都世田谷区成城町五三〇　平塚らいてう方

一、株式会社平凡社発行
東京都千代田区四番町四

一、一九六四年十月末発行予定

一、頒価　二五〇〇円（送料別）

一、内容、体裁　裸婦デッサン五十体、五十葉、絶筆デッサン風景一葉、判型Ｂ４、印刷大塚巧芸社、コロタイプ改良印刷、

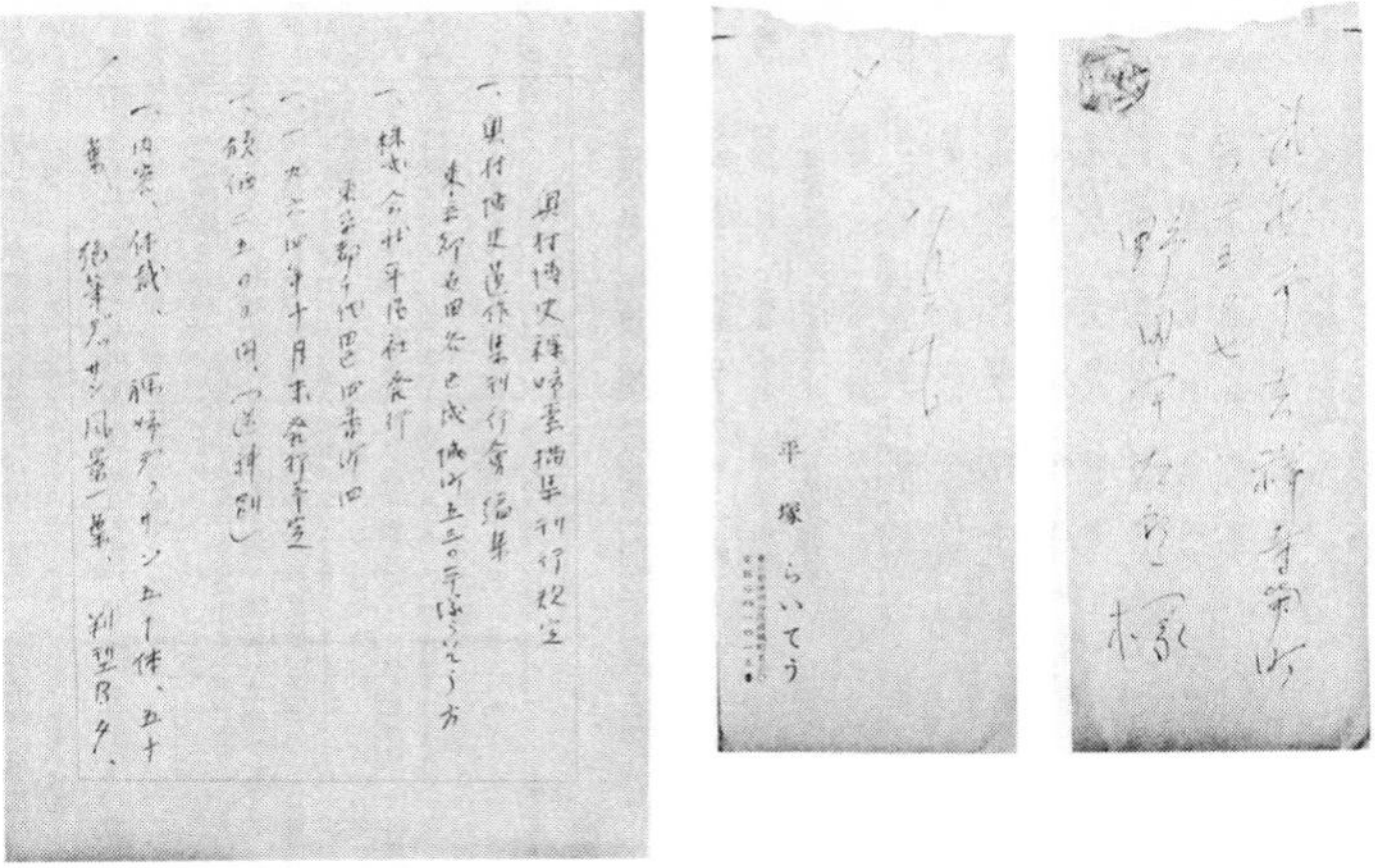

（15）1964 年 8 月 30 日付野田宇太郎宛平塚らいてう書簡

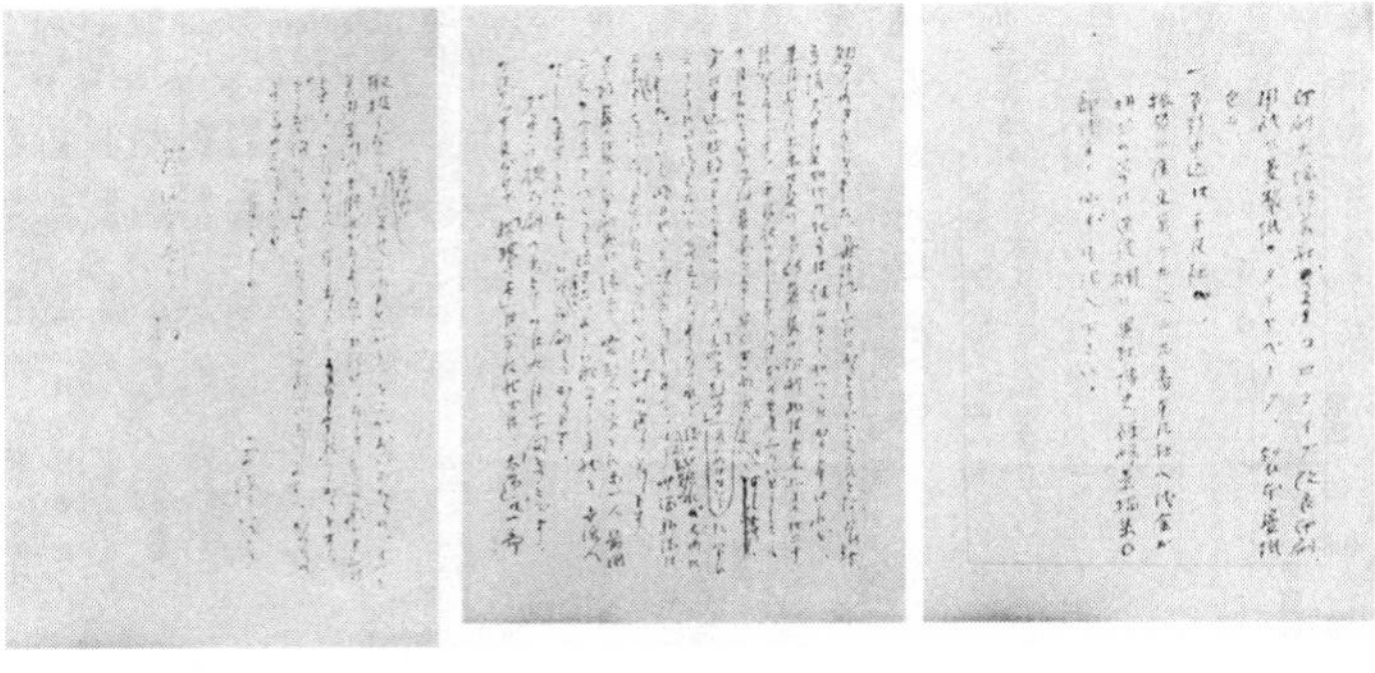

（15）続 1964 年 8 月 30 日付野田宇太郎宛平塚らいてう書簡

用紙三菱製紙のダイヤペーク、製本畳紙包み。

一、予約申込は平凡社。

振替口座　東京二九六三九番　平凡社へ代金お払込の節は通信欄に奥村博史裸婦素描集　◯部代金と必ず御記入下さい。

朝夕しのぎよくなりました。御無沙汰申上げておりますが御元気と存じ上げます。その後[1]デッサン集刊行の仕事は休みなくやつてはおりますけれど、来月一九日に出来上る筈の予約募集の印刷物は出来上るのは二十日になるそうです。平凡社の申しますには本の出来上りかどうしても十月末になるから予約募集をあまり早く出さぬ方が気がぬけないでよいなど申します。実は申込の規約のようなものも今度[2]の「文学散歩」に間に合うように御送りしたいと考えておりましたけれど結局こんなわけでそれがだめになりました。しかし昨日やっと決定いたしましたので、もう無論雑誌は出来上りました頃と存じますけれども、とにかく同封御送りいたします。予約募集の印刷物に添えて、発起人の方々にお一人最低二名の会員をつくって頂きたいよう御願いする手紙と、世話人からとして出すことにいたし、御つてそれも印刷しております。

デッサンの校正刷の出ますのは九月下旬とのことです。

なほデッサン集だけで「指環の本」(3)は平凡社では、「太陽」で一部取り扱うだけで単行本は引受けてくれませんから、どこかお心あたりの、もっと美術専門の出版社がありましたら御紹介いただき度く御願い申上げます。これもなるべく早く出したいと願っております。

どうぞ何かと御助言いただき度く御願い申上げます。かつての事のみ御免下さいませ。

八月三十日　平塚らいてう
野田宇太郎様

【注】

1 デッサン集＝『奥村博史素描集』奥村博史遺作集刊行会編、平凡社、一九六四年一一月三〇日のこと。
2 今度の「文学散歩」＝『文学散歩』第二二号（一九六四年九月）に奥村博史の「素描について（遺稿）」、平塚らいてうの「奥村博史の裸婦素描について」が掲載され、野田宇太郎の「編集室より」で一一四名の刊行会が組織され、頒価二五〇〇円程度、一〇月末頒布予定とあり、申し込みを募っている。
3 「指環の本」＝『わたくしの指環』奥村博史遺作集刊行会編、中央公論美術出版、一九六五年一〇月二〇日のこと。

⑯一九六四（昭和三九）年九月一二日付5円切手「裸婦百態」私製絵葉書（消印　千歳　39・9・12

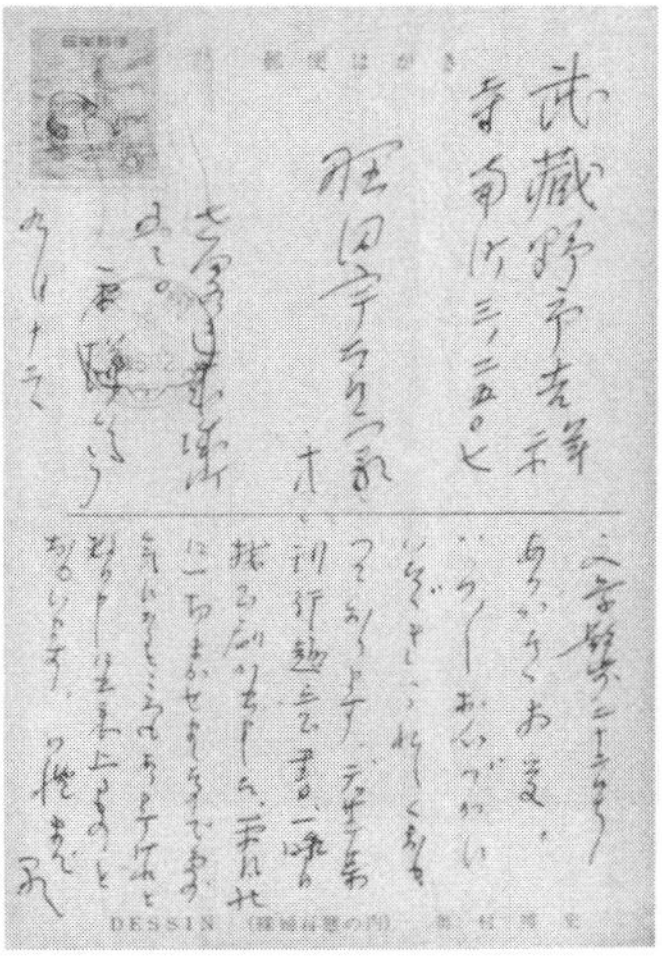

（16）1964年9月12日付野田宇太郎宛平塚らいてう書簡

後6—12）
武蔵野市吉祥
寺南町三ノ二五〇七
野田宇太郎様
世田谷区成城町
五三〇
平塚らいてう
九月十二日
文学散歩二十二号
ありがたく拝受。
いろ〳〵お心づかい
いたゞきうれしくおも
つております。デッサン集
刊行趣意書、一昨日
校正刷が出ました。平凡社

DESSIN（裸婦百態の内）奥村博史

に一切まかせましたので、多少
気になるところもありますけれど
数日中に出来上るものと
おもいます。御禮まで
早々

【注】
1 文学散歩二十二号＝本稿「らいてう書簡の紹介」(15)【注】2参照のこと。
2 刊行趣意書＝未見。

(17) 一九六四（昭和三九）年一一月二六日付5円切手「平塚らいてう」専用葉書（消印 千歳 39・11・26 後6—12）

東京都武蔵野市
吉祥寺南町三の四三―四
野田宇太郎様

平塚らいてう

東京都世田谷区成城町五三〇
（活版印刷）
電話　砧　(416)　一四一五

十一月二十六日

前畧、二十四日正午速達
拝受いたしました。ご旅行先
までお煩はしいたしましたことを
たいへんすまなかつたとおもつて
おります。明日午后印刷が出来て
来る筈です。龍土軒[1]の方も御蔭さまで
うまく運びました。委くは改めて。
御禮のみ　早々

【注】

1　龍土軒＝麻布新龍土町にあったフランス料理店。一九〇四（明治三七）年ごろ蒲原有明・柳田国男・国木田独歩・田山花袋・島崎藤村・徳田秋声・川上眉山・小栗風葉等の中堅詩人

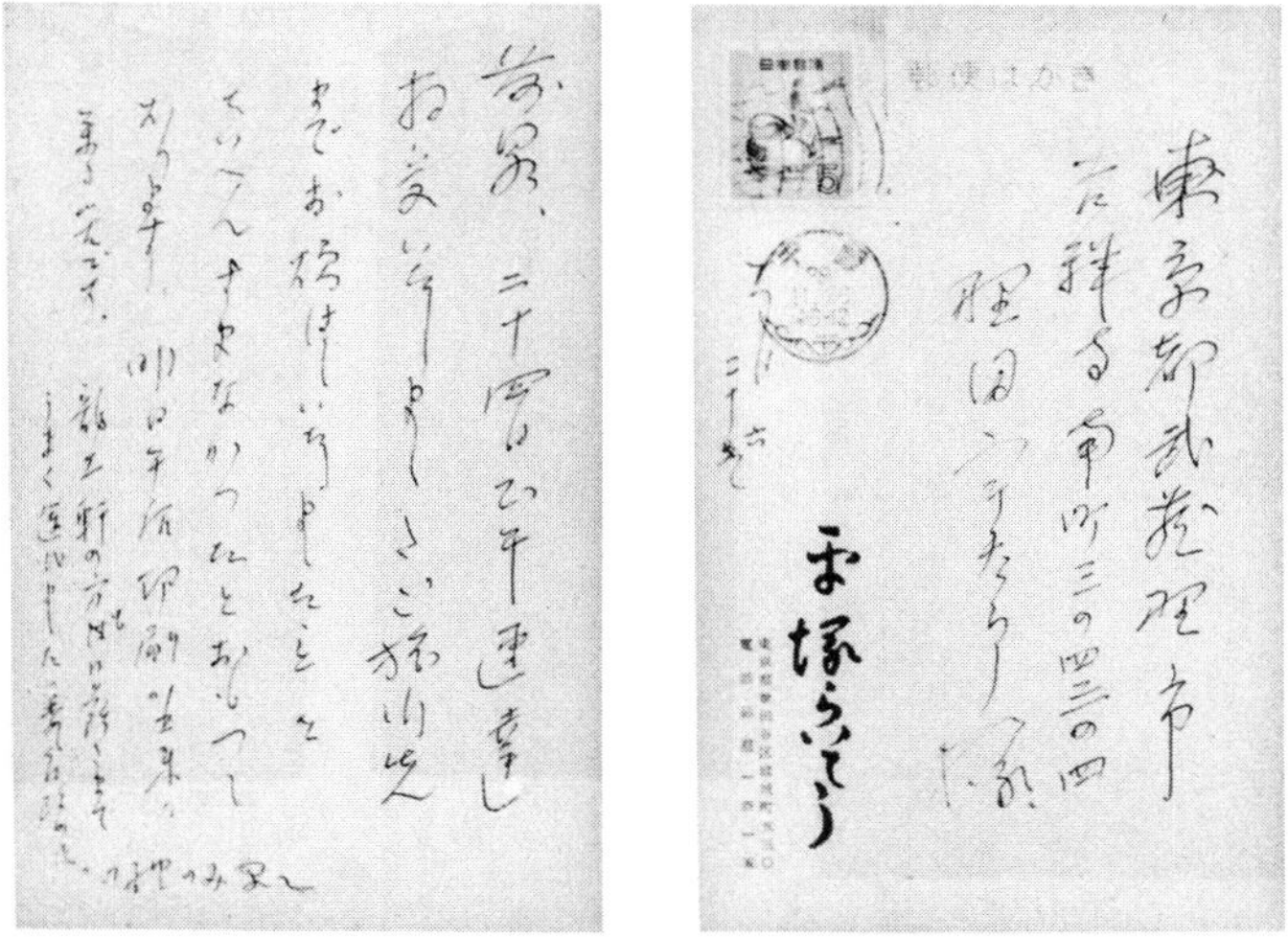

（17）1964 年 11 月 26 日付野田宇太郎宛平塚らいてう書簡

や作家がここに集まり、酒を酌み交わしつつ新文学、新思想が情熱的に語られ、この自然主義文壇の親睦団体を「龍土会」と称した。一九一六（大正五）年ころには龍土会は自然消滅した。ここでは一九六五年二月一四日、麻布龍土軒で開かれた「奥村博史君を偲ぶ会」のことである。

⒅一九六五（昭和四〇）年六月九日朝付40円切手速達「平塚らいてう」専用封筒（消印　発信　東京世田谷成城北　40・6・9　後0—6　受信　武蔵野　40・6・10　前8—12）

武蔵野市吉祥寺南町
三ノ三四ノ四
野田宇太郎様

速　達

六月九日朝
平　塚　ら　い　て　う　（活版印刷）
東京都世田谷区成城町五三〇
電話　砧　(416)　一四一五番

野田先生　六月九日朝　らいてう
先日は御多忙の中をおでかけ頂き御それ入りました。またその節は御厄介のこと御引受け頂き御苦労に存じます。早速東芝[1]印刷社長に御願い下さいましたそうでありがとうございます。間沢[2]さんのことは哥津[3]ちゃんから度々話されており、その内一度お目にかかればとおもつています。昨日のおはがきでのおたづねの件は昨夜小林[4]から電話で申上げましたこととと思いますが、まだ、連絡出来ずにおります。

原色版のこと案じています。あの日御持ち頂いたもの、あまりよいものでなかつたようで、うまくいきますでしょうか。どうせ切り抜くのでしたら大きなものの中からよい形のものを選んでいたゞいたらどんなものでしよ

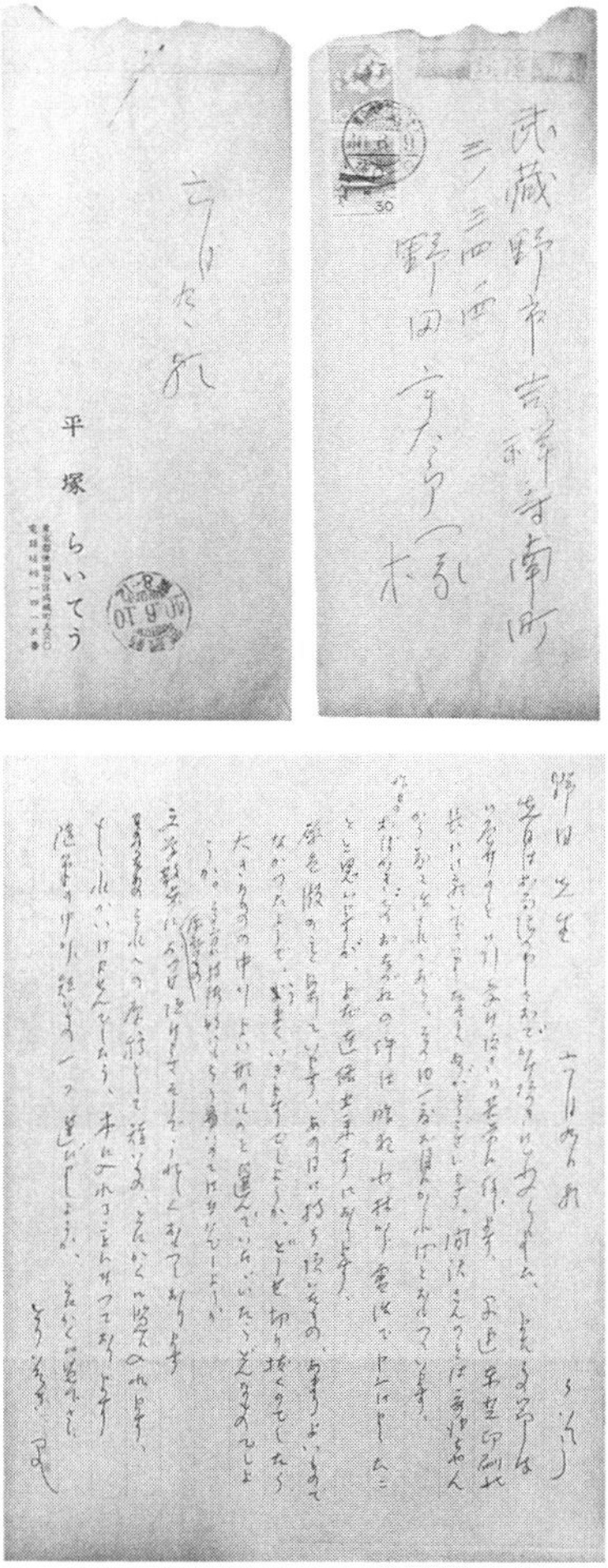

（18）1965 年 6 月 9 日付
野田宇太郎宛平塚らいてう書簡

うか。その方が技術的にもちい易いのではないでしょうか。
文学散歩に原色のものおのせ頂けますそうで、うれしくおもつております。
それへの原稿として短いもの、とにかく御覧に入れます。
もしこれがいけませんでしたら、本に入れることになつております
随筆の中から短いもの一つ選びましようか、とにかく御覧下さい。
とりいそぎ　早々

【注】

1　東芝印刷社長＝未調査。

2　間沢さん＝未調査。

3　哥津ちゃん＝小林哥津《かつ》。随筆家、小説家。一八九四年一一月二〇日東京京橋で錦絵画家小林清親の五女として生まれる。仏英和高女卒。専攻科英文科修業。一九一一年一二月『青鞜』の編集助手を一九一四年まで続けた。同誌に小説「麻酔剤」（一九一二年一二月）、戯曲「お夏のなげき」（一九一二年一〇月）などを発表、退職後は外国文学の翻訳を行なう。東京回想随筆や父清親の研究資料を執筆した。一九七四年六月二五日死去。

4　小林＝小林登美枝のことであろう。小林登美枝は一九二六（大正一五）年大阪市生まれ。茨城県立土浦高等女学校卒業。毎日新聞記者。小林登美枝の『平塚らいてう・その戦後　陽のかがやき』（新日本出版社、一九九四年八月五日）によると、一九四八年一一月九日、時事通信社主催の座談会「あの頃の女・これからの女」で平塚らいてう、柳原白蓮、羽仁説子等と話し合った時が最初であった。その五年後、ら

いてうから「自伝」の手伝いを頼まれて、成城の家に出入りするようになった。一九五五年四月らいてうの自伝『わたくしの歩いた道』は新評論社から刊行された。らいてうは『わたくしの歩いた道』が不備なものとして本格的自伝の執筆に取り組み、小林も協力することになった。小林が自伝に取り組み始めて、一九七一年五月二四日らいてうが亡くなるまで一三年、『平塚らいてう自伝—元始、女性は、太陽であった』上が出版されたのは、同年八月であった。下巻が同年九月、続（戦後篇）が七三年一〇月、（完結篇）が七三年一一月であり、小林の二〇冊の聞き書きノートの賜物である。平塚らいてうに関する著書として、『評伝平塚らいてう——愛と反逆の青春』（大月書店、一九七七年三月）、『平塚らいてう』（清水書院、一九八三年二月）、『平塚らいてう・その戦後　陽のかがやき』（新日本出版社、一九九四年八月）、編集『平塚らいてう著作集』全八巻、大月書店、一九八四年一一月完結。一九九二年発足の「平塚らいてうの会」第二代会長。

⒆一九六五（昭和四〇）年七月三〇日付5円切手「平塚らいてう」専用葉書（消印　千歳　40・7・30　後6—12）

武蔵野市吉祥寺南町3—43—4
野田宇太郎様

七月三十日

平塚らいてう
東京都世田谷区成城町五三〇　（活版印刷）
電話　砧(416)　一四一五

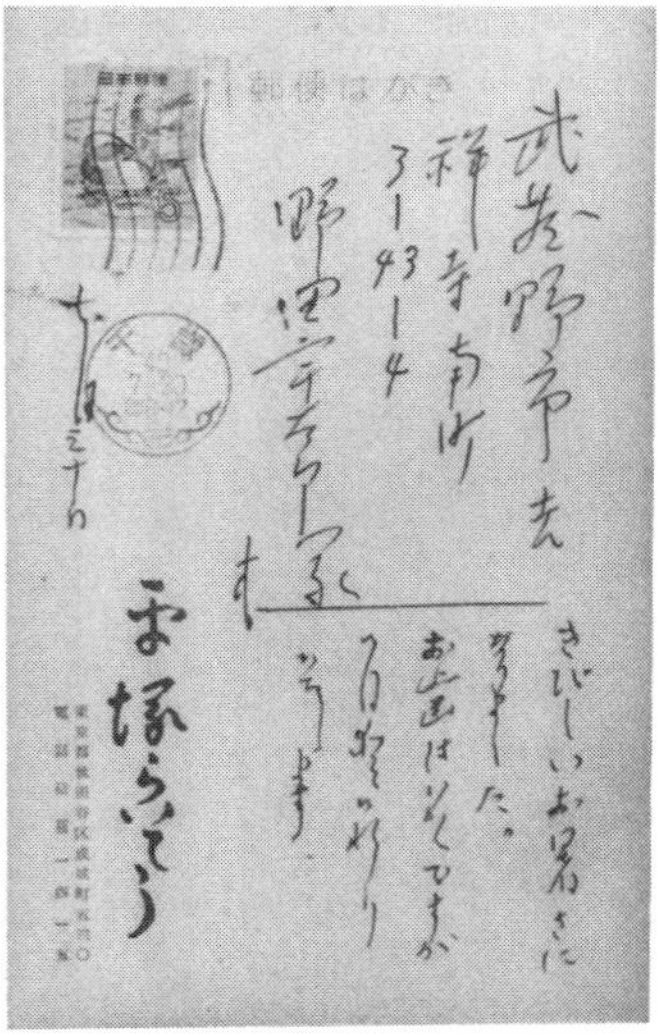

（表面）

きびしいお暑さに
なりました。
お歯はいかゞですか。
御自愛御祈り
いたします。

（裏面）

先日は長時間ありがとうございました。□□まで大成功でした。「文学散歩」[1]うれしく拝受、早速拝続いたしました。ありがとう存じます。その後集つたユビワのわりつけに、二、三回三氏にお集りいたゞき去る二十七日（火曜日）からようやく撮影にかゝり、昨二十九日全部撮影が終りました。伊勢[2]さんと水沢[3]さんがスタジオに終日御出張下さいました。頁数も原色、白黒とも二頁ほど予定より増しました。諸家よりの玉稿は2／3程度今集りました。一両日中には全部集る筈で、四百字詰七十枚以内かと思ひます。美術出版の方で前のものよりもつと正確な見積りを改めてしてもらい、頒価も決定的なものを出して貰つた上で、予約募集の印刷物にかゝつて頂かねばならないかと存じます。とにかく御禮を申上、一応の御報告まで。

【注】

1 「文学散歩」＝『文学散歩』第二四号（一九六五年七月二五日）には奥村博史の詩「わたくしの指環（遺稿）」と「奥村博史指環の本の刊行」が掲載された。

2 伊勢さん＝伊勢正義。画家。『わたくしの指環』（奥村博史遺作集刊行会編、中央公論美術出版、一九六五年一〇月二〇日）の「奥村さんと銀の指環」で「奥村さんの銀の指環の魅力は、これをもつ人びとに不思議な豊かさと充実した満足感を与えずにはおかないだろう。そし

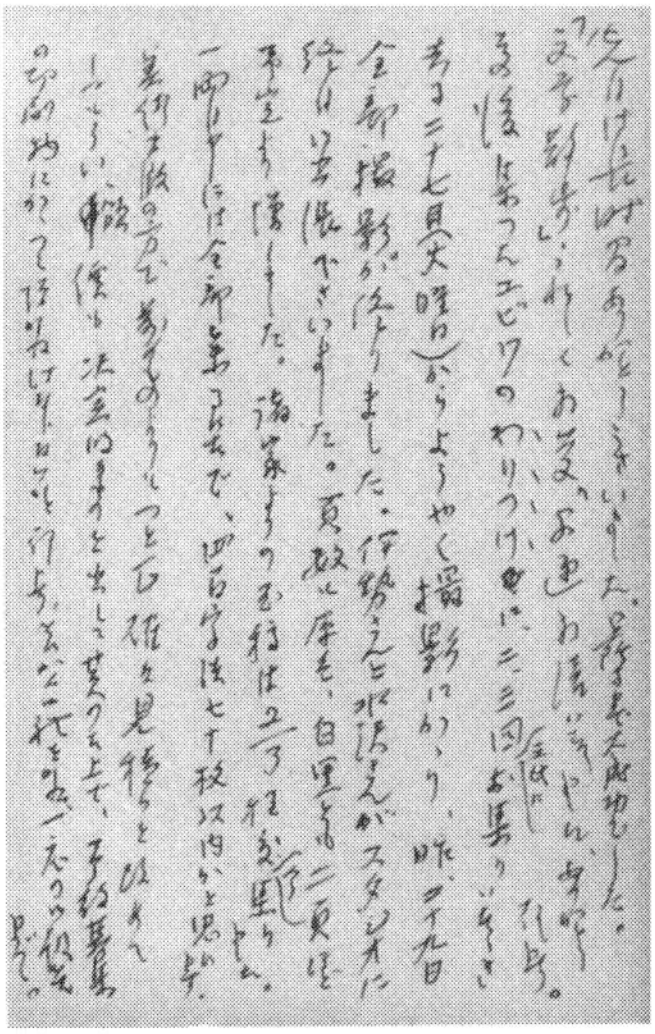

（19）1965年7月30日付
野田宇太郎宛平塚らいてう書簡

て、つねに私の小指にあるオニックスの傑作は、奥村さんのすぐれた芸術的精神と私への親愛の形見として、いつまでも私を離れることがないであろう。」と書いている。

3 水沢＝水沢澄夫。一九〇五～一九七五年。栃木県生まれ。美術評論家。一九三一年から柳宗悦の民芸運動に参加。美術雑誌『宝雲』編集。一九七三年から町田市立町田郷土資料館初代館長。著書『美術覚書』(昭森社、一九四一年)、『エジプトの美術』(社会思想社、一九六三年)、『近代画の歩み』(美術出版社、一九五二年)、『エジプト美術の旅』(雪華社、一九六三年)、『広隆寺』(中央公論美術出版、一九六五年)、『秋篠寺』(中央公論美術出版、一九六八年)、『浄瑠璃寺』(中央公論美術出版、一九八七年)など。『わたくしの指環』(奥村博史遺作集刊行会編、中央公論美術出版、一九六五年一〇月二〇日)の「スカラベ・サクレ」では水沢の持っていたスカラベとトンボ玉を指環に仕立ててもらった時のことが回想されている。

(20) 一九六五(昭和四〇)年八月二四日付5円切手「奥村博史の指輪」私製葉書(消印 千歳 40・8・24 後6―12)

武蔵野市
吉祥寺南町
三四 三ノ四《(ママ)》
野田宇太郎様

世田谷区成
城町五三〇
平塚らいてう

（表面）

本日玉稿[1]拝受
ありがとうございました。
ほんとに御忙しい中
御無理を願い申して
恐縮でございました
早速美術出版の方へ
廻しました。とりあへず
御禮のみ
早々
八月二十四日

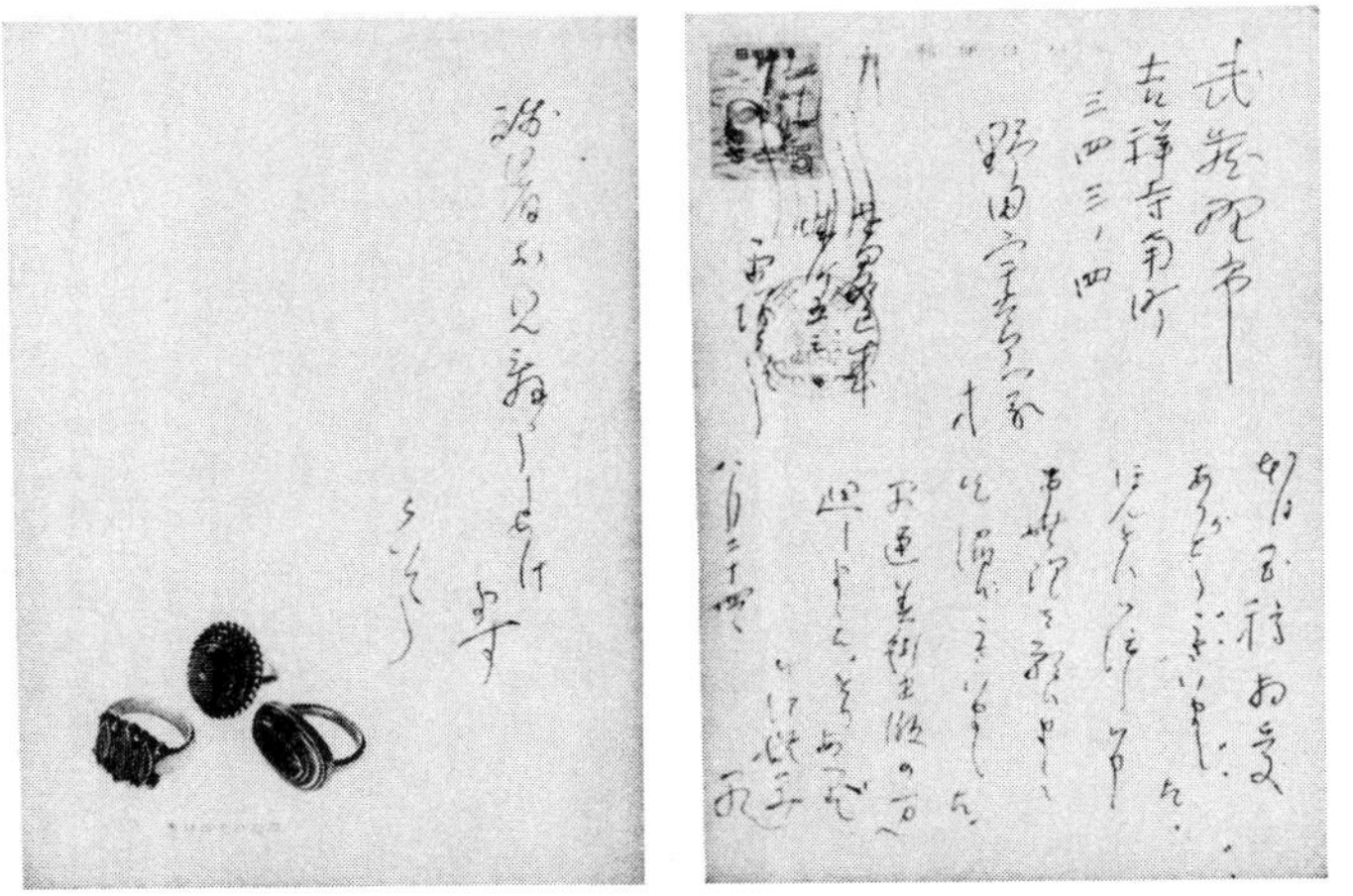

（20）1965年8月24日付野田宇太郎宛平塚らいてう書簡

（裏面）

残暑お見舞申しあげ
ます
らいてう

【注】

1　玉稿＝奥村博史の『わたくしの指環』（中央公論美術出版、一九六五年一〇月二〇日）に掲載された野田宇太郎執筆の「奥村さんの指環」のこと。野田は絵画、演劇、写真、文学、そして晩年は指環つくりに情熱を注いだ奥村を描いた。野田が奥村と知り合ったのは長女築添曙生夫妻が野田の家（吉祥寺）の近くに住んでいたのがきっかけで、一九五一年頃麻布の龍土軒で新龍土会が始まってからである。その新龍土会で奥村が脳貧血で倒れたこと、森田草平の「煤煙」のモデルに関することを尋ねて、教えてもらったこと、奥村の自伝小説『めぐりあい　運命序曲』の出版で相談を受けたこと、奥村の指環を小林哥津から譲ってもらったことなどが綴られている。

(21) 一九六六（昭和四一）年二月二三日付5円往復官製葉書往信（消印　千歳　41・2・23　後6―12）

信　武蔵野市吉祥寺
往　南町三―四三―四

野田宇太郎様

世田谷区成城町五三〇

平塚らいてう

日ごとに春めいてまいりましたがお元気でいらつしやいますか。寒い季節中は健康がすぐれぬまま御無沙汰つづきで失礼申上げました。一方ならぬお力添えをいただきました刊行会[1]のしめくくりの会をおくればせながら左の通り開きたいと存じますので、御多用中まことに恐縮でございますが万障おくり合せ御出席くださいますようお待ち申上げます。（奥村とおたずねください）

とき　三月十八日午後五時

ところ　成城駅前（北口）栄華飯店別室

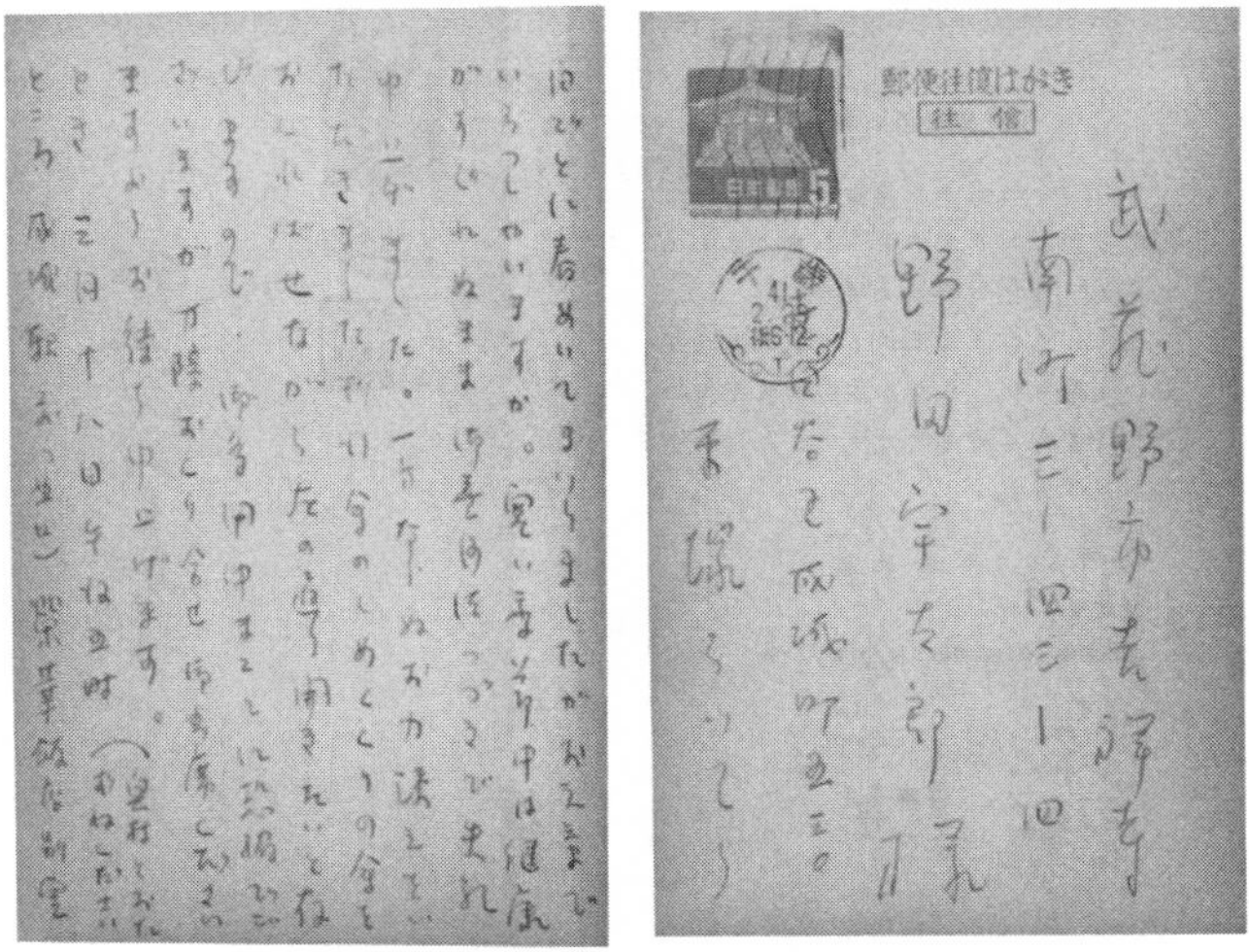

（21）1966年2月23日付野田宇太郎宛平塚らいてう書簡

【注】

1　刊行会のしめくくりの会＝往復葉書の返信がそのまま残っているので、葉書を用いず口頭で出席を伝えたのであろう。野田が出席したかどうか、確認は取れない。

(22)一九七〇（昭和四五）年三月九日付7円切手住所変更葉書（消印　千歳　45・3・9　後0―6）

武蔵野市吉祥寺南町
3―43―4
野田宇太郎様

（印刷　横書）

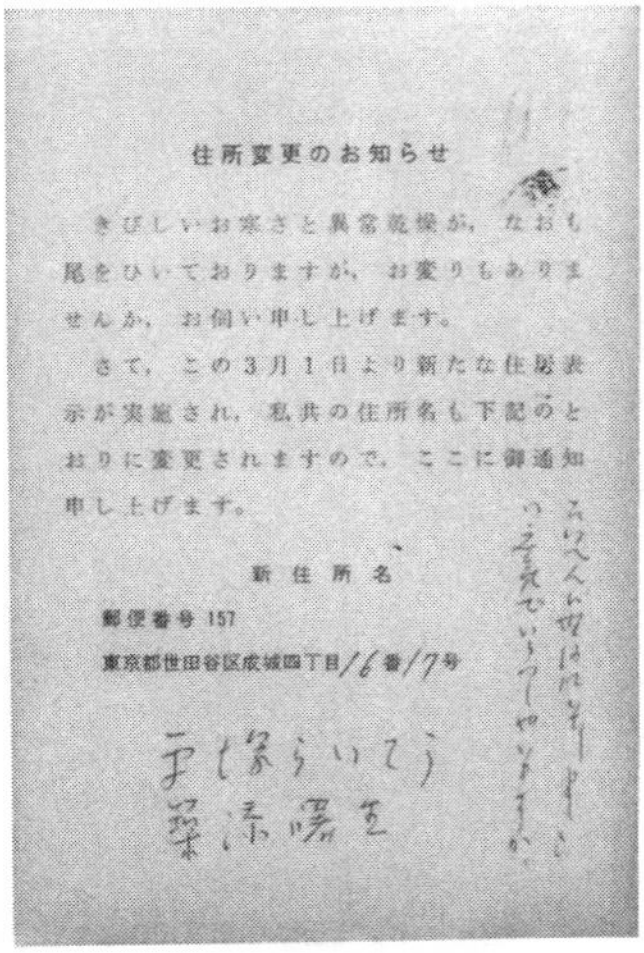
住所変更のお知らせ

きびしいお寒さと異常乾燥が，なおも尾をひいておりますが，お変りもありませんか，お伺い申し上げます。

さて，この3月1日より新たな住居表示が実施され，私共の住所名も下記のとおりに変更されますので，ここに御通知申し上げます。

新住所名

郵便番号 157

東京都世田谷区成城四丁目16番17号

平塚らいてう

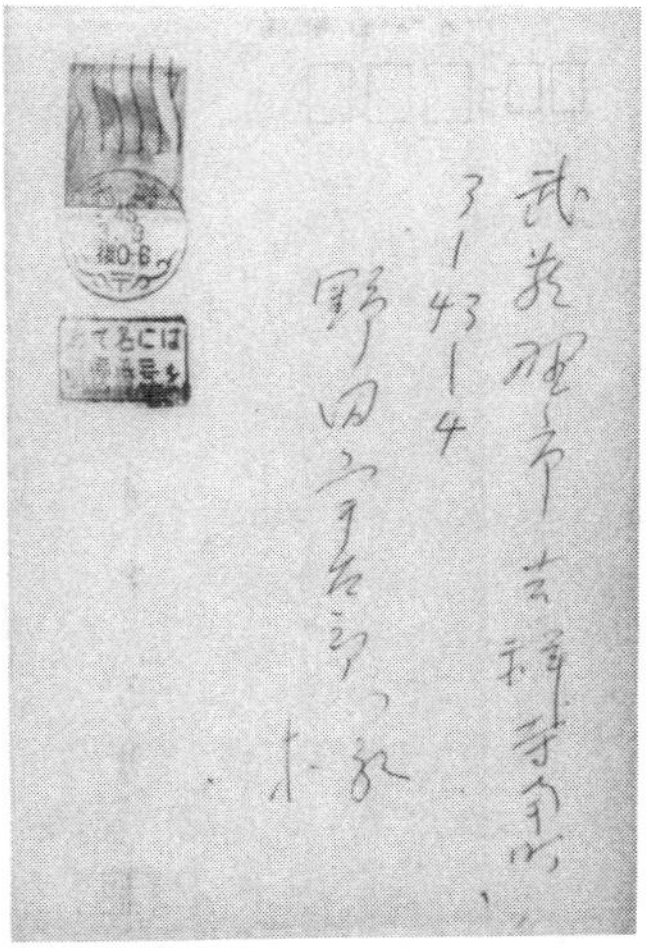
武蔵野市吉祥寺南町
3-43-4
野田宇太郎様

（22）1970年3月9日消印野田宇太郎宛平塚らいてう書簡

住所変更のお知らせ

きびしいお寒さと異常乾燥が、なおも尾をひいておりますが、お変りもありませんか、お伺い申し上げます。

さて、この3月1日より新たな住居表示が実施され、私共の住所名も下記のとおりに変更されますので、ここに御通知申し上げます。

新住所名

郵便番号　157

東京都世田谷区成城四丁目16番17号

平塚らいてう

築添曙生(1)

（以下手書き）

たいへんご無沙汰いたしました。

御元気でいらつしやいますか。

【注】

1　築添曙生＝奥村博史・平塚らいてうの長女。曙生の夫築添正二は一九六六年九月一三日、五三歳、十二指腸潰瘍で死去した。一九六八年九月一三日、長男築添正生編集、曙生発行で正二の追悼集『来らざる時』を自家出版した。正二の発病する二〜三ヶ月前に書いた最後の論文「大脳と技術」を巻頭に七編の論文・随筆と年譜、曙生、正生、美可、美土の父への追憶、兄築添増太郎の弟正二への想い出が集められている。正二を亡くした曙生一家は、長男正生の結婚を機会に長女美可、二女美土と共にらいてうの家に一緒に住むことになった。著書『かにさんのはさみ』（小学生物語文庫、教文館、一九五六年）。本稿「平塚らいてう書簡の紹介」⑶【注】4「あけみ」を参照のこと。

(23)一九七一（昭和四六）年五月二五日付15円切手死亡通知封書（消印　東京成城　26・5・25、18―24

JAPAN　TOKYO）

武蔵野市
吉祥寺南町三―四三―四
野田宇太郎様

（以下、全文活版印刷）
平塚らいてう葬儀委員会
東京都渋谷区千駄ヶ谷四の一一の九　三〇三号
電話　東京（〇三）四〇一―六一四七

長く御闘病を続けられた平塚らいてう先生は、五月二十四日午後十時三十六分、ついにお亡くなりなさいました。皆さまと共に心からお悼み申し上げます。つきましては先生との永いお別れの式を左記のようにいたしますことを御知らせ申し上げます。

五月三十日（日）二時―四時まで
青山斉場　地下鉄（青山一丁目下車）
　　　　　国　鉄（信濃町で下車・バスにて品川車庫ゆき南青山一丁目下車）
供花は葬儀委員会で準備いたします
一九七一年五月二十五日
　平塚らいてう先生葬儀委員

委員長　櫛田[1]　ふき　深尾[2]須磨子　羽仁[3]　説子
　　　　市川[4]　房枝　高田[5]なほ子　石井[6]あや子
　　　　上代[7]　たの　丸岡[8]　秀子　小笠原[9]貞子
　　　　神近[10]　市子　帯刀[11]　貞代　小林登美枝

【注】

1　櫛田ふき＝一八九九～二〇〇一。山口県萩市生まれ。日本女子大学中退。婦人民主クラブ書記長、委員長。日本婦人団体連合会会長。新日本婦人の会代表委員。著書『二十世紀をまるごと生きて』、『素敵に長生き』、『たくさんの足音・その一つが歩いた道』、『女性は解放されたか』、『女性十二講』、『八度めの年おんな』、『愛と希望の星みつめて』、『絶対平和の生涯』。

2　深尾須磨子＝一八八八～一九七四。詩人。兵庫県丹波生まれ。京都菊花高女卒業。詩集『真紅の溜息』、

『斑猫』、『呪詛』、『焦燥』、『牝鶏の視野』、『イヴの笛』、『永遠の郷愁』、『洋燈と花』、『詩は魔術である』、『神話の娘』、『列島のおんなのうた』、詩文集『哀しき愛』、評伝『君死にたまふことなかれ』、『与謝野晶子』

3　羽仁説子＝一九〇三～一九八七。評論家、婦人運動家。東京生まれ。自由学園高等部卒業。日本子どもを守る会会長。著書『シーボルトの娘たち』、『青春をどう生きるか』、『若き日の軌跡―私の学生の頃』、『しあわせにつながるもの』、『妻のこころ―私の歩んだ道』、『羽仁説子の本』。

4　市川房枝＝一八九三～一九八一。愛知県生まれ。愛知県立女子師範学校卒業。教員、新聞記者、「新婦人協会」創立。日本婦人有権者同盟会長。参議院議員。著書『市川房枝自伝戦前編』、『私の言いたいこと』、『だいこんの花』、『野中の一本杉』。

5　高田なほ子＝一九〇五～一九九一。福島市生まれ。福島師範卒。小学校教師、後、婦人運動家、平和運動家。参議院議員（社会党）。日本婦人会議議長。退職婦人教職員全国連絡協議会会長。著書『雑草のごとく』（ドメス出版）。参考文献『扇をひらいた人――高田なほ子と千葉千代世』（第一書林、一九九二年五月）。

6　石井あや子＝新日本婦人の会代表委員。著書『女らしさの昨日今日明日』（啓隆閣、一九七二年）。

7　上代《じょうだい》たの＝一八八六年～一九八二。島根県生まれ。島根市高女卒。日本女子大学英文学部卒。ニューヨーク州ウェルズ・カレッジに入学、同学より修士号。日本女子大学英学部教授。日本女子大学第六代学長。日本大学婦人協会会長。婦人平和協会会長。著書『リー・ハント（英米文学評伝叢書）』、『上代たの文集』、『上代たの先生米寿記念英米文学論集』。

8　丸岡秀子＝一九〇三～一九九〇。長野県生まれ。奈良女子高等師範学校卒業。教師、産業組合中央会調査部勤務。著書『戦後精神』、『いのちへの責任』、『キュリー夫人の慟哭』、『近代日本婦人問題年表』、『現代婦人百科』、『思潮』上下、『国際婦人年とはなんだったのか』、『心の血縁を求めて』、『ひとすじの道』一～三、『田村俊子とわたし』、『ひとつの真実に生きて』、『女のいい分』、『変貌する農村と婦人』、『いのちと命のあいだに』、『婦人は考える』、『女性が変わるとき』、『農村婦人』、『独りを恐れず』。

9　小笠原貞子＝一九二〇～一九九五。東京生まれ。参議院議員（共産党）。日本共産党副委員長。著書

『面を太陽にむけて』（啓隆閣、一九七一年）、『きたぐに』（東邦出版社、一九七四年）、『一粒の麦―政治に愛を』（学習の友社、一九八三年）、『花のとき』（新日本出版社、一九九〇年四月）、『今日の空は青』（新日本出版社、一九九二年一〇月）。参考文献『いのちすがしく　小笠原貞子さんを偲ぶ』（日本共産党北海道委員会、一九九六年）。

10　神近市子＝一八八八〜一九八一。長崎県生まれ。女子英学塾（津田塾）卒業。評論家、衆議院議員（社会党）。著書『灯を持てる女人』、『女性思想史』、『私の半世紀』、『わが青春の告白』、『神近市子自伝―わが愛わが闘い』。小説『村の反逆者』、『一路平安』。

11　帯刀《たてわき》貞代＝一九〇四〜一九九〇。島根県生まれ。著書『日本労働婦人問題』、『日本の婦人』、『日本の婦人　婦人運動の発展をめぐって』、『ある遍歴の自叙伝』、『現代女教師論』、『女性の生き方』。

(24)一九七一（昭和四六）年六月七日15付円切手黒枠封書（消印　成城　46・6・7　後0―6）

武蔵野市吉祥寺
南町三―四三―四
野田宇太郎様

東京都世田谷区成城4―14―6　（活版印刷）
奥村　敦史
綾子(1)

東京都世田谷区成城4―16―17
築添　曙生

（封筒のみ、本文なし）

【注】

1　綾子＝奥村綾子。旧姓中山。一九四四年一月二三日奥村敦史と結婚。

五

野田宇太郎宛の平塚らいてう書簡を読んで感ずることは、骨肉の愛ということである。「若い燕」と揶揄された年下の奥村博史との共同生活、長男敦史の幹部候補生志願のため婚姻届提出などは、いかに夫婦の愛、親子の愛が強靭なものであったを知ることができる。そこで、本稿で扱ったらいてう書簡を材料にして、平塚らいてうの晩年を考えてみたい。

野田宇太郎が平塚らいてうに交流を求めたのは、前述のように『青鞜』に小説を発表していた鷗外夫人森しげ女の原稿に鷗外の手が加わっていたかどうかを尋ねた時が最初であった。もちろん、らいてうはしげ女の原稿には鷗外らしい加筆と思われる跡などはなかったときっぱり答えた。その後も文学史的事実、文壇の動静、文学地理、風土的関連などについて確認を求めたことであろう。従って平塚らいてうと野田宇太郎との交流は、あくまで文学散歩取材から始まったものと思われる。

書簡(1)(2)は樋口一葉終焉の地本郷丸山福山町の『一葉樋口夏子碑』の碑文を、野田がらいてうに揮毫を依頼した時のものである。野田がなぜ、一葉と直接関係ないらいてうに依頼したか詳細はわからないが、岡田八千代がなかなか承諾しないため、とうとうらいてうが引き受けざるを得なくなった経緯がうかがえる。同じ明治の代に生きた女性として選ばれたのであろう。

書簡(3)では北原白秋の二番目の妻、江口章子について野田の『六人の作家未亡人』（新潮社）「国民詩人の妻　北原白秋未亡人菊子さん」の「爪に描いた螢」と、らいてうの『平塚らいてう自伝―原始、女性は太陽であった』下巻、「江口章子の波乱の生涯」との事実上の食い違いとは何をさしていたか、よくわからないが、らいてうが知っている事実となると、やはり江口章子が青鞜社を訪ねたり、さらに生田花世を通じて白秋と知り合う隠された真相があったのかもしれない。

また、長女あけみ（曙生）は一九四五（昭和二〇）年一一月茨城県の疎開先より夫正二が借り受けた武蔵野市吉祥寺の知人宅二階に家族と共に転居した。ここで同じ吉祥寺に住んでいた野田宇太郎一家と親しくなった。「娘あけみが何かと御厚情にあづかっておりますよし」とあるのは、そういう近所付き合いから始まった両家の親密さをいっているのだろう。それが後に『文学散歩』の「南郷四季」連載へ繋がっていくのである。

奥村博史の自伝小説『めぐりあい　運命序曲』を出版社現代社より贈呈させたのは、文芸評論家としての野田に夫博史の小説を評価してもらいたいという妻らいてうの夫への愛情である。その愛がいかに深かったかは、博史死後、らいてうが『奥村博史素描集』と『わたくしの指環』の出版に晩年の全情熱を注いだことによってうかがえる。

一九六一年（昭和三六）年三月の書簡(5)以降「裸女百態」の私製絵葉書を作成して出している。このころから博史のデッサン集出版の意向があったのが感じられる。

一九六一年一月、いくつもの商業文芸雑誌を潰してきた野田宇太郎は、やっと念願の文学と風土を関連付けた意中の雑誌『文学散歩』を創刊した。表紙と口絵に当時としては上質紙にカラー写真を掲げ、各所に写真をふんだんに使った高踏的な洒落た雑誌であった。らいてうが「若いころ—大正はじめ頃の仏文学誌を手にしたときのような新鮮な、清潔なたのしいおもいを味いました」と感想を述べたのも、単なるお世辞だけではなかろう。平塚家は一八九四（明治二七）年、三番町の家を解体して本郷区駒込曙町一三番地に移転した。それに伴って、富士見小学校から本郷西片町の誠之小学校に転校した。だから野田の『文学散歩』一〜三号所収の「東京文学散歩」の「本郷・小石川」はらいてうにとって「思い出の地」なのである。

らいてうの長女築添曙生は夫正一と子どもたちと共に滋賀県立近江学園（精神薄弱児施設）内に住み込んでいた。ジャーナリストで小説や随筆も書いた斎藤弔花が精薄児の愛育に生涯を捧げようとした近江学園は、琵琶湖から流れる瀬田川が石山のあたりを過ぎる宇治川の河畔の南郷にある。曙生は夫婦で不幸な精神薄弱児の救済と教育に尽瘁していた。「南郷四季」はその愛育記録である。らいてうも娘の「南郷四季」の成功を心から望んでいたのである。

書簡(6)は野田宇太郎編集『文学散歩』一四「回想の岡田八千代」（一九六二年六月二〇日）に掲載される原稿を、野田がらいてうに依頼したものである。らいてうは一旦承諾したが、姉孝の死去、葬儀や風邪をこじらせたりで、とうとう書くことができず、「岡田八千代『青鞜』所載作品目録」が掲載された。なお、岡田八千代は『青鞜』創刊に際して与謝野晶子・小金井喜美子・森しげ・長谷川時雨・国木田治子などと共に青鞜社賛助員になった。

書簡(8)は『文学散歩』一五「鷗外生誕百年の記念」（一九六二年一〇月一日）に掲載する森鷗外についての思い出の原稿依頼をしたものである。らいてうは依頼に応えて「鷗外先生について」を書いた。その中でらいてうは「女ばかりの仕事であった「青鞜」に対し、またわたくしに対しても、終始、温い理解、好意ある関心をお示し下さったという感じ」を抱き、鷗外を敬愛しているが、それに引き換え「漱石の婦人に対する態度、その無関心さと、無理解さとくらべて何という違いでしょう」と漱石に対する反感をあからさまにしている。森田草平との塩原逃避行後の漱石の対応は、「森田は今度の事件で職を失った（郁文館という私立中学の英語教師でした）、あの男はものを書くよりほかに生きる道をなくした。あの男を生かすために、今度の事件を小説として書かせることを認めてほしい。貴家の体面を傷つけ、御迷惑をかけるようなことは自分の責任においてさせないから曲げて承知してほしい」（『平塚らいてう自伝―元始、女性は太陽であった』上）という手紙であった。平塚家としては世間を騒がし、それを小説に書いて売り物にすることは、承服しがたいことであった。その怨念は晩年まで続き、鷗外と漱石との好悪の違いとなったものである。

書簡(9)は年賀状であるが、世界連邦樹立をめざした理想主義、平和主義的なもので、らいてうの変わらぬ熱い思いを見ることができる。らいてうの世界連邦との関わりについては、『平塚らいてう自伝（戦後篇）続元始、女性は太陽であった』（一九七二年一〇月二〇日）の「『一つの世界』

——世界連邦主義を知る」「世界連邦建設同盟で活動」で知ることができる。

書簡⑽は夫奥村博史の死亡通知である。らいてうが初めて奥村に茅ヶ崎の南湖院で出会い(一九一二年八月)、「大きな赤ん坊のような、よごれのない」彼を母や姉のような思いで可愛がってやりたいように愛し、共同生活(一九一四年一月)に入り、五〇年の夫婦生活(内、二七年半は婚姻届出さず)にはさまざまの起伏があった。若くして高名な女性解放のリーダーであったらいてうと五歳年下で収入のない画家博史、住居と新婦人協会の事務所が同じ家屋内にあることから演劇に関心を寄せ始めた博史の不満が高じてきた。絵を売ることに全然欲がない博史との軋轢、気持ちのすれ違いから夫婦に危機もあった。経済的貧窮から脱したのは博史が成城学園に絵画と演劇部の教師の職を得てからであった。彼は融通無碍《むげ》な自由人であらゆる芸術に興味と関心を寄せた。指環は絵画とともに著名であるが、演劇、音楽、舞踊、宝石、オルゴール、時計、写真、カメラ、骨董、小説、詩と際限がなかった。らいてうは夫の自由と芸術の最大の理解者であった。博史歿後のらいてうは夫の遺稿の出版に懸命に奔走した。それはらいてうの夫博史に対する鎮魂の営為であった。

書簡⑿は一九六四年七月ころから奥村博史のデッサン集出版を野田宇太郎に依頼していたことがわかる。出版準備相談会案内状の印刷とデッサンの選画が始まっていた。宣伝のため、『文学散歩』に奥村博史の詩を発表することになった。野田は全面的に支援することにした。

らいてうが奥村博史を選んだことは彼女にとってマイナスであったという意見もあるが、らいてうは決して後悔することなく、誠心誠意彼を愛した。らいてうが博史の書き残した手帳を読み、彼がどれほどデッサン集の刊行に執心していたかを知り、らいてうは墓を建てるよりもデッサン集をぜひ自分の手で出版しなければならないと涙ながらに決心した。彼女が博史の画芸を認めていたというよりも、むしろ彼の遺志を生かし、彼の霊を慰めたかったのである。そして、野田宇太郎に出版の周旋を依頼したのであろう。先ず野田が世話人代表となり実務を担当し、武者小路実篤をもう一人の世話人代表として頭に置き、「奥村博史遺作集刊行会」の発起人を依頼することになった。

書簡⒀は「奥村博史遺作集刊行会」発起人依頼の手紙である。百名あまりに依頼状を出したとある。次便によると、一一四名の発起人氏名が記載されているので、依頼したほとんどが承諾したのであろう。

高群逸枝の死はらいてうに大きな衝撃を与えずにはおかなかった。自叙伝『火の国の女の日記』を九百枚まで書きながら、ついに命尽きた高群を深く惜しみ、悲しんだ。かつて、高群はらいてうにこう書いた。「私はあなたを母胎として生まれてきたものでございますし、私ほどあなたのために激昂したり、泣いたりしたものがございましょうか。」「あなたの伝記を書くことのできる、たった一人の存在が、私であることとさえも、私はかたく信じています。私はもしかしたなら、あなたご自身よりも、もっとあなたをいい現わすことができるかも知れません。なぜなら、私はあなたの娘ですもの。あなたの血の純粋な塊が私ですもの」。らいてうもまた、「高群さんに対しては、魂の奥深いところで、血を分けあったきょうだいに対するような、なつかしさを、終始いだきつづけたのです。」（『平塚らいてう自伝（戦後篇）続元始、女性は太陽であった』「高群逸枝さんの訃報」）と書いている。それは遠く一九二六年ごろ、らいてうが始めて高群の存在を知った感動を「まるで恋人の姿や声やその言葉の一つ一つが、たえず頭のなかを胸のなかを駆けまわるように、高群さんの詩句の断片で、わたくしの心は占められたかのようでした。」「そのころ――いいえ、その後も終始、高群逸枝さんほど、わたくしを惹きつけたひとはありません。ただ、もう無性に好きなひとでした。」(「高群逸枝さんに魅せられる――「無産婦人芸術連盟」のころ」)と述べているが、その思いは終生変わらなかった。

書簡⑭は「奥村博史遺作集刊行会」発起人承諾に対するお礼状である。発起人の氏名一覧があるが、一一四名にも及ぶ。奥村博史・平塚らいてう夫妻の交友範囲が網羅されていると思われる。七月一二日平塚宅で開かれた刊行会発起人有志一五名とは誰であったか、これだけの資料ではわからない。しかし野田宇太郎が入っていたことだけは確かである。

書簡⑮は『奥村博史素描集』の販売方法と『わたくしの指環』の出版社探しの相談である。『わたくしの指環』の出版は当初同じく平凡社に依頼する予定であったが、平凡社が採算を考えてか、出版を拒絶した模様である。それで出版社を探すことになり、出版界に詳しい野田に美術専門出版社の紹介を頼んだようである。結局『わたくしの指環』は中央公論美術出版から発行されたが、野田の紹介であるかどうかわからない。『奥村博史素描集』と『わたくしの指環』は二冊とも野田宇太郎文学資料館に収蔵されている。

書簡⑯は『文学散歩』第二二号掲載のお礼と『奥村博史素描集』の刊行趣意書の報告である。本稿「平塚らいてう書簡」⑮では「実は申込の規約のようなものも今度の「文学散歩」に間に合うように御送りしたいと考えておりましたけれど結局こんなわけでそれがだめになりました。……もう無論雑誌は出来上がりました頃と存じますけれども」とあったが、『文学散歩』第二二号（一九六四年九月）に間に合い、奥村博史の「素描について（遺稿）」、平塚らいてうの「奥村博史の裸婦素描について」が掲載され、野田は「編集室より」で刊行会が組織され、協力要請のキャンペーンを張った。

書簡⒄は『奥村博史素描集』発行（一一月三〇日）大詰の段階に入った時期のものである。「速達」とはどんな内容であったか、今はわからない。「印刷」とは『奥村博史素描集』の印刷であろう。三〇日の発行まで後三日しか残されていなかった。

「龍土軒」は野田宇太郎が『日本耽美派の誕生』（河出書房、一九五一年一月一五日）の「龍土会とパンの會」で研究したように、近江秋江が「自然主義は龍土会の灰皿から生れた」と言った龍土会の舞台となったフランス料理店「龍土軒」（麻布新龍土町）のことである。ここの龍土軒は戦後再建された龍土軒である。一九五一年頃ここで森於菟や野田や奥村たちが新龍土会を開いたのである。

なお、『日本耽美派の誕生』（河出書房）「龍土会とパンの會」によると、「平塚らいてうなどの紅一点も時には顔をみせたやうである。」とあるが、『日本耽美派文学の誕生』（河出書房新社、一九七五年一一月二八日）「龍土会とパン会」ではこの一行が削除されている。おそらくらいてうに確認を求めた結果、否定されたのであろう。この誤りは、野田宇太郎が蒲原有明の「龍土会の記」（『飛雲抄』所収、書物展望社、一九三八年一二月一〇日）の中に出る「平塚君」を平塚らいてうと早計したところから生じたものであろう。蒲原有明の「平塚君」が誰なのか、今はわからない。柳田国男「東京の三十年」（『底本柳田国男集』第二三巻、筑摩書房、一九六四年二月二五日）、和田謹吾の『自然主義文学』（文泉堂出版）の「龍土会の足跡」には「平塚」は出て来ない。

書簡⒅は奥村博史の『わたくしの指環』の出版に関するやりとりであろう。野田が最初紹介した出版社は東芝印刷だったのだろう。それでいろいろ折衝の末、結果的には不調に終わり新たな出版社を探すことになり、最終的に中央公論美術出版に決定したのである。

『文芸散歩』は第二四号（一九六五年七月二五日）のことで、当初の計画と違って原色版はなく、随筆もない。その代わり奥村の遺稿「わたくしの指環」が掲載された。

いずれにしても亡夫の遺著出版に残された情熱を必死に傾けるらいてうの残燼《ざんし》を見る思いがする。

書簡⒆は奥村博史の『わたくしの指環』出版準備の報告である。『文学散歩』の第二四号には「奥村博史指環の本の刊行」の紹介記事も掲載されたのでお礼を述べている。『わたくしの指環』実行委員は伊勢正義・高橋邦太郎・中西悟堂・野田宇太郎・水野以文・水沢澄夫の六名であった。一九六五年七月一一日「奥村博史指環の会」を麻布龍土軒で開き、奥村制作の指環一六三点を借用、その他の愛好者や家蔵のものを加えて、二百数十点を収録することができた。回想「その人その指環」は二四編集まった。伊勢正義と水沢澄夫を中心に七月の猛暑の中で撮影された。発行部数限定五〇〇部、定価二五〇〇円、一九六五年一〇月二〇日発行とされた。

書簡⒇は『わたくしの指環』に収録される野田宇太郎の「奥村さんの指環」の原稿が届いた御

礼である。野田の文章は奥村の稀に見る好事家《こうずか》、ディレッタントぶりをよく表わしている。野田も小林哥津から奥村の作った琥珀の指輪を譲ってもらったことを書いている。野田は「人間にはいろいろな生き方があるが、奥村博史さんのようなたのしい（少なくとも外側からは）生涯は稀であろう。」と冒頭に書いた。

書簡(21)は奥村博史遺作集刊行会しめくりの会の招待状である。『奥村博史素描集』・『わたくしの指環』二冊の遺作を無事出版し終え、らいてうは夫博史の素志を成し遂げて、半世紀に及ぶ夫婦の宿願を成就した歓喜と安堵で感涙に浸っていたことであろう。

書簡(22)は住居表示変更の知らせである。本文は印刷で、手書きのコメントはらいてうの字ではなく、娘の曙生の字のようである。

書簡(23)は平塚らいてう葬儀委員会からのらいてう死亡通知である。

書簡(24)は奥村敦史夫妻・築添曙生からのらいてう死亡通知である。

このように野田宇太郎宛の平塚らいてう書簡を通読して痛切に感ずることは、らいてうが奥村を始めて愛した時から一貫して、母のごとく、姉のごとく「私がこの大きな、大人になれない坊やをかわいがってやらなければならない」という意識は終生変わらなかったということである。博史の死後、らいてうは夫のベッドの下に手帳を発見した。「元来あまり世間への発表欲をもたなかった自分は、自分の仕事が誰からも認められなくとも、それほど意に介することではない。が、しかし、いつまでも自分自身に認められないとしたら、これはいささか参るだろう。自分の興味はもっぱら今後の自分の仕事の上にかかっている。――なんとも命が惜しい！」同じページに、「デッサン集刊行実現努力のこと——おれがしないで誰がする、今やらいないでいつできる。」と書いていた。それを読んで彼女は涙の中で墓を建てるより先に何をおいても彼が企画したデッサン集を作らなければならないと心に決心した（『奥村博史素描集』平塚らいてう「ごあいさつ」）。野田宛のらいてう書簡には彼女の執念がひしひしと伝わって来る。らいてうは博史に七年遅れて瞑目した。

奥村博史は二人の愛の終末の日近く、次のような詩を作った。

黒といってもブリュネットの妻の髪
二人が結婚した頃はシルクのやうに
やはらかかった妻の髪
同棲五十年に日も近い今は
あらまし輝く白髪となって
一層ぬめのやうなやはらかさを加へて
何にたとへやうもない手ざはり
わたしは日にいくたび妻のこの髪に
手をふれてなでることだらう
妻の髪をなでるたびにおのれの心はなごみ
妻もやさしいまなこをわたしに向ける

妻よ、おたがひになんとしても
せめてもう十年を一層よく生きやうよ
その頃はほんたうに
世界に平和がもたらされるだらうか

（『福岡女学院大学紀要　人間関係学部編』第三号、二〇〇二年三月三一日）

第六章　吉井 勇

⑩吉井勇と野田宇太郎——平明にして高い抒情性——

吉井勇
『吉井 勇　人と文学』木俣修、明治書院、1965年11月19日。（1953年秋撮影）

一九〇七（明治四〇）年四月、早稲田大学文学部高等予科に入学したもののほとんど出席せず、間もなく政治経済学科に転科したが、やがて退学した吉井勇は、八月、与謝野寛（鉄幹）、北原白秋（隆吉）、木下杢太郎（太田正雄）、平野万里らと九州南蠻旅行に行った。この旅行の参加者木下杢太郎でさえ、三五年後、

「我々は七月の末から九州旅行を始めました。その先々から記事を作つて二六新報に送りました。「五足の草鞋」といふのが其標題でしたが、残念ながらこの切抜は無くしてしまひました。」（「明治末年の南蠻文學」『国文学解釈と鑑賞』一九四二年五月）。

と紀行文のタイトル名を「五足の草鞋」と誤っていた。

太平洋戦争末期、唯一の商業文芸誌『文藝』の責任編集者だった野田宇太郎は、敗戦直後の一〇月一五日人生の師、文学の師として敬愛する木下杢太郎を亡くし、杢太郎への尊崇の念から、虚脱と混乱の戦後日本の現状を打破救済するものは、杢太郎の目指す、高貴なる学問知識が培うユマニテの外にないと信じ、杢太郎の遺稿の整理と全集刊行を計画した。太田正雄の名で回想された「明治末年の南蠻文學」を熟読した野田は、一九四七年、この幻の紀行文が『東京二六新聞』に二九回連載された「五足の靴」であり、「五人づれ」のK，H，M，B，Iが頭文字で、本文中に使われていることを突き止めた。日本近代文学史研究、なかんずく耽美派文学、南蛮文学に関心を寄せていた野田宇太郎にとって、「五足の靴」再発見は、研究の源泉を掘り当てたようなものであった。『パンの會―近代文藝青春史研究―』（六興出版、一九四九年七月）から、『日本耽美派文學の誕生』（河出書房新社、一九七五年一一月）に至る近代文学研究はここより始まった。

野田宇太郎が吉井勇と接触したのは、一九四五（昭和二〇）年杢太郎歿後、文通だけで、出会ったことはなかった。『文藝』一二月号を「太田博士追悼号」として終刊にすることを決めていた野田宇太郎は、「五足の靴」の九州南蛮旅行を共にした生き残りの吉井勇に、木下杢太郎追悼文の原稿を依頼した。「五足の靴」調査を始めたばかりの野田が、寛・白秋・杢太郎・勇・萬里らとの当時の旅事情を尋ねたいこともあっただろう。野田のその書簡は現存しないが、その返信を初めとして封書六通、葉書一一通の、野田宇太郎宛吉井勇書簡が、現在「野田宇太郎文学資料館」に保管されている。

吉井勇の最初の返信は四五年一一月一七日付書簡である。同年二月苛烈になった空襲を避けて富山県八尾町に疎開していた吉井勇は、終戦後、早く京都に帰りたかったが、市内への転入が許されなかったので、とりあえず一〇月宝青庵という浄土宗の寺の座敷を借りていたころであった。四一年一月東大医学部教授太田正雄がフランス政府よりレジオン・ドヌール勲章を受け、四月ベトナムのハノイ大学に講義に行った帰り、吉井は杢太郎（太田）に京都で会ったのが最後であった。

「昔一緒に天草あたりへ旅をしたこと」を思い出すがゆっくり書きたい、とりあえず短歌「老殘の歌」一〇首を送ると書いて寄こした。

老殘《ろうざん》の歌（木下杢太郎を悼む）　吉井　勇

友《とも》なくていかに寂しきわが世ぞや老殘の身はなべてはかなく
亡《な》き友が「きしのあかしや」の名もて書きし詩《し》の仄《ほの》けさを命と戀《こほ》しむ
天城嶺《あまぎね》はかなしき山ぞ亡き友はその山火《やまび》をば見つつそだちし

（以下略）

吉井の「老殘の歌」一〇首は、予定通り『文藝』一九四五年一二月「太田博士追悼号」に掲載され、野田は河出書房を去った。

一九四六年一二月一〇日、野田は京都府綴喜郡八幡町月夜田に吉井を訪ね、それらしい姿をちらりと見たが、宝青庵は留守だった「酒と恋に老いし勇が住む庵のからくれなゐの紅葉寺訪ふ宇太郎」（野田宇太郎『混沌の季節—被占領下の記録』大東出版、一九七一年五月「京都の日々」）。

野田宇太郎の師木下杢太郎に対する思慕はますます高揚して、東京出版から刊行した野田の編集方針を色濃く映した、杢太郎の著書に因んだ『藝林閒歩』が、四六年四月一日に創刊された。吉井勇は『藝林閒歩』に「城南消息—志賀直哉君へ」（一九四七年六月）という短歌九首を一度だけ掲載した。「五足の靴」同行者の一人であった平野萬里は、『藝林閒歩』第二号（一九四六年五月）に「觀潮樓歌會の事など」を寄せたが、一九四七年二月一〇日、永眠した。かくて、「五足の靴」の生き証人は、五人中、吉井勇のみが健在だった。『藝林閒歩』もまた、一九四八年一〇月、出版社を彷徨の末、第二三号で終刊となった。

一九四九年六月一六日付野田宛吉井書簡では、東京堂版『鷗外選集』附録鷗外追憶の原稿依頼を受け、七月一〇日までに原稿を送る、朝日新聞主催の比叡山夏季講座で「觀潮樓歌會の頃」と題する話をするが、参考資料を教えてくれと頼んでいる。野田から資料教示の知らせが、京都油小路元誓願寺の吉井へ届いたのであろう、六月三〇日付吉井書簡は、その御礼と翌月二〇日ごろ上京、再会を期待する手紙である。ところが、七月七日付吉井書簡では、都合で上京が中止となり、『スバル』の観潮楼歌会資料の筆写を依頼し、御礼に歌をしたためた短冊を贈りたいと書いている。一二月五日吉井書簡では、『スバル』所載の「鷗外先生のことども」を『鷗外選集』附録に使用してもよい、鷗外遺跡保存運動の発起人に喜んでなること、「五足の靴」を六興出版社から出版するのに助力すること、『木下杢太郎全集』附録に追憶記を書くことなど、好意にあふれた内容がうかがわれる。野田が一九四九年七月一〇日に刊行した『パンの會―近代文藝青春史研究―』を吉井に贈呈したと思われるが、「『パンの會』は谷崎潤一郎君も愛読の由」と書いて、若い野田を激励し、後輩を育てる愛情が感じられて、ほのぼのとする。

一九五六年五月一九日付吉井書簡は長崎県平戸から野田に送られた葉書である。「五十年ぶりに平戸へ来ました。君の『九州文学散歩』を携へて。今日はこれから長崎へゆき、雲仙、熊本、阿蘇、別府を經て、歸洛の豫定です。」とあるが、「五足の靴」九州旅行で鉄幹らと平戸に来たのが、一九〇七（明治四〇）年八月六日のことであるから、一九五六（昭和三一）年五月現在で、正確には四九年ぶりになる。旅行用として携行に便利な『九州文学散歩』というならば、野田著角川文庫（一九五五年一〇月一〇日）であろう。野田から吉井に贈呈されたものである。この九州旅行で吉井は平戸で、

山きよく海うるはしとたたへつつ旅びとわれや平戸よく見む

という歌を作った。翌一九五七年七月五日、この歌は歌碑に刻まれ、川内峠で吉井列席の下、除幕式が行われた。「平戸遊草」（昭和三二年）には、

白秋とむかし見し日のごとくあり阿蘭陀塀も阿蘭陀井戸も
目に殘るじやがたら文のなかの文字コシヨロが書きし「うば様まゐる」

などの歌がある。

一九四八年一〇月『藝林閒歩』を終刊にした後、野田宇太郎は雑誌編集から遠ざかり、詩作と木下杢太郎につながるパンの会、耽美派研究に没頭、著述生活に入った。戦火の荒廃で滅び行く文学遺跡に対する哀惜の念から現地に臨んで文学風土を調査研究する「文学散歩」という分野を開拓した。一九六一年一月、雑誌『文学散歩』を雪華社から月刊で創刊し、責任編集者として敬愛する文学者や美術家に協力を求め、杢太郎の遺友として唯一生存する吉井勇にも『文学散歩』創刊の企画と協力を依頼し、原稿執筆を懇請した。

一九六〇年一〇月五日付吉井書簡では、「創刊号に歌、二月号にテレビドラマ台本をさし上げたいとおもつてゐます。小生先日胃を大部分切除する手術を受け二ヶ月ほど入院してゐましたが経過順調今では元気になつてゐます。今月廿日ごろＮＨＫの「日本の文学」に登場のため上京

三四日滞在宿は築地四丁目の有明館ですから御電話下されば幸ひに存じます」と書き、『文学散歩』創刊を慶賀した。

同月一七日付書簡では、「歌卅七首別送しました。十八日上京します。次号には何か雑文を書かせ頂きたいとおもってゐます」と書き、『文学散歩』創刊を慶賀する意味で、手術後の体調不良を押して、「紅聲窩小吟《こうせいか》」と題する短歌三七首を野田に送った。この「紅聲窩小吟」は創刊号を飾ったものの、遺稿となってしまった。つまり、手術後の衰弱した体を押して上京し、一〇月二〇日、戊辰の役で行方不明になった父母と妹を探し続けた放浪の歌人天田愚庵を描いたテレビドラマの台本を書きたいと話した。吉井が野田に会ったのはこれが最後で、帰洛後一一月一九日、転移した肺癌で永眠した。野田には『文学散歩』で吉井の生涯と業績について特別な計画があったらしいが、それもむなしくなってしまった。

吉井勇と野田宇太郎との間には、一見異質の世界が展開しているかのように見える。吉井は処女歌集『酒ほがひ』以来、「かにかくに祇園は恋し寝《ぬ》るときも枕の下を水の流るる」に代表されるように、紅燈の巷で酒と情欲に沈湎《ちんめん》した遊蕩無頼の哀歓を歌った。それに対して野田は、師木下杢太郎に鋭い感性と高い知性を学び、三好達治の抒情と荘重を抜き取ろうとした。両者とも平明にして高い抒情性を基底に持っており、そのヒューマニズム精神は共通するものがあった。野田が吉井に心魅かれたのは、杢太郎との縁であるが、その系譜をたどれば、森鷗外への傾倒にさかのぼることができる。しかし、野田が吉井の中に見出したものは、透明な清澄さと心温まる人間愛であった。それは華族の家に生まれながら反逆し、「少女《おとめ》をばなど一人《いちにん》に限らむや百日《ももか》のうちに百人《ももたり》を見む」と詠んだようなデカダンに沈みながらも、その脱却をはかって漂泊し、その果てに行き着いたものである。吉井は東京に帰ることなく京の紅聲窩で客死し、野田も思郷を募らせながら立川で逝った。

（『蝶を追ふ――野田宇太郎生誕一〇〇年――』野田宇太郎文学資料館ブックレット8、二〇一〇年三月三一日）

⑪吉井勇と野田宇太郎——清澄さと人間愛で結ぶ糸——

『文学散歩』の創始者であり、すぐれた抒情詩人・文芸評論家でもあった筑後松崎（現小郡市）出身の野田宇太郎が亡くなって、はや三年が過ぎた。生前の遺志により、膨大な蔵書・文献資料は、こよなく愛した故郷小郡市に寄贈され、「野田宇太郎文学資料館」に永久保存されることとなった。最近、私はトシ夫人の御好意で、野田宇太郎あての文学者の書簡を調査する機会に恵まれ、特に酒と情痴の耽美頽唐《たんびたいとう》派歌人・吉井勇の尺牘《せきとく》に興味をひかれた。一九四五（昭和二〇）年一一月一七日から六〇年一〇月一七日まで約一五年間の封書、葉書を精査したが、単なる寄稿家と文芸雑誌編集者との事務的連絡にとどまらず、艶冶《えんや》をくぐり抜けた枯淡の歌人と、自ら詩人としてヒューマニズムと美と善の復活を目指した編集者との暖かい血脈の流れをかいま見たような気がする。

吉井と野田との間には一見、異質の世界が展開しているかのように見える。吉井は処女歌集『酒ほがひ』以来、「かにかくに祇園は恋し寝るときも枕の下を水のながるる」に代表されるように、紅燈の巷で酒と情欲に沈湎《ちんめん》した遊蕩無頼《ゆうとうぶらい》の哀歓を歌った。それに対して野田は、師木下杢太郎に鋭い感性と高い知性を学び、ライバル三好達治の抒情と荘重とを抜き取ろうとした。しかし、ともに平明にして高い抒情性を基底に持っており、そのヒューマニズム精神と共に両者に共通するものであった。

青春の筑後彷徨《ほうこう》の末、上京して雑誌編集者となった野田が、戦争末期、全文芸誌廃刊後も、河出書房の『文藝』責任編集者として孤塁を守り得たのは、彼が編集スタッフの一人として木下杢太郎を招こうとして研究室を訪れた時、「リベラリストだよ、僕は。ねらわれてもよいかね」といわれた一言があったからである。終戦二カ月後、最大の師と仰ぐ木下杢太郎が長逝し、野田はそのユマニスムを受け継ぐべく文芸誌『藝林閒歩』を創刊、杢太郎研究から「パンの會」研究へと進み、それは芸術選奨文部大臣賞に輝く『日本耽美派文學の誕生』となって華開く。吉井勇との交渉が始まったのは、その調査研究の過程からであると思われる。

一九四五年一一月一七日付吉井第一書簡は、『文藝』一九四五年一二月号（太田博士追悼号）に掲載する杢太郎回想の原稿依頼に対する返信と思われ、昔天草あたりへ一緒に旅した時のこと（『五足の靴』）を思い出すが、そのうちゆっくり書く、とりあえず「老残の歌」一〇首を送ると書いている。一九〇七（明治四〇）年八月、与謝野寛、北原白秋、木下杢太郎、平野万里らとの「五足の靴」九州行脚は、吉井にとって忘れられぬ南蛮憧憬の一齣《ひとこま》だったのだろう。

一九四九年六月一七日付第二書簡では、東京堂版『鷗外選集』附録鷗外追憶の原稿依頼を受け、来月一〇日までに原稿を送る、朝日新聞主催の比叡山夏季講習で「觀潮樓歌會の頃」と題する話をするが、参考資料を教えてくれと頼んでいる。野田からの資料教示の知らせが京の吉井へ届いたのであろう、七月一日付第三書簡は、その御礼と翌月二〇日ごろ上京、再会を期待する手紙である。ところが、一一日付第四書簡では、都合で上京が中止となり、『スバル』の観潮楼歌会資料の筆写を依頼し、御礼には歌をしたためた短冊を送りたいと書いている。

一二月五日付第五書簡では、『スバル』所載の吉井勇執筆「鷗外先生のことども」を『鷗外選集』に使用してもよい、鷗外遺跡保存運動の発起人に喜んでなること、九州旅行『五足の靴』を六興出版より出版するのに助力すること、『木下杢太郎全集』附録に一〇枚ほどの追憶記を明年一月までに書くことなど、好意にあふれた内容がうかがわれる。明春一月一〇日に上京するので会って相談したい、滞京中の連絡場所は富国生命別館内の大賀事務所と書き、個人的な相談をしているようだ。しかも一九四九年に出版した『パンの會』は「谷崎潤一郎君も愛読の由」と野田を激励し、若い後輩を育てる愛情が感じられて、ほのぼのとする。

一九五七（昭和三二）年七月一二日付葉書では、四国松山で野田らしい人を見かけ、まさかと思った、その夜酒井黙禅に会い、野田だったとわかったが、宇和島に行った後だった、「宇和島では中野逍遥の墓を訪はれましたか。廿七歳で死んだこの漢詩人は啄木などよりかずっと本筋の人です」と書いていて興味深い。

一九六〇年一〇月五日付書簡は、野田の『文学散歩』発刊を慶賀し、創刊号に歌、二月号にテレビドラマ台本を書く、胃を切除手術して二ヵ月入院したが経過順調、NHKの「日本の文学」に出るため上京するが会いたい、と書いている。吉井は一一月一九日没し、創刊号の「紅聲窩《か》小吟」三七首は遺稿となってしまい、台本は実現しなかった。

野田が吉井に心魅《ひ》かれたのは、木下杢太郎との縁であるが、その系譜をたどれば、森鷗外への傾倒にさかのぼることができる。しかし、野田が吉井の中に見出したものは、透明な清澄さと心温まる人間愛だった。それは、華族の家に生まれながら反逆し、「少女をばなど一人《いちにん》に限らむや百日《ももか》のうちに百人《ももたり》を見む」と詠んだようなデカダンに入りながらも、その脱却をはかって漂泊し、その果てに行き着いたものである。そういう吉井に野田は慈父に甘える子のごとく心酔した。そして吉井は、東京に帰ることなく京の紅声窩で客死し、野田もまた、思郷を募らせながら立川で逝った。

その野田が生涯かけて収集した文学散歩資料が、この三日、声もなく故郷小郡に帰って来た。

（『毎日新聞』夕刊「西部版」「文化」一九八七年一一月五日）

⑫吉井勇と野田宇太郎（上）——昭和二〇年代の吉井書簡を中心に——

一

「文学散歩」の創始者であり、秀れた抒情詩人・文芸評論家でもあった筑後松崎（現・福岡県小郡市）出身の野田宇太郎（一九〇九—一九八四）が亡くなって、はや三年有半が過ぎた。生前の遺志により、膨大な蔵書・文献資料は、こよなく愛した故郷小郡市に寄贈され、「野田宇太郎文学資料館」（小郡市立図書館）に永久保存されることになった。

昨春（一九八七年）、私はトシ夫人の御好意で、野田宇太郎宛の文学者の書簡を調査する機会に恵まれ、特に酒と情痴の耽美頽唐派歌人・吉井勇（一八八六—一九六〇）の尺牘《せきとく》に興味をひかれた。一九四五（昭和二〇）年一一月一七日から一九六〇年一〇月一七日まで約一五年間の封書六通、葉書八通を精査したが、単なる寄稿家と文芸雑誌編集者との事務的連絡にとどまらず、艶冶をくぐり抜けた枯淡の歌人と、自ら詩人としてヒューマニズムと美と善の復活を希求した編集者との暖かい血脈の流れをかいま見たような気がする。

吉井勇と野田宇太郎との間には一見、異質の文芸世界が展開しているかのように見える。吉井は処女歌集『酒ほがひ』（一九一〇年九月）以来、

悲しみぬ戀ふべからざる人を戀ひ在《あ》りける我とおもひ知る時　（癡夢　第一）

酒肆《さかみせ》に今日もわれ行くVERLAINE《ヱルレエヌ》あはれはれとて人ぞはやせる　（酒ほがひ）

な戀ひそ市《いち》の巷《ちまた》に酔ひ癡《し》れてたんなたりやときたる男を　（酒ほがひ）

かにかくに祇園はこひし寐《ぬ》るときも枕の下《した》を水のながるる　（祇園冊子）

に代表されるように、紅燈の巷で酒と情欲に沈湎《ちんめん》した遊蕩無頼の哀歓を歌った。それに対して野田は、最大の師と仰ぐ木下杢太郎に鋭い感性と高い知性を学び、ライバル三好達治の抒情と荘重とを抜き取ろうとした。しかし、ともに平明にして高い抒情性を基底に持っており、そのヒューマニズム精神は、両者に共通のものであった。

二

野[1]田宇太郎は、一九〇九（明治四二）年一〇月二八日、福岡県三井郡立石村大字松崎九二一番地（現・小郡市松崎）に、父野田清太郎（料亭経営）、母タキの長男として出生した。一九一六（大正五）年四月、立石尋常小学校入学。一七年五月、母タキ死去。二二年四月、福岡県立朝倉中学校に入学。一九二七（昭和二）年一月、父清太郎死去。二八年三月、朝倉中学校を卒業した。同人誌『田舎』を発刊、耽読していた島崎藤村に初めて手紙を出した。二九年四月、早稲田大学第一高等学院英文科に入学したが、病気のため学業を断念、帰郷して療養生活に入った。三〇年、二一歳になった野田は、久留米市に移り文具店経営、同人誌『街路樹』に参加、詩作に没頭した。三一年、やがて上京して世田谷池尻に住み、東京の詩人達の雰囲気に浸ったが、食い詰めて、三二年五月、五・一五事件当日、帰郷した。久留米市小頭町の佐藤某の家の二階に下宿、地元新聞の編集の手伝いをした。三三年二月、処女詩集『北の部屋』（菊判半截、五〇銭）を金文堂より限定一五〇部自費出版した。百田宗治主宰の『椎の木』で同年刊行の詩集ベスト五となった。同年春上京し、牛込横寺町や飯田町を転々としていたが、食い詰めて、三四年には久留米に帰る。同年、紀伊国屋の『行動』の懸賞詩に「蝶を追ふ」が第一席となり、六円の賞金をもらう。『文藝汎論』、『詩法』の同人に推挙され、丸山豊らと「ボアイエルのクラブ」を結成。三五年二月、第二詩集『四行詩集　音樂』（ボアイエルのクラブ）、一二月、第三詩集『菫歌』（菫歌刊行会、二色刷無綴折本）を刊行した。三六年、詩誌『糧』を創刊（後に『抒情詩』と改題）。三七年五月、早田トシと結婚、三八年久留米市役所に勤務した。

一九四〇（昭和一五）年五月、三一歳になった野田は、久留米市役所退職、勇躍上京して小山書店に入社、『新風土』を編集、下村湖人の『次郎物語』を出版し世に出した。四一年三月、「綻《ほころ》びの歌」で第一回九州文学賞詩人賞を受賞した。四二年九月、東京都北多摩郡武蔵野町吉祥寺二五〇七番地に居を定めた。一一月、第四詩集『旅愁』（大沢築地書店、四六判函入、装幀谷口吉郎、一円八〇銭、三千部）を刊行し、第一書房に移り、『新文化』を編集した。四四年四月、河出書房に入社、一一月、木下杢太郎、川端康成、豊島与志雄、火野葦平を顧問に『文藝』の編集兼発行人となって創刊した。戦争末期、文芸雑誌が次々に廃刊に追い込まれた後も、決死の思いで『文藝』を守り通した。四五年敗戦後の世情騒然としている中でも『文藝』は、魂の誇りを保ち続けたが、一二月、退社した。

一九四六（昭和二一）年四月、野田三七歳、東京出版より『藝林閒歩』を創刊、編集兼発行人となって、敗戦混乱期の営利主義から文芸の高貴なる精神を擁護する反骨を示した。七月、詩集『すみれうた』（新紀元社、五千部、一五円）、八月、自選詩集『感情』（目黒書店、五千部）を刊行した。四八年一〇月、出版社を辞め、『藝林閒歩』は終刊、詩作と近代文学研究の著作生活に入った。四九年七月、『パンの會―近代文藝青春史研究―』（六興出版社、三五〇円）を刊行した。五一年一月、『日本耽美派の誕生』（河出書房、四〇〇円）刊行。六月より『日本読書新聞』に「新東京文学散歩」を連載、「文学散歩」という語を創案し、以後『九州文学散歩』（一九五三年）から『ヨーロッパの旅』（一九七一年）まで、一〇数万キロに及ぶ実地踏査の旅となり、近代文学の実証的研究に新分野を拓いた。

一九五四年八月、第五詩集『黄昏に』（長谷川書房、五百部、三三〇円）刊行。一九五五（昭和三〇）年四月、成城大学非常勤講師となり、七三年まで近代文学を講じた。五五年一二月、木下杢太郎文学入門『きしのあかしや』（学風書院、三五〇円）刊行。五八年五月、戦中の記録『灰の季節』（修道社、二九〇円）を刊行。六一年一月、雑誌『文学散歩』を雪華社より創刊、一一月（十一号）から六六年一〇月（二五号）まで文学散歩友の会発行となった。六一年六月、『瓦斯燈文藝考』（東峰書院、八〇〇円）を刊行。六六年二月、野田宇太郎全詩集『夜の蜩』（審美社、一二〇〇円）を刊行した。

野田は日本郷土文芸叢書刊行会を作り、函館版『一握の砂』、明治村版『吾輩は猫である』、武蔵野市民版『武蔵野』、柳河版『思ひ出』『白秋小唄集』、明治村版『文づかひ』『一握の砂』など校訂制作した。藤村記念堂、鷗外記念館、白秋生家復元、明治村建設、各地の歴史的自然の保存、文学碑建立などに情熱を傾け、発起推進した。

一九七〇（昭和四五）年一〇月、一六世紀天正時代の吉利支丹少年使節の旅を南ヨーロッパにたどった記録、自作自装本『羅馬の虹』（芽起庵叢書第弐、五百部限定）を刊行した。七一年五月、被占領下の記録『混沌の季節』（大東出版社、八〇〇円）刊行。七三年一二月、吉祥寺より町田市図師町二二の一に移った。七五年二月、随筆集『母の手鞠』（新生社、限定版）を刊行、故郷に対する愛は終生変わらなかった。一一月、『日本耽美派文學の誕生』（河出書房新社、五八〇〇円）を刊行、七六年三月、芸術選奨文部大臣賞を受賞した。九月、詩集『昏れゆくギリシァ』（潮流社、限定五百部、三五〇〇円）を刊行。七七年三月、第三回明治村賞受賞。一一月、紫綬褒賞受賞。七八年八月、灰の季節と混沌の季節『桐後亭日録』（ぺりかん社、二八〇〇円）を刊行。一九八〇（昭和五五）年三月、『木下杢太郎の生涯と芸術』（平凡社、二〇〇〇円）刊行。八一年三月、薄田泣菫評伝『公孫樹下にたちて』（永田書房、二三〇〇円）、五月、文芸評論集『天皇陛下に願ひ奉る』（永田書房、二〇〇〇円）を刊行した。八二年四月、『底本　野田宇太郎全詩集』（蒼土舎、六八〇〇円）を刊行。一一月、久留米文化賞受賞。八三年四月、町田市より立川市砂川八の四二の二三に移った。一九八四（昭和五九）年七月二〇日、心筋梗塞のため、東京都武蔵村山市の国立療養所村山病院にて死去。七四歳。

三周忌の八六年七月、故郷小郡市松崎町の通称桜の馬場に代表作の「水鳥」の詩碑が完成した。八七年一一月三日、寄贈された文学資料を保存する「野田宇太郎文学資料館」が落成、名誉市民第二号として表彰された。

三

吉井勇の最も完備した全集は『定本　吉井勇全集』（一九七九年一一月完結、番町書房）全九巻であるが、残念ながら日記・書簡は収録されていない。もちろん吉井勇日記・吉井勇書簡集というようなまとまったものはいまだ発表されたことはない。従って吉井勇の日記研究・書簡研究は全く未開拓である。

今回、公開される野田宇太郎宛の吉井勇書簡も未発表のものであるので、吉井と野田との交流を探る重要な手がかりを与えてくれる。便宜上、古いものから順に①から⑭まで通し番号を付け、本文を示し、解説を試みる。ただし、紙面の都合上により、本稿では①から⑥までを発表する。

①一九四五（昭和二〇）年一一月一六日付ペン書封書（消印　志水　20・11・17　京都府）

東京都神田区小川町三ノ八
河出書房文芸編輯部
　野田宇太郎様　　　書留速達

京都府綴喜郡八幡町志水宝青庵
　吉井　勇

冠省。杢太郎君とは佛印のかへりに京都に寄つたときに会つたぎりで、昔一緒に天草あたりへ旅をしたことなどをおもふと、いろいろ思ひ出すこともありますが、それは又ゆつくりと書きます。とりあへず「老残の歌」と題するもの十首同封しておきましたから、埋草代りにおつかひ下さい。又何かお役に立つやうなことがありましたら、御遠慮なく御申付を願ひます。

十六日

吉井　勇

野田宇太郎様

一九四五（昭和二〇）年一〇月、一日も早く京都に帰りたかった吉井勇は、なかなか市内への転入が許されなかったので、疎開先の富山県八尾から京都府下綴喜郡八幡町字月夜田の宝青庵という浄土宗の小さな寺の座敷を借りて移った。

ちょうど同じ頃、野田宇太郎が生涯の師として敬慕した木下杢太郎（太田正雄東大教授）は、終戦二ヶ月後の一〇月一五日午前四時半、胃癌にて東京帝国大学医学部附属病院柿沼内科一三号室で逝去した。当時、野田は唯一の文芸雑誌『文藝』（河出書房）編集長として、敗戦直後の混沌とした世情騒然の中で、権力を恐れず、文学の自立を信じて、戦中と変わらずに編集を続けていた。

木下杢太郎のような真のユマニストは二度と現れないと信じていた野田は、一二月号を「太田博士追悼号」として、文学・医学・美術・キリシタン史学の各方面から追悼文を集め、杢太郎の偉大なる業績を追慕しようと考えた。そして、心ひそかにこれを機に『文藝』編集から手を引き、河出書房を退社したいと決意していた。

野田は杢太郎と由縁のある人々に原稿を依頼し、杢太郎生前の著書やその著書に未収録の遺稿の整理にとりかかった。一九〇七（明治四〇）年以来、新詩社同人として共に「五足の靴」九州旅行に同行した吉井勇にも「太田博士追悼号」の原稿依頼が来た。①の書簡はそれに対する返信である。

一九四一年一月、東京帝国大学医学部教授太田正雄（木下杢太郎）はフランス政府によりレジオン・ドヌール勲章を受け、四月には国際文化振興会の斡旋で、日仏交換教授として仏領インドシナに行き、仏印医学会、ハノイ大学で講義をした。「佛印のかへり」とは、七月帰朝した時のことである。京都市左京区北白川東蔦町二一番地に居を定めていた吉井と杢太郎が会ったのは、正確にいつのことかよくわからないが、結局この時が最後で、杢太郎の死（一九四五年一〇月）までの四年間、会うことはなかったのだろう。

「昔一緒に天草あたりへ旅をしたこと」とは、「五足の靴」（『東京二六新聞』一九〇七（明治四〇）年八月七日—九月一〇日掲載・筆名「五人づれ」）九州旅行のことで、〇七年七月二八日、与謝野寛（K生）、太田正雄（M生）、北原白秋（H生）、平野万里（B生）、吉井勇（I生）の五人が東京を出発し、三一日福岡、八月二日柳河、四日唐津、五日佐世保、六日平戸、七日天草、一二日島原、一五日熊本、一六日阿蘇、一八日大牟田、二〇日柳河、二三日徳山、二五日京都、二八日東京に到着した一ヶ月にわたる紀行である。新詩社の主幹、与謝野寛が団長格で三四歳、正雄は東京帝大医学部、万里は帝大工学部、白秋は早稲田大学文科の学生で二二歳、勇は早稲田大学文科学生で二一歳、いずれも少壮白面の青年詩人達であった。彼らは、永い封建性の殻を打破し、自由な近代西欧文化への憧憬で胸あふれ、異国情調の南蛮趣味に魅惑されて、南方へあくがれ出たのであった。吉井は野田から杢太郎追悼文を依頼されて、即刻、若き日の「五足の靴」南蛮渇仰の旅を思い出したが、倉卒の中に追悼文を書くには、余りに激烈な、そして遼遠の感のためか、「又ゆつくり書きます」と述べて、短歌一〇首のみ送った。

老殘の歌　　吉井　勇

（木下杢太郎を悼む）

友《とも》なくていかに寂しきわが世ぞや老殘《らうざん》の身はなべてはかなく
亡《な》き友が「きしのあかしや」の名もて書きし詩《し》の仄《ほの》けさを命と戀《こほ》しむ
天城嶺《あまぎね》はかなしき山ぞ亡き友はその山火《やまび》をば見つつそだちし
友の描《か》きしわが繪すがたも筐底《きやうてい》にありと思へど見出《みい》でぬものを
佛印《ふついん》のかへりに會ひし友の髪《かみ》白かりしをも忘られなくに
瓢亭《へうてい》の鰉《ひがひ》の味《あぢ》の淡《あは》かりしことも友思《も》ふおもひでにせむ

友を思《も》へばいとけなき日の酸模《すかんぽ》の味にかも似るなげきをぞする
來《こ》む春は酸模採《と》りに野に出でむ世になき友をしぬばむがため
「南蠻寺門前《なんばんじもんぜん》」を友の書きしころふと思《おも》ひ出《い》でて寒く寝むとす
ほれぼれと友と遊《あそ》びし日も遠く老殘の身はせんすべもなき

吉井の「老殘の歌」一〇首は、予定通り『文藝』一九四五（昭和二〇）年一二月号「太田博士追悼号」に掲載され、戦争末期・敗戦直後の灰の季節に唯一の文芸誌『文藝』の孤塁を守って来た野田は、『文藝』編集を辞して去った。

四

②一九四九（昭和二四）年六月一六日付毛筆封書（西陣　24・6・17　京都府）
東京都千代田区神田神保町
東京堂内鷗外編纂室
　野田宇太郎様
京都市上京区油小路通
元誓願寺下ル

吉井　勇

冠省
御手帋《てがみ》拝承
鷗外先生の追憶は
是非書きたく来月
十日頃迠には必ず原稿
お送り致す可く候
偖《さて》これは小生よりお願ひに
有之実は七月下旬朝
日新聞主催の比叡山
に於ける夏季講座にて
「観潮楼歌会の頃」と
題する話を一席述べね
ばならぬことに相成り候につ
いては確実なる資料を
得たくいかなる書物と
雑誌を読めばよろしきか

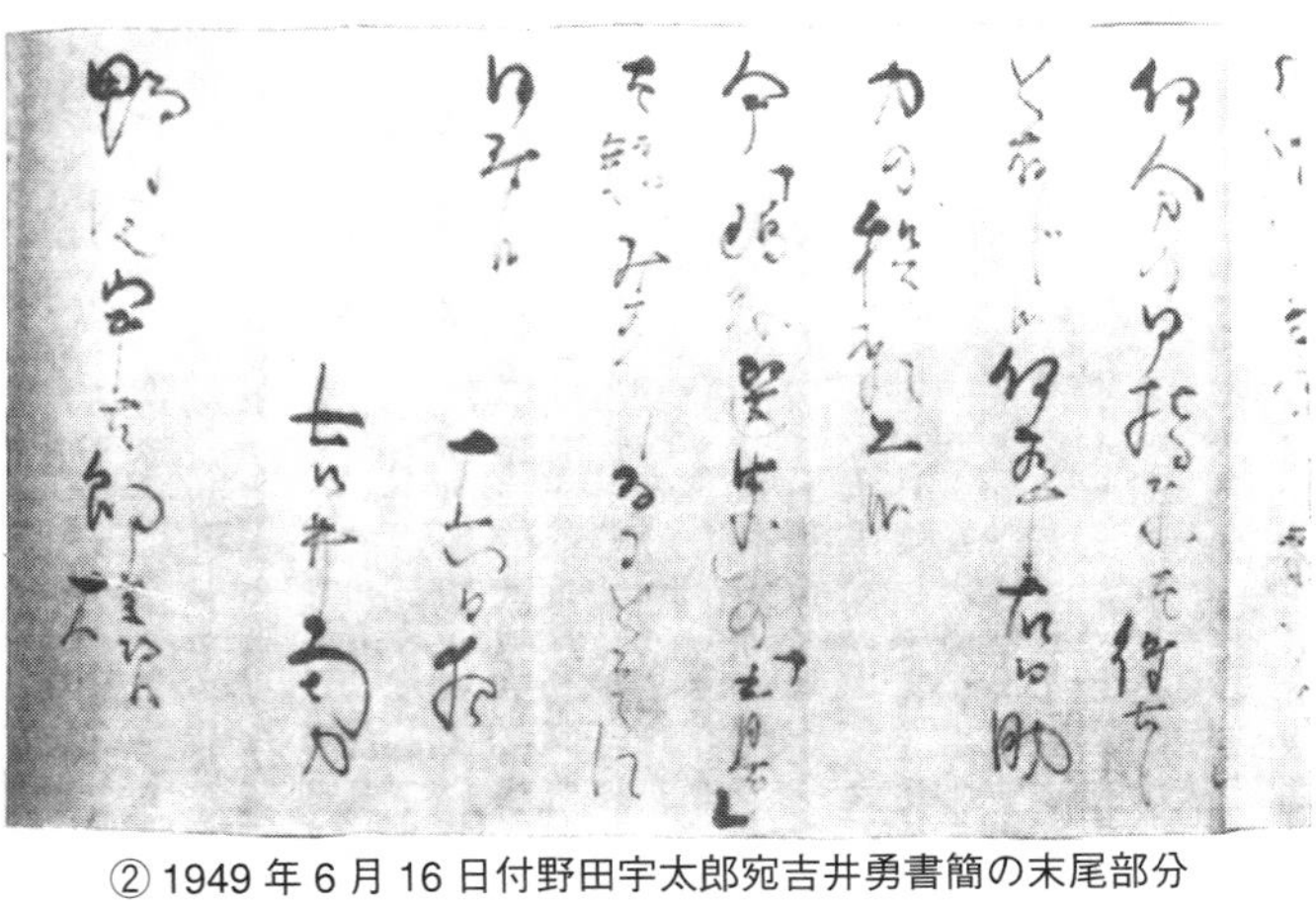

② 1949年6月16日付野田宇太郎宛吉井勇書簡の末尾部分

何分の御指示を得たし
と存じ候何卒右御助
力の程願上候
今「鷗外選集」の「青年」
を読みかへしゐるところに
御座候　　　十六日夜
吉井　勇
野田宇太郎様

一九四八（昭和二三）年八月、吉井勇は月夜田の宝青庵から京都市上京区油小路元誓願寺町四八二番地に転居した。その月の一八日には、日本芸術院会員となり、四八年一月より毎年正月には、新年の宮中歌会始の儀に選者として参列し、「[2]起伏の多かった人生行路にも、ようやく明るい光明が射しはじめてきた。」と喜んだ。

下鴨泉川町に居（後《あと》の潺湲亭《せんかんてい》）を定めた谷崎潤一郎とも交遊を復活させ、新村出も時々遊びに来た。

一方、野田は四八年一〇月号で『藝林閒歩』を終刊にし、東京堂の『鷗外選集』編纂に従事していた。この東京堂版『鷗外選集』は一九四九年三月から五〇年六月までかかって全二一巻が刊行されたが、それぞれ各巻に附録月報が付いている。吉井は森鷗外の観潮楼歌会に参加して以来、鷗外に師事して、『スバル』発行で庇護を受けていた。そこで野田は吉井に鷗外の追憶文を『鷗外選集』附録月報に掲載すべく原稿を依頼したのだった。「鷗外先生の追憶は是非書きたく来月十日頃迄には必ず原稿お送り致す可く候」と書いているが、どうやら期日まで原稿ができなかったとみえて、⑥の書簡にあるように、『スバル』(一九三〇年一月号)所収の吉井勇執筆『耽々亭雑記㈠鷗外先生のことども」を、東京堂版『鷗外選集』附録月報九(一九四九年一二月)に「鷗外先生のことども」として再録している。

「七月下旬朝日新聞主催の比叡山に於ける夏季講座」がどんなものであったか、まだ調査が行届いていないので、未詳であるが、おそらく予定通り、吉井勇は「觀潮樓歌會の頃」の講演は実施されたことだろう。そのための「確実なる資料」を探求しているが、野田はどんな資料を吉井に提供しただろうか。古い文献はわからないが、野田自身が編集した『藝林閒歩』一九四六年五月号の「觀潮樓歌會の事など」(平野万里)、「觀潮樓について」(編集部)や『藝林閒歩』六月号の「觀潮樓断片記」(斎藤茂吉)を指示したことだろう。野田本人も東京堂版『鷗外選集』附録月報九(一九四九年一二月)に「觀潮樓歌會とパンの会」を執筆中だったので、調査するのは比較的容易だっただろう。

なお、吉井は一九五四(昭和二九)年三月『短歌』に「觀潮樓歌會の頃―斎藤茂吉君追憶断片―」という文章を書いて、歌会の詠草と選歌の原稿(平出修令息未所蔵)を紹介した。

五

③一九四九(昭和二四)年六月三〇日付毛筆封書(西陣 24・7・1 京都府)

東京都吉祥寺二二五〇七
野田宇太郎様

京都市上京区油小路通
元誓願寺下ル
吉井　勇

冠省御手帋《てがみ》拝承
「観潮楼歌会」に関する資料御示教にあづかりまことに有難く存じ候他のものは大抵入手致し候へどもスバル一号より四号まで及び鷗外全集附録見つかり不申来月廿日頃上京致し候間その節ちよつと拝見させて頂きたしと存じ候
うつかり夏季講座など引き受け閉口、原稿を書いてそれを朗読することに致しどうにか責

を果す所存に御座候偖余
拝唔　　　　　　　　　　　三十日
　　　　　　　　　　吉井　勇
　野田宇太郎様
　　上京時日確定次第お知らせ申す可く候

書簡②の後、野田から吉井に注文の「観潮楼歌会」に関する資料が教示された。しかし、『スバル』創刊号（一九〇九年一月、平野万里編集責任者）、第二号（同年二月、石川啄木編集）、第三号（同年三月、木下杢太郎編集）、第四号（同年四月、吉井勇編集）までと、岩波書店版『鷗外全集』全三五巻本（一九三六年六月—三九年一〇月）の月報「鷗外研究」は見つからなかった。そこで翌月（七月）二〇日ごろ上京するのでその時見せてもらいたいと書いている。「うつかり夏季講座など引き受け閉口、原稿を書いてそれを朗読することに致しどうにか責を果す所存に御座候」と書き、うかつに安請合したことを悔いている。

六

④一九四九（昭和二四）年七月七日付毛筆封書（中立　24・7・7）受領印（武蔵野　24・7・11　東京都）
速達

東京都武蔵野市吉祥寺
二五〇七
野田宇太郎様
京都市上京区油小路通
元誓願寺下ル頭町四八二
吉井　勇

冠省
二十日頃上京の予定のところ
都合にて見合せ申候
就ては甚御手数ながら
スバルにある観潮楼歌会の
記事（日時、出席者、作品
等）及び鷗外全集附録に
ある即詠歌稿を誰かに
筆写させてお送り願はれ
まじく候にや筆写のお礼

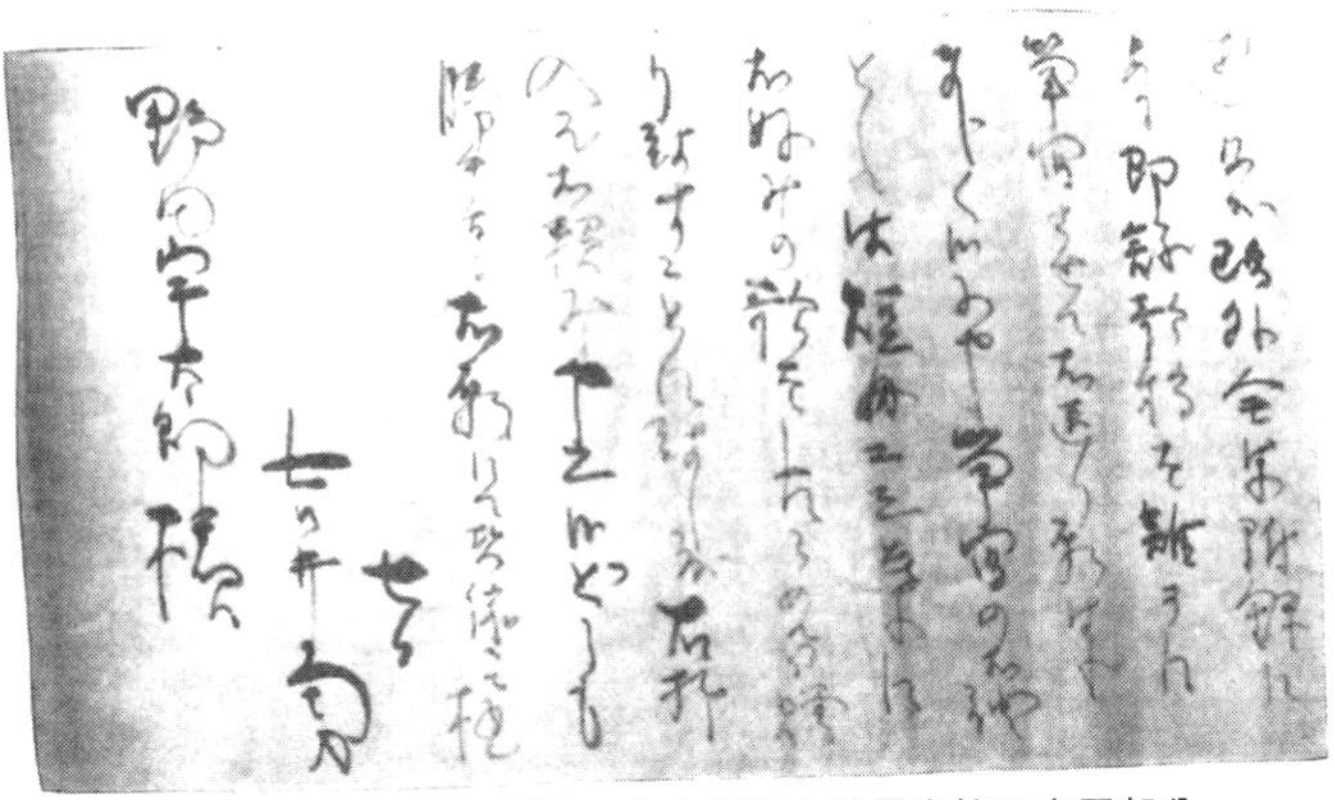
④ 1949 年 7 月 7 日付野田宇太郎宛吉井勇書簡の末尾部分

としては短冊二三葉に
お好みの歌をしたゝめてお贈
り致すことに致し度右折
入ってお頼み申上候どうも
勝手なるお願にて恐縮至極
七日
吉井　勇
野田宇太郎様

前便③で七月二〇日ごろ上京する予定だった吉井勇は、都合で上京できなくなったので、観潮楼歌会の資料として『スバル』創刊号から第四号までの記事と岩波書店『鷗外全集』月報「鷗外研究」の即詠歌稿とを調査することができなくなった。そこで、野田の知っている誰かに筆写させてもらおうと頼んだのである。謝礼としては短冊二、三葉に吉井の歌をしたためて贈呈することにした。

吉井勇は『スバル』の記事によって、観潮楼歌会の日時、出席者、作品などを知ろうとしたが、創刊号（平野万里編集）では「消息」欄に観潮楼歌会のことは触れていない。しかし、第二号（石川啄木編集）では、「諸会合」欄で「〇短詩会例会　一月九日観潮樓に會するもの、主人、敏、寛、左千夫、千樫、勇、啄木、茂吉、正雄、萬里。運座一回、結宇《ママ》、『舞』、『消』、『杏』、『搆』、『或』。

高点啄木、されど格別の秀什ありての故にはあらず。後に歌論やや囂し、難ずる所多くはいひあらはし方乃至技巧の末にして思想若くは内容の源にあらず、之を二年以前に比するに著しき進歩或は譲歩たるを失はず。詠草を摘録すること左の如し。」とあり、十人が一首ずつ引用されている。第三号では「消息」で「〇二月六日には森博士邸にに《（ママ）》て観潮権《（ママ）》短歌會例會有之」（木下杢太郎執筆）という記事があり、第四号では「〇三月六日には鷗外博士邸の短歌會例會、信綱、左千夫、正雄、白秋、萬里、千樫の諸氏会せられ候。」（吉井勇執筆）とあり、定例通り、第一土曜の夕に観潮楼（森鷗外邸）で開かれているが、作品までは書かれていない。

吉井が後に「觀潮樓歌會の頃」という文章を書いたのは、前に述べた通りである。

七

⑤一九四九（昭和二四）年七月二〇日？付ペン書葉書（消印解読不能）

東京都武蔵野市
吉祥寺二五〇七
野田宇太郎様

京都市上京区油小路元誓願寺下ル

吉井　勇

冠省。先日は早速お調べの
上御返翰にあづかり感謝に
不堪。どうやら原稿作成。
□不調法ながら一席相勤
め申すべく候。短冊両三日中
に揮毫。「パンの會」の御本
御出來に候はゞ一本御恵贈
を願上候。延引ながら御礼
如件　　　　　廿一日

この絵葉書は「富岡鉄斎作品展覧会」の「東山花雨図」を写したもので、「八十三歳作」とある。野田宇太郎は吉井勇の要請を受けて、早速「観潮楼歌会」関係の資料を調査し、書写して、京の吉井に送ったのであろう。吉井もこの資料を参照して、比叡山の夏季講座の原稿を作成したのである。吉井揮毫の短冊も二、三日中には野田に送られたことだろう。

野田宇太郎著の『パンの會―近代文藝青春史研究―』(3)は「昭和二十四年七月五日印刷、昭和二十四年七月十日発行」で、株式会社六興出版社より刊行された。扉に「この拙なき書を　木下

杢太郎先生に捧げ　併せてわがさみしかりし青春のかたみとす」という献辞があり、野田自身の「序」に「私がパンの會に向つてペンを採らうと決意したのは昭和二十年の秋たけなはの頃であつた。もつと具体的に云へば昭和二十年十月十五日の木下杢太郎先生の逝去の日からであつた。」とあるように、木下杢太郎に対する敬慕の念から出発している。そしてまた、杢太郎愛惜の念は、「巌頭に砕けては咲く波の花のやうに、どよもし叫んでは消え、消えては又叫びつづけてゐる永遠の歌声である」パンの会と、野田の「さみしかりし青春」とを、オーバーラップさせて、野田をパンの会、耽美派研究へと駆り立てたのだろう。

野田の「パンの會」研究の過程で、吉井の助力が有効に働いたことは、想像に難くない。「五足の靴」九州旅行の実行者（与謝野寛〈一九三五年歿〉木下杢太郎〈一九四五年歿〉北原白秋〈一九四二年歿〉平野萬里〈一九四七年歿〉吉井勇〈一九五〇年歿〉）の唯一人の生き証人として、『パンの會』執筆に大きく貢献したことだろう。

七月一〇日発行であるから、既に発売されていただろうが、吉井の手元にはまだ届いていなかつたものか。

八

⑥一九四九（昭和二四）年一二月五日付ペン書封書（消印一二月五日）

東京都武蔵野市

吉祥寺二五〇七
野田宇太郎様

京都市上京区油小路通
元誓願寺下ル
吉井　勇

冠省。再三のお手紙に対し、御返事を差上げむと存じながら延引、まことに申訳これなく候。

要点逐次申上候。

○鷗外先生の選集附録拙稿の件。
御申越しのスバル所載の「鷗外先生のことども」がお役に立ち候はゞ何卒お使ひを願上候。話を附けて下されば更に幸甚。

○鷗外遺跡保存運動の件。
これは小生大賛成に有之、発起人になるのは無論のこと、他に何かお役に立つことも候はゞ御遠慮なく御申越を願上候。

○「窖《あなぐら》に似る函館屋」について。
この函館屋といふ家は、銀座通りの資生堂近くにありし洋酒屋にして、店先に古風なる卓子を据え、洋酒の外にアイスクリームなどを売り居り候。当時流行のアブサントと申す酒はこの店にて飲みたることが最初の経験に候ひき。たしか冨田砕花君の遠縁にして、肥りたる四五十歳位の細君が店にゐたることを記憶致し居り候。

◯「九州旅行」出版の件。

「五足の靴」は与謝野寛、北原白秋、木下杢太郎、平野萬里、及び小生の合著といふことにして貴下及び小生の解説を付し、若し出来得るならば杢太郎君の挿絵を入れて出版することに致したらいかゞに候にや。六興出版社にも小生より話して見てもよろしく候。猶一度原稿を見たく候間、お手許にある分だけにても御送りを願上候。

◯杢太郎全集附録寄稿の件。

若しまだ間に会ひ候はゞ十枚ほどの追憶記書いて見たく明年一月上京の節原稿持参致したしと存じ居り候。

以上にて大体用件了。

小生は明春一月十日に上京、月末まで滞京の予定に御座候間、その間にお目にかかりていろいろ御話致したしと存じ居り候。滞京中の連絡場所としては

千代田区内幸町二丁目富国生命別館内（東京新聞社隣）
大賀事務所
（電、銀座八二八）
に万事依頼致し置き候間、仝所にお聴き合せ下さらば
小生の居所大体相わかり申す可く候。
御健勝を祈る。「パンの會」は谷崎潤一郎君も愛読の由。
十二月五日
吉井　勇
野田宇太郎様

前便⑤（七月二〇日？付）以後、野田宇太郎は再三手紙を出したが、返事を出しそびれていたのであろう、久しぶりにまとめて返事を書いた。

東京堂版『鷗外選集』附録月報については、②の一九四九（昭和二四）年六月一六日付吉井書簡で、「鷗外先生の追憶は是非書きたく来月十日頃迠には必ず原稿お送り致す可く候」と約束しながら、遂に原稿はできなかったのであろう。野田宇太郎が、『スバル』（『相聞』改題）（一九三〇〈昭和五〉年一月号、太白社）所収の吉井勇執筆「耽々亭雑記㈠鷗外先生のことども」を、東京堂版『鷗外選集』附録月報九（一九四九〈昭和二四〉年一二月）に「鷗外先生のことども」として再録したいがどうかと、その了承を求めて来たので、許諾を与えたのである。「話を附けて下さればば更に幸甚」とある通り、

「附録月報」には野田の「註」[4]が五項目にわたって附されている。

野田が森鷗外遺跡保存運動に精力的に動いたのは、一九四六年二月二〇日、東京空襲（一九四五年一月二八日）の焼夷弾攻撃のため、千駄木附近は焼野ヶ原と化した一年後の見るかげもない、廃墟の観潮楼跡に呆然自失として佇んだ荒涼の思いからである。野田は一度失われたら決して再生することのできない貴重な文学遺蹟を、今のうちに何とか原型に近い形で保存したいと痛切に思った。その思いが彼をして文学遺蹟保存運動へ向かわしめ、さらに文学散歩の創始へとつながったのであろう。

「窖《あなぐら》に似る函館屋《はこだてや》」とは吉井勇の詩「幸ある夜」[5]（『明星』一九〇七年一〇月）の第六聯の一句である。この一九四九（昭和二四）年当時、野田は木下杢太郎研究からパンの会、耽美派研究へと進み、文学散歩創始への基礎的研究が着々と萌芽しつつあった。野田が『日本読書新聞』に「新東京文学散歩」を連載したのが昭和二十六年、『新東京文学散歩』（日本読書新聞、昭和五一年六月二五日発行）として一冊にまとめたのが、「文学散歩」という語の創案であり、一〇年を経ずして、普通名詞として定着していった。野田の数多い文学散歩の中で最初の著作であるこの『新東京文学散歩』（一九五一年六月）では、「その三中洲・佃島・銀座・日比谷」の「銀座雑感」の中で与謝野寛の「箱館屋」[6]に触れているが、吉井勇の詩のことは書いていない。後の『東京文学散歩　下町篇上』（一九五九〈昭和三四〉年）では、「その頃の吉井勇の詩にも箱館屋の詩がある。」と書いているが、「幸ある夜」の詩という典拠は述べていない。しかし、一九四九年には既に吉井の「窖に似る函館屋」という詩の一句は知っていたのである。

吉井勇は函館屋について随筆「銀座の歌」の中で次のように書いている。

「私は銀座の歌を可なり多く作つてゐるが、今となつて見ると、そのおほかたは回想の歌であつて、さういふ点いろいろと昔を思ひ出すことが多い。最初の思ひ出は、今で云へば西銀座の資生堂よりも、もう少し尾張町寄りにあつたと思ふ函館屋といふ、ひどく古風な酒場であつて、そこでよく私は蒲原有明[7]先生が「それに酔ふと実に美しい幻想がうかびますよ」と云つた、アブサンといふ強い酒を、その美しい幻想を得たさに飲みに行つたことを覚えてゐる。その函館屋といふ家は、たしか詩人の冨田砕花君の縁戚であつて、一度同君の少年時代の姿を、見掛けたこともあつたやうに思ふ。

うら若き都びとのみ知るといふ
銀座通りの朝のかなしみ

などといふ歌を作つたのも多分その頃のことか、或ひはその頃の思ひ出をうたつたものではないだらうか。」

「アブサン」Absinthe（仏）はリキュール酒の一種で、フランスやスイスのアルプス山中に茂っているニガヨモギを主成分とし、香料植物を加えたアルコール含有量七〇%の最強の酒である。神秘的な緑色を呈し、刺すような芳香と苦みをもち、麻酔性を含むアペリチーフ（食欲増進酒）として食前に用いられる。吉井の「幸ある夜」の第一〇聯では、

アブサント汲《く》むわかうどの

自分の分担であつたかもわからず、わたくしにせめてその全文を何時の日かより正確に発表することを希望された。その遺志を生かすことにして、わたくしは「五足の靴」の整理にも最善をつくし、当時の『明星』に掲載されたその旅行のスケッチを組み合はせ、わたくしの研究資料として本書の巻末へ収めた。」

とある。従って、二六年後にやっと吉井の遺志は果たされたのである。その後、野田の詳細な解説「『五足の靴』について」が付いて『柳川版　五足の靴』（ちくご民芸店、一九七八年一一月）が刊行され、単行本として立派に刊行された。

「杢太郎全集附録」とは、一九四八（昭和二三）年七月より五一年一〇月にわたって岩波書店より刊行された全一二巻『木下杢太郎全集』の附録のことである。監修者は和辻哲郎と児島喜久雄で、わずかに「木下杢太郎全集刊行の言葉」の中に、「生前から太田君に親炙して居た野田」と名前が出てくる。従って縁の下の力持ちのような形で、野田は『木下杢太郎全集』刊行に献身的に尽力し、吉井勇にも附録の原稿執筆を依頼したのであろう。吉井も快諾しているが、『木下杢太郎全集』（一九四八年七月―五一年一〇月版）附録には吉井勇の文章は掲載されていないので、「明年一月上京の節」に原稿を持参する予定だったが、とうとう間に合わなかったものであろう。「明年一月」は一九五〇（昭和二五）年一月のことで、吉井勇は例年のごとく新年の宮中歌会始の儀に選者として参列するために上京している。

「『パンの會』は谷崎潤一郎君も愛読の由」とあるのは、野田の著書『パンの會――近代文藝青春史研究――』（六興出版社、一九四九年七月）が谷崎潤一郎にも愛読されていることを野田に知らせて、若い野田を激励しているのである。一九一〇（明治四三）年一一月二〇日、二五歳の谷崎は、日本橋大伝馬町の西洋料理店三州屋に開かれた「パンの會」に、『新思潮』同人と共に初めて出席し、初対面の永井荷風の謦咳に接し、忘れ難い感激を味わっている。野田の『パンの會』を読んだ谷崎は美と酒に酔い痴れていた、遠い放埒な青春狂宴の時代に思いを馳せて、懐しく回顧していたのであろう。[9]

【注】

1　野田宇太郎の年譜については、『野田宇太郎蔵書目録』（小郡市役所、一九八七年三月二五日発行）所収の「野田宇太郎先生年譜抄」を基礎に野田著書の「序」「あとがき」類を参考にした。

2　『私の履歴書』第八集「吉井勇」12（日本経済新聞社、一九五九年四月）

3　「近代作家研究叢書33」として一九八四年九月二五日、日本図書センターから復刻され、林広親氏の解説が付いた。林氏はその解説で、野田の『パンの会』を「パンの会のエキゾチシズムを文芸上の欧化主義と規定し、その運動のほとんど全ての局面を「進歩的自由性」といった概念のみによって意義付けながら、それをそのまま当時の文学および社会の封建性を打破る運動であったとするその論理は、やはり一面的にすぎ、封建性の一語をとっても通念をそのまま用いて明治末期という時代におけるその具体的諸相への考察の手続きを欠いた点が惜しまれるのである。」と批判している。

4　「筆者吉井先生の諒解を得て少しばかり註を附すことにする。

○本稿は「相聞」改題「スバル」一九三〇（昭和五）年新年号に「耽々亭雑記」の中に載つた一項であり、鷗外と青年詩人達との交游を最も明瞭に記録した貴重な文献である。

○ここに書かれた時代は大体一九〇七（明治四〇）年から〇九年頃で、鷗外は一九〇九年四八歳、公私共に生涯の最盛時であった。

「スバル」が発刊されたのは一九〇九（明治四二）年一月である。
○観潮楼歌会に出席した新詩社系の中にはこの他に木下杢太郎があり又、石井柏亭なども出席した。根岸派からは平福百穂なども加つたし、この他に服部躬治の名もみえてゐる。
○文中に石川啄木は郷里に帰り云々とあるが、啄木は「スバル」発刊以来帰京（ママ）せず、病臥して遂に「スバル」と離れたのであるから、これは筆者（吉井勇）の記憶違ひである。
○キタ・セクスアリスの原稿を椋鳥通信と共に鷗外が筆者に渡したのは六月一九日の土曜である。キタ・セクスアリスは「スバル」七月号にのり、七月一日に発刊された同号は直ちに発禁となった。（野田宇太郎）」とある。

5
「幸ある夜」は七五調文語定型詩で、三行で一聯を構成し、全一七聯で成り立っている。

われらを祝へ、かかる夜に
酒《さけ》に酔はざる子は死ねと
声高らかに喚《よ》ぶは誰ぞ。

で始まり、第六聯は、

やをら歩《あゆ》みてつと入るは
窖《あなぐら》に似る函館《はこだて》屋
この酒肆《さかみせ》ぞどよみたる。

とあり、二行目の一句を引用して野田が意味を問うのに答えたものであろう。

6
「箱館屋」は与謝野寛が『明星』一九〇七（明治四〇）年一一月号に発表した七五調文語定型詩で、四行で一聯を構成し、全六聯で成り立つ。
最初の二聯を引用する。

うつら、うつらと恋《こひ》の蜂、

うつら、うつらと細工蜂《さいくばち》、
わかき蜂等《はちら》は呻《によ》びつつ
蜂の巣にこそ帰りくれ。

銀座どほりの蜂の箱《はこ》、
柳の蔭のぎやまんの
五色《しき》の扉《とびら》つと入れば、
右もひだりも蜜《みつ》の蔵《くら》。

詩の中に「箱館屋」という語は一度も出て来ない。

7　太田正雄「明治末年の南蠻文学」（『國文學　解釋と鑑賞』一九四二年五月号）に木下杢太郎の古い手帳に次のような会話を写したとして再録している。

「昨日面白いことを聞いた。アプサン酒は、咽まで来ると音楽を奏するさうだ。」

「アプサン？」

「昨日新詩社へ行つたら、蒲原さんが来て居てそんな話をした。」

「う、新聞に出てゐた。蒲原さんて人と岩野泡鳴とアプサンを買つて、人を引つぱつて来てそれを飲んださうだ。サムボリストの詩人には附きものだと見える。」

「そんな事が出てゐたか。今度新詩社の連中が九州の方に行くんだつて。そしてアプサンを下げて行くんだつて」（明治四十年七月八日。）

8　野田宇太郎『日本耽美派文學の誕生』の「おぼえがき」に、「本書執筆の基礎資料となった「五足の靴」を明治四十年の東京二六新聞紙上に発見したのは昭和二十二年である。」とある。

9　谷崎潤一郎の「青春物語」（『中央公論』、一九三二年九月～三三年三月）〈「パンの會」のこと〉によると、「最後に私は思ひ切つて荷風先生の前へ行き、「先生！　僕は實に先生が好きなんです！　僕は先生を崇拝してをります！　先生のお書きになるものはみな読んでをります！」と云ひながら、ピヨコンと一つお辭儀をした。先生は酒を飲まれないので、端然と椅子にかけたまゝ、「有難うございます、有難うございます」と、うるさゝうに云はれた。」とあり、谷崎がいかに荷風を敬愛していたかは、この一事によっても窺い知ることができる。

（『福岡女学院短期大学紀要』第二四号〔国語国文学・英語英文学〕一九八八年二月二九日）

⑬吉井勇と野田宇太郎（中）——晩年の吉井書簡を中心に——

九

⑦一九五四（昭和二九）年二月二五日付ペン書絵葉書（消印　左京　29・2・26　後0―6）

東京都武蔵野市
吉祥寺二五〇七
　野田宇太郎様

京都市左京区浄土寺
石橋町十九
　　吉井勇

御高著□□
いろいろなつかしき思ひ

出あり。当分座右に
置きて愛読致すべ
く候。
今年は少し小説を
書くつもりに御座候。
廿五日

前便⑥から四年三ヶ月余りの年月が流れた。吉井勇は一九五一（昭和二六）年八月、油小路元誓願寺から左京区浄土寺石橋町一九番地に移転した。ここは後に左京区銀閣寺前町三と改められ、終の住処となった。彼はその居の玄関正面に好きな京都の市井詩人中島棕隠が書いた「紅聲窩」という三字の額を掛けて、「紅聲窩」と名づけた。

一方、野田宇太郎は一九四八年一〇月の『藝林閒歩』（第二三号終刊号）廃刊によって、一切の出版社から手を引き、詩作と近代文学研究の著述に専念することとなった。一九五一年からは近代文学の実地踏査による実証的研究が実を結びはじめた。

「御高著」とあるのは、五四年二月一〇日発行の野田宇太郎著『アルバム　東京文学散歩』（創元社）のことであろう。前年五三年八月一〇日発行の『九州文学散歩』（創元社）もあるが、贈呈するには時期が半年も遅れているし、五四年五月三一日発行の『続九州文学散歩』（創元社）はまだ刊行されていないので、やはり『アルバム　東京文学散歩』であろう。

東京芝高輪生まれで、京都在住の吉井勇にとって東京は、まさしく青春の血をわき立たせた懐郷の地であった。野田の『アルバム　東京文学散歩』には、吉井の、

　パンの會のころ戀しやと酒に酔ふ度ごとにいふ友なりしかな　（瓢箪新道）
　両國の橋のたもとの三階の窓より牧羊神《パン》の躍り出づる日　（両國と柳橋）
　柳橋これや柳の精ならぬうつくしき子のつれなかりけり　（両國と柳橋）
　わが友がいとうつつなくわたりけむ男橋よな女橋よな　（中洲）
　冬の海見ればかなしや新佃海水館はわび住みにして　（リリイフのある水景）

などの歌が引用されている。それ故、一入「いろいろなつかしき思ひ出あり」という、懐旧の思いが迫ったのであろう。「当分座右に置きて愛読致すべく候」と書いたのも、吉井の偽らざる心境であったと推測される。

「今年は少し小説を書くつもりに御座候」とあるが、一九五四（昭和二九）年は小説を書いていない。都踊・東踊、ラジオドラマ、「晶子曼陀羅」の脚色、「珠取譚」上演など演劇関係の仕事が多かった。

　なお、この絵葉書は「芸艸堂発行」のもので、「百錬会蔵」の「王母遺愛図」で「七十歳作」とあり、「富岡鉄斎作品展覧会」に出品させたものである。

「[1]こうして私はこの銀閣寺に近い、大文字山を目の前に見る家に、三十年に土蔵の傍に四畳半の書斎を作り、ほとんどそこに籠居して静かな日々を過ごしているが、実をいうと私は文壇や歌壇の現状に絶望しているので、何を読んでもおもしろくなく、何を書こうとする気にもならない。仕方なしに同じ京都に住んでいた上田秋成や中島棕隠などのものを読んだり、ここに来てから少

し集めた鉄斎の小点ものなどを眺めたりして、ぼんやり暮らしているわけなのだが、人生に起伏が多いように、心にもいろいろ波があり、そのうちまたなんとかなるかもしれない。」

とあり、富岡鉄斎への関心が深まり、少しずつ収集しつつあることがうかがえる。

鉄斎の蓬莱の図を見ておもふ今年よきことあるがごとしと[2]

一〇

⑧一九五五（昭和三〇）年一〇月一九日付ペン書絵葉書（消印　左京　30・10・19　後6―12）

東京都千代田区
富士見町ニノ七
角川書店気付
野田宇太郎様

京都市左京区
浄土寺石橋町
一九　吉井勇

御高著拝受。いろいろ得
るところがありました。
鈴木一郎と申す人は如何
いふ人ですか。ちよつとおうか
がひ致します。十九日夜。

野田宇太郎の宛先が吉祥寺の自宅ではなく富士見町の角川書店になっているのは、この一九五五年当時、角川書店から角川写真文庫『東京文学散歩』下町篇（一九五五年五月一〇日）、山の手篇（一九五五年六月一〇日）、角川文庫『九州文学散歩』（一九五五年一〇月一〇日）を出版したからである。従って、「御高著」とあるのは、一〇月一〇日刊の角川文庫版『九州文学散歩』のことであろう。野田の「東京文学散歩」は単行書としては、日本読書新聞版『新東京文学散歩』（一九五一年六月）、角川書店版『新東京文学散歩』正・続（一九五二・五三年）、創元社版『アルバム東京文学散歩』（一九五四年二月）、的場書房版『東京文学散歩の手帖』（一九五四年六月）、学風書院版『東京文学散歩の手帖』（一九五五年九月）に続いて六度目であった。


「鈴木一郎」とは、小郡市役所発行の『野田宇太郎蔵書目録』（一九八七年三月）の中にある、

「インド思索行　鈴木一郎　第三文明社　昭和五三　一冊」と、

「インディオの詩　鈴木一郎　晴文社　昭和五四　一冊」

との二冊の著者「鈴木一郎」のことであろう。果して、この二著の著者が吉井勇の尋ねている「鈴

木一郎」であると断定はできないが、ほぼ確実に同一であろう。
この「鈴木一郎」[3]は評論家・比較宗教学（特に黒人密教）・文化人類学者で、一九三〇（昭和五）年東京都に生まれ、早稲田大学法学部卒業、マッケンジー大学大学院文学研究科博士課程を修了している。いつのころより野田宇太郎に親炙したか、よくわからないが、おそらく詩作をしていた鈴木が自作の詩を野田に批評を乞うて来たことから交流が始まったのであろう。その時期は一九五五（昭和三〇）年ころと推定され、野田四六歳、鈴木二五歳くらいと思われる。野田が将来性のある新進詩人として鈴木一郎のことを書簡のついでに書いたので、吉井がこの鈴木のことを詳しく知りたいと思ったのではあるまいか。

その後、鈴木は民族宗教学研究のため、タイに渡り、北方山岳民族の調査を行ない、さらに文化人類学を研究して、ブラジルに渡り、中南米諸国をくまなく調査し、ブラジルを第二の故国として、ブラジル文化を海外に紹介し、その功績により、叙勲を受け、ガイゼル大統領より最高の文化勲章クルース・ド・メリットクリトラル賞（一九七八年）、クルース・ド・シビコ・エ・カルトラル賞（一九七九年）を受賞した。日本民族学会会員のほか日本ペンクラブ、日本文芸家協会、日本旅行作家協会等のメンバーとして、作家活躍も活発にしているので、そのあたりで野田との交流が深まったと思われる。野田に贈呈された『インディオの詩』の中には、「鈴木一郎の詩」一一編が含められている。贈呈本に添えられた鈴木の書簡によると、『インド思索行』（第三文明社、一九七八年六月）の他に『魔と呪術』（平凡社）も贈呈したらしいが、野田蔵書の中にはなかった。

この絵葉書は「穂高神社社務所発行」の「日本アルプス・上高地」の「明神岳と吊橋」を写真

に撮影したものである。

一一

⑨一九五六（昭和三一）年五月一九日付ペン書絵葉書（消印　平戸　31・5・19　前8―12）

東京都武蔵野市
吉祥寺二五〇七
野田宇太郎様

長崎県平戸にて
吉井　勇

五十年ぶりに平戸へ来ました。君の「九州文学散歩」を携へて。今日はこれから長崎へゆき、雲仙、熊本、阿蘇、別府を経て帰洛の予定です。

いろいろ感想書きたいとおもってゐます。　（十九日夜）

「五十年ぶりに平戸へ来ました。」とあるが、与謝野寛・北原白秋・木下杢太郎・平野万里・吉井勇の新詩社同人五人が九州旅行で、平戸に到着したのは、一九〇七（明治四〇）年八月六日午後二時のことだから、一九五六（昭和三一）年五月現在で、正確には四九年ぶりのことである。

「君の『九州文学散歩』」とあるのは、野田宇太郎著角川文庫版『九州文学散歩』（一九五五年一〇月一〇日発行）であろう。五五年一〇月一九日付⑧絵葉書に出てくる「御高著」のことで、野田より吉井に贈呈されたものである。角川文庫なので、旅行用として、携帯に便利であった。

今回の九州旅行は、五月一六日京都を出発し、一七日博多、一八日平戸、一九日長崎、二〇日雲仙、二一日熊本、二二日阿蘇、二三日別府、二四日車中、二五日京都着であったと思われる。

一八日に平戸に到着した吉井は、

山[4]きよく海うるはしとたたへつつ旅びとわれや平戸よく見む

という歌を作った。この歌は歌碑に刻まれ、翌年の一九五七年七月五日、川内峠で吉井勇列席のもと、除幕式が行なわれた。五〇年前、一九〇七年八月の「五足の靴」九州旅行の際、作った、

山[5]荒く海きほへども少女らはうつくしといふ筑紫よく見む

を本歌としたものらしい。

この旅行記はどこに発表されたか、未調査であるが、次のような歌が残っている。

平戸遊草(6)

白秋《はくしう》とむかし見し日のごとくあり阿蘭陀塀《オランダ》も阿蘭陀井戸も

目に殘るじやがたら文のなかの文字《もじ》コシヨロが書きし「うば様まゐる」

川内峠のぼりて来れば夏日照り薊《あざみ》の花はここにかしこに

見はるかす玄海灘に照り満つる海の光はまばゆかるかも

このあたり對馬も見ゆと示すなり山鹿《やまが》市長は太指をもて

鄭芝龍《ていしりゆう》住みしころよりいまもなほ千里ヶ濱に波の寄る見ゆ

丘の上に白き十字架《くるす》の堂見えて海を隔てし島のしづけさ

また、一九五七年正月には、

(7)この春は筑紫平戸に歌碑建つと思ひうれしく年むかへすも

と喜びを詠んでいる。

この絵葉書は前日博多で購入したものであろう。

「(博多年中行事)花火大会　FESTIVAL　FUKUOKA」

一九一七(大正六)年夏、福博の境を流れる那珂川で挙行されたのが始めで毎年新聞社の主催するのが恒例となり夏の夜の一大絵巻として商店街の繁栄策の一として催される。

と下に説明が付き、上は那珂川畔に打上げられた花火の写真が写っている。

一二

⑩一九五六（昭和三一）年九月二三日付ペン書絵葉書（消印　左京　31・9・24　後0―6）

東京都武蔵野市
吉祥寺二五〇七
野田宇太郎様

京都市左京区
浄土寺石橋町
一九　吉井勇

八年ぶりで歌集出しましたから書肆より別送。何か御感想御書き願へれば幸ひです。「関西文学散歩」の題字明日渡します。杢太郎文学碑の事も先日伊東市の方に話しました。
除幕式には出席の予定です
が前夜祭には間に合はない
かもしれません。　（廿三日）

八年ぶりに出した「歌集」とは、甲鳥書林より出版した『形影抄』（一九五六〈昭和三一〉年九月二〇日）のことで、一九四八（昭和二三）年一二月に上梓した創元社刊『残夢』以来、八年ぶりのもので、これが吉井最後の歌集となった。一九四八、四九、五〇年の三年間の歌を収め、戦後の吉井が、「最も歌作に力を注いだ、洛南八幡の隠棲時代から洛中油小路の閑居時代までの作品であるから」[8]、吉井としては、「かなり強い愛着を感じて」いた。だからこそ野田に感想を求めたのである。吉井の歌集はこの『形影抄』をもって終末を告げた。一九五一年から歿年の一九六〇年に至る九年間の歌は、木俣修編の『吉井勇全集』（番町書房）第三巻「歌集Ⅲ」（一九六四年四月二〇日）の『形影抄以後』に木俣の編集で収められた。なお、『野田宇太郎蔵書目録』の中に吉井の贈ったと思われる『形影抄』が所蔵されている。

野田宇太郎著『関西文学散歩』は一九五七年、上巻（六月二五日）・中巻（七月一五日）・下巻（一一月一五日）三冊として小山書店新社から出版された。表紙題簽は吉井勇が書き、大扉題簽は新村出が書いた。約束通り、吉井の題字は野田の手元に送られて、『関西文学散歩』の表紙に使用された。目次の末尾に「表紙題簽　吉井　勇」と記されている。

木下杢太郎文学碑は杢太郎の郷里伊豆伊東の市立伊東公園の丘の上に建立された。[9]谷口吉郎の設計により、八枚の板石を画帖のように組み立てる方法で、黒、茶、白の三色の花崗岩で作られた。それに刻まれた文字は野田宇太郎が所蔵していた杢太郎自筆の、

「ふるき仲間も遠く去れば、また日頃顔合せねば、知らぬ昔とかはりなきはかなさよ。春になれば草の雨、三月桜、四月すかんぽの花くれなゐ、また五月には杜若、花とりどり人ちりぢりの眺め、窓の外の入日雲」

という随筆「すかんぽ」（『文藝』一九四五年七・八月号）の中の一節である。そのほかに「科学も芸術もその結果は、世界的のものであり、人道的のものである」という杢太郎の生活信条を示す随筆「科学と芸術」の一節が旧友吉井勇の文字で書かれた。

杢太郎文学碑の除幕式は一九五六年一〇月二一日、伊東公園の丘の上の文学碑前で挙行された。発起人の一人であった野田は、前夜祭から出席したであろう。文学碑を揮毫した吉井が出席したかどうか、まだ確認していない。

なお、この絵葉書は舞妓がお茶を入れている写真である。

一三

⑪一九五七（昭和三二）年六月一一日付ペン書絵葉書（消印　左京　32・6・12　後　0—6）

東京都武蔵野市吉祥寺
二五〇七
野田宇太郎様

京都市左京区
浄土寺石橋町
一九　吉井勇

先日四国にゆき松山にちよつとあなたらしき人を見かけましたが、まさかあすこに往つて居らるるとは知りませんでした。その夜酒井黙禪君に会ひやつぱりあなただつたことがわかりましたが、もう既に宇和島にゆかれた後でした。宇和島では中野逍遙の墓を詣はれましたか。廿七歳で死んだこの漢詩人は啄木などよりかずつ

と本筋の人です。藤村詩集の中にこの人の秋怨十首が引いてあるとおもひました。（十一日夜）

吉井勇は一九五七年五月二五日より、四国方面の文学旅行に行き、高知、竜河洞、桂浜、松山、高松を巡って六月一日帰洛した。ちょうど同じころ野田宇太郎も四国文学散歩の取材旅行に行っていた。松山で吉井は野田らしい人を見かけたのであろう。まさかこんな所で野田に会おうとは思ってもみなかったので、声を掛けることなく、すれ違ってしまった。その夜、酒井黙禅に会い、やはり野田だったことがわかった。

酒井黙禅[11]（一八八三―一九七二）は福岡県八女郡水田村（現・筑後市水田）生まれで、本名は和太郎、別号良曙・雪山。東京帝国大学医学部卒業の医学博士で俳人である。句ははじめ零余子に学んだが、一九二〇年、伊予松山赤十字病院に赴任後、高浜虚子門に入り、『ホトトギス』に拠った。後、同病院院長となる。『ホトトギス』の課題選者に推され、ホトトギス松山俳壇の興隆につとめた。一九四六年、愛媛ホトトギス会の機関誌『柿』の初代雑詠選者となり、一九四九年、上甲明石の『峠』創刊と共に雑詠選者に迎えられ、没年まで担当した。一九四九年より虚子の跡を承けて、愛媛図書館内「俳諧文庫」会長となり、『ホトトギス』最年長同人として敬愛を集めた人であった。黙禅も野田も共に筑後の人であるから交流があり、野田宛黙禅封書一通葉書一通が現存する。

吉井勇の「歌行脚短信」（『相聞居随筆』一九四二年五月刊）は一九三六年四月一〇日琴平を出発して、

高松・西条・大洲・因島・尾の道・鞆・広島・山口・門司・下の関・小倉・博多・長崎・島原・雲仙・宇和島・八幡浜・松山に行った、四ヶ月に及ぶ旅行記であるが、その中の「宇和島」の項に、

「この地生むところの詩人に、年若くして逝きたる熱血児中野逍遙あり。その作るところの詩「思君十首」中の一首「思君我心悄、思君我腸裂、昨夜涕涙流、今朝尽成血」といへるは、往時予の愛誦せるもの。今その詩を唱して腸を断つ。

宇和島の和霊《われい》の祭いつか過ぎ海いや青く夏ふけにけり
」

とある。吉井も若いころから、宇和島出身の薄命の漢詩人中野逍遙の漢詩を愛誦し、関心を持っていた。

中野逍遙（一八六七―一八九四）は本名を重《しげ》太郎《たろう》、字を威卿といい、伊予宇和島の人である。一八八四年大学予備門に入学、正岡子規、夏目漱石などを相知った。一八九〇年帝国大学文科大学漢学科に入学、島田篁村、重野安繹《やすつぐ》（成斎）らの指教を受け、一八九四年七月漢学科第一回卒業生三人の中の一人として卒業した。さらに研究科に進み、『支那文學史』（未刊）を起草し、やがて漢詩に力を注ぎ、将来を嘱望されたが、肺炎を病んで同年一一月歿した。享年二八歳。墓は宇和島市神田《じんでん》川畔の光国寺にあり、墓誌は重野安繹の撰である。

[12]杜甫や宋の邵康節《しょうこうせつ》（雍《よう》）の雄渾で沈痛な詩風を慕い、唐の韓偓《あく》の香奩《こうれん》体の艶詩からも多く学んだ。加うるにドイツ古典主義の詩人シラーの詩と人物とを崇拝して、自由の精神や多感な詩情を触発された。

「古詩型の新詩才」と評され、近代的恋愛感を漢詩という難解な表現の中に託した点に特色があ

り、その青春の情熱や憂愁は伝統的な詩型や表現法の拘束にうちかって大胆奔放に吐露されており、浪漫詩人としての本質は北村透谷や島崎藤村をしのぐものがあるとされている。

殁後、友人の宮本正貫、小柳司気太編の漢詩文集『逍遙遺稿』正編・外編二巻（一八九五年一一月一六日発行）が刊行された。他に漢文書き下し文による短編小説『慈涙余滴』（未刊、宇和島市立図書館蔵）がある。島崎藤村は第一詩集『若菜集』（一八九七年）の中の「哀歌」に「中野逍遙をいたむ」と傍題して、

「秀才香骨幾人憐、秋入長安夢愴然、琴台旧譜壚前柳、風流銷尽二千年、これ中野逍遙が秋怨十絶の一なり。逍遙字は威卿、小字重太郎、予州宇和島の人なりといふ。文科大学の異材なりしが年僅かに二十七にしてうせぬ。逍遙遺稿正外二篇、みな紅心の余唾にあらざるはなし。左に掲ぐるはかれの清怨を写せしもの、寄語残月休長嘆、我輩亦是艶生涯、合せかゝげてこの秀才を追慕するのこゝろをとゞむ。」

と詞書し、逍遙の詩「思君十首」の中の、

思君我心傷、思君我容瘁、中夜坐松蔭、露華多似涙

ほか八首を引用している（第十首目を欠ぐ）。

藤村は、七五調四行一三聯の文語定型詩を詠んで夭折の詩人中野逍遙の薄幸を傷んだ。

「かなしいかなや流れ行く
水になき名をしるすとて
今はた殘る歌反古《ほご》の

ながき愁ひをいかにせむ
かなしいかなやする墨の
いろに染めてし花の木の
君がしらべの歌の音に
薄き命のひゞきあり
…
かなしいかなや同じ世に
生れいでたる身を持ちて
友の契りも結ばずに
君は早くもゆけるかな
」
なお、同じ愛媛県松山市出身で大学同窓だった正岡子規は、逍遙の死を悼んで、
いたづらに牡丹の花の崩れけり
と詠んだ。夏目漱石も、
弔逍遙　一句
百年目にも参らうず程蓮の飯
と詠んで、松山から弔い、正岡子規に句稿(13)を送った。

野田宇太郎は宇和島を訪ね、中野逍遙の墓に詣でて、

「神田川の流れをさかのぼると、いつのまにか人家もまばらになり、川もまた狭く渓流と化し、前方に愛宕山が迫る。そこに光国橋《こうこくばし》があり、それを渡ると庭に巨きな老松のそびゆる光国寺がある。中野逍遙の墓はその寺の本堂裏側の墓地にある。すでに中野家は絶えて墓は無縁となっているが、宇和島の有志たちによって逍遙を生んだ中野家の墓だけはまもられている。苔蒸した中野家一族の墓にまじって高さ約一メートルほどの四角な棒石の墓碑の表に「文学士中野重太郎之墓」と刻まれているのが逍遙の墓であった。側面には大学の恩師だった重野安繹の碑文が読まれた。佐佐木信綱の逍遙追悼歌に「君はさは苔のしたにやながむらむちる歎きなき花のさかりを」というのがある。その歌を思い出すといよいよ私の心はさみしかった。ここに永遠にねむる春怨の詩人の面影をあらためて空想した。東京からはるばるとこの四国のさいはての宇和島に私の心を誘ったのは、この墓であったのだ。宇和島の空を瑞々して抒情の風が、明るく流れているような気持である。……」

と書いている。

野田はその後もしばしば宇和島を訪れ、その中で特に中野逍遙の墓に心魅かれ、「詩人逍遙の墓――宇和島」（『文学の故郷』大和書房、一九六七年二月一〇日発行）という文章を書いた。

吉井が中野逍遙と石川啄木との詩人としての資質を比較した直接の評論文を、私は知らない。吉井が啄木と最も親しく交ったのは、一九〇八、〇九年ごろで、『スバル』編集に携わっていた時代であった。

新詩社の席上で知り合いになって以来、観潮楼歌会で同席したり、『スバル』編集で一緒に仕事をしていた。啄木の下宿本郷森川町の蓋平館別荘と四、五町しか離れていない所に吉井は住んでいたので、一日おきぐらいに会っては、文学を論じながら酒を飲んだ。しかし、啄木編集の『スバル』第三号で編集者間に異見が生じ、どうもしっくりゆかなくなった。啄木が東京を引揚げて北海道に渡り、再び上京して来た時はもう交情は以前のようではなく、疎遠になってしまった。

吉井が逍遙を詠んだものに「逍遙の墓」[16]がある。

逍遙の墓

中野逍遙は宇和島の人、年少詩人としての才名高く、逍遙遺稿乾坤二巻を残して世を夭うす、行年二十七

逍遙《せうえう》の墓の冩真を撮し來ぬ伊予路《いよぢ》の秋の旅のかたみに
秀才の香《にほ》へる骨《ほね》を憐れみてをろがみにけり逍遙の墓
墓まうでよりかへり来て二巻《ふたまき》の逍遙遺稿讀めばかなしも
墓さむし若く死にたる逍遙の短き一生《ひとよ》思ひなげけば
短かりし命《いのち》おもへばいとどなほ秋怨十絶《しうゑんじふぜつ》讀みて泣かるる
墓の石しばらく撫でてゐたりけり弔ふべくも云はむ術《すべ》なく
逍遙の墓の青苔《あをごけ》いや深く古線香も崩《くづ》れゐしかな

この絵葉書は上が「土佐・高知　坂本龍馬像」の写真で、下方が「坂本龍馬先生の銅像見物（土佐方言）」とあり、

「コレガイシンノカイエンタイチョウ」
これが明治維新の海援隊長
「サカモトリョーマノドウゾージャ」
坂本龍馬の銅像です
「シタカラウエマデ四ジョウ
下から上まで四丈
三ジャクアルゼヨ」
三尺あります
「ユータチエライモンジャ」
何と云っても偉いものです
「タカデアゼチョランノー」
まるで小事にかゝわらんさまですね

と、土佐方言と共通語を並記して、坂本龍馬の顕彰と土佐方言の面白味を紹介している。やはり旅の道中で購入したものであろう。

一四

⑫一九五八（昭和三三）年二月二七日付ペン書絵葉書（消印　左京　33・2・27　下段不明）

東京都武蔵野市
吉祥寺二五〇七
野田宇太郎様

京都市左京区 浄土寺石橋町 一九　吉井勇

「五足の靴」を紀行文学全
集に入れることは承知しました。
修道社の分へもさう御つたへ
下さい。別に抜刷を一冊の本
にすること至極いいとおもひま

す。是非おつくり下さい。
小生も何かお役に立つこと
あれば話します。四月に
阿蘇の大観峯に歌碑が建
つのでちよつと出かけるつもり
です。歌は「大阿蘇の山の
煙はおもしろし」といふもの。

廿七日

「五足の靴」は、一九〇七（明治四〇）年七月末から八月いっぱいにかけて、『明星』に集まる新詩社同人与謝野寛（主宰）・木下杢太郎（東大医学部）・平野万里（東大工学部）・北原白秋（早大文学部）・吉井勇（早大文学部）の五人が、九州旅行をして、「五人づれ」の名で『東京二六新聞』に連載した紀行文である。長い間、幻の紀行文であったが、一九四七（昭和二二）年、耽美派、南蛮文学の研究をはじめた野田宇太郎が調査発見して、当時ただ一人の生き証人吉井勇に報告され、次第にその全貌が明らかになった。

吉井は野田の「五足の靴」発掘を「わが青春の蘇生」[17]とばかり喜んだ。野田は一九四九年七月一〇日『パンの會（近代文藝青春史研究）』（六興出版社）の中の「九州旅行」で初めて紹介した。しかし、無名の文学青年たちの走り書きでは、五人の頭文字のみで筆者すら特定できず、日付も不明であった。誤植も多く、厳密な校訂と綿密な研究を加えた再編集が必要であった。

一九五一年一月一五日、前著『パンの會（近代文藝青春史研究）』は改訂増補されて『日本耽美派の誕生』（河出書房、定価四〇〇円）と改題、出版された。「五足の靴」を描いた前著の「九州旅行」は「九州旅行と南蠻文學」と改訂されたが、内容は余り変っていない。

ここに来て、野田は何とかこの「五足の靴」を文学研究資料として、原型を損わないものを後世に残したいと念願した。吉井勇に相談したのであろう。幸い修道社で『現代紀行文学全集』（全一〇巻）の企画が志賀直哉・佐藤春夫・川端康成監修で始まっていたので、吉井から修道社に交渉したのである。一九五八年九月一五日、『現代紀行文学全集』第五巻「南日本篇」には「㈠巌島（八月七日）」から「㈩彗星（九月十日）」までのものがほぼ原型に近い形で収録されている。「別に抜刷を一冊の本にすること至極いいとおもひます。是非おつくり下さい。」と書いているが、これは成功しなかったらしく、この当時はできていない。採算がとれないと修道社で判断したのであろう。

吉井勇の「五足の靴」に対する思い入れは相当に強く、しばしば随筆⑱の中で「五足の靴」九州旅行の思い出を書いている。

「この時の紀行文は「五足の靴」と題し、一行五人の者が交互に執筆して、東京二六新聞に連載をしたが、その後その所載紙は何処を探してもなく、結局もうこの世からは隠滅してしまったものと思つてあきらめていた。ところが終戦後になつてから野田宇太郎君などの努力に依つて、やつとそれが発見され、その写しの一部分が現在私の手もとにも残つているのである。」

吉井は「五足の靴」掲載紙発見を殊の外喜んだ。

「私[19]がこの旅行によって歌の領域を大きくひろめたことはいなめない。しかしはつきり自分自身でも歌境が一新したと思つたのは、その後数年経ってから『明星』廃刊のあとをうけて、森鷗外先生監修の下に『スバル』といふ雑誌が創刊されてからのことで、それに載せた八十七首から成る連作「夏のおもひで」がそれなのである。」

吉井勇はこの九州旅行によって切支丹遺跡を探訪し、異国情調、南蛮趣味に対する憧憬を強烈に感得して、歌の芸域を大きく広めた。しかし、彼が本格的に歌境を一新したのは観潮楼歌会での森鷗外の指導と修錬であり、『スバル』の創刊であった。

木俣修[20]は、

「九州の旅は結果的に見て勇には若干の南蛮趣味・異国情調的なものへの思慕を付加した程度であったといってよいであろう。」

と過小評価している。

「　　旅にて
あなにやし島の少女《をとめ》をよしと見ば白檀《びやくだん》もてこ南蠻《なんばん》の船
南國の閻浮檀金《ゑんぶだごん》の空のいろかかるゆふべに君を抱かむ
少女追ふ狩《かり》のあけがた雲を見てわがわかうどは先づ角を吹く」（『明星』一九〇七年一一月号）

吉井の九州旅行の成果である。北原白秋の詩や短歌の影響と見られる南蛮趣味的、異国情調的なものがうかがわれる。

「大観峯」は熊本県阿蘇郡阿蘇町にあり、阿蘇外輪山中の最高峰である。高さ九三六メートル、阿蘇七鼻の一つで、遠見が鼻ともいう。徳富蘇峰の名付けたもので、北から阿蘇谷にむかって突出し、阿蘇五岳・火口原・外輪山の大部、北方に九重の山なみも望まれ、雄大な阿蘇の大自然に浸れる一大展望台となっている。

阿蘇大観峰に建てられた吉井勇の歌碑は、

大阿蘇の山の煙はおもしろし
　空にのぼりて夏雲となる

というものである。

一九五八年の年始に、吉井は、

[21]またひとつ阿蘇に歌碑建つといふことも年のはじめの喜びとする

の歌を作った。また、吉井の「阿蘇を思ふ」[22]の中に、

大阿蘇の外輪山に建つ歌碑に吹く山かぜも聴こえ来るがに

の歌がある。しかし、この阿蘇大観峰の歌碑の除幕式が、四月に挙行されたと思われるが、吉井は列席していないようだ。「阿蘇を思ふ」六首はいずれも阿蘇に行った時の歌ではなく、回想の歌である。「吉井勇年譜」[23]一九五八（昭和三三）年四月には高知、猪野々、松山、名古屋に行っているが、阿蘇に行った記録はない。

この絵葉書は阿蘇の噴煙の写真が写っているが、いつ購入したものであろうか。

【注】

1 『私の履歴書』第八集（日本経済新聞社、一九五九年四月一〇日）
2 『定本　吉井勇全集』第三巻（番町書房、一九七八年一月五日）「『形影抄』以後」（一九五四年「洛東春吟」）
3 『現代日本執筆者大事典』第三巻（一九八四年七月二五日）
4 吉井勇「『歌碑』と『白秋生家の跡』」（『日本経済新聞』一九五七年七月）『定本　吉井勇全集』第八巻（番町書房、一九七八年六月一〇日）
5 吉井勇『酒ほがひ』（昴発行所、一九一〇年九月七日）「羇旅雑詠　其二　海の悲み（一九〇七年八月、九州の旅にて）」
6 『定本　吉井勇全集』第三巻「『形影抄』以後」（一九五六年「平戸遊草」）
7 同前（一九五七年「洛東新春」）
8 吉井勇『形影抄』（甲鳥書林、一九五六年九月二〇日）「後記」
9 野田宇太郎編『伊豆―日本の風土記―』（宝文館、一九五九年一月五日）谷口吉郎「すかんぽ碑」
10 野田宇太郎『日本の文学都市』（文林書房、一九六一年一一月一〇日）「伊東」杢太郎文学碑。
11 『現代俳句大辞典』（明治書院、一九八〇年九月二〇日）石田勝彦執筆「酒井黙禅」
12 『日本近代文学大事典』第二巻（講談社、一九七七年一一月一八日）村山吉広執筆「中野逍遙」笹淵友一『「文学界」とその時代』下（明治書院、一九六〇年一月二五日）第一〇章　中野逍遙――「文学界」同時代論その三――
13 『漱石全集』第一二巻（岩波書店、一九六七年三月三〇日）俳句　一八九五年「正岡子規へ送りたる句稿その三　一〇月末」
14 野田宇太郎『日本の文学都市』（文林書房、一九六一年一二月一〇日）「宇和島」薄命の詩人逍遙。
15 『定本　吉井勇全集』第七巻（番町書房、一九七八年五月一〇日）回顧篇「啄木」

16 『玄冬』（創元社、一九四四年三月三〇日）「羇旅余情」逍遙の墓。
17 『五足の靴　柳川版』（ちくご民芸店、一九七八年一一月一日）野田宇太郎「おぼえがき」
18 吉井勇「筑紫雑記」一（『熊本日日新聞』一九五七年一二月一〇日）『定本　吉井勇全集』第八巻（番町書房）
19 吉井勇「老境なるかな」（「『定本　吉井勇全集』第八巻「随筆」）
20 木俣修『吉井勇研究』（番町書房、一九七八年一〇月一〇日「第一部　人と文学」三）『明星』における活動「新詩社の九州旅行」
21 『定本　吉井勇全集』第三巻「『形影抄』以後」（一九五八年「京のひと日」）（『心』一九五八年一月号）
22 同前（一九五八年「阿蘇を思ふ」）（『心』一九五八年七月号）
23 『定本　吉井勇全集』第九巻（番町書房、一九七九年一一月一九日）木俣修編「吉井勇年譜」

（『福岡女学院短期大学紀要』第二五号（国語国文学・英語英文学）一九八五年二月二八日）

⑭吉井勇と野田宇太郎（下）――「紅聲窩小吟」と『文学散歩』――

一五

⑬一九六〇（昭和三五）年一〇月五日付ペン書封書（消印　左京　35・10・5　後0―6）

東京都武蔵野市吉祥寺二五〇七
野田宇太郎様

京都市左京区
銀閣寺前町三
吉井　勇

久しぶりに御手紙拝承
新しく「文学散歩」といふ雑誌御発刊のよし慶賀至極
創刊号に歌、二月号にテレビドラマ台本

をさし上げたいとおもつてゐます
小生先日胃を大部分切除する手術を受け二ヶ月ほど入院してゐましたが経過順調今では元気になつてゐます
今月廿日ごろNHKの「日本の文学」に登場のため上京三四日滞在宿は築地四丁目の有明館ですから御電話下されば幸ひに存じます・余は拝晤のうへ
五日
吉井　勇

野田宇太郎様

野田宇太郎が敬慕する木下杢太郎のユマニスムを継承し、営利や商業主義文壇に毒されない醇乎たる高雅な文芸の復興を目ざして創刊した『藝林閒歩』は、一九四八（昭和二三）年一〇月二一日、第二三号をもって終刊した。高踏的な理想を掲げた文芸雑誌は、終戦後の混乱と不安の中、用紙受給をめぐるトラブルで、「傷つき破れた潜水艦のように、しずかに水平線から姿を消してそのまま浮上しな」かった[1]。野田は出版社を辞し、雑誌編集からしばらく遠ざかっていた。そして詩作と、木下杢太郎につながるパンの会、耽美派研究に没頭、著述生活に入った。戦後の荒廃を見るにつけ、祖国の文化風土が衰退し、打算と喧騒の中で人心は頽廃無残と化した。その廃墟から再起して、真の文芸を確立するため、愛する風土に根を張った研究を目指した。

一九五一（昭和二六）年六月から『日本読書新聞』に連載した「新東京文学散歩」は、滅び行く文学遺跡に対する愛惜の念から出発した。野田は文学作品という花を咲かせた枝や幹を育てた土壌を、現地に臨んで調査研究する「文学散歩」という分野を開拓した。文学地理の研究、文学風土の研究というハードな面から、さらに臨地探訪という旅ブームに乗ったソフトな面まで多くの人に歓迎された。一〇年間、足は東京から九州・関西・四国・東海地方へと全国に及んだ。

一九六一（昭和三六）年一月一日、野田宇太郎は、雑誌『文学散歩』を雪華社より月刊で創刊した。野田は「創刊の言葉」で、

「散歩といえば足です。足といえば実証です。実証は科学です。

そのような真実の文学を愛し、探究し、育てようとする同士のためにも文芸雑誌『文学散歩』は大切な共同機関ともなり、祖国の文化風土をよりよく理解するのに役立つと信じます。

文学の世界は複雑です。小説や詩歌などの作品だけが文学ではありません。作品はいわば開いてしまった花でしょう。（花にはイミテーションもあります）花のいのちはそれを咲かせた枝や幹によって価値づけられましょう。私は作品と同時に人間を愛します。人間に意志を与える広範な教養をどしどし採り入れてゆくことによって現代文学も明るく自由な世界に解放されるのだと信じています。」

と高らかにマニフェストした。紙と活字と音響の洪水に埋没して、民衆は営利と打算のマス・コミによって美と善を喪い、多くは読者奴隷と化した。野田は現代に生きる文学者として座視す

るに忍びず、困難な雑誌経営を承知で、高踏的な文芸誌『文学散歩』創刊に踏み切ったのであった。

野田は責任編集者として、敬愛する文学者や美術家に協力を求めた。その中の一人が、師木下杢太郎の遺友として僅かに現存する吉井勇であった。早速、野田は吉井勇に『文学散歩』創刊の企画と協力を依頼し、原稿執筆を懇請したのであろう。⑬の封書はその返書である。

吉井勇が野田の『文学散歩』創刊を初めて知ったのは、野田の前便によってであろう。吉井は直ちに執筆を承諾、創刊号に歌を、二月号にテレビドラマ台本を書くことを約束した。短歌は次便⑭の通り、三七首「紅聲窩小吟」と題されて別送、創刊号（一九六一年一月一日発行）に「遺稿短歌」として掲載された。

二月号に載るはずだったテレビドラマ台本は吉井勇の死（一九六〇年一一月一九日）によって、遂に実現しなかった。

吉井は一九六〇年七月一九日、京都大学医学部附属病院三宅内科に入院、二三日外科に移って八月二日、青[2]柳安誠により、胃癌の手術を受け、胃の大部分を切除した。孝子夫人にのみ、胃癌であることが告げられたが、本人には「古い胃潰瘍」ということで通した。術後の経過は順調で、九月一九日元気に退院した。自分の病が死の業病であることも知らずに、

あと幾年《いくとせ》生くるものぞと目を閉ぢてひとりしづかにもの思ひ居り

と詠んだ。

「[3]七十四歳といえば老齢である。それに胃の切除手術をされた。その後の経過は順調といっても、

京都から東京へ旅をするということはいささか無理にもなるだろう。無理を押し切って東京を訪れるのは、やはり生まれ故郷へ心をひかれる何かがあるからか。吉井さんから上京のしらせを受けたとき、私はそんなことを考えた。」と、この時、野田は述懐している。吉井勇は胃癌であることを知らず、短歌に、戯曲にまだまだ意欲をもち、上京してＮＨＫテレビに出演する予定を野田に伝えたのであった。

一六

⑭一九六〇（昭和三五）年一〇月一七日付ペン書絵葉書（消印　左京　35・10・17　後0―6）

東京都武蔵野市吉祥寺二二五〇七
野田宇太郎様

京都市左京区銀閣寺前町
三　　吉井　　勇

歌廿七首別送しました
（少し多いとおもひましたが）

十八日上京します
次号には何か雑文を書
かせ頂きたいとおもってゐ
ます
十七日

この絵葉書は（京都）東本願寺の写真を撮った絵葉書である。

胃の切除手術後の吉井勇は、野田宇太郎の『文学散歩』創刊号の原稿依頼を受けたので、創刊を慶賀する意味で、身体の不調を押して「紅聲窩小吟」と題する短歌三七首を作り、野田に送った。野田がこの原稿を受け取ったのは、一〇月七日ごろのことであったように、野田は書いているが、これは一七日の誤りであることが、この⑭の絵葉書によって確認できる。[4]

『文学散歩』創刊号は一九六一年一月一日に発行された。野田はその「編集後記」で次のように哀悼の意を表した。

「しかし、ここで一つだけ痛恨の事としておしらせせねばならぬのは、「文学散歩」のもつとも有力な寄稿家となられるはずだつた吉井勇氏の突然の逝去である。本号の「紅聲窩小吟」（三十七首）はついに遺稿となつてしまつた。私は十月二十日に久しぶりに上京された吉井氏と会つた。そして次に発表されたいという戯曲のことについて、またその後の計劃などについて語りあつた。それから一ヵ月もたたぬ十一月十九日にはもう世を去られてしまつた。追つて吉井勇氏の明治大正昭和に亘る生涯と業績については、本誌でも特別な計劃をたてようと思つている。」

一〇月一八日上京の予定であったが、吉井は一日遅れて一九日に上京した。この上京については、胃の手術後退院していくばくもない時だったので、懇意であった某氏は立腹して、その無謀を責めたそうだが、吉井の病は胃潰瘍ではなく不治の胃癌で、それを知悉していたのは、主治医の京大青柳安誠と妻孝子だけであった。吉井がいかに東京を恋しがっているかを知っていた孝子夫人は、心残りのないように身体の自由のきくうちにと勧めて東京に連れ出したということであった。

吉井は上京中に九八歳（一八六四〈元治元〉年生れ）の母静子（鹿児島県稲荷馬場士族猪飼央の娘）を東京世田谷の弟（吉井千代田）の家に訪ねた。やはり虫の知らせか、今生の別れをしに母子は最後の対面をした。

野田[5]が最後の対面をしたのは、この上京中のことで、長逝に先立つ二八日前、一九六〇（昭和三五）年一〇月二〇日、吉井から会いたいと築地四丁目の有明館に呼び出された。

胃の手術後としては元気そうな吉井と対座した野田は、慈父に再会したような思いがして、早速文学談を始めた。吉井は⑬の書簡にもある通り、『文学散歩』にテレビドラマの台本をぜひ書いてみたいと言った。そこで野田は天田愚庵のことを持ち出した。吉井は愚庵の生涯の一端から既に「次郎長外伝」というテレビドラマを発表していたので、戊辰の役で行方不明になった父母と妹を求めるため、浅草の写真師江崎礼二に入門して写真技術を学び、旅の写真師となって伊豆半島の隅々から東海道、京都、近畿、東山道、甲信、東京、故郷磐城《いわき》平《たいら》（現・福島県いわき市）を放浪した愚庵を切り出したのであった。

天田愚庵[6]は一八五四（安政元）年七月二〇日磐城平に甘田平太夫の五男として生れた。戊辰の役の際、平藩は奥羽同盟で徳川方に付き、父母と妹は行方知れずになってしまった。至孝至醇の人愚庵は写真師となって諸国を遊歴し、両親と妹の行方を求め続けた。東京に出ては山岡鉄舟の門下となり、憂国の志士と交わり、台湾征討に従軍し、清水港では侠客次郎長（山本長五郎）の養子となり、京都林丘寺において滴水禅師の禅門に入って豁然として諸縁を放下した。正岡子規とも親交があり、京都東山清水に一草庵を結び、晩年は伏見桃山に新庵を結び、一九〇四（明治三七）年一月一七日、五一歳で示寂した。

愛子《まなご》我巡り逢へりと父母のその手を執《と》れば夢はさめにき
うたかたの泡と此世《このよ》を知ればこそいやこひまされ亡人《なきひと》のあと

吉井勇は天田愚庵を題材にした「愚庵和尚」という戯曲を一九三六（昭和一一）年一月『文藝』（改造社）に発表している。しかし、最晩年のこの時、野田に約束した『文学散歩』掲載予定のテレビドラマはその死によって遂に実現しなかった。

野田が吉井に逢った一〇月二〇日、午後八時半から九時まで三〇分間、吉井はＮＨＫの教育テレビ「日本の文学」の「吉井勇」編に東京大学教授で日本近代文学の研究者成瀬正勝[7]と対談した。成瀬が解説し、アナウンサーが作品を朗読し、残りの七、八分に吉井と成瀬が対談するという形式であった。内容は観潮楼歌会のこと、『明星』時代の九州旅行のこと、パンの会のこと、自由劇場のことなどで、目新しい話も出なかったという。自由劇場時代の吉井は、谷崎潤一郎の「青春物語」に描かれている通り、相当に感激的であったらしい。小山内薫は、舞台からの挨拶の中で三階の学生席に向かって、「あなた方が下の席に降りて芝居を観るようなころには、もっとよい芝居を見せてあげます。」と約束したそうである。芝居がはねてから、吉井は小山内、谷崎らと野球に勝った学生応援団のように、銀座を押し歩いたという。

祇園の話もあった。吉井が京都に行ったのは、『趣味』という雑誌に「偶像」という二〇枚ほどの戯曲を執筆して一〇円の稿料をもらったので、小山内に「この金をどう使おうか。」と聞くと、「祇園に行ったらどうか。」と勧められたという話であった。いかに貨幣価値の違う明治末年でも、一〇円で京都に行き舞妓と遊べるとは、成瀬も意外に思えた。例の「かにかくに祇園はこひし寐《ぬ》るときも枕の下《した》を水のながるる」の歌については、「いや、あれには自信がないのですよ。」と照れくさい表情をしたそうだ。「最近の仕事としてはテレビドラマも書くが、本年の都踊の歌詞ももう作ってしまった。」「籍も移してしまったから、京都で終生を送るつもりだ。」と言ったところで、対談の時間は終わった。

吉井勇は二四日帰洛し、東上中にひいた風邪で咳がひどく、胃に鈍痛があり、食欲がないので、一一月二日に孝子夫人に連れられて、青柳安誠主治医を訪れた。恐れていたように胃癌は雀の卵大の腫瘤となって再発していた。しかも癌は肺にまで転移し、もはや手の施しようもなかった。「お好きな酒を止めておられるからで、手術後時日もたっていますから、もう適度にお飲みになってもよいですよ。そうすれば食欲も出ますから。」と青柳が言うと、吉井は本当に嬉しそうに

「酒を飲んでもよいの。」と念を押して帰った。しかし一一月一〇日に入院し、一九日午前一一時五五分、肺癌で永眠した。

一七

吉井勇が野田宇太郎の求めに応じて『文学散歩』創刊号（一九六一年一月）に寄せた短歌は、「紅聲窩小吟」と題された三七首であった。吉井はこの短歌を野田の新しい雑誌『文学散歩』の門出を慶祝する意味と共に、自己の七五年の生涯の総決算とも言うべき回顧と老残の寂寥を詠じた。

吉井が終《つい》の住処《すみか》となった左京区浄土寺石橋町一九番地に転居したのは、一九五一年八月であった。この町名は後に左京区銀閣寺前町三と改められた。

「昭(8)和二十六年八月、私は油小路の家から現在住んでいる左京区浄土寺石橋町の家に移って来た。ここは間数は五間ばかりしかなかったけれども裏の方には白壁づくりの土蔵があって、さまで広くない庭には、四方竹や木賊《とくさ》などが茂り、真ん中には大きな伽藍石がすえてあった。門の前には南禅寺の方から流れて来る疎水があって、その両岸は橋本関雪が植えたという桜並木になっている。

京都へ移って来てからもう二十年近くもなるし、すっかり昔とは様相の変ってしまった東京へは、どうも帰る気にはならないので、ようやくここを永住の地としようとする心持になっていた時だったから、こうして日ごろから願っている隠棲という言葉にふさわしい家を得たことは、私にとってかなり大きな喜びだった。

私はここに移ると間もなく、祇園に近い四条通りにある、知り合いの骨とう屋の店で、ふと見つけた「紅聲窩」という三字の額を、玄関の正面に掛けた。これは私の好きな京都の市井詩人中島棕隠が書いたもので、なんでも四国のある旗亭のために書いて与えたものらしい。しかしこれはあながちそういった狭斜（遊里）の巷ばかりでなく、竹枝調（男女の情愛を民謡風に詠じたもの）の歌ばかり作ってきた私の家にも、ふさわしいと思ったから、あえて掲げたわけなのである。」

これによって吉井の最晩年の寓居が「紅聲窩」と名付けられた由縁は中島棕隠によるものであることが知られる。

「紅聲窩小吟」と題された短歌の詠草には、『定本吉井勇全集』第三巻の「『形影抄』以後」一九五二年の、「新しき年のはじめに見る夢に百濟観音《くだらくわんおん》またも入り来る」を冒頭においた一連の四八首がある。その中には、

「はからずも中島棕隠が天保庚子の年（一八四〇年。天保一一年）に書けるところの「紅聲窩」といへる扁額を得て、このたび移れる銀閣寺に近き、わが僑居の楣間《びけん》に掲げぬ、おそらくはもと煙火の巷に在りしものなるべく、その下にて詠ずるわが歌も、いよいよ竹枝調を加ふるならむ」という詞書が付いているものもある。しかし、木俣修[9]の解説によると、「紅聲窩小吟」などと

いう題は一〇も二〇もあってまぎらわしいので、仮に歌の内容によって題をつけたらしい。「紅聲窩雑歌」と「紅聲窩近詠」という題の作もあり、「紅聲窩」を冠せられた短歌は多数に上るさて、『文学散歩』創刊号のために作られた「紅聲窩小吟」は、『文学散歩』創刊号の目次では（遺稿短歌）という括弧が付けられた。本文ではタイトルと作者名とを、「紅聲窩小吟」「吉井勇」と本人の毛筆を複写した凸版であった。

一八

この「紅聲窩小吟」三七首の中、最初の三首に通し番号を付けて、評釈してみたい。

1 冬ちかき風となりしよ嚔《はな》ひりてのちにはかにも障子《さうじ》閉めたり

吉井勇の太平洋戦争末期の歌――すなわち一九四三年一一月より四五年四月に至るまでの作品を収録した歌集『寒行』（養徳社、一九四六年一〇月二五日発行）に「嚔の歌」という連作八首がある。

「嚔《はなひ》りてふとおもひ出ぬいつの日か乾漆仏《かんしつぶつ》を撫でし寒さを」（『寒行』「嚔の歌」）
「肩寒きゆゑのみならずいきどほり消《け》さむよすがの嚔りと知れ」（『寒行』「嚔の歌」）
「京さむき遊びのはてにわが得たる嚔り癖《ぐせ》をいまもわが持つ」（『形影抄』「祇園余情」）

「佛名会《ぶつみやうゑ》昨日と過ぎし京さむく嚏り癖のつくもせんなし」（昭和二十八年「京さむく」）
「老いしとはみづから思《も》はねこのごろは嚏り癖のつきてせんなし」（昭和二十九年「如是百首」）
「何ごとか憤ることある時の嚏り癖をとがめたまふな」（昭和三十年「懶」）

老境に入り、少し寒さがあるとすぐ嚏る癖がついてしまった。うそ寒い風のある晩秋の夕べなど、続けさまにくしゃみが出て、何となくうすら寒く、身体がぞくっとする。障子が開け放たれていたことに気付き、あわてて障子を閉めた。

老人というものは自分の老いに気付かず、また気付いてもその老いを認めようとしない。続けさまにくしゃみが出て、近ごろ嚏り癖がついたのかしら、老いを自覚させられるのである。悄然と部屋に独居する老爺の態であろう。

2 狆《ちん》を膝に朝しばらくのもの思ひ老逸《ろういつ》らしくわれもなりぬる

狆を詠んだ歌。

「狆抱きて元旦詣でするることも去年《こぞ》よりわが家の習ひとなりぬ」（昭和三十五年「庚子新春」）
「そのむかしヴキクトリア女皇の愛したる狆の裔《すゑ》ぞとわれも愛する」（昭和三十五年「狆を愛す」）
「山田五十鈴《いすず》にもらひし狆を膝に載《の》せ新聞読むが朝のならはし」（同前）
「ペキニーズといへる種属《しゆぞく》の名もよしと爐辺《ろへん》に置きぬ高麗犬似狆《こまいぬにちん》」（同前）
「この狆やあたふたとして庭に降《お》り石に尿《いばり》す竹にいばりす」（同前）

「東洲斎写楽《とうしうさいしゃらく》描《か》きなばよからむとこの狆の顔と見かう見する」（同前）
「四方竹《しはうちく》の落葉のうへに尿して狆は去《い》にたりいづこともなく」（昭和三十五年「如意山下吟」）
「京に老ゆ山田五十鈴にもらひたる狆を愛してすでに三年か」（昭和三十五年「京に老ゆ」）
「京に老ゆ歌作るべく思へるは狆百首など猿百首など」（同前）
吉井勇が女優山田五十鈴から狆のポランという犬をもらったのは、一九五八（昭和三三）年八月のことだった。老いてますます寂寞を感じていた吉井は、この狆によってどれほど慰められたことだろう。

狆は体高約二五センチメートルの小形の犬で額が広く、眼と鼻が横一直線に並ぶ、くしゃくしゃとした滑稽な顔を持つ。体毛は黒と白または茶と白のぶちで、絹糸状の長毛でおおわれている。奈良時代中国から輸入され、江戸時代には盛んに飼育、井原西鶴の『男色大鑑』巻二の四「東の伽羅様」に「小脇《こわき》に。手飼《てがい》のちんをいだき。」という用例がある。近代では、夏目漱石の『吾輩は猫である』三に「吾輩より少し大きな狆が顔の中心に眼と口を引き集めた様な面をして付いて行く。」とある。

狆を膝に座らせ、朝新聞を読むのが習わしになっていたが、読み倦きるとしばらくぼんやりともの思いに沈む。ああ、自分も老逸らしくなったものだなあ、と我れながら感慨に耽けっているのである。

青柳[10]安誠によると、吉井が亡くなった一九六〇（昭和三五）年一一月一九日朝、青柳医師が病床に行くと、呼吸がけわしく、孝子夫人が「この苦しさに耐えると、後は楽になるから、もう一辛棒ですよ。」と言うと、「嘘つけ。」と一言。そして「滋は？」と東京から駆けつけた長男（一九二二〈大正一一〉年六月生）の手を握った。その後で、狆の消息を孝子夫人に尋ねたという。死に瀕してもなお、気がかりなほど、この狆は吉井の心に大きな位置を占めていたのである。

3　そのむかし馬楽《ばらく》の落語《らくご》聴きしことがわが一生にかくも関《かか》はる

馬楽を詠んだ歌。

「秋《あき》のかぜ馬楽《ばらく》ふたたび狂《くる》へりと云《い》ふ噂《うはさ》などつたへ来《く》るかな」（『昨日まで』「逃亡」）
「馬道《うまみち》の馬楽が家《いへ》へゆく路次《ろじ》に夕月《ゆふづき》さすとかなしきものか」（『昨日まで』「二芸人」）
「いやさらに寂《さび》しかるらむ馬道の馬楽の家の春《はる》も暮《く》るれば」（同前）
「ああ馬楽癲狂院《てんきやうゐん》にあるときのはなしもをかし汝《な》より聴《き》くとき」（同前）
「かかる日《ひ》のいづれきたらむ身《み》なるべし馬楽狂はば狂ふまにまに」（同前）
「世《よ》を棄《す》てて馬楽いしくもありけるよ憂《う》しと思《おも》ふは汝《なれ》ばかりかは」（同前）
「うつらうつら昔《むかし》馬楽の家ありしところまで来《き》ぬ秋《あき》の夜半《やはん》に」（『片恋』「片恋」）
「馬楽忌《ばらくき》も近《ちか》しと云ひてうつむきし小《こ》せんの目《め》より涙落《なみだお》つるも」（『片恋』「盲芸人」）
「うつむきし顔《かほ》も上《あ》げざり馬楽忌の手向《たむ》けの発句《ほく》のことや思へる」（同前）

「馬楽追憶
　馬楽よ。汝はなにゆゑにこの世を去れる。「道楽を人のほむるや春の風。」と書きし汝の奇矯なる筆のあとは、なほわが前にありといへども、ふたたび汝の飄逸なる風姿は、高座のうへに見ることを得ざるか。馬楽よ。汝はなにゆゑにこの世を去れる。

狂ほしき馬楽のこころやがてこのもの狂ほしきわがこころかな」（『毒うつぎ』）

「たまきはる命《いのち》ふたたびよみがへれ馬楽の命いとほしきかも」（同前）

「蛇《じゃ》の茂兵衛《もへゑ》と云へる男《をとこ》のものがたり馬楽はしたりその夜《よ》忘《わす》れず」（同前）

「馬楽はもひとり知《し》りけむうつし世《よ》に煩悩地獄《ぼんなうぢごく》ありと云《い》ふこと」（同前）

浅草《あさくさ》や観音堂《くわんおんだう》に月《つき》させど馬楽を見ざる三年《みとせ》なるかな」（同前）

「ありし世のありのことごと偲《しの》びつつ馬楽地蔵《ぢざう》に酒《さけ》たてまつる」（同前）

「三日月《みかづき》は黄楊《つげ》の櫛《くし》より細《ほそ》かりき馬楽を訪《と》ひし夜《よる》のおもひで」（同前）

「いたづらに酔うてある間に馬楽忌はまためぐり来ぬ寂しきかなや」（『夜の心』「馬楽忌」）

「左平次のものがたりなど聴きし夜もやうやく遠く馬楽忌は来ぬ」（同前）

「狂ほしき心となりぬ目閉づれば馬楽の姿目にうかび来る」（『夜の心』「寒檠荘雑詠」）

「そのむかし馬楽と見たる月に似し月はあれどもすさまじき夜や」（「夜の心」「業火余燼」）

「旅に出づいまも心に残りゐる馬楽の影《かげ》を道づれにして」（『故園』「羇旅三昧」「旅に出づ」）

「狂ほしき落語家《はなしか》ひとりありにけりものに狂へど酒飲みにけり」（『故園』「市井の友」）

「正月の十七日の馬楽忌の夕《ゆう》かたまけて降り出でし雪」（『故園』「馬楽忌」）

「夏は来ぬ飄然《へうぜん》として立ちあがる馬楽の姿目にも見えつつ」（『故園』「夏来る」）

「さん蝶《てふ》の怪談《くわいだん》ばなし聴《き》きながら馬楽地蔵のこと思《おも》ひ居《を》り」（『悪の華』「鳳尾のなげき」）

「蝶花楼《てふくわろう》馬楽の国《くに》となりにけり狂人《きやうじん》つどふ狂院《きやうゐん》の庭《には》」（『悪の華』「髑髏歎」）
「狂ほしく馬楽手を振りものを云ふ姿も見せぬ夜のまぼろし」（『鸚鵡杯』「薔薇と唇」「繊手魔手」）
「浅草にかの狂《きやう》馬楽住みしころ秋風いたく身に染《し》みしころ」（『鸚鵡杯』「薔薇と唇」「秋のこころ」）
「かなしみのために馬楽は狂ひけりわれもやがてはものに狂はむ」（『鸚鵡杯』「耽耽亭雑詠」「わが独語」）
「馬楽亡《な》し小せんも亡しと思ふとき師走の風も寒かりしかな」（『鸚鵡杯』「耽耽亭雑詠」「師走空」）
「馬道の馬楽の家にややまさる家に住まひて秋をむかへぬ」（『人間経』巻の一「その三」）
「忘れしにあらねまた見ぬ抽斗《ひきだし》の馬楽の写真《しやしん》古りにけらしも」（『寒行』「市井夜講」）
「友を思《も》へばいまもわが目にうかび来る狂馬楽はや盲小《まうこ》せんはや」（『流離抄』「懐旧」「久保田万太郎君に」）
「馬楽忌の駄線香《だせんかう》など思はせてこよひ寒かり炭のにほひも」（『残夢』「炭のにほひ」）
「狂馬楽盲小せんなど思ひ出でて夜酒さびしく酌むと知らずや」（『形影抄』「酒ほがひ」）
「忘れめや浅草の夜の路地《ろぢ》さむく馬楽と見たる月の細さを」（『形影抄』「市井余情」）
「蝶花楼馬楽のゐたるむかしより市井《しせい》ごのみは止むこともなし」（一九五三年「石」）
「落語家《はなしか》の馬楽の家の蚊いぶしの煙いまなほ目にしむごとし」（一九五四年「如是百首」）
「ふと出でて来しは馬楽の古写真きんか天窓《あたま》の寒げなるかな」（一九五四年「如是百首」）
「馬楽忌の酒のことなどおもひゐぬわが市井好《ず》き今もかはらず」（一九五六年「比叡颪」）
「われをかし馬楽の「ちきり伊勢屋」聴き運命論者となりしと思へば」（一九五九年「北海の友」）

吉井勇が蝶花楼馬楽を描いた短歌、戯曲、小説、随筆の多さを知れば、いかに深く思い入れていたか、悲しいくらい感じとることができる。生前の馬楽を詠んだ短歌は、一九一三（大正二）年六月刊行の『昨日まで』に収録された一二首ぐらいのもので、歿後の馬楽を回想した歌はおびただしく、数えることが困難なほどである。

吉井が繰り返し繰り返し詠んで倦きなかった奇矯飄逸な落語家馬楽とは、第三代蝶花楼馬楽（一八六四～一九一二）のことである。吉井の『句楽の話』（玄文社、一九一八年七月）にある「馬楽小伝」によると、

「蝶花楼馬楽、姓は本間、名は弥太郎、元治元年甲子四月十五日、芝口一丁目に生る。年少より奔放不羇、早く新場の小安の家に出入し、遂に落語家たらんと欲して柳枝の門に入りしは、彼が二十四歳の時にして春風亭千枝はその最初の芸名なりき。後蝶花楼馬楽と改め、又一時桂市兵衛と呼びし事あり。性狷介にして人と容れず、憤りて常に出でざりし事も幾度かなるや知るべからず。彼も一代の不平児にしてその狂せるや亦所以なきにあらざるなり。その晩年の句に曰く、『春の夜の昔の酒が匂ひけり』と。轗軻不遇、世に在る事四十九年にして、彼は遂に明治四十五年一月十七日癌を病みて歿せり。築地本願寺々中光明寺に葬る。」

とある。

一九一九（大正八）年一月発行の自歌自釈『草珊瑚』（東雲堂書店）には、「一〇　狂馬楽」という一章があり、『昨日まで』や『毒うつぎ』に収録された、馬楽を詠んだ自歌を自釈している。市井（浅

草富士横町）に住む風狂の芸人馬楽に対する執念のような愛惜と痛哭がしんしんと伝わってくる戯曲では、「狂芸人」を『三田文学』（一九一四年一月）に、「俳諧亭句楽の死」を『中央公論』（一九一四年四月）に、「無頼漢」を『中央公論』（一九一四年七月）に、「髑髏舞」を戯曲集『生霊』（日本評論社出版部、一九二一年四月）に、「句楽と小しん」を『週刊朝日』（一九二四年二月）に、「焉馬と句楽」を戯曲集『杯』（玄文社、一九二四年四月）に、「縛られた句楽」などを発表した。いずれも、俳諧亭句楽という名で蝶花楼馬楽を愛着と同情をもって描いている。なお、小しんは盲目の落語家柳家小せんであり、焉馬は金原亭馬生である。

小説では、一九一八年七月、玄文社から『句楽の話』を刊行した。これには「句楽の手紙」「師走空」「句楽の日記」「句楽忌」の句楽もの小説四編を収めている。そして一九四七（昭和二二）年三月には芸林閣から『蝶花楼物語』を上梓した。雑誌『苦楽』に連載したもので、『二六新報』に出た「馬楽色懺悔」を粉本にした実話小説である。内容は「はしがき」「句楽の仇討」「句楽の手紙」からなる。馬楽の歿後三五年もなるのに、市井の狂落語家《はなしか》蝶花楼馬楽に対する妄執のような愛惜は、偏執癖のように捉えて離さない。

随筆でも、『市井夜講』では「落語研究会」「台水檀那」「馬楽の句」「馬楽の詩」などに描かれている。『眈々亭劇談』の「二人のオリイフエル」に次のような文がある。

「この解説を読んで私が直ぐに思ひ出したのは、私がこれまでに屢々俳諧亭句楽と云ふ名前で、戯曲や小説に書いたことのある、故人蝶花楼馬楽であつた。この奇矯飄逸な落語家には、私は四五度会つただけであるが、しかし私がこの人の高座の話や、向ひ合ひの座談から受けた影響はかなり強く、それがために私の持つてゐた人生観はますます反抗的な、厭世の影の濃いものになつた。

「ちきり伊勢屋」にしても、「居残り佐平次」にしても彼の口から聴かされる時は、そこに一種不可思議な、哲学的魅力が生じて来てゐた。「蛇の茂兵衛」にしても、「華魁《おいらん》白玉」にしても、彼の唇に上される時には、それはもう市井《しせい》や遊里の人物ではなかつた。「午後三時」や「浅草観音堂」以来、メエテルリンクの感化を受けた、象徴的神秘劇の息苦しさに喘いでゐた私は、感激に胸を躍らせながら、新しい私の戯曲の窓を、市井劇に向つて開いて往つた。私が、「俳諧亭句楽の死」や「狂芸人」のやうな、落語家の生活を取扱った戯曲を書いたのは、それから間もなくのことであつた。

かうして私は所謂「句楽もの」と称する落語家の生活を主とした市井劇を、その後連続的に十数篇書いた。句楽のモデルである蝶花楼馬楽も、小しんのモデルである柳家小せんも、焉馬のモデルである金原亭馬生も、みんな相次いでこの世を去り、旦那《だんな》岡田のモデルである鈴木台水さんまでがその後を追つて逝いてしまつたが、しかし私の心の中ではこれ等の人物は、みんな死んではゐなかつた。」

これほど吉井勇の心に晩年まで五〇年間住みついて離れなかった二二歳年上の馬楽と、僅か四、五度しか会っていないとは、意外であった。吉井の人生観が変わるほど、強烈な印象を残した高座の馬楽が語った落語とは、「ちきり伊勢屋」だったのだろうか、「居残り佐平次」だったのだろうか。それとも得意の「長屋の花見」だったのだろうか。

一九四二年四月刊行の『雷』（天理時報社）「回顧篇」の「馬楽」には馬楽と狸との因縁話が述べられている。「回顧篇」の「華奢の果」にも、馬楽の思い出が語られて、感慨深い。四二年五月刊の『相聞居随筆』（甲鳥書林）には、「泥鰌の弁」で馬楽の八方やぶれについて述べている。『東京・京都・大阪』（中央公論社、一九五四年一二月）「東京」では「馬楽地蔵」「蝶花楼物語」「馬楽奇聞」などで、馬楽の奇行――仲間三人と寄席から帰りがけ、どじょうやで一杯やり、ほろ酔機嫌で細引で何か変わった趣向をやろうということになり、二人が刑事の役、人相の悪い馬楽と伯龍が泥棒の役となり、縛られたまま電車に乗り浅草の仲店を歩いていると、本物の巡査が来る騒動になった話などがある。

「馬楽忌」などの俳句もある。

　馬楽忌や祭るは本間弥太ッ平

かように吉井勇にとって、蝶花楼馬楽は短い生前の交流にも拘らず、強烈な印象を刻し、後の吉井の生涯と芸術とに深く関わってきた。市井の芸人たち、落語家柳家小せん、金原亭馬生や新内語りの柳家紫朝を愛した庶民性と無頼性とは、吉井文学の基盤をなす土壌である。

【注】

1　野田宇太郎「潜水艦のように」『混沌の季節―被占領下の記録―』（大東出版社、一九七一年五月二〇日）、後に『桐後亭日録』（ぺりかん社、一九七八年八月三一日）に再録された。

2　青柳安誠『忘れえぬ人々』（一九五三年一二月刊）「吉井勇先生逝く」

3　野田宇太郎「吉井勇の生涯と芸術」（『短歌』吉井勇追悼号、角川書店、一九六一年一二月号）

4　同前。

5　野田宇太郎「漂泊の人」（『吉井勇全集』月報1、番町書房、一九六三年一〇月）

6　大坪草二郎『愚庵の生涯とその歌』（葦真文社、一九七九年四月一五日）

7　成瀬正勝「テレビに出られた吉井先生」（『吉井勇全集』月報2、番町書房、一九六三年一一月）

8　吉井勇「吉井勇」（『私の履歴書』第八集、日本経済新聞社、一九五九年四月一〇日）

9　木俣修「解説」（『定本吉井勇全集』第三巻、番町書房、一九七八年一月五日）

10　注2と同じ。

（『福岡女学院短期大学紀要』第二七号（国語国文学英語英文学）一九九一年二月二八日）

第七章　広津和郎

⑮広津和郎「師崎行」

広津和郎
『葛西善蔵と広津和郎』谷崎精二、春秋社、1972年5月25日。

広津《ひろつ》和郎《かずお》　一八九一（明治二四）年一二月五日、東京市牛込区矢来町三番地に、硯友社の作家広津柳浪（本名直人《なおと》）の次男として出生。麻布中学を経て、早稲田大学文科予科から、英文科に進学。在学中に葛西善蔵、谷崎精二らと同人雑誌『奇蹟』を創刊（一九一二）、小説「夜」「握手」「疲れたる死」などを発表した。一九一三（大正二）年四月卒業。一四年四月より補充兵教育召集のため入営。二ヶ月世田谷衛戍病院で療養後除隊となる。毎夕新聞社に入社したが半年で退社した。一五年末、『洪水以後』編集部に入り、文芸時評を連載し、文芸評論家として認められる。一七年一〇月、『中央公論』に「神経病時代」を発表し、文壇への出世作となる。近代知識人が自意識過剰のため性格を分裂させ、主体性を喪失していく「性格破産者」の悲惨を客観的に描いたこの作品の系列には「転落する石」「二人の不幸者」「死児を抱いて」「横田の恋」「感情衰弱者」などがある。一方、愛のない女と不用意に結婚した男の煩悶を描いた私小説系列に「師崎行」「やもり」「波の上」などがある。一九一九年暮、苦悩し続けた結婚生活を清算したが、人生に光明を求められぬ焦躁に疲れ、創作意欲を失う。二三年関東大震災後、弛緩した心は大刺激に逢着して活動力を蘇生させ、二四年九月「散文芸術の位置」を発表して生田長江と論争した。昭和初年のプロレタリア文学の嵐の中で彼は、「風雨強かるべし」「青麦」を発表、同伴者作家としての姿勢を示した。昭和一〇年代のファッショ化に反撥し、人間性と自由を侵すものに抗議、現実を凝視、悲観も楽観もせぬ、忍耐強い散文精神を説いた。戦後はカミュの「異邦人」の評価をめぐって中村光夫と論争した。一九五三年より一〇年間にわたり、粘り強く「松川裁判」批判に全精力を傾注、予断を避け実証的に検討し、しかも作家的直観は全員無罪判決をもたらした。自然主義、白樺派から等距離を保ち、現実に密着しながら、永遠の理想を追求した。一九六八（昭和四三）年九月二一日死去。七六歳。

一

前夜の終列車[1]で東京を発つた時、空が一面に霽《は》れて澄み切つて、星がキラキラ瞬いてゐたので、私は雨具の用意をして来なかつたものだから、蒲郡《がまごほり》で汽車[2]を降りて、停車場の庇《ひさし》の下に佇《たたず》みながら、往来にはずんで白く見えるほどのどしや降りの雨を見た時、かなり面喰《めんくら》はずにゐられなかつた。おまけに私は草履《ざうり》を穿いてゐた。

停車場の直ぐ前に小さな宿屋があつた。私は爪先立つやうに、著物の裾をからげながら、その店に駈け込んだ。

汽車の中では私は眠れない癖があるので、兎に角その償ひに宿屋[3]で一二時間眠らうと思つた。私は床を敷いて貰つてその中に這入つたが、頭が妙に興奮して眠れなかつた。そこで、起き上つて、或雑誌[4]から頼まれてゐる論文の締切がもう明日《あす》に迫つてゐるので、ペンと原稿用紙とを籠から取り出して、それを書かうとして見た。が、それも書けなかつた。私は頭が益々イライラして来た。

そこに宿のおかみさんらしい、人の好ささうな中婆さんが梯子《はしご》を上つて来て、

「お客様、あんたは汽船《ふね》にお乗りですかね？」と訊いた。

（1）「やもり」（一九一九・一）では、「汽車は十一時発の下の関行を選ぶつもりであつた」。「波の上」（一九一九・四）でも「昨夜東京を十一時の最終列車で発つて来た」とある。師崎で療養していた父に逢うために、東海道線下りの終列車で東京を発ち、蒲郡に向かった。

（2）「蒲郡」は愛知県蒲郡市。三河木綿で名高い綿織物の産地。東海道線を蒲郡で下車し、蒲郡港より師崎経由鳥羽行の汽船に乗り換える。

（3）「波の上」一では「夜汽車の中で眠られなかつた頭を少し休めたいと思つて、僕は今その汽船発著場の側の小さな宿屋の二階に上つて、寝床など敷いて貰つたが、どうしたものか、頭がすつかり昂奮してしまつて、なかなか眠れない」とある。

（4）広津和郎の年譜・著作年表（『広津和郎全集』中央公論社）によれば、師崎にいる父に逢いにいった一九一六年八月ごろ執筆したと思われる論文は「芸術家時代と宗教家時代」（『トルストイ研究』一九一六・九）、

「ああ。さう思つてゐるんだが」

「此お天気ぢやどうですかね。今日は鳥羽《とば》(5)から来ないかも知れませんよ」

「そんなに沖は荒れてるかね？」

「ええ、この辺は入海《いりうみ》(6)ですから静かですが、伊勢湾(7)がひどからうと思ひますからね」とおかみは欄干《てすり》に来て立つて、沖の方を眺めながら云つた。「あの船は少し荒れてゐると直ぐ鳥羽に引つ返してしまふんですよ。おまけに今日は厄日(8)ですからね」

さう云はれて私はその日が二百二十日(9)に当つてゐた事を思ひ出した。私は自分も立上つて、おかみと並んで欄干にもたれながら、海の方を眺めて見ると、沖はぼうつと一面に乳白色に煙つてゐて、直ぐ海岸から近くにある島の形(10)さへも見えなかつた。

夏の間はこの地は避暑客(11)でかなり賑ふところだが、もう九月中旬なので、すつかり寂《さび》れてしまつたらしく、二階から見下ろした町の様は、雨のせゐもあるだらうが、心細い程哀れに見えた。私は此処に降り込められる事を想像すると堪らなく厭だつた。汽船《ふね》が出ない位なら、此処で汽車を降りないで、武豊《たけとよ》(12)まで乗つて行つて、そこから六里の山路を人力車で行けば好かつたと思つた。が、

「トルストイとチェホフ」(『新潮』一九一六・一〇)がある。
(5)「鳥羽」は三重県鳥羽市。伊勢湾口にある志摩第一の港町。蒲郡方面に汽船が出る。
(6)「入海」は陸地に入り込んだ海。入江。海湾。ここでは渥美湾のこと。
(7)伊勢(三重県)東海岸と知多半島(愛知県)西海岸に囲まれた湾。渥美湾と比較すると、外海といえる。
(8)農家や漁師などで天候による厄難が多いとされる日。二百十日・二百二十日・八朔《さく》の類。
(9)立春から数えて二百二十日目に当たる日。九月一一日ごろで、二百十日同様、このころは台風の襲来が多いので厄日として警戒される。
(10)蒲郡の海岸のすぐ南に竹島が浮かんでいる。さらに南、渥美湾内には、大島・小島・仏島が浮かんでいる。
(11)蒲郡市内には三谷《みや》・西浦・形原の温泉があり、海水浴は三谷・大島・鶴ヶ浜・形原が盛んである。
(12)東海道線を蒲郡よりさらに下

それもこの次の列車ではもう間に合はないのである。この次の列車では、武豊から師崎[13]に行く山路で日が暮れてしまふのである。

かう云ふ場合に、それならば仕方がないから、とゆつくり構へ込んでしまふ事が出来ないで、ついいらつかずにゐられないのが私の性分である。それに前夜来の睡眠不足が手伝つて、私は何だか無暗と腹立たしい不機嫌な気持に襲はれて来たので、飲めもしない酒を命じた。酒を飲んで、若し酔つて眠れたら眠つてしまはうと思つたのであつた。

私は杯に三杯立てつづけに飲んだが、もうそれで十分であつた。それでも、私は更に四杯目を鼻をつまんで、その匂ひを嗅がないやうにして飲んだ。そして再び寝床の中に這入つた。直きに身内がくわつとして、脈がはげしく搏《う》つて来た。それは私には快い気持でも何でもなかつた。却つて、重苦しい厭な気持であつた。

私は天井の節《ふし》や木目《もくめ》などを見ながら、ぼんやりと今度の旅の目的[14]を考へ始めた。

昨日の夕方になつて、私は急に一切を父[15]に打明けたい気持になつて来たのであつた。私はそれをもつと早く父に打明けるべきが当然だと始終思つてゐたが、併し若しそれが父の神経に障《さは》つたら

り、大府《おおぶ》から武豊線（知多半島を南下）に乗り換え、終点武豊（愛知県知多郡武豊町）で下車して、人力車で師崎まで山路を行く。

（13）「師崎」は愛知県知多郡南知多町。知多半島の南端の漁港。篠島《しのじま》を挟んで渥美半島と向かい合い、海上交通の要地。一九一五年八月ごろ、和郎は肺結核の父柳浪を師崎の海浜院に転地療養させた。

（14）師崎で肺結核の療養をしている父（事実でいうと広津柳浪）に、みつ子（事実では神山ふく）と関係ができたこと、進一（事実では賢樹）が生まれたこと、みつ子を愛することができず、別れるか、結婚するかで悩んでいることを打ち明けたくなったので、突然東京を発って師崎の父に会いに旅立ったのであった。

（15）硯友社の小説家だった広津柳浪（一八六一～一九二八）がモデル。自然主義文学隆盛と共に行き詰り、通俗小説に筆を染めたが失敗、一九一一（明治四四）年二月「迷」を最後に文壇活動を終息。一九一四

と思ふと、未だ昨年来病気の恢復し切らない父の心に、強い刺戟を与へてはいけないと云ふ気がしたのであつた。それに実際のところ、私自身の心が未だ決定してゐなかった。進一(16)が生れてから、もう八ヶ月以上も経つ。それだのに、私のみつ子(17)に対する態度は、依然として決定しなかつた。

八ヶ月の間、いや、もつと前からだ、進一がみつ子の腹に宿つたのを私が知つた時からを計算に入れれば、もう一ヶ年半にも達してゐる。その間、私の心は絶えずこの問題(18)の最良の解決法を探し求めてゐた。そして私の考は、唯二つの境の間を――別れるか、結婚するかと云ふ二つの解決の間を、唯いたづらに彷徨してゐるだけで、その何れにも達し得なかつた。

総《すべ》ての事を前以て深く考へずに、無反省の間に実行し、無反省の間に失敗して、それから後に始めて苦み出すといふ欠陥は、私の性格の底にかなり根強くひそんでゐた。私は物事に首を突つ込んでこだはる癖が子供の時からあつたが、それと同時に、或はその余りにこだはり過ぎる性質に対する一種の反撥作用として生じて来たものであるかも知れないが、物事をたかをくくらうとする癖があつた。その実結局はたかをくくり切れずに、却つて苦みを

六月肺結核を病み、同年九月、名古屋の長男の許で療養。一五年八月、師崎の海浜院で妻潔子と転地療養した。一九二八（昭和三）年一〇月一五日心臓麻痺で死去。

(16) モデルは和郎の長男賢樹《けんじゅ》。一九一五年一二月、神山ふくとの間に誕生。麻布中を経て、早稲田大史学科在学中、腎臓結核で、一九三九年九月二四日死亡。数え年二四歳（広津桃子『父広津和郎』毎日新聞社、一九七三・一）。

(17) 一九一五年一月から一九年一二月まで交渉のあった最初の妻だった神山ふくがモデル。ふくは和郎より二歳年上で下宿屋の娘。長男賢樹、長女桃子の母。「神経病時代」では「よし子」、「秋」、「兄」、「兄弟」では「お慶」として登場する。

(18) 「定吉の頭には此の子供が生まれた時分の事が浮かんで来た。彼はそれが何のために如何に苦しめられたか、いやその前から、よし子の妊娠を知つた時から、彼は彼女から如何に逃げようと思案したか」（「神経

増す種を生むやうになるのである。私は或新聞社⑲にゐた時には、その新聞の編輯と云ふ仕事を心から莫迦《ばか》にし切つてゐるつもりでゐた。実際つもりでゐたに過ぎなかつた。何故なら、ほんたうに莫迦にはし切れなかつたからである。実際私の現在の良心からも、又知識からも、私のゐた新聞のやり方の総ては、決して是認なし得るものではなかつた。私はそれを莫迦にすべきが、軽蔑すべきが当然であると思つてゐた。けれども、一度《ひとたび》それに携はつたとなると、私はそれを好い加減に片付けてしまふ事が出来ないで、不思議な責任感⑳を感じ始めた。私は社にゐる時は勿論、外を歩いてゐる時も、家に帰つてゐる時も、又寝床に入つてゐる時でさへも、絶えずその事を頭から離す事が出来なかつた。この苦しい責任感と自分の仕事の価値を是認出来ない心との間の不調和不自然が、私を憂欝に陥《おとしい》れた……

みつ子に対してもやはりそれと同じやうであつた。私のたかをくくらうとする性質は、此処でも亦、みつ子に対しても、自分に対してもたかをくくり初めた。私は自分がかなり低級ないやしい好奇心にみづからを委せようとするのを反省するために、心の中に一種の不調和が生じてゐたのを知つてゐながら、而もそれをた

病時代三）。「その頃私は、彼女と結婚したがほんたうだらうか、それとも別れたがほんたうだらうかと、毎日その事ばかりを思ひめぐらして、不決断の憂鬱な日を送つてゐた」（「やもり」二）。「進一が生まれてから、僕は長い間、妻と結婚しようかどうしようかと思案してゐた」（「波の上」二）。

（19）一九一四（大正三）年夏、父柳浪は毎夕新聞編集局長小野瀬不二人に頼んで和郎を毎夕新聞社に入社させた。和郎は父を心配させるのもどうかと思って、日本橋蠣殻町の同社社会部に通った。社会部長は田山花袋「蒲団」の女主人公の恋人のモデルである永代静雄であった。一五年二月、入社後約半年で退社（「年月のあしおと」四十三～四十五）。
新聞記者時代の体験を活かした小説に「神経病時代」の他、「哀れな人々」（『雄弁』一九二〇・一）、「一時期」（『中央公論』一九三五・二）がある。

（20）「責任」の問題は広津の生涯の最大のテーマであった。「自由

かくらうとしたのであつた。みつ子に関係すると同時に、たかくくられた私の心は、私に向つて復響《ふくしゅう》して来た。私は自分がみつ子に対してほんたうの愛を感じてゐたのではなかつたと云ふ事実に苦められ始めた。みつ子は直き私の心を覚つたらしかった。私はみつ子の眼の表情に、自分の心の姿の反映を見て、堪らない自責を感じた。私はみつ子に罪の許しを乞うて、別れて貰へるならば、別れて貰はなければならないと思つた。……それは昨年[21]の春であつた。私はみつ子と遠ざかる第一の手段として、間もなく旅[22]に出かけた。が、もうその時は遅かつった。彼女は懐妊[23]してゐた。

二

おかみが汽船が来た事を知らせに来た時。私はすつかり熟睡してゐた。眼を開くと同時に、汽笛の音が聞えたので、私は急いで飛び起きた。沖の乳白色は最前《さつき》より薄くなつてゐた。そしてその薄い靄の中に、沖の方から次第に此方《こつち》をさして近づいて来る汽船の形がぼんやり見えた。雨も大分小降りになつてゐた。が、風はかなりにあつた。靄が薄くなつたために、今まで見えなかつた白

と責任とについての考察」（『新潮』一九一七・七）で「人間は絶対に自由である。（略）この絶対自由を与えられてゐるからこそ、人間は責任を感じなければならないのである」と述べている。

〔参考〕「といふのは正月頃から宿の娘である年上の女との関係が始まつてゐたといふことであつた。もつとも愛情からさういふことになつたのなら、苛立ちはしなかつたであらうが、凡そ愛情といふものとは程遠い一種の衝動的なもので、激しい後悔が直ぐ後を追つかけて来たやうな関係であつた。これは深入りにならない中に、早くこの関係を断ち切り、自分の気持を立て直さなければならない、と思ふと、私はおちつきを失つて憂鬱に苛立つばかりであつた」（「年月のあしおと」四十七）。

(21) 一九一五年正月ごろから下宿屋の娘神山ふくとの交渉が生じ、二月に毎夕新聞社を退社した。

(22) 鈴木悦を主任とする植竹書院飜訳部に入り、春、ふくとの関係か

い波頭が海に盛んに立つてゐるのが見えた。

私は急いで昼食を認《したた》めて、俥《くるま》(24)で船著場《ふなつきば》に行つた。岸に近いところに錨を下してゐる汽船は、その船体がかなり烈しく上下に動いてゐた。そこから乗り込んだ客は、私の外には僅に四五人に過ぎなかつた。それがみんな巌丈(25)な男共で、その銅色《あかがねいろ》に光つてゐる皮膚が、海の生活に馴れ切つてゐる事を語つてゐた。女や子供はひとりもゐなかつた。はしけ(26)で運ばれてゐる時、客のひとりが、「今日らあたり船に乗らうてえのは、みんな船に強えと思つてゐる連中だな」と云つた。すると他の人達もそれに調子を合はせて、各々船に酔はない自慢をしてゐた。私は黙つてゐたが、併し私自身も船には酔はない自信をかなり持つてゐる方だつた。私は大きな汽船に乗つて、大海に長い航海をした経験はなかつたが、僅の距離の間ならば、かなりに烈しい暴風でも、平気で船に乗り込んだ経験をいくつか持つてゐた。私は周囲の人々がみんな酔つて嘔《もど》すやうな場合でも、未だ嘗て嘔した事がなかつた。二等室(27)は甲板にあつたが、そこを占領したのは私ひとりであつた。私は毛布を出して枕にして、早速そこに仰向けに寝ころんだ。沖に出るに従つて、船の動揺は益々加はつて来たが、併し予想した程にひどく

ら逃れるため、宇野浩二を誘って三保の松原に出かけ、伯梁亭や羽衣亭に約三ヶ月滞在して、トルストイの「戦争と平和」の翻訳を続けた。

(23) 一九一四年一二月、両親ともに物価の安い名古屋の兄俊夫の許に保養のため東京を去ったので、和郎は一人で麹町区（現、千代田区）永田町の永田館に下宿、一五年正月ごろから下宿の娘神山ふくと関係ができ、一二月に長男賢樹が生まれた。

(24) 人力車。当時の駅前では人力車が客待ちをしていた。

(25) 普通は「頑丈」が使われるが、古くは「岩乗」「巌畳」「強盛」「五調」などの文字が用いられた。堅固で丈夫なこと。

(26) 陸と停泊中の本船との間を往復して貨物または旅客などを運ぶ小舟。艀。

(27) 「三等室」は普通客室で、船底の方にあり、一般人が乗る。「二等室」はそれよりも上等で甲板にあり、運賃も三等の二倍程する。

はなかつた。実際風雨はもう鎮まりかけてゐるらしかつた。南から西へかけての空の端《はづ》れが、次第に明るみを帯びて来かけたのを、私は船室の硝子窓から見た。渥美半島(28)の低い山々の輪廓が、船の行手にあたつてだんだんはつきり見えて来た。私は船が上下するに従つて、その山々が頂だけ見えたり麓まで見えたりするのを、寝ながら見てゐた。そして相変らず、例の自分の不決断(29)と云ふ事について考へてゐた。

私のして来た事はみんなその時その時の間に合はせであつたと云ふやうな気がして来た。みつ子の分娩(30)が近づいた時、私は彼女を東京近在の或田舎家(31)に移させた。それは彼女の家が下宿屋なので、他の客達に勝手な噂をさせるのが厭だつたからである。それは十月であつた。私は本郷の友人(32)のところに寄宿してゐたが、その頃私は何の職業もなかつたし、これと云つて定まつた収入もなかつた。そこに悪い時には悪いもので、師崎《もろざき》に保養に行つてゐる両親の費用を私と一緒に分担することになつてゐた兄(33)が、突然N(34)——市の会社を辞めてしまつた。そこで師崎の方の負担が全部私の方にかかつて来た。それにみつ子の方に送る金を合すると、その頃の私としては、かなり苦しい重荷であつた。私は盛んに翻訳

(28) 愛知県東南部の半島。三河国。西の知多半島、西南の志摩半島と相対す。三河湾と遠州灘に挟まれている。半島中部田原町の蔵王山塊や越《おっ》戸《と》の大山（標高三二八米）などが見える。

(29) みつ子と別れるか、結婚するか、決めかねていること。

(30) みつ子（神山ふく）が進一（賢樹）を分娩したのは、一九一五年一二月。

(31)「年月のあしおと」五十には「増田に約束した通り、翌日私は彼女をたずねて行つた。そしてそこでは人目につくので、池上の方の農家の一室を借りて、そこでとにかくお産をさせるといふことに手筈をきめた。私は池上にもまた送金しなければならなくなつて来たのである」とある。

(32) 一九一五年夏、和郎は三ヶ月いた三保を引揚げ、永田町の下宿には戻らず、本郷（現、文京区）西片町に住んでいた宇野浩二の家に同居し、翌一六年三月まで生活を共にした。

(33) 和郎の実兄俊夫がモデル。和郎より二歳年上の一八八九年生。

をした。私には少しの余裕もなかつた。私は途方に暮れて往来を歩きながら、「金が欲しい！」とよく心の中で叫んだ。

　進一が生れたと云ふ電報を受け取つた時、私は盲腸に故障があつて、発熱して寝てゐた。私はその旨を手紙でみつ子のところに云ひ送つた。そしてそれから五日ほどして、やつと起きられたので、自分の子供を見に行つた。

　それは十二月の末であつた。私は貧乏の極に達してゐた。師崎の方とみつ子とに不足ながら金を送つた後には、私の手許には殆んど一銭の金もなかつた。私は本箱を探したが、もう目ぼしいものは一冊もなかつた。で、私は自分が今まで最も愛読してゐたので、それだけは手放すまいと思つてゐたチェエホフ(35)の英訳短篇集二冊を、ふところに入れて外に出た。私はそれを僅の金に換へて、そしてみつ子を預けてある家にのみやげを買つて、そして東京駅から電車に乗つた。

　みつ子は未だ産褥《さんじょく》を離れずにゐた。彼女の側には小さな存在が眼をねむつて(36)、スヤスヤ寝てゐた。

「まあ、御覧なさい。厭な子ね。まるで猿見たやうでせう」みつ子はさう云ひながら、身体を少し動かして、赤子の顔を私に示し

早稲田中学を経て、一九一二年早稲田大学政治経済科卒業。一九四七年五月死去。「年月のあしおと」五十、「秋」、「兄」、「兄弟」。「父と子」、「兄を捜す」（『改造』一九二三・八）に描かれている。

（34）「N——市」は名古屋のこと。和郎の兄俊夫はある保険会社名古屋支店に勤めていたが、会社の金を使い込み、父柳浪は義弟から借金して弁償した（「年月のあしおと」五十）。

〔参考〕「彼女が池上の農家で男児を分娩したのは、十二月の末で、一月の末には彼女は赤児をつれて、実家に戻つて来た。

　私は分娩の知らせを受取つた時には、一度池上まで出かけて行つたが、彼女が実家に戻つてからは、たずねて行つたことがなかつた。この事態をどう処理すべきかといふことについて、心がきまらなかつたからである」（「年月のあしおと」五十三）。

（35）和郎は一九一〇年五月、チェーホフ「二つの悲劇」（翻訳）を『文芸倶楽部』に掲載したのを初めとし

ながら云つた。が、その様子にはもう母親らしい愛情が溢れてゐるのを私は見た。

私にはその時は未だその赤子が可愛いか可愛くないか自分でも解らなかつた。私はある驚異にぶつかつてあきれてゐる自分の心と、そしてそれを更に一方から静かに観察しようとしてゐる自分の心とを感じた。その二つの心の間の距離の不調和が、私には苦しかつた。「これが俺の子か」と私は自分に云つて見た。私は堪らない浅猿《あさま》しさ[37]を感じて来た。(私は此浅猿しさについて、後になつて考へて見た事があつたが、これはやはり私のみつ子に対する愛がほんたうのものではなかつたところから、生じたものに違ひない。私のみつ子に対する愛がもつと自然で、そしてほんたうだつたら、私は喜びを感じなければならない筈だ――それを思ふ度に、私は今でも進一に対して、取返しのつかない罪を犯してゐるやうな気がする。)

併しそれと同時に、私はみつ子の位置の不幸さに対して、心からの哀れみを感じた。みつ子は尠《すくな》くとも、彼女が赤子に対して感じてゐる愛の同等なわけまへを、私がやはり赤子に対して素直に感じてゐるものと予期してゐるに違ひない。――ところが、私は

て、早大の卒業論文「消極的虚無主義から積極的絶望主義へ」と題してチェーホフを論じている。一九一六年五月にはチェーホフ『接吻外八篇』(翻訳)を金尾文淵堂から出版した。その英訳の原典であろう。

(36)「眼をねむる」とは眼をつぶるの意。二八六頁・二九三頁や「波の上」二にも出てくる。夏目漱石「三四郎」にも、「三四郎は眼を眠った」(一)、「枕元へ置いた儘眼を眠って」(四)とある。

(37)「浅猿《アサマシ》」と表記するのは、『下《か》学集《がくしゅう》』(一四四四年)巻下言辞門第十七に出ている。「浅猿くふるく成たる寺あり」(『古今著聞集』七―二九二)、「末代の浅猿さ」(栂尾明恵上人遺訓)などの用例がある。意外なことに驚いたり、あきれたりする意が原義、ここでは情ない、嘆かわしい、見苦しい、みじめであるの意。

(38)この「冷たさ」は前頁にある「一方から静かに観察しようとしてゐる自分の心」。問題の渦中にありながら、自分自身を第三者のように冷静

さう予期してゐる彼女の前にゐて、自分でもどうとも支配する事の出来ない一種不可思議な冷たさ[38]を心に持つてゐるのだ。——私はやる瀬ない苦しさを感じた。そして一つは沈黙が苦しかつたから、一つはみつ子に対する気の毒さから、眠つてゐる赤子の顔に、そつと自分の唇をつけた。赤子特有のあの匂ひが私の鼻を打つた。

「肉親だ」と私の心を責めるやうに私の他の心が云つた。

「お前は随分心細いだらう？」私は赤子の顔から唇を離して、みつ子の顔を見た。

「いいえ」と彼女は云つた。が、それ以上何とも云はなかつた。それきり私も云ふ事がないので、何も云はずにそのまま彼女の顔に置いた視線を何処へも移さないでゐた。私は彼女の顔に淋しい微笑[39]が浮んでゐたのを見た。するとその微笑が少しずつ変つて来た。そして顔の表情が固くなつた。やがて彼女の眼が瞬いた。「ああ、泣くんだな[40]」と私は思つた。と、眼よりも先に彼女の鼻の頭が薄赤くなつて来た。そして彼女は紙を出して、洟《はな》をかむために下を向いたが、そのまま顔を上げなかつた。彼女は啜り泣き初めた。

「僕が悪いんだ。お前が悪いんぢやない。僕が悪いんだよ」と云ふ言葉が私の口から迸《ほとばし》り出た。「お前は安心しておいで、身体に

に客観的に分析、観察している自分の心。

(39)「私」が赤子の顔に唇をつけ、「お前はずいぶん心細いだらう？」とやさしい言葉をかけてくれたことに対して喜びを感じたので、微笑が浮かんだが、しかし、それはほんとうの愛ではないことを知っているから、淋しげであり、やがて微笑が消えていく。

(40) みつ子に対して「哀れみ」と「気の毒さ」は感ずるが、「愛」まで高めることができない。だから「ああ、泣くんだな」と冷たい心で観察することができる。

(41) 赤子を生んで五日しか経たないのに「母親らしい愛情」を持つ母性本能。

さはるといけないから」

「あたしは決して無理な事は申しません。あたしは唯坊[41]とだけ離れないで済むやうにして下されば、それ以上は何も云ひません」

とみつ子はしやくり上げた。

　その時のことは、その場で感じたよりも、私がそこ[42]から帰りがけに、新橋[43]で電車を降りて、銀座通を歩いてゐる時に、一層強く私を襲つて来た。銀座通の両側は、暮の売出しで賑はつてゐた。私は人が押し合ひへし合ひしながら歩いてゐるペエヴメント[44]の上を歩いてゐると、急に「男が悪いんだ男が悪いんだ！」と云ふ気がして来た。「女には罪がないんだ！」私は眼に涙が浮んで来た。私は自分は彼女と結婚[45]するのが当然だと思つた。が、私の今一つの心[46]がそれに直ぐには賛成しなかつた。その心は私に「もつとよく考えて見ろ」と云ふ事を勧めた。彼女と結婚して後、彼女を愛さうとする私の努力が効を奏しなかつた時、今よりも一層悲惨な状態に私達が陥らなければならない事を囁いた……

　その頃は私の頭は何処を歩いてゐても、何をしてゐても、その問題で一ぱいだつた。私は人がひと度《たび》犯した罪[47]はいつになつたら消えるのか、如何にしたら消えるのかといふ事を、いろいろ考へ

(42)「そこ」はみつ子が分娩のために借りている池上（東京府荏原《えばら》郡池上村。現、大田区池上）の農家。最寄の駅は大森駅だろう。
(43) 一九一四年一二月二〇日、東京駅（東京中央停車場）が開業し東海道本線の起点となった。従来の烏森駅が新しい新橋駅となり、従来、東京の表玄関だった新橋停車場は今の汐留貨物駅になった。
(44) pavement（英）舗装道路。歩道。
(45) 道義的に考えると、当然結婚しなければならないことは、理論上観念として理解できる。
(46) どう努力しても、みつ子をほんとうに愛することができないという自己忠誠の心情。それは決して単なる利己的な打算ではなく、「心の弱いイゴイスト」（「波の上」）の心であり、「浮気者の人情家」（「やもり」「小さい自転車」）の心である。
(47)「私」の場合、みつ子と愛のない性交渉をもってしまったこと。

て見た。そして辿りつく処は、私の場合にあつては、やはりみつ子と結婚しなければならないと云ふ一点に在つた。――その癖私は、その解決に対して面をそむける事ばかり理由を探してゐた。私は彼女が私のしようとしてゐる仕事に対して、何の理解も同感も持つてゐない事を考へた。彼女が美人でない事を考へた。そして彼女が我儘で、柔順でなくて、ややもするとその母に対してさへも楯つく事を考へた。……だが、さういふ理由を幾らかぞへ立てても、それで以て私が彼女と結婚しないでいいとは、どうしても、私の心の或ものが承認しなかつた……

併し、私は一方では又かうも考へた。私が若し自分に対する責任感(48)ばかりで、彼女と結婚したとする。私は今後どう云ふ気持で生活したらいいか？――私は唯憐む気持(49)のみで彼女を包んで、そして私の心の静かな生活を乱さずに行けるだらうか？　若しさうする事が出来れば、それが最良の方法に違ひない。けれども、私に現在の自分の気持が、よくそれを成し遂げ得ると云ふ自信を持つ事は出来なかつた。私の気持は屹度いらいらするに違ひなかつた。若しいらいらすれば、私が自分の気持を支配する事が出来ないでしまへば、さうすれば、私は現在以上に、尚一層彼女を不幸

(48)「責任感」。「犯した罪」に対して倫理的に自己に引き受けなければならない義務。

(49)「哀れみ」「気の毒さ」と同じ次元のもの。「愛」とは区別された同情である。みつ子に「憐む気持」をもつことはできるが、「愛」まで高めることができないので、苦しいのである。「憐むと云ふ事が直ちに愛になつたら……」(「やもり」二)、「同情が直ちに愛になつたら、どんなに好いだらう」(「波の上」二)とあるように、みつ子を愛することを望んでいるのである。

にしなければならない。そして私自身をも尚一層不幸にしなければならない。そしてそれはやがて、進一の将来に対しても絶えず暗い影を　投げずには置くまい。

「小さな犠牲(50)は止むを得ない」さう云ふやうな考が私の心にややもすると頭を持ち上げかかつたのはその頃であつた。私の一人の友が、或産婆のところに相談に行つて、子供がないので男の子を欲しがつてゐる或良家のあるのを聞いて来て、それを私に話した。

「僕は無理には勧めない。併し現在の君は、或は或ことには眼をねむつて通り過ぎてしまはなければならないのぢやないだらうか。君は負担が余りに多過ぎるよ。君の両親(51)だけで今の君には十分なんだ。君が総てを全部背負ひ込まうとするのは、却つて君の頭を破滅に導くことになりはすまいかと、僕はそれを心配するね」友はこんな事を云つた。

　私はその友の厚意を感謝した。が、私はその友の忠告には従はなかつた。

「いや、君が厭なら強ひてとは云はない。併しよく考へて見たまへ。その産婆のところは四谷××町だよ。若し君にさういふ決心がついたら自身でそこに行つて見たまへ」そしてそれきり彼は

(50) ある産婆の仲介で子供をある良家にやること。進一がいなくなれば、みつ子との関係も自然と解消するだろうと考えられる。

(51) 師崎で保養している父母への仕送り。入院した当初（一九一五年夏）は兄と二人で費用を分担する約束だったが、兄が保険会社の使い込みをして辞職してからは、和郎が全額費用を負担した。

もう何とも云はなかつた。

二月末の寒い晩だつた。私はみつ子の母から、「是非お話したい事(52)があるから来て呉れ」と云ふ手紙を受け取つたので、その家を訪ねて行つた。話はみつ子をどう処分して呉れるかと云ふ例の問題であつた。

「あなたの態度が曖昧《あいまい》なので、どうも不安でならないんですよ」

母はかうキメつけるやうなキリ口上で云つた。「お厭なら強ひてあの娘を貰つて頂かうとは思ひません。赤ん坊を他所《よそ》にやるなり何なりとして、早く片をつけようぢやありませんか」

「もう少し待つて下さい。僕は最も好いやうに解決しようと思つてゐるんですから」

「あなたのもう少しは何時の事やら解らないぢやありませんか」

母はかう詰《なじ》るやうな調子で云つた。私は少しむつとした。母の遠まはしに、又は直接に吐き出す私に対する不信用の言葉は、私には堪らない世俗的な臭ひ(53)に充ち満ちてゐるので、私はたうとう返事もしなかつた。そして直ぐにそこを出たが、腹が立つて腹が立つて堪らなかつた。私は空《から》つ風(54)が吹いてゐる暗い往来を歩きながら、「一層の事、ぶちこはしてしまはうか」と思つた。私は母と

(52)「年月のあしおと」五十三によると、一九一六年二月ごろ、『洪水以後』の事務所の玄関口を夕方帰ろうとして出て来ると、ねんねこ半纏に赤児をおぶった神山ふく（みつ子）と彼女の母親とが近づいて、「いかに人情のない父親でも、わが子の顔を見れば、ちっとは親心がつくかと思って、こうして娘と赤ん坊をつれて来ましたよ」と母親は嫌がらせを言った。「兎に角、僕は無責任なことはしないつもりですから、もう少し待って下さい」「もう少し待てと云っても、そうそうは待たれませんよ。父親のない子供を抱いているこの娘の立場にもなって下さい」「それはよく解っています」そこでその場はなだめて帰ってもらったことがある。

(53) 赤児を余所にやったり、手切金で男女の関係に決着をつけることは、「私」の最も忌避している卑怯な解決方法で、「堪らない世俗的な臭ひ」がした。

(54) みつ子の母と喧嘩して、縁切

喧嘩してぶちこはしてしまへば、案外簡単にこの事件にケリがつくのを知つてゐた。そしてそれは私に取つて好い口実とする事も出来るのであつた。私は或友が私のために手切金(55)を貸してやると態々《わざわざ》云ひに来た事を思ひ出した。私はそれを借りて、母の前に並べてやらうかとも思つた。……そしてその上に、「世間にはよくある事で」と云ふあの私の嫌ひな言葉(56)を眼をつぶつて利用しさへすれば、誰も私を非難しはしないのだ。みつ子にしても、私が今の自分の力で出来るだけの事をしたと云ふ事を云ひ聞かせて、納得させようとすれば、納得させられない事はないのだ。私は昂奮してそんな事を思つた。「いつその事、いつその事……」と私は幾たびか呟いた。

　が、私は少し冷静になると、手切金と云ふやうなもので片のついて行く此世の中の出鱈目《でたらめ》(57)な制度に、今更のやうな驚きを覚え出した。私はそれを利用しようとすれば、直ぐにも利用出来ると云ふ事が、恐ろしくなつて来た。みつ子やみつ子の母を世間の前例によつて瞞著《まんちやく》(58)しようとすれば、私は瞞著出来るのだ。私はさういふ立場にゐる自分の位置を考へると、丁度深淵(59)の直ぐ前に立つてゐる自分を見出しでもしたやうに、急に自分に対して警戒を要

りの最後通告を突きつければ、きれいさっぱり別れることができる。何がしかの手切金を与えれば、母も文句を言うまいという計算である。

(55) これまで続いた男女の愛情関係を終結させる際、与える金。離縁を希望する方が支払うが、大抵、男が女に支払う。

(56)「私」の潔癖感が表れている。世間では手切金で解決する安易な妥協が当然のごとく横行しているが、生理的に反撥している。

(57) 卑怯なことはしたくない、自分のしたことは飽くまで自分で処理したいという自己忠実の性格が、手切金で決着をつける方法を嫌悪させる。しかし、余りの憂鬱、焦燥のため、そこから脱出すべく、いっそのこと手切金を利用してケリをつけようかという誘惑を感じ、愕然となるのである。

(58) あざむくこと。ごまかすこと。人の目をくらますこと。

(59) 水がよどんで深い所。ここでは、世間で安易に利用されている手切金

求する恐怖に捉へられた。「ほんとにあぶない、うつかりすると」こんな風に私はぞつとしながら自分の心を見まもつた。

　私はその話を友にした。

「併し」と友は云つた。「或はやはり眼を瞑《つぶ》つて利用するのが、今の君にはいいのぢやないだらうか？」

「けれども、ほんたうに僕等に忘却が出来れば……」私はさう答へた。

　私は自分の長い一生の中に、たとひ一時はそれを忘却する事が出来たとしても、屹度《きつと》後になつて、それが私の心を突つつく[60]ために再び戻つて来る瞬間のある事を信じないではゐられなかつた。その点で私は人間の心を割合に信用する方だつた。私には全然の忘却の裡に、総ての過去の罪をわけもなく葬つてしまふ事が出来るものであるとは、どうしても思へなかつた。若しそれが出来るとすれば、それは便利な事に違ひはないが、併しそれは又堪らない浅猿しさだつた。――若し私にさうした性質があるとしたならば、私は尚更それを利用する事によつて、この事件にケリをつける事は、断じて避けなければならないと思つた。

　かうした私の思案のどうどうめぐり[61]は何時まで経《た》つても果てし

による危険な解決。

(60) 良心の呵責に苦しむこと。自分の健全な良心に多大の信頼を持っている。

(61) 「いつまで立っても、なかなかをさまりのつかない人間」（「波の上」二）の一面である。

(62) 神山ふく（みつ子）の実家は下宿屋で、麴町永田町の永田館。一九一六年四月二一日、和郎は召集解除になり、兄俊夫が和郎の着物や書物を持ち逃げしていたので、西片町の宇野浩二の家には帰れず、永田町の下宿に住むことになった。和郎はもう一度彼女を愛する努力をして

がなかつた。

五月の初めには、私は彼女の家[62]の一室を借りてそこに移つた。私は彼女に対する愛を自分の心に湧き起させるための努力[63]をするつもりだつた。田舎に行つてゐた彼女も子供を連れてその実家に戻つて来た。私の子供に対する愛[64]は間もなく湧いた。私は進一に対する父親の本能が私の心に次第に目覚めかけて来るのを、喜びを以て意識した。そしてそれは又私の心の負担を大変軽くして呉れた。

けれども、みつ子に対しては、私の心は相変らず動かなかつた。私はそのために益々彼女を気の毒に思つた。そして又そのために自分のして来た事の罪を一層強く意識しないではゐられなかつた。

「併し、兎に角行《や》れるところまでは行《や》れ。意志の力を以て、行れるだけ行れ」こんな風に、自分の動かない心に向つて私は叫びかけた。

だが、この努力は、又大変不自然なものであるやうに考へられる事も折々はあつた。愛さうとする事を意志で強ひれば強ひる程、それは却つて、その反対の結果を生むやうになるものだ、と云ふやうにも考へられた。私はみつ子を側《そば》に見る事が堪らなく苦痛だ

みようと思った（「年月のあしおと」五十四、五十五）。

(63)「そこで私は今は彼女から逃げることばかりを考へずに、うまく行くかどうか、彼女との生活をきづき上げるやうに努力して見ようといふ気になつた。さうするより仕方がないところまで追ひつめられてしまつたのである」（「年月のあしおと」五十五）とある。

(64) 子供に対する父性愛の目覚めについて、「やもり」一で、「その頃──丁度彼女と私との間に生まれた進一が七月《なつき》の投げ坐りをし始めた頃の事であつた。子供に対する父親の本能が、進一が日に月に成長して行くのを見るにつけ、次第々々に強く私の心に目覚めて来た。けれども、それは純粋な愛──明るい喜びの愛とは云へなかつた。自分の心が進一に傾いて行く事は、やがて彼の母親から遠ざかる道を益々ふさがれて行く事に外ならなかつた。それを思ふと、私は喜びを感ずるよりも、暗いとらはれの憂鬱の中に、投げ込まれ

つた。そして私はいらいらした。私は自分のさうした気持が、彼女の心に反応して、そしてその反応が彼女の表情や態度に屢々《しばしば》現れて来るのを認めないではゐられなかつた。さう云ふ場合、彼女は唯柔順ばかりを守つてゐる女ではなかつた。

「あなたは薄情よ」(65) こんな風な事を彼女は云つた。

「ああ、さう云ふ厭な言葉は使はないで呉れ」私はさうした言葉の響の含んでゐる感じに対して、爆発するやうな反抗心を感じた。「俺が薄情であるかないかは今に解る。俺が薄情なら、俺はこんなに苦みはしない」

「あなたは御自分のお父さん(66)だけには、ほんとによくなさるけれど、あたしの事なんか心から心配して下されやしないんですよ。あたしよく知ってゐますよ。あたしがあなたのお部屋に這入つて来ると、あなたの顔付は直ぐ変つて来るのよ、眉を寄せて、恐《こわ》い顔をなすつて……」

「黙つて呉れ、黙つてゐて呉れ……」

「いえ、黙りません」

「何故黙らないんだ、他《ほか》の部屋の客の耳に聞えるぢやないか」

「聞えたつて構ひません」

て行く自分を感じないではいられなかった」と描いている。

(65)「私」はみつ子を愛することはできないかも知れないが、卑怯な無責任なことだけはしないつもりでいる。不誠実なことができない彼は「浮気者の人情家」(「やもり」「小さい自転車」)と自嘲している。それなのに、「薄情」と言われて反抗心を感ずる。

(66) 和郎の父に対する愛情、信頼は特別なものがある。和郎が「お父さん子」になったのは、数え年八歳で生母寿美を亡くし、父に養育されたこと、放縦な兄俊夫の不始末に苦労する父を不憫に感じたこと、自然主義文学勃興後、筆を断って文壇と縁を切り、交際せず家に閉じ込もってしまった父に同情したことなどが挙げられる。「父柳浪が事ども」(一九二〇・五)、(一九一八・一)、「父と子」(一九二〇・五)、「父柳浪について」(一九二九・三)、「父の死」(一九三〇・五)、「父柳浪のこと」(一九四二・五)、「父の書斎」(一九五一・三)、「柳浪の神経質」(一九五四・七)、「葛西善蔵と広津柳浪」

私は立上つて、そしてこの浅猿《あさま》しい光景に、更に浅猿しさをつけ加へねばならないやうな乱暴な言葉が、口から出かかるのを制《おさ》へるために、部屋の中を歩きまはつた。

「気を鎮《しず》めなければならない。気を鎮めなければならない」と腹の中で呟いた。

「あたしがうちの阿母《おかあ》さんに対してどんなに気不味《きまづ》い思ひをしてゐるか、あなたには一寸もお解りにならないんですよ」みつ子は片意地にそこに坐り込んで、そして言葉をつづけた。「Y——の兄さんからも、K——の姉さんからも、一日も早くみつ子の事を何方《どっち》かに片付けなければ、世間に対しても済まないからつて、それや始終云つて来るんぢやありませんか。その都度《たんび》にお前がだらしがないから、こんなにいつまで経つても中途半端になつてゐるんだつて、阿母さんに叱られるんですよ」

「Y——の兄さんも、K——の姉さんもみんな莫迦《ばか》だ。お前の阿母さんも莫迦だ。世間が何だ。莫迦！」私はたうとうかう怒鳴つてしまつた。「貴様たちはみんな簡単な考で動けるからそんな事を云つてゐるんだ。もう黙れ！」

「あなたのやうに解らない人はありやしない！」


（一九五八・二）、「久留米は祖先の地」「初めて祖先を知る」（一九六四・一～二）がある。

〔参考〕「何かにぶつかると、よく『父だけだ』と子供の時から思つた事があつた。父の側に行けば、此苦しみを父が分担して呉れるだけでも、此現在の焦燥は癒やされるに違ひない」（「やもり」四）。「父は何も彼も理解して呉れる。何も彼もそして、僕の苦しみも喜びも、そのまゝに分担して呉れる」（「波の上」一）。

〔参考〕「彼女は私よりも二歳年上であつたが、てなし児を抱へてぶらぶらしてゐる事は、近所に対する体裁の悪い子と、親や親戚より『お前がだらしないからだ』と罵られる事などを云つて来る。……（中略）……

　併し私に取つて苦手なのは、お慶よりもその母親であつた。それは小柄で、終始ひつつめた髪にし、入歯で少し上唇のたるんだ口をきゆつと結び、『自分の眼の黒い中は、お前さん方に莫迦にされて堪るものか』

「それぢや、解らしてやらうか！」私は昂奮して叫んだ。「えいツ、もう面倒だ。そんなに何方《どつち》かに片付けたけれやいつでも片付けてやる。その方が俺に取つても至極簡単なんだ」そして私は又「いつその事、(67)いつその事！」と心がうづき出すのを感じたので、眼をねむつて、腹に力を入れて、その気持を押へつけた。が、私はそれが到底押へられさうもなくなつて来たので、

「もう俺を怒らせるのは好い加減に止めろ。俺をほんとに怒らせてしまふと、貴様のためにはならないんだぞ。俺をほんとに怒らせてしまへば、もう物事は簡単に解決(68)されてしまふんだぞ！」

　さう云つて、そしてみつ子が何か云ふ前に、壁から鳥打帽子を取つて、廊下に出てしまつた。その下宿の直ぐ側にS(69)――神社の境内があつた。私はステッキを持つて、その神社の森に出かけて行つた。夏の夕方だつた。そよ風が冷く私の昂奮した頬を撫でた。私はステッキで木の幹を力委《ちからまか》せに二つ叩いた。私は「酒屋」(70)のおその(71)のやうな女を心に描いた。そしてみつ子がおそののやうだつたら、などと考へた。

　ベンチに腰かけて、遠く下の方に光つてゐる初夏の夜の町の灯を見下してゐると、私の頭は少しづつ鎮まつて来た。「結局自分

と云つた眼附でじろりと人を見る老婆であつた」（「兄」二）。「お慶」は神山ふくをモデルにしている。「師崎行」の「みつ子」に相当する。

(67)「いつその事、何もかもぶち壊して別れてやる」と言い切ってしまいたいところだが、「責任」の重みで「逃げ出さうといふ事など出来ない人」（「やもり」四）で終わってしまう。「浮気者のの人情家」たる由縁である。

(68)「責任」を捨て、手切金を払って別れてしまえば、「物事は簡単に解決する」が、そんな卑怯なことができないからこそ、苦しんでいるのである。

(69)永田町二丁目の日枝《ひえ》神社か。古書に「永田の山王《さんのう》」（吉田東伍『大日本地名辞書』第六巻）と称したので、「S」と名づけたか。もし「S」にこだわらなければ、「兄」三に出てくる「赤坂の氷川神社」かも知れない。

(70)竹本三郎兵衛、豊竹応律、八《やつ》民《たみ》半七作、「艶容女舞衣《はですがたおんなまいぎぬ》」（一七七二〈安

が不明なんだ」と云ふやうな心持が、次第に込み上げて来た。そして私は堪らない羞恥を感じて、苦い涙が頬を伝はつて来た。

私は人間と云ふものが、。昔からこんな事を始終やつては、自分で自分を縛る綱を拵《こしら》へて行くのを考へた。それがいつの世にも繰返されて行くのだ。私たちの祖先がやり、私たちがやり、そしてそれでもこりずに、又私達の子孫が同じ事を繰返して行くであらう事を考へた。私は人間の持つてゐるこの救ひ難い無智に対して、どうともすることの出来ないやうな悲しい憂鬱を感じた。そ——私はアルツィバアシェフ(72)の「妻」(73)の主人公を思ひ出した。その主人公が、妻に向つて残虐を働いた後、夜になつて、星が瞬《またた》き初めると、何か自分以上の大きなものが此世界に存在してゐる事を感じて、謙遜な気持になつた時、直ぐ又その気持に反抗して、「併し自分は生れながらにこんな残酷な男ではなかつたんだ。自分は正直者だつたのだ。自分がこんな風に残酷になつたのは自分の罪ではないんだ。その大きな自分以上の存在が自分をこんな風にしてしまつんだ……」と思つて、その大なる存在を呪《のろ》ひ初める気持を思ひ出した。私にはさうなつて行つた気持が解るやうな気がした。それも一つの道だ、私はこんな風に思つた。私は長い間その

永元〉年大阪豊竹座初演。全三巻六段）の下の巻「上塩町の段」を普通「酒屋の段」という。

（71）お園。宗岸の娘で、茜屋半七の妻。嫁入りして三年、女房とは名ばかり、絶えず夫のことを思う貞節な妻。二十歳。夫半七と三勝との仲を怒って父から連れ戻されたが、後悔した父に連れられて、茜屋に復縁を頼みに行き、「今ごろは半七つぁん、どこでどうしてござろうぞ」と夫を慕い嘆く場面は有名。

（72）Mikhail Petrovich Artsybashev（1878～1927）ロシアの小説家、戯曲家。ニーチェ的な個人主義的立場から個人の束縛、恋愛、性愛の解放を主張した。革命後、テロリズムに絶望し、厭世的なデカダンス文学へ傾いた。広津和郎は早大の卒業論文「消極的虚無主義から積極的絶望主義へ」と題し、チェーホフからアルツィバーシェフに至るニヒリズムの推移を扱った。「アルツィバアシェフ論」（『早稲田文学』一九一七・六）。〈前記二作を合わせて、「生の論理・死

ことを考へた。が、結局、私はそこまで行つてから、その大なる存在を呪つて、自分の責任をその存在に移してしまふことによつて、かうした問題を解決してしまふ事には、賛成が出来ないやうな気がした。「蒔いた種は自分で[74]」やつぱりさう思はずにはゐられなかつた。

　かうして私のみつ子を愛さうとする努力は又も繰返され初めた。そして、私の不決断は尚も引きつづいた。……

　汽笛が鳴つた。汽船《ふね》は渥美半島の或小さな町[75]の沖に泊つた。そこでは下りる客も乗る客も一人もなかつた。僅ばかりの荷物が積み込まれて、汽船は又も出帆した。そこから斜に渥美湾[76]を突つ切れば、もう一直線に知多半島[77]に向ふのであつた。いつの間にか雨は全く止んでゐた。気がつくと、窓硝子にヒュウヒュウ音を立ててゐた風も止んでゐた。西から南へかけての空の端が、雲が切れて、濃いおちついた紺碧の色が、帯のやうに細長く現れた。薄くなつた雲の隙間から、午後二時半頃の太陽が、急にその光を海の上に落し初めた。光の条《すぢ》が黒褐色の濁つた雲の中をさつと下《くだ》つて来る光景は一寸悲壮な感じを起させた。

　けれども篠島[78]を過ぎた頃から、丁度伊勢湾と渥美湾との堺を通

の論理（アルツィバアシエフ論）」となる。〉「『サーニン』の作者」（『洪水以降』一九一六・四）。「ペンと鉛筆──『作者の感想』と『籠の鳥』──」（『時事新報』一九二五・五・三一〜六・二）などがある。

(73)「『自分はもとからこんなに残酷な男ではなかつた。自分はこのやうに妻などを残酷に取扱ふ男ではなかつた。自分は昔はもつと正直で善良だつた。それだのにどうして自分はかういふやうになつたのだらう？』とアルツィバアセフの『妻』の主人公が云ってゐる。彼は自分の妻に対して残虐を働いた後、夜になつてから、静かな空に星がまたたいてゐるのを見ると、何となく『自分以上の存在』があるやうに感ぜられて来るのである。そして悔恨に近い感情が胸に湧いて来るのである。けれども彼は、絶対の個人主義を標榜してゐる彼は、自分のした行為が誤つてゐると考へることはどうしても出来ない。彼は折角謙遜になつた気持を更に爆発させて、『自分はどう

るので、船の動揺は却つて先刻《さつき》よりも烈しくなつて来た。知多半島はもう直ぐ眼の前に在つた。正面から見ると、それが本州につながつてゐるそのつながりが見えないので、まるで薄べつたい一つの島のやうに見えた。その中央に師崎の町の家々が背後に低い緑の丘陵を背負ひながら、黒い点のやうに見えて来た。やがて父のゐる病院(79)の木造の建物が、新築なので他の家々から一際《ひときは》目立つて見えて来た。私は船室の外に出ると、かなり心が軽くなつて来た。その辺は一体に島の多いところなので、景色にはかなりの変化があつた。動揺のために転がりさうになる身体を甲板の欄干に凭《もた》せながら、私は周囲の島を眺めたり、眼前に近づいて来る小さな港を見まもつたりした。

三

如何にして父に切り出したらいいかと云ふのがかなりの問題だつた。

父はもう病気が殆んど全快してゐたので、寝てはゐなかつた。頬などは健康さうにふつくりと肥えて、血色も好かつた。おまけ

してかうなつたらう』といふ反省から、『何が自分をかうしたのだらう』といふ呪ひの気持に転移する。そして彼は終に、その責任を自分自身の上に置かずに、その『自分以上の存在』の上に嫁さうとする。そしてそれを心から呪ふのである。

（私が今ここにアルツィバアセフの思想を例に引いたのは、私自身がかつてこれと同じ思想を捉へられて、悩んでゐた事があつたからである）（「自由と責任とについての考察」）。

(74)「中間に人を入れて、それで以て世間並の解決をつけてしまうやうな、そんな方法は取りたくない。自分のした事は飽くまで自分で処理したい」（「やもり」一）とある。

(75) 蒲郡出発で師崎に行く場合、渥美半島に途中寄港するとなると、福江港（愛知県渥美郡渥美町）であろう。

(76) 愛知県幡豆《はず》郡の矢作《やはぎ》古川と佐《さ》久島《くしま》と渥美半島の立馬崎《たつまざき》の結ぶ線から東の内海。三河湾の東半分。

(77) 愛知県の南西部、三河湾と伊

に毎日汐風に吹かれてゐるので、まるで漁夫《れふし》のやうに色が黒かつた。

「これ、こんなに肥つた。此処をつまんで御覧」そんな事を云つて、ニコニコ笑ひながら腕をまくつて、皮膚を私につまませたりした。その皮膚は実際老人の皮膚のやうではなかつた。ぽつと薄く紅味《あかみ》を帯びて、そして肉がはり切つてゐた。

私は父の側にゐると、何となく子供の時のやうな安易さを心に覚えたが、併し何と云つて切り出したらいいか、と云ふ問題のために、頭がおちつかない苛立ちを感じてゐた。それにもう一つ私の頭にこだはつてゐたのは、例の締切の迫つてゐる論文であつた。兎に角父にする話は後まはしにして、先づその論文の方から片付けてしまはうと思つて、私は原稿用紙を取り出したが、やはり考が纏《まと》まつて来なかつた。そこで私は散歩に出かけた。

病院を出ると、小さな溝川《どぶかは》を渡つて、××神社(80)のある岬(81)の方へ歩いて行つた。天気はもうすつかり霽《あが》つて、空全体が、拭はれたやうな鮮かな紺碧に光つてゐた。空気が澄み切つてゐた。一里余隔つた篠島の旅館の屋根が、日光をキラキラと照り返してゐた。さつき船で通つて来た渥美半島は、その低い山々のヒダをくつき

勢湾との中間に突き出た半島。東に渥美半島と相対す。

(78) しのじま。愛知県知多郡南知多町篠島。昔から東国と伊勢・志摩との交通の要路として栄え、漁港として名高い。後醍醐天皇の第七皇子義良《のりよし》親王（後の後村上天皇）が嵐にあって篠島に漂着し、掘り当てられた「帝の井」の伝説がある。江戸時代には尾張徳川藩の流罪地だった。

(79)「師崎にはその頃海浜院といふ便利な病院があつた。海浜の眺めの好いところに建つてゐる木造の建物で、患者は部屋を借りて自炊しながら、唯薬代だけを払えば好いといふ制度で、云はば医務室つきの貸別荘の一室を借りるやうなものであつた。借りた部屋は八畳、四畳半の二室で、母が父について行つて一緒に暮せば、老夫婦の隠棲の場所として恰好であつた。部屋代も高くはなく、普通の生活費があれば、医者と薬とに護られながら、ゆつくり保養ができるといふ仕組みであつた。

私はその師崎での両親の生活費

り見せてゐた。

　岬の突き出てゐるもとの処は、少し丘が低くなつてゐた。そこを先刻の荒れで波が越えたと見えて、鮮緑の海草が石にへばりついてゐた。私はこんなに荒れたのかと驚きながら、その石の上に登つて見た。そこに登ると伊勢湾がひと眼に見渡された。渥美湾と引き更へて、伊勢湾は未だ波が荒れ狂つてゐた。二間(82)か三間もありさうな波が、直ぐ眼の下の岩にぶつかつて砕ける様は、見てゐて気持が好かつた。私はそこに蹲《しやが》んで、そして考を纏めようとした。

　私の書かうとしてゐる論文は、露西亜《ロシア》の或作家(83)に対するものであつた。私はその作者の作物の幾つかを読んだ印象を、いろいろ思ひ浮べて、その何れにも共通してゐる一番重要な特色を抽出しようとした。が、或点まで来ると、その先が頭の具合で、考へる気力が失《な》くなつて来るのであつた。私は頭の中で同じ事を幾度も幾度も組立てようとしては、何だか訳が解らなくなつて、そして又初めからやり直すのであつた。が、その中、その特色さへも、大して新発見ではないやうな気がして来た。私は余計に気乗りのしないだらけた気持になつた。


を、兄と私とで分担するといふことに話をきめると、一先づ三保に帰り、それから三保を引払つて、東京に戻つて行つた」（「年月のあしおと」四十八）。

　広津柳浪は一九一五（大正四）年夏、名古屋の長男俊夫の許から妻潔子と共に師崎に移り、翌一六年一一月初め、神奈川県鎌倉郡川口村片瀬（現、神奈川県藤沢市片瀬）の龍口寺《りゅうこうじ》近くの家に和郎夫婦・子供と同居した。現在、海浜院はなくなっているが、当時の白井数馬医師（外科）の令息が白井医院を経営しているという（野田宇太郎「広津和郎の家系」『広津和郎全集』月報五、中央公論社）。「その病院といふのは二三ヶ月ばかり前に開いたばかりで、まだ設備など整つていなかつたが、併し如何にも自由で暢気なのが好かつた。病気の恢復したもの達は間代だけ払つて薬など飲まないでも、気兼ねなしにそこにゐることが出来た。私の父はもう殆ど全快してゐた。医者も薬を飲む必要はないと云つてゐた。それだから、父は入

「こんなぢや駄目だ。兎に角少し眠つて頭でも休めよう」さう思つた。するとさう思つた側《そば》から、今度は急に、「やつぱり何よりもあの話を父に打明けよう。さうしない中は、この気持は迚《とて》もおちつかない」と云ふ考が湧いて来た。私は何だか非常に忙《せわ》しない気持で、病院の方へ帰つて行つた。縁側にまはると、丁度折よく父が閾際《しきゐぎは》に立つて海を眺めてゐた。私は母(84)が部屋の中で新聞を読んでゐるのを見定めて、低い声で、そつと父に云つた。

「父さま、僕と一緒に散歩なさいませんか。少しお話したい事があるんですから」

「よし」

　さう云つて父は直ぐそこにあつた下駄を突つかけて降りて来た。

　私達は岬とは反対の方角へ向つて浜を歩いて行つた。風雨を慮《おもんぱか》つて、沢山の舟がごたごた砂の上に高く引き上げられてあつた。私達はその間を縫つて行つた。少し広い広場があつた。そこに沢山の若者がめいめい晴著を著込んで、赤い幟《のぼり》のやうなものを持つて集まりながら騒いでゐた。そこまで私達が無言で来た時
「今日は此土地の祭礼《まつり》(85)なんだよ。暴風雨《あらし》で朝からみんな閉口してゐたやうだつたが、天気になつたからああして騒ぎ初めたんだら

院してゐるといふよりも、母と一緒にそこの一室を借りて自炊してゐるといふに過ぎなかつた」（「崖」）。
(80) 羽豆《はず》神社であろう。白鳳時代（六七二～六八六）の創建と伝え、延喜式内社に列する古社。中世には羽豆城の鎮護神として崇敬を集めたという。参道は天然記念物のウバメガシがトンネルを作っていて珍しい。
(81) 羽豆岬《はずみさき》。知多半島の南端師崎からさらに南に突出した岬。篠島・日間賀島・伊良湖岬・伊勢・志摩が手に取るように見えて眺望が広い。「その小さな岬は師崎の港を形造る墻壁となってゐるばかりでなく、また渥美湾と伊勢湾との丁度中間に位してゐた。左を向けば渥美湾に沿うた低い山々がかすかに見え、右を向けば又伊勢湾の彼方に高い山々が重なりあつて聳えてゐるのが見えた。私は丘陵の一番末端に立ち、よくこの海と山との広々とした大きな風光を眺めた」（「崖」）。
(82)「一間《けん》」は約一・八メートル。六尺で「一間」。

う」父がかう口を切つた。「そして話と云ふのは何だね？」

「実は僕は非常な失敗をしたんです」私はさう云つたが、割合におちついた調子で第一の言葉が出たので、イイジイ(86)な気持がした。

「僕は或女に関係したんです」

「ふん」と父は云つた。

「そして僕は子供を生ましてしまつたんです」

「ふん」

私はそつと父の表情を窺《うかが》つた。けれども、私の心配したやうにそれが父の神経にさはる様子は見えなかつた。

「そして何より悪いのは、僕がほんたうにその女を愛してはゐなかつた事なのです」さう云つた時、私は顔が火照《ほて》るのを覚えた。父は「ふん」「ふん」と云つて、何も云はずに私の云ふ事を聞いてゐた。が、私が語り終ると、

「それは困つた事が出来たな」と云ひながら、一艘の船に身体を凭《もた》せかけて、

「で、お前は今でも未だ決心がつかないのか？」

「さうです」

「お前は未だそのままを続けてゐようと云ふのか？」

(83)トルストイか、チェホフであろう。
(84)広津潔子《きよこ》（一八七五年三月生）がモデル。潔子は佐賀鍋島藩高木武雅の長女で、広津柳浪の後妻。一九〇二年二月、和郎数え年一二歳の時、継母として早稲田鶴巻町に来る。若い時は中島歌子に歌を学び、晩年は武島羽衣の門に入った。一九三九年一〇月八日死去。
(85)師崎祭礼は陰暦八月一三日から一五日までの三日間行われる。羽豆岬の神輿の海岸渡御がある。
(86)easy　余裕のある、こだわらない、ゆとりのある、自然な。最も信頼している父の前で、最初の告白の言葉が出ると、後は自然と気楽に打ち明けることができた。
〔参考〕「その年の夏、私は師崎に父を訪ねて、始めて彼女のことや、男の子が生れて既に投げ坐りをするやうになつてゐることを打明けた。

　私は父を外に誘ひ出し、師崎の浜辺を散歩しながら、そのことを父に打明けた上で、これは自分の失敗で、自分はその女を愛して行けるかどう

「さうです」

「うむ。それもよからう」と父は云つた。「それはお前の思ふ通りにするのが一番いい。私は別段何も云はない。普通なら、直ぐ結婚するのが当然だが、併し一概にさう云つてしまつて、後で一層不幸な結果を来《きた》しても困る。お前は何よりも後で悔いないやうにするがいい」

　未だ私が学校に通つてゐた時分、私が余り陰欝に沈んでゐたので、父が「お前は少し教会に行つて見ろ。[87]キリスト教を信ずる信じないはどうでもいいが、教会に行つて少し異性に接して見ろ。さうするともつと異つた世界が前に展《ひら》かれて来るだらう。青年はもつと快活にしてゐる方がほんたうだ」と云つた事のあつたのを思ひ出した。私はさう私に云つた時の父の心持と、今私からかう云ふ話を聞いた時に感じてゐるに違ひない父の心持とを、心の中で比較して見た。――若し父が私を理想化してゐでもしたら、こんな事によつて多少なりとも私に対して失望を感ずるかも知れない、さう思ふと、私は父が気の毒な気がした。

　私達は来た時のやうに、無言で帰りかけた。暫く歩いてから、

「子供は男か女か？」と父が訊いた。


か解らないので、今悩んでゐるということを訴へた。

『さうか、そんなことがあつたのか』と父は私が予想したやうには驚いた様子がなく、静かに云つた、『まあ世の中にはさういふことはあり勝のことだ。よくよく考へて、後で後悔が残らないやうに、お前が一番好いと思ふやうに処置するが好い』（「年月のあしおと」五十六）。

(87)「自然主義の影響を受け、その頃の懐疑思想のまつ只中に育つた私は、その頃の青年らしく、次第に虚無的になつて行つた。
　父は私を部屋に呼んでかう云つた事がある。

『お前は少し教会にでも行つて見たらどうだい。別段キリスト教はどうでもいいよ。それよりも教会に行くと女がゐる。少し女達の間に這入つて行つて見るといい。そしたら気分が少し変わるだらう。――恋愛をして見るのも好い。青年は青年らしく快活でなければいけない。ほんたうを云ふと、花柳界でもいいんだ。芸

「男です」

「さうか」そして又暫く行つてから、「併しお前も随分大変だな。いろいろな負担が多いから。……私ももう身体が癒つたから、これからは何とかして働くよ」

「いえ、そんな事はどうか御安心なすつて」

私は父を抱擁(88)したいやうな涙ぐましい気持になつて答へた。

その晩私は遅くまでかかつて、やつと論文を書き上げた。浜で若い村の男女が躍つてゐる太鼓の音が、ひつきりなしに聞えてゐたが、割合におちついた気持で筆を執る事が出来た。それを封筒に入れて、ポストに投げ込みに行くために、音のしないやうに雨戸を開けかけると、隣りの部屋から、

「何処に行くんだね？」と父の声が訊ねた。私はその声によつて、父が未だ眠れないでゐることを知つた。


翌朝私が眼が覚めた時は、父は縁側に蹲《しやが》んで漁夫《れふし》と話してゐた。父の側で母が何か小さな魚の背を器用な手附で開いてゐた。

「母さんは此所《ここ》に来てから、魚を開く事が上手になんなすつたんだよ。たまり漬け(89)にする鯛の開き方などは土地の者より余つ程う

者などとつき合つて見るといいんだ。私に金があるとお前にさういふ方面に行くことを勧めたいのだが、金がないから、教会に行つて見るがいい——異性の友人を作れ。さうしたら気分が違つて来る』
　広津和郎は幼年時代、教会の日曜学校に兄と行ったことがあったが、キリスト教徒にはならなかった。
(88)「僕は父を実際に抱擁したいやうな気持がした。兎も角、無事に、……さう思ふだけで、涙が流れて来た」（「波の上」一）とあるように、父と子の絆は通常では考えられないほど、異常な強靱さをもっている。
(89)「たまり」は醤油の一種で、大豆を煮て種麹《たねこうじ》を混ぜて発酵させた豆麹に、塩と水とを加えた中に漉《こ》し籠を立てて、その中にためた液を熟成させた調味料。炭水化物原料をほとんど使用しないため、発酵が微弱で、香気が弱いが味は濃厚である。愛知県を中心として三重県・岐阜県に産する。このたまり醤油に漬けた鯛の保存食である。

まいんだよ」

父は笑ひながら説明した。

母は黙つて笑つてゐた。

それから父は快活な調子で、此処の魚は東京などで見られない程肉が肥えてゐて、味が好いと云つて、いろいろ魚の自慢をしてゐたが、やがて、

「どうだ、朝飯の出来るまで散歩して来ないか」と私を誘つた。

父と私とは昨日歩いた通りに、砂の上を歩いて行つた。昨日に引き更へて、今朝は大変凪《な》いでゐた。ピシヤリと云ふ波の音さへしなかつた。鏡のやうに平らな海の面に、沢山の小船が浮いてゐた。篠島も渥美半島も手に取るやうに近くはつきり見えた。

「坊[90]は丈夫かい？」（父は子供と云はずに坊と云ふ言葉を使つた。）

「ええ、非常に丈夫です。未だ一度も病気した事はありません」

「八ヶ月経《た》つと云やあ、もう余つ程大きいね。もう坐る[91]だらうな」

「ええ、先月からやつと坐るやうになりました」

「ふん」と云つて暫く考へてゐたが、「お前帰つたら、早速坊の写真を一枚送つて寄越さないか。さぞ可愛いだらうね」

(90)「子供」と言う場合と「坊」と言う場合とを比較すると、「坊」の方が肉親としての親愛感が感じられる。既に祖父として、まだ見ぬ孫に対する慈愛が湧出している。
(91)「それから一ヶ月後、私は師崎に父をたずねて行つた。それはお慶の問題を父に打明けるためであつた。
子供は「七月《ななつき》の投げ坐り」で足を投げ出して坐るやうになり、もうどうしようもない程私の胸に喰い込んでゐた」（「兄弟」六）。

「その頃——丁度彼女と私との間に生まれた進一が七月の投げ坐りをし始めた頃の事であつた」（「やもり」二）とある。
(92)「しかし翌朝、私が東京に戻ろうとして別れを告げた時、『赤ん坊はさぞ可愛いだらうな。東京に帰つたら、早速写真を一枚送つてくれ』と、昨日は冷静に私の話を聞き、冷静に意見を述べてゐたのに、一夜のうちに祖父の本能が芽生えたのか、初孫を見たくて堪らないと云つたや

私は父の顔に、此末だ見ぬ孫に対する一種云ふに云はれない慈愛の色の浮んで来るのを認めた。

「ええ、早速御送りします」と私は答へた。

「うん、私からこんな事を云ふのは何だが」と又暫く考へてゐた末、父は躊躇《ちうちよ》しいしい云つた。「もしお前に我慢が出来るなら、なるたけやつぱり結婚するといいんだがな、坊やのためにも」

私はさう云ふ父の気持がよく解るやうな気がしたが、併し急には返事をし兼ねてゐた。と父は私の様子を見て、

「いや、しかしこれは私だけの希望だ。勿論強ひてと云ふのではない」と云つて、急いで自分の言葉を打ち消した。


うな好々爺らしい表情になつてゐた」（「年月のあしおと」五十六）。

〔評論〕「新年の創作
——並に批評の標準——
中村　星湖

広津和郎の『師崎行き』（新潮）は平明なゆつたりした気分で、大したむらもなく押して行つたのを嬉しく見たが、長篇小説の一部を切つて示されたやうな不満足感がないではない。それに力を入れて言ふと『本村町の家』に就いて嘗て記者が述べたと同じい、聊か楽屋落ちのする点があるといふ事になる。さういふ事はこの種の自伝的小説では免れない所であらうが、女に迫られて怒鳴り付ける場面の主人公の心持なぞにはもすこしはつきりした批評か反省かゞ加はつてもよさゝうに思ふし、罪悪を犯したとか無自覚だつたとかと女との関係を公開するあたりも聊か曖昧だと思ふ。」（『早稲田文学』第一四七号、一九一八年二月一日発行）

解　説

「師崎行」は初出（『新潮』一九一八年一月）では「師崎行き」といい、広津和郎数え年二八歳の時に発表され、『握手』（一九一九年三月、天佑社）で初めて作品集に収録された。

広津の初期小説を、「神経病時代」（『中央公論』一九一七年一〇月）などの客観小説の系列と、「師崎行」などの私小説の系列との二つに分けることは、今日、ほぼ文学史的な常識になっている。前者はそのほか「転落する石」（『黒潮』一九一七年一一月）、「二人の不幸者」（『読売新聞』一九一八年四〜七月）、「横田の恋」（『雄弁』一九一九年四月）、「死児を抱いて」（『中央公論』一九一九年四月）などの作品で、いわゆる性格破産者を主人公として、「事に当つて実行力がなく、忍耐力がなく、甚だ頼りな」（「神経病時代」あとがき）く、弱い性格の持ち主であり、「此人生に何等の要求をも目的をも持つていない」し、「末梢神経に与へられる刺戟のまにまに唯動いてゐる青年」（「二人の不幸者」序）を描いている。後者はそのほか「崖」（原題「思ひ出した事」『新潮』一九一七年一一月）、「本村町の家」（『文章世界』一九一七年一一月）、「静かな春」（『新日本』一九一八年二月）、「線路」（『文章世界』一九一八年一〇月）、「若き日」（原題「悔」『太陽』一九一九年一月）、「やもり」（『新潮』一九一九年一月）、「波の上」（『文章世界』一九一九年四月）、「お光」（『解放』一九一九年七月）、「小さい自転車」（『改造』一九二四年七月）などの、一人称で書かれた身辺雑記的な「生活報告」（伊藤整）である。その中でも、「師崎行」、「やもり」、「波の上」の三部作は、下宿屋の娘神山ふくとの「愉快ならざる結婚生活」に題材を得た「最も心暗き時代」（改造社『現代日本文学全集』自筆年譜）の暗澹たる心境の記録である。

これらを広津の実生活に即して順序を並べ換えると、「やもり」「師崎行」「静かな春」「波の上」という順になる。主人公「私」は、ふとした過ちから下宿屋の娘と愛のない交渉をもち、恐れていたごとく、子供ができてしまう。生れた子供を愛するよりもむしろ驚きを感じていた「私」は、やがて子供をかけがえのないものとして愛するようになるが、子の母親をどうしても愛することができない。気の毒だ、哀れだと思いつつ、意志の力で愛しようと努力するが、愛を醸成することは不可能である。別れたいと切望するが、卑怯な手切金をやって解決する方法は取りたくない。彼女の母親からも決着を迫られ、のしかかってくる責任と「心弱いイゴイズム」とで自己嫌悪と憂鬱に苦しめられる。「私」は別れるか、結婚するかの不決断の一切の気持ちを、転地療養している父に打ち明けるため、師崎をたずねる。「何かにぶつかると、よく『父だけだ』と子供の時から思つた事があつた。父の側に行けば、此苦しみを父が分担して呉れるだけでも、此現在の焦躁は癒やされるに違ひない。——私はさう思つた」（「やもり」四）。「私はそんな気持の一切を父に打明けたかつた。父もそれをうまく解決して呉れやうとは思へなかつたが、併し子供の時分から不始末を見せなかつた私が、自分にもかういふ不始末があるのだといふ事を父の前にさらけ出して、『さうか。困った奴だな』と父に云つて貰ひたかつたのである。十二歳の時から父に見せなかつたスキを見せて、父から『よしよし』と肩を叩いて貰ひたかつたのである」（「兄弟」六）。「私」の告白を聞いた父は、「それはお前の思ふ通りにするのが一番いい。私は別段何も云はない。普通なら、直ぐ結婚するのが当然だが、併し一概にさう云つてしまつて、後で一層不幸な結果を来しても困る。お前は何よりも後で悔いないやうにするがいい」と言う。そして、翌日、「もしお前に我慢が出来るなら、なるたけやつぱり結婚するといいんだがな、坊やのためにも」と躊躇しながら言う。「いや、しかしこれは私だけの希望だ。勿論強ひてと云ふのではない」と言って、急いで自分の言葉を打ち消す。

「私」は彼女と子供を伴い片瀬の龍口寺近くの家に転居し、師崎の両親を迎えたが、病気の父に北風が寒いため、一二月大晦日に鎌倉坂の下の星の井の前の家に移転した。一九一七（大正六）年三月、「私」と父は、障子を開けて、廊下に出て、欄干にもたれ、きぬばり山の背から静かに昇る赤黄色のまん丸い月を眺めた。一歳四ヶ月の進一は月を見て「のゝちやん、ああ、のゝちやん」と覚束ない発音で叫んだ。「私」は父の書いて貼った「一陽来復」の紙を小声で読んで、久しぶりに父母と共に暮らす喜び、妻と子との生活に幸福と平和の与えられんことを祈った（「静かな春」）。

しかし、それは自分の希望が描いた幻覚に過ぎなかった。進一は大人達のペットだったが、彼女との間は益々険悪となり、両親との折合いも悪く、「私」は一人で永田町の下宿に出て仕事をした。やがて、彼女も後を追って上京して来た。そして、恐れていたように、二度目の妊娠をした。一九一八年一月一六日、暗い気持ちで正式に結婚届を出す。「私」はなお一層の苦しみと自己嫌悪と彼女に対する憎しみで胸をかきむしられる思いだった。三月、生まれた子は女の子（桃子）だった。妻の出産の日、「私」は彼女の要求した金高より一〇円だけ余計に渡して、「可愛い子でしよう。赤ん坊の名を何とつけませうか知ら」という妻を残して、伊豆西海岸の旅に出た（「波の上」二）。

さて、一家の平和を希求している「静かな春」を除いて、いわゆる三部作「師崎行」「やもり」「波の上」では、不用意に関係を結んだ女との愛のない暗い同棲生活が描かれている。主人公「私」は別れたいというホンネの部分と、世間並の卑怯な解決はしたくないというタテマエの部分との間の葛藤で苦悶する。「浮気者の人情家」（「やもり」）「心の弱いイゴイスト」（「波の上」）は責任をのがれて、逃げ出すことは出来ない。「彼には宇野浩二のように、〈自分自身のお伽噺〉を書くことにも熱中できなかったし、葛西善蔵のように現世を超越したところで絶対不壊《ふえ》の心境を確立しようとする夢想にも賛同し得なかった」（勝山功『大正私小説研究』第二章3　明治書院、一九八〇年九月）。広津の心には人生の不条理に対する強い潔癖感、何物にも妥協しない強烈鮮明な個性が流れていた。「私は何ものをも捨てて顧みない絶望の気持の爆発しかける時でも、父に対する愛情、父に対する尊敬は、そして父の病に対する心配は、一刻として私を離れなかった」（「静かな春」）という父柳浪は、和郎にとっては絶対者であった。おそらく、幼くして亡くした母寿美の面影をも、父の中に見出だしていたようである。和郎と父との関係はもっと研究されるべき課題だろう。また不始末を繰り返す兄が和郎に与えた影響、不決断の憂鬱をなめ尽した挙句、結婚に踏み切ったが、結局、離別しなければならなかった不幸な夫婦を見るとき、親、子に対する強籾なタテの絆に比べて、兄弟、夫婦の脆弱なヨコの絆が、何となく気にかかる。あれほど激烈な懊悩と絶望的な救いのない生活を描きながら、明るい調和に対する憧憬が感じられるのは、どうしてだろう。神山ふくとの関係を破壊した後、急速に創作欲を消失して行ったのはなぜか。既に谷沢永一が指摘したように三部作を考えるとき、評論「自由と責任とについての考察」は示唆的である。また、自伝『年月のあしおと』『続年月のあしおと』との関連ももっと掘り下げる必要があるだろう。

〔参考文献〕

中村星湖「新年の創作――並に批評の標準」（『早稲田文学』一九一八年二月）、菊池寛「広津和郎氏に＝附『握手』を読む＝」（『早稲田文学』一九一九年五月）、宮島新三郎「文壇新人論(6)広津和郎論」（『新潮』一九一九年六月。『大正文学十四講』所収、一九二六年六月、新詩壇社）、片岡良一「広津和郎論」（『国語と国文学』一九二六年七〜八月）、平野謙「広津和郎」（『現代の作家』一九五六年五月、青木書店）、谷沢永一「広津和郎」（『大正期の文芸評論』一九六二年一月、塙書房）、橋本迪夫「明るみをめざして――私小説の世界――」（『広津和郎』一九六五年一一月、明治書院）、槇林滉二「初期の広津和郎――センチメンタリズムの排斥――」（『近代文学試論』1、一九六六年五月。『私小説』日本文学研究資料叢書所収、一九八三年五月、有精堂）、勝山功「広津和郎――大正期を中心に――」（『日本近代文学』4、一九六六年五月。『大正・私小説研究』所収、一九八〇年九月、明治書院）、佐々木雅発「広津和郎論――初期私小説の世界――」（『文学・語学』一九六六年一二月）、松崎晴夫「初期の広津和郎に関する考察」（『文化評論』一二五号、一九七二年一月。『大正の文学』日本文学研究資料叢書所収、一九八一年一〇月、有精堂）、榎本隆司「広津和郎――作家と実行者のあいだ――」（『日本近代文学』一九七二年五月）、中島国彦「広津和郎の文体」（『国文学』一九七八年一一月、臨時増刊、学燈社）

（『近代の短編小説〈大正篇〉』現代文学研究会編、九州大学出版会、一九八六年一〇月二五日）

⑯広津和郎――生涯と作品

一八九一（明治二四）年　〇歳。

一二月五日、広津柳浪の次男として東京市矢来町に出生。

一九〇四（明治三七）年　一三歳。

四月、麻布中学入学。笄町に転居。

一九〇八（明治四一）年　一七歳。

九月、「微笑」『万朝報』懸賞小説当選。賞金一〇円。

一九〇九（明治四二）年　一八歳。

麻布中学卒業。四月、早稲田大学文科予科に入学。

一九一〇（明治四三）年　一九歳。

予科修了。大学英文科進学。チェーホフなどを翻訳。

一九一二（明治四五・大正元）年　二一歳。

葛西善蔵らと同人雑誌『奇蹟』創刊。

一九一三（大正二）年　二二歳。

四月、早大卒業。一〇月、翻訳『女の一生』植竹書院刊。

一九一四（大正三）年　二三歳。

四月、入営。除隊後、毎夕新聞社社会部に入社。

一九一五（大正四）年　二四歳。

二月、毎夕新聞社退社。トルストイ『戦争と平和』訳。

一九一七（大正六）年　二六歳。
二、三月、「恐れるトルストイ」発表。反響を呼ぶ。一〇月、「神経病時代」を『中央公論』に発表。新進作家の地位を固める。
一九一八（大正七）年　二七歳。

一月、神山ふくとの婚姻届を出す。三月、長女桃子出生。四月から七月まで『読売新聞』に初の小説新聞「二人の不幸者」を連載。

一九一九（大正八）年　二八歳。

四月、「波の上」「志賀直哉論」発表。ふくと別居。

一九二二（大正一一）年　三一歳。

一月、有島武郎「宣言一つ」をめぐり、有島と論争。

一九二三（大正一二）年　三二歳。

四月、渋谷道玄坂に芸術社を設立したが、成績不良。一一月、有島・武者小路の恋愛問題、菊池寛の芸術無力説を批判。

一九二四（大正一三）年　三三歳。

七月、「小さい自転車」を『改造』に、九月、「散文芸術の位置」を『新潮』に発表。生田長江との間に散文芸術論争起こる。

一九二六（大正一五・昭和元）年　三五歳。

三月、「さまよへる琉球人」発表、抹殺声明。

一九三〇（昭和五）年　三九歳。

八月から三一年二月まで「女給」を『婦人公論』に連載。

一九三一（昭和六）年　四〇歳。

四月、宮本顕治が「同伴者作家」で広津を取り上げる。

一九三三（昭和八）年　四二歳。

八月より三四年三月まで「風雨強かるべし」を『報知新聞』に連載。一〇月、『文学界』の同人に参加。

一九三五（昭和一〇）年　四四歳。

九月、島木健作「獄」、文芸懇話賞に外れ局長に抗議。

一九四九（昭和二四）年　五八歳。

三月、日本文芸家協会会長となる。

一九五〇（昭和二五）年　五九歳。

四月、芸術院会員となる。

一九五一（昭和二六）年　六〇歳。

六月、中村光夫との間にカミュの「異邦人」論争生ず。

一二月、松川事件被告文集『真実は壁を透して』を読み、関心を抱き始める。

一九五三（昭和二八）年　六二歳。

八月から五四年三月まで「泉へのみち」『朝日新聞』連載。

一九五五（昭和三〇）年　六四歳。

六月、『松川裁判』を筑摩書房から刊行。

一九六一（昭和三六）年　七〇歳。

一月から六三年四月まで「年月のあしおと」を連載。

一九六三（昭和三八）年　七二歳。

九月、松川事件最終判決、全員無罪。一二月、『年月のあしおと』野間文芸賞、毎日出版文化賞受賞。

一九六八（昭和四三）年　七七歳。

九月二一日未明、心臓発作のため、熱海国立病院で死去。

〈作品例・作品解説〉

神経病時代（『中央公論』一九一七年一〇月）

『ねえ。あなた、子供つて云ふものはどうしてかう可愛いものなんでせうね、誰にでも』とよし子が抱いてゐる子供に頰ずりしながら云つた。

『うん』と定吉は云つた。定吉の心は何ものか優しい、弱い感じに一杯になつてゐた。

『ねえ、あなた』と妻は再び云つた。その声は思はず定吉が彼女の方を振向いて見ずにゐられなかつた程の優しみと媚とに溢れてゐた。子供に頰ずりをしつゞけてゐる彼女の眼は伏目になつて、その頰には恥しさが漂つてゐた。『あたしね』と彼女は躊躇しながら云ひ初めた。『あたしね、何ですか又出来たやうなんですよ』

その言葉は定吉の頭には何ものかが落ちて来たやうにグワンと響いた。

『何つ？』と彼は眼を瞠《みは》つた。『どうもさうらしいんですの。先月と今月と試して見たんですけれど。それに今日なんかは、何となく胸が悪かつたりする様子が、どうしてもさうとしきや思はれ

作品解説

新聞記者鈴本定吉は人生の目標を持たず、意志薄弱で、神経の刺激のままに動く性格の弱い男である。新聞社では他人の不幸を面白おかしく記事にする同僚、世間の攻撃にさらされている政府に買収され記事差止めを命ずる社長に義憤を覚えるが、反抗の勇気はない。家ではヒステリーの妻との愛のない惰性的な生活を清算できない。トルストイに憧れる彼は田舎の静かな読書生活を夢見る。無気力な生活を改革しようと、辞職と離婚を決意した時、妻は既に二人目の子を身ごもっていた。

主人公定吉は作者の分身であり、友人に葛西善蔵、相馬泰三らの面影を散見することができる。作者は新聞記者時代の経験と愉快ならざる結婚生活を題材として人生に要求も目標も持たず、末梢神経に与えられる刺激のまにまに動いている「性格破産者」を描こうとした。内面的に空白で意志判断に欠ける虚無的な当時の知識人を皮肉、戯画化した。新聞

ないんですの』
『あつ！』と定吉は叫んで、頭を両手で抱へながら、仰向けに畳の上に転つた。彼の頭の中は恐ろしい程の速かさで旋回し初めた……恐ろしい絶望があつた。何とも云はれない苦しさがあつた。が、それと同時に彼は、妻のために下女を雇つてやらなければならない事を考へた……

風雨強かるべし

（『報知新聞』一九三三年八月一二日～三四年三月一七日）

「これが俺の安全第一主義なのか！」
彼は自己嫌悪に駆られながらなほも呟きつづけた。自分で意識的に終始安全地帯を択《よ》つて歩いてゐるつもりはないのに、いつか結果がさうなつて行く。あの研究会時代でもさうだ。社会問題の研究から当然の帰結として、他の連中が一歩前進したのに、自分はいつかその仲間からはずれてゐる。それは自分が病気してゐる間に、仲間が自分を置いて前進してしまつたともいへる。併し自

社を舞台に社会性のある客観的作品であるが、主人公の性格の曖昧さ、構成上の集約力の不足に批判がある。

――…――

佐貫駿一は亡父が親友飯島千太に託した遺産で恵まれた大学生活を送っていた。研究会で階級思想を認めながら、運動について行けず、精神的自由を求めるものの、後ろめたい負い目を感じている。かつての仲間八代の妻で左翼運動に投じている病中の梅島ハル子を見舞っているうちに心惹かれるが、愛の告白ができず、彼女は党活動にもどっていく。没落した実業家飯島千太から自立を求める娘ヒサヨを頼まれ、二人は結婚して洋裁店経営を引き受けた。時代は暗い谷間に落ちて行こうとしていた。

左翼運動が治安維持法などにより徹底的に弾圧された時期にこの作が発表された意義は大きい。新聞掲載が始まるとすぐ、警視庁から十五ヶ

分にさへ勇気があれば、そんな事は問題にならないだらう。自分は所謂「橋の一歩手前」で尻込みしてしまつたのだ。

一事は万事だ。ハル子との恋愛も丁度それと同じ事だ。「橋の一歩手前」で、自分は尻込みしすごすごと、かうして後に引つ返して行く。――何のために。唯安全のために。

駿一は触角ばかりが長くて、それを終始動かしては、何かに触れると、直ぐ首を引つ込めてしまふ臆病な虫の姿を、苦い思ひで想像した。

「それなら、俺のこの安全地帯に一体何があるといふのだ？　長い触角によつて守つてゐる俺の心の安全地帯に？　何もない。あるのはニヒルだけだ。……おお、それも何の権威も認めまいとするやうな積極性などの少しもないニヒリズム。……文字通りの虚無そのもの……」


条の禁止事項が達せられ、その隙をうかがい抵触を恐れつつ書き上げた。左翼思想の正当性を認めながら、政治家の遺児で、帝大生の教養から実践まで進むことができず、自由主義者として自己に誠実に、良心的に非行動の道をたどるが、主人公の苦悩がどれほど描かれたか。小林秀雄は発明の不足、大森義太郎は諸人間がステロタイプ的であると批判した。

生涯と文学

一卵性父子柳浪和郎

広津和郎にとって、父柳浪は父であると同時に母であり、師であり、友であった。多くの文学者が――例えば、広津が敬愛した志賀直哉に見るように――父と激しい骨肉の争いに神経を擦り減らしている時、広津父子は一卵性双生児のごとく愛し合い、尊敬し合っていた。

「だが、私には父があつた。私は何ものをも捨てて顧みない絶望の気持の爆発しかける時でも、父に対する愛情、父に対する尊敬は、そして父の病に対する心配は、一刻として私を離れなかつた。さうだ、それが私を救つたのだ。父が私を救つたのだ。私はそれを思ふ度に、父に対する感謝の念が、胸の中に熱く迸つて来るのを覚える。」（一九一八年二月「静かな春」）と無条件に依頼していた父柳浪は、和郎の文学的出発に当たって、全く「親の七光り」を発揮できなかった。一八九七年前後の自然主義文学興隆期に悲惨小説、深刻小説と呼ばれた「今戸心中」（一八九六年）「雨」（一九〇二年）で注目されていた柳浪のリアリズムは、やがてその旧弊な思想と常套的な手法の故に凋落していった。和郎が早稲田大学に入学したころには、厭世的傾向がますます強まり、創作意欲を喪失、明治の終焉と同時にほぼ完全に文壇から消え去った。従って、柳浪の衰退と反比例して、貧困の中で和郎は、賞金稼ぎのため懸賞に投稿を続け、翻訳をはじめた。父の文壇における余力を利用するどころか、父の叱責を恐れて、女の仮名で作品を発表しなければならなかった。

広津柳浪は和郎にとって神のごとき絶対者であった。その太く暖い絆は、摩訶不思議としか表現できないほど強靭かつ異様であった。和郎が「孝子」「お父さんっ子」になったのは、第一に数え年八歳で生母寿美（一八九八年七月死）を亡くし、父に養育されたこと、第二に放縦な二歳年上の兄俊夫の不始末に心労する父を不憫に感じたこと、第三に自然主義勃興後、筆を絶って文壇と訣別し、一切交際せず家に逼塞してしまった父に同情したことが挙げられる。そして、それらの基盤には、父柳浪の中に「醜悪なる人生を憎む心」（「同人感想」一九一二年一一月『奇蹟』）が厳然と確立しているが故に、和郎は例え地球が破滅しても「私は父が一緒なら死んでも好い」（「若き日」）と思い、尊敬の念を禁じ得なかったのである。

トルストイへの反逆と志賀直哉への接近

広津和郎は一九一七（大正六）年二、三月トルストイ崇拝で埋められている研究誌『トルストイ研究』に「怒れるトルストイ」を発表、大胆にトルストイを批判して、トルストイ信奉者たちに冷水を浴びせかけた。広津によれば、トルストイはキリストの五戒の中で、個人に相対的な謙遜を要求する「悪に依つて悪に抗する勿れ」を最も重大視して、個人に絶対的な謙遜を要求する「怒る勿れ」を軽視しているが、これは誤りだと考える。彼は「悪に依つて悪に抗する勿れ」が個人と個人との関係であるのに、「怒る勿れ」は個人と神との関係であり、「怒る」ことは我々の霊魂の成長力や生命力を害し、神もしくは無限に対する冒瀆《ぼうとく》であるから、「怒る勿れ」が最も重大であると言った。しかるに、現代文明の呪詛者トルストイは文明がいかに人間の真生命を滅しているかと、怒り憤り焦燥に陥った。晩年のトルストイは生を死への準備と考えたが、「否《いや》、もう終りだ」というトルストイの臨終の言葉は、「否《いや》」の一語によって、彼の生前の教義の全部を転覆してしまった。広津は晩年のトルストイが性急に理想を追求したために、自己完成の目標と自我との距離に焦り、心の調和を失ってしまった、と考えた。トルストイの怒りは大乗どころか、認識不足から生ずるヒステリイ性のものに過ぎない、と断じたのである。

広津は晩年の怒れる「偉大な」トルストイに反撥し、現実から静かに虚偽と欺瞞とをつまみ出して行くチェホフに好意を持ち、アルツィバアシェフの自由に魅かれた。

そして、日本の作家の中に最もチェホフ的な作家を発見した。それが志賀直哉である。一九一二年夏、舟木重雄の家の二階で志賀に初めて会い、彼の人間と作品に注目し、一九一九年四月、『新潮』に「志賀直哉論」を発表し、志賀研究の定説的評価の基礎を築いた。それは志賀の特質を二つに集約している。一つは鋭い理知によって見透された徹底したリアリズムであり、もう一つは正しきものを愛する熱情である。妥協を嫌い、真直ぐにどこまでも押し通そうとする性格の強さは偏狭なほどで、爆発性を内に秘めている。志賀が「和解」で「感情には予定がつけられない」と言っている爆発を彼自身が周到に警戒している。近作「好人物の夫婦」ではこの警戒が引込み思案になって、調和的、平穏なセンチメンタリズムに向かっていることに、広津は懸念を表明した。その警告は後の志賀の歩みを見ると的中し、後学の研究者にとって、一方の先駆者となったのである。

性格破産者

翻訳家、評論家として文学的出発をした広津和郎は、一九一五（大正四）年正月ごろ、一人で下宿していた永田館の娘神山ふくと交渉が生じ、その年一二月に長男賢樹が出生、愛のない内縁関係に苦しむ。前年夏、父柳浪は毎夕新聞編集長小野瀬不二人に頼んで和郎を毎夕新聞社に入社させ、和郎は父を心配させるのも気の毒と思い、辛棒して翌一五年二月まで出社した。

この不幸な愛のない結婚生活と新聞記者体験を素材として、一九一七年一〇月『中央公論』に「神経病時代」を発表、彼の出世作となった。主人公鈴本定吉は現代社会の汚濁の中で性格の弱さのため、自分の内面の理想や正義を貫徹することができず、意識と行動が分裂して行く「性格破産者」として描かれた。早稲田大学生当時から一九世紀ロシア文学の影響を受けて来た広津は、「性格破産者」の淵源を「余計者《スーパーフルアスマン》」（ツルゲーネフ）やオブロオモフ主義（ゴンチャロフ）に求め、当時のインテリが口では個性の強さや生命の無限の成長を提唱しながら、忍耐力も実行力もなく、脆くも崩れ去る脆弱さを揶揄する気持ちもあって、戯画化して描いたのである。その後、「転落する石」（一九一七年一一月）「二人の不幸者」（一九一八年四月〜七月）「横田の恋」（一九一九年四月）「死児を抱いて」（一九一九年四月）と性格破産者、インテリの弱さを主題にした客観的小説を書いた。

広津のいう「性格破産者」とは「唯のぐうたらな、自堕落で何も出来ない人間」（「直木に答へる」）を指すのではない。むしろ、功利、打算を超越した理想や良心を持っているが故にかえって自己の優柔不断な反省癖に焦燥する。観念の上では正邪を批判できても、いざ行動を起こす事態になると、狐疑逡巡してしまう。そして、結果的には拒否すべきだと思いつつ、拒否し得ず、意に染まぬことを流れのままに実行して後悔する。このような誠実ではあるが、批判力のみ長けて実行力のない、インテリの弱さを、広津は自己の中に見出だし、それを剔抉《てっけつ》し、当時のインテリの通弊として提示したのである。

自由と責任

広津和郎の初期小説を「神経病時代」などの客観小説系列と「師崎行」（一九一八年一月）などの私小説系列との二つに分けることは、今日ほぼ文学史的常識になっている。前者は「或意図を持って書いたもの」（『若い人達』あとがき）つまり性格破産者を描こうとしたものであり、後者は「何でもなく書いて行つたもの」つまり彼の体験を素材にした私小説風のものである。

さて、初期私小説の「師崎行」「静かな春」「やもり」「波の上」などは、下宿屋の娘神山ふくとの「愉快ならざる結婚生活」（自筆年譜）に題材を得た「最も心暗き時代」の心境の記録である。そして「或意図を持って書いたものは比較的評判にならず、何でもなく書いて行つたものの方が評判が好」かった。主人公「私」はふとした過ちから下宿屋の娘と愛のない交渉をもち、男の子が生れる。子供はかわいいが、女をどうしても愛することができず、気の毒だ、哀れだと思いつつ、意志の力で愛しようと努力するが、愛を醸成することはできない。別れたいと切望するが、手切金をやって世間並に解決する卑怯な方法は取りたくない。別れるか、結婚するか、「浮気者の人情家」「心弱いイゴイスト」は不決断の憂鬱、焦燥に苦吟する。愛していない女に手切金をやって別れる自由をとるか、子供までもうけたので正式に結婚届を出して責任をとるか、二つの対極的観念のはざまで逡巡している。

当時広津はアルツィバアシェフの「人間には総ての事が許されてゐる」（「自由と責任とについての考察」）「人間は絶対自由である」という思想に興味を覚えた。しかし「だから我々はその結果がどうであらうとも、そんな事の責任を引受ける必要は少しもない」という結論には同意できない。

彼は「絶対自由を与えられてゐるからこそ、人間は責任を感じなければならない」と考えた。「真の個人主義者は最も責任感の強い人間でなければならない」と確信していたので、愛していない女と無責任に別れることができず、暗澹たる気持ちで正式結婚したが、結局二人は不幸な結末をたどらねばならなかった。

同伴者文学と散文精神

ファッショ政治が国民のあらゆる自由を弾圧し、軍部が戦争へと駆り立てた一九三三（昭和八）年八月から三四年三月、広津和郎は『報知新聞』に「風雨強かるべし」を発表した。三、四回連載され始めた時、内務省及び警視庁から一五ヶ条の禁止事項が伝達され、これに抵触しないように隙を窺い閉口しながら書き上げた。左翼組織に入っていない自由人広津は主人公佐貫駿一を通して、苛酷な弾圧下で左翼でもなく右翼でもなく、自由に良心に基いて正義を守ろうと苦悩する姿を描こうとした。その文学は野上弥生子、芹沢光治良、山本有三らと共に、良心的な知識人として時代の動向を敏感に察し、プロレタリア運動に理解同情を示しながらも、運動に身を投ずることができない苦悩を描く「同伴者文学」と呼ばれた。

広津は迫り来る軍国主義の足音の中で自由圧殺の風潮を危惧し、「歴史を逆転させるもの」（一九三六年）を発表、教育の国粋主義を憂えた。時局に迎合する林房雄のロマンティシズム提唱を批判して、「散文精神」どんな事があってもめげずに、忍耐強く、執念深く、みだりに悲観もせず、楽観もせず、生き通して行く精神を主張した。アンティ文化の嵐に直面して、「善悪とも結論を急がずひた押しに押して行く現実探求精神」（「散文精神について」）をモットーとして掲げ、ねばり強さを示した。

「松川裁判」

晩年の広津和郎の偉大な業績は、松川事件救援活動と大作「松川裁判」であろう。それは怠け者と自称する広津の全生涯の心血をこの複雑怪奇な難事件に惜しみなく注いで、日本人として、文学者として裁判所という権力機構に立ち向った壮大な戦いであった。そして見事に花を咲かせ実らせた広津和郎文学の集大成であった。

一九四九（昭和二四）年八月一七日、東北本線金谷川―松川両駅間で列車転覆事故が起り、機関士三名が惨死した。いわゆる松川事件である。五一年一二月、福島地裁の第一審判決では死刑五名を含む全員有罪であった。被告の文集『真実は壁を透して』を読んだ広津は「真実は訴へる」（一九五三年一〇月）で被告たちの無罪を信じ、仙台高裁で被告たちに会い、「透明な濁りのない印象」を受け、「何て澄んだ眼をしてゐるのだらう。あんな犯人がある筈はない」と言う宇野浩二に同感した。五三年一二月の第二審も死刑四名を含む一七名が有罪、三名が無罪となり、広津らは非難と嘲笑の的となった。宇野は病に倒れたので、広津は四面楚歌の中、ドンキホーテのごとく国家権力に立ち向い、五四年四月から四年半『中央公論』に裁判批判を書き続け、揶揄的だった世論を説得し、敬愛する志賀直哉の信頼を勝ち得て、一人一人を味方にして遂に六三年九月差戻し最高裁判決で全員無罪を勝ち取った。一四年間の裁判闘争、「行動する怠け者」広津が関わって一〇年間、文学者による裁判批判「松川裁判」は、これ自体一個の稀有な最高傑作であり、広津和郎文学のきらめく結晶である。

文学入門・研究入門

広津和郎の全集として最も完備しているものは、『廣津和郎全集』全一三巻（一九七三・一〇～七四・一二、中央公論社）である。渋川驍・橋本迪夫・平野謙が「あとがき」を付けているが、底本には高価値のものを選定して、加除を明示しているものの、漢字には当用漢字、かなづかいは現代かなづかいに統一されているので、初出、初版を検証する必要がある。「年譜」（橋本迪夫編）、「主要著作年表」、「主要著作目録」はいずれも『廣津和郎全集』第一三巻収録のものが詳細である。「参考文献目録」は『廣津和郎全集月報』五～一三（一九七四・三～一二）収録の山田昭夫編のものが最も詳しくてよい。

広津を本格的に論評したものは、片岡良一の「広津和郎論」（『国語と国文学』一九二六・七～八）である。広津を現実から出発し理想家的情熱に燃える即実派と考え、その批評は観察と解剖と判断は優れているが、綜合力が欠如しているとした。その小説は人生への徹見の不足が見られ、人生の暗さその物に安住しているので、一切を肯定して悟入することを期待した。昭和初期では宮本顕治の「同伴者作家」（『思想』一九三一・四）が注目される。同伴者地点での安住を戒めながらも当時のプロレタリア文学運動が見落としていたプロレタリア文学周辺の進歩的小市民作家の役割を積極的に評価しようとしていた。

戦後の研究では平野謙が「広津和郎」（『現代の作家』青木書店、一九五六・五）で広津の魅力の源泉は「二葉亭のリアリズムと秋声のリアリズムとのもっとも恰好な綜合者の位置にある」と述べ、評論では「怒れるトルストイ」、小説では「やもり」を評価した。谷沢永一は『大正期の文芸評論』（塙書房、一九六二・一）で「自由と責任とについての考察」を取上げ、アルツィバアシェフの影響・批判から初期私小説の過失と責任の問題を掘り下げている。「研究史覚書」は便利である。

広津の文学的生涯を概説した最初の単行本は橋本迪夫の『広津和郎』（明治書院、一九六五・一一）である。文学的出発・初期評論から松川裁判までの問題点を摘出して、広津文学の全貌に照明を当てた。性格破産者の「インテリの弱さ」を単なる弱さとせず、時勢に対する非妥協とか、自己の堅持の面で、自由思想家としての弱さそのものを持つ強さを指摘した。

最新の坂本育雄の「文学者広津和郎」（『広津和郎論考』笠間書院、一九八八・九）では、初期の私小説よりも、性格破産者小説を重視し、性格破産者とは優等生や現実適応性格のアンチ・テーゼである、とした。また『松川裁判』を一個の稀に見る文学作品と位置付け、弱き心臓を以て強き心臓を徹底的に追いつめて行った記念碑と称讃した。

広津和郎研究はまだ端緒についたばかりである。初期私小説、性格破産者小説、散文芸術、松川裁判と掘り下げるべき問題は多い。

（『近代文学Ⅰ』山田有策編、学術図書出版社、一九九〇年四月）

第八章　木山捷平

⑰木山捷平『長春五馬路《ウーマロ》』から満銀券を思う
——なぜ満洲中央銀行券は戦後二年間も通用したのだろう——

一

私は「満洲国」建国が宣言された一九三二（昭和七）年、犬養毅首相が射殺された五・一五事件の前夜、福岡県大牟田で生れた。翌年、単身赴任していた父の招きで中国大連（当時の関東州）に渡り、南満洲鉄道（満鉄）の下請会社の土木技師だった父の転勤で奉天（現・瀋陽）・新京（現・長春）・牡丹江などで幼少年時代を送った。一九四五年八月ソ連軍侵攻後、新京第一中学校一年だった私は父母、祖母、妹と共に新京を脱出、安東（現・丹東）で敗戦を知り、戦後最初のメーデーの日、父を亡くした。一年間敗戦国民の悲惨をなめた末、四六年一一月久留米に引揚げた。

木山捷平

一九九四年二月から一年間、私は中国吉林省長春市にある吉林大学外国語学院日本語系の招聘で客員教授として赴任した。四九年前、決死の脱出を企てた「満洲国」首都新京——今は吉林省省都長春——に、生きて教師として赴任する奇縁を思った。

私は戦中の一九四四年四月小学校（当時は国民学校）六年生から

四五年八月中学一年生新京脱出まで一年四ヶ月、新京に住んだが、戦後の新京は知らない。しかし、吉林大学在任中、戦後の長春に生活して、「満洲国」のことを強く意識するようになった。戦後の安東で一年数ヶ月暮した辛酸を思い出した。玩具・衣服を売ったり、穀物店で店員になった時、「満洲国」で通用していた満洲中央銀行券が、「満洲国」崩壊後引揚げるまで通用したことは、誠に摩訶不思議なことであった。ソ連軍や中国共産党軍の軍票も通用していた中で、「満洲国」はなくなり、満洲中央銀行も機能を停止していた時期に、満洲中央銀行券が生き延びて、日本人のみならず、中国人の中でも流通していたのは、実に稀有なことであった。

一九九四年の吉林大学在任中、学術講座として日本語専攻学生や教職員対象に講演会を二回したが、一度「日本戦後文学に描かれた長春」という題で講話した。その中で木山捷平の『長春五馬路』を題材として取り上げた。

木山は敗戦前年の一九四四年一二月、満洲国農地開発公社嘱託として新京に単身赴任した。零下二十度以下の冬は日本から来た木山にとって耐え難い極寒となり、健康を害して生死の境をさ迷った。終戦三日前の四五年八月一二日、「根こそぎ召集」を受け四一歳の老兵は、入隊し蛸壺のような穴から爆弾を抱えてソ連戦車に突進して、自爆する訓練をさせられた。一五日、玉音放送で敗戦となり、四日後の一九日、現地で召集解除になり、白酒《バイチュウ》や古着の小売りで難民生活に耐え、翌四六年七月長春を出発、葫蘆島から乗船し、佐世保に上陸、八月二六日に故郷岡山県笠岡市に帰った。

二

中国から帰国した木山捷平には『大陸の細道』という「満洲」を舞台にした小説があるが、その第一章「海の細道」は帰国一年後の一九四七年一月『素直』、第二章「雪の原」は四九年一二月『文芸公論』、第三章「白兎」は五〇年四月『文学界』、第四章「花枕」は五七年一二月『小説新潮』に発表された。六二年七月新潮社から単行本として刊行され、六三年三月、昭和三七年度第一三回芸術選奨文部大臣賞を受賞した。

木山捷平は、『大陸の細道』の続編として、『長春五馬路《ウーマロ》』第一節「墓標」(原題「墓と鏡台」)を一九五七年九月『群像』に、第二節「襤褸」(原題「長春五馬路」)を六三年三月『新潮』に、第三節「戦禍」(原題「弾痕」)を六四年一月『群像』に、第四節「中国服」(原題「下駄と指」)を六四年五月『新潮』に、第五節「太常の妻」を六五年三月『新潮』に、第六節「七家子」を六五年七月『新潮』に発表した。起筆から八年、敗戦から数えると二十年を経て完成した。そして、単行本『長春五馬路』(筑摩書房)として纏められたのは、実に木山の歿後二ヶ月たった一九六八(昭和四三)年一〇月であった。

『長春五馬路』は木川正介を主人公とする敗戦後の中国長春(かつての「満洲国」首都新京)での難民生活が題材になっている。木川正介は四二歳、敗戦の前年一九四四(昭和一九)年一二月、満洲農地開発公社弘報課嘱託として単身満洲にやって来た。第一節「墓標」では四五年一一月下旬、正介は長春のトキワ・ホテルに住んでいるが、敗戦後、このホテルにも北満から難民たちが入り込んでいた。正介は日本の故郷で自分の葬式をしてもらっている夢を見た。自分は棺から引き出され、妻と長男とが正介の死体を担いだ。妻が石に躓いた拍子に目が覚めた。正介は白酒《パイチュウ》の行商をして生計を立てていた。第二節「襤褸」では正介は朝鮮人金山の紹介でボロ屋（古着屋）となり、中国人に混じって城内（中国人街）の五馬路に売りに行く。小盗児《ショウトル》（盗み）に会うこともあれば、百円のシーツが二百円、三百円で売れることもあった。第三節「戦禍」は四六年四月中旬、八路軍（共産軍）が長春を占領した。第四節「中国服」で正介たちボロ屋は共産軍の命令で売り場を五馬路から二馬路に移動させられた。ある日、ほぼ売り尽くし、ネクタイが一五本だけ売れ残った。中国服を着た一人の女が一本一〇円で全部買いたいが、お金は家にあるので、ついて来てくれと言う。第五節「太常の妻」では女は前年六月、正介が北満富海《フーハイ》に出張した帰途、汽車の中で出会った男児を連れた三〇歳くらいの中国婦人だった。外国の領事館公邸のような洋館に住み、呉永春といい、正介を歓待してくれた。第六節「七家子《チーチャーズ》」では五月二二日、国府軍（国民政府軍・中央軍）が再び失地回復にやって来るという噂が流れた。正介は白酒を買い、共産軍軍票の百円札を出すと、店主は「この百円札はもう駄目だ」と言った。つまり、共産軍が撤退すれば、共産軍の軍票は通用しなくなるのである。

正介は解せないことばかりだった。旧満洲国の紙幣は満洲国が瓦解してもいつまでも平気で通用していた。ソ連軍が満洲に進駐すると同時に発行した軍票も、もうソ連軍は撤退したのに、これもまだ平気で通用していた。日本紙幣はあまりお目にかからぬが、あれば平気で通用するはずだった。にもかかわらず中国共産軍の発行した紙幣だけが通用しないという理由が呑み込めなかった。

（『長春五馬路』第六節「七家子」）(2)

ソ連兵の強姦を予防するためざんぎり頭にしていた日本少女が、煙草を売っていたので、正介は三個買い、先刻断られた共産軍百円紙幣を出した。少女は「あの、このお札、まだつかえます？」と首をかしげた。正介は「使えるとも。わしはいま城内で満人（中国人）から受け取ったばかりだよ」と嘘を言った。正介は離れてから胸がどきどきした。共産軍が撤退して国府軍が入城するという噂は本当かもしれない。自分が少女をまんまとひっかけてやったことに間違いはなかった。ひきかえして、少女に「さっきの百円札ね、あれをこれと交換してもらえないか」と正介はソ連の軍票を差し出した。「あら、どうしてですか」少女は不審そうに聞いた。正介は「あれを持っていると万一の時、命が助かるような気がするんだよ。ちょっとその札にはマジナイがしてあるんだよ」と言い、ソ連の赤い軍票を少女の手に押し付けると、少女はしぶしぶみたいな表情で共産紙幣を正介に渡した。

あくる日、共産軍と国府軍との間で戦闘があり、次の日、国府軍が入城した。二馬路のボロ屋売り場はもとの五馬路に戻った。町で呉家の小婢七家子に会い、呉永春夫妻と男児は長春を立ち去ったという。呉永春夫妻は共産軍関係のスパイだった。

三

『長春五馬路』には三つの題材が描かれている。一つは日本の故郷に残してきた妻と息子に対する思いである。前作『大陸の細道』第一章「海の細道」によると、「東京で言論の圧迫に喘いだり、防空演習隣組で腹をたてたりしているより、満洲旅行のつもりでやって来ないか。仕事は別に強制しないそうだ。いればよいのだそうだ」という友人北村謙次郎（小説では村田）の誘いに乗って比較的軽薄な理由で、敗戦近い「満洲」へ渡った。戦意昂揚小説を書けない木山捷平が細々とも の書きができるのは、米軍B29爆撃機の空襲が始まった東京から逃避して「満洲」に行くしかなかったのかもしれない。「満洲というところは、人生の落伍者が来る所でしょうかね」（『大陸の細道』第一章「海の細道」）と木川正介は自嘲的に言うが、木山の本心も同じであっただろう。「終戦を目の前にひかえて、満洲くんだりまで出かけたのも、一つには、酒がのみたい為であった」（随筆「酒の功徳」）という木山の言葉はあながち自己卑下やおとぼけばかりではない。

そうして、木山捷平が一九四四年一二月下旬、妻子を故郷岡山県笠岡に疎開させ、単身東京を出発し玄界灘を渡り、朝鮮半島を北上し、「満洲国」首都新京（現・長春）に着いたのは、二八日であった。八ヶ月後、終戦三日前に招集され、挙げ句の果てが敗戦、敗残の身を異国の中に曝した。『長春五馬路』は、四五年一一月から物語は始まるが、当時の海外日本人すべてがひたすら日本帰国を夢見ていたが、木川正介は「自分が死んだ時自分の遺骨が、自分の家の祖先の墓に埋められることを、この世におけるたった一つの希望にしていたのである」。正介は自分の葬式をしてもらっている夢を見た。僧は読経をあげてくれる。出棺になる。家を出て三、四丁で、自分は棺から引き出され、裸の臍のあたりに青竹を突き刺され、妻と小学三年の長男英一（万里《ばんり》がモデル）が担いでいる。自分は墓に入れると思うとうれしくて仕方がない。ところが鐘がチーンと聞こえたとたん、妻が石に躓いて転び、正介も地べたに足をついた拍子に、目が覚めた。正介は夢の続きが見たいと思った。これも一つの望郷、帰国願望の変形であろう。前年の初めての酷寒に痛撃を受けた正介はもはや生還を期待し得ない。せめて死後の霊魂なりとも故郷の墓地で安住したいという願望であろう。

ホテルの雑役婦掛川律子が戦後金に詰まったマダムの命で部屋の鏡台を回収に来た。この鏡台は正介が自室で独酌する時、鏡に自分の顔を写して見る「なくてはならぬ存在」なのである。この鏡台こそ彼と家族とをつなぐライフ・ラインなのである。だから鏡台に触発されて、自分の楽しい葬式の夢をみる。前年五月、日本にいる妻と長男に出した転室通知を思い出すのである。この部屋に移った当初、この鏡台の引き出しを掃除していると、前のフリの客が残して行った性の後始末の紙を発見し、「ちッきしょう」と憤慨したものである。妻を思い出したのかも知れない。

二つ目の題材は木川正介が敗戦後、長春城内で白酒《パイチュウ》売りやボロ屋をして、たくましく生きて行く姿である。正介にはもともと日本人としての誇りなど持たなかった。中国人と間違えられても恥とは思わなかった。行商の帰り、順天小学校の前を通った。ここは終戦直前、どたばた招集に引っかかって入隊した部隊本部のあった所だった。戦車飛込特攻隊で飛込み訓練を強要された馬鹿げた場所だ。正介は誰もいない学校の便所に入り、小便で妻の名を落書きする。神聖な天皇の軍隊に尿を引っかけ、恋しい妻を思い出す快感を覚えるのである。

ここで興味ある記事がある。「新京市には八月九日までに日本人が十三万人ほどいたのに、日ソ戦がはじまるや否や軍人官吏の家族が一一、一二、一三日の三日間に五万人ほど朝鮮方面へ疎開して行った。私の父は満鉄と交渉して、疎開者の中に入れてもらい、一三日に無蓋車で新京を脱出したので、この五万人の中の一人である。そのあとへ、多少日はおくれたが北満からの避難民が十五万人ほどどっとおしよせ、日本人の人口は差引二十三万人にふくれ上った。その中から、その冬だけでも八万人は死んで行ったのに、正介がその中にはいらなかったのは、自分ながら奇蹟のように思われてならなかった」（第二節　襤褸）。この数字ははなはだ曖昧で、漠然としていて、典拠もわからない。しかし、私も当時その土地に生活していたので、切実な記録である。そして二十三万人の人間が一年間に八万人も死んで行く現実は、目を覆うべき悲惨であるが、木山捷平は五馬路の雑踏や二馬路の塵埃、ボロ屋仲間や難民娼婦たちを飄々と描いている。帝国軍隊、関東軍に対する感覚的な嫌悪はあっても、その背後にある帝国主義や植民地主義に対する言及はない。木川正介は自分が酒飲みなので、よく酒を買いに行くうちに、城内の中国人街から白酒を仕入れて日本人に売った。競争者が現われてからは金山の誘いでボロ屋になる。日本人から古着を買い、城内で中国人に売った。座って酒を飲んでいれば売れた。日本人のボロ屋は彼一人で、結構もうかった。中国人仲間からも信頼され、商売の駆け引きもうまい。木川正介は文学者くずれだけに変なプライドがない。

後に木山は「満人は実に親切な、人のいい民族で、僕はずいぶん助けてもらいました」と述懐[3]している。正介が南長春停留所から三頭だての乗合馬車に乗って居眠りをしていると、先客の大学助教授が車夫に「この東洋鬼《トンヤンキイ》、城内までいくらで乗せるんだい」と尋ねているのが聞こえた。車夫は「二十円だ」と答えた。「二十円か。それでは我々中国人と同じではないか」助教授は詰るように言った。「わしは中国人も日本人も同じだ」と車夫は言った。「お前はバカだなあ。こういうどさくさの時こそ、日本人には五十円でも百円でもふんだくって、大儲けをすればいいのに」と助教授はあざけった。「わしは金持ちにならんでもええ。わしは日本人と中国人の差別はせん」と車夫はきっぱり言った。正介はうとうとから目覚め中国語も理解できた。正介の目から涙がにじみ出た。

三つ目の題材は中国共産党のスパイだった呉永春や七家子との物語である。『長春五馬路』という自伝的色彩の強い小説の中で、第四節「中国服」後半から第六節「七家子」までは、最も虚構が濃い部分である。トキワ・ホテルに住む難民の女性たちは、おそらく開拓地で関東軍から見放され、逃避行の末、命からがら長春にたどり着いた者たちであろう。ソ連軍の略奪や陵辱、現地中国人の報復暴行に耐え、親を亡くし子を捨てざるを得なかった陰惨な悲劇が隠されていたかもしれない。流れ着いた長春でも身をひさぐ所まで落魄した女もいる。彼女たちの暗い陰惨な性は語られることもない。木川正介の性は呉永春との一年前から出会いがあって、ネクタイを言い値で買う豪邸に住む謎の女として現われるところから始まった。そこに小婢の七家子が絡むのである。二人とも積極的に正介に迫り、彼はいずれも受動的である。呉永春は国共内戦の中で戦う共産党のスパイであることがわかる。しかし、正介とこの七家子との性は必然性が稀薄である。畢竟、『長春五馬路』における性は、第二の正介の旺盛な生活力を補強する側面の域から脱することができなかったようである。

『長春五馬路』では日本の傀儡国家「満洲国」首都新京の敗戦後、木川正介の生きざまが描かれてきた。日本の敗戦、「満洲国」の崩壊、ソ連軍の侵攻、国民政府軍の進入、共産軍の占領、再度の国民政府軍占領と打ち続く国内外状況の変化の中で翻弄されて、生き抜く木川正介は、生きて帰国することを強いて期待せず、「自分が死んだ時自分の遺骨が、自分の家の祖先の墓に埋められることを、この世におけるたった一つの希望にしていたのである」。決して泣き言を言わぬ楽観主義者であり、逞しく中国人に混じって生き抜くのである。

四

この長春における国際的、政治的、経済的、軍事的状況は実に厳しいものがあった。一九四五年八月一五日、ポッダム宣言受諾の天皇玉音放送があって、日本敗戦となり、首都の市内は一変する。ソ連軍侵攻と共に通化に転進した関東軍司令部は八月一八日にいたってやっと停戦命令を下達したが、各部隊に容易に伝わらず、東寧、虎頭には二六日に伝達された。ソ連軍が長春に進駐したのは、早くも八月一九日[4]だったという。ソ連軍は戦車隊を先頭にして、ぼろぼろの軍服を着た囚人兵のような大男たちが軍歌を高歌放吟しながら入城したらしい。翌二〇日、ソ連軍の将校が満洲中央銀行本行にやって来て、預金の受け払い業を一切停止するよう命令し、その夜からソ連兵が銀行を占拠、警備し始めた。二二日、ソ連野戦銀行局から派遣されたジェストコフ少佐が銀行に来て、全部の金庫を開けさせ、現金、有価証券などすべてを持ち出した。ソ連軍は略奪と暴行の限りを尽くし、日本人に抜き難い恐怖を与えた。

九月七日、ソ連軍の満洲中央銀行管理官が交代し、新任のマルシェフ少佐が銀行に来て、持ち出した満洲中央銀行券が不足してきたので、増刷せよと命じた。満洲中央銀行券は日本の内閣印刷局で製造して関釜連絡船で運んでいたが、終戦直前、輸送が危険になり、満洲国印刷局で製造、自給自足していた。しかし、印刷機械、紙幣印刷の原版、印刷用紙、インキも暴民に破壊されたので、印刷不可能なこと、紙幣を発行する「満洲国」も満洲中央銀行も機能を喪失して発行する力がないと言って断った。終戦直前、満洲中央銀行は千円札も準備していたが、裏は白く印刷されていないものを流通させることはできず、ソ連軍は紙幣製造計画を断念した。

結局、ソ連軍は九月二〇日ごろからソ連領チタで製造した軍票[5]が満洲中央銀行券と同価値で強制的に流通させられた。

「何にしたところで今日、わしはうまく行ったから、今日の品物の代金は、今日ちゃんと払っておくからね」

と正介はポケットの中から赤い（赤いというのはソ連の軍票が赤色をしていたのである）札束をつかみ出して、満人流儀で一枚ずつ数えて五百二十円畳の上に並べると、一枚ずつ数えて金山はその札束を受けとり、それから細君に酒を命じた。

（『長春五馬路』「第二節　襤褸」）

チタ製の軍票は赤く、百円、十円、五円、一円の四種あった。満洲中央銀行発行課長だった武田英克[6]は、「このチタ製の赤い軍票は、ソ連軍がいなくなるとたちまち紙切れ同然となり、だれも使うものがなくなってしまった」と書いているが、木山捷平は、「ソ連軍が、満洲に進駐すると同時に発行した軍票も、もうソ連軍は撤退したのに、これもまだ平気で通用していた」（『長春五馬路』「第七節　七家子」）と書いている。たぶんソ連軍は公式に軍票通用停止などの布告はせず、接収できるものはある限り収奪して立ち去った。何も知らない長春市民はある時期局地的に通用していた所があったと思われる。

では当時長春に生活した作家はソ連軍票をどう描いただろうか。早稲田大学英文科を卒業し、大連に渡り憲兵隊の通訳になり、一九三九年秋から「満洲国」外交部に就職して「新京」に住んだ榛葉《しんば》英治は、敗戦後の長春を描いた小説『赤い雪』で第三九回直木賞（一九五八年上半期）を受賞したが、その作で、[7]「青地の生活費は、今のところ月三百円ぐらいだ。ソ連の軍票が出てから、旧紙幣の値打が出て、どこでも蔵いこみ、物価は上る一方だ」とある。同じ榛葉英治は自伝でも、[8]「私はその代金を、ソ連軍の軍票の赤票では受け取らないことにした。はんたいに満洲中央銀行の円の紙幣は、満人にも信用は絶大である。」とある。

敗戦を小学四年で迎え、戦後の長春を描いた、三木卓の芥川賞受賞作[9]『鶸《ひわ》』でも、「占領軍が撤退すると、撤退した領域じゃ軍票は紙屑になっちまう。つてことだ」とか、「軍票は早いところ使ってしまおう。だが、もう、軍票の価値は下がりはじめているかもしれない。百が八十、ことによると六十から七十位になっているとしたらどうだろう。何しろ目ざとい、この国の商人たちのことだ。この間の市場での競売りの時、かれらが少年たちに支払った紙幣が殆ど軍票だったことを少年は思い出し、一瞬世界がかげったような気がした」と描いた。

貨幣カタログなどを見ると、百円は紺色に中が桃色の地、十円は桃色、五円が薄緑茶色、一円が空色である。表の上部に「蘇聯紅軍司令部」とあり、下部に「為一切交付必使用」と記されている。いずれも嫌われもののソ連軍票は貰ったら、一刻も早く他に回さなければいつ紙屑になるかわからなかった。トランプの「ばば抜き」みたいなものである。

一九四五年九月下旬、国民党政府は東北地区（旧満洲）経営のため、「東北行営」という組織を作り、先遣隊を長春に送り込んで来た。一一月、国民政府は完全に長春を掌握し、一二月二〇日、旧満洲中央銀行は国民政府の中央銀行長春支店（本店は上海）として開業した。同行は東北地区の基礎通貨として東北九省流通券を発行した。初め券種は百円、十円、一円であったが、物価の騰貴につれて五百円、千円、五千円とだんだん高額紙幣が発行された。その間、満洲中央銀行券も同価値で流通していた。

一九四六年四月七日、長春でソ連紅軍見送り式があり、一五日に完全撤退した。二〇日には入れ代わり中国共産党の東北民主連軍が長春を占領し、五月一日、中国共産党による人民政府が樹立し、中共軍の軍票が出回った。私も安東でこの赤い中共軍票を使用したことがあるが、まるで玩具のお札のようであった。やがて、アメリカ製の近代装備をした国府軍が迫り、日本軍から武装解除した兵器をソ連軍より譲り受けた中共軍は長春を撤退した。前述の『長春五馬路』「第六節　七家子」のように、撤退と同時に中共軍票は誰も受け取らなくなった。

一九四六年五月二三日、戦闘の末、今度は国府軍が長春を占領した。その少し前、五月一一日、アメリカ軍と国府軍との間に在中国(旧満洲)日本人の遺送(送還)協定(葫蘆島よりの引揚に関する件)が成立した。同月一四日から葫蘆島よりの引揚が開始された。長春からの引揚は七月二〇日から実現した。

終戦の一九四五年八月当時、「満洲国」・関東州における日本人の人口は一五四万九七〇〇人と推定されている。[10] その内、日本人の死亡者(一九四五～四九年)は約一八万人と言われる。引揚は一九四六年一〇月末には一段落し、葫蘆島から日本各港への乗船者数は一〇一万人に上っている。[11]

さて、引揚者たちは一人千円しか持ち帰ることが許されなかった。乗船前のトイレには色とりどりの貨幣が無残に多数捨てられていたが、特にソ連軍票が多かったという。ここでも日本銀行券や満洲中央銀行券・朝鮮銀行券はまだ信用を保っていた。ではなぜ満洲中央銀行券は「満洲国」が崩壊しても、満洲中央銀行が機能停止しても、ソ連軍軍票、中国共産軍軍票、国府軍軍票(東北九省流通券)よりも信用度が高かったのだろうか。

なお、朝鮮銀行券の場合は、一九四五年八月一五日、太平洋戦争終結後、朝鮮総督府は朝鮮に自治権を付与するが、九月八日、アメリカ軍が進駐し軍政を布告し、朝鮮銀行券は引き続き使用が認められた。四八年八月一三日、大韓民国建国後も使用され、一九五〇年に朝鮮戦争が勃発し、北朝鮮軍が物資調達と経済撹乱のため、印刷用原版を用いて偽札を製造して使用したので、朝鮮銀行券を停止し韓国銀行券を発行した。

五

一九三二（昭和七）年三月一日、「満洲国」建国が宣言された。同年六月一一日、貨幣法と満洲中央銀行法が公布され、一五日、資本金三〇〇〇万円全額「満洲国」政府出資のもとに満洲中央銀行[12]は設立された。東三省官銀号、吉林省永衡官銀銭号、黒龍江省官銀号、辺業銀行の四つの発券銀行[13]の資産と負債を継承し、通貨の統一を最優先課題にした。当時の東北地区にはこの四種の貨幣の外に、私帖[14]の発行、各種銀貨の鋳造、日本の軍票、鈔票[15]、ロシア旧紙幣などの流通に加え、各銀行の発行していた紙幣は二〇種類以上にも及んだ。このように当時の東北地区は通貨が複雑多岐、混乱をきわめていたので、通貨の統一が「満洲国」経営の急務であった。「満洲国」通貨を金本位制にするか、銀本位制にするか、基本的問題で意見は対立したが、結局、中国古来の銀本位制とし、純銀二三・九一グラムを一円とするが、制度としては兌換せず、通貨の安定を優先させた。一九三四年六月、米国のピットマン法が成立し、銀が騰貴、三五年九月、満洲中央銀行券の円と日本銀行券の円とが等価（パー）を実現し、金本位制に移行した。

満洲中央銀行券[17]は日本の内閣印刷局の技師に依頼して「満洲」国旗の五色旗（甲号）・満洲中央銀行本店正面をデザインし、日本で印刷して、「五角券」が一九三二（大同元）年九月一〇日、「拾円券」が同年一一月一〇日、「壱円券」が同年一二月二〇日、「壱百円券」が一九三三年四月一〇日、「五円券」が同年六月一日に発行した。最初は満洲中央銀行券と旧銀貨との交換要求が多く、満洲中央銀行から銀が大量に流出したが、やがて満洲中央銀行券は安定した。旧紙幣回収の宣伝を展開し、流通期限満了する一九三四年六月末までに九三・一％の回収率を示した。

一九三七（康徳四）年七月一日、満洲中央銀行券はデザインを一新（乙号）、「拾円券」は表の右に財神像を用い、中央上に国章の蘭[18]を頂き、「満洲中央銀行」の文字と唐草模様すき入れ、中央下に「大日本帝国内閣印刷局製造」とある。裏の中央には満洲中央銀行を描き、左に「拾円」の意味の満洲文字（蒙古文字を改良したもの）、中央上に満洲中央銀行の行章、中央下に「此票依拠満洲国於大同元年六月十一日施行之教令第二十五号貨幣法而発行者」と八行に書かれている。その後、一九三七年一二月一日、「壱円券」（表は肖像人物不明）を、一九三八年四月一一日、「百円券」（表は右に孔子像、左に大成殿、裏は羊の放牧、四四年版はサイロと馬車）を、同年七月一日、「五円券」（表は孟子像、裏は国務院庁舎）を、いずれも日本の内閣印刷局で製造して「満洲」に送った。一九四四年四月には三七、三八年版（乙号）とほぼ同じデザインで「拾円券」「五円券」「壱円券」が丙号として発行した。一九四四年一一月一〇日に「百円券」（裏だけがサイロと馬車に変わった）の丙号も発行した。しかし、満洲中央銀行をはじめとする外地流通紙幣は、すべて日本の内閣印刷局で製造していたが、日本の占領地域が華中、華南、インドシナ、ビルマ、南方の島々へと拡大すると、間に合わなくなった。加えて、玄界灘にもアメリカ潜水艦が出没し危険になったので、満洲中央銀行券を現地製造することになった。一九四四年一一月一〇日、「満洲帝国印刷局製造」と書かれた「百円券」「拾円券」「五円券」「壱円券」が現地印刷されて発行した。その上、「壱仟円券」までも表のみ現地印刷されていたが、裏は白紙のまま終戦になったので、発行されず、二〇〇五年版『日本貨幣カタログ』（日本貨幣商協同組合）では九五万円の値がついている。

六

さて、これらの満洲中央銀行券の流れから帝国主義的植民地支配を見ると、通貨の統一と通貨の安定という面では、見るべき成果を挙げたであろう。しかし、「大日本帝国」の繁栄のためのものであって、その土地に住む民衆のためのものではなかった。満洲中央銀行の紙幣のデザインを見ると、肖像として漢民族の孔子（百円）、孟子（五円）が用いられている。皇帝である愛新覚羅一族（満洲族）に因むものとしては裏面の左側にある満洲文字や宮殿などがある。羊の放牧（百円券の裏）には蒙古族に対する配慮であろう。そこで問題は独立国であるはずの「満洲国」の紙幣に「大日本帝国」の国号が明記されていることである。例え「満洲国」の印刷技術が建国当初のゆえ未熟であるから技術指導の意味をもって日本で印刷したとしても、十二年間も事実上宗主国たる「大日本帝国」で印刷され続け、敗戦前年、外因的理由で現地印刷にせざるを得なかったところに、傀儡性を如実に露呈している。衣の下から鎧が見えているのである。満洲中央銀行役員の人事、経営のすべて、日本大蔵省、日本銀行の指導、指示のもとに運営されていたのは、当然のことである。「五族協和」とはスローガンだけで、日本の利権独占が進んだ。

一九四五年八月九日、ソ連軍が侵攻し、「満洲」に住んでいた日本人は先を争って、「疎開」と称して南下した。作詞家で直木賞作家のなかにし礼の『赤い月』「エレナ」でも、森田波子が牡丹江を脱出する時、「きっと金は命の次に大切なものになるだろう」と思い、「洋服の裏地を剥いで、胸や背中の部分に四つ折りにした薄緑色の百円紙幣をびっしりと縫い込み、ふたたび裏地でふさいでいく」。ここでも日本、「満洲国」が消えてなくなるということは念頭にない。満洲中央銀行券に対する信用はびくとも揺らがない。森田波子は息子の公平の洋服に百円紙幣を縫い込むのである。ハルビンに逃避した森田一家の頼みの綱は、牡丹江から持ち出した公平の身体に巻きつけた満銀の札束である。日本が敗れ「満洲国」が崩壊してもなお命脈を保っている満洲中央銀行券が、波子親子を救ってくれたのである。

もう一つ、旧(19)「満洲」引揚者回顧録から例を挙げてみよう。「安東駅は、同じ行動をする人で一杯である。八路軍の荷物検査がある。検査とは名ばかりで旧満洲国の紙幣を探し出し没収するのが目的。当時、八路軍が発行している金券(軍票)が市場に出回っていたが、一般の中国人にこれがなじまず、旧紙幣(当時は偽幣という)の方が市場価値があって重宝がられ、八路軍の金券より二割程度高かった。この紙幣を没収されまいと、それぞれ苦心惨澹して隠す。

たまたま義兄は、ワラジを作る技術があり、思案のすえボロ布に旧百円紙幣を芯にして十人分ワラジを作り隠すこととした。検問の際は全員履いて無事に通過、やれやれである。これがバレたら全くの無一文になるところだった。弁当箱、菓子箱、服の折り目、腹巻きなどに入れた人はほとんどが見つかり没収された。」

私も一九四六年七月当時、安東にいたのでこの状況はよく理解できる。

そこで、最初の疑問に帰ろう。敗戦後、「なぜ満洲のお札（満洲中央銀行券）は（戦後）二年間も通用したのだろう」。私は経済学にはなはだ疎い、大学をリタイアした文学研究者である。戦中の「満洲」、戦後の中国東北に生活した者として、体験的に「満洲」のお札が「満洲国」がないのに、なぜ通用したのだろう、と疑問に思い続けてきた。どうやらこのあたりで、私なりの雑駁な結論を出してみよう。

満洲中央銀行発行課長だった武田英克[20]は「満州国幣は、終戦後二年近く昭和二十二ごろまで市民の間で流通したが、発行元の満州国が崩壊し、満洲中央銀行も閉鎖して営業も停止しているのに、その紙幣がこれほど長く流通したということは、世界金融史上も例がなく、ほとんど奇跡に近い出来事といえるのではあるまいか。裏返せば、それはいかに満州国および中銀が管理通貨に成功し、市民たちがこの通貨に全幅の信頼を寄せていたか、また、それ以前の軍閥政権による紙幣乱発と価値の暴落に泣かされてきた農民たちが、いかに安定した価値の維持された満州国幣に愛着を抱き続けていたかの、明らかな証拠といえるであろう」と書いているが、半ば正しい部分もあるが、身びいきの我田引水になった嫌いがある。

一八九四（明治二七）年の日清戦争（中国では甲午戦争）後、対外貿易が盛んになり、通貨の需要が増大し、各種紙幣の乱発によって価値が下落し、農民たちが泣かされたのは事実であろう。民衆は通貨統一の要求が切実であったが、それは「満洲国」である必要はなかった。日本が日清戦争、日露戦争に勝利し、鉄道に伴う権益を得たがため、たまたま「満洲国」が強力に通貨統一を成功させたのである。満洲中央銀行券は確かに通貨を安定させた。一九四五年八月以降、中国東北入民は通貨安定をしばし満洲中央銀行券に託したのであって、「満洲国」を信頼したわけではない。

では、中国東北人民は通貨安定をしばし満洲中央銀行券になぜ託したのであろうか。第一は満洲中央銀行券の印刷技術が優れており、偽造が困難だったからであろう。贋作に悩まされてきたのは、為政者ばかりではなく、民衆もまた苦しんできた。軍票のお粗末な印刷と比較すると、違いは歴然としている。だから美しいお札に愛着を感じていたと思われる。「大日本帝国」で印刷されたことが、皮肉にも満洲中央銀行券の寿命を長引かせた。

第二は戦後の中国政情不安、つまりソ連軍の放漫な占領政策と、国民党と共産党との内戦によって、ソ連軍軍票、国府軍軍票、共産軍軍票と混乱をきわめて、不安を増大させていた。いつ戦乱によって紙幣が無価値になるか、戦々兢々としていた。その点、満洲中央銀行券は既に「満洲国」は崩壊しているので、内戦によって価値の転倒はない。かえって不安感がなかったのではあるまいか。

第三は満洲中央銀行券に増刷がないということである。軍票は占領軍が無責任に物資の調達のため、乱発する。従って天井知らずのインフレが起り、物価は暴騰していた。その点、満洲中央銀行券は既に発行されたもの以上の増刷は「満洲国」が崩壊した今、あり得ない。いつ新政権ができて、新紙幣を発行するかわからないので、苦労して贋札を作る必要がない。軍票の無計画性が相対的に満洲中央銀行券の価値を高めたと思われる。[21] 因みに満洲中央銀行券は一九四七年春、国民党政府が東北九省流通券を発行し、届出交換方式で一定期間内に等価で東北流通券と交換され、以後、満洲中央銀行券の流通は禁止され、一五年間の役割を終わった。一九四七年七月の満洲中央銀行券発行残高は一三六八万八〇〇〇円、回収額は二八三万五〇〇〇円、月末純発行残高は一〇八五万三〇〇〇円となっている。

木山捷平は『長春五馬路』の中で、敗戦後の長春市内は「日本紙幣はあまりお目にかからぬが、あれば平気で通用するはずだった」（第六節　七家子）とあるが、そんなことはない。「満洲国」、日本国が信頼できるから、「満洲国」紙幣や日本紙幣が通用するのではない。一旦発行し信用を勝ち得た通貨は、それを発行した母胎の国家や政府と関係なく、物神崇拝的に生き続ける。一九三二年以来、一三年間慣れ親しんだ満洲中央銀行券は、「満洲国」とは没交渉に戦後の中国東北で最も安心できる共通紙幣として各種軍票流通の中でサバイバルに耐え抜いたと思う。中国人は日本銀行券にそれはどの物神崇拝を勝ち得ていない。まして中国・日本間が杜絶していた戦後、日本銀行券に交換価値はなくなった。従って、一部日本人が引揚げ時に、日本に持ち帰るために温存した例外はあったとしても、戦後長春市内で日本紙幣が通用する余地はない。

中国、かつて住んだ「新京」、長春に対する私の個人的な思い入れから、本山捷平の『長春五馬路』を読み、長い間疑問に思っていた「満洲国」紙幣の戦後通用の謎を考えてみた。経済学の基礎知識もなく、帝国主義・植民地研究の経験もないまま、調査する時間不足で粗雑な見解になったことをお詫びする。

【注】

1　旧満洲国の紙幣＝『図録　日本の貨幣十一』東洋経済新報社、一九七六年六月五日。

2 『長春五馬路』＝『ちくま日本文学全集「木山捷平」』筑摩書房（一九九二年九月二八日）による。

3 述懐＝金井俊夫「朝、昼、晩」。栗谷川虹『木山捷平の生涯』筑摩書房（一九九五年三月一七日）による。

4 一九日＝武田英克『満州脱出　満州中央銀行幹部の体験』中公新書、一九八五年六月二五日。ソ連軍の長春進駐は八月一七日という説もある。

5 軍票＝『満州中央銀行史——通貨・金融政策の軌跡——』東洋経済新報社（一九八八年一一月四日）によると、ソ連軍票は一九四六年一〇月現在、東北各地で一九億三三〇〇万円発行された（東北行営経済金融処調査『張公権文書』）。

6 武田英克＝武田英克『満州脱出　満州中央銀行幹部の体験』中公新書、一九八五年六月二五日。

7 その作＝榛葉英治『赤い雪』「八章　思想と肉体と」（和同出版社、一九五九年二月一二日）。

8 自伝＝『八十年現身《うつしみ》の記』（新潮社、一九九三年一〇月一五日）「七章　引揚げまで」。

9 『鵶』＝三木卓『砲撃のあとで』集英社文庫、一九七七年五月三〇日。

10 日本人の人口＝『満蒙終戦史』満蒙同胞援護会編、一九六二年。

11 乗船者数＝『昭和史の天皇』六、読売新聞社。

12 満洲中央銀行＝『満州中央銀行史——通貨・金融政策の軌跡——』東洋経済新報社、一九八八年一一月四日。

13 東三省官銀号＝奉天省、吉林省、黒龍江省三省の総合的な銀行。紙幣を発行するなどの一般銀行業務のほか、特産物取引をはじめ精油、製粉、醸造、製糖、織物、電気、鉱山など付帯業務が二二種に及び、「やらないのは風呂屋ぐらいのものだ」と言われた。その取引高は銀行の本業より付帯事業の方がはるかに大きかった。

14 辺業銀行＝奉天で張学良政権一家が経営していた銀行。

15 私帖＝個人および個人会社が発行した信用手形。

16 鈔票＝横浜正金銀行発行の円銀兌換の銀行券。

17　満洲中央銀行券＝以下は『図録日本の貨幣　十一』（東洋経済新報社、一九七六年六月五日）。
18　蘭＝五つの花弁は「満洲国」のスローガン「五族協和」の五族（日本、満洲、中国〈漢〉、朝鮮、蒙古）を表わしている。
19　旧「満洲」引揚者回顧録＝「終戦から一年間の苦闘」佐伯哲男『曠野《ひろの》』復刊第四集、円明会、一九九七年四月一九日。
20　武田英克＝『満洲中央銀行始末記』ＰＨＰ研究所、一九八六年八月四日。
21　満洲中央銀行券＝『満州中央銀行史――通貨・金融政策の軌跡――』東洋経済新報社（一九八八年一一月四日）。

（『社会文学』第二一号、日本社会文学会、二〇〇五年四月一日）

第九章　火野葦平

⑱『青春と泥濘』——〈悲しき兵隊〉への鎮魂——

一

日中戦争の杭州作戦に参加、杭州駐留中に一九三七（昭和一二）年下半期第六回芥川賞を文芸春秋特派員小林秀雄から陣中授与された陸軍伍長玉井勝則（火野葦平）は、一九三八年四月末、馬淵逸雄中佐の斡旋で、中支派遣軍報道部に転属を命ぜられ、否応なく兵隊作家の道を歩まされた。『麦と兵隊』の成功はその方向性を決定付けた。それ故に敗戦後の文化戦犯に対する糾弾は火野を直撃し、屈辱と挫折の痛恨は彼を苛酷に追い詰めた。一九四八年五月一六日、「昭和二十二年勅令第一号第四条覚書該当者としての追放指令文書」によって追放指定を受けた。

一九四四（昭和一九）年四月、火野は太平洋戦争末期の悲劇インパール作戦に報道班員として志願従軍、戦場で生死を共にした「悲しき兵隊」たちの気持ちを代弁しなくてはならないという使命感を意識せずにはおられなかった。「いささか私小説的な趣が出すぎたよう」（『火野葦平選集』第八巻、東京創元社）な火野自作「年譜」によると、一九四六年二月、「九州書房」の用務を帯びて上京、敗戦後の東京をつぶさに見て、帰郷後、「青春と泥濘」の稿をおこしたという。

一九四八年一月、『風雪』（六興出版社）新年号から「青春と泥濘」を連載しはじめたが、占領軍からしばしば干渉があり、五月号の「第九章　前進」をもって中断した。四九年五月、「青春と泥濘」の続篇「地獄の門」を『新小説』に、四月「太陽と岩石」を『叡知』に、一二月、「青春と泥濘」の「粉砕されたもの」から「地獄の門」までを『風雪』に発表して完成させた。そして、一九五〇年三月、『青春と泥濘』を六興出版社より刊行した。火野は「太平洋戦争の中にある日本人、銃後と戦場との交錯によってかもしだされる人間の運命、人間の真実、人間と戦争との実体、人間の勝利と敗北、自然と人間と、人間と獣と、神と悪魔と、それから、民族と、政治と、歴史との秘密、そして、人間の青春と泥濘と」を表現してみたいと意図した。それは一兵隊として山野に戦い、はからずも生き残った玉井勝則軍曹の、「白骨街道」で無残に飢えと病いの中に惨死したもの言わぬ戦友たちに対する鎮魂の思いが滲んでいた。「青春と泥濘」の最後の行を書いてペンを置いた時、涙が溢れて来て止まらなかったと火野は告白している（『火野葦平選集』第四巻『「解説」）。

二

火野は「青春と泥濘」のエピグラフとして「ピューリーの魔魚の呪文・印度古譚」を引用して、

「小さき盲目の魚よ、汝は神妙不可思議なる賢者なり。

小さき盲目の魚よ、なにものが汝の眼を奪ひ去りたるや？

汝の耳をひらきて我が願望をきき入れよ、
我に愛しき人をもたらせ、小さき盲目の魚よ」

と書いた。彼は盲いた、物言わぬ「悲しき兵隊」たちを「小さき盲目の魚」として、無類の愛と涙を注いだのである。卑少な「盲目の魚」に比せられた無辜《むこ》の兵士たちはいたずらに山野に白骨を曝らすのみであった、彼はこの帰らざる兵士たちに「我が願望をきき入れよ」と悲痛な慟哭を叫びかけたのであった。

「青春と泥濘」の主人公はニヒルなインテリ、かつて中学校英語教師だった小宮山敏三上等兵ひとりに絞られてはいないが、作者の心情は小宮山を通じてより多く語られている。「いったん赤紙を受けて出征すれば、一身を祖国にささげて悔いない覚悟はできている」（第四章　心の鬼）小宮山は、「ただ、大切な生命をささげるうえは、ささげ甲斐のある死にかたをしたい」と考えている。しかし今度のインパール作戦については、どうにも納得がゆかない。不満と不安と疑惑とがわだかまって離れないが、その懐疑を誰にも語らなかった。戦争への憎悪がわいて身悶えするほどであるが、祖国の勝利を願う心は強いし、祖国の危急に際して身を挺して戦っているということで、混迷から救われている。小宮山は従順で寛厚で任務に忠実な兵隊であったが、祖国の安寧を願う気持ちと人間としての在り方の正しさとの矛盾が「心の鬼」として彼を混乱させている。

二年も前に出された恋人高原満津子からの手紙を小宮山はぼろぼろになっても棄て去ることができない。読めば、満津子と顔をあわせて話をしているような魅惑を感ずる。しかし一方では鈍感さの持つ単純さ、ずけずけという率直さ、恐しいほどの真面目さが動く。書かれている言葉は意味を失い、青春という言葉の白々しさ、感傷、甘さ、安っぽさ、遠さのみが残った。

三

今野軍曹を中隊長代理とする三七名の中隊はインパールを包囲しながら、補給路を断たれ、飢餓と疫病と砲撃に惨苦する。深いジャングルの一隅で、兵隊たちは、塩分欠乏を補うため、自分の腕を舐め、二の腕や手の甲を乳を飲むようにちゅうちゅう吸った。とうきびを食べるように腕を裏表にくるくる回しながらしゃぶっていた。互に激すると戦友に飛びついて舐め合って、汗の中の塩分をむさぼり吸った。

団栗《どんぐり》と綽名《あだな》をつけられている田丸兵長は今野中隊長代理と同年兵でありながら、戦友から揶揄され、軽蔑され、嘲笑されても、印度公園と呼んでいる高台に行き、蟻に昆虫の餌物を与えると、数百匹の仲間を連れてきて、御輿のようにかついで穴の中に運び入れる蟻たちを観察するのが楽しみであった。農民出身の、愚鈍で要領は悪いが善良でお人好しの田丸は、人間たちの愚劣で際限のない殺戮の只中でひと時か忘却れさせる無心の昆虫の営みを自己放擲の唯一の手段として頑なに守っていたのだ。彼は小宮山に親近感を持っていた。田丸は、「小宮山、この岩に腰かけれ」と言う。小宮山がその岩に腰を下ろすと、まもなく尻の下がほかほかと暖まってきた。疲れている体中に快くしみて来る温度だった。日中の太陽熱を吸い込んだ岩が、夜まで温度を保っているのであった。田丸の好感を小宮山は恍惚として感受する。だからこそ今野中隊がブリバザー、ビシェンプルの中間地区マイバム附近の戦車部隊を攻撃、爆砕し、主要道路破壊の命令を受け、志願者を募った時、田丸が行くことになると、小宮山は無意識のうちに「小宮山も参ります」と言ってしまう。そして、汗かき運動の時、田丸からいきなり抱きつかれ背中をしゃぶられ、夢中で舐めかえした塩辛い甘さが蘇って来た。

兵士たちはさまざまであった。田丸と同年兵でありながら沈着で「必勝の信念」を疑わない勇敢無比な兵士中隊長代理今野壮吉軍曹は島田参謀のおだてに乗って戦車攻撃の命令を受け、それを光栄に思って勇んで任務遂行に燃えている。大部分の部下を失ったが成功を疑わなかった今野は、気がついた時、重傷を負って捕虜になったことを屈辱と恐怖の中で知り、「天皇陛下万歳」を絶叫して舌を嚙んで死んだ。

元大工の頭梁だった稲田兵長はマラリアで発熱し、決死隊出発の前夜、首を縊って死んだ。戦車攻撃決死隊出発の時から下痢に悩んでいた柿沼上等兵はマラリア熱で四〇度に近く、戦友に肩を借してもらって喘ぎ喘ぎ歩いているうち、一歩も動けなくなり、置いて行って下さいと懇願し、河瀬一等兵の監視の隙を狙って、小銃で自殺した。柿沼は女房思いで任務に忠実であるが、動作が緩慢で何事にも不器用であった。出しゃばりで意地悪、狡猾で人に好かれぬ狷介な第一小隊長糸島伍長はチン人の女を凌辱して殺し、怨霊に戦慄している。彼は戦争とは罪悪の是認の上に成立しているという考えをもっていた。殺人、強盗、放火、掠奪、強姦、詐欺、陰謀、神聖な宗教戦争の十字車だって例外ではなかったと思っている。

決死隊が断崖を行く時、人見兵長と有田上等兵の二人が力尽き、絶壁の底へ転落した。二人を呑み込んだ谷底を覗いて、小宮山はダンテの地獄篇の一句を英語でつぶやいた。

われを過ぎて憂愁の都へ、

われを過ぎて永劫の憂苦へ、
われを過ぎて亡滅の民のうちへ、
一切の希望をすてよ、
汝等、ここに入る者、……

彼はかつて冷たい家庭の陰影の中で、生活に希望を失っていた頃、ある共感を覚えてそらんじていたのだ。今、地獄の門の前に佇んで、ひとりでに口をついて出てきたのである。

難行軍の末、今野中隊はマイバム部落に到着した。攻撃目標の戦車は竹林にかこまれた広場に並べられていた。何の抵抗もなくＭ２戦車に爆雷をとりつけ、すさまじい轟音が響き火柱が立った。爆発するのは戦車だけのはずなのに、白昼のように煌々と探照燈が照らし出され、今野中隊は周囲から機関銃、手榴弾、砲弾、爆弾の集中砲火を浴びた。英軍キャンプから一台の戦車が出てきた。田丸は戦車地雷を胸に抱いて、戦車の下に転げ込んだ。日本車と協力している印度国民軍ハリハル一等兵は、今度の戦争の爆破計画の失敗はババ一等兵の裏切りによるものだと信じた。英軍戦車に向かって喚き立て絶叫した。小宮山はハリハルが戦車に向かって手を振っているのを、投降の合図と直感し、破廉恥な裏切り者を狙って撃った。彼は高原満津子のところへ帰らねばならぬ、と意識の薄れていく中で思った。

敗残兵を待ち受けているものは、飢えと病いだけではない。底なしの泥沼に呑まれると、もがけばもがくほど引き込まれて沈下して行く。三浦看護兵、時枝上等兵、河瀬一等兵、花田伍長の四人は助けを求めながら沈んで行った。三浦は「今野の大馬鹿」と呪いの言葉を投げて死んだ。糸島伍長は三人の兵とつれになった。彼が驚いたのは三人が瀬川軍司令官暗殺隊だったことだ。「今度のようなどえれえ目にあったのは、みんな瀬川のおかげですぜ。兵隊だって人間だ。虫けらみてえに扱われてたまるか。こんな無茶な戦しやがって、負けるこたあわかっとるのに、まだ兵隊を殺そうとしやがる。わっしらの大隊はもう六ぺんも全滅したんですぜ。何度でも突撃させやがるんだ。やるたびに全滅だ。……俺たちの敵はイギリスじゃねえ、瀬川中将だって」しかし、糸島は嘲笑した（軍司令官ひとり殺したら、どうなるというんだ）。軍司令官につながっている根元が絶たれねば、兵隊の不幸は終りはしない。職業軍人がいる間は、戦争を避けることはできない。戦争がなくならなければ、人間の不幸はなくなりはしない。狡猾な糸島ではあるが、彼の考えは火野の考えの一部と通じ合っていた。

四

火野葦平の「解説」によれば、戦線視察に来た大本営情報参謀の瀬島少佐が彼に「あなたが見た前線の様子について、忌憚のない意見を聞かせてもらいたい」と言ったので、第一にインパール作戦が無謀きわまる強引作戦であったこと、それから、前線の将兵の質の低下、特に、参謀や部隊長の統率力の欠如、意地や面目や顔などの固執によって、いたずらに、兵隊が犬死させられていることなどを書いて、渡したという。しかし、参謀たちはただ意見書を読んだだけで、その後の作戦に活かすことはなかった。

　火野描くところの軍司令官瀬川中将は前線視察の帰り、チン人の女を侍らせ、チンの酒ヅーの酌をさせて、「俺はいつも部下へ三つのホルモン注射をする。第一は必勝の信念、かならず日本が勝つという強固な確信を持つこと、第二、戦争は外国人の考えるように、悪ではないこと、正義の師は善なること、第三、人生の完遂は臣下としての任務完成以外になにもないこと」と豪語している。一方、弓兵団の前師団長曽田中将は作戦停頓の責任を問われて、更迭され、「俺は生ける屍だ」と憔悴しているものの、普通食を「こんなおいしいものを久しぶりで食った」という。

　今野中隊が二二名のマイバム敵戦車爆砕決死隊を送って、挙げた戦果は、邪魔になる古戦車を片づけてやっただけで、生きて帰った者は四名に過ぎなかった。爆破隊は全く骨折り損のくたびれ儲けに終ったわけで、犬死した兵隊こそ憐れであった。断崖から墜落した人見、有田。泥沼に呑み込まれた三浦、時枝、河瀬、花田。自殺した稲田、柿沼。敵のおとり作戦にはまって壊滅的打撃を受けた爆破隊。軍司令官暗殺に失敗して射殺された川口、矢橋、白石。同じ民族でありながら、英印車に加った者と日本と協力する印度国民車とが敵味方に分れて殺し合う悲劇。それらはいずれも名もなき「悲しき兵隊」であった。

　地雷を抱いて敵戦車の下に団栗のように転げ込んだ田丸兵長は、奇蹟的に生命を拾ったものの、盲目となり痩せ衰えて、戦友と中隊へ帰りを急ぐ。「爆破は大成功じゃったろう?」「うまくいったな、やり甲斐があったよ。全部、吹っ飛んでしまいやがったからな。ほんとにあんなに胸のすいたことはない」彼らはおとりの古戦車とも知らず、むなしい成功を信じている。古里の田舎を思い出し、飢えの中で近くの蟻に餌をやろうして、やがて、二人は深い眠りに落ちて行く。

大爆音と敵の総攻撃の中で、重く堅いもので激しく後頭部をなぐられた小宮山上等兵は、しばらく人事不省になったが、やがて意識をとりもどした。敵戦車に向かって喚き立てている印度国民車兵士ハリハルを投降の合図と直感した小宮山は裏切者を狙撃した。彼は高原満津子のところへ帰ろうと夢遊病者のように歩いた。心ならずも英印車の捕虜となり、インパールの病院にいる。小宮山は満津子に届くあてのない手紙を書いた。「僕は確信をもって断言する、この馬鹿げた爆破作業は大成功であった、と。作戦にとってではなく、軍にとってでもなく、人間にとって。少なくとも、僕自身にとって。人間の證明がなされる場所というものが、つねにぎりぎりのところにあったことを僕は歴史によって知っているが、それはまだ僕自身の歴史とはなっていなかった。いま、それが僕の歴史となったのだ。僕のこの覚醒は、この馬鹿げた爆破作業の失敗なくしては得られなかったのだ。」

人間は愚行を重ねながら、その愚行を教訓として進歩発展して来た歴史を持つのは、事実であろう。懲りもせず、戦争や殺戮を繰り返し、暫時の間、人間性を取りもどす。火野は小宮山を通して、愚かな爆破作業のむなしさを通過しなければ、人間の証明を手に入れることができないと言っているのか。

小宮山は満津子への手紙でこう書いている。「僕は日

向かって左から木村毅、
大仏次郎、火野葦平

本人だ。日本の兵隊として、祖国の危急に際して戦った。それを恥じない。僕は最後まで日本人としてありたい。……僕は裏切者とはなりたくない。」しかし、一方で彼はトーマス・マンの「国家などといっている間は、人間は不幸は絶えぬ」という言葉にも共鳴する。日本人、民族、人種、言語という牆《かき》が、人間の不幸、戦争の原因となっていることも明瞭だという。さらに付け加えるならば、国家、宗教、文化の違いが人間の理解を越え、憎悪を生み、無用の戦争を再生産しているのだろう。「これこそが、人間の青春を破壊している真の泥濘かもしれない」つまり、国家、宗教、文化、民族という結い廻らされた牆こそが、人間の結合、人間の青春を破壊している泥濘——罪悪と虚偽と殺戮がもたらすものであるかも知れないと小宮山は自覚した。それは祖国の危急存亡に際して、日本の兵隊として恥じないように戦うこととの矛盾は解決されていない。

五

田中艸太郎は『火野葦平論』（一九七一年九月一日、五月書房）で、「『青春と泥濘』を、『麦と兵隊』その他の戦争文学の、戦後における補訂だとする説は間違っている」といい、「『青春と泥濘』が『麦と兵隊』の戦後的改訂だとする見方は、そのように見る者の戦中戦後の不用意な変心を語っているに過ぎないのである」いう。『麦と兵隊』以来、『青春と泥濘』と通して『革命前後』に至るまで、火野の心には「兵隊なれば、兵隊はかなしきかなや、ひねもすを、ひたぶるにいくさするすべをおさめつ」という「悲しき兵隊」のイメージが一貫して暖かく流れていた。そういう意味で、彼のヒューマニズム（火野の戦争犯罪人公職追放指定理由書の中に「その著作に於て、概ねヒューマニズムの態度を離れなかったとはいえ、」という文言があった）は戦中と戦後は変らなかった。

「青春と泥濘」の兵隊は愚直なほど模範的兵士今野軍曹、狡猾で狷介な糸島伍長のように嫌な兵隊もいるが、大概ね憐れむべき「悲しき兵隊」たちである。糸島でさえもやっと戦車爆破から中隊に生還したのに執拗な敵の破撃で壕の中隣りにいた平井上等兵が砲弾で戦死した時、「だれが戦争なんか、しやがるのか」と叫んだ「悲しき兵隊」なのであった。

戦争の悲惨、戦争遂行に狂奔する統帥部の腐敗堕落、心ならずも戦場に引き出され、虫けらのごとく死んでいった「悲しき兵隊」を火野葦平は万斛の思いで描いたであろう。しかし、戦後の「軍隊と兵隊とに対するすさまじい罵倒」（火野「解説」）に対する反撥もあったろう。「現実に戦争の中に投げこまれた兵隊の問題は、スローガン的な戦争否定や、観念的な反戦思想では、なにごとも解決しないのである」（火野「解説」）という火野は、戦争を望まない人々、家族の安寧を願っている人々が作っている国家がなぜ戦争を引き起こし、祖国のためだ、天皇陛下のためだと言って命を捨てて戦わなければならないのか、国家の機構や軍隊、戦争のもつ通弊を鋭く切り込むことはしなかった。そこに「青春と泥濘」のもつ思想性の希薄さ、感情に惑溺した物足りなさを感ずるのである。

火野は最初トルストイの「戦争と平和」に匹敵する三千枚くらいの大作をものする壮大な野心と情熱をもって稿を進めた。彼の構想の中には「太平洋戦争の中にある日本人、銃後と戦場との交錯によってかもしだされる人間の運命、人間の真実、人間と戦争との実体、人間の勝利と敗北、自然と人間と、人間と獣と、神と悪魔と、それから、民族と、政治と、歴史との秘密、そして、人間の青春と泥濘と」を表現したかったらしいが、占領軍からの干渉などがあり、『風雪』一九四八年一月号の連載小説「青春と泥濘」は五月号までで一時中断し、前に書いていた原稿の残りは焼き捨ててしまったという。そのためか、彼自身が述べているように「太平洋戦争の意義解明」まで至っていない。まして、「人間と戦争との実体」まで深まっていない。

火野が一抹、反撥を感ずるという梅崎春生の「桜島」「日の果て」や大岡昇平の「野火」「俘虜記」に及ばないのはいたし方ないであろう。やはり「今日の殺戮の是認は、人間の新たな結合のための、呻きだ」（第九章　前進）という論理の飛躍を埋める論理が今一つ書き込まれるべきであったのではなかろうか。山田輝彦が言うように「火野の本質はむしろ生来の〈うたびと〉たるところ」（「火野葦平論―戦争責任の問題を中心に―」『福岡教育大学紀要』二三、一九七四年二月）にあり、「やさしい詩情と不逞な野性の不思議な混淆」が思想を曖昧にし、人間と戦争との本質を深化させないままに詠嘆に至ったものと思われる。

（『敍説』XIII　花書院、一九九六年八月一日）

⑲『戦争犯罪人』――戦争が作りだす罪と罰――

一

『火野葦平選集』第四巻の火野葦平の「解説」によれば、A級戦犯を裁く極東裁判が始まって間もないころ、若松の葦平宅にアメリカ軍民間情報局将校が訪問して質問した。「今、東京裁判がはじまっているが、君はそれをどう考えるか」それに対して火野は、「戦争に無関係な第三国が、戦った二つの国を両方にならべ、双方のいい分を聞いて裁判するなら公平に行くかも知れませんが、勝った国が負けた国を裁くというのでは、公平が期せられるかどうか、疑問に思います」と答えたという。

戦争犯罪は戦勝国にもあったはずだが、一名の戦争犯罪人の裁判も行われなかった。南方各地で行われたBC級の戦犯裁判は一方的な短期間の審理で憎悪と復讐の下に行われたものが多いのも真実だろう。火野葦平自身が戦後文化戦犯呼ばわりされたので、一九五三(昭和二八)年秋、河出書房『文藝』の編集長巖谷大四から、スガモ・プリズンにいる戦犯をテーマに六〇枚ほどの小説を書いてほしいと頼まれた時、かねての戦争犯罪裁判に対する思いから百枚くらいに書きたいと申し出た。「戦争犯罪人」第一部一二五枚は『文藝』一九五三年一一月号に発表され、第二部は翌五四年四月号から八月まで連載、完結した。そして、一一月、河出書房から単行本として刊行された。

二

主人公元陸車伍長貞村洋一は福岡空襲の時、母と妹とを焼き殺された恨みで、軍司令部付下士官だったが、B29搭乗員処分を志願して四人斬った。搭乗員虐殺事件で横浜裁判にかけられ、絞首刑の判決を受け、スガモ・プリズンに収容された。死刑囚たちは死刑執行におびえ、減刑を切望しているが、貞村は罪の自覚があるので、減刑の希望を持っていなかった。彼は捕虜を斬首した狡猾な元大尉鯉野幸蔵と同室となり、いやがらせに苦しめられる。温厚で部下の責任を一切かぶった元中将赤尾敬助は貞村がもっとも敬愛する人物で、大学中退の貞村に図書係をするように勧め、やがて従容として処刑された。

一九四八（昭和二三）年極東軍事裁判は判決が出て、東条英機以下七名の絞首刑が執行された。囚人たちは誰もが精神上の悩みで苦しんでいた。貞村は図書係に命せられ、小さな幸福を味わった。ある雨の日、貞村は森市太郎、鶴岡信雄の三人で処刑室の掃除を命じられた。森は今夜ここで自分たちの処刑が執行されるだろうとおびえていた。貞村は処刑台の落し床の上に立つと、突然全身が硬直し、嘔吐感に見舞われて、卒倒してしまった。

報道部宗教宣撫班員だった鶴岡信雄は、一九四四年一〇月、南ルソンのサン・ペドロ市に派遣され、民心の懐柔、軍内宣伝、米車上陸時の対敵宣伝を任務としていた。四五年一月米軍がナスグブに上陸、警備隊長は「市に放火し、混乱して逃げまどう住民を銃剣で殺す」と命令した。鶴岡は反対したが、無力であり実施された。鶴岡は親しい者を数名逃がしてやった。敗戦後、鶴岡は逮捕され、彼に助けられたことを否定する証言、彼がフィリピン人の首をはねたのを見たという証言が出たりしたので、絞首刑を宣せられてしまった。モンテンルパ監獄から巣鴨に護送されて来たのだった。

森市太郎は一九四三年、マーシャル群島ゴドム島の捕虜の家を建てたり、鉄条網を作ったりして、米軍捕虜と仲よくしていた。空襲があった時、俘虜収容所の床下から無電受信機が発見された。捕虜処刑の命令が出て、森は銃殺の任務を与えられた。敗戦後、森は死刑の判決を受け、巣鴨プリズンに移送された。

一九五〇年末、残された死刑囚のうち、一九名が終身刑に減刑され、貞村洋一もその一人であった。一九五二年四月二八日、講和条約が調印された。拘置所は米軍の手をはなれ、日本に移管された。日本独立後、全員釈放を期待したが、前途に希望なく、いまだ九〇〇名に近いBC級戦犯は獄につながれていた。

三

第二部は独立後のスガモ・プリズンが描かれている。終身刑囚も獄外に出て就職することが許されて、朝、勤務につき、夜、プリズンに帰る。いわばプリズンを宿舎とする生活者に変ったが、終身刑の戦犯であることには変りなかった。鶴岡信雄は辰巳屋食料品店に勤め、主人の坂下英次から信用され、姪の島田雪江と結婚する気はないかとまで言われた。

元軍医少佐結木栄吉はシンガポールで絞首刑の判決を受けたが、巣鴨に帰り、終身刑に減刑され、今は横浜の外科病院に勤務、豪放磊落な性格から、刑務所内の彼の独房では、「結論のない討論会」という宴会がたびたび開かれていた。貞村や鶴岡など四、五人の者が結木の独房に酒と肴を持ち寄って、雑談、世間話から結局は例外なしに釈放問題に話が落ちて来る。

七月一五日、モンテンルパから一〇八名の戦犯が帰国し、巣鴨に入った。鶴岡はその中にかつてサン・ペドロ市で放火、住民を虐殺した傲岸、粗暴な元軍曹瀬尾勉を見い出した。鶴岡は坂下の店にいることに耐えられなくなり、辰巳屋の職を瀬尾に譲った。

貞村は勤務先の自由堂書店と図書室と歌会と死刑囚遺稿編纂所と「結論のない討論会」の五つの楽しみを持つようになった。

結木は株屋に誘われ、競輪場に行き、一万数千円もうけてきた。坂井五郎は細面の柔和な美校出の画家であった。マレー人サラサルを殺したことで戦争裁判によって死刑の判決を受けた。帰国後、一旦捨てた絵筆を執り、絵を描くことだけが命となった。彼は亡霊が自分を殺すか、美が自分を殺すか、どちらが先かで戦っていると書いていた。今は師の望月新太郎画伯からアトリエの一郭を与えられ、絵を書くことに生き甲斐を見い出し毎回展覧会に出品し続けていた。その坂井は狭心症のため、独房で死んだ。貞村は坂井の絵を借り、プリズンで個展を開くことにした。

青山の平和荘で鯉野雪蔵は天井からぶらさげられ、半死半生となっていたが、足は麻雀台にとどいていたので、身体は浮いていなかった。狡猾で嘘つきの彼は多くの人の恨みを買い、計画的に苦痛を最大限に味あわせて、決して死なないように計算されていた。

一九五四年一月二日、二重橋で一六名が圧死するという負傷事件が起きた。スガモ・プリズンでも数名負傷して帰ってきた。死者の中には年末釈放された比島戦犯の夫と参賀に行き、夫は足を挫き、妻は死んだ者がいた。岩尾久助という共産党員は「自分を戦犯におとしいれた親玉の天皇にお祝をいいに行くなんて、底なしの阿呆だ」と歯がゆそうに言った。

貞村洋一は一時出所の申請をして博多に帰った。内密に帰るつもりだったが、万歳、万歳の大歓迎、新聞社のカメラ・マンのフラッシュを浴び、記者にとりまかれた。まるで凱旋将軍であった。歓迎会に、講演の依頼、義父は「立候補しなさい。世間の奴らに眼に物見せてやるがよか」と気炎を挙げる。貞村はかつてB29の搭乗員を斬首した小学校に行った。殺した四名の米兵の亡霊が呼んでいる気がした。貞村は米兵の妻子のことを考えた。自分は絞首刑に価する人間だということをはっきり感じた。

四

火野葦平はその「解説」の終りに「ドストエフスキーが『死の家の記録』に書いている〈犯罪人は悪人ではない。不幸な人である〉という言葉は、戦犯の人たちにもっともよく当てはまるのではあるまいか」と書いた。火野葦平が無実の罪で戦争犯罪の汚名を着せられた人々に一掬の涙を注ぐことは美しい。戦争の極限状況下で異常に昂揚した心理の下では人間がどのような行動を起こすか、全く予測もつかない。大きな歴史の渦の中に巻き込まれ、自分の意志ではどうにもならない苛酷な運命に翻弄されたBC級戦犯の人々は、かなりの数に上ると思われる。だからと言って日本に戦争犯罪人が存在しないということはないし、裁判がすべて不公平だったということもできない。火野は「とにかく、戦争そのものが作りだす罪悪であるから、人間は戦争をすれば、いくら理非曲直をいいたててみてもはじまらないのである」と「解説」に書いた。不幸にして地獄にのたうつ無辜の戦犯が、どこに救いを求めたらよいか、火野は摸索し続けた。

しかし、貞村洋一は福岡空襲によって家と共に最愛の母と妹とを焼き殺された恨みによって、B29搭乗員を処分する時、志願して四人も斬首した。戦争という殺戮が公認されている状況下とは言え、怨念に心の鏡が曇らされた上での、復讐であり憎悪であった。だからこそ、彼は減刑の希望を持たず、一時出所で博多に帰った時、かつて米兵を斬首した小学校の校庭に立った。米兵の亡霊が自分を呼んでいるような気がして、敵兵の妻子のことを考えた。貞村洋一は自分が絞首刑に価する人間だということをはっきり自覚してこの小説は終る。

一九五〇(昭和二五)年末、貞村が死刑から終身刑に減刑される以前、「貞村の第一の苦しさは同胞から理解されぬことだった。日本人自体の中で、戦犯を極悪人と思いこんでいる者がある。それはさびしく悲しいことだといわなければならなかった。狂気によってしか遂行され得ない戦争のなかでは、異常の神経の方が要求される。その巨大なる狂気と異常とに対して、人間の力がいかに弱いか、いやというほど経験するところであった。そして、たまたま戦犯として獄につながれた者だけがその象徴的な存在として、えたいの知れぬ悪魔に売りわたされたのだ」と考えた時とは、随分変質している。そこに貞村洋一の造型に不徹底が見られ、この作品の感銘を弱めている。

　貞村洋一と鶴岡信雄、鯉野幸蔵と瀬尾勉という同タイプの人物をそれぞれ一本化して、もっと骨太い性格の造型につとめるべきだった。温厚な元中将赤尾敬助、磊落な親分肌の元軍医少佐結木栄吉のような特異な個性を活かしきっていない憾みがある。うまく描けば、戦後の火野葦平の代表作になるべきテーマであったが、結局貞村洋一の戦犯に対する不当な扱いに公憤している心と、帰郷した彼の米兵を消滅させた罪の意識との間の分裂が、この作品の問題意識を弱めたのではあるまいか。火野はこの作品に対して毀誉褒貶相半ばしたと述懐しているが、それもいたし方ない評価であろう。

（『敍説』XIII　花書院、一九九六年八月一日）

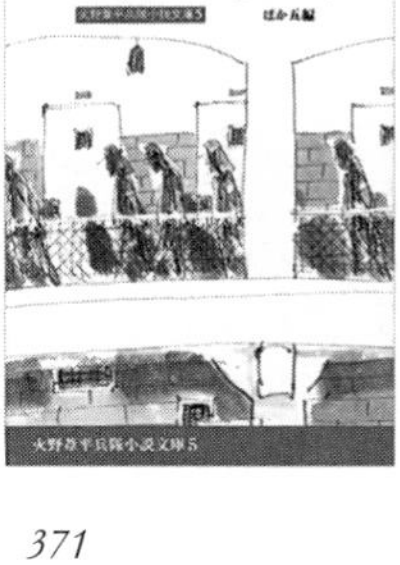

⑳火野葦平書簡（一）　野田宇太郎宛葦平書簡の紹介

『糞尿譚』で芥川賞を受賞し、『麦と兵隊』で一躍、兵隊作家として評判になった火野葦平は、北九州若松生まれで一九〇七（明治四〇）年誕生、詩人で「文学散歩」の創始者野田宇太郎は、筑後松崎（現小郡市）生まれの一九〇九年（明治四二）年誕生、火野は豊前、野田は筑後の違いはあるものの、同じ福岡県出身で二歳違い、二人ともい早稲田第一高等学院に入学している（野田は中途で退学）。ただし、高等学院在学中には二人はすれ違いで出会っていない。

火野と野田との出会いはいつごろから始まったのであろうか。『火野葦平選集』第三巻付録（月報第四号、一九五八年七月、創元社）に書かれた野田宇太郎の〈「糞尿譚」と「麦と兵隊」〉によると、

「矢野朗は久留米から出ていた『文學會議』の事実上の中心人物で、すでに征衣をつけていた火野葦平から「糞尿譚」の原稿を受け取ると、同人雑誌としては可成りの長篇だったその原稿を、無理をしてまで一冊に組み込んだ。当時私も久留米にいて別に詩雑誌を出していたので、『文學會議』には直接関係しなかった。しかし矢野とはすでに往来していて、或日のこと、この小説は力作と思うし、東京文壇中心で行き詰った感じの芥川賞の有力候補と思うがどうだろう、と云いながら、一束の原稿を私の前に置いた。当時の私はほとんど詩だけが専門と云ってもよい生活だったので、芥川賞と云われても大した関心もなかったが、それが北九州の雑誌『と

らんしつと』の詩人として名だけは知っていた火野葦平の小説だっただけに、読んでみる気になった。自分の家に持ちかえって読みはじめると、私はぐんぐん引摺り込まれていった。「糞尿譚」という特異な題名通りの特異な小説に違いなかった。これが矢野の熱意と相俟って、その予言通りに芥川賞となったのだから、私も他人事ならぬ興奮を覚えた。」

とある。

一九三七（昭和一二）年一一月、火野の「糞尿譚」は久留米の『文學會議』（第四冊）に掲載され、矢野朗によって東京に送られ、第六回一九三七年（昭和一二年下半期）芥川賞を受賞する。だから一九三七年ころまで、野田は火野の名を知ってはいたが、会ったことはなかったのだろう。原田種夫の『実説・火野葦平――九州文学とその周辺――』（大樹書房　一九六一年七月）によると「（一九三八年）二月一九日、久留米市日吉町の茶房「エトワール」で、文學會議社主催の下に、主なき芥川賞受賞記念会を開いた。『文學會議』による矢野朗、池田岬、詩人の俣野衛、佐藤隆、のちに文学散歩で名を成した野田宇太郎などが地元から出席した」とあるように、主は杭州作戦に参加して、出会いはない。一九三八（昭和一三）年九月、『九州文学』『とらんしつと』『九州芸術』『文學會議』の四誌合同して第二期『九州文学』第一号が創刊され、火野と野田は同人に参加、火野除隊の一九三九年一二月以後、二人の交友が始まったと思われる。

一九四〇（昭和一五）年五月、三一歳、野田は社長小山久三郎の招きで一念発起上京し小山書店に入社して、『新風土』の編集を担当した。小山書店は一九三八（昭和一三）年三月、芥川賞「糞尿譚」など火野葦平が戦地出征までの三年間に発表した五編を収めた最初の短編集『糞尿譚』を刊行した出版社である。小山書店は一九四〇（昭和一五）年には火野の『山芋日記』を出版したり、同年一一月から中川一政描く犬と落葉の絵を『九州文学』の表紙に寄贈しはじめた。毎号、落葉の色と表紙の四の新刊広告が変わる仕組で九州との関係が深かった。これらは野田宇太郎の力が影響していたのかも知れない。野田の編集した『新風土』には火野葦平の詩「白き旗」（一九四〇年九月）「珊瑚礁」（一九四一年三月）が掲載されているので、二人の交流は始まっているのであろう。一九四一（昭和一六）年一月には岩下俊作の『富島松五郎伝』が小山書店から刊行された。これは四三年伊丹万作脚色、稲垣浩演出、阪東妻三郎主演で「無法松の一生」として大ヒットした。しかし、小山書店が寄贈した『九州文学』の表紙も四一年五月号で消えた。佐賀県神崎郡出身の下村湖人の『次郎物語』（一九四一年二月）を世に出したのも野田宇太郎の小山書店からであった。四一年三月、野田も第一回九州文学賞詩賞を「綻《ほころ》びの歌」で受賞し、選考委員の火野葦平ら『九州文学』同人たちとつながりがますます深まった。

一九四二（昭和一七）年一一月、野田は詩集『旅愁』（大沢築地書店）を出版、初版三千部、再版千部、三版（東京出版、一九四五年一二月）七千部合計一万一千部を売りつくした。その年、第一書房に移り、『新文化』を編集した。

一九四四（昭和一九）年四月、野田は河出書房に入社し、一一月『文藝』を創刊、編集顧問に木下杢太郎、川端康成、豊島与志雄、火野葦平を据えた。その経緯は野田は『灰の季節』「『文藝』の準備」（修道社、一九五八年五月）に次のように書いている。

「火野氏はすでに九州時代からの親しい間柄であつたが、兵隊作家だからうまく取り入れたのだろうというような蔭口が出るのを私は警戒した。警戒するよりも前に私はそういう蔭口をにくんだ。火野氏はたまたま戦時中に流行作家となつたには違いないが、いわゆる時局便乗者ではない。年齢的にも私のもつともよい相談相手に違いなかつたし、同じ戦争を描くにしても私は火野氏の作は本格的な文学として認めていた。私にとつてそういう日本の戦争作家のおそらく唯一の存在であつた」

火野は『文藝』創刊号（一九四四年一一月）にビルマ従軍による「新戦場」を書いた。この月、火野は南京でおこなわれた第三回大東亜文学者大会に長与善郎、豊島与志雄、高見順、草野心平などと共に出席、第三回大会宣言を中国側梅娘と一緒に朗読した。

一九四五（昭和二〇）年七月七日、西部軍報道部が結成され、火野は白紙徴用を受けて嘱託となり、福岡に滞在していた。当時、東京の文芸雑誌は一九四五年三月号まではまだ曲りなりにも『新潮』『日本文学者』『文藝春秋』『文藝』の四種が発行されていたが、四月号になると、完全に『文藝』のみとなった。この四月号に火野の「島」が掲載された。そして八月一五日、ポツダム宣言受諾によって日本は敗戦となった。

その後の二人の歩みについては、紙数も少ないし、周知のことが多いので、詳述しない。一九四八年五月、火野は一度は文筆家の公職追放の指定を受けたが、一九五〇年一〇月、追放は解除され、ペンの自由を回復した。それ以後、両親をモデルにした『花と龍』（一九五三年五月）を新潮社より刊行、風俗作家として蘇る。敗戦体験の記録である「革命前後」（一九六〇年一月、中央公論社）を遺作として、一九六〇（昭和三五）年一月二四日未明睡眠薬自殺した。

『九州文学』（火野葦平追悼、一九六〇年四月）で野田宇太郎は「阿佐ヶ谷第一橋」と題して、火野の東京阿佐ヶ谷の鈍魚庵の蔵書整理に行く話で哀しみの気持ちを描いている。火野と阿佐ヶ谷との因縁は早稲田大学入学以来の親友でロシア文学者中山省三郎との交友がきっかけであって友情深く追憶されている。

一九六〇（昭和三五）年一月二四日火野がみまかってまだ悲しみの涙も乾かないうちに、文学碑建立が計画され、野田宇太郎と谷口吉郎との尽力で八月一日には若松高塔山で、

泥によごれし背嚢に

さす一輪の菊の香や

の文学碑除幕式が取り行われた。

野田は最後まで火野を昭和文学の中で第一級の文学者として評価していた。

次の火野葦平書簡は野田宇太郎の遺族によって故郷の小郡市に寄贈されたもので、小郡市立図書館内の野田宇太郎文学資料館に保管されている。一九九一～九三年度文部省科学研究費補助金（一般研究Ⓒ）の交付を受けて調査した野田宇太郎文学資料調査報告の一部である。

二

(1)一九四三（昭和一八）年一〇月二二日付　ペン書2銭切手絵葉書（博多人形）（博多　18・10・22）

東京都麹町区
　一番町
第一書房内[☆1]
野田宇太郎様

福岡市駅前通
博多屋[☆2]　火野
葦平十月二十
二日

○秋ふかく博多の街に
来てみれば、かたやに柿の実
の赤く、かたやに兵の征《い》づるあ
り、こころただちに動きては、
戦野の花をしのびつつ、酒も
なき夜は月のみをたづねて
たのしこの日このごろ。あしへい
○酒なき博多の街は皿に水なき
河童のごとし。いづれ。寒吉[☆3]

とは云ふものの夜ふけ
てそれをもとめて友
情とゝもにゆく　東潤☆4

☆1　第一書房＝一九二三（大正一二）年六月、長谷川巳之吉（一八九三〜一九七三）によって創業。松岡譲の『法城を護る人々』（一九二三年六月）、堀口大学の『月下の一群』（一九二五年九月）萩原朔太郎の『氷島』（一九三四年六月）『小泉八雲全集』『近代劇全集』『短歌文学全集』『俳句文学全集』など、雑誌『セルパン』『新文化』を発行し、採算を度外視した、気骨あるユニークな出版社。一九四四（昭和一九）年二月、廃業した。野田宇太郎は一九四二（昭和一七）年に入社、『新文化』を編集し、一九四四（昭和一九）年三月に退職した。火野葦平は一九四三（昭和一八）年一一月、第一書房から短編集『敵将軍』（「敵将軍」など一一編）を刊行しているので、野田との接触は深まったものと思われる。

☆2　博多屋＝博多駅前の旅館か。未調査。何のために火野葦平、劉寒吉、東潤が集まったか未詳。一九四三（昭和一八）年、火野は早くから北九州文化連盟の幹事長の任に当っていたが、それとは別に日本文学報国会の九州支部幹事長を委嘱され、地方文化運動の組織化に奔走していたから、その方面の仕事であろう。

☆3　寒吉＝劉寒吉（りゅうかんきち）。一九〇六（明治三九）年九月一八日、北九州市小倉生まれ。小説家。本名浜田陸一。福岡県立小倉商業学校卒業。一九三二（昭和七）年、岩下俊作、辻旗治（星野順一）らと『とらんしつと』を創刊、「汎力動詩派」と称して散文詩運動を展開した。火野葦平は一九三四（昭和九）年一〇月、『とらんしつと』に加盟、火野葦助の名で第一七冊に「山上軍艦」を発表、続いて「濁流」「太平洋の世紀」「遁走する糸平」などの散文詩を発表している。このことから火野と劉との交友が深まったと思われる。一九三四（昭和九）年五月、劉寒吉、原田種夫、山田牙城らと『九州芸術』を発刊、一九三八（昭和一三）年九月、九州の有力同人誌四誌が合同して第二期『九州文学』が創刊されるや小説に転じた。

以後火野葦平の盟友として『九州文学』の支柱となったが、火野歿後は大黒柱的存在として『九州文学』編集責任者を勤めた。主要作品は「人間競争」（一九三九年九月芥川賞候補）「山河の賦」（一九四二年四月九州文学賞受賞）『翁』（一九四三年五月芥川賞候補）「風雪」（一九五五年三月）などを『九州文学』に発表した。著書に『天草四郎』（一九五八年五月　宝文館）『龍造寺党戦記』（一九七一年一二月　新人物往来社）などがある。

☆4　東潤（ひがしじゅん）＝一九〇三（明治三六）年一二月二日、山口県生まれ。詩人。本名武男。一九二五（大正一四）年ごろ、門司の『野火』、『耽美派連』からモダニズム詩壇に登場、堀口大学に師事して中央の『文藝汎論』に発表した。一九三五（昭和一〇）年六月、第一詩集『あどばるうん』は堀口大学の推薦で『文藝汎論』第一回詩集賞候補第四席となった。その間、『亜刺朱』を創刊、北園克衛『VOU』、春山行夫の『新領土』などに執筆した。一九三八（昭和一三）年には『Towns Man』（ロンドン・ドナルド・ダンカン編）『New Directions』（ニューヨーク・ジェイムズ・ラフリン四世編）にも作品を発表した。一九三九（昭和一四）年二月、第二詩集『霞の海綿』を書物展望社より、一九四〇（昭和一五）年、『硝子の自治領』をアオイ書房から出版した。こうして九州のシュール・レアリズム詩運動の中心的役割を果した。その後『九州文学』同人となり、戦後は火野葦平の「九州書房」の設立に経理部長として参加し、第四詩集『土語』は一九四六（昭和二一）年八月、九州書房より上梓された。一九四七（昭和二二）年一〇月、九州文学賞詩賞は東の「郊墟」が受賞した。一九六〇（昭和三五）年二月、第五詩集『円錐花序』をヴィラ書房から、一九六二（昭和三七）年九月、詩文集『抒情あり』を刊行した。一九七三（昭和四八）年、福岡県詩人会はこの年から「先達詩人の顕彰」を毎年行なうことに決め、第一回に東潤を顕彰した。一九七六（昭和五一）年一二月、『深層面接』を刊行した。常に主知、抽象、超現実の作風を貫く。一九七七（昭和五二）年一一月一六日、七四歳で死去した。

三

(2)一九四五（昭和二〇）年一〇月二六日消印35銭切手毛筆絵葉書（岐阜名勝　金華山と鍾秀館雪景
前田虹映筆）　速達　（若松　20・10・26）

東京都日本橋区
通三ノ一
河出書房内☆1
野田宇太郎様

福岡市渡辺通四丁目
文化ハウス　碌々山房☆2
火野葦平

拝啓、
元気なりや。上京の機を
失してゐるうちに、こちらに色々

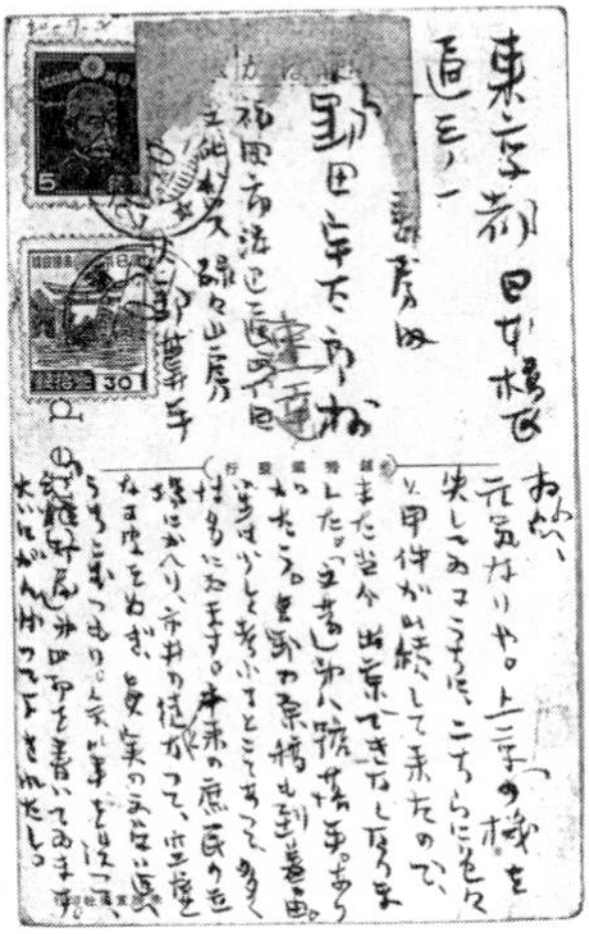

と用件が山積して来たので、
また当分出京できなくなりま
した。「文芸」[☆3]第八号落手。あり
がたう。矢野の原稿[☆4]も到着の由。
小生は少しく考ふるところあつて、多く
博多にゐます。本来の庶民の立
場にかへり、市井の徒となつて、空虚
なる皮をぬぎ、真実の文学道へ
うちこむつもり。今、筆を洗つて、
「幻燈部屋」第四部[☆5]を書いてゐます。
大いにがんばつて下されたし。

☆1　河出書房＝一九三三（昭和八）年、河出精一郎の養嗣子となった河出孝雄が、養父の設立した成美堂を発展解消して河出書房を創立した。野田宇太郎は一九四四（昭和一九）年四月三日、河出書房に入社、『文藝』の責任編集者になり、戦争末期と敗戦後の未曽有の虚脱と混乱の時代に数少ない文芸誌を刊行し続け、一九四五（昭和二〇）年一二月、『文藝』「太田博士追悼号」（通巻一一号）をもって、河出書房を退職した。
　野田の河出書房在職中のことは野田宇太郎『灰の季節』（修道社、一九五八年五月五日発行）『桐後亭日録』（ぺりかん社、一九七八年八月三一日発行、再録）に詳しい。

☆2　碌々山房＝一九四五（昭和二〇）年八月一五日日本敗戦後、西部軍報道部は解散となり、火野葦平ら部員はそれぞれ宿舎の山本アパート（福岡市渡辺通三丁目）を後にして引揚げて行った。火野は時々若松に帰ったが、渡辺通り四丁目の文化ハウスの一室を借り「碌々山房」と名づけてそこで起居していた。「孤独への沈潜であった。自己への凝視であった。かれの姿は、じいっと運命の裁きを待つ人のようにも見えた」（原田種夫『実説　火野葦平』）という。火野は碌々山房にずっと滞在し、その年一〇月、有限会社九州書房を設立した。代表取締役古海卓二、編集部長矢野朗、経理部長東潤、営業部長宇野逸夫で、一一月一五日発足した。当時の碌々山房の雰囲気を宇野逸夫は次のように伝えている。

「私がはじめて碌々山房を訪れたのは、敗戦の秋の十月なかばであった。福岡は渡辺通四丁目、三階建の文化ハウスというアパートの二階であったが、一歩そこへ足を踏みいれた私は、その何ともいえぬ空気に、あッと声をのんだことを、今でもありありと覚えている。六畳三畳の二間つづきに、十幾人もの人が詰めかけ、濛々とたちこめる煙草のけむりの中に、麻雀の卓を囲むもの、観戦するもの、口尖らせて議論するもの、ひとり窓辺に読書するもの、思い思いの姿で乱座し、床の間には酒やビールの瓶が林立している」（『火野葦平選集』月報第七号〈第四巻付録〉一九五九年二月、宇野逸夫「碌々山房」）

しかし、この梁山伯と呼ばれた碌々山房の喧騒の中から「何かを求め何かを生み出そうとする、うめきに似たものが感ぜられ」た。火野の苦渋の時代であった。「士族の商法」と自ら設立の広告にある通り、九州書房は一九四八（昭和二三）年五月、解散した。二年間に一四冊の本を出版し、八〇万円の赤字を負って壊滅した。火野葦平の『革命前後』結末は九州書房解散の場面となっている。

☆3　「文藝」第八号＝一九四五（昭和二〇）年七、八月号を合併した河出書房『文藝』は終戦直前の八月一日発行となっているが、実際には八月二〇日すぎにできた。野田宇太郎の書いた編輯後記は、「敵は優勢をたのんで帝国抹殺をねらってゐるし、日本文化の消滅を心がけてゐる。しかし、『文藝』はいたって健在である。」まだ戦時色を残していた。野田は敗戦によってうろたえて文章を組み直すことは醜いと考え、そのまま印刷し、裏表紙の余白に「御挨拶」として、「お互い温く助けあひ教へあひ、美しく幸福な道義日本を打ち建てようではありませんか。過去は云ひますまい。

陛下に捧げつくした命を大切にして、世界平和の礎を築かうではありませんか」と結んだ。敗戦後の日本で最初に発行された文学雑誌はこの『文藝』第八号であろう。徳田秋声「日記抄」、太田千鶴夫「遍歴の子」、直井潔「松葉杖」、河井酔茗「詩五篇」、木下杢太郎「すかんぽ」、菊池重三郎「馬籠」、柳田国男「笑ひ」、滝井孝作「飛行機雲」、幸田露伴「音の各論」、川田茂一「鷗外の武士道小説」、「学芸彙報」、石田幹之助「東京都の民間重要図書買上疎開」、野田宇太郎「島木さん」などが掲載されていた。

☆4　矢野の原稿＝「矢野」矢野朗《やのあきら》。一九〇六（明治三九）年一月一九日、北九州市小倉生まれ。小説家。豊国中学校（現豊国学園高等学校）中退。一九二一（大正一〇）年文楽の竹木津太夫に認められて大阪に移り、津の子の芸名を受けるが、帰郷。一九二三（大正一二）『微光』創刊、一九二六（大正一五）年劉寒吉、岩下俊作らと「白夜会」を発足させた。一九二八（昭和三）年久留米に移り、一九三六（昭和一一）年『九州文壇』を創刊、一九三七（昭和一二）年丸山豊らと『文學會議』を創刊し、第四冊で火野の「糞尿譚」を掲載し、第六回芥川賞を受けた。一九三八（昭和一三）年九月、第二期『九州文学』編集委員となった。自然主義的手法で書いた私小説、「肉体の秋」（一九三九年八月）は芥川賞候補となった。一九四一（昭和一六）年「文学及び文学者」で第二回九州文学賞評論賞を受賞した。一九四七（昭和二二）年五月、復活第一回九州文学賞小説賞に、「めとる」が受賞した。著書に『肉体の秋』（一九四〇年一月春秋社）『神童伝』（一九四六年一〇月、和田堀書店）『生炎』（一九四四）『青春の苔』（一九五九）がある。

ここでいう、「矢野の原稿」とは『文藝』第九号（一九四五年九月、一〇月合併号）に掲載された矢野朗の「雲のかよひ路」のことである。野田宇太郎は、『灰の季節』「太田正雄の死」で次のように書いた。

「その第九号の一篇だけの小説というのは矢野朗の「雲のかよひ路」であった。矢野氏は火野葦平、劉寒吉、それに私とも個人的にも親しく、北九州の地味な地方作家として甘んじながら、相変らずこつこつとたくましい意慾で特異な情痴的小説を書き続けていた。私は九州へ行つたときから矢野氏に執筆をすすめ、あとは不便な手紙のやりとりでその脱稿をまった。」

☆5　「幻燈部屋」第四部＝一九四六（昭和二一）年一二月、『文藝』に発表した「花扇」（「幻燈部屋」第四部）のこと。なお、「幻燈部屋」は次の通り逐次発表された。

一九四〇（昭和一五）年
一一月『改造』「幻燈部屋」（第一部）
一九四一（昭和一六）年
九月『改造』「神話」（「幻燈部屋」第二部）
一一月『改造』「新市街」（「幻燈部屋」第三部）
一九四二（昭和一七）年
三月単行本『幻燈部屋』改造社
一九四六（昭和二一）年
一二月『文藝』「花扇」（「幻燈部屋」第四部）
同月『風雪　別冊』「水祭」（「幻燈部屋」第五部）
一九五〇（昭和二五）年
一月『文藝』「夜鏡」（「幻燈部屋」第六部）
一九五三（昭和二八）年
九月短篇小説集『花扇』（「幻燈部屋」より「夜鏡」に至る六部作）六興出版社
第一部「幻燈部屋」から第六部「夜鏡」まで一〇年がかりで完結した。

（『敍説』XIII　花書院、一九九六年八月一日）

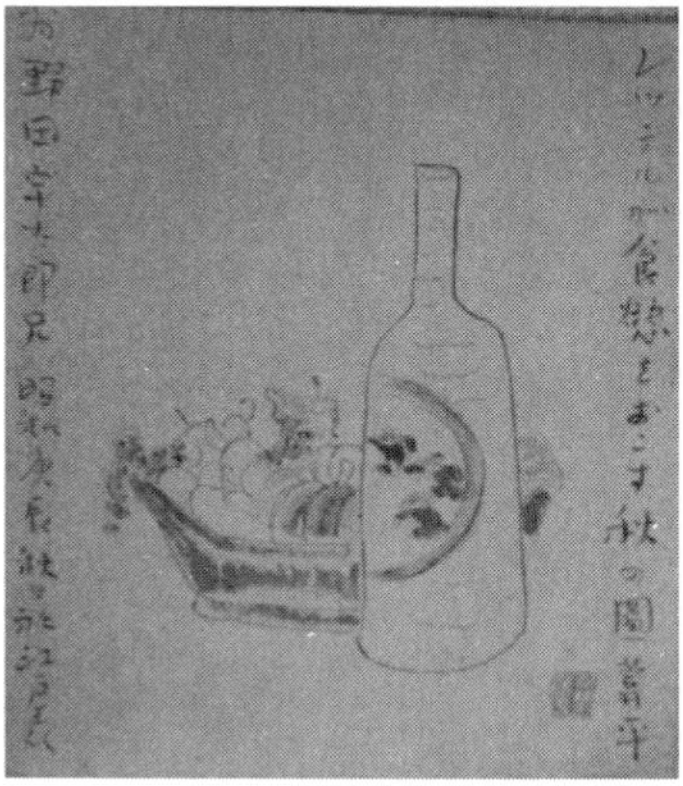

レッテルが食慾をおこす秋の圖　葦平
為野田宇太郎兄　昭和庚辰秋日　於江戸表

火野葦平が東京より野田宇太郎に贈った色紙。昭和庚辰《かのえたつ》＝一九四〇（昭和一五）年。火野葦平三三歳、野田宇太郎三一歳であった。この年野田は上京して小山書店に入社、その縁であろうか、その年、火野は小山書店から『山芋日記』を刊行した。

㉑火野葦平書簡（二）野田宇太郎宛葦平書簡の紹介

四

⑶一九四五（昭和二〇）年□月□日付　ペン書　五銭切手絵葉書（コピー）（消印不鮮明判読不能）

東京都神田区
小川町三丁目八番地
河出書房仮事務所
野田宇太郎様

九州若松市正保寺町
火野葦平

東京はいよいよ大変の模様☆1なるが、その中にて御奮闘☆2まことに雄々しきことに思ひます。「比島新誌」[☆3]戦災の趣、小生はかまひませぬが、書房[☆4]の被害大なるを御気の毒に存じてゐます。上京の機を次第に失してゐますが、こちらは九州通信[☆5]たる諸任務に新について、多忙をきはめてゐます。いつかわかるときがあると思ひます。柳瀬氏[☆6]のこと、痛惜に耐えませぬ。「みづうみ」[☆7]の絵を見つつ感慨胸にあふれてゐます。書房主人[☆8]初め皆様に宣敷。

☆1　大変の模様＝一九四五（昭和二〇）年三月一〇日の東京大空襲。早乙女勝元著『東京大空襲――昭和二〇年三月一〇日の記録』（岩波新書）によると、「三月一〇日零時一五分空襲警報発令、それから二時三七分までの正味一四二分間に、死者八万八七九三名、罹災者一〇〇万八〇〇五名、焼失した家屋二六万七一七一軒、半焼した家屋九七一軒、全壊一二軒、半壊二〇四軒、計二六万八三五八軒（警視庁資料による）。」とある。零時ごろからB29（全部で三三四機。M・アムライン著『破滅の決定』による）が房総方面より東京都内に侵入し、決定的に東京を破壊し尽くした。吉祥寺に住んでいた野田宇太郎はこの夜、防空壕を出て表通りより東の方都心の猛火を絶望的な心境で眺望した。プルプルプルと赤や青の曳光弾がゆるい噴水のようにB29に向かって注がれ、夜天に弧を描いて消えて行く。花火のような間を敵機が乱れ飛ぶ。探照灯が敵機を捕える度に高射砲が轟々とわめく。野田は熾烈な火焔の下で、幾十万の無辜の民が家を失い、傷つき倒れて右往左往している姿を想像して、「東京最後の日」と思った。（野田宇太郎『灰の季節』「東京最後の日」修道社、一九五八年五月）。

☆2　御奮闘＝河出孝雄社長は河出書房社屋が、戦火で焼失したので、『文藝』は廃刊するより他はないと言ったが、野田宇太郎は一人真向から反対し、編集に必要な原稿類は自宅にあるので支障ないと主張し、継続に決った。

☆3　「比島新誌」＝火野葦平が『文藝』（河出書房）に発表するつもりで送ったフィリピンに関する新誌で、東京大空襲のため、河出書房に保管されていた原稿は焼失してしまったのであろう。火野葦平は前年一九四四（昭和一九）年一二月、フィリピンに従軍を命ぜられいるが、一九四五年一月、福岡で待機したが、フィリピン戦線の状況悪化のため、遂に中止になった。

☆4　書房＝河出書房（東京都日本橋区日本橋通り三丁目一番地。河出孝雄社長）。三月一〇日の東京大空襲で社屋は跡形なく焼失した。三階倉庫の書籍が焼け落ち、金庫だけか黒く残っていた。河出孝雄社長は軍需工業に投資していたので、その関係の事務所を河出書房仮事務所（神田区小川町三丁目八番地）にした。

☆5　九州通信＝一九四五（昭和二〇）年七月七日、ジャワ報道部長であった町田敬二大佐が報道部長となり、火野葦平も中心となって西部軍報道部が結成された。この「西部軍報道部」のことを「九州通信」と称しているのであろう。西部軍報道部はアメリカ軍が日本本土上陸地として指向している九州を第一線として宣伝報道の体制を整えようとしていた。部員には、東京方面から髙田保、近藤春雄、鈴木安蔵、熊谷久虎、中山省三郎などが来て、九州方面から劉寒吉、岩下俊作、原田種夫、長谷健、河原重巳、帯谷瑛之介、古海卓二、東潤などが参加した。この西部軍報道部はいつごろから結成準備が始まったか、火野葦平がいつから報道部の任務にかかわったのか、よくわからない。

☆6　柳瀬氏＝画家の柳瀬正夢のこと。「柳瀬氏のこと、痛惜に耐えませぬ」とあることにより、一九四五（昭和二〇）年五月二五日の東京空襲の際新宿駅西口広場で、戦災死した柳瀬正夢であることがわかる。柳瀬正夢は一九〇〇（明治三三）年一月一二日愛媛県松山市大街道町三丁目一七番地生まれ。画家、漫画家、詩人。一九一一（明治四四）年、福岡県門司市新川町一七〇八番地に移住、一九一五（大正四）年日本水彩画会第二回展に「午後の会社」が初入選。一九二一（大正一〇）年『種蒔く人』同人。一九二三（大正一二）年グループ『マヴォ』小品展。一九二四年三科造型美術協会の発起人となる。一九二五年プロレタリア文芸連盟美術部で活躍。一九二七（昭和二）年より、『無産者新聞』に政治漫画を書いた。一九三〇（昭和五）年『柳瀬正夢画集』（叢文閣）を出版。一九三二年（昭和七）年検挙投獄された。一九三六年から三九年まで毎年中国旅行をした。一九四〇（昭和一五）年、火野葦平、劉寒吉らを知り、『九州文学』同人に加わるように勧められた（井出孫六『ねじ釘の如く――画家・柳瀬正夢の軌跡――』岩波書店、一九九六年一二月一六日発行）。一九四一（昭和一六）年、『九州文学』同人となる。従って、柳瀬正夢は一九一一年から一四年まで門司の小学校に通い、卒業後、上京したが、しばしば門司・小倉に帰って個展を開き、少壮画家として北九州にも知られ始めたので、地元の美術家、文学者にも知人が多かったと思われる。『九州文学』の火野葦平・劉寒吉と柳瀬正夢を結びつけたのは、誰かよく知らないが、一九四〇年に上京して小山書店に入社し、『新風土』を編集した野田宇太郎かも知れない。『新風土』一九四二年三月号を見ると、表紙の絵は柳瀬正夢、巻頭の小説（散文詩）は火野葦平の「珊瑚礁」、野田宇太郎は詩「光たばしる音たかし」と「編輯後記」を書いている。

☆7　「みづうみ」＝未詳。

☆8　書房御主人＝河出書房社長河出孝雄。一九〇一（明治三四）年四月二〇日〜一九六五（昭和四〇）年七月二二日。出版者。徳島県生まれ。旧姓島尾。東北帝国大学法文学部卒。一九三〇（昭和五）年成美堂河出精一郎の養嗣子となり、一九三三年河出書房を創立した。一九四四（昭和一九）年七月、東条内閣の弾圧で解散させられた改造社の『文藝』は、日本出版協会の斡旋によって河出孝雄社長の命を受けた野田宇太郎が買収金一〇万円で河出書房に買い取った。野田は編集長となり、一一月に創刊号を発行し、一九四五（昭和二〇）年一二月「太田博士追悼号」をもって河出書房を退社した。

五

(4)一九四六（昭和二一）年八月八日付　ペン書封書　書留（若松　21・8・8　福岡県）

東京都麹町区内幸町二ノ三　幸ビル
東京出版株式会社
「芸林閒歩」編輯部
野田宇太郎様
書留

九州若松市山手通二
火野葦平
（ゴム印）

八月八日

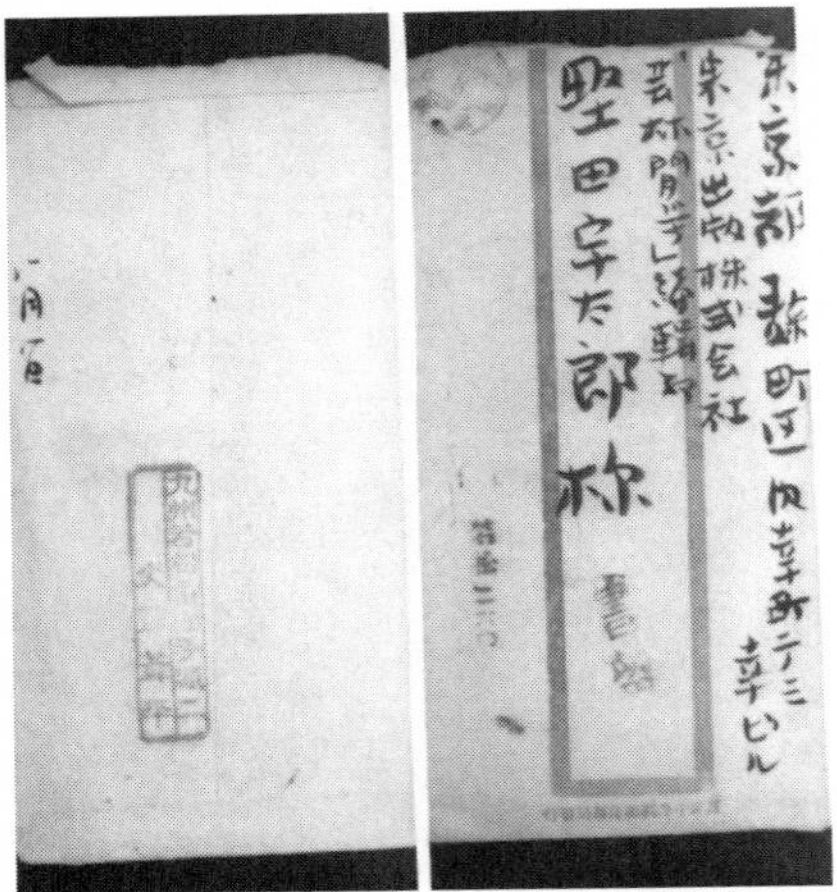

(4)一九四六年八月八日書留封書

野田兄、

立秋をむかへたが、まだ九州はなかなか暑いです。八月十五日[☆1]、が来ようとしてゐます。あれから一年がさまざまの感慨をともなつて去来します。こちらでは、八月十五日を敗戦と出発とを兼ねる紀念日にするつもりで、例のごとく、同人一流の催しの計画[☆2]をたててゐます。

上京なかなかできず、八月末か九月初めに[☆3]しようかと思つてゐます。いろいろと状況は切迫するばかりで、どうなることかと思ひますが、生活にめげず、芸術へ奉仕する心のみは、日増しにつよくなつてゆきます。先ごろの手紙にあつた貴兄の悲壮な心など、よくわかり、自らを信ずる者のみにひらけて来る道を今はひたむきにゆくばかりです。

「芸林閒歩」八月号[☆4]はいつごろできますか。五十枚位の小説[☆5]を別にといふことですが、いつごろまでか、もう一度指示して下さい。ひよつとしたら、すこし長いものをなどとも考へてゐます。

次に、頂いた原稿料[☆6]の小切手、会津若松までとりに行けませんから（一笑）もう一度わが若松の方へ書きかへて、送らせて下さいませんか。

社中の方々によろしく。

葦平

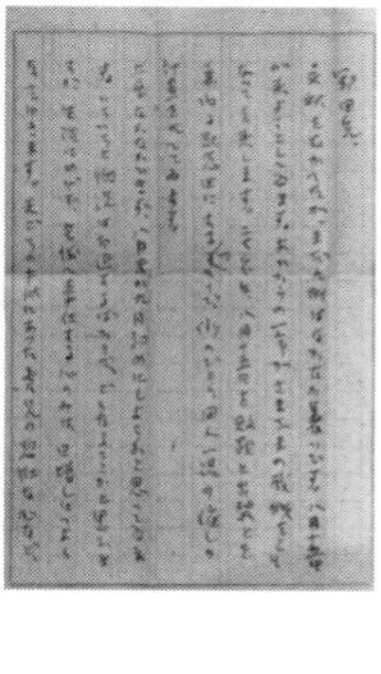

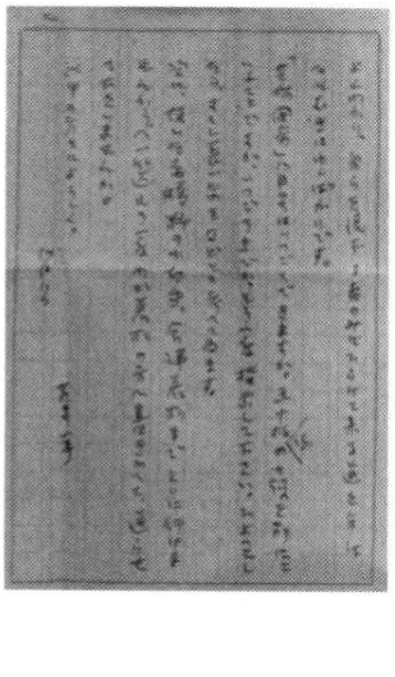

八月八日

☆1　八月十五日＝太平洋戦争敗戦記念日。岩下俊作の「八月十五日の火野君」（『火野葦平選集』月報第五号（第七巻付録）一九五八年九月）によると、「その夜火野君は居室の椅子に腰をかけ、身動きひとつしていないのが、硝子越しに見えた。（中略）火野君のきちんとした姿勢を見ると、なにか容易ならぬ気配が感ぜられた。（中略）そして、私に一つの危惧が浮かんできた。それは火野が割腹自殺をするのではないかという感じだった。」とあり、それほどに日本の敗戦は火野にとって衝撃的な大事件だったのである。後に火野は八月一五日を中心にしたテーマで、『革命前後』（一九五九年五月〜一二月『中央公論』）を書いた。

☆2　同人一流の催しの計画＝一九四五（昭和二〇）年一〇月に、「九州書房」を資本金一〇万円で、社長玉井勝則（火野葦平）、編集部長矢野朗、庶務部長東潤で発足した。第三期『九州文学』は一九四六（昭和二一）年一月に復刊した。この計画が具体的にどんなものを指していたか、不明。

☆3　八月末か九月初め＝火野葦平の上京は実現せず、年内上京できなくなったことが次便（書簡(5)）に述べられている。鶴島正男「新編　火野葦平年譜」（『敍説　XIII　一九九六年八月一日、花書院）には八月以降年内の上京の記載はない。

☆4　「芸林閒歩」八月号＝火野葦平は『藝林閒歩』一九四六年八月号に「新月」を発表した。河童の伝説物の一つである。この八月号は「七月廿五日印刷」「八月一日発行」と奥付に書かれているが、八月八日現在まだ発行されていなかったようだ。

☆5　五十枚位の小説＝『藝林閒歩』の次の作品は一一月号の戯曲「軍艦」であるから、「五十枚位の小説」ではなく、「すこし長いもの」として「軍艦」を寄稿したのだろう。

☆6　原稿料＝これは一九四六年八月号掲載の「新月」の原稿料であろう。いくらであったか、未詳。福岡県若松市（現北九州市若松区）に送られるべき原稿料の小切手が誤って同名の会津若松（福島県）に送られてしまったのである。

六

(5)一九四六（昭和二一）年一一月五日付　毛筆一円三〇銭切手封書
（表消印不鮮明　裏＝東京中央21・11・8下段不鮮明）

東京都麴町区内幸町幸ビル
東京出版株式会社「芸林閒歩」編輯部
野田宇太郎様

九州若松市山手通二
火野葦平

十一月五日

野田兄、

旅や講演などで忙しい様子、詩のはなしをしてあるくなどうらやましい限りです。

「石と釘[☆1]」は一政さん[☆2]との連絡がうまくつきましたか。久し

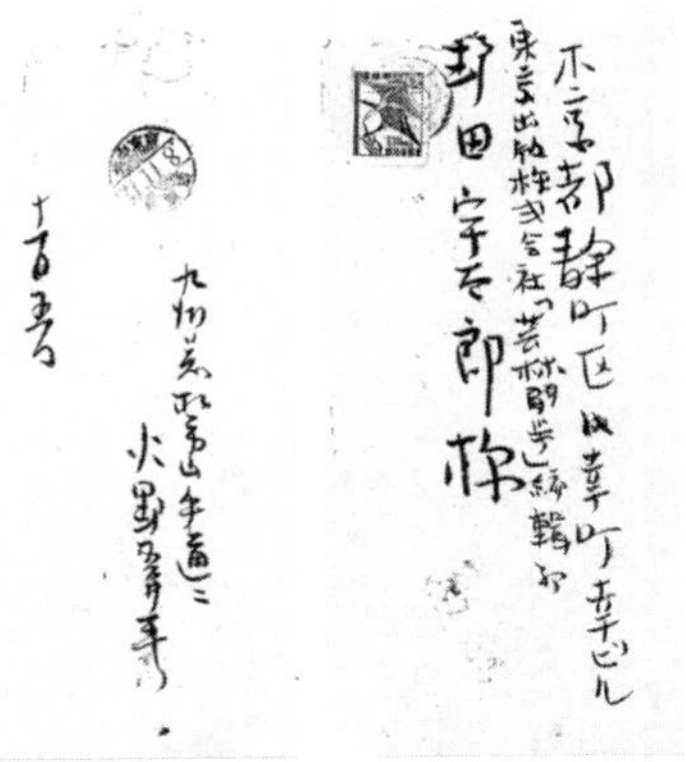

(5)一九四六年一一月五日付封書

ぶりの本なので、楽しみにしてゐます。

いつごろ出来の予定になりますか。

「軍艦[☆3]」の検閲[☆4]のこと気になつてゐますが、まだわかりませんか。それからあの中に一個所アイマイな点があつて気になつてゐましたが、このごろしらべてわかりましたのでなほしてくれませんか。第二幕に、長官の台詞のなかにある無傘艦隊[☆5]、あそこに英語が入ってゐますが、あれは原稿のはあやまりでした。「An《アン》 Umbrellaless《アンブレラレス》 Fleet《フリート》」といふのが正しいのです。右おねがひします。

とうとう今年は上京できなくなりさうですが、まだ機会は狙ってゐます。

「芸林閒歩」十月号[☆6]いただきました。表紙があかるくなつてよい気持がしました。「常森を尋ねて[☆7]」面白くよみました。「群像[☆8]」の「後院児」の方はあまり感心しませんでしたが。

では。十一月五日。（杭州湾上陸[☆9]の紀念日です）

あしへい。

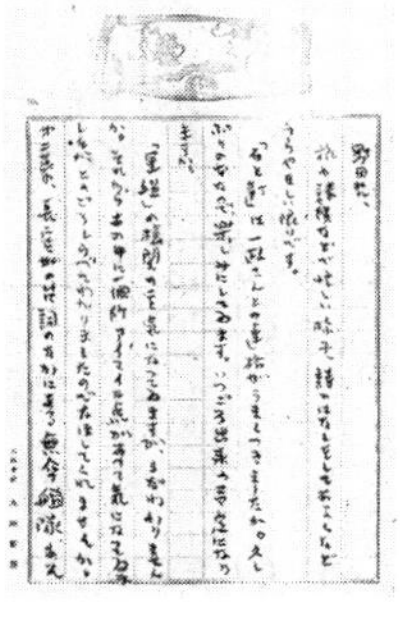

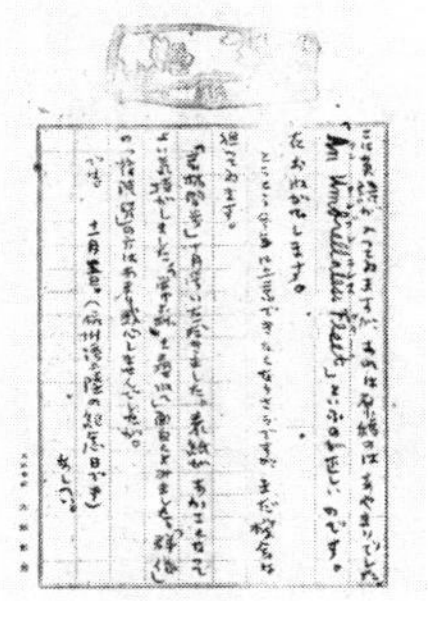

☆1　「石と釘」＝一九四七（昭和二二）年二月二〇日発行の短編小説集『石と釘』（東京出版）（所収作品

石と釘　李花　魚眼記　千軒岳にて　清流　名探偵　十三夜　白い旗　月かげ　新月　珊瑚礁　昇天記　人魚　紅皿――ト書きのない一幕物　百日紅　羅生門　伝令　「伝説」について）。おそらく野田宇太郎の斡旋で野田の勤めている東京出版から出版することになったのであろう。

☆2　一政さん＝中川一政。一八九三（明治二六）年二月一四日、東京都文京区西片生まれ。画家、随筆家、詩人。誠之尋常高等小学校を経て、錦城中学校卒業。美術学校、研究所にも行かず独学で美術の勉強をし、岸田劉生の草土社に参加、劉生の刺激を受けつつも、劉生信奉とはならなかった。劉生を介して武者小路実篤、長与善郎、志賀直哉らを知り、一九一六年一月『貧しき者』を創刊、詩や随筆を発表した。一九二六（大正一五）年四月、アトリエ社から最初の『中川一政画集』を刊行、画論、エッセイを収めている。春陽会に入り、さらに老壮会に参加する。一九三〇（昭和五）年六月、『美術の眺め』（アトリエ社）をはじめ、多数の美術論を含むエッセイ集を刊行、美術家として文人の風格を確立した。挿絵は片岡鉄兵『生ける人形』、尾崎士郎『人生劇場』『石田三成』へと発展した。装幀は火野葦平の作品『麦と兵隊』（一九三八年九月、改造社）、『土と兵隊』（一九三八年一一月、改造社）、『花と兵隊』（一九三九年八月、改造社）、『兵隊について』（一九四〇年一二月、改造社）、『伝説』（挿絵、一九四一年四月、小山書店）、『美しき地図』（一九四一年八月、改造社）、『幻燈部屋』（一九四二年三月、改造社）、『縞手本』（一九四五年二月、創元社）、『石と釘』（一九四七年二月、東京出版）、『黄金部落』（一九四八年一〇月、全国書房）、『天皇組合』（一九五〇年三月、中央公論社）、『悲しき兵隊』（一九五〇年三月、改造社）、『新遊侠伝』（一九五〇年一一月、ジープ社）、『追放者』（一九五一年一月、創元社）、『河童曼陀羅』（絵、一九五七年五月、四季社）、『金銭を歌う』（一九五八年三月、筑摩書房）、『河童会議』（一九五八年四月、文芸春秋新社）、『魔女宣言』（一九五九年二月、角川書店）、『革命前後』（一九六〇年一月、中央公論社）、『兵隊三部作』（一九六二年一月、雪華社）などを担当した。一九六一（昭和三六）年一月、歌会始で召人に選ばれ、召歌を詠進した。一九七五（昭和五〇）年一一月、文化功労者となり、文化勲章を受章した。随筆『『我思古人』（一九四七年九月、靖文社）など多数、詩集『見なれざる人』（一九二一年二月、叢文閣）、

歌集『向ふ山』（一九四三年一〇月、昭南書房）、『中川一政全文集』全一〇巻（一九八六年一一月〜八七年八月、中央公論社）など八〇冊以上の著書を刊行した。一九九一（平成三）年二月五日歿。

「装釘」（『九州文学』火野葦平追悼号、一九六〇年四月）によると、火野葦平と中川一政との交際はほとんど装釘のことであった、という。火野が中川宅を訪ねたのは二度だったらしい。大てい代理として中山省三郎や日比野士郎を寄越した。『革命前後』跋文によると、中川一政は『麦と兵隊』以来二〇冊も火野作品の装釘をしている。中川は一本の煙草も二人で分けあってという軍歌を思い出して、『麦と兵隊』の装幀を描いた。戦地でこれを見た火野は随分喜んだらしい。『伝説』（小山書店）は中川が挿画を担当し、河童を描いたが、非力で河童は描けていないと述懐している。

☆3 「軍艦」＝『藝林閒歩』第一巻第八号（一九四六年一一月号）掲載の三幕一〇三枚の戯曲「軍艦」のこと。太平洋戦争開戦直前の一九四一（昭和一六）年夏、建造中の巨大戦艦に働く工員――工長の姪房子を愛し仲介を友人曽根に頼む樋口孝夫。樋口を出し抜いて工長に房子との結婚を許してもらった曽根辰一。以前から房子と相思相愛の仲ながら曽根に房子を奪われた植木真次郎――三人と工員の世話をする二〇歳の娘細川房子。やがて戦争は始まり敗色濃い一九四五（昭和二〇）年春、召集令状が来て一週間、あわただしい房子との新婚生活を過ごし、自分の造った軍艦に乗ることになった曽根は、房子を慕いつつ卑怯な手段で結婚したことで自己嫌悪に陥っている。軍艦は敵の総攻撃を受ける。一九四六（昭和二一）年夏、奇蹟的に命永らえた曽根は自分の造った軍艦で戦って、今、解体作業に従事、旧戦友池島から樋口の勇敢だった戦いを聞き、忸怩たる思いに沈む。今は房子と結婚した植木の詫びを聞いても怒りも覚えず、再生のため苦難の道を進もうと誓うのであった。

野田宇太郎は一一月号「編輯後記」で、「火野葦平氏の力作「軍艦」一〇三枚を発表した。氏がはじめて物した戯曲といふばかりではなく日本の現実にふれた労作である。」と書いている。

☆4 検閲＝占領軍の事前検閲のこと。野田宇太郎の『混沌の季節――被占領下の記録――』（大東出版社、一九七一年五月二〇日）「鷗外復興」によると、「ところが、そこに又問題が待っていた。それは占領軍の検閲である。爆撃による生な被害状況は、写真でも文章でも許可されない。それを思うと憂鬱になった。憂鬱になると同時に、怒りが湧いた。何が民主主義、何が平和だ。これでは編集者の立場は戦時中と同じではないか。茶色の眼の情報局が占領軍のCIEの青い眼のアメリカ人に替っただけである。その事前検閲の日が来た。わたくしは責任者として、ゲラ刷の一束と、写真を持って、日本放送協会の二階にあったCIEへ出頭した。相手は白人の中尉で、創刊号のときとは人が変っていた。なまじ前回のような日本人の二世でないのが救いと云えば救いだったが、どうしても亢奮の治まらぬわたくしの胸は、検閲官の白人将校の前に立ったとき、云い知れぬ屈辱感に、どきどきと高鳴った。」とある。

火野の「軍艦」では第一幕で開戦直前の日米会談などが話題になり、第二幕では戦時中の連合艦隊のことなどが出ているので、火野は軍国主義的であるという理由で、不許可になることを虞れていたのである。

☆5　無傘艦隊＝傘をさしていない艦隊、つまり、空から航空機による掩護のない艦隊。第二幕（昭和二〇年春、航行巾の軍艦の艦橋）で艦隊司令長官が参謀に言う。「成功の公算が全然ないわけではない。敵は、いまだに、わが艦隊の企図を察知してゐない。艦隊が出動したことは知つてゐるが、作戦のためであるとは思つてゐないんだ。敵はわが艦隊の企図不明と打電してゐる。An Umbrellaless Fleet（アン　アンブレラレス　フリート）……傘のない艦隊、無傘艦隊、飛行機で掩護されぬ艦隊の作戦行動など、近代海戦の法にはまつたくないんだ。いくら艦隊が動いても、向ふでは、移動か、脱出か、どつちかとしか思やしない。一隻の空母もなく、一機の直掩機もない、わずか十隻の艦隊が、沖縄の根拠地を襲撃しようなどとは、たとへさう知らせてやつたつて、向ふではほんとうにはしないだらう。その油断だけが、たつたひとつの希望だよ。」

火野の最初の原稿がどんな誤りであったか、今はわからない。

☆6　「芸林閒歩」十月号＝『藝林閒歩』一九四六（昭和二一）年一〇月号（第一巻第七号）。野田宇太郎の「編

輯後記」によると、「この号は先生の好きな唐草に類するものを表紙にしてみた。これは先生の名著『支那南北記』の表紙に使用されたものである」とある。「先生」とは木下杢太郎のことである。木下杢太郎著『支那南北記』（改造社、一九二六〈大正一五〉年一月二〇日）表紙（黒色）を桃色の明るい色にして用いた。

☆7　「常森を尋ねて」＝『藝林閒歩』一九四六年一〇月号所収の平田小六の小説「常森《ちゃんしえん》を尋ねて」のこと。野田宇太郎は、「編輯後記」で、「平田小六氏の「常森を尋ねて」は氏の帰還第一作八十枚の大作であり、このたくましい作家の人間英雄像の探究縷骨のあとは必ずや今日の文学界に一つの道標を示すであらう。」と書いた。平田小六は一九〇三（明治三六）年一一月一日、秋田県大館町生まれ。小説家、評論家。一九二三（大正一二）年弘前中学校卒業。青森県下の小学校教員を勤め、一九二九年四月、画家を志して上京、東京毎日新聞社に入社、一九三二年一〇月、「唯物論研究」の編輯助手となる。一九三三年一一月から七回にわたって『文化集団』に長編農民小説「囚はれた大地」を連載、貧困と無知にあえぐ農民、生活の改革を目指す若者達とその前に立ちはだかる国家権力をリアルに描き、注目を浴びた。農村を舞台に社会の歪みを受けている片隅でエゴにうごめく人間模様をヒューマンに描いた。一九三八年八月、中国天津に渡り、京津日々新聞社員、現地米殺生産者団体を経て、戦後広島県に引揚げ、間もなく東京に移り、小説「杜のあけくれ」を書いたり、木村狷介の名で評論、評伝を発表した。一九七六（昭和五一）年五月一八日歿。『平田小六短編集』（一九七二年一一月、昭森社）がある。

☆8　「群像」の「後院児」＝講談社の『偶像』創刊号（一九四一年一〇月）に発表された「片隅で」。

☆9　杭州湾上陸＝日中戦争（一九三一年九月一八日〜四五年八月一五日）の一作戦。火野葦平は一九三七（昭和一二）年九月一〇日、伍長として応召。一一月五日、第一八師団の一員として杭州湾北沙の敵前上陸に参加した。この時の戦闘は、一九三八（昭和一三）年一一月、『文藝春秋』に「土と兵隊――杭州湾敵前上陸記――」として発表された。火野にとってて出世作「麦と兵隊」の次作に当るが、時間的にいうと、「土と兵隊」「花と兵隊」「麦と兵隊」の順になる。

（『絃説』XV　花書院、一九九七年八月二五日）

㉒火野葦平書簡（三）　野田宇太郎宛葦平書簡の紹介

七

(6)一九四六（昭和二一）年一二月七日　消印　ペン書　壹圓參拾錢切手封書　速達

（若松　驛前　21・12・7）

東京都下吉祥寺

二五〇七

野田宇太郎様

速達

九州若松市山手通二

火野　葦平

野田兄、元気のおもむき、大慶至極です。

○「軍艦」[☆1]が無事にパス[☆2]したとのこと、なによりに思ひました。

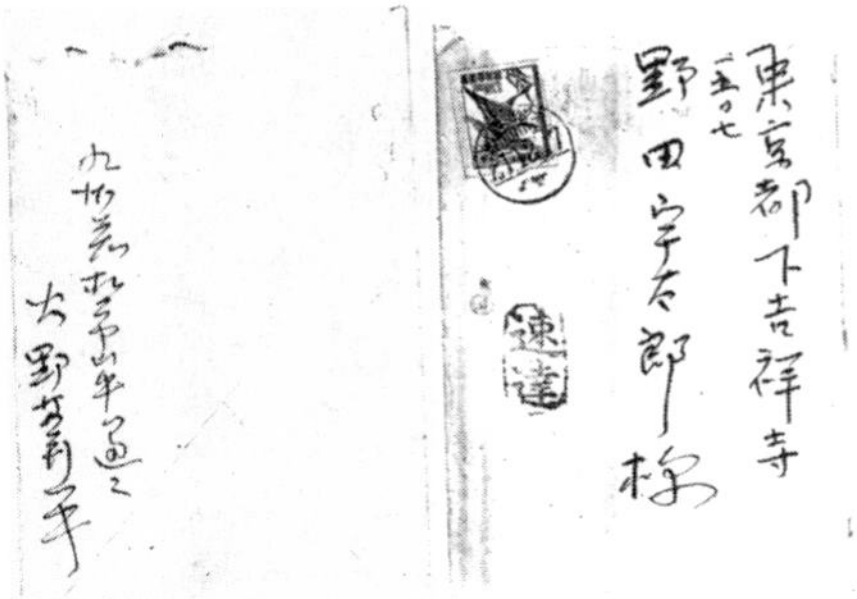

(6)一九四六年一二月七日付封書

貴兄の努力をありがたく存じます。このごろ、また二つ三つ書きたいと思ふ戯曲[☆3]があつて、いつか芝居へ心のかたむいてゐる自分へ苦笑してゐます。「軍艦」はいろいろ批評の対象となると思つてゐますが、いまはもはやいかなる批評も気にしないことにしてゐます「夜汽車」[☆4]「怒濤」[☆5]「新月」[☆6]など、これまで発表したものにたいしても、いろいろ批評[☆7]がおこなはれてゐる模様ですが、僕はいまは信じ得るのは自分だけだと考へるやうになつてゐて、だれがなにをどういつてゐるのか、探す気もなくなりました。また、ほとんど眼にもふれません。待ちかまへてゐる連中が眼の仇にする風あたりの強さは充分覚悟してゐます。いまは自分を自分できびしく鞭うつばかりです。それと、僕を信じる友人の言葉[☆8]がききたいだけです。

○若松に学生劇団[☆9]ができて、先達第一回公演をやりました。近く第二回をやるべく、いま準備中ですが、第三回に「軍艦」をやりたいといつてゐますので、すみませんが雑誌を二十冊ほど送つてくれませんか。第一回に「ドモ又の死」[☆10]「地蔵教由来」[☆11]などやりました。真面目な劇団だし、熱意もあり、伸ばしてやりたいと思つてゐます。誌代は劇団から送らせます。

○「石と釘」[☆12]は進捗の由。一政[☆13]さんが一々挿絵はかけな

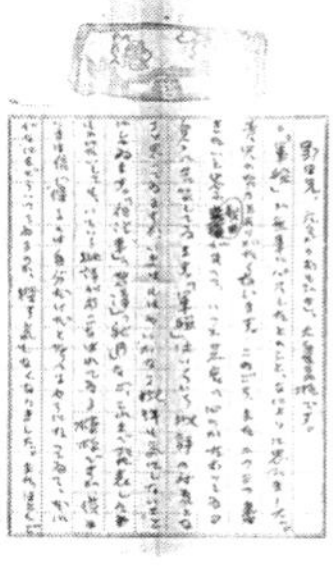

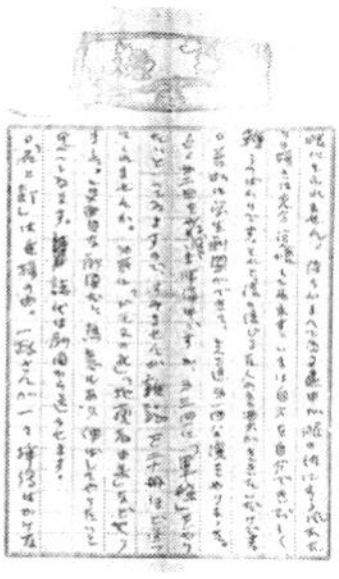

いとかのことで、すこし残念ですが、止むを得ません。万事おまかせします。校正もどうぞそつちでやつて下さい。
○「軍艦」を入れた戯曲集☆14の件、あとの分がすぐできるかどうかわからないので、できあがるのを待つことにしませう。
○九文☆15には詩でも随筆でもかいて下さい。元気だけあつても紙の事情☆16その他で、いろいろ困難とたたかつてゐます。
○年末に上京するかもしれません。中山君☆17の健康も心配だし、いろいろ用事もたまつたので、久しぶりに江戸☆18に出たくなりました。
○右まで。十二月四日。あしへい。

☆1 「軍艦」＝『藝林閒歩』第一巻第八号（一九四六年一一月号）掲載の火野葦平作戯曲「軍艦」。拙稿「火野葦平書簡(二)」（『敍説XV』）の書簡(5)（一九四六年一一月五日付封書）☆3「軍艦」を参照のこと。

☆2 パス＝GHQ(General Headquarters 対日連合国占領軍総司令部)の事前検閲に合格すること。拙稿「火野葦平書簡(二)」の書簡(5)☆4「検閲」を参照のこと。

☆3 書きたいと思ふ戯曲＝「軍艦」（『藝林閒歩』一九四六年一一月号）以後書かれた戯曲は一九四七年二月「幕合」（「九州演劇」）、一九五三年七月「陽気な地獄」（『悲劇喜劇』）、一九五六年一二月「ちぎられた縄」（『テアトロ』）しかない（鶴島正男編「新編＝火野葦平年譜」［『敍説』XIII 一九九六年八月］による）。

☆4 「夜汽車」＝火野葦平の小説。『新小説』一九四六年九月・一〇月合併号に発表、一九四七年九月一〇日、

短編小説集『怒濤』（文芸春秋新社）に収録された。

☆5　「怒濤」＝火野葦平の小説。『改造』一九四六年一〇号に発表、一九四七年九月一〇日、短編小説集『怒濤』（文芸春秋新社）に収録された。

☆6　「新月」＝火野葦平の小説。『藝林閒歩』一九四六年八月号に発表、一九四七年二月二〇日、短編小説集『石と釘』（東京出版）に収録された。

☆7　批評＝火野葦平の戦時中の執筆活動に対する批判は火野葦平を苦しめた。火野葦平の『押切帳』に貼付された（一九四五年）一一月三〇日、『西日本新聞』「読者の声」によると、

「九州書房に寄す

○……新生日本の文化部門の一翼として、また九州文化運動の魁として九州書房の発足が報道されてゐる。灰燼の町に一陣の新風吹き来る感じで、まことに慶賀にたへぬ。が、何となく釈然とせぬものを感ずるのは私一人であらうか。九州書房創立発起人の顔触れをみるとまづ問題にしたいのは兵隊作家火野葦平の存在である。（中略）正直にいって、私どもの間では兵隆ものの作者として以外火野氏の存在は考へられてゐない。火野氏自身も国民各層の人気や支持といふものは兎も角、作家としての修練が常に兵隊ものを基盤にしてなされてきたことを忘れてはゐないだらう。（中略）その兵隊作家がいま転身の姿鮮かに、文化運動の指導者として乗出し始めたことも真の日本文化建設のために甚だ遺憾に思ふのは私一人であらうか。（中略）火野氏よ、この際、とやかくいはれぬ先に、兵隊もので儲けた一切の利潤をことごとく戦災者のために投出してはどうか。極言すれば火野氏の作家的地位そのものが、立派な戦時利得ではないかと思ふ。とにかく私は資格なき人々によって文化面を指導されたくない。やめて貰ひたい。引き退って貰ひたいといふことだけである。（福岡の一読者）」とあった。

☆8　友人＝野田宇太郎の『混沌の季節――被占領下の記録――』（大東出版社、一九七一年五月二〇日）「文壇の変貌」によると、「戦争中に軍に協力した文壇人の戦犯追求もはじまっていた。何もかも占

領軍の御意のままで、自分は身に覚えがないと思っていても、間違って捕えられないとも限らない。そんな不安が霞のように漂っていた。どのような文学者の態度が戦犯に該当するのか、日本人として考えるのも愚かなことに思われたが、わたくしの身近な交友関係では、火野葦平は既にその日の来るのを覚悟したかのようであった。葦平は兵隊作家であった。だから文学者としての十分な云い訳けは持っていた。しかし敗戦国民であった。執筆禁止ぐらいではすまされぬと自分では思っているらしく、傍目にもそれとわかるほど沈み込むことがある。その苦悩を一層切実に感じていたのは、葦平の親友中山省三郎であったろう。北九州の若松から上京すると、葦平は阿佐ヶ谷の中山家に身を寄せていた。上京のたびにわたくしも中山家を訪れ、時を忘れて歓談するのが常であった」とある。

☆9 学生劇団＝『北九州市史』『近代・現代、教育文化』（北九州市、一九八六年一二月一〇日）に「昭和二十二年若松の大学生を中心として、河原重巳の指導により、劇団『かもめ座』が結成された。若松の毎日座で第一回公演を行い『ドモ又の死』『地蔵教由来』を演じた。アマ劇団であったが、毎日座を満員にした」とあるように、この「学生劇団」とは「かもめ座」のことであろう。なお、「かもめ座」のことは火野葦平が『定本——新遊侠伝』（一九五三年二月。小説朝日社）で「あひる座」として小説に描いている。（鶴島正男氏の御指摘による）。

☆10 「ドモ又の死」＝有島武郎の戯曲。一九二二（大正一一）年一〇月、叢文閣の個人雑誌『泉』創刊号に発表。歿後一九二三年一一月『有島武郎著作集』第一六輯『ドモ又の死』（叢文閣）に収録。一九二二年一二月二二日～二三日、報知新聞社講堂で新劇座（舞台監督——落合浪雄、戸部——藤村秀夫、とも子——花柳章太郎）が初演。『日本近代文学大系49』「近代戯曲集」（角川書店、一九七四年八月三〇日、山田昭夫注釈）。

☆11 「地蔵教由来」＝久米正雄の戯曲。一九一七（大正六）年七月、『中央公論』臨時増刊号に発表。一九一九年二月七日、明治座で井上正夫一座によって初演。『日本近代文学大系49』「近代戯曲集」（角川書店、一九七四年八月三〇日、藤多佐太夫《ふじたさたお》注釈）。

☆12 「石と釘」＝短編小説集『石と釘』（東京出版、一九四七年二月二〇日）のこと。東京出版の『藝林閒歩』編輯兼発行人だった野田宇太郎を通じて短編小説集『石と釘』を出版しようとしていた。戦後東京で出版する初めての著作集だった。収録作品は「石と釘」「李花」「魚眼記」「千軒岳にて」「清流」「名探偵」「十三夜」「白い旗」「月かげ」「新月」「珊瑚礁」「昇天記」「人魚」「紅皿——ト書きのない一幕物」「百日紅」「羅生門」「伝令」「「伝説」について」。一九四六年一一月五日付野田宇太郎宛火野葦平書簡(5)『敍説』XV拙稿「火野葦平書簡(二)」参照のこと。

☆13 一政さん＝中川一政のこと。火野葦平は自著『石と釘』の挿絵を中川一政に依頼したかったが、挿絵は描けないということで断わられたので、装幀だけ頼むことにしたのである。「中川一政」については拙稿「火野葦平書簡(二)」の書簡(5)「一政さん」を参照のこと。

☆14 戯曲集＝火野葦平にはその後戯曲集を出版することはなかった。火野葦平の作品集が野田宇太郎の手によって東京出版から出版されることもなかった。

☆15 九文＝同人雑誌『九州文学』は一九四六年一月、通号第七九号を再刊して戦後九州における文学活動の拠点となった。編集・発行人は矢野朗、同人は一三一人に達した。野田宇太郎は同人に名を列ねているが、火野葦平の慫慂にもかかわらず、多忙のためか、一九四八年末まで『九州文学』に詩や随筆を書くことはなかった。

☆16 紙の事情＝一九四五年一一月一五日、九州書房は社長玉井勝則（火野葦平）、事務取締役古海卓二、編集部長矢野朗、庶務部長東潤らを擁して、創立総会を開き、九州の地で日本文化再建の一助として出版事業に乗り出すこととなった。しかし、当時は紙事情が極度に逼迫し、同年一二月八日、社長の火野葦平自ら取締役の古海卓二を伴って、紙の買い付けに杖立温泉を経由して八代の王子製紙八代工場に行った。

また、一九四六年二月六日、葦平は九州書房の用紙割当に関する交渉のため、東京に出張、八日、日本出版協会に行き、手続の用紙をもらい、九日、書類をもって、入会金、会費を払い、手続をすませている。日本出版協会のお役所仕事に大変不愉快な思いをしている。（鶴島正男『襤褸の人　評伝・火野葦平』裏山書房）「暗愚の記録　その四・その五」。

☆17　中山君＝中山省三郎。一九〇四（明治三七）年一月二八日、茨城県真壁郡柴尾村酒寄の医師中山清の三男として生まれた。下妻中学から早稲田第一高等学院に入学、早稲田大学露文科に進学、玉井雅夫（火野葦平）、丹羽文雄、寺崎浩、宇野逸夫、田畑修一郎、菊池侃らと同人誌『街』（一九二六年創刊）を出すと共に、火野葦平らと詩誌第二次『聖杯』を出し、自作詩やアレクサンドル＝ブロークの訳詩を発表した。早大卒業後、プーシキン、チェホフ、ブローク、ツルゲーネフ、ドストエフスキー、シエストフ、メレジコフスキーなどの小説や評論の翻訳に秀れた業績を残した。ツルゲーネフ『散文詩』（一九三三年二月、第一書房）『猟人日記』上、下（一九三三年九月〜三四年四月、第一書房）メレジコフスキー『永遠の伴侶』上、下（一九四〇年一〇月〜四一年五月、小山書店）は名訳として名高い。詩人としては日夏耿之介、横瀬夜雨、河井酔茗、北原白秋、木下杢太郎を尊敬した。詩集としては『羊城新鈔』（一九四〇年七月、台湾日高山房）『縹渺』（一九四二年二月、小山書房）『豹紋蝶』（一九四四年二月、湯川弘文社）遺稿詩集『水宿』（一九五六年六月、東峰書房）がある。他に横瀬夜雨遺稿集『雪あかり』（一九三四年六月、書物展望社）長塚節『長塚節遺稿』（一九四二年五月、小山書店）の編纂と共に、随筆評論集『海珠鈔』（一九四〇年一〇月、改造社）がある。一九四七年五月三〇日、聖ヨハネとなって昇天した。

火野葦平は一九二三（大正一二）年四月、早稲田第一高等学院に入学し、一九二六年四月早稲田大学英文科に入学、露文科の中山省三郎らと同人雑誌『街』を創刊、それ以来の親友である。「戦後における葦平の悲劇は、無二の友である中山省三郎の急逝から始まるといっても、過言ではありません。」「中山は葦平の才能と弱点とをだれよりも鋭く見抜いていた親友です」（『鶴島正男聞書　河童憂愁』城戸洋著、西日本新聞社、一九九四年一〇月二五日）と言ったのは、火野葦平の書斎（河伯洞）移転反対運動の中心となり、資料館を若松につくるため、県立高校を定年三年前に退職した「火野葦平資料の会」会長鶴島正男氏である。戦中戦後中山省三郎が亡くなるまで、葦平に上京するたびに、阿佐ヶ谷の中山宅に泊まっていた。弟の政雄、千博も泊めてもらった。一九四七年六月二日、東京都神田猿楽町の天主公教会で中山省三郎葬儀が行なわれたが、葬儀委員長火野葦平は衝撃が大きく、悲しみのあまり上京できなかった。中山が死んだ夜は青野玉喜（若松「川太郎」経営）と二人で、ビールを二〇数本を飲んで、無邪気な子供のように大声を張り上げ手放しで泣いたという。

葦平は「同行二人――亡き中山省三郎に」と題して追悼詩を詠んだ。その最終連で次のように詠んでいる

「君は途方もない男だ。
先だつて東京で地獄の世相について語つたとき、汚濁と虚偽とに満たされた日本はじまつて以来の乱世だか、男子として生きる甲斐ある時代だと、
はげしく咳き入りながらも昂然と君はいつたばかりではないか、
だが、いまはもうなにもいふまい。
僕は四国八十八ヶ所を訪ねて行脚に出る遍路が一人で行くにもかかはらず
その菅笠に同行二人と書くことを知つてゐる。
僕もそれにならつていまはつきりと、
胸の底ふかく同行二人と刻んでおく。
君に異存のあるわけはあるまい」

（『九州文学』第93冊、一九四七年七月一日）。その他、「詩人中山省三郎」（『光』創作詩集号、一九四七年七月一日）、「亡友中山省三郎」（『蠟《ろう》人形』一九四八年四月一日）を書いて中山の死を悼んでいる。一方、中山省三郎に「葦平がこと」（『海珠鈔』改造社、一九四〇年一〇月）という一文がある。

野田宇太郎は葦平、中山の共通の友であった。野田の編集する『藝林閒歩』にも、中山はしばしば執筆していた。

「その苦悩を一層切実に感じていたのは、葦平の親友中山省三郎であったろう。北九州の若松から上

京すると、葦平は阿佐ヶ谷の中山家に身を寄せていた。上京のたびにわたくしも中山家を訪れ、時を忘れて歓談するのが常であった。

詩人ですぐれたロシア文学者だった中山は、その頃既に酷く健康の衰えをみせていた。近代文学史の造詣も深かった中山は、わたくしにとってもかけがえのない相談相手だった。戦犯指名に落着きを失い勝ちな葦平は、反動的に多忙化した小説執筆に追いまくられ、ややもすれば安易な流行作家の軌道に滑り込もうとする。苛立ってつい好きなビールや酒が度を越す。それを見かねて「駄目だ！」と真剣に叱るのも中山だけで、そういうときの話し相伴は、いつもわたくしであった」（野田宇太郎『混沌の季節――被占領下の記録』「文壇の変貌」大東出版社、一九七一年五月二〇日）

「詩人ですぐれたロシア文学者の中山省三郎が、四十四歳で亡くなったのは五月三十日早朝である。（中略）喘息と結核と心臓衰弱の悪化である。戦後は再びロシア文学翻訳の仕事もはじめたが、むしろ自分の詩を作ることが多くなっていた。わたくしは文学後輩としても編集者としても、中山氏とはもっとも親しく交わった。朝七時、その臨終を看取った医師から電報を受け、思わずあっと声をあげた。（中略）玄関に入ると、夫人がどっと泣き崩れた。

「自分に著作の処理をまかせたいと遺言があつたと告げられる。ともかく火野氏をはじめ知友や出版関係者などに電報を打つ。中山氏の死顔は安らかで眠つたやうであつた。（中略）……」とその日の日記に書いている。」（「死に親しむ」前掲書）とある。

『藝林閒歩』（第二巻第五号、一九四七年六月）の野田の署名入り「編輯後記」は、中山省三郎の追悼文になっている。

『中山氏は五月三十日の夜明けと共に逝去された。（中略）本号の「シェストフの死」は、はしなくも中山氏の遺稿となつた。（中略）中山省三郎氏は何よりも先づ立派な詩人であつた。恐らく今日稀なパルナッシアンであつた。技術よりもその精神の高さを失はぬ立派な詩人であつた。その精神が、プウシキンや、レルモントフや、チュッチェフや、ツルゲエネフや、メレシュコオフスキイときびしい高踏の線を辿らせた。彼の露西亜文学には歴然とした脊骨がとほつてゐた。長塚節や伊藤左千夫の研究も大きかつた。南方を旅してマカオに宿つた折の記録もめざましかつた。四十四歳にして失ふには余りにも惜しい人であつた」

なお、中山省三郎は火野葦平の『革命前後』では「山中精三郎」という名で登場している。

☆18 江戸＝火野葦平は東京のことを戯れていつも「江戸」と言った。葦平の東京秘書小堺昭三（現作家）を「江戸家老」といい、若松秘書小田雅彦（故人）を「国家老」といった。一九四六年一二月に葦平が上京した形跡はない。

八

(7) 一九五三（昭和二八）年九月二五日付　活版印刷　五円切手葉書

武蔵野市吉祥寺

二五〇七

野田宇太郎様（宛名書きは火野葦平の字にあらず）

移庵通知　（活版印刷）

秋が参りました。涼しくなりました。御健福のことなによりに存じます。今度、池上[☆1]にありました寓居鈍魚庵[☆2]を阿佐ヶ谷[☆3]に移しましたので、お知らせいたします。まだ半建ちで、門も塀もなく、壁も塗つてない始末ですが、なにとぞ附近を御通行の節はお立ち寄り下さい。なほ、これまでどほり、九州と東京との両棲生活を今しばらくつづけます。

昭和二十八年九月二十五日

火野葦平

東京都杉並区阿佐ヶ谷三ノ二七三（電荻窪六三一三）

福岡県若松市山手通二丁目（電若松三六〇九）

☆1　池上＝一九四九（昭和二四）年三月一四日、九州、東京間の往復が頻繁になったので、大田区池上徳持町七番地（電話・池上（95）〇六二二番）の借家で、長谷健（「あさくさの子供」で芥川賞を受賞した柳川出身の作家）夫妻を一階に住まわせ、葦平は上京の折に二階を用いることにした。

☆2　鈍魚庵＝家主が、九州柳川のドンコ捕りの名人だったので、「鈍魚庵」と命名した。最初は「どんこあん」であったか、次第に「どんぎょあん」と呼ばれるようになった。

☆3　阿佐ヶ谷＝一九五三（昭和二八）年三月、杉並区阿佐ヶ谷三丁目二七三番地に「鈍魚庵」を移庵した。下設計を葦平がやり、本設計を東大教授小野薫博士（戦後、浅草観音や川崎大師を設計）と、その弟子宮川氏がやった。ヒイヤリした民芸調の家を所望した。阿佐ヶ谷に移転したので、「阿佐ヶ谷会」に入会した。新築祝いを兼ねて、「鈍魚庵」で会合。出席者は滝井孝作、井伏鱒二、河上徹太郎、臼井吉見、中野好夫、外村繁、上林暁、伊藤整、木山捷平、小田嶽夫、村上菊一郎。亀井勝一郎が武者小路実篤の絵の扁額を、向井潤吉が、油絵「ロクタク湖白雨」を新築祝いに贈った。

九

(8) 一九五九（昭和三四）年八月一七日　消印（小倉　34・8・17　後6―12）
受取印（武蔵野　34・8・18　後0―6）　五円官製往復はがき　25円切手

速達

武蔵野市吉祥寺二五〇七
　野田宇太郎様
（宛名書きは火野葦平の字にあらず）

謹啓　（活版印刷）
この度、故矢野朗[☆1]君遺児瑛司君[☆2]と、天草出身の住田菊枝[☆3]さんとの祝言を、小生仲人となつて、左記の通り取り行ふことになりましたので、ぜひ御参席下さるやうお願ひいたします。朗君がゐませんでも、亡父同様これからつきあつて頂かねばなりませんので、何卒よろしく。
★とき　昭和二十四年《ママ》[☆4]八月二十日　午後四時（時間厳守）
★ところ　小倉市室町　八坂神社[☆5]　結婚式場
★ぜに　一金　千円也
（尚、御出席なき場合も会費は祝費として頂戴いたしたく存じます）

媒酌人　火野葦平

☆1　矢野朗＝一九〇六（明治三九）年一月一九日〜一九五九（昭和三四）年六月三〇日。小説家。小倉市生まれ。矢野朗は一九三七年一一月一八日発行の『文學會議』第四冊に火野葦平の「糞尿譚」が一旦は編集会議で不掲載と決ったものを、葦平が召集されて出征するということで、急遽掲載を主張、さらに鶴田知也が芥川賞の候補作として紹介して、見事受賞した。「糞尿譚」が『文學會議』に掲載されなかったら、芥川賞は受賞しなかっただろうし、「麦と兵隊」も生まれなかったであろう。葦平は終生矢野朗に恩義を感じていたのである。

葦平は矢野朗をモデルにした小説や詩、随筆、追悼文などを次のように書いた。

(1)序文「矢野朗出発」（矢野朗著『内体の秋』春秋社、一九四〇年一月）
(2)序文「前進する文学」（矢野朗著『生炎』泰光堂、一九四四年三月）
(3)小説「麒麟と駑馬」（『一椀の雪』展文社、一九四八年九月）
(4)小説「夫婦」（『文藝』一九五一年五月号）
(5)序文「鬼に価する作家」（矢野朗著『青春の笞』東京書房、一九五七年一〇月）
(6)詩「矢野朗の灯」（『九州文学』「矢野朗追悼号」一九五九年九月号）
(7)随筆「矢野津の子太夫」（『文藝春秋漫画読本』一九五九年九月号）
(8)小説「神童の果て」（『小説新潮』一九五九年九月）
(9)随筆「ビールの歌」「麦酒院頑固大声恐妻居士」（『酒童伝《しゅっぱでん》』光文社、一九六〇年三月）
(10)小説「第四話　恐妻一代男」「第五話　少年の恋」「第六話　陋巷の貴族」（『恋愛家族』講談社、一九六〇年四月）
(11)小説『革命前後』（「火野葦平兵隊小説文庫9」光人社、一九八〇年八月二七日）「第三章」に佐野良として登場。

葦平以外の者が矢野朗について書いた主なものは、
(1)「矢野朗追悼」（諸家『九州文学』一九五九年九月号）
(2)「浮沈」（原田種夫『実説・火野葦平―九州文学とその周辺』一九六一年七月、大樹書房）
(3)「矢野朗」（小野寺凡『日本近代文学大辞典』第三巻、講談社、一九七七年一一月）
(4)「矢野朗」（星加輝光『福岡県百科事典』下巻、西日本新聞社、一九八二年一一月）
(5)「矢野朗試論」（『原田種夫全集』第五巻、国書刊行会、一九八三年六月）
(6)「矢野朗のこと」「続矢野朗」「文化人入営」「雁林町」「続雁林町」「矢野朗追想」（劉寒害『わが一期一会』上巻、創思社出版、一九八五年五月）
(7)「矢野朗と『文學會議』」（阪口博『敍説』XV　花書院、一九九七年八月）などがある。

☆2　瑛司＝矢野朗の第二番目妻美知子（「神童の果て」「矢野津の子太夫」による）との間にできた長男矢野瑛司（おそらくこれが本名であろう）小田雅彦編の「矢野朗年譜」（『九州文学』一九五九年九月）によると、

「昭和六年（一九三一）二十六才
第二の結婚、翌年、長男瑛司が生れた。けれども瑛司三才のとき、第二の妻と死別。」

とあるので、一九三二（昭和七）年生まれであろう。火野葦平の「矢野津の子太夫」や『恋愛家族』では、「矢野信雄」、原田種夫の「実説・火野葦平」では「矢野高雄」として登場する。

劉寒吉の「矢野朗追想」（『わが一期一会』上巻、創思社出版、一九八五年五月）によると、

「矢野が亡くなると、すぐ思い出されたのは彼の一人息子の瑛司君のことだった。

矢野は生前、あまり瑛司君のことは話したがらず、したがって友人達もくわしく消息を知らなかった。すると、それまで矢野の世話をしていた若竹楼の女将が話し出した。それによると、息子の瑛司君というのは近年不良仲間との交際が深くなったあげく、他家の自動車を売り払ったために捕まって、今は甘木の刑務支所につながれているということだった。

このことを知った一同の者はびっくりしたが、八月の初盆にはぜひとも墓参させたいと思いたった。既に初盆も間近に迫っていたので、取りあえず事情を話して瑛司君の身柄だけを数日間渡して貰うように交渉することになった。

そこで九州文学社を代表して、火野葦平が甘木に向かった。この交渉は成功した。事件は微罪だし、本人は逃走するような男とも思われないので、数日間だけ身柄を預けましょう、という先方の所長の好意によって瑛司君は小倉に帰ってきた。

瑛司君というのはみるからにシンの弱そうな若者であって、話してみると現代っ子らしい単純に割り切った考えを遠慮なく放言するところがあった」

と本名の「瑛司」という名を使っている。

また原田種夫は『実説・火野葦平——九州文学とその周辺』（大樹書房、一九六一年七月）の「浮沈」では、

「一人むすこの高雄（※筆者注＝瑛司のこと）は死んだ二番目の細君の子で、工業高校に通っていたが、みゆき（※筆者注＝第四の妻）は、てんで相手にしない。そこで高雄は、父と継母へ激しい反抗をするようになっていった。矢野はこうして、家庭の内に悲劇の芽をだんだん育てていったのだ。

みゆきは、炊事を全くしない。夜はいつまでも矢野と文学談に花を咲かせ、朝はひる近くまで矢野と寝る。しかたなく病身の矢野の母が、病床をはなれて、学校にゆく高雄の弁当をこさえてやる。七十を越した老母は、気苦労のためにやせ衰えていった。矢野はみゆきのきげんをとって、母と子をてんで顧みなかった。常軌を逸した生活を反省するどころか、それを文学者の特権と矢野は思っていた」と厳しく矢野を批判した。
☆3　住田菊枝＝詳細については未調査。葦平の『恋愛家族』「第六話　陋巷の貴族」によると、
「八月二十日、矢野信雄君と松谷杉江さんとの結婚式がおこなわれた。おこなわれたというよりも、無理矢理におこなったという方が当っているかも知れない。信雄君は死んだ矢野朗の一人息子である。

第四話「恐妻一代男」に書いたように、矢野は四人の女房と生死別したが、信雄君は死んだ二番目の細君の子供で、もう二十七になる。そして、矢野が入院中、杉江さんと恋愛をし、服毒心中未遂事件をおこした。私は深い事情はなにも知らないが、六月三十日、矢野が死ぬと、信雄君と杉江さんとの結婚式を正式に挙げさせておいた方がよいだろうと考えた。

信雄君は放浪しているうちに、悪い仲間に引きこまれ、いくたびか過失《あやまち》をおかして、現在、収監中の身分である。しかし、父の死に会って大いに悔悟するところがあり、私たちにハッキリと更生を誓った。「もし、私が今度、生まれ変らなかったら、人間ではありません」と、誠実を面にあらわしていった。

矢野朗の葬式や、初盆のときには、警察署、裁判所、検察庁などに無理を頼み、特別の好意を得て、一時、信雄君を出してもらった。二度目は、公判まで保釈で自由の身体になったので、その間に結婚式をしたわけである。私が仲人になり、二十人ほどの少人数で、小倉の八坂神社で挙行した。もちろん、単なる祝言としてではなく、亡父の友人たちの友情の中で、信雄君がさらに更生の決意を新たにするための心づかいであった。

私が身元引請人になって、信雄を出してもらうため、甘木裁判所に行った。福岡から自動車で約四十分、原田種夫が同道した（中略）

原田と私とは、車を走らせながら、

「信雄君と杉江さんと、この際、正式に結婚式をさせて、籍に入れといた方がええのじゃないか」と話しあったのであった。

それから、私はいった。

「二人はどうも無理心中のようなにおいがするが、どうかね？」

「どっちがかね？」

「それはわからんが、どうもそんな気がする。その意味でも、キッチリした形で、祝言をしておいた方がええような気がするんだ。形式的とはいっても、やっぱり、二人の覚悟には役立つと思うからね」

「賛成だ」（以下略）」

とあり、火野葦平が主導的に働いて矢野瑛司（『恋愛家族』では信雄）と住田菊枝（『恋愛家族』では松谷杉江）を正式に結婚させ、入籍させたことになっている。しかし、劉寒吉の『わが一期一会』上巻の「矢野朗追想」の「初盆に息子の結婚式」によると、「しかも驚いたことには、既に婚約している女性があって、それも問いただしていくと、どうやら若竹楼近くの女性らしかった。

「親爺はそのことを知っていたのかね」

「はい、話してあります。素直な女です」といって頭をかいた。

この女性との交渉は専門家の若竹楼の女将に頼むことにした。

瑛司君を中心として、それからの四、五日は目のまわるような忙しさだった。なにしろ五日の休暇の間に父の初盆と自分の結婚式をあげようというのである。

結婚式の当日はぬけるような夏空で、神社の隣に新築中の小倉城の櫓から絶えず金づちで木をたたく音が聞こえていた。

若竹楼の主人夫婦が新郎・新婦の親代りとして拝殿にすすみ、その後からぞろぞろと私達がつづいた。

媒酌人は私と岩下俊作夫人である。

当日の来賓は、写真によると、石山滋夫、星加輝光、風木雲太郎、中村勉、岩下喜代光、織田隆一、小田雅彦などであった。火野は上京中であった。

私たちは暑い夏の日、境内に集って万才を三唱して散会した。

かくて矢野の息子と旭町の女性はめでたく夫婦になった。

しかしその後の二人のことは知らない」

となっている。

結局、矢野朗長男瑛司と天草出身の住田菊枝との結婚は名儀上媒酌人火野葦平（上京中で欠席）、実質的に当日の媒酌人劉寒吉と岩下俊作夫人によって行なわれたのであろう。

☆4　昭和二十四年＝昭和三四年の誤り。矢野朗の初盆の機会に息子の結婚を同時に挙行したので、誤植であることは確かである、消印も三十四年と読める。

☆5　八坂神社＝北九州市小倉北区勝山城内にある。旧県社。祭神は北殿に須佐能袁命《すさのおのみこと》、櫛名田比売命《くしなだひめのみこと》など十柱、南殿に須佐之男命《すさのおのみこと》、大名牟遅命《おおなむちのみこと》など十柱を祀る。一六一七（元和三）年小倉藩主細川忠興《ただおき》は城下の鋳物師町に南北両神殿を造営し、南殿に不動山の祇園の小祠を移し、北殿は片野村の祇園の小祠を勧請して領内の総鎮守とした。一九三四（昭和九）年鋳物師町から現在地に遷宮した。祭日は大正ごろから七月一〇日から一一日になり、小倉名物の太鼓祇園としてその山車は福岡県指定有形民俗文化財に指定されている。その他の行事として九月一一日に神事能が催される。境内に福岡県指定有形文化財の石造灯籠一対と石鳥居一基、北九州市指定有形文化財の刀工藤原友行作の太刀がある。

（『敍説』XVI　花書院、一九九八年二月一四日）

㉓火野葦平書簡（四）劉寒吉宛葦平書簡の紹介

一

筑後松崎（現・福岡県小郡市）出身の野田宇太郎（一九〇九〜一九八四）は「文学散歩」の創始者であり、抒情詩人・文芸評論家であったが、雑誌『新風土』（小山書店）、『新文化』（第一書房）、『文藝』（河出書房）、『藝林閒歩』（東京出版）、『文学散歩』（文学散歩の会）などの優れた編集者でもあった。これらの雑誌の寄稿者――小説家・詩人・歌人・俳人・戯曲家・評論家・翻訳家など文学関係者――からおびただしい数の書簡が野田宇太郎に寄せられた。多くは雑誌掲載の連絡のための書簡交換であるが、そこにはおのずから文学者同志の私的な心情交流が見られ、文学史的にも価値あるものと思われる。一九八四（昭和五九）年七月二〇日、野田は心筋梗塞のため、東京都東村山市の国立療養所村山病院にて死去した。生前の意志により膨大な蔵書・文献資料は、こよなく愛した故郷小郡市に寄贈され、「野田宇太郎文学資料館」（小郡市民ふれあい広場内、小郡市立図書館併設）に永久保存されることになった。

私は一九七九（昭和五四）年三月、文芸評論家荒正人氏の紹介で東京都町田市図師町の野田宇太郎宅を訪問、爾来五年間、上京の度に訪ね、親しく謦咳に接して、文学研究の根本と資料の情報について教示を晩年に至るまで受けた。御蔭で野田宇太郎の教示、情報によって夏目漱石の未公開書簡を発見することもできた。野田歿後、所蔵の書簡の中から野田宛吉井勇書簡を野田トシ夫人（現在は故人）の御好意により借用、複写・写真撮影を許可され、既に発表したところである（『福岡女学院短期大学紀要』第二四号〈一九八八年二月〉、第二五号〈一九八九年二月〉、第二七号〈一九九一年二月〉）。

野田宇太郎について、私は既に『福岡女学院短期大学紀要』第二四号（一九八八年二月）の「吉井勇と野田宇太郎（上）――昭和二十年代の吉井書簡を中心に――」において概略紹介したので、改めて詳述しない。この他、野田について執筆した拙稿には次のようなものがある。

⑴「吉井勇と野田宇太郎」『毎日新聞』夕刊西部版「文化」一九八七年一一月五日付

⑵「すみれうたを紡ぐ詩人――野田宇太郎」『西日本新聞』夕刊「文化」一九八九年一〇月二六日付

⑶「五足の靴」『野田宇太郎・丸山豊』野田宇太郎文学資料館ブックレット1、一九九一年三月三一日、小郡市立図書館

一九八七年三月、『野田宇太郎蔵書目録』（小郡市役所）が発行され、同年一一月、遺言によって寄贈された蔵書、文献資料約三万点を収めた野田宇太郎文学資料館は故郷小郡市民ふれあい広場の中に文化会館、小郡市立図書館と共に開館した。目下、中村良之小郡市立図書館専門員（霊鷲寺住職）を中心とした方々によって整理されつつあるが、私も野田宛書簡の複写・写真撮影、解読・

翻刻・注解など協力しているところである。幸い一九九一年度から九三年度までの三年間、文部省科学研究費補助金（一般研究(c)）を交付されたので、その成果を報告してきた。次に列挙する。

(1)「河井酔茗・蒲原有明書簡の紹介――野田宇太郎文学資料館所蔵書簡翻刻(1)――」『福岡女学院短期大学紀要』第二九号（一九九三年二月）

(2)「森茉莉書簡の紹介――野田宇太郎文学資料館所蔵書簡翻刻(2)――」『福岡女学院短期大学紀要』第三〇号（一九九四年二月）

(3)「幸田文書簡の紹介――野田宇太郎文学資料館所蔵書簡翻刻(3)――」『福岡女学院短期大学紀要』第三二号（一九九六年二月）

(4)「火野葦平の書簡(1)――野田宇太郎宛葦平書簡の紹介――」『文学批評 敍説』第一三号（一九九六年八月）

(5)「野上豊一郎・弥生子書簡の紹介――野田宇太郎文学資料館所蔵書簡翻刻(4)――」『福岡女学院短期大学紀要』第三三号（一九九七年二月）

(6)「火野葦平の書簡(2)――野田宇太郎宛葦平書簡の紹介――」『文学批評 敍説』第一五号（一九九七年八月）

(7)「火野葦平の書簡(3)――野田宇太郎宛葦平書簡の紹介――」『文学批評 敍説』第一六号（一九九八年二月）

(8)「阿部知二・伊藤整・宇野浩二書簡の紹介――野田宇太郎文学資料館所蔵書簡翻刻(5)――」『福岡女学院短期大学紀要』第三四号（一九九八年二月）

(9)「中河与一書簡の紹介――野田宇太郎文学資料館所蔵書簡翻刻(6)――」『福岡女学院短期大学紀要』第三五号（一九九九年三月）

(10)「平塚らいてう書簡の紹介――野田宇太郎文学資料館所蔵書簡翻刻(8)――」『福岡女学院大学紀要　人間関係学部編』第三号（二〇〇二年三月）

(11)「江口渙・三木清書簡の紹介――野田宇太郎文学資料館所蔵書簡翻刻(9)――」『福岡女学院大学紀要　人間関係学部編』第四号（二〇〇三年三月）

(12)「志賀直哉・武者小路実篤・里見弴書簡の紹介――野田宇太郎文学資料館所蔵書簡翻刻(10)――」『福岡女学院大学紀要　人間関係学部編』第五号（二〇〇四年三月）

二

今回ここで発表しようとする劉寒吉宛火野葦平書簡一通は、どういうわけか、野田宇太郎文学資料館所蔵のものであって、何故に『九州文学』同人劉寒吉宛の火野葦平書簡が野田宇太郎の手中に入ったか、不明である。劉寒吉《りゅうかんきち》は一九〇六（明治三九）年九月一八日、小倉市魚町五〇番地（現・北九州市小倉北区）に生まれた。本名は濱田陸一。一九二〇年小倉市立小倉商業学校（現・福岡県立小倉商業高等学校）に入学。三年の時、ガリ版の文芸誌『梧桐』を発行。小倉の天神島小学校以来の友人である小倉工業学校生徒の八田秀吉（後に「富島松五郎伝」〈映画「無法松の一生」の原作者〉で直木賞候補となった岩下俊作）らと杉原碌介（劉寒吉）の名で一九二三（大正一二）年四月、同人誌『公孫樹』を出した。一九三二（昭和七）年、岩下俊作、辻旗治（星野順一）、中村暢らと詩誌『とらんしつと』を創刊した。そのころ抒情詩、自由詩など詠嘆調の詩が多かったが、劉たちはイタリア未来派に共感し、もっと社会を反映した、ダイナミックな詩を書こうとしていた。それが警察から社会主義運動者と見なされ、追われたりした。第一七号には岩下が「汎力動詩派宣言」を書いた。一九三四（昭和九）年二月「九州詩人祭」が開かれ、九州文学者の大同団結が計られ、九州芸術家連盟が結成され、七月に『九州芸術』が創刊、その中心となったのが、劉と原田種夫であった。一九三八（昭和一三）年九月、九州の有力同人誌四誌が合併して、第二期『九州文学』が創刊され、劉も原田と共に編集委員となった。劉は詩より小説に転じ、一九三九（昭和一四）年四月『改造』の応募小説に「魑魅跳梁」が佳作となった。劉はこの作品を「人間競争」と改作し、『九州文学』九月号に発表、芥川賞候補となった。一九四一（昭和一六）年、「九州文学賞」選考委員となった。同年五月一三日から百四回にわたって『福岡日々新聞』北九州版に「山河の賦」という歴史小説を星野順一の挿画で書いた。一九四二（昭和一七）年劉は『九州文学』一月号に「神と人の記録」を、同年四月一〇日、新聞連載に若干手を加えて、歴史小説『山河の賦』を火野葦平の序「『山河の賦』」の賦」をつけて東京の六芸社から処女出版した。一九四三（昭和一八）年六月、第三回九州文学賞は劉寒吉の『山河の賦』が授賞した。同年『九州文学』五月号に「翁」を発表、昭和一八年度の芥川賞候補になった。同年七月には劉は『敵国降伏』（四海書房）を出した。同年一〇月『文芸読物』に「十時大尉」を発表、第一八回直木賞候補となる。戦時下、劉たちは久留米師団演習報道員、九州文学報国隊員、筑豊炭坑記録、相浦海兵団入団、朝鮮半島視察というように、戦争協力の筆を執った。一九四五（昭和二〇）年七月、火野葦平、岩下俊作、東潤らと西部軍報道部に召集され、国民精神の復興と宣揚に協力させられた。戦争も末期症状を呈し、文学は完全に凋落の極を示し、やがて敗戦で終った。

一九四七年一月二〇日、春陽堂文芸叢書の一冊として『世間ばなし』（春陽堂）を上梓した。劉寒吉の戦後は、火野葦平の盟友として『九州文学』の支柱となったが、一九五五（昭和三〇）年第五期『九州文学』三月号に「風雪」を発表、昭和二九年度後半期直木賞候補にのぼった。一九六〇（昭和三五）年一月、火野葦平歿後は『九州文学』編集責任者として九州各地の後進の指導にあたりながら、作家活動を続けた。晩年は歴史に材をとったものが多く、『天草四郎』（一九五八年三月二五日、宝文館）、『黒田騒動』（一九七〇年五月二五日、新人物往来社）、『龍造寺党戦記』（一九七一年一二月一日、新人物往来社）、『長崎歴史散歩』（一九七二年一月、創元社）、『随筆集　片すみの椅子』（一九七七年一二月、九州文学社）、『九州芸術風土記』（一九八三年三月、国書刊行会）、『わが一期一会』（上）（下）二冊（一九八五年五月一日、創思社出版）、『劉寒吉自選作品集』（一九八五年一二月二〇日、創元社）の著書を残して、一九八六（昭和六一）年四月二〇日、七九歳で死去した。

生前所蔵していた約一万冊の図書は、遺族から北九州市に寄贈され、北九州市立中央図書館の『劉寒吉文庫』とし、その他の資料は歴史博物館に収蔵された。歿後、『劉寒吉詩集』（一九八八年四月二〇日、私家版）が出版された。劉寒吉年譜としては『岩下俊作・劉寒吉—九州文学の先駆者　二人の偉大な軌跡』（北九州市教育委員会、一九九六年二月一日）所収の「年譜」が最も詳しい。

ところで、野田宇太郎と劉寒吉はいつから交流が始まったのであろうか。はっきりとした確証はないが、一九三二（昭和七）年劉寒吉、岩下俊作、辻旗治らが小倉で発行した詩誌『とらんしつと』に、一九三四（昭和九）年一〇月、星野順一（辻旗治）に誘われて火野葦平が加盟した。一方、野田宇太郎は同年、丸山豊らと「ボアイエルのクラブ」を結成、『行動』の懸賞詩に野田の「蝶を追ふ」が第一席となり、『文藝汎論』『詩法』の同人に推挙され、詩活動を活発化させていた。従って、劉、岩下、火野らの『とらんしつと』に拠る北九州勢と丸山、野田らの筑後勢との間には自然と情報の交流が生まれたと思われる。同年二月、福岡市西中洲で九州詩人祭が行われ、劉寒吉、原田種夫、山田牙城を中心に丸山豊も参加したが、野田宇太郎、火野葦平は参加した形跡がない。しかし、このころ、劉と野田とが出会い、知り合ったであろうと思わわる。野田宇太郎文学資料館に所蔵されている野田宛の劉寒吉書簡は封書一四通、はがき二六通が保管されている。（『野田宇太郎蔵書目録』では「書簡一二通、はがき一六枚」とあるが、実際にはこれ以上存在していた）。これらの書簡のうち、一番古いものは、一九四三（昭和一八）年一〇月二七日付（二八日消印）で、宛先は「東京都麹町区三番町一　第一書房さま内　野田宇太郎様」となっている。一九四〇（昭和一五）年、小山書店に入社するため上京した時、野田は小倉の劉宅に立ち寄った。既に食糧難の兆があった時代だったので、劉は野田に自家のパンを「持って行け」と勧めた。野田はそのパンをカバンに詰めながら、「これだけあれば、東京で餓死することもあるまい」と笑いながら出発した（劉寒吉「野田宇太郎の訃報を聞く」『わが一期一会』下、創思社出版、一九八五年五月一日）。『新風土』の編集に携っていた野田宇太郎は、一九四二（昭和一七）年第一書房に移り『新文化』を編集、一九四四（昭和一九）年四月河出書房に入社、『文藝』の責任編集者となった。野田は一九四三年『詩撰集　いくさのには』を豊国社から出版、劉寒吉に贈っている。以上から類推すると、野田と劉との出会いは一九三四年前後と思われる。

三

本稿で公開する書簡は、次のようなものである。

一九五〇（昭和二五）年一二月九日付封書　速達（消印　蒲田　25・12・11　前8—12）受取消印（小倉　25・12・13　前0—8）

小倉市魚町(1)
ハマダヤパン(2)
劉寒吉　様
速達

東京都大田区池上徳持町七(3)
火　野　葦　平
十二月九日

寒吉どの、

○滞京、三ヶ月になんなんとしてゐる。女房[4]もきてから一ヶ月になつた。十二日の汽車でかへる予定。小生は、二十五日、六日ごろ。

○写真機をありがたう。小田[5]が朝日便で送つてくれたので、こちらで大変役立つてゐる。やつぱり、カメラがないと困ることがある。

○「炎の記録」[6]を映画にするやう、もう一度あらたに研究されてゐる。東宝のプロデュサーが、このごろときどき来るが、具体的になつてきたとのこと。黒岩義嗣[7]君といふのが、三上氏[8]（まへに君のところへ行つた人）と協力してやつてゐるやうだ。早くきまればよいと思ふ。（五万円の内金はもう失効、もらひぱなしでよろしいからとのこと。）

○「新遊侠伝」[9]は、大映、藤田進[10]主演で、二月に撮影、四月封切[11]の予定。藤田進とこのごろよくのむ。いづれ、九州へロケしたいとのこと故、そのころは北九州はにぎやかになるだらう。この映画には、小生も出演してくれとのこと。セリフはいいはず、川太郎[12]でのむところだけ。どうか、ちよつと出らんか。留吉[13]は、まだきまらんが、お仙は轟夕起子[14]の由。

○毎日新聞に、連載[15]かくこときまつた。石川達三[16]のあとである。「風にそよぐ葦」[17]で、だいぶん肩がこつたらしいから、肩のこらぬユーモアに富んだものをとのこと。小生も、石川のやうな題材を、別の角度からかきたいのだが、同じやうなものがつづくのも困るだらうから、とくいのこつけい小説を書かうかと考へてゐる。しかし、意図は、むろんまじめで、日本人に勇気をあたへるやうな作品にしたいと念願してゐる。石川君のが二月一杯くらゐらしいので、僕のは三月はじめから。また、なにかと協力してもらひたい。もう、東宝で[18]映画化決定。

○前から（[19]パージ解除前から）話のあつた[20]文芸通信社の新聞連載をかかねばならぬ。これは、有力地方紙のいくつかにのるもので、[21]北海道夕《ママ》イムス、[22]山陽新聞、[23]南日本新聞、その他といふやうなものらしい。これは、一月末か、二月はじめから。

○「[24]改造」に、四月号から連載をかく。これに、いよいよ「[25]鎮西兵団」をかくつもり。これには、君たちの絶大の協力を得たい。[26]西部軍報道部時代、終戦前後、これは僕の[27]ライフ・ワークとしたい主題である。

○「[28]新潮」二月号から、隔月連載一年。これは、現代の講談である。

○「[29]小説新潮」は一月号から、隔月、御存知、[30]加助、留吉、お仙の「[31]新遊侠伝」、これは小説新潮がつづくかぎりつづくのである。[32]別冊には「[33]あひる座」をかいた。あひる座は[34]鷗座、[35]土方與志、[36]若松おでん川太郎をくどくの段である。「新遊侠伝」は、[37]佐々木孝丸脚色で、[38]新国劇で芝居になる。加助の辰巳、留吉の[40]島田である。来春興行。

○「[41]月刊読売」に、「[42]私版金色夜叉」連載一年。もう新年号出た。現代のゼニの鬼ども、高利貸、守銭奴、捨銭奴、金のテーマをいろいろに追求する諷刺小説。この雑誌は、三月号から、月二回発行になるらしい。

○「[43]労働文化」に、「[44]活火山」連載半年。新年号、もう出た。

○「[45]小学六年生」に、新学期四月号から、[46]少年少女小説、連載一年。

○「[47]女性改造」に、「[48]魔女裁判」連載三年。これは、「[49]新小説」にのせてゐたのが中断されたので、あらためて最初からのせて続ける。第一回がいつになるか、まだ、はつきりきまつてゐない。

○以上が連載として、今のところきまつてゐるものだが、このほか、短篇をときどき書く。いよいよ、りんてんきを本格的にうごかすことになる。力のつづくかぎり、ペンのつづくかぎり、書く。[50]バルザックの[51]評伝をよむと、「彼の頭のなかにある五十台もの機関車が一度にうごきだしたやうに」と、その仕事ぶりを評してゐるが、むろん、僕などは、バルザック先生の足もとにも及ばない。しかし、五台くらゐの小型機関車を一度にうごかす決心はしてゐる。バカな無理はしたくないが、もつてゐるだけの力はぶちまけたい。まだまだ、ほんとうのものはかいてゐないし、パラドックスでなく、僕は新人だと考へてゐる。火野葦平論ができるのも、これからの仕事によるものと信じてゐる。「青春と泥濘」[52]や「幻燈部屋」[53]も、機会を見つけて、かきつぎたい。

○今度、「社会文芸」[54]といふ雑誌が出る。どうも社会党文化部あたりの仕事らしい。麻生久[55]の息子[56]がやるとのこと。これに、新人を一人とたのまれたので、いろいろ考へた末、三枝伸一郎[57]にかくやう、電報打つた。早稲田系らしいので。君からもよいものをかくやう、激励してくれ。二十日までに、四十枚。

○「黄金部落」[58]三号の出るのを待つてゐる。「新潮」[59]新人号に落第したのは残念だつたが、「闇のからたち」[60]では、仕方がなかつた。部落からぜひ新人をとび出させなくてはいけない。「九州文学」[61]もやつと出たらしく、送つてきたが、なかなか堂々としてゐる。表紙がまづいが、まづ、これだけできれば、上等。鼻いきも荒い。「隊商」[62]も、近く二号が出る。（どうも、ゼニが集まらず、同人費おくれてすまぬが、二三日中、一万円送る。）

○講談クラブ[63]に連絡したら、近くのせますとのことだつた。「富士」[64]はかいたか。まだであつたら、やめたがよい。原稿料はくれない。タダでもいいなら別だが。小生の四月号[65]の稿料まだくれぬ。もうつぶれる、といふ噂ばかりきいてゐるが、稿料はらはぬことで成りたつてゐるらしい。講談社とはほとんど関係がないのである。

○先日、必要あつて、君の小説集「世間ばなし」[66]の頁をくつてゐて、君のいくつかのよい作品をよみかへし、奇妙な感慨をおぼえた。君が本式の仕事をすることを熱望する心、切。
○矢野朗[67]は、吉井[68]で、「砂地獄」[69]といふ、千絵女[70]との結婚生活をテーマにした小説をかいてゐるらしい。僕も、今、「夫婦」[71]をかいてゐる。これは、「群像」[72]二月号に出る筈。百二十枚。今夜、それで、これから徹夜。
○単行本「日本艶笑滑稽譚」[73]「昭和鹿鳴館」[74]送つた。年末に、創元社版[75]「追放者」が出る。
○では、奥さん[76]によろしく。〔十二月九日。〕葦　平
○てがみおくれ。
二伸、「近世快人伝」[77]到着したが、某雑誌へ、連載の約束した「玄洋社」[78]は、いろいろ考へた末、やめた。

四

【注】

1　小倉市魚町＝劉寒吉の住所は当時の「小倉市魚町二丁目三十三番地」。現在の福岡県北九州市小倉北区魚町二丁目四番二一号。北九州市最大の繁華街。

2　ハマダヤパン＝「ハマダ」は劉寒吉の本名の姓「濱田」。パン屋は劉寒吉の家業。江戸時

代は小倉藩小笠原家の砂糖御用達商人で、魚町の町年寄を務めた家柄だった。

3 東京都大田区池上徳持町七＝火野葦平は九州若松と東京間の往復が頻繁になったので、一九四九（昭和二四）年三月一四日、大田区池上徳持町七番地（電話、池上（95）〇六二二番）の借家を借り、長谷健夫妻を一階に住まわせ、上京の折りに二階を用いることにした。家主が筑後柳川のドンコ捕り名人だったので、「鈍魚庵《どんこあん》」と命名した。

4 女房＝玉井ヨシノ。一九三〇（昭和五）年、葦平は当時若松の芸者徳弥（父・山本只吉、母・フクノの四女。日野徳七の養女。一九歳）と称していたヨシノ（良子）と恋愛の末、双方の親の反対にあってかけ落ち。同年八月一三日、若松市老松町の小さな隠れ家で仮祝言をあげた。同年一〇月一日、玉井勝則（葦平）は日野ヨシノと婚姻届出。一九七二（昭和四七）年一月二四日、脳軟化症のため、死去。

5 小田＝小田雅彦。九州における火野葦平の秘書。葦平は国家老と称していた。東京には小堺昭三（一九二八年、福岡県生。『基地』で芥川賞候補。『自分の中の他人』が直木賞候補）が秘書（江戸家老）をしていた。

6 「炎の記録」＝劉寒吉著。一九四八年一〇月、新太陽社から刊行。その後一九九五年四月二〇日、あさ出版から再刊された。序章　海港にして　第一章　吹雪物語　第二章　青春と孤独　第三章　海の門　第四章　黒死病　結章　炎上の詩　後記。
なお、劉寒吉原作「炎の記録」の映画化は成らなかった。

7 黒岩義嗣＝未調査。

8　三上氏＝三上良二か。三上良二は映画監督。一九〇四年八月二五日生。法政大中退。日活関西撮影所現代劇部監督部入社。三枝源次郎に師事。二八年マキノ正博の助監督となり、認められて監督に昇進、「新聞」でデビュー。「スキー行進曲」「級友」「須磨の仇浪」「真田十勇士」などあらゆるジャンルを器用にこなした。三三年木下トーキーで「ホロリ涙の一雫」を撮る（『映像メディア作家人名事典』日外アソシエーツ、一九九一年一一月一二日）。

9　「新遊侠伝」＝短編小説集『新遊侠伝』ジープ社、一九五〇年一一月二〇日。所収作品と初出。

①「昼狐」──『小説新潮』一九四七年一一月号。
②「枯木の花」──
③「神様乞食」──
④「玉手箱」──
⑤「松竹梅」──『小説新潮』一九四九年一月号。
⑥「羅生門」──『小説新潮』一九四九年四月号。
⑦「馬と鴉」──『小説新潮』一九四九年九月号。
⑧「野球と蝙蝠」──『小説新潮』一九五〇年一月号。
⑨「犬部落」──『小説新潮』一九五〇年五月号。
⑩「金看板」──『小説新潮』一九五〇年九月号。

なお、火野葦平は一九五三年二月一〇日、ジープ社版『新遊侠伝』に五編（「泥鰌」、「あひる座」「海師」「象供養」「名所案内人」）を追加して、『定本新遊侠伝』（小説朝日社）を出版した。

10　藤田進＝映画俳優。一九一二（明治四五）年一月八日、福岡県久留米市京町生まれ。南筑中学校卒業。東宝に入社、一九四〇年三月、佐藤武監督「妻の場合」に主演として抜擢される。木村荘十二監督「海軍爆撃隊」、島津保次郎監督「二人の世界」に主役となる。山本嘉次郎「ハワイ・マレー沖海戦」、黒沢明監督「姿三四郎」で名を広めた。山本監督「加藤隼戦闘隊」で軍人スターとして人気を高める。黒沢明「虎の尾を踏む男達」で敗戦、今井正「民衆の敵」、黒沢明「わが青春に悔なし」で好演した。新東宝に移り、「富士山頂」で主演。フリーとなってからは黒沢明「隠し砦の三悪人」、「悪い奴ほどよく眠る」、「用心棒」、「天国と地獄」などに出演した。「二枚目スターには珍しく、太く意思力を感じさせる濃い眉毛にガッチリした骨組みの身体、古風なほどに素朴で武骨な動作と喋り方など、そうした藤田の男性的で単純素朴さが生んだ良さ」（『日本映画人名事典』キネマ旬報社、一九九六年一〇月）と評された。一九九〇年三月二三日肝臓ガンで死去。七八歳だった。

11　四月封切＝映画「新遊侠伝」は製作・配給は新東宝で、一九五一年五月五日封切であるから、予定より若干遅れている。製作は永島一朗、脚本は八田尚之、監督は佐伯清、撮影は河崎喜久三、音楽は清瀬保二、美術は加藤雅俊である。出演は藤田進・花井蘭子・小堀誠・森繁久弥・進藤英太郎・山本礼三郎・伊藤雄之助・永井柳太郎などであった。前後編二つに分けられた。なお「新遊侠伝」は日活からも一九六六年一一月二〇日封切。斎藤武市監督の下、小林旭・高橋英樹・嵯峨三智子・初井言栄出演で再映画化された（日本映画史研究会編『日本映画作品事典　戦後篇(1)　第Ⅱ巻』科学書院、一九九八年六月二五日）。

12　川太郎＝一九四五（昭和二〇）年八月一五日、日本の敗戦後、火野葦平は敗戦の衝撃で虚脱状態にあり、ペンを折る決心をした。しかし、玉井家の長男勝則（葦平）は一家を背負わなければならなかった。同年六月福岡市那珂川畔の東中洲五丁目松島屋旅館は空襲で焼失した。同年一〇月、その跡地に、味のデパート「太平街」を建設しようとした。葦平はおでん「あし平」を開店するつもりで奔走した。「おでんあし平はやや露出の傾向あるにつき『河《ママ》太郎』とす〈十一月一日決心〉」（火野葦平「押切帳」）とあり、さらに「川太郎」に改名した。しかし、この計画は一九四六（昭和二一）年、一月になっても開店に至らず、資金不足、資産移動禁止令、食糧事情逼迫と新食堂不許可方針によって「太平街」建設は挫折し、「おでん川太郎」は水泡に帰した。間もなく葦平の好意で、調度類をすっかり譲り受けた青野玉喜は「おでん川太郎」の店を若松に開いた。後年、この店が「新遊侠伝」の舞台になったのである（〈鶴島正男『襤褸の人　評伝・火野葦平』一九九五年六月一〇日、裏山書房〉〈城戸洋『河童憂愁―葦平と昭和史の時空―鶴島正男聞書』西日本新聞社、一九九四年一〇月二五日〉による）。なお、「川太郎」は東京都と京都市東山にもある。注36参照のこと。

13　留吉＝「新遊侠伝」シリーズの主人公加助の弟分のやくざ（若松のばくち打ち）。映画「新遊侠伝」では小堀誠が演ずることになった。

14　轟夕起子＝映画女優。一九一七（大正六年）九月一一日、東京都麻布区新堀町に生まれる。宝塚少女歌劇団のスターから日活に入り、一九三七年六月尾崎純監督。「宮本武蔵」で注目を集め、千葉泰樹監督「美しき鷹」で近代的な聡明さ、華麗さ、奔放な明るい女性を演じて人気を博した。「暢気眼鏡」、「姿三四郎」、「肉体の門」、「細雪」で好演した。一九六七年五月一一日、東京都狛江で死去。四九歳。

なお、轟夕起子は「新遊侠伝」には出演せず、お仙の役は花井蘭子が演じた。

15 連載＝「赤道祭」のこと。火野葦平は一九五一（昭和二六）年三月一一日から八月一九日まで一六二回、『毎日新聞』（朝刊）に新聞小説「赤道祭」を連載した。公職追放が前年一九五〇年一〇月一三日解除されたことによって、新聞連載の道がひらけたのである。ウナギの生態を調べるため、東京大学教授末広恭雄博士、九州大学教授内田恵太郎博士の教示を受けた。一九五一年一一月一〇日、単行本『赤道祭』（新潮社）として出版された。なお、一九五一年一二月、「赤道祭」の中で佐賀県有田に二つあった柿右衛門焼の一つ小畑秀吉を「ニセ柿」と書いて、名誉毀損で訴えられ、損害賠償を要求される。劉寒吉の助力で弁護士末松菊之助に委嘱して対抗した。この裁判は足かけ七年かかって解決した。その経緯は葦平の「二人柿右衛門」（『芸術新潮』）に書いた。

16 石川達三＝小説家。一九〇五（明治三八）年七月二日、秋田県生まれ。早大英文科中退。「蒼氓」で第一回芥川賞を受賞した。一九三八年三月、「生きてゐる兵隊」で筆禍事件を起こした。戦後、「人間の壁」、「四十八歳の抵抗」、「金環蝕」などの作品がある。私小説手法を否定し、心境小説から脱却し、時代と社会の波の中に翻弄される人間の生き方を描いた。

17 「風にそよぐ葦」＝長編小説。前編は『毎日新聞』（朝刊）一九四九年四月一五日から一一月一五日まで二一二回、後編は『毎日新聞』（朝刊）一九五〇年七月一一日から五一年三月一〇日まで二四二回連載された。一九四四（昭和一九）年七月、中央公論社と改造社とが自発的廃業を強制された横浜事件を、特に中央公論社と社長嶋中雄作（作中では新評論社と葦沢悠平）を中心に描いた。英国に留学した理想的自由主義者葦沢が敗戦前後の歴史的激動に挫折した姿を描き、個人主義や自由主義の限界を批判した。

18 映画化＝映画「赤道祭」は、製作・配給は東宝、一九五一年一二月七日封切られた。製作は田中友幸、脚本は棚田吾郎、監督は佐伯清、撮影は山田一夫、音楽は清瀬保三、美術は安部輝明、出演は伊豆肇、山根寿子、三好栄子、長浜藤夫、杉葉子、藤田進、利根はる恵、木村功、千秋実、佐々木孝丸、伊藤雄之助、清水将夫らであった（前記『日本映画作品事典』）。

19 パージ解除＝葦平は一九四八（昭和二三）年四月五日、連合国占領軍による公職追放仮指定を受けたので、志賀直哉らは、火野はヒューマニストであること、戦争によって私利を貪ろうとしたわけではないこと、戦後の日本に欠くことのできない人物であることなどを理由にあげて、内閣総理大臣芦田均あてに追放から除くように嘆願書を提出した。しかし、その効もむなしく、六月二五日、尾崎士郎、林房雄らと共に公職追放を受けた。追放後は政治性のある作品、新聞連載、放送、映画、芝居、ラジオなどとの関わりは、制約を受けることになった。

一九五〇年一〇月一三日、公職追放を解除され、新聞連載も自由にできるようになった。

20 文芸通信社＝未詳。

21 北海道タイムス＝『北海タイムス』が正しい。一九〇一（明治三四）年九月三日創刊。『北海道毎日新聞』『北門新報』『北海時事』の三紙が合併したもの。本社は札幌市中央区大通西三丁目一番地。代表者は菊池吉治郎。

なお、火野草平が『北海タイムス』夕刊に連載した小説は、「街の燈台」で挿絵は浜野政雄、一九五一年二月一六日から始まった。

22 山陽新聞＝本社は岡山市下石井三九七。代表者は谷口久吉。『山陽新聞』には、一九五一年一月から四月まで火野葦平の小説は、連載されていない。

23 南日本新聞＝本社は鹿児島市易居町二番地。代表者は武田勝市。『南日本新聞』朝刊では、「街の灯」という題になっており、同年二月三日から連載が始まっている。この「街の灯」は一九五二年九月、『傑作長篇小説全集（第二期）3』として大日本雄弁会講談社から出版された。

24 「改造」＝総合雑誌。一九一九（大正八）年四月創刊、一九四四（昭和一九）年六月休刊、一九四六年一月復刊。一九五五年二月（第三六巻第二号）廃刊。全四五五冊。改造社発行。創刊当時の編集人は横関愛造（利藤太）。大正デモクラシー昂揚期の中で創刊され、大正末から昭和初期にかけて『中央公論』と並ぶ総合雑誌の両翼的存在だった。昭和初期ごろは評論創作とも進歩的左翼主義的色彩が強かったが、もともと山本実彦社長の民族主義的要素も強く、国家意識、東洋主義の考えが底辺にあったと言われている。太平洋戦争突入後、時局的色彩を強め、軍部の圧力で廃刊に追い込まれた。戦後復刊したが、かつての活力はなく、内紛を重ねた末、廃刊した。本社は中央区京橋一―三。社長は山本実彦。当時の編集責任者は小野田政。

なお、火野葦平は『改造』一九三八年八月号に出世作「麦と兵隊」を発表して、一躍兵隊作家として注目を浴びた。だから、葦平としては、ライフワークは『改造』から出したい思いがあったのだろう。しかし、何らかの事情で、『改造』から発表されず、八年後、一九五九年五月から一二月まで全八回、『中央公論』から「革命前後」という題で発表された。

25 「鎮西兵団」＝「革命前後」のことであろう。一九三八年二月、思いがけず「糞尿譚」で芥川賞を受賞した火野葦平は、中支派遣軍報道部に転属を命ぜられ、徐州会戦に従軍、同年八月「麦と兵隊」を『改造』に発表、兵隊作家として脚光を浴びた。しかし、敗戦後は戦犯作家として罵られ、兵隊物の印税で蓄財したと疑われた。葦平は一切弁解せず、戦中と戦後にわたって彼自身が変節したか否かを、葦平は己れに問い詰めようとした。それが本書簡の直前に発表した「追放者」(一九五〇年一二月、『改造』)である。そして彼の思いのたけを集中的に注入した大作「鎮西兵団」を『改造』に発表したかったのであろう。しかし、前述のように何らかの事情で八年後しか発表できなかった。

26 西部軍報道部＝原田種夫の『実説・火野葦平――九州文学とその周辺――』(大樹書房、一九六一年七月三〇日)によると、「西部軍報道部が発足したのは、(昭和二〇年)七月七日であった。これは一種の文化人報道部であって、町田(敬二・大佐)報道部長と火野の合作といえよう。地元の文化人は火野が入選したものであった。劉、岩下、東潤、古海(卓二)、長谷(健)、河原(重巳)、山田栄二、田中善徳、中山省三郎、それにわたし(原田種夫)などが白紙の徴用令書をもらった。町田の関係で、高田保、鈴木安蔵、与田準一、熊谷久虎、吉村廉も加わった。

現役の兵隊からは久留米師団にいた画家の寺田竹雄伍長、シナリオ作家の陶山哲上等兵は志布志から転属させられた。

国民精神の振興と宣揚に文化人を利用するのが目的だった。宿舎は（福岡市）渡辺通三丁目の山本アパート（現・セントラルホテル・福岡）で、わたしたちはみな個室をもらった。佐官待遇であった。事務所は西日本新聞社の講堂が接収されてそれに当てられた。

仕事としては、壁新聞の作製、朝の放送の原稿執筆といったところで、これという仕事はなかった。」とある。しかし、八月一五日、ポツダム宣言受諾で敗戦、一七日、報道部は解散になった。

27　ライフ・ワーク＝鶴島正男の『襤褸の人　評伝・火野葦平』（裏山書房、一九九五年六月一〇日）によると、「「革命前後」は、「麦と兵隊」「青春と泥濘」「花と竜」とともに、ライフーワークの一つであるばかりでなく、葦平文学の総決算として書かれたフシが濃厚である、と思われてくるのである。」とある。「革命前後」の題名は、若き日に憧れた島田清次郎の戯曲集「革命前後」（大正一一年八月一三日、改造社）に拠ると推定される（『文学批評　叙説』XIII「新編＝火野葦平年譜」鶴島正男、花書院、一九九六年八月一日）。

「革命前後」の主人公辻昌介は作者火野葦平をモデルとし、「九州文学」同人たちもそれぞれ仮名を付けられて登場している。劉寒吉は笠健吉、岩下俊作は今下仙介、高田保は高井多門、中山省三郎は山中精三郎、原田種夫は松坂幸夫、長谷健は細谷俊、東潤は西仁、河原重巳は山原松実、古海卓二は伏見竹二というように、指摘することができる。
28 「新潮」＝文芸雑誌。一九〇四（明治三七）年五月創刊、一九四五年三月休刊したが、同年一一月から復刊、現在に至る。新潮社発行。本社は新宿区矢来町七一。社長は佐藤義夫。編集長は斎藤十一。
なお、一九五一年二月号に火野葦平の小説はない。五月号には「虎の山」を書いている。
29 「小説新潮」＝文芸雑誌。一九四七年九月創刊、現在に至る。新潮社発行。「通俗に堕せず、高踏に流れず」中間小説のジャンルを開発、小説の大衆化に成功した。当時の編集長は佐藤俊夫。葦平は一九五一年一月から「新遊侠伝」シリーズの第二弾を発表した。一月号に「泥鰌」を掲載した。四月号に「海師」、九月号に「象供養」、一二月号に「兵六玉物語」を発表した。
30 加助、留吉、お仙＝「新遊侠伝」シリーズの主要な登場人物。加助と留吉は九州若松の博徒(やくざ)。憎めない任侠の徒。二人ともお仙に惚れている。お仙は若松のおでん屋「川太郎」の男勝りの女将。注13参照のこと。
31 「新遊侠伝」＝九州若松のおでん「川太郎」を舞台にした現代版の任侠物語。短編小説の連作。注9参照のこと。
32 別冊＝『別冊小説新潮』のこと。文芸雑誌。新潮社発行。
「あひる座」＝『別冊小説新潮』一九五一年一月号に掲載された「新遊侠伝」シリーズの一つ。
33 「あひる座」は、一九四七年若松の大学生を中心として、河原重巳の指導により結成された劇団「かもめ座」をモデルにしている。若松の毎日座で第一回公演を行い、「ドモ又の死」「地蔵経由来」を演じた。アマ劇団であったが、毎日座を満員にしたという。一九五〇年には演出家土方與志《ひじかたよし》を招聘している（『北九州市史』近代・現代　教育文化　一九八六年一二月一〇日）。なお『別冊小説新潮』五月号には「新遊侠伝」シリーズの一つ「名所案内人」が発表されている。

34　鷗座＝「かもめ座」のこと。注33参照のこと。

35　土方與志＝演出家。一八九八（明治三一）年四月一六日東京に生まれる。学習院、東大国文科卒。小山内薫に入門、ベルリン大学に留学、築地小劇場を起こす。小山内薫歿後、新築地劇団を組織、一九三三年五月フランスへ逃避、ソ連作家大会に出席したため、伯爵位を剥奪された。一九四一年ソ連より帰国と同時に逮捕、懲役五年の判決を受け、仙台刑務所に服務中、敗戦により釈放される。出獄後は日ソ文化連絡協会会長、NHK嘱託、舞台芸術学院副校長に就任。東宝の演出、映画にも出演した。一九五七年訪中新劇団長。一九五九年六月四日、肺ガンで死去。六一歳。

土方與志は一九五〇年招かれて「かもめ座」の指導をしている。火野葦平の小説「あひる座」では土方與志をモデルとした「辻形裕二」の偽者が登場している。

36　若松おでん川太郎＝ここでは若松のおでん川太郎の女将お仙のこと。小説「あひる座」では辻形裕二の偽者がお仙をくどくのである。

若松のおでん川太郎の女将は、葦平自殺前夜に葦平からの呼び出しの電話に応じて河伯洞（葦平の若松の自宅）に出かけて一緒に飲んだ青野玉喜である。一九四六年七月、北京から若松に引き揚げ、一二月生活のためおでんの屋台を開いた。客の若松市長井上安五郎は屋台の店名がないので、火野葦平を紹介した。青野が葦平に屋台の命名を切り出すと、葦平は博多でおでん屋をやるつもりだったが、できなくなった。暖簾も燗びんもできている。自分のやろうと思っていた「川太郎」でやったらどうか、と言った。葦平は準備していた用具類をすべて青野に与えて、若松のおでん「川太郎」は出発した。一九四八年若戸大橋若松側に新築された十軒長屋の、左から三軒目に三坪ほどの店を構えた。暖簾から箸袋、マッチのデザインに至るまで葦平得意の河童や小唄で埋められた。やがて、葦平はこの店を舞台にして『小説新潮』に「新遊侠伝」シリーズの第一弾「昼狐」(一九四七年一一月)が発表され、以後連作の短編小説が次々にできた。

遠来の客が来ると、葦平は必ずこの「川太郎」に連れて来た。映画人、演劇人、作家、出版関係者、画家など三坪足らずの「川太郎」を訪れた人は多い。おでん「川太郎」を舞台にした火野葦平原作の映画には大映の「ダイナマイトどんどん」が岡本喜八監督で一九七八年一〇月七日封切られた。徳間康快が総指揮で、製作は俊藤浩滋・武田徹、脚本は井出俊郎・古田求、撮影は村井博、音楽は佐藤勝で、出演には加助は菅原文太、お仙は宮下順子、橘銀次は北大路欣也、岡谷源蔵は嵐寛寿郎、五味徳右衛門はフランキー堺、留吉は小島秀哉であった(鶴島正男『河伯洞発掘』裏山書房、一九九三年一二月二〇日改訂版)。注12参照のこと。

37 佐々木孝丸=演出家、俳優、劇作家、翻訳家、エスペランチスト。一八九八(明治三一)年一月三〇日北海道釧路市に生まれる。アテネ・フランセに通い、第二次「種蒔く人」同人、社会主義同盟、「労芸」に参加。秋田雨雀の脚本朗読会「土の会」、先駆座(土蔵劇場)、トランク劇場、前衛座、左翼劇場を経て、プロット初代執行委員長となる。主な演出出演は小林多喜二の『不在地主』、三好十郎の『炭塵』『斬られの仙太』など。戯曲に『地獄の審判』『筑波秘録』『板垣退助』がある。翻案劇に『荷車』『密偵』『巴里を焼く』『マルチネの夜』『クラルテ』など。戦後は養子千秋実の「薔薇座」に関係したが、晩年は映画テレビ俳優として活躍した。落合三郎の名の戯曲集『慶安太平記後日譚』や『風雪新劇志』がある。佐々木孝丸の「新遊侠伝」脚本ができたかどうかは不明。一九八六年一二月二六日歿。

38 新国劇＝大衆劇団。沢田正二郎が早大在学中、坪内逍遙の文芸協会に入り、島村抱月の芸術座に参加したが、抱月、須磨子へ反発して退座し、倉橋仙太郎らと新しい国民劇の樹立をめざして、一九一七（大正六）年四月、東京新富座で旗上げした。しかし、経営に失敗、松竹の白井松次郎に拾われ、大阪浪花座で大衆演劇に徹することになった。座付作者行友李風、立師段平を得て、李風の『月形半平太』『国定忠治』で人気は最高潮に達した。一九二一（大正一〇）年六月に東京に進出、明治座で『父帰る』『国定忠治』で人気を拍し、浅草の公園劇場で中里介山『大菩薩峠』で大好評『清水次郎長』『白野弁十郎』『勧進帳』『沓掛時次郎』などの成功作がある。一九二九年、大仏次郎『赤穂浪士』上演中、沢田は中耳炎が悪化、三月四日死去。沢田死後、島田正吾、辰巳柳太郎を抜擢して成功した。戦後は『王将』『森の石松』『平手酒造』『宮本武蔵』など名狂言を出して大衆劇壇の頂点に立った。しかし、テレビの影響を受けて経営が苦しくなり、島田、辰巳の老年化が問題となり、一九七九年、一度倒産、その後再建したが、八七年創立七〇周年を機に解散となった。

なお、新国劇が「新遊侠伝」を興行したことはない。島田正吾は『九州文学』一九六〇年四月号「火野葦平追悼」の中で、「結局、新国劇で上演した火野さんの作品は、「麦と兵隊」「土と兵隊」だけにとどまった。新国劇と肌の合いそうな火野さんの作品が、この二つの兵隊ものだけだったというのは、われひと共にちょっと不思議な気がする。」と書いている。

39 辰巳＝舞台俳優辰巳柳太郎（一九〇五―一九八九）。一九二七年、新国劇に入座、「井伊大老の死」の駕籠かきが初役。二九年創始者沢田正二郎の急死後、島田正吾と共に大抜擢、後継者の道を歩み、新国劇の隆盛を導く。国定忠治、宮本武蔵、机龍之介、坂田三吉、無法松などが当たり役。芸風は天衣無縫で豪放。新国劇解散後は東宝系列劇場、明治座に出演。映画テレビでも活躍。

40 島田＝島田正吾。一九〇五年一二月一三日、横浜市生まれ。二三年新国劇に入座。「井伊大老の死」の駕籠かきで初舞台。沢田正二郎の死後辰巳と共に後継者に抜擢され、「白野弁十郎」「沓掛時次郎」で好演、新国劇の基礎を築いた。「関の弥太っぺ」「国定忠治」の股旅物を十八番とし、「閣下」「霧の音」を手がけ、五八年「ビルマの竪琴」をヒットさせた。映画は松竹・新東宝・日活・大映・東宝・東映に出演した。新国劇解散後はテレビにも出演した。菊池寛賞、坪内逍遙大賞を受賞。

41 「月刊読売」＝文芸雑誌。読売新聞社発行。五一年三月から月二回、一一月から『旬間読売』に改名。本社は中央区銀座西三―一。編集長は大河内敏夫。

42 「私版金色夜叉」＝長編小説。『月刊読売』一九五一年一月号から一一月一一日号まで連載された。挿絵は濱野政雄が描いている。

一月号の目次に宣伝文が次のように紹介されている。「金、金、金の世の中を、金に憑かれて動き、狂い、のたうつ人間――追放解除となった火野葦平氏が新春筆硯も新たにその政治的開眼の気魄を世に問う構想雄大な諷刺小説の第一作！　これは単なる明治の金色夜叉の昭和戦後版に非ず、ロマンの新風が浮彫する万華の世相が痛烈な描写に転変す。」

同年一一月二五日、単行本として『私版金色夜叉』が湊書房から刊行された。

43　「労働文化」＝労働文化社発行。編集人は河野来吉。印刷所は中外印刷株式会社（東京都港区芝公園中労委会館）。印刷人は渡辺一郎。

44　「活火山」＝長編小説。『労働文化』一九五一年一月から六月まで全六回連載。一九五四年八月二五日、単行本として『活火山』は新潮社から刊行された。

45　「小学六年生」＝学年別小学生雑誌。小学館発行。本社は千代田区神田一ツ橋二―五。編集長は浅野次郎。

46　少年少女小説＝長編児童小説「雲を呼ぶ笛」のこと。『小学六年生』に一九五一年四月から五二年三月まで全一二回連載される。挿絵は林唯一が担当した。一九五二年七月一〇日、単行本として『雲を呼ぶ笛』は双葉書房（ふたばフレンド・ブック1）から出版された。

47　「女性改造」＝婦人雑誌。一九二二（大正一一）年一〇月創刊、二四年一一月休刊。一九四六年六月復刊、五一年八月廃刊。改造社発行。あらゆる因襲を打破し、女性が不当な忍従から解放されるための言論機関として、女性の「経済的精神的自立」「個性の純なる発露」を呼びかけ、女性文化の最高水準をゆく知的啓蒙誌をめざした。敗戦後は新憲法下の男女平等の真の実現、民主主義の徹底、「女性の文化的水準、生活の権利」（『創刊の辞』山本実彦）の確保をめざして、法律、政治、経済の分野での知的啓蒙に力点がおかれた（『日本近代文学大事典』5）。当時の編集責任者は富重義人。

なお、『女性改造』に火野葦平の「魔女裁判」は掲載されていない。

48 「魔女裁判」＝長編小説。『新小説』に一九四九年一一月から五〇年六月まで八回連載され、『新小説』廃刊によって中絶され、未完のまま終わった。『女性改造』に再掲載される話もあったが、結局載らなかった。

49 「新小説」＝文芸雑誌。第一期一八八九（明治二二）年一月〜九〇年六月。第二期一八九六年七月〜一九二六（大正一五）年一一月。一九二七（昭和二）年一月『黒潮』と改題。一九二七年三月廃刊。復刊一九四六年一月〜五〇年六月。春陽堂発行。

50 バルザック＝Honoré de Balzac オノレ・ド・バルザック（一七九九〜一八五〇）。フランスの小説家。フランス中部のトゥールの助役の子として生まれた。一七歳からソルボンヌ大学で法律を学び、二〇歳で文学で身を立てる決心をした。事業に失敗、膨大な負債を抱え、三〇歳で発表した『木菟党《みみずく》』（一八二九年）によってフランス文学史に登場した。『人間喜劇』はバルザックが二〇年間にわたって書いた約九〇編ほどの長短編小説の総称である。代表作は『ウジェニー・グランデ』（一八三三年）、『ゴリオ爺さん』（三四年）、『谷間の百合』（三五年）、『従妹ベット』（四七年）、『従弟ポンス』（四七年）などがある。

バルザックの伝説的な多作については、一日五〇杯のコーヒーを飲み、真夜中に起きて夕方六時に寝るという制作方法で、二八年間に一五〇編を書き、その分量はヴオルテールが六一年間に書いた量に匹敵すると言われている。「印刷にならないと文が見えて来ない」と校正刷を八回も直し、超過費用を負担させられたという。佐藤春夫は「巨人バルザックのやうに」（『火野葦平選集』月報第五号、一九五八年九月、東京創元社）で「真のリアリストであって同時に真のロマンテイシストと云へる作家も多くはないが、寡聞を以てすれば、オノレ・ド・バルザックが第一に思ひ浮ぶ、さうして我が国ではわが火野葦平である。」と述べている。

51　評伝＝一九五〇年当時、火野葦平が読み得るバルザックの評伝というと、クルチウス『バルザック研究』（長谷川玖一訳、建設社、一九三四年）（野上巌訳、河出書房、一九四二年）、アラン『バルザック論』（小西茂也訳、創元社、一九四七年）、太宰施門『バルザック』（甲文社、一九四九年）、水野亮『バルザック・人と作品』（一九四六年）などがあるが、そのどれであるか、未調査。

52　「青春と泥濘」＝長編小説。一九四六年二月、火野葦平は「九州書房」の用紙割当に関する用務を帯び、上京した。阿佐ケ谷に親友のロシア文学者中山省三郎を訪ね、泊る。作家藤原審爾に会ったり、改造社社長山本実彦や作家豊島与志雄を訪問、敗戦後の虚脱と混乱の東京を見て、「青春と泥濘」を書かねばならぬという思いに駆られた。「青春と泥濘」は一九四八年一月、『風雪』一月から五月まで連載したが、占領軍よりうるさく干渉があり、中断してしまった。一九四九年三月『新小説』、同年四月『叡知』、同年一二月『風雪』に発表して完成させた。そして、一九五〇年三月、『青春と泥濘』は六興出版社より刊行された。

なお、原武　哲に「『青春と泥濘』……〈悲しき兵隊〉への鎮魂」（『文学批評　敍説XIII』（特集　火野葦平の全貌）花書院、一九九六年八月一日）（本著『一三人の作家―藤村・草平・弥生子・らいてう・勇・和郎・捷平・葦平など―』に収録）がある。

53

「幻燈部屋」＝連作長編小説。

第一部　幻燈部屋（『改造』一九四〇年一一月）
第二部　神話（『改造』一九四一年七月）
第三部　新市街（『改造』一九四一年九月）
第四部　花扇（『文藝』一九四六年一二月）
第五部　水祭（『風雪』一九四九年三月）
第六部　夜鏡（『文藝』一九五〇年一月）

単行本としては、

①『幻燈部屋』改造社、一九四二年三月
　幻燈部屋　神話　新市街　あとに
②『幻燈部屋』六興出版社、一九四八年九月
　幻燈部屋　神話　新市街　花扇　後記
③『花扇』六興出版社、一九五三年九月
　幻燈部屋　神話　新市街　花扇　水祭　夜鏡　あとがき
④『幻燈部屋―幻燈部屋　上巻』（角川文庫　985）

一九五四年一二月
幻燈部屋　神話　新市街　解説（野田宇太郎）
⑤『花扇―幻燈部屋　下巻』（角川文庫　986）
花扇　水祭　夜鏡　あとがき

54　「社会文芸」＝社会党出版部発行の文芸雑誌。以前は『文芸思潮』であったが、変更して『社会文芸』となった。編集人は麻生良方、発行人は浅沼稲次郎、顧問には青野季吉、新居格、小松清、金子洋文がなった。一九五一年一月一〇日に創刊号が出た。創刊号に火野葦平は小説「錯覚」を書いた。

55　麻生久＝社会運動家、小説家。一八九一（明治二四）年五月二四日、大分県玖珠郡東飯田村に生まれる。三高を経て東大法科卒業。一九一七（大正六）年、東京日々新聞に入社。友愛会に出入りし、黎明会結成に奔走する。一九一九年、大鐙閣より総合雑誌『解放』発刊に尽力、後に編集責任者となる。小説『濁流に泳ぐ』（一九二三年一月。新光社）、『生きんとする群』（一九二三年九月。新光社）、『黎明』（一九二四年三月。新光社）を刊行、随想集『人生を横切る者』（一九二五年三月。新光社）、長編『父よ悲しむ勿れ』（一九三〇年一二月。改造社）もある。新居格は「麻生文学は、知性の文学ではないが情熱のそれである」と述べている。日本労農党、社会大衆党の中心的人物として活躍した。一九四〇年九月七日死去。『麻生久伝』（一九五八年八月）、『麻生久選集』全二巻（一九四六年～七年。海口書店）がある（『日本近代文学大事典』1、講談社）。

56　息子＝麻生良方。麻生久の長男。『社会文芸』の編集人。

57　三枝伸一郎＝『九州文学』『黄金部落』同人。当時は八幡市の中学校教員。当時の住所、八幡市荒生田二丁目。早稲田大学文学部仏文学科卒業。火野葦平の推薦によって『社会文芸』一九五一年三月号に「競輪」を発表した。『黄金部落』第六号には「駆け落ち」を書いた。

58　「黄金部落」＝文芸同人雑誌。一九五〇年三月創刊、五三年三月（第八号）確認。季刊。編集発行人岩下俊作。後に石山滋夫。小倉市江南町（当時）、後、同市北下富野、黄金部落社発行。小島直記、火野葦平、桑原圭介、上野登史郎、稲田定雄、星加輝光らが小説、随筆、詩、戯曲など執筆。小島「われらが山峡のひそかな計略」、石山「壁の世界」など毎号一〇〇枚ほどの力作に短編数編を配し構成、北九州文学運動に貢献した（『日本近代文学大事典』5、講談社）。

59　「新潮」新人号＝未調査。

60　「闇のからたち」＝未調査。

61　「九州文学」＝同人雑誌。一九三八年九月創刊。創刊時の編集発行人山田牙城、編集委員会責任者秋山六郎兵衛。『九州文学』（福岡）、『とらんしつと』（小倉）、『九州芸術』（福岡）、『文學會議』（久留米）四誌が大同団結して第二期『九州文学』が創刊された。太平洋戦争中は火野葦平と共に戦争に協力せざるを得なかったが、一九四五年六月の福岡空襲で休刊した。一九四六年一月には再刊して、戦後の九州における文学活動の主流となったが、一九四九年九月号で経理の乱脈のため解散した。その後、第三期は小島直記らが五〇年一冊、五一年三冊、五二年三冊を発行、小島の上京により一九五三年六月から第四期は原田種夫が編集発行人となった。

第五期『九州文学』（一九五五年三月発刊）まで、解散、復刊を繰り返し、一九八三年一二月、通巻四六四冊を数えて、創刊以来四五年、ついに休刊した。その間、発行人原田種夫、編集人劉寒吉、世話人代表山田牙城の三本柱で支えて刊行してきた。阿蘇勝蔵、勝野ふじ子、矢野朗、劉寒吉、原田種夫、桜井造らが芥川賞候補となり、岩下俊作、原田種夫、劉寒吉らが直木賞候補となっている（『日本近代文学大事典』5。参考として原田種夫『記録九州文学』（梓書院、一九七四年）、復刻版『九州文学』附録がある）。

62 「隊商」＝同人雑誌。創刊（未調査）。編集兼発行人永松習次郎、印刷所　信濃教育会出版部、発行所　隊商同人会（東京都新宿区下落合二の六一四）。同人は第17集で三六名、主な同人として小堺昭三、長谷健、火野葦平などがいる。小堺昭三「夏雲の下」（第17集）、小堺昭三「河」（第19集）、第23集（一九五八年三月一〇日発行）は、「長谷健追悼号」で、火野葦平は「長谷健化石」という追悼詩を捧げている。

63 講談クラブ＝正しくは『講談倶楽部』。大衆雑誌。一九一一（明治四四）年一一月創刊、一九四六年二月休刊。一九四九年一月復刊、一九六二年一二月廃刊。講談社発行。講談の流行に刺激され、講談を大衆啓蒙の手段として活用するために野間清治によって講談を主軸に創刊された。一九一三年六月、講釈師速記に頼らず、作家執筆による「書き講談」になって急激に部数を増加した。大正期は吉川英治、中村武羅夫、長田幹彦、村上浪六らが清新味を加えた。昭和期には加藤武雄、江戸川乱歩、牧逸馬、角田喜久雄などを掲載、「小説読むなら講談倶楽部」の標語どおり定評を得た。戦後は戦争責任の自粛の形で一時廃刊。後刊後は山手樹一郎、源氏鶏太を世に出した（『日本近代文学大事典』5）。当時の編集長は星野哲次。なお、一九五一年一月号から一二月号まで劉寒吉の小説は掲載されていない。

64 「富士」＝娯楽雑誌。ここでは戦後講談社から分かれた世界社より一九四八年から一九五三年まで刊行された『富士』であって、一九二八年一月から四一年一二月まで講談社から刊行された『富士』とは違う。編輯兼発行人は土田喜三、印刷人は大橋芳雄、発行所は世界社（東京都文京区音羽三丁目一九番地）、印刷所は共同印刷株式会社（東京都文京区久堅町一〇八番地）であった。当時の編集長は萱原宏一。

なお、劉寒吉は既に『富士』には、一九五〇年三月に「早春の蝶」を発表していた。また、葦平の忠告にもかかわらず、劉は『富士』に一九五一年三月号に「初雪ぞ降る」を書いている。岩下俊作も同誌二月号に「川筋に現れた男」を書いた。

65 四月号＝世界社出版『富士』一九五〇年四月号に火野葦平が発表した『近世快人伝　天馬の仁三郎』（挿絵は河野通明）のことである。小説の末尾に編集部からの謝辞が「本編掲載については石井俊次氏の格別の御厚意により、夢野久作氏原作『近世快人伝　篠崎仁三郎』に負う処甚だ多きを特記し、厚く謝意を表します。」と載っている。そして、編輯後記では「火野葦平氏の『天馬の仁三郎』も最近の大傑作で、凡そ風変りな異色編として、読者の大喝采を博することでしょう。どうかこれをお読み下さって神経衰弱やとげとげしい気分を吹き飛ばして頂きたいというのが、同人一同の意図であります。」とある。しかし、葦平への稿料は支払われなかったのである。その後、支払われたかどうかは不明である。

66 「世間ばなし」＝劉寒吉著短編小説集『世間ばなし』（春陽堂文芸叢書）のこと。一九四七年一月二〇日発行。春陽堂。収録作品 世間ばなし 商人伝 復活 靴 三寒四温 老兄妹 師匠 赤絵の皿 翁。

67 矢野朗＝小説家。一九〇六（明治三九）年一月一九日、小倉市大坂町に生まれた。米町小学校を経て、豊国中学校（現・豊国学園高等学校）中退。一九二一（大正一〇）年文楽の竹本津太夫に認められて大阪に移り、津の子の芸名を受けるが、酒色に溺れて破門、帰郷した。一九二三（大正一二）年同人誌『微光』主宰。二六年劉寒吉、岩下俊作らと「白夜会」発足。一九二八（昭和三）年久留米に移り、一九三六年『九州文壇』創刊、三七年丸山豊らと『文學會議』を創刊、第四冊で葦平の「糞尿譚」を掲載し、第六回芥川賞を受けた。三八年九月、第二期『九州文学』編集委員となった。三九年八月「肉体の秋」は芥川賞候補となった。四一年度「文学及び文学者」で第二回九州文学賞評論賞を受賞した。一九四七年五月、復活第一回九州文学賞小説賞に「めとる」が受賞した。五九年六月三〇日、小倉市立病院で死去。五四歳。著書に『肉体の秋』（一九四〇年一月二四日、春秋社）、『生炎』（一九四四年三月二〇日、泰光堂）、『神童伝』（一九四六年一〇月一〇日、和田堀書店）、『青春の笞』（一九五七年一〇月三〇日、東京書房）など。

68 吉井＝福岡県浮羽郡吉井町（現・うきは市）。一九四九年一〇月ごろ、矢野朗は吉井町の義太夫愛好者の家に移り住んでいた。矢野朗の長編小説『神童伝』の主人公釜石童二郎は矢野自身がモデルであるが、浮羽郡吉井町生まれということになっている。

69 「砂地獄」＝矢野朗の「婚歴」四部作の第四作目であろう。一九四八年矢野は第三の妻が亡くなると、第四の妻と結婚した。矢野は第四の妻とのことを小説「砂地獄」と題して小説にしようとしたのである。しかし、この作品が発表されたかどうか知らない。

70 千絵女＝矢野朗の第四の妻。白水千絵（本名であるかどうかわからない。坂口博「矢野朗と『文学会議』」〈『文学批評　敍説』XV　花書院、一九九七年八月二五日〉による）。火野葦平の「神童の果て」（『小説新潮』一九五九年九月号）、「矢野津の子太夫」（『文芸春秋漫画読本』同年同月）によると、「原口縫子」となっている。葦平によれば、縫子は女子大出、天才と呼ばれた才媛で、女学校の教師をしていたころ「源氏物語」をテキストなしで講義をしたという。矢野の小説の熱狂的な愛読者で、背が高く美人であった。しかし、一種の分裂症で迫害されているという強迫観念に襲われていた。精力絶倫で嫉妬心が強く、ヒステリーであった。劉寒吉の『わが一期一会（上）』（創思社出版、一九八五年五月）によると、同居していた矢野の古風な母と折り合い悪く、物静かな母は首を吊って自殺した。通夜の時、彼女は「陰気な母でしたので、この家からじめじめしたものを追い出そうと思いまして、皆さんに宴会を催していただきました」と言って、お祭り騒ぎのさわがしい弔いになった。その後、妻を避けて矢野は東京の葦平の鈍魚庵に逃げて来たが、彼女は追いかけて来た。結局、葦平が仲に入って別れさせた。

71 「夫婦」＝矢野朗の第四の妻との結婚と母親の自殺を題材にした火野葦平の小説。『文藝』一九五一年五月号に発表された。坂口博の前記「矢野朗と『文學會議』」によると「「夫婦」は、長篇小説として発表されたが、続篇が書かれることはなかった」とある。

72 「群像」＝文芸雑誌。一九四六（昭和二一）年一〇月創刊。講談社発行。純文学の面で出遅

れていた講談社が純文学の創作に新味を出そうと発刊した。「創作合評」や匿名時評「侃侃諤諤」も話題を呼び、発刊五、六年で純文学誌として声価を定めた。本社は文京区音羽町三―一。当時の編集長は有木勉。

なお、火野葦平の「夫婦」は『群像』一九五一年二月号に掲載されず、同年五月『文藝』に発表された。

73 「日本艶笑滑稽譚」＝短編小説集。東京文庫。一九五〇年一一月三〇日発行。収録作品 片目の鈍魚 銀の金槌 鐘と太鼓 象の卵 小紋散らし 三馬鹿 螋と骰子 結びの神 あとがき。

74 「昭和鹿鳴館」＝短編小説集。比良書房。一九五〇年一〇月三〇日発行。収録作品 昭和鹿鳴館 敗将 鎖と骸骨 人魚昇天 あとがき。

75 創元社版「追放者」＝短編小説集。創元社。一九五一年一月三一日発行。追放解除後第一創作集。収録作品 牢獄 追放者 花と罪 イルマ殺し 後書。

76 奥さん＝劉寒吉の妻濱田澤江。旧姓遠藤。一九三六年四月、濱田陸一（劉寒吉）と結婚。寒吉歿後、澤江夫人の意思で『劉寒吉詩集』が刊行される。一九九二年四月にも澤子夫人の意思で『長崎小話』が刊行された。

77 「近世快人伝」＝世界社版『富士』編集部が「近世快人伝」というタイトルの下で、いろいろな作家に近世の「快人」――大人物であるが、奇人であり、型破りのスケールの大きい愉快な人間――を書かせたシリーズ物と思われる。火野葦平は一九五〇年四月号に「近世快

人伝　天馬の仁三郎」を書いた。おそらく葦平が劉寒吉にも執筆を勧めていたものであろう。しかし、『富士』が原稿科を払わないので、劉から送られた原稿を他の雑誌に紹介して回そうとしたのであるまいか。その劉の作品が何であったのか、また何という雑誌に発表されたのか、一切わからない。推察すれば、玄洋社の頭山満を主人公とした伝記を劉が書いて葦平に送ったものの、結局、玄洋社の右翼的傾向から占領軍の検閲を危惧して発表を差し控えたものと思われる。

78　玄洋社＝明治・大正・昭和時代の超国家主義的政治団体。福岡藩の不平没落士族が向陽社を結成したが、一八八一年、天皇中心、国権民権交錯したまま、玄洋社と改め、当初本社を福岡市本町に置き、後に西職人町（現・中央区舞鶴二丁目）に移転した。社長は平岡浩太郎、幹部は頭山満、内田良平、箱田六輔らであった。初め国会開設運動に参加したが、政府の条約改正案に反対、次第に対外強硬策を主張、国権論に傾き、超国家主義的な右翼団体の中心的存在となった。一九四六年占領軍により右翼的団体解散命令によって解散した。

五

一九五〇（昭和二五）年一〇月一三日、火野葦平は公職追放を解除された。彼はその日を「金曜日の十三日」と「自筆年譜」（『火野葦平選集』第八巻、東京創元社、一九五九年六月三〇日）の中で自嘲的に書いている。ともあれ、葦平は自由を得た。しかし、時勢は再び大きく変化した。五〇年六月、朝鮮戦争が始まり、レッドパージ、警察予備隊令が公布され、占領軍の対日政策が大きく転換した。その中で一万九〇〇〇名の追放解除が発表されたのである。この時、葦平も文筆家の追放指定を解除された。全く、戦争中は日本軍隊に利用され、戦後は連合国占領軍に翻弄されたのである。

彼はこの時の心情を小説「追放者」（『改造』一九五〇年一二月号）に書いている。そして、今まで抑えられたものが一気に吹き出したように書きまくるのである。本書簡にもあるように、「りんてんき（輪転機）を本格的にうごかすことになる」のだ。「力のつづくかぎり、ペンのつづくかぎり、書く」とある。バルザックの五十台の機関車には及ばないが、「五台くらゐの小型機関車を一度にうごかす」覚悟で出版社の求めに応じて、次々に作品を書き、発表を続ける。「バカな無理はしたくないが、もつてゐるだけの力はぶちまけたい」と一応は自戒しているものの、無理の上に無理を重ねている。本書簡には、九州における最大最高の親友劉寒吉に対する信頼と昂揚する作家魂とが遺憾なく発揮、表現されている。

本書簡に述べられている執筆計画の多量さには、驚嘆に価する。おそらく、出版社の求めには辞することも知らず応じて、我が身を削っていたのであろう。一九五一年当初の計画を整理して列挙してみよう。

⑴「赤道祭」（『毎日新聞』二月一一日〜八月一九日）
⑵「街の燈台」（『街の灯』）（『北海タイムス』ほか二月一六日〜？）
⑶「鎮西兵団」（後の「革命前後」）（『改造』四月号に執筆予定であったが、中止）
⑷「現代の講談」（題不明）（『新潮』二月号から。中止）

(5)「新遊侠伝」(『小説新潮』一月号「泥鰌」)
(6)「あひる座」(『別冊小説新潮』一月号)
(7)「私版金色夜叉」(『月刊読売』一月号〜一一月一一日号)
(8)「活火山」(『労働文化』一月〜六月)
(9)「雲を呼ぶ笛」(『小学六年生』四月〜五二年三月)
(10)「魔女裁判」(『女性改造』掲載なし)
(11)「夫婦」(『群像』二月号発表予定だったが、掲載されず。結局『文藝』五月号に掲載。)

これだけの計画を抱えており、三月までに発表されなかったものは、(3)「鎮西兵団」、(4)「現代の講談」、(10)「魔女裁判」、(11)「夫婦」の四編である。しかし、鶴島正男編「新編=火野葦平年譜」には、本書簡にのっていない作品が、一月に「教祖」(『小説公園』)、「海御前」(『文学界』)、「父の素描・一市井人の一生」(『新潮』別巻一号)、二月に「血風若松港」(『面白倶楽部』)、「永遠の追放者」(『文学界』)、四月に「動物」(『群像』)、わが悪友長谷健のこと」(『小説公園』)があり、その数、七編に及ぶ。また『文芸年鑑』一九五二年度版によると、五一年一月から三月までに雑誌に発表したものとして、その他に「猫と町の歴史」(『週刊朝日』新年増刊号)、「教祖」(『小説公園』一月号)、「取りかえばや物語」(『キング』二月号)の三編も発表している。いくら追放中に発表できなかったストックがあったとは言え、その多作ぶりは神業である。葦平が恐れた「バカな無理」を重ねたのは、彼の否とは言えない人のよさと書かずにはおられぬ文学への執念であっただろう。それはやがて多作から濫作になり、ひた隠しに隠してきた身体の不調を他人の前に晒す結果となる。九年後の自裁に至る「バカな無理」は、一家の大黒柱として扶養家族百人、月収一二〇万円を超えるといわれた経済的負担の責任と九州文学の中心的存在、象徴的存在の自負とに起因したと思われる。九州男児の典型のように豪放磊落に見えながら、繊細な神経と寂しがり屋な面をもっていたことは、「てがみおくれ」という末尾の一文に表れている。

ともあれ、戦時中は「兵隊作家」と祭り上げられ、戦後は「戦犯作家」と罵られ、「義理人情作家」「遊侠作家」と軽視された火野葦平は、一九六〇（昭和三五）年一月二四日午前五時、自宅の河伯洞で睡眠薬を飲んで自らに決着をつけた。

（『福岡女学院大学紀要　人間関係学部編』第二号、二〇〇一年三月三一日）

第一〇章　野田宇太郎

㉔「五足の靴」再発見

かつて廃市と言われた柳河も、今は柳川と改められ、休日たびに川下りで賑わう観光地と化したが、藩祖立花公を祀る三柱神社の欄干橋や鳥居を通り、川下りの舟着き場を左に見ながら行くと、北原白秋が「柳河のたつたひとつの遊女屋」（「立秋」）と詠んだ懐月楼跡にたどり着く。割烹旅館松月と名を変え、その前庭に「五足の靴」ゆかりの碑がひっそりと建っている。撰文は野田宇太郎である。

野田宇太郎が「五足の靴」と題する紀行文の存在を知ったのは、太田正雄（木下杢太郎）の名で発表された「明治末年の南蠻文學」を読んだときであるという。

『野田宇太郎　丸山豊』ブックレット1、小郡市立図書館1991年3月31日。(1982年五十嵐千彦撮影)

「われわれの間に「南蠻」に対する異国趣味の起つたのは又偶然の機會からです。明治四十年の夏、わたくしは選（医の誤）科大學の第一年の第一學期を終つた時でしたが、其時與謝野寛先生を指南として、平野百（萬の誤）里、吉井勇、北原白秋等新詩社の青年が九州旅行をしました。わたくしも之に加はりました。（中略）……、我々は七月の末から九州旅行を始めました。その先々から記事を作つて二六新報に送りました。「五足の草鞋《ママ》」といふのが其標題でしたが、残念ながらこの切抜は無くしてしまひました。」
（『國文學　解釋と鑑賞』一九四二〈昭和一七〉年五月号）

野田宇太郎が杢太郎のこの記事（おそらく談話筆記であろう）を熟読したのは、杢太郎が亡くなって一年後の一九四六（昭和二一）年、敗戦直後の混乱期であった。

そもそも、野田宇太郎が初めて木下杢太郎と出会ったのは、花の書の会（一九四一年からはじまった芸術家や文学者の会。谷口吉郎、石中象治、阪本越郎、海老原喜之助、太田千鶴夫ら）の席であった（『灰の季節』「花の書の会」）。野田は杢太郎の深遠な専門的知識と広汎な教養思想と美しい芸術的感興とを調和融合させたユマニスムに次第に魅かれていった。「わたくしの半生というものは太田先生なしにはない」と断言してはばからないほど、野田にとって杢太郎は、全生涯を決定付けた唯一無二の師であった。

一九四五（昭和二〇）年一〇月一五日、杢太郎は胃癌のため、東大病院で死去した。万斛《こく》の涙を抑えて野田は、『文藝』「太田博士追悼号」を編んで終刊となした。彼は杢太郎のユマニスムを受け継ぎ、日本人に新しい教養思想を育てるために、杢太郎の著書名をとって『藝林閒歩』を創刊した。そして、杢太郎の青春を彩った「パンの會」を後付ける近代文学史研究に没頭した。「五足の靴」再発見は実に野田の日本耽美派文学研究の出発点だったのである。

「五足の草鞋」は「五足の靴」の間違いであろうと決めて、一九〇七（明治四〇）年夏の東京二六新聞（『二六新報』は政府批判記事で発禁になり、一九〇四〈明治三七〉年四月一五日から〇九年一二月まで紙名変更）を調査しはじめたのが一九四七（昭和二二）年であった。署名は「五人づれ」で、K（與謝野寛）、M（木下杢太郎）、H（北原白秋）、B（平野萬里）、I（吉井勇）のイニシァルから人物名も割り出された。しかし、さすがの野田宇太郎も、どの文章が誰の執筆であるかは、認定できなかった。

『東京二六新聞』に「五足の靴」第一回「嚴島」が掲載されたのは、一九〇七（明治四〇）年八月七日である。以下主な地名をたどってみると、（二）赤間が関（三）福岡（五）柳河（六）佐賀（七）唐津（八）佐世保（九）平戸（十）天草（十四）島原（十七）熊本（十八）阿蘇（二十一）三池（二十三）柳河（二十四）徳山（二十六）京都となり、第二九回「彗星」が九月一〇日で終了した。野田は、全二九回の一つ一つについて、その地に到着した月日を推定し、できれば執筆者を特定しようと努力した。月日はほぼできたが、執筆者については、二三を除いて不明で、「與謝野寛以外の若い四人の学生達の散文は皆立派ではあるが、まだ個性に乏しく、『明星』流とでもいふのか、與謝野模倣時代で、そのために與謝野の文体まで曖昧」になったと述べている（『五足の靴』について）。

一九四九（昭和二四）年七月一〇日、野田宇太郎は「この拙なき書を　木下杢太郎先生に捧げ併せて　わが　さみしかりし青春のかたみとす」と献辞を付して『パンの會（近代文藝青春史研究）』を六興出版社より上梓した。その中の「九州旅行」の一章は「五足の靴」の初めての紹介であった。この一書は日本耽美派文学研究の歴史的起点で、初めての本格的研究書であった。ゆえにその文学史的価値を確認して、「近代作家研究叢書」の一冊として、日本図書センターから復製版が出版された。これには林広親氏の解説が付いているが、かなり厳しい評価がなされている。「パンの会のエキゾチシズムを文芸上の欧化主義と規定し、その運動のほとんど全ての局面を『進歩的自由性』といった概念のみによって意義付けながら、それをそのまま当時の文学および社会の封建性を打破る運動であったとするその論理は、やはり一面的にすぎ、封建性の一語をとっても通念をそのまま用いて明治末期という時におけるその具体的諸相への考察の手続きを欠いた」とする評は、杢太郎追慕という情熱的思い入れと、終戦直後の混乱期に散佚を危惧する使命感を考えれば、やむを得ない瑕瑾であろう。だからこそ、野田は己が書を不備と認め、増補改訂して『日本耽美派の誕生』と改題、河出書房から一九五一年一月出版した。ここでは「九州旅行と南蠻文學」と改められ、より充実された。

一九七五（昭和五〇）年一一月、木下杢太郎を愛惜することから始まった耽美派研究の定本として、『日本耽美派文學の誕生』が出版され、「五足の靴」は資料として校訂訂正された上、巻末に収められた。翌七六年「芸術選奨文部大臣賞」を受賞した。

一九七八（昭和五三）年一一月、柳川版『五足の靴　明治四拾丁未年盛夏九州南蛮遺跡之旅』が野田宇太郎の解説「『五足の靴』について」を付けて「日本郷土文藝叢書」として出版された。『五足の靴』は、執筆されて八〇年ぶりに、「五足の靴」の一人木下杢太郎の愛弟子野田宇太郎によって一冊の単行本となって蘇生した。

今も、「五足の靴」に最もゆかり深い白秋の郷里柳川のみで頒布されて新しい読者を得つつある。

（『野田宇太郎・丸山豊』「野田宇太郎文学資料館ブックレット1」小郡市立図書館、

一九九一年三月三一日）

柳川版『五足の靴』
昭和五三年一一月
ちくご民藝店発行

㉕野田宇太郎―すみれうたを紡ぐ詩人―

私が野田さんの知遇を得たのは、野田さんが『朝日新聞』「日記から」に「久留米の墓詣で」を掲載され、その中に漱石の親友、菅虎雄（久留米出身。旧制一高教授）のことが出ていた。これを読んだ文芸評論家、荒正人氏が、漱石と菅との交流を研究していた私を野田さんに紹介したのが始まりである。そのころ、私は荒氏の『漱石研究年表』（集英社）の増補改訂作業を手伝いながら『夏目漱石と菅虎雄』（教育出版センター）上梓の準備を進めていた。早速、既発表の論文を野田さんに送ると、尾崎一雄、井上友一郎、中西悟堂らと出している『連峰』一九七九（昭和五四）年一月号の「聯談（三）菅虎雄のこと」で私のことを取り上げてくださった。上京の折に町田市の桐後亭を訪ね漱石周辺人物のことを聞くうちに、親友立花銑三郎の話になり、その子息馨氏の住所を教示され、お蔭で未公開の漱石書簡を発見する端緒を得た。

上京の折、電話をすると、面会できる日を必ず設定してくれ、現今の文壇が酷い商業主義に汚濁されている荒廃ぶりを悲憤慷慨し、文学の純真性を熱っぽく説き、話は終わりを知らなかった。

野田さんは筑後松崎（現・小郡市）の雑貨商・料亭経営清太郎の一人息子として、一九〇九（明治四二）年一〇月二八日生まれた。小学二年生で母を亡くし、中学四年生で父を失った。義母も再婚し、少しばかりの財産を処分して、天涯の孤児となった野田さんの青春は頼りなげな、不安な生命を歌った詩だけが生きる支えであった。野田さんの詩には父母への淡い思慕を詠んだものが多い。若くして孤児となった詩人の魂は、やさしい母を恋い、たくましい父に憧れ続けた。

展墓歌

ちちの墓／ははと寄りそひ／ははの墓／ちちと寄りそふ／風そよぐ松の林のしたかげに／いくとせか／いくとせか待つとしもなく／ひとり子のわれのみ待ちてねむリ給ひし

毎年故郷に帰り、父母の墓参りを欠かさない野田さんは、次のような思い出を綴っている。

幼年時代、鯛の骨を呑みこんだので一家中大騒ぎとなり、手術をするより他はないということになった。何とかして手術をせずに吐き出させようと懸命に考えた母は、手鞠を抛り上げて子供の咽喉を上向きにさせ、笑わせることを思いついた。幼児は母の膝にもたれながら、母が軽く上に抛り上げる手鞠を仰いで、きやっきやっと喜び悶えたとたん、咽喉にかかっていた鋭い刺のある鯛の骨が、がっと口中に飛び出したという（「母の手鞠」）。

小学一年の夏、往還を歩いていると、一頭の馬が狂ったように駆けて来て、急いで土手の上に逃げようとした野田さんを蹴跳《けと》ばして、そのまま駆け去った。友達は悲鳴を上げて走り寄り、顔見知りのおじさんは抱き上げ、町へ急ぎ、そこで父に出会った。父の大きな腕に抱かれた時、野田さんは気絶から覚め、大声を上げて激しく泣いた（「父の腕」）。

野田さんの咽喉に手術の傷跡がないのは、母の愛だと言う。幾度か荒野をさまよう孤独を感じることがあっても、天命として文学の道を迷わず歩くことができたのは、必死で抱き上げた父の大きな腕の力だと述懐していた。

野田さんの孤児根性は、川端康成のそれに較べて、ずっと温かく素朴である。親の愛を多く与えられなかったゆえに、一層渇仰し、浄化されていく。家族の破綻《はたん》と痼疾《こしつ》によって、貧しく、苦い季節を筑後と東京との漂泊の中で過ごした。

詩人としての野田さんが領域を広げ大きく飛躍したのは一九四三（昭和一八）年八月、文学グループ「花の書の会」の席上、木下杢太郎（太田正雄）と出会ったことが大きい。文学上の師として仰ぐと同時に、人生上の師として、そのユマニテに傾倒し、叡智の世界を賞揚した。「わたくしの半生は太田先生なしにはない」と口癖のように言ったように、杢太郎からその師森鷗外への私淑とつながり、観潮楼歌会へ「スバル」へ「パンの会」へ、耽美派へと関心を拡げた。

「過去とは背に回った未来である」という杢太郎の言葉が好きだった野田さんは、一九四五（昭和二〇）年一月二八日の東京空襲で烏有に帰した鷗外旧居観潮楼跡に呆然自失として佇んだ時、文学遺跡保存、いや日本文化の復興を誓った。ここに野田さんの文学散歩の原点があったのだ。

野田さんのおびただしい著書の中で、圧倒的に多いのは文学散歩関係書であり、売れ行きもよかった。晩年は「文学散歩全集」完成と文芸評論の著述のため、一年に一、二作しか詩は作らなかったが、野田さんの本質は詩人であった。

「私は散歩屋さんでも文学巡礼者でもない。云ふならば生涯を一管の笛、一本の禿筆に托した平々凡々な詩人である」と書かねばならなかった野田さんは、多少の含羞と共に詩人としての矜持を生涯持ち続けた。花ではすみれや薔薇、木では梅や松を愛し、小鳥、鷗、蝶を歌い、色では白を最も好んだ野田さんは、黄泉路に旅立つ二年前『定本　野田宇太郎全詩集』(蒼土舎)を「両親に捧ぐ」と献辞して刊行した。

過日急逝した莫逆の友丸山豊氏の「故景小片——野田宇太郎さんをしのぶ」の中に「『宇しゃんなござるの』宇太郎さんを宇しゃんと呼んだのだ。『よう来たの』これがかれの口ぐせである」とある。今ごろ、泉下の二人は青春時代と同じ言葉を筑後弁で話していることだろう。

(『西日本新聞』(夕刊)「文化」、一九八九年一〇月二六日)

㉖編集者としての野田宇太郎

一　小山書店入社と『新風土』編集

一九四〇（昭和一五）年三月、東京の出版社小山書店主の小山久二郎が、突然野田宇太郎たちの寄り合い場所となっていた金文堂書店（久留米市両替町）に現われ、野田に会いたいと言った。まだ久留米市役所に勤務中だったので、小山は市役所に野田を訪ねた。岩波書店から独立した小さな出版社だったが、高質の文学性豊かな作品を出版していた小山書店主小山久二郎は、野田に会うと、経営する自社の方針、内容を説明し、上京して出版社で編集の仕事をしてみないかと慫慂した。久留米市役所瓦斯局庶務係の書記だった野田は、出版物の企画や雑誌の編集も自由にやっていいと言う小山の話に関心を持った。

市役所から帰宅した野田は小山久二郎からの小山書店入社の誘いを妻のトシに話した。出産を間近かに控えたトシは突然の上京話に仰天した。役人に不向きな野田が、生活の安定のため文学的大望を押し殺して、役所勤務のかたわら同人詩誌『抒情詩』（『糧』を改題）を細々続けている姿を見ていたトシは、夫の決心を尊重する以外ないと思った。妻の同意を得ると、野田は編集していた詩誌『抒情詩』同人の安西均・佐藤隆・岡部隆介・矢野朗などに決意を告げると、みな上京に賛成してくれた。丸山豊や俣野衛は入営し、出版物統制が始まっていたので、地方の弱小同人誌などは、壊滅の危機にあったため、野田は一念発起、茨の文学の道に生涯を賭けた。『抒情詩』を終刊にし、小山に入社を伝え、久留米市役所に退職届を出した。

一九四〇（昭和一五）年五月、長女瑞江が誕生したばかりだったので、トシと三歳の長男董二を残して上京、ひとまず渋谷の、詩人で朝日新聞社員川野友喜宅に落ち着き、小山書店に通勤した。八月、トシは瑞江を背負い、董二の手を引いて、文学仲間今田久来の世話で見つけた渋谷区富ヶ谷の間借家にたどり着いた。

野田は牛込区新小川町（現・新宿区）にあった小山書店で『新風土』の編集に情熱を傾けていた。野田が『新風土』に最初に執筆した「編輯後記」は、第三巻第六号からであった。

「ドイツが興りフランスが破砕され、イギリスが揺れ動く今日のヨーロッパ程、我々の目を奪ひ心をひいたものはない。就中、フランスの運命に心をいためてゐる智識人の多い事も、或ひは日本人として一つの驚きに値ひする今日の現象かも知れない。それほど我国の文化は西欧的であり過ぎた憾みがある。日本の文化から西欧を引去つたら果して何が残るであらうかを考へると、今更ながら愁然たるものがある。世界は今や殆ど完全にカオス的現象を呈してゐる。すべては暗く、液体のやうに渦巻いてゐる。まさに新しい神話のはじまりである。豊葦原の一本の葦として生れた我々は、やゝもすれば足を奪ひ、身ごとに打折られやうとする困難の激浪を恐れてはならない。一日でも早く、一本でも多く栄えて確固たる新しき島根を形づくらねばならない。ましてや紙不足とか物価高などに悲鳴をあげて易きに転向するなどは日本の智識人として考へ得らるべき事ではない。しかしまた手に文化の旗を持ち三寸の舌に精神の言葉だけを器用に乗せる事によつて自己の利益とするやうな奸商的存在にも心せねばならない。『新風土』の辿つて来た道もまた行手の道も、この困難の一路であることは最早読者諸氏は御承知のことゝ思ふ。流行にのみ処して現実的に一時の人気を呼ぶことは易い。しかし、それでは不易性を得ることは出来ない。我々はむしろ今日大衆の心を奪ひ明日は路頭の塵紙となる事よりも、今日路頭の塵紙によつて造られた粗紙に精神の文字を托して来る日に人の心の糧となる事をのぞむものである。不易流行こそはあらゆる芸術の生命であり、文化の温床である。」

野田宇太郎は『新風土』の「編輯後記」に初めて「の」という署名で、己の文化観、芸術観を高らかに宣言した。明治維新以来の軽佻浮薄な西洋文化の模倣を排し、真の伝統的日本文化を確立すること、紙不足や物価高に便乗する奸商的商業主義を警戒すること、この原則は野田の終生変わらぬ信条であった。

今回の野田宇太郎文学資料館所蔵書簡研究では野田の『新風土』編集（小山書店）時代の作家書簡としては、三木清書簡のみ調査した。野田と三木との交流は、たぶん野田が三木の著書『知識哲学』（小山書店、一九四二年三月）、『読書と人生』（小山書店、一九四二年六月）の編集担当になったころからであろう。野田宇太郎宛三木清書簡の中で最も古い書簡は、一九四二（昭和一七）年八月三日付で、野田が小山書店刊行の出来上がった三木著『知識哲学』・『読書と人生』をフィリッピンのマニラにいた三木に送ったので、そのお礼状である。三木は六通の書簡を野田に送っているが、三通がフィリッピンから、あとの三通は東京高円寺の自宅からである。これらによると三木は野田から懇請されていたが、『新風土』（小山書店）や『新文化』（第一書房）に寄稿することはなかった。おそらく官学から締め出されて講演や執筆に追われて、遂に寄稿に至らなかったのであろう。それにしてもマルクス主義者でもなく、共産党シンパでもない野田宇太郎が、三木清に肩入れして、食料を送ったり、高倉テルの逮捕を知らせたり、便宜をはかったのは、なぜだろう。反戦論者ではない野田が、言論を圧迫する権力には反発を覚えていたことは確かである。

野田は一九四五年三月九日、河出書房にいると、警視庁特高係と新橋署の私服が来て、検挙していた高倉テルが空襲のどさくさに逃走という。高倉の交友録に野田の名があったから訊ねに来たのであった。一時間もたたないうちに三木が来た。高倉が逃走したことを告げると、三木は暗い顔をした。三木は三月二八日には警視庁に検挙され、六月一二日、治安維持法違反の容疑者高倉テルを仮保釈中にかくまい、保護逃亡させたという嫌疑により検事拘留処分を受けて巣鴨拘置所に送られ、二〇日、中野の豊多摩刑務所に移された。九月二六日、豊多摩拘置所で当局の苛酷な取り扱いのため獄死した。

一九四一（昭和一六）年二月、野田宇太郎の企画で下村湖人の『次郎物語』（小山書店）が刊行され、ベストセラーとなり、「続次郎物語」を『新風土』六月号から連載、四二年五月に完結した。『次郎物語』の成功によって野田は、小山書店にとっての最大の功労者となった。

二　第一書房入社と『新文化』編集

一九四一（昭和一六）年一二月一八日、「言論出版集会結社等臨時取締法」が公布され、出版の自由は奪われた。一九四二年五月二六日には「日本文学報国会」が発足、「全日本文学者の総力を結集して、皇国の伝統と理想とを顕現する日本文学を確立し、皇道文化の宣揚に翼賛する」目的という美辞麗句で、言論統制を始めた。一九四〇年一二月一九日、「日本出版文化協会」という出版用紙割当機関が発足、国策に反する企画の中止や用紙の割当、定価の承認、販売の統制など窮屈になった。

経営者としての小山書店社長小山久二郎と文学の高尚な理想を掲げる野田宇太郎との間に次第に懸隔が生じて来た。一九四三年三月、野田は編集方針の衝突で小山書店を退社、詩人で劇評家の長谷川巳之吉の経営する出版社第一書房に入社し、『新文化』を編集することになった。

一九四三年八月七日、野田は東京市の所有になった旧高橋是清邸で開かれた「花の書の会」で、はじめて木下杢太郎に出会った。野田の文学を生涯運命的に決定づけた木下杢太郎との出会いは、こうして生れた。木下杢太郎は東京帝国大学医学部皮膚科主任教授で、本名を太田正雄という太田・ランゲロン糸状菌分類法を確立した世界的医学者であった。一九四一年にフランス政府よりレジオン・ドヌール章を受章していた。医学者太田正雄と同時に芸術家木下杢太郎として詩・小説・戯曲・美術・キリシタン研究など幅広い芸術活動に活躍し、科学と芸術の両面に長けた超人的な碩学であった。野田は木下の深い学殖と人懐しさに胸がふくれる程の人柄に接し、人生最大の忘れ得ぬ感動を覚え、終生師事した。

今回調査した野田宇太郎文学資料館所蔵書簡の中で、野田の第一書房（『新文化』編集）時代のものは、一九四三年一〇月二二日付火野葦平ら寄せ書き葉書一通のみである。野田は『文學會議』（久留米市）に発表した火野葦平の「糞尿譚」原稿を矢野朗から見せられ、興奮して「これは堂々とした立派な小説だ」と推賞した。矢野は野田の批評に力を得て、編集同人の異議を押し切り、この原稿を一挙に掲載した。一九三七年一一月『文學會議』第四号に掲載された『糞尿譚』は、第六回芥川賞を受賞した。日中戦争で召集された火野は中国戦線に転戦していたので、まだ二人は出会っていなかった。一九三九年九月、『九州文学』『九州芸術』『文學會議』『とらんしつと』の四誌が大同団結して、『九州文学』（第二期）を創刊、火野は同人となった。野田は一九四〇年七月より同人となり、第一回『九州文学』詩人賞を受賞した。火野は一九三九年一一月、現地除隊して帰国し、二人の交友が始まったと思われる。

一九四〇年五月、野田宇太郎は社長小山久二郎の招きで小山書店に入社、『新風土』の編集を担当した。既に一九三八年三月、火野葦平が芥川賞受賞作を含む五編の短編小説集『糞尿譚』を出版した出版社小山書店であった。たぶん野田の縁であろう、火野は野田の編集した『新風土』には詩「白き旗」（一九四〇年九月）、散文詩「珊瑚礁」（一九四二年三月）を発表した。このころ野田は火野を単なる「兵隊作家」「流行作家」「時局便乗者」とは見ず、「本格的な文学」「日本の戦争作家のおそらく唯一の存在」（野田宇太郎『灰の季節』「文藝」の準備）として高く評価していた。火野は野田の斡旋によってか、小山書店から短編小説集『山芋日記』（一九四〇年一〇月）、短編小説集『伝説』（一九四一年五月）を出版した。

野田が一九四三年三月、小山書店を退職後、第一書房に入社して、『新文化』を編集したが、火野の短編小説集『敵将軍——バタアン戦話集』（一九四三年一一月）を出版している。

前記の同年一〇月二二日付野田宛火野葦平ら寄せ書き葉書は、戦局次第に厳しくなる折、秋の夜博多の町で酒を求めて彷徨する文学の徒たちの姿が浮かび上がってくる。

三　河出書房入社と『文藝』

一九四四（昭和一九）年二月、上田敏・萩原朔太郎・堀口大学などの豪華詩集や『小泉八雲全集』・『近代劇全集』などを刊行したユニークな出版社第一書房が突然解散した。野田にとっては寝耳に水の解散で、気骨ある出版人と信頼していた長谷川巳之吉社長の背信に編集員、従業員たちはみな、憤慨した。買収先は講談社であった。理由はどうであれ、長谷川社長の解散は野田にとって決して許せるものではなかった。信じていただけに。

詩人であることを生命と考えていた野田は突然の失職に困惑した。六人の家族を扶養しなければならない野田には、詩人で著述生活にいる自信はまだなかった。その時、日本出版会の仲介があり、河出孝雄の河出書房に就職することができた。

一九四四年四月、野田は河出書房に入社し、出版部に配属され、学芸書の企画を担当した。同年七月一〇日、内閣情報局は中央公論社と改造社に対して自主廃業を指示した。改造社の文芸誌

『文藝』はその発行権を河出書房に譲渡することになった。河出社長はその編集企画だけではなく、改造社との交渉までも野田に一任した。商取引の駆け引きを知らない野田は、海千山千のしたたかな山本実彦改造社社長の弟山本三生を相手に『文藝』の権利を約一〇万円で買収した。河出社長は雑誌の編集を一切野田に任せてくれた。雑誌名は改造社と同じ『文藝』としたが、復刊ではなく、野田宇太郎編集の河出書房発行『文藝』創刊であった。編集顧問には太田正雄、川端康成、豊島与志雄、火野葦平がなった。野田が太田正雄（木下杢太郎）の東大医学部研究室を訪れ、顧問委嘱を願い出ると、太田は「リベラリストだよ、僕は。ねらわれてもよいかね」と冗談とも本気ともとれる調子で言い、承諾した（『灰の季節』）。かくて同年一一月に『文藝』創刊号が発行された。

火野葦平は『文藝』創刊号に小説「新戦場」を、第二巻第一号（一九四五年一月）に随想「初冬」を、第二巻第四号（一九四五年四月）に小説「島」を発表した。しかし、野田と火野の雑誌掲載に関する交渉の手紙はない。

一九四五年七月七日、西部軍報道部が発足、報道部長は町田敬二大佐、部員には東京から五名、『九州文学』から火野たち九名が白紙徴用された。宿舎は山本アパート（福岡市渡辺通り三丁目）、事務所は西日本新聞社であった。八月一五日、日本敗戦後、西部軍報道部は解散となり、火野は山本アパートを引き揚げ、時々若松に帰ったが、福岡市渡辺通り四丁目の文化ハウスの一室を借り「碌々山房」と名づけてそこに起居した。「孤独への沈潜であった。自己への凝視であった。かれの姿は、じいっと運命の裁きを待つ人のようにも見えた。」（原田種夫『実説　火野葦平』）という。一〇月、火野は『九州文学』同人のため、何とかせねばならぬと決意し、有限会社九州書房を設立したが、一九四八年五月には二年間で一四冊の本を出版し、八〇万円の赤字を背負って倒産した。

一九四五年一〇月二六日付野田宛火野書簡は、九州書房発足当初の火野の「本来の庶民の立場にかへり、……真実の文学道へうちこむ」意気が感じられる。

第二巻第六号は「七、八月合併号」で「昭和二十年八月一日発行」の奥付があり、「編輯後記」は「敵は優勢をたのんで帝国抹殺をねらつてゐるし、日本文化の消滅を心がけてゐる。」と戦時色を残存させているが、実際は八月二〇日過ぎに発行され、「御挨拶」で「遂に忘る可からざる八月十五日を迎へました。玉音はラヂオをとほしてわがけがれ多い耳朶をうちました。」と戦後に付加されたことがわかる。この合併号に河井酔茗は「詩五篇」を発表したが、酔茗と野田との直接交渉した書簡はない。しかし、野田宛の最も古い酔茗書簡（一九四六年三月一九日付）では、河出書房から自著の出版を希望し、できないなら他の出版社の紹介を依頼している。

第二巻第七号（一九四五年一〇月一日）では武者小路実篤と志賀直哉との往復書簡の公開という珍しいスタイルを発表した。第一信（秋田稲住―武者小路実篤より一九四五年六月一二日。伊豆大仁―志賀直哉より六月二七日）第二信（秋田稲住―武者小路実篤より七月一四日。東京世田谷―志賀直哉より九月一九日）三通は終戦直前で疎開中に出したもの。最後の志賀書簡は戦後帰京してからのもの。野田を仲介した往復書簡は二人とも戦後帰京したので、この新機軸の書簡体文学も一回きりで打ち切られた。現存の野田宛の武者小路書簡も志賀書簡も、この往復書簡に直接触れるものではない。

第二巻第八号（一九四五年一一月一日）は、特集号ではないが、「三木清への回想」という半ば特集に近い回想記を三編（豊島与志雄「三木清を想ふ」、中島健蔵「三木さんの死」、清水幾太郎「三木清」）を組んで、三木の非業の死を悼み、冥福を祈った。

第二巻第九号（一九四五年一二月）は「太田博士追悼号」と銘打ち、同年一〇月一五日亡くなった太田正雄（木下杢太郎）を悼む特別号を編んだ。野田の敬愛する太田正雄は世界的な皮膚学の権威であり、木下杢太郎としては詩人、翻訳家、美術評論家、戯曲家、キリシタン研究家と多彩な芸術家であった。野田の生涯で最大の尊崇する先達であった。

その太田追悼号の中に吉井勇の「老残の歌（木下杢太郎を悼む）」がある。吉井は若きころ、与謝野鉄幹・北原白秋・木下杢太郎・平野万里らと「五足の靴」の九州南蛮旅行を伴にしている。それらの思い出を歌に託して野田に送った。その時の手紙が一九四五年一一月一六日付野田宛吉井書簡である。

野田は「太田博士追悼号」を最後に、編集責任者を辞した。

四　『藝林閒歩』

野田宇太郎が河出書房の『文藝』編集責任者を辞し、河出書房を退社したのは、敗戦によって出版社が営利一辺倒になり、編集者の権威も自由もなくなったことと、自分の理想的な雑誌を自由に作りたかったからであった。一九四六（昭和二一）年一月二二日、以前から誘いを受けていた東京出版に編集責任者として入社を決めた。

四月一日、野田宇太郎は追慕する木下杢太郎（太田正雄）のユマニスムを継承する醇乎たる文芸雑誌として、『藝林閒歩』を創刊した。『藝林閒歩』という雑誌名は、木下杢太郎の著書名に因んだものであった。

第一巻第二号(一九四六年五月一日)には河井醉茗の「或る回想——『文庫』と『屋上庭園』——」が掲載されている。明治詩壇に『文庫』派といわれた七五調の浪漫派耽美派の詩人たちのこと、『文庫』派の解消した後、『屋上庭園』の詩などについて回想したものであった。野田は既に明治三〇年代投稿詩誌『文庫』の選評者として詩壇の指導者だった河井醉茗から『文藝』に「詩五篇」を寄稿してもらっていた。

第一巻第三号(一九四六年六月一日)では蒲原有明の「書冊の灰　黙子覚書(その一)」の連載が始まった。野田が象徴派詩人蒲原有明を始めて訪ねたのは、戦争中で鎌倉二階堂に川端康成を訪問した時であった。戦火で静岡を追われた蒲原一家は以前住んでいた鎌倉の旧居に戻った。その旧居は川端家になっていたので、しばらくその一室に蒲原夫妻は身を寄せていた。やがて川端家は鎌倉長谷に移ったので、二階堂の家は蒲原家のものとなった。蒲原有明は耳が遠かったが、『藝林閒歩』の創刊を告げ、原稿の執筆を勧めた。「書冊の灰」は忘れられた詩人の久方ぶりの、初自伝小説となり、文壇は蒲原有明の存命に改めて気付く有様であった。「黙子覚書」は全一〇回で完結し、著者の手で再編集され、正式に『夢は呼び交す』という題となり、一九四七年一一月、東京出版から新著として刊行された。

一九四六年六月二五日付野田宛醉茗書簡は『藝林閒歩』六月号(第一巻第三号)の批評で、文学者の書簡としては文学的内容の濃いものである。野田の雑誌を「高級芸術の風格」と野田のめざす高踏的な抒情を認めている点、野田にとってうれしい批評であった。蒲原有明の「書冊の灰默子覚書（その二）」は「小説とすれば日本に珍しいタイプであり、内容からみれば作者の自伝的心境を抒《の》べて複雑性あり、現在の氏としては尤も取りつき易い様式であらう」と書いている。

第一巻第四巻（一九四六年七月一日）には野上豊一郎の小説「大臣柱の蔭——或る脇師の感慨——」が掲載された。野上豊一郎は既に『文藝』第二巻第三号（一九四五年三月一日）に「能の構想の合理性と非合理性」という論文を書いているので、旧知の仲である。『灰の季節』「月遅れの三月号」によると、「野上氏を私はこのとき法政大学総長室に訪れたか、それとも弥生子夫人に小説を書いてもらつた時に頼んで置いたのか、日記にもないのでよく覚えない。」とある。野上弥生子も『文藝』第一巻第二号（一九四四年一二月一日）に小説「草分——十八年前の話——」を発表していた。野上豊一郎が法政大学総長になったのは、一九四七年三月のことであるから、『文藝』一九四五年三月号の原稿を頼みに総長室を訪れることはない。野田が豊一郎と初めて会ったのは、一九四四年末か、四五年初めであろう。弥生子と出会ったのは、もっと古く、一九四四年秋ごろ「草分」の原稿依頼に会ったのが、最初であろう。たぶん、野田は弥生子と会った後、弥生子の紹介で豊一郎と出会ったものと思われる。しかし、今回調査した豊一郎書簡一通は、一九四八年六月一三日付で『藝林閒歩』第二一号贈呈に対するお礼であり、豊一郎原稿に関するものではない。

野上弥生子書簡四通で最も古いものは、一九四六年一一月八日付のものであり、一九四八年八月三〇日付、四九年のものは、野田の蔵書が弥生子の小説『迷路』執筆に利用され、弥生子が野田に感謝していることがわかる。

一九四六年四月一五日付野田宛蒲原有明書簡では『藝林閒歩』第一巻第四号の「種子開顕——黙子覚書　その二」に触れている。

第一巻第五号（一九四六年八月一日）には火野葦平の小説「新月」（河童の伝説・一章）が掲載された。

第一巻第八号（一九四六年一一月一日）では火野葦平の戯曲「軍艦」が発表されたが、これと関連深いものが、一九四六年一一月五日付野田宛葦平書簡で、「軍艦」の検閲の心配、無傘艦隊の英語の誤りなどが書かれている。火野葦平の作品と直接関係がある書簡なので、興味深い。

第一巻第九号（一九四六年一二月一日）には野上豊一郎の「ゲッセマネの子童」、河井酔茗の「四行詩」が掲載されているが、野田宛書簡との直接関連はない。

第二巻第四号（一九四七年五月一日）では野上弥生子の小説「鍵——へんな村の話——」が発表された。一九四七年一一月一二日付野田宛弥生子書簡で「鍵——へんな村の話——」を含む単行本短編小説集『鍵』の出版で、野田としては東京出版から出したかっただろうが、新潮社から出さなければならなくなったと書いている。しかし、この『鍵』は、結果的に実業之日本社から刊行された。蒲原有明の自伝小説「黙子覚書」が全十回で完結し、『夢は呼び交す』と題され、一九四七年一一月東京出版から刊行された。

第二巻第五号（一九四七年六月一日）には吉井勇の短歌「城南消息　志賀直哉君へ」を発表したが、この短歌に触れた書簡はない。

第二巻第六号（一九四七年八月一日）は幸田露伴の満八〇歳と執筆六〇周年を記念祝寿する特集にするはずであった。ところが同年七月三〇日狭心症で亡くなり、祝寿記念号として発行することはできず、お祝いとして執筆してもらったものを急遽追悼文に差し替えることもならず、露伴の高い生涯を祝することで霊を弔うことにして「露伴先生記念号」と銘打ち発行された。

野田宇太郎が始めて幸田露伴を千葉県市川市菅野に訪れたのは、一九四六年六月一日であった。露伴は田園の集合住宅の三間家で、掛け布団一枚に包まれて寝ていた。耳が遠くなったので、口述筆記の弟子土橋利彦（塩谷賛）を通じて話をした。野田は前年『文藝』（一九四五年二月から一一月まで）全六回「音幻論」を連載していたが、露伴が長野県浅間にいたので、会ったことはなかった。露伴が浅間から東京に戻る時は、野田も仮寓を捜したが、結局土橋の見つけた菅野に移った（『混沌の季節　被占領下の記録』）。

野田が露伴の次女文《あや》と初めてあったのは、一九四五年六月五日、浅間から上京した文とお茶の水駅であった。一九四七年七月三〇日、幸田露伴は八〇歳で世を去った。野田は『藝林閒歩』を露伴生誕八〇歳と著述六〇年を祝賀する記念号にするつもりで、文にも父露伴について寄稿を頼んだ。文は原稿など一度も書いたことなく、筆で手紙を書く時は縦書きでも左から書いたという。墨を使って右から書くと、次の行を書く時、前の文字で右の掌が汚れるし、文字も汚くなるからだ。そんな執筆に無縁だった文の「雑記」は大好評で、辰野隆《ゆたか》や長与善郎の絶賛を浴びた。『藝林閒歩』の「雑記」をきっかけに文の文名は高まり執筆依頼が来るようになった。かくて晩成の小説家幸田文が誕生したのである。

第三巻第一号（一九四八年一月一日）は「藤村と有明」特集号であるが、蒲原有明は「先駆者としての藤村」を執筆しているが、一九四七年一二月一日付野田宛有明書簡でも「先駆者としての藤村」の原稿を速達で送ったこと、原稿が長文になって編集上気遣われること、自分としては会心の作であることが書かれている。

同号には河井酔茗の「改作の問題　有明の詩　藤村の詩」が掲載されているが、一九四八年二月一五日付野田宛酔茗書簡でも「藤村有明号はさっぱりとしてむだのない良い記念雑誌になりました」とほめている。第二巻第六号（一九四七年八月一日）「露伴先生記念号」についても一九四七年一二月二〇日付野田宛酔茗書簡で「現時の雑誌界に於て尤も高級なる芸術本位のものは他に全く無く、時代を忘れて耽読の欣びに浴します」と絶賛した。

第三巻第二号（一九四八年二月一日）からは、野田は東京出版を退社したので、藝林閒歩社を独立させ、営利主義に患わされない再出発をした。この号に「二人の対話　幸田文・小堀杏奴」が掲載されている。幸田露伴を父とする幸田文と森鷗外を父とする小堀杏奴が、互いに心境を語り合いたいという希望があったので、野田が機会を作った。同年一月二六日、日比谷の陶々亭で文豪の娘二人は、野田の司会で土橋利彦も助言者として約二時間初めて語り合った。

この「二人の対話　幸田文・小堀杏奴」の対談に関する幸田文書簡はないが、これをきっかけで二人は親交を深めた。一九五〇年九月一〇日付野田宛幸田文書簡（四人の寄せ書き絵葉書）にあるように、蓼科高原の親湯温泉（小堀四郎・杏奴の別荘）に招かれて、交歓している。

通巻第二一号（一九四八年四月一日。洗心書林）は「鷗外と漱石」特集であるが、蒲原有明の「鷗外を語る」が掲載されている。これに対応した手紙が一九四八年二月二七日付野田宛蒲原有明書簡の「鷗外号へ御依頼の卑稿漸く出来、三枚ばかり余計に書いてしまひましたが、何分四枚ではやりきれませんでした。よろしく御取計くだされたく、御願ひ申上ます。右原稿は昨日書留にて御手許へ御送りして置きました」である。

通巻第二二号（一九四八年八月一日。蜂書房）「現代詩鈔」に蒲原有明は「こけの・やまがらす」と号して詩「山姥《ものろおぐ》」を発表した。野田は「あとがき」で「詩篇中の「こけの・やまがらす」は誰であるか、ペンネームであるために本名を明かさないが、この作家に今日の作家詩人は多く恥を知るべきである。」と猛省を促している。今日では「こけの・やまがらす」が蒲原有明であることは、『混沌の季節』「藁をもつかむ」で明確になっている。「山姥」は有明の最後の詩となった。

第二期・第一巻第一号（一九五四年一〇月一日。的場書房）「鷗外と柳村に捧げる記念号」は六年間の空白を経て、日の目を見た。この号に森茉莉の「幼い日々」が載っているが、これに対応する手紙が一九五四年六月九日付野田宛森茉莉書簡である。たぶん、森茉莉が野田宇太郎から森鷗外に関する回顧文の執筆を依頼されたことに対する返信と思われる。森茉莉の「幼い日々」は幼女時代の父（鷗外）母（しげ）や妹（杏奴）弟（不律）のことを書いたもので、茉莉書簡で書かれた「五十枚位」の原稿（「父のことでございません」とある）ではないようだ。新たに執筆されたもののようである。

この号には蒲原有明の未定稿詩「昨のゆめ」が掲載されているが、旧稿の未定稿のようである。『藝林閒歩』第二期は第二巻第一号（一九五五年三月一〇日。的場書房）で終刊になった。通巻二号で消えたことになる。野田は新しい文学散歩の仕事に情熱を注ぎ始めた。

五　『文学散歩』

野田宇太郎編集の雑誌『文学散歩』は一九六一年一月に創刊され、一九六六年終刊するが、野田宇太郎文学資料館所蔵書簡で調査済みの資料との関係は、時間の制約上、今回は割愛する。なお、野田宇太郎文学資料館一五周年記念誌『背に廻った未来』（二〇〇二年一二月三一日）を参考にさせていただいた。

（書き下ろし・未完）

第二章　牛島春子

㉗「満洲」時代の牛島春子

一

『祝といふ男』で芥川賞候補となった「満洲」在住作家牛島春子は、一九一三年二月二五日福岡県久留米市本町に父牛島丞太郎（洋品店経営）、母あやめの二女として生まれた。一九二九年福岡県立久留米高等女学校（現・福岡県立明善高等学校）を卒業、日本足袋（現・アサヒシューズ株式会社）久留米地下足袋工場に勤めたが、労働組合運動のため解雇された。一九三二年ごろより日本共産党九州地方委員会のメンバーとなり、左翼活動中、一九三三年二月の一斉検挙一ヶ月後に牛島も逮捕され、懲役二年執行猶予五年の判決を受けた。

牛島春子氏
『満洲・重い鎖―牛島春子の昭和史』多田茂治、弦書房、2009年7月15日。
(1960年、47歳の時、福岡市三宅天神前の自宅縁側で撮影。牛嶋爽氏提供。)

一九三六年、牛嶋晴男と結婚、「満洲国」奉天省属官となった夫と共に「満洲」に渡り、奉天（現瀋陽）市に居住した。一九三七年春、牛島が賑やかな大通りに面した二階のアパートの窓から何げなく外を眺めていると、馬車や通行人にまじって黒い小柄な豚が三匹ばかり雑踏の中を人並みにちょこちょこと歩いていた。牛島はその風景がとても面白く新鮮に感じられ、「ああ、これが満洲か」と感動したという。その後、ある日、夫の同僚の陳が訪ねて来て、大層憤慨して話した。近郊の農村で官庁の出先の役人が、徴税票を偽造して、農民の豚の一頭一頭に税をかけ私腹を肥やしている、摘発しなければ、という話だった。牛島はその話を題材にして「豚」という三〇枚くらいの小説を書き、一九三七年第一回建国記念文芸賞に投稿したところ、「王属官」と改題されて当選した。その後、この作品は作者の牛島があっけに取られるくらい独り歩きを始め、改題は勿論、劇化（一九四〇年頃、大同劇団）、映画化（一九四〇年上映、満洲映画協会製作）も一切著者に無断で興行された。

一九三七年秋、夫晴男が龍江省（現黒龍江省）拝泉県公署の副県長となったので、拝泉県公館に移転した。拝泉は鉄道沿線の克山からトラックで三時間、広大な穀倉地帯の真ん中にある豊穣で、治安も平穏な町だった。それでも「満洲国」役人の日本人たちは匪賊と言われた反満抗日軍の襲撃の標的にされていたので、護身用の細身のブローニング型拳銃を持たされる生活だった。牛島は夫が役人だったのでいずれ僻地に赴任することだろうと、広大な大地、丘陵の連なる広漠たる風景を想像し期待もして、辺境の奥地に赴く抵抗感はなかった。

牛島は拝泉で馬車に乗って街に買物に出かけたり、一人で中国人街の劇場に芝居見物に行ったりした。近所の日本人の子供を集めて、歌を歌ったり、号令をかけて遊んだりした。夫が出張している夜は、副参事官や警務指導官の家を訪ねて、悲惨な討伐隊事故や県城襲撃の話を聞いた。それらの伝聞が後に彼女の小説の原材となったのである。帰国五〇年後、彼女は拝泉を「私の故地・拝泉」と称して『葦』第三号や『毎日新聞』夕刊「文化」（一九九三年一〇月一日）や『「外地」

の日本語文学選』「月報2」に懐かしく、そして苦い思いで回想している。

　牛島の拝泉生活は僅か一年間であったが、彼女の文学的出発点として、その原体験は非常に重く、大きい。「日系」役人から聞いた話は彼女の前半生の文学的方向性を決定付けた。一九三八年四月、拝泉にいる間に副参事官の話をもとにして、「雪空」という「匪賊」（反満抗日軍）討伐を題材にした短編小説を一編だけ書いて『満洲行政』（第五巻第四号）に発表した。この「雪空」は牛島の述懐（前記『毎日新聞』「文化」）によると、大連の先輩作家から嘘っぽい小説と酷評されたそうである。しかし、後に『満洲文藝年鑑　一九三九年版』（満洲文話会編　一九三九年一一月一〇日発行）と『満洲国各民族創作選集1』（川端康成編　東京創元社　一九四二年六月発行）に収録された。

　一九三八年秋、牛島は夫晴男の「満洲国」興農部参事官転勤により新京特別市（現長春）南嶺第五代用官舎四六号に転居した。都会で生活するようになって、文学活動も少しずつ活発になって、『牝鶏』という短編小説を『皇軍将士慰問文集　満洲よもやま』（満洲文話会編　一九四〇年七月）に発表した。この作品は浮気な女を妻にもらった小地主の農民朱徳新が女房に逃げられ、副県長に仲裁を頼み込み、やっと女房を取り戻し、二羽の牝鶏と卵を御礼として副県長に届けるという話がユーモラスに描かれている。

二

　一九四〇年九月二七日から一〇月八日まで『満洲新聞』に「祝といふ男」が一〇回にわたって

連載された。県長弁公処付きの通訳祝廉天《しゅくれんてん》という「満系」県公署職員の個性的で不思議な性格と行動は、〈日満協和〉の当時の状況下で注目を集めた。同年一二月、山田清三郎編の『日満露在満作家短編選集』（春陽堂書店）に収録された。この選集は一九四〇年八月から『満洲新聞』夕刊に連載された日本・満洲（漢族を含む）・白系ロシア各民族の在満作家の短編小説八編を収録したアンソロジーである。これによって牛島の「祝といふ男」は日本内地の文壇人の眼に触れ、山田清三郎の推薦もあり、一九四〇年下半期の第一二回芥川賞最終候補に残ったが、惜しくも桜田常久の「平賀源内」に敗退した。しかし、「満系」官吏祝廉天の強烈な個性は選考委員に激越な印象を与え、一九四一年、『文藝春秋』三月号に受賞作と共に再掲された。さらに同年一二月には川端康成・武田麟太郎・間宮茂輔編集による『日本小説代表作全集』第七巻（一九四一年前半期　小山書店）に正宗白鳥・里見弴・徳田秋声・横光利一・室生犀星・堀辰雄・中山義秀・武田麟太郎などの大家に伍して収録された。戦後も『昭和戦争文学全集　第一巻「戦火満洲に挙がる」』（一九六四年一一月　集英社）や『〈外地〉の日本語文学選　第二巻「満洲・内蒙古／樺太」』黒川創編（一九九六年二月　新宿書房）に収録されている。

「祝といふ男」が牛島春子の代表作であることは疑う余地のないことであろう。芥川賞選考委員会では、佐藤春夫「この個性的な有為の人物の風貌性格をよく把握し、可なりに複雑な人と事とを簡素に大まかなしかも陰影の多い力ある筆で十分に活写して自らに新興国満洲の役人社会らしい趣を示し清新の気の漲るもののあるのを敬愛する。況んや作者の女流なるに於てをや」、宇野浩二「「祝といふ男」は、祝といふ、一と癖あるが、理性的なところのある、日本びいきの、満人を中心として、満洲のさまざまな役人の裏面を書いたものであるが、祝といふ毛色の変つた人間の性格がわりに書けてゐる上に、満洲国の裏面も或る程度まで出てゐる、好短編である。しかし、唯それだけの作品である」、川端康成「満人の不思議な性格が、不思議なままに写せてゐるし、婦人作家としては強いけれども、少し粗いやうで、まだ十分には信頼しかねるところがある」などと評され、後に高見順『昭和文学盛衰史』にも取り上げられた。

『昭和戦争文学全集』の編集委員の一人である橋川文三は「解説」で「満洲における民族問題のきわどい不連続面を描き出した異色の作品」と評した。

また尾崎秀樹は『「満洲国」における文学の種々相』（『文学』一九六三年二、五、六月、一九六六年二月、岩波書店）で「県長弁公処通訳を主人公にした「祝といふ男」という短編がある。他民族と協和するということがいかに困難であるかを、この作品ほど端的に語ったものはすくないだろう。通訳祝廉天の行動は、傲慢とも、不遜ともとれる不可解さに満ちている。彼は上司に対して忠実であろうと努める。王道建設の理想に背馳するどす黒い醜悪が、今もなお政治の手のとどかない農村で、永い伝統と因習をよりどころにして、毒草のようにはびこっているのを彼は見すごしはしない。しかしその行動は、満日どちらからも快く思われないのだ。祝の上司にあたる真吉に託して作者はいっている。「実際に一つの県を預つてみて三十余万の県民の上に生きた政治をして行くとなると日本人が日本人的な感覚で満人達を割り切つて行くことがどのやうに危険なものであるか、このやうな善意な不用意さがどんなに満人達に大きな誤解と、乖離した心理を産みつけて行くものであるかに思ひ及び背筋が寒くなるやうな気がした」。このような懐疑は、おそらく雲の上にあって「建国神話」に陶酔している高級官僚たちには理解のとどかない世界だったろう。仮りに民族協和の生まれる余地があったとすれば、それは民族性の違いをお互いに理解しあうところに培われるはずのものだった。満系警察官の乱行を容赦なく摘発し、日系官吏の不法を批判する祝は、拳銃を肌身から離さない。そして上司の真吉に「満洲国が潰れたら、祝はまっ先にやられますな」と、半ばまじめに、半ばはうそぶくようにいうのだ。作者はいう。「彼（祝）はやはり同族の敏感さで、一見忠実に為政にしたがひ、異議らしいことも申立てぬ柔和な相貌の者達の幾人かが、もし一朝ことあつた場合、突然反満抗日の旗をかかげ、銃をあべこべに擬して立ち上らぬとも限らぬ、さうしたものを嗅ぎ取つていたのだらうか。さうでなくとも、ひそかに拳銃を肌から離さぬ祝の心底には何か悲劇めいた匂ひがなくはない」と述べている。

また川村湊の『異郷の昭和文学』（一九九〇年一〇月　岩波書店）では、「新しく副県長として赴任して来た風間真吉は、祝の評判と彼の人物像の隔たりに驚き、祝がむしろ『日本人』的な行動パターン、原理で動くことが、彼をかえって疎んじらせる理由であることに気がつく。「非常に官僚的だよ、満系であれ程傲慢な奴はいないいな」という祝の評判は、いってみれば、祝があまりにも『日本人』的であり過ぎることへの反発なのだ」「日本人よりも日本人化した満洲人。下層官僚として融通の効かないその性格は、まさに〝植民地人〟の一つの典型というべきものなのである」という。

また『〈外地〉の日本語文学選』の編者黒川創はその「解説」で「「満洲国が潰れたら、祝はまっ先にやられますな」。こう言ってのける人物の姿を、硬質な冷めた文体で描いていくタッチは、なにか作者の深刻な政治経験のようなものをにじませている。「祝といふ男」には、こうした経験を経た上での、政治的なるものへの深刻な懐疑、苦い洞察が、一つの臨界点をなして刻まれているだろう。これは白とも黒とも判然としない「冷たい化石したやうな顔」をめぐる話であり、その謎は、結末にいたっても解かれることがない。祝という男の存在は、風間という日本人にとって、いわば解答のない問いなのだ」と書いている。

これに対して、大川育子は「牛島春子「祝といふ男」論」（『「昭和」文学史における「満洲」の問題第二』）で「『日系人』が祝を憎悪したわけは、彼が日本人的であったからではなく、『満人』のくせに日本人より西洋的だったから、なのである」という鋭い指摘がある。西洋化かつまり近代化であると憧憬しつつも、相変らず義理と因習に囚われていた文明開化以来の日本人以上に、西洋的合理主義を冷静かつ無機質的に実行していく祝廉天は、「日系」「満系」双方から排斥されたのも当然であった。「第五回日中シンポジウム《近代日本と「満州」》記録文集」で西田勝氏は「祝が日本人に嫌われたのは、どこまでも形の上では非難すべき点は何一つ発見できないか、そこに反抗、皮肉、冷笑さえも感じられたから」と書かれているが、「反抗、皮肉、冷笑」は時として「日系」に向けられる現象的な相貌であって、その本質は日本人的でもなく、「満人」（漢族）的でもなく、伝統や因習に囚われない冷徹で非情な硬質の「西洋的合理主義」ではなかろうか。風呂屋「金華池」の鴉片事件で「日満」系一味の取り調べにおける「機械のやうな非情さ」「祝の持つあの鋭利な刃物にひやりと触れる気」は「日系」への反抗だけではなかろう。だからこそ募兵の下検査の時、有力者の次男を先頭に並ばせて合格させ、脱走者や替玉をなくした事実により、「日系」

職員の祝に対する見方を一転させたのであった。

後日譚であるが、祝が「満州国が潰れたら、祝はまっ先にやられますな」と言った不吉な予言通り、戦後モデルの実在の祝廉夫《しゅくれんぷ》（本名）は大通りの十字路に首だけ出して生き埋めにされ、処刑勝手という高札が立てられて惨殺されたという（牛島に送られた茨城の黒沢氏書簡による）。牛島の恐ろしいほどの凶兆は悲しくも現実のものとなったのである。ただ、一九九六年八月三〇日、第五回日中シンポジウム訪中団が拝泉を訪問し、祝廉夫と県公署の同僚として勤務していた中国人張風庭、王志財（五〇八頁写真参照）によると、祝は拝泉西門で銃殺されたと証言し、死刑方法に齟齬がある。

なお、牛島の「私の故地「拝泉」」（『葦』第三号）によると、「祝という苗字は本名である」とあり、今回の訪中で拝泉の旧同僚に確かめたところ、「祝廉夫」が本名であり、初出の『満洲新聞』連載時、誤植で「夫《ふ》」が「天《てん》」に誤られたと牛島が証言している。『満洲新聞』『昭和戦争文学全集』『〈外地〉の日本語文学選』いずれも「祝廉天《しゅくれんてん》」と編集者のルビが付けられている。『文藝春秋』と『日満露在満作家短篇選集』も「祝廉天」となっているが、ルビは付けられていない。『葦』第三号のみ本名の「祝廉夫」が使われている。

三

一九四一年四月、牛島春子は「満系」県長の第二夫人と第三夫人との確執を描いた「二太太《アルタイタイ》」の命」を随筆集『大陸の相貌』（吉野治夫編、満洲日日新聞社）に発表した。同年四月、「張鳳山」を『文学界』に発表した。これは地方の「日系」副県長に雇われている当差《ダンチァイ》（ボーイ、下役、使用人）張鳳山が主人の副県長夫人芳枝にやっと人間的な信頼と誠意を感じ始めた矢先、主人の転勤で後任の森副県長から解雇となる民族的軋轢を描いたものである。

一九四二年四月、『藝文』に「女」を発表、大戦下、男が戦場で戦うことと、女が子を産むことは民族を育てる表裏一体の営みなのだ、という軍国主義的時局の影響下に屈している。

一九四二年九月、「満洲建国一〇年記念」として「福壽草」が「この貧しい作品を建国以来治安工作につくされた日系警察官に贈る」と献辞を付けて『中央公論』（第五七年第九号）に発表された。「共産匪」の襲撃を迎え撃つ県公署（県城）に立て籠る「日満」警備隊が家庭を巻き込んで死守する様を描いた。「共産匪」を「彼等は山嶽密林の中に、ソヴェートの構築法にも見まちがふ半永久陣地を築き、天険を利用して自在に遊撃隊を駆使した」「少年突撃隊が先頭に立つてゐた。二十歳以下の彼等は勇敢に、若々しい声をはりあげて歌をうたひながら射つて来るのであつた」と描いたのは興味深い。

一九四五年八月、ソ連参戦後三児を連れて新京を脱出し、営口、瀋陽、長春を経て、一九四六年秋、福岡県小郡に帰国した。

（『近代日本と「偽満洲国」』日本社会文学会、不二出版、一九九七年六月三〇日）

㉘牛島春子の「祝といふ男」

一

「祝といふ男」で芥川賞最終候補となった牛島春子は、一九一三年二月二五日福岡県久留米市本町七に父・牛島丞太郎、母・あやめの二女として生まれた。家業は洋品店を経営していた。一九二九年福岡県立久留米高等女学校を卒業、日本足袋久留米地下足袋工場（現・アサヒシューズ久留米工場）に動務、労働組合運動のため解雇された。一九三二年ごろより日本共産党九州地方委員会準備会委員長西田信春の下で左翼活動中、一九三三年二月全国一斉検挙一ヶ月後に牛島は逮捕され、一九三五年長崎控訴院で懲役二年執行猶予五年の判決を受けた。一九三六年牛嶋晴男と結婚、〈満洲国奉天省〉属官となった夫と共に〈満洲〉に渡り、奉天（現・瀋陽）市稲葉町に居住した。ここで見聞した話を題材にして「豚」という三〇枚くらいの小説を書き、一九三七年第一回建国記念文芸賞小説・日本語部門に投稿したところ、「王属官」と改題されて当選した。

一九三七年一〇月中旬、夫晴男が龍江省（現・黒龍江省）拝泉県の第四代副県長（日本人参事官）になったので、拝泉県公館に移転した。拝泉は鉄道沿線の克山からトラックで三時間、豊穣な穀倉地帯の真ん中にある広大で、治安も平穏な町だった。それでも〈満洲国〉日本人役人たちは反満抗日軍（匪賊と言われた）の襲撃の標的にされていたので、護身用の細身のブローニング型拳銃を持たされる生活だった。牛島は夫が役人だったのでいずれ僻地に赴任することになるだろうと、広大な大地、丘陵の連なる広漠たる風景を想像し期待もして、辺境の奥地に赴く抵抗感はなかった。

牛島は拝泉で馬車に乗って街に買物に出かけたり、一人で中国人街の劇場に芝居見物に行ったりした。近所の日本人の子供を集めて、歌を歌ったり、号令をかけて遊んだりした。夫が出張している夜は、副参事官や警務指導官の家を訪ねて、悲惨な討伐隊事故や県城襲撃の話を聞いた。

拝泉県人民政府（改装中）
第５回日中シンポジウム日本社会文学会
黒龍江省拝泉県（1996年8月30日）

この時の伝聞が後に彼女の小説の原材となったのである。牛島の拝泉生活は僅か一年間であったが、彼女の文学的出発点として、その原体験は非常に重く、大きい。日本人役人から聞いた話は彼女の前半生の文学的方向性を決定付けた。拝泉にいる間に副参事官（早稲田中退のI）から聞いた〈匪賊〉（反満抗日軍）討伐の話を題材にした短編小説「雪空」を『満洲行政』に書いた。一九三八年秋、牛島は夫晴男の〈満洲国〉興農部参事官転勤に伴って〈新京特別市〉（現・長春）南嶺第五代用官舎四六号に転居した。都会で生活するようになって、文学活動も少しずつ活発になり、「牝鶏」という短編小説を『皇軍将士慰問文集　満洲よもやま』（満洲文話会編、一九四〇年七月）に発表した。

二

一九四〇年、満洲新聞社は文芸部長山田清三郎を中心に一〇名程度の〈在満〉日本人作家（北村謙次郎・牛島春子・鈴木啓佐吉ほか）を招集して座談会を催し、〈日満協和〉をめざした小説の執筆を依頼した。牛島は企画発表と同時に求めに応じて「祝といふ男」を書き始めた。

「祝といふ男」は一九四〇年九月二七日から一〇月八日まで『満洲新聞』に一〇回にわたって連載された。県長弁公処付きの通訳祝廉天という〈満系〉県公署職員の個性的で不思議な性格と行動は、〈日満協和〉の当時の状況下で注目を集めた。同年一二月、前記『満洲新聞』夕刊に連載された日本・〈満洲〉（漢族を含む）・白系ロシア各民族の〈在満〉作家短編小説八編を収録したアンソロジー『日満露在満作家短編選集』（山田清三郎編、春陽堂書店）に採録された。山田清三郎は牛島の知らない間に「祝といふ男」を芥川賞選考委員会に推薦した。幸い一九四〇年下半期の第一二回芥川賞最終候補に残ったが、惜くも桜田常久の「平賀源内」に受賞を奪われ、敗退した。しかし、〈満系〉官吏祝廉天の強烈な個性は選考委員に激越な印象を与え、一九四一年、『文藝春秋』三月号に受賞作と共に再掲された。候補作が受賞作と共に掲載されたのはこれが最初であった。

同誌の「芥川龍之介賞経緯」によると、選考委員の「祝といふ男」に対する選評は次のようなものであった。

佐藤春夫「「祝といふ男」の如き現代小説も亦大に珍重して措かない者である。この個性的な有為の人物の風貌性格をよく把握し、可なりに複雑な人と事とを簡素に大まかなしかも陰影の多い力ある筆で十分に活写して自らに新興国満洲の役人社会らしい趣を示し清新の気の漲るもののあるを敬愛する。況んや作者の女流なるを於てをや。隻波の間に飄渺を蔵した短編としたならば「源内」よりこの方がよく纏つてゐるのではないかといふ一説にも耳を傾けないでもなかったけれど、「源内」を創造することと実在するらしい「祝といふ男」を活写することとの難易を比較考量してみた上でやはり源内の方を採りたかつた。」

横光利一「「祝といふ男」は荒荒しい描写力に新鮮鋭敏な健康さがあり、芸を無視してゐるところに満洲といふ土地に相応しい強さを感じた。」

小島政二郎「私は牛島春子氏の「祝といふ男」を押すことになつた。この作品は、描写がモノクロマチツクなところが欠点と云へば欠点だが、しかし祝と云ふ満人の――異人種の、非常に特殊な性格をこれ程まで見詰めた――女流作家としては珍しいインテンシテー、しかも、その性格描写に於ける成功は、特筆してい〻と思ふ。殊に、女流としては珍しい理智的な構成、展開の現実的な精確さ、作品の裏打ちになつてゐる作者の心の置きどころの適度さ、私は正確な記録を読んでゐる楽しさのうちに、祝といふ不思議な性格をまのあたり見る心地がした。異人種を、これだけ理解したと云ふことは、一つの立派な収穫だと思ふ。

私は祝と云ふ男の性格から、一種異様な冷たい風の吹いて来るのを感じたり、人間らしい愛らしさを彼に覚えたり、彼の異常な情熱に心が緊張するのを避けられなかつたり、最後に彼から心が遠のいたり、要するに作者の導くがままに私はごく自然に祝と云ふ男を生活した。これは、作者の創作態度が、悪い意味で小説的野心のとりこにならなかつた賜物であらう。この素直さのうちに、私は作者の女らしさを感じた。

しかし、委員のうちには、そこにこの作者の弱点を次のやうに感じてゐる人もあつた。つまり、この作者は、この一作の作者だけで終りはすまいかと云ふのである。どうかそんなことのないやうに。作者は、ジョージ・ボローのヂプシーのことを書いた「ジンカリ」以下の諸作を読まれたことがあるだらうか。これを機会に、満洲に於けるボローとなつて、満洲ジンカリを集大成してくれることを祈りたい。」

瀧井孝作「「祝といふ男」は、慥かにハツキリと描いてあるが、描写に味が淡いやうで、これは作家の筆ではない、作文の先生の筆だと思つた。この主人公の性格などは表現されてゐるが、この描写に読み乍ら愉しみのない感じは、どういふわけかとぼくは考へて、これは作家の筆でないと云ふやうな欠点を思つた。しかしこの作品は、満洲の治政の内面なども窺はれて、読んでは得る所があつた。」

川端康成「「祝といふ男」は、満人の不思議な性格が、不思議なままに写せてゐるし、婦人作家としては強いけれども、少し粗いやうで、まだ十分には信頼しかねるところがある。」

宇野浩二「「祝といふ男」は、祝といふ、一と癖あるが、理性的なところのある、日本びいきの、満人を中心にして、満洲のさまざまの役人の裏面を書いたものであるが、祝といふ毛色の変つた人間の性格がわりに書けてゐる上に、満洲国の裏面の或る一面も或る程度まで出てゐる、好短編である。しかし、唯それだけの作品でもある。」

この選考委員たちの評言をまとめると、長所としては、第一に主人公祝廉天の個性的で不思議な性格がよく描写されている、第二に〈満洲国〉の役人社会に於ける〈日満〉官吏の対立矛盾の裏面が描かれた、第三は女流としては珍しい理知的で硬質な描写力があることである。短所としては第一にドラマティックな愉しみがない、第二に描写が粗雑で味わいが淡泊である、第三に事実に基づく写実的な表現はできても、作者の訴える創造的なテーマがない、ということになるのではないか。

一九四一年一二月には川端康成・武田麟太郎・間宮茂輔編集による『日本小説代表作全集』第七巻（一九四一年前半期、小山書店）に正宗白鳥・里見弴・徳田秋声・横光利一・室生犀星・堀辰雄・中山義秀・武田麟太郎などの大家に伍して収録された。

三

戦後、日本のアジア植民地文学研究は、アジアへの戦争責任問題もからんで棚ざらしになった。一九六〇年代になってやっと敗戦の虚脱から覚醒し、アジア植民地文学を客観的に見直す動きが、蠢動し始めた。

尾崎秀樹は「『満洲国』における文学の種々相」（『文学』一九六三年二月五、六日、一九六六年二月、岩波書店。『近代文学の傷痕　旧植民地文学論』同時代ライブラリー七一再録）で、「県長弁公処通訳を主人公にした「祝といふ男」という短編がある。他民族と協和するということがいかに困難であるかを、この作品ほど端的に語ったものはすくないだろう。通訳祝廉天の行動は、傲慢とも、不遜ともとれる不可解さに満ちている。彼は上司に対して忠実であろうと務める。王道建設の理想に背馳するどす黒い醜悪が、今もなお政治の手のとどかない農村で、永い伝統と因習をよりどころにして、毒草のようにはびこっているのを彼は見すごしはしない。しかしその行動は、満日どちらからも快く思われないのだ。祝の上司にあたる真吉に託して作者はいっている。「実際に一つの県を預ってみて三十余万の県民の上に生きた政治をして行くとなると日本人が日本人的な感覚で満人たちを割り切つて行くことがどのやうに危険なものであるか、このやうな善意な不用意さがどんなに満人たちに大きな誤解と、乖離した心理を産みつけて行くものであるかに思ひ及び背筋が寒くなるやうな気がした。」このような懐疑は、おそらく雲の上にあって「建国神話」に陶酔している高級官僚たちには理解のとどかない世界だったろう。仮りに民族協和の生まれる余地があったとすれば、それは民族性のちがいをお互いに理解しあうところに培われるはずのものだった。満系警察官の乱行を容赦なく摘発し、日系官吏の不法を批判する祝は、拳銃を肌身からはなさない。そして上司の真吉に「満洲国が潰れたら、祝はまっ先にやられますな」と、半ばまじめに、半ばはうそぶくようにいうのだ。作者はいう、「彼（祝）はやはり同族の敏感さで、一見忠実に為政にしたがひ、異議らしいことも申立てぬ柔和な相貌の者達の幾部かが、もし一朝ことあつた場合、突然反満抗日の旗をかかげ、銃をあべこべに擬して立ち上がらぬとも限らぬ、さうしたものを嗅ぎ取つてゐたのだらうか。さうでなくとも、ひそかに拳銃を肌から離さぬ祝の心底には何か悲劇めいた匂ひがなくはない。」と。

芥川賞選考委員たちは〈新興国満洲〉の治政の裏面を描いた物珍しさに興味を惹かれたに過ぎないが、尾崎秀樹は満洲傀儡政権の地方行政組織にはびこる民族の問題を浮かび上がらせた。

高見順も『昭和文学盛衰史』の「第二三章　芥川賞海を渡る」（『文学界』一九五七年八月号初出）で「外地を描いた小説――（当時の言葉で言ふと）「時局的な」小説といふことで、「祝といふ男」が優位を占めるといふことは、このときはなかつたのである。」と書き、第一三回多田裕計「長江デルタ」や第一九回八木義徳「劉広福」とは違い、「時局便乗的な作品」ではないとしながらも、やはり時代性というものを感じ取っているようである。

「祝といふ男」は一九六四年一一月『昭和戦争文学全集』第一巻「戦火満州に挙がる」（集英社）に収録され橋川文三は「解説」で「満州における民族問題のきわどい不連続面を描き出した異色の作品」と評した。

また川村湊の『異郷の昭和文学――「満州」と近代日本――』（一九九〇年一〇月、岩波書店）では、祝廉天は「〝満系職員〟らしからぬ〝一種の険しさ、鋭さ〟を持ち、それが周囲の人間から煙たがられる理由だった」「新しく副県長として赴任して来た風間真吉は、祝の評判と彼の人物像の隔たりに驚き、祝がむしろ「日本人」的な行動パターン、原理で動くことが、彼をかえって疎んじらせる理由であることに気が付く。「非常に官僚的だよ、満系であれ程傲慢な奴はいないな」という祝の評判は、いってみれば祝があまりにも「日本人」的であり過ぎることへの反発なのだ。」「彼は満州人からも日本人からも拒まれ、憎まれる存在なのだ。日本人よりも日本化した満州人。下層官僚として融通の効かないその性格は、まさに〝植民地人〟の一つの典型というべきものなのである。」「それは満洲国が近代国家として発展するならば、官僚として必要とされるタイプの人間ということになるだろう。彼は副県長の真吉の有能な部下として活躍する。しかし、彼はその満洲国の地方の官僚としての有能さのために、自らの「民族」「民族性」を、植民者、侵略者の側に売り渡さなければならなかったのである。」「満州人たちはそうした日本人の真似をし、追従する〝疑似日本人〟としての祝のような男への反感を隠さなかった。民族の協和どころか、そこには同じ民族間での離反と乖離が進行していったのである。」と述べている。川村は、祝廉天が日本人や〈満洲人〉から嫌われたのは、あまりにも日本人的でありすぎるからだと規定した。そして祝がこのようの人間性を摩滅させたのは、日本人の満洲支配という制度にほかならないという。

これに対して、大川育子は「牛島春子『祝といふ男』論」(『「昭和」文学史における「満洲」の問題』一九九二年七月二四日)で「「日系人」が祝を憎悪したわけは、彼が日本人的であったからではなく、「満人」のくせに日本人より西洋的だったから、なのである。」という鋭い指摘をしている。「祝といふ男」は『〈外地〉の日本語文学選2　満洲・内蒙古／樺太』(新宿書房、一九九六年二月二九日)にも収録され、編者黒川創の「解説　螺旋のなかの国境」が付されている。そこでは「日本人からも中国人からも嫌われながら、傲然と自身の職務を遂行していく通訳祝廉天。彼はいつも拳銃を肌身につけて離さない。「満洲国が潰れたら、祝はまっ先にやられますな」こう言ってのける人物の姿を、硬質な冷めた文体で描いていくタッチは、なにか作者の深刻な政治経験のようなものをにじませている。」「「祝といふ男」には、こうした経験を経た上での、政治的なるものへの深刻な懐疑、苦い洞察が、一つの臨界点をなして刻まれているだろう。これは白とも黒とも判然としない「冷たい化石したような顔」をめぐる話であり、その謎は、結末にいたっても解かれることがない。祝という男の存在は、風間という日本人にとって、いわば解答のない問いなのだ。」とある。黒川は牛島の過去の非合法左翼運動の歪みが主人公祝廉天の性格描写に大きな影響を与え、その性格造型の秘密が隠されているとみている。

四

「第五回日中シンポジウム〈近代日本と「満州」〉記録文集」（日本社会文学会地球交流局、一九九六年一二月二八日）で西田勝は「祝が日本人に嫌われたのは、どこまでも形の上では非難すべき点は何一つ発見できないが、そこに反抗、皮肉、冷笑さえも感じられたからで、そして、それを見事に描き切ったからこそ「祝といふ男」は、あの時期の傑作となったのではなかろうか。」と書いているが、「反抗、皮肉、冷笑」は時として〈日系〉に向けられる現象的な相貌であって、その本質は日本人的でもなく〈満人〉（漢族）的でもなく、伝統や因習に囚われない冷徹で非情な硬質の「西洋的合理主義」ではなかろうか。風呂屋「金華池」の鴉片事件で〈満系〉保安股長ら一味八名の取り調べにおける「機械のやうな非情さ」「祝の持つあの鋭利な刃物にひやりと触れる気」は〈日系〉への反抗だけではなかろう。だからこそ募兵の下検査の時、地元有力者の次男を先頭に並ばせて合格させ、脱走者や替え玉をなくした事実により、「少し骨のある相談ごとには祝が一枚加はらねば何となくたよりなく思ふ」ほど〈日系〉職員の祝に対する見方を一変させたのであった。西洋化がつまり近代化であると憧憬しつつも、相変わらず義理と因習に因われている文明開化以来の日本人以上に、西洋的合理主義を冷静かつ無機質的に実行していく祝廉天は、〈日系〉〈満系〉双方から排斥されたのも当然であった。牛島春子は風間みちの眼を通して、祝廉天の正義感や〈満洲国〉に対する忠誠は、烈々たる高邁なる精神から生ずるものではなく、自分の利害にかかわってくれば、いつでもかなぐり捨てられるものであることを暗示している。今は取り合えず〈満洲国〉に進んで忠節を尽くすことが賢い生き方だという処世上の知恵のように見える。しかし、面従腹背だけでは説明のつかない非情冷酷を内に秘めているところに祝の複雑さがあり、特異性が浮かび上がって来るのである。

張風庭・王志財（祝廉夫の同僚）
左から呂元明・原武哲・西田勝・張風庭・王志財
黒龍江省拝泉県　拝泉県老人大学　玄関前にて撮影。（1996年8月30日）

川村湊は、近著『文学から見る「満洲」』（吉川弘文館、一九九八年一二月一日）では祝廉天を「『植民地人』の典型として、過剰に宗主国人（日本人）に迎合的に従属するという「悲しい」性質」と規定している。そして「日本人以上に近代的な合理主義、法治主義を体現しようとする人物」というが、後者は賛成するけれども、前者は余りに日本追随主義者としての一面を強調し過ぎた嫌いがある。

後日譚であるが、祝が「満洲国が潰れたら、祝はまつ先にやられますな」と言った不吉な予言通り、戦後モデルの実在の祝廉夫《ふ》（本名）は拝泉大通りの十字路に首だけ出して生き埋めにされ、処刑勝手という高札が立てられて惨殺されたという（牛島に送られた茨城県の黒沢氏書簡による。「私の故地『拝泉』」『葦』三、葦書房、一九九三年一〇月）。牛島の恐ろしいほどの凶兆は悲しくも現実のものとなったのである。ただ、一九九六年八月三〇日、私は第五回日中シンポジウム訪中団（日本社会文学会地球交流局）の一員として黒龍江省拝泉を訪問した時、かつて祝廉夫《ふ》と県公署の同僚として勤務した中国人張風庭・王志財によると、祝は拝泉西門で銃殺されたと証言し、死刑方法に齟齬があるが、今は確めようがない。

なお、牛島の「私の故地『拝泉』」（『葦』三）によると、「祝という苗字は本名である」とあり、一九九六年八月の訪中で拝泉の旧同僚張・王に確かめたところ、「祝廉夫」が本名であり、初出『満洲新聞』連載時、誤植で「夫《ふ》」が「天《てん》」に誤られたと牛島は証言している。『満洲新聞』『昭和戦争文学全集』『〈外地〉の日本語文学選』いずれも「祝廉天《てん》」と編集者のルビが付けられている。『文藝春秋』と『日満露在満作家短編選集』も「祝廉天」となっているが、ルビは付けられていない。初出『満洲新聞』の誤植は後々までも訂正されることはなかった。『葦』三のみが本名の「祝廉夫」を伝えている。

なお『満洲国官吏録』（国務院総務庁人事処編。一九四二年一一月末日〈昭一七、康徳九〉現在、一九四三年七月一日発行）では確かに「北安省　拝泉縣高等官試補　属官祝廉夫」の名があったが「祝廉天」ではない。

牛島春子はその後「二太太《アルタイタイ》の命」（『大陸の相貌』一九四一年四月）、「張鳳山」（『文学界』一九四一年四月）、

「女」(『芸文』一九四二年四月)、「福壽草」(『中央公論』一九四二年九月)などを発表したが、次第に軍国主義的時局の影響下に屈していった。

一九四五年八月、ソ連参戦後、夫晴男召集中、三児を連れて〈新京〉(現・長春)を脱出し、営口、瀋陽、長春を経て、一九四六年秋、福岡県小郡市に帰国した。

(〝近百年中日関係与二一世紀展望〟大連民族学院、国際学術検討会資料、一九九九年八月二〇日)

第一二章　嘉陽安男

㉙『捕虜たちの島』（嘉陽安男捕虜三部作）
――捕虜たちは何を見たか――

一

嘉陽安男について私は何も知らない。一九二四（大正一三）年二月一五日、沖縄県那覇市泊町に生まれ、沖縄県立第二中学校を卒業後まもなく現役兵として沖縄戦に従軍、南部戦線摩文仁《まぶに》海岸でアメリカ軍の捕虜となり、屋嘉《やか》捕虜収容所（金武《きん》村）に収容され、やがてハワイ・オアフ島の捕虜収容所に移送されて一年余抑留されたことぐらいしか知らない。

嘉陽安男の「捕虜三部作」とは「捕虜」（『新沖縄文学』創刊号、一九六六年四月）、「砂島《サンドアイランド》捕虜収容所」（『新沖縄文学』第二号、一九六六年七月）、「虜愁」（『新沖縄文学』第三号、一九六六年一〇月）の三作を指しており、一九九五年七月一五日、『捕虜たちの島――嘉陽安男捕虜三部作――』として沖縄タイムス社より一括再掲されて刊行された。

その初版の帯には「その時、捕虜たちは何を見たのか　故郷を遠く離れた捕虜たちの人間模様を描く小説集」と銘打たれている。そして岡本恵徳（琉球大学教授）のことばとして「沖縄戦で生命永らえた数多くの人たちが、「捕虜」としてハワイの収容所に送られた。そこに何が起き、人々

は何を想ったか。作者は自らの痛切な体験をもとに、捕虜となった人たちの想いと生活を描く。すぐれた語り手である作者の、冷静で透徹した目によって捉えられた人間の虚飾のない姿が、ここにある。」と書かれている。

この捕虜三部作は、主人公石川三郎という沖縄出身の陸軍上等兵が、沖縄戦の末期、摩文仁海岸に追い詰められ投降した後、屋嘉の捕虜収容所から輸送船でハワイに移送される時激しい吹出ものと発熱、下痢のため、パールハーバーに上陸するとすぐスコーフィールド陸軍病院に入院（「捕虜」）、やがて回復して退院、砂島捕虜収容所に入れられ、ストライキなどを経験（「砂島捕虜収容所」）、医務室勤務となり、医師の恩田から日本の将来や沖縄の立場について教えられ、帰国の近づいたことを予感する（「虜愁」）までを描いている。

主人公は共通で、時間的にも連続性を保ち、三作の独立性は希薄であるから、一長編小説の中の全三章とでも言った方が適切であるかも知れない。

さて、私が沖縄戦での捕虜ものと聞いた時、まず第一に思い浮かべたのは、東条英機陸軍大臣が戦時道義の昂揚に資するために示達した「戦陣訓」（昭和一六年一月八日、陸軍訓令第一号）の「本訓　其の二」「第八　名を惜しむ」の「生きて虜囚の辱を受けず、死して罪禍の汚名を残すこと勿れ。」という徳目であった。「昭和の葉隠論語」[1]と言われた「戦陣訓」が戦場の将兵たちにどのように意識されて生きていたのだろうか。特に現実に投降した日本兵が、「生きて虜囚の辱を受けず」という葉隠的死生観の下で、絶望的戦況の中の投降決意がいかなるものであったか、その葛藤を知りたかった。

第二の関心は一旦捕虜となった石川三郎が何を目的に生きていくのだろうか、ということであった。生と死の狭間にある戦場で一度は生を選び取った一個の人間が、異民族の軍隊の厳格な監視下にある捕虜収容所で、彼らは何を目的として命永らえるのであろうか。鬼畜と教えられた仇敵アメリカ軍が生殺与奪の一切の権利を一方的に握り、たとえ拷問虐殺の浮き目に合うとも一言の抗議も通じない中で、「虜囚の辱」を受けた捕虜たちは忠君愛国、滅私奉公の精神構造をどのように変えていったのであろうか。

第三は日本軍にとっては本土決戦に備えての防波堤としての役割を荷わされた沖縄であるが、沖縄人（ウチナンチュー）にとっては郷土を守る防衛の戦いであったので、沖縄県人日本兵がどのように日本と向き合ったか、沖縄の魂をどのように描いたか、興味があった。沖縄人である石川三郎がヤマトウとどう違い、沖縄人としてのアイデンティティを確立しているか、ということも興味深い。

第四は日本近代文学に描かれた太平洋戦争の捕虜との比較である。たとえば大岡昇平の『俘虜記』と比べて、嘉陽安男は何を描こうとして、何を描かなかっただろうか。沖縄人日本兵石川三郎はなぜ「あっさりと敵の呼び出しに応じて岩かげを出て行った」（「捕虜」二）のだろう。マラリアの病み上がりのため、山中に放置された『俘虜記』の「私」は、若いアメリカ兵と遭遇し射たなかったことで、国家と国家との対立により人為的に作られた「敵兵」が、自己の生存を抹殺する存在となって現前したことを自覚する。その「敵兵」は「私」の前方二〇メートル近くまで来た時、右手山上の陣地で機銃の音が「私」の「死」を「生」に反転させた。「私」は「私」の「生」

の意味を哲学的命題として自己検証する。私は大岡昇平描くところの『俘虜記』の「私」の自己省察と嘉陽安男描くところの「捕虜三部作」の石川三郎の生き方を比較してみたい。

二

捕虜(2)とは、戦争において敵の権力内に陥った者をさすが、日本ではいつごろか武運つたなく敵の手中に陥って虜囚となることを、死を以ってすら償うことのできないほどの恥辱と考えるようになった。

何でも余程古い事で、神代に近い昔と思はれるが、自分が軍《いくさ》をして運悪く敗北《まけ》た為に、生擒《いけどり》になつて、敵の大将の前に引き据ゑられた。（中略）大将は篝火《かゞりび》で自分の顔を見て、死ぬか生きるかと聞いた。是れは其の頃の習慣で、捕虜《とりこ》にはだれでも一応はかう聞いたものである。生きると答へると降参した意味で、死ぬと云ふと屈服しないと云ふ事になる。自分は一言死ぬと答へた。（夏目漱石『夢十夜』第五夜）

この古武士道的な捕虜観は東条英機の「戦陣訓」の「生きて虜囚の辱を受けず」という死生観に収斂する。この捕虜凌辱観は永く戦場の将兵を精神的に拘禁し、多く死をもって贖われた。肉親・知人・友人同士で殺し合う集団自決や機密保持を名目とした住民殺害が沖縄戦末期に多発したのも、この「戦陣訓」の「生きて虜囚の辱を受けず」の思想が、「捕虜ニナリタル場合ハ必ズ死ヌコト」[3]という命令にすり変った悲劇であった。

　では、嘉陽安男の「捕虜」の石川三郎はどのような状況下で捕虜になったのだろう。石川は摩文仁海岸で一緒だった鉄血勤皇隊の生き残りだった師範生から「国頭突破を計画しているが、指揮者がなくて困っている。幸いあんたは兵隊だから、我々の長になってくれ。」と頼まれた。しかし、石川は、そろそろ捕虜になるほかはない、と、戦意を失っていた。目的はあくまで国頭突破だ。死ぬことではない。行けるという確かな計画を練ろう。それまでは、いたずらな行動は破滅の因だ。慎重に計画しよう」というと、師範生は激して「あなたは卑怯だ。そんなことをしているうちに、死ぬ時機を失って捕虜になってしまう」と言いつのる。石川は思わず「捕虜になって何故悪いんだ。」と口走った。「あなたは捕虜になるつもりですか。僕らは絶対いやです。皇国学徒として、捕虜になるなんて」。石川は、三人の背中を見ながら、捕虜になる決心が自身のみぞおちのあたりにますます確固たるものになってくるのを、じっと感じとった　石川は、服を脱ぐと、襟の階級章と坐金をむしりとった。翌朝、彼はあっさりと敵の呼び出しに応じて岩かげを出て行った。

　石川三郎が捕虜になった時の状況を思い出したのは、ハワイに上陸して、スコーフィールド陸軍病院で体力も思考力も恢復した終戦後、イタリア人捕虜の三国同盟の枢軸国復活の言葉に反撥を感じた時であった。しかし、石川三郎は帝国主義や軍国主義を批判するわけでもなく、まして反戦思想家や社会主義者でもない。ただ「生きる」ということの尊さを信念として持っていた。

では帝国軍人としての「生きて虜囚の辱を受けず」の思想と「生きることの尊さ」との間にジレンマはなかったのであろうか。「服を脱ぐと、襟の階級章と坐金をむしりと」り「あっさりと敵の呼び出しに応じて」投降した石川に、「生」の強さがどれだけ描かれているだろうか。人間存在の意義を自ら問いかける自己解析が全く欠落しているのは、致命的欠陥と言わざるを得ない。

沖縄戦では、意外にも大量の逃亡兵が続出したこともまた事実のようである。渡辺憲央の『逃げる兵——サンゴ礁の碑』(一九七九年刊)や儀同保の『慶良間戦記』(一九八〇年刊)に描かれたごとく、沖縄人の防衛隊員のみならず、他県出身者の正規兵からも敵前逃亡が続出したということは、この戦闘がいかに苛酷で凄惨なものであり、自決強制や捕虜時の恐怖の威嚇では、どうにも抑止できないほど衰微していたのであろう。[4] 嘉陽安男(作品では石川三郎)が投降したという六月二〇日の摩文仁岬で千名近くの日本兵が自発的に投降してきたが、[5] 米国戦史は「これは太平洋戦争で、いまだかつて例を見ない数であった」と驚嘆をこめて記しているという。とするならば、石川三郎の「あっさりと敵の呼び出しに応じて」投降したことは別に特殊な例ではなく、彼の心情では当然の帰結であったのだろうか。

三

「捕虜」は石川三郎らの日本兵捕虜が屋嘉捕虜収容所よりハワイに移送されることから始まる。輸送船に乗せられ、裸になって体中の毛を剃りＤＤＴにまぶされた。石川は死に追い廻わされた三ヶ月の戦闘から解放されて、「死ぬもんか」という生きんとする意志だけで堪え抜く。船艙に牛馬のように押し込められ、石川は発熱、下痢、悪寒と続き、頭髪が抜け始めた。捕虜たちは死か、発狂の岐路に立たされた。

パールハーバーに上陸した石川はスコーフィールド陸軍病院に入院させられた。軍隊に入れられて半年、地獄のような生活に比べて、天国のような入院生活は快適そのものであった。この病院で四〇歳、抑留四年七ヶ月のイタリア人捕虜アントニオと知り合う。彼は三国同盟の盟邦日本に親近感を持ち、今でこそ捕虜の身をかこっているが、三国同盟がいつの日か、一大勢力となってアメリカに報復するのだと、激しい敵愾心を燃やし、「アタック、アゲイン」と機銃掃射する手真似をした。その一方で卑猥な話題に興じたり、金もうけには抜け目がないアントニオに、石川は割り切れない気持ちにさせられた。未だにファシズム政権に未練を持ち、「アタック、アゲイン」を呼ぶアントニオには違和感を覚えたが、無邪気に帰国を喜ぶ姿を見て、石川は素直な共感の涙を流す。彼は毛布の中にもぐりこんで、母と弟がどうしているか、激しい郷愁に涙ぐむ。「アタック、アゲイン」とアメリカに敵愾心を燃やしたイタリア人捕虜が細工で儲けて帰国に備えていた生活は、一見矛盾のように見えるけれども、実は彼らの方が純粋率直であって、捕虜になるより死を選ぶと眉をつり上げた鉄血勤皇隊の師範生の方が虚飾に覆われて、生の意義を解していないと悟った。石川の率直さはそういうイタリア人捕虜の無邪気さに素直に共感できるところに求められるだろう。

それにしても、八月一五日、ハワイでは八月一四日の終戦を知った時の捕虜――特に石川の描き方はそっけない。「肩の重荷が下りたような、残念のような嬉しいような、複雑な気分に浸った。」とあるだけで、悲しみにしろ喜びにしろ、国を挙げての大戦争の結果、無惨な敗北を喫し、これから先、日本がどうなるか、全く暗中模索の状態にあるにしては、ぶっきら棒な描写ですまされている。石川にとって国の運命より個人の恩讐の方が関心が強いということであるか。輸送船の隊長だった米海軍中尉が移送の捕虜を奴隷以下の牛馬なみに虐待したかどで軍法会議に廻されたというアメリカのヒューマニズムを認めさせたい二世通訳久保と、終戦を自分の命が助かったというだけの理由で喜んでいる石川との意識のずれの方に多く筆が費やされている。石川の生命に対する感覚は、病院内の捕虜の患者が死亡して、遺体が運び出される時、花札に興じている仲間のことば、「死ぬ奴は死ぬさ」「研究材料もとうとうお陀仏だ」という何げないことばに対して、目先に真赤な火が燃え上がったような憤激を感じ、ぶるぶる顫えて連中に詰め寄ったことにも表れている。しかし、彼の怒りはいつも徹底しない中途半端な現実妥協の下に曖昧の中に埋没してしまう。

内科病棟から外科病棟に移された石川三郎は、栄養失調も、吹出ものも治癒し、健康人のように見えた。隣のベッドの若い近藤は特攻隊の生き残りで、「上御一人《かみごいちにん》」とか「帝国」ということばを未だに使っていた。『ライフ』誌に写っていた国民服の天皇を石川が「貧相だな」と言った時、近藤は「バカものっ。もう一度言ってみろ。上御一人をそのように陥しめ申上げて、それでもきさまらは帝国軍人か。恥を知れ。恥を――」と石川に詰め寄った。石川は二〇前の若僧に反発と憎悪を感じたが、屈辱の中で、「すんません」と消え入るように言う。憤懣が内攻するものの、「貧相」ということばは不適当だったかな、と反省する不徹底への逃避は、石川の性格の曖昧さを表している。

九月末の夜、近藤らの特攻隊グループが何やら秘密の計画を実行に移す相談をしていた。近藤らは高橋少尉が利敵行為をしたという理由で自決を迫っている。自決前に遺書を書かせているらしい。突然、高橋少尉は立ち上がり、「どうしても、だめだっ」と叫び、彼らの脇の下をかいくぐり、逃げ出して、アメリカ監視兵に「ヒーキルミー、ヒーキルミー」と叫んで保護を求めた。「悲劇は喜劇に変じた。」近藤は喜劇の主人公となり、石川はこの喜劇を鑑賞している観客であった。彼は一度に笑いがこみ上げてきそうで、くっくっと笑いを抑えるのに苦しんだ。

敗戦によっても変わることなく、近藤たち特攻隊生き残り組は「上御一人」と呼び、天皇絶対制の下、神州不滅を信じ、帝国主義、軍国主義を信奉しているのであろう。石川もまた、摩文仁海岸で投降しようとした白い布をかぶった兵隊に、容赦なく機銃掃射を浴びせ、「捕虜になんかなる奴は容赦しねえからな」と声張り上げた「友軍」の兵に怒りを感じた時と捕虜収容所にいる今とは、「生きんとする意志」において変らなかった。石川は戦争中から天皇・皇后に特別の感情を持っていなかった。しかし、天皇制を否定しようと考えたこともない。そういう点では戦前も戦後も変っていない。敗戦によって天皇の神聖はなくなったので、国民に近くなったと、石川は『ライフ』のグラビアを見て思っただけであった。

石川に強いて生きる目的を尋ねたならば、おそらく一日も早く故郷沖縄に帰って、母と弟に会うことだと答えたであろう。捕虜の石川にとって郷愁こそが最大の敵となったのである。

四

スコーフィールド病院から退院した石川三郎は、砂《サンド》島《アイランド》捕虜収容所に移送された。指揮班の山田は澄んだ目を持ち、優しく温和な人柄だった。幕舎の同室は沖縄の防衛隊だった中学同窓の金城、五〇くらいで辻町遊廓の話の好きな善人の伊波、若白髪であるがまだ二六歳、防衛隊で新婚の津波古の三人である。作業は木箱造りの軽作業で、八時に出発、午後五時に終り過酷なものではない。しかし、敗戦国の捕虜たちはかつての軍律厳しき帝国軍人の面影今いずこ、他人に肩を押えられなければ整列すらできない頽廃した烏合の衆と化していた。石川は自分もその一員でありながら、彼らを不快な存在として憎悪する。彼は率先して整然と整列しようと努力するが、並ぶ一方で、他方は乱れて、いたずらに時間のみ、浪費するのである。石川は集団の秩序というものがないと歯がゆがるが、金城は「整列なんてことはどうでもいい」と言う。石川は常識的な保守的秩序維持派であり、金城は自由開放派である。石川は外形的な形式尊重派であり、金城は形式にとらわれない現実内質派であった。

大岡昇平の『俘虜記』によれば、「俘虜とは、必ずしも自ら望んで兵士となったのではな」く、「敵国にとって有害であるから、幽せられ」「刑期不定の囚人」である。まさしく、石川たちはいきなり沖縄戦の戦場に持って行かれ、アメリカにとって危険な兵士であるがゆえに抑留され、いつ解放されるがわからない刑期不定の囚人なのである。目的と言えば、生きて日本に帰ることのみである。アメリカの管理監督下で、無意味、放埒な抑留生活は、人間性の頽廃と退行をもたらす。限界に近い拘禁状態では人間は、各人の持てる美質と醜悪とを露呈する。「椰子の実」を唄う少年のような平良から手作り下駄をもらった。石川は純情な平良の好意を素直に喜んだ。

その帰り、どこからかサンシン（三味線）の音が流れてくる。罐詰の空罐と板切れと針金で作ったサンシンの音をこんなに感動的に聞いたことはなかったと、石川は郷愁をかき立てられ、激しく彼の胸に共鳴した。彼は、二年前、氷雨の降る秋の夜、八キロの海沿いの道を歩いて帰る途中、老翁の弾くサンシンの音色と切々と訴える哀切きわまりない唄声を思い出した。「いかな山原《ヤンバル》の枯木国やてむ、主と二人やりば花の都」という歌「山原ナークニー」である。一六歳の少年捕虜平良の顔とサンシンを弾く名もない老翁の表情とが二重写しになり、さらに五〇になった母と中学校に合格しながら入学の日を迎えることのなかった弟へと思いは続く。紫檀・黒檀などの棹に蛇の皮を張った胴を付けたサンシンに人指し指に義甲をはめて弾く哀切限りない響きは秋の夜雨にふるえていた。今、ハワイのサンシンは廃物を利用して作っただけに単調で余韻がないが、郷愁を一層かき立てられるのである。このサンシンの場面はこの「捕虜三部作」の中で最も抒情的なシーンであり、沖縄人の心が表れているところである。

しかし、嘉陽安男の「捕虜三部作」の中で沖縄が描かれている場面はこのサンシンの場面の他にほとんどない。「虜愁」三の大川ゆきとの出会いは編中で最も彩りを添える官能的な濡れ場であるが、沖縄そのものの姿はそれほど描かれていない。戦場に咲いた一輪の淡い恋の花といった趣きである。

沖縄の問題が語られるのは「虜愁」四である。石川は戦後の日本、沖縄について軍医だった恩田から今後の見通し、見解を聞く。沖縄は国連の信託統治になり、賠償の取り立てもないだろう、アメリカは沖縄を何らかの形でなるだけ長い間占領したがるだろう、沖縄は小さな島に過ぎないが、世界にそのままつながっている、と言う。アインシュタインの世界一国家主義に憧憬をもつ恩田は日本の民族主義的な国家観に悲観的な見方を持つ。しかし、沖縄は日中両属を体験し独自の文化を創出した。大和の手を離れ精神を解放して、世界人としての意識をもつべきだ、と説いた。恩田の考え方は多分嘉陽安男自身の沖縄観が色濃く投影していることだろう。日本に対する悲観論、沖縄に対する楽観論は五〇年を経た今日、ある部分では当っているし、ある部分では当たっていない。「ケチな日本人根性を捨て」「堂々と世界人としての意識をもって働く」という恩田の提言は、最近話題になっている沖縄独立論に通底するものがある。

石川三郎は「再建するに足らぬ国だが、勇気と信念を持って帰国し、再建に努力しなければならない」という恩田のことばに信頼を寄せた。柔和な目を持ち、温厚で理知的な恩田のことばは、石川にとって今後生きる指標となるべき重みを持っている。

敗戦の虚脱と混乱の当時としては、将来に一定の指針を示すことは、深い造詣と先見的な洞察力が必要であった。嘉陽安男はこの先駆的役割を恩田に求めたのであろう。しかし、恩田の沖縄理解は単純で楽観的に過ぎるし、その役割を恩田一人に期待するのは、いかにも底の浅いということを自ら露呈している。慶長の役の薩摩による沖縄侵略や明治政府の下で沖縄が強制的に近代日本国家に組み込まれていった所謂琉球処分について石川の説明はあるが、二人のやりとりは解説と意見の一方的な流れのみに終始して、措定と反措定の緊張関係はない。恩田の「あんたらは立派だ」という沖縄に対する賛美は、薩摩の侵略や琉球処分やアメリカ軍占領という歴史的試練を経験しただけで得られるものではあるまい。この試練をどう克服して、どのような未来像を描いているかによって立派であるか、そうでないかが評価されるのであろう。

五

「自己確認の正確な記録として書きはじめられた『俘虜記』は、その鋭利な自己分析と即物的な表現方法を通じて、おそらく作者の意図をはるかに超えたものを実現しているのである。」と磯田光一は大岡昇平の『俘虜記』について書いている。⑥大岡は復員間もない一九四六（昭和二一）年一月、小林秀雄を訪ね、「従軍記」の執筆を勧められ、「他人の事なんか構わねえで、あんたの魂のことを書くんだよ。」と励まされた、という。合本『俘虜記』（創元社、一九五二年一二月）の「捉まるまで」（初出一九四八年一月『文学界』「俘虜記」）は、死を目の前にした一兵士の執拗な観察と自己分析によって高い評価を得ているが、本来、大岡は「収容所という世界を書きたかったのですけど、最初の捕まる前の孤独を書いたところが、人々は面白いらしい。」と、読者が自己の作品の意図と違った方向に読まれていることに戸惑いを感じている。「俘虜収容所の事を藉《か》りて、占領下の社会を諷刺する」（合本『俘虜記』あとがき）という大岡の意図は大岡の意図通り表現されているかどうかは別として、読者は若い米兵を殺さなかった「私」の自己省察の方に関心を持ってしまった。しかし、「生きている俘虜」の真中あたりから転回し、捕虜収容所を描くことによって占領下の日本を捕虜収容所に見立てた当初のモティーフが、ほの見えてくる。

では、嘉陽安男はどういう意図でこの「捕虜三部作」を書いたのだろうか。『捕虜たちの島

――嘉陽安男捕虜三部作――』（沖縄タイムス社、一九九五年七月一五日）「あとがき」によると、「戦争の記憶がそれほど色褪せず、まだ一般にも風化しないうちに、「捕虜」の生活を書き残しておきたかったという。そして「捕虜三部作」を上梓することによって、戦後五〇年間、自分で引きずってきた「戦争」から解放されそうな気になったそうだ。嘉陽安男にとって『捕虜たちの島』は捕虜体験を記録し、まとめることによって、「戦争」の呪縛から解放されたということである。どういう立場で、何を意図して、どのように書こうとしたのか、『捕虜たちの島』の帯に書かれた「その時、捕虜たちは何を見たのか」ということがモティーフであるとするならば、記録性に重点が置かれていると言うべきであろう。ハワイ・オアフ島の捕虜収容所の生態を分析的に描くことで、そこに生きる石川三郎を始め捕虜たちが訴えているものを提示しているだろうか。

例えば、「砂島《サンドアイランド》捕虜収容所」四～五で捕虜たちのストライキが出てくるが、捕虜たちはなぜストライキをやろうとしたのか、そのやむにやまれぬ必然性は描かれていない。石川は金城が中隊長に呼ばれた時、金城について行って初めてストライキのことを聞く。何のためのストライキか知らないし、そういう動きがあったことすら知らない。サボタージュの営倉送り、清掃情況、食糧事情などの改善を要求してストに突入するという。しかし、石川も金城も切実感がない。ス

トライキは決行され、石川は不賛成であるが、みんながやるからは参加する。金城は協力しないと言ってベッドに横になり動かない。スト決行三日目、パンと水だけでは堪えられず、脱落者がでてくる。結局、このストライキの結末はこの小説では直接描かれていないが、三日目にして裏切り者（脱落者）が出るストでは、結末は自明である。ストが成功しようが、不成功になろうが、その必然性なり、その虚無性なりを掘り下げなければ、このストライキをここに提示した意味がない。

大岡昇平は「新しき俘虜と古き俘虜」で、戦時中捕獲あるいは投降によって俘虜となった「古き俘虜」と、終戦と共に命令によって武装解除を受け抑留された「新しき俘虜」との対立や捕虜の間に生じた階層化などを描き込んだ。人間の集団が陥る必然の美徳と悪徳が本能むき出しに露呈するのを冷めた平静さで凝視した。敗戦によって俘虜たちは負い目を感じる必要がなくなり、底なし沼に落ち込んだように堕落し始めた。ハワイの捕虜収容所では捕虜の間に生ずる様々な対立、抗争はなかっただろうか。当然あったはずであり、いつの時代でも、どこでも支配しようとする強者と、支配される弱者が権力構造を作り出す。旧軍による階級を維持しようとする下士官たち、擬似左翼思想の持ち主の「民主グループ」、要領のいい商人的タイプ、人権的差別、傲慢な者もおれば、阿諛追従する者もいた。自然のうちに俘虜収容所に絶対専制政体が型づくられていく。捕虜にとって最も切実な日常的行動規範となる階層制の矛盾や克服に目を向ける必要があったのではないか。

帰国のみを渴望する無為と無聊の捕虜生活を癒すものは、演芸大会であった。「虜愁」三ではアメリカの戦意昂揚映画に飽きた捕虜たちが演芸会を催し、手製のサンシンを弾いて民謡を唄い、流行歌や浪花節をやって拍手喝采だった。第一回演芸会が成功だったので、沖縄の芝居「奥山の牡丹」をやり、大好評だった。やがて指揮班同士で親睦交歓会をすることになり、相互の招待で交流が盛んになり、捕虜たちの精神的慰藉に役立った。

『俘虜記』の「演芸大会」でも中隊競演の芝居が行われている。股旅物の「春雨街道」「源三時雨」といった題で、結末は殺人者が犠牲者の妹とか許婚に襲いかかる悪漢どもを撫で斬りにし、とどのつまり自分が彼女の仇であることを明かして、悲しくしかし颯爽と旅に上るという筋書である。

娯楽に乏しく監禁状態にある捕虜たちにとって演芸大会は、即効性のある精神的ストレスの解消であった。『俘虜記』ではほぼ毎月二回催されたとある。そのうち半玄人もできてスター気取りの者も出て来た。捕虜収容所という人工的な閉塞社会で男性だけの集団を作れば、必ず暴力団まがいのグループが生まれ、同性愛的行為が行われ、陰湿な反倫理的背徳が生じる。『俘虜記』ではかなり詳しく、「おかま」類似行為、「よかちご」趣味、女情男子のことが描かれているが、「虜愁」三でも石川ら演芸隊がカンパンドセブンに招待された時、食堂の交歓会で女性的男性（女形の役者）に出会うが、石川は官能的な匂いの中に激しい反発を感じ、狂暴な衝動が下腹から突き上げる。石川は女形に対する生理的嫌悪感から沖縄戦場の体験を回想する。一八歳の大川ゆきとの淡い出会いと別れであった。

大岡と嘉陽の観察と描写は恐ろしいほど違うが、演芸大会にうつつを抜かす捕虜たちの姿はよく似ている。

六

最初の命題にもどろう。「その時、捕虜たちは何を見たのか」。故郷沖縄を防衛する沖縄人の兵士――たとえそれが侵略に加担した大日本帝国軍人と言われようと――石川三郎は、戦意を放棄して自分の意志で投降し、遠くハワイの捕虜収容所に抑留され、何を見て、何を悟ったのであろうか。

「生きて虜囚の辱を受けず」という狂信的《ファナティック》思想に染まらず、「あっさりと」生を選び取った石川に、本当に葛藤がなかったのか、もう一度考えてみたい。

捕虜たちを沖縄からハワイに移送する輸送船の生活は、発熱、下痢、脱毛、悪寒、吹き出物の地獄であったが、スコーフィールド陸軍病院の生活は同じアメリカ軍と思われないくらいヒューマンなものであった。三国同盟の一翼を担ったイタリア人捕虜の存在も石川の慮外のものであった。特攻隊生き残りグループによる自決強要、ここにも軍国主義の亡霊に取り憑かれた者がいた。

極限の拘禁状態の中では人間の美徳と悪徳がストレートに虚飾の皮をはぎとって表れる。盤根錯節に会えば、利器であるか、鈍器であるか、簡単に見分けることができる。指揮班の山田は澄んだ目を持ち優しく温和な人柄で、よく働き人の世話をする。「椰子の実」を唄う平良は一六歳の少年で石川に手作りの下駄をくれた。軍医の恩田は最も信頼できる理知的な良識派であった。

ここではエゴイステックな人間、どろどろとした欲望をむき出しにする狡猾漢、人を裏切る面従腹背の裏切り者、阿諛追従の輩といった極端な悪役はいない。塵捨場で拾ったウィスキーを飲んでカルボース（営倉）に行く要領の悪い男。帰国間近になってメチールアルコールを飲んで生命の危険な、運の悪い男。人生の不条理によって運命を違えた一年の捕虜生活は、石川の後半生を永く抑圧し続けたことであろう。
今、改めて捕虜たちは何を見たのか、と問われた時、死線を越え、生を選び取った彼らの不条理な運命を凝視する自己省察の眼が、果して描き切れているか、不満を禁じ得ないのである。

【注】

1　昭和の葉隠論語＝一九四一（昭和一六）年一月八日付『朝日新聞』「具体的、実践的に教えた――東条陸相説明」
2　捕虜＝『世界大百科事典』26（平凡社　藤田久一執筆　一九八八年四月二八日発行）
3　「捕虜ニナリタル場合ハ……＝『新琉球史　近代・現代編』琉球新報社　一九九二年一二月一〇日発行「沖縄戦の諸相とその背景」石原昌家。
4　逃亡兵＝『改訂版　「沖縄戦――民衆の眼でとらえる〔戦争〕』大城将保　高文研　一九八五年六月二三日「逃亡兵」
5　千名近くの日本兵＝注4に同じ。また、大田昌秀編著『総史沖縄戦　写真記録』（岩波書店、一九八二年八月一〇日）の「沖縄戦関連年表」によると、「（一九四五・六・二〇　米軍心理作戦部隊、沖縄南部の海上から上陸用舟艇で、日本守備軍および住民に対し再度降伏を呼びかける（約八〇〇人の将兵と四〇〇〇人の住民が降伏する）」とある。

6　磯田光一＝「〈解説〉収容所としての戦中・戦後」『大岡昇平集Ⅰ』岩波書店、一九八三年一月二五日発行。

（『敍説』XV　花書院「戦後沖縄文学」一九九七年八月二五日）

嘉陽安男
『琉文』第21号

第一三章　帚《ははき》木《ぎ》蓬《ほう》生《せい》

㉚帚木蓬生・原武哲対談
――作家の手法　医者の手法

大刀洗町文化事業協会主催
（二〇一七年一〇月一四日・大刀洗町で）

○明善高時代、国語が好きに

原武　私は帚木先生より一五歳上です。終戦のときは新京（旧満洲の首都・現吉林省長春市）の新京第一中学校一年にいました。翌年日本に帰ってきましたが、中学明善校は編入試験が終わっていたので編入試験を受けられず、結果的に新制明善高校に入りました。福岡県立高校教師をやって一九六六（昭和四一）年明善高校の教師になりました。帚木先生は東大に入って卒業されたころです。高校時代から大学時代までのことをお聞きします。

帚木　明善高校に入ったときの国語の先生が、フライパンというあだ名の女教師吉田静世先生で、一生懸命教えてくれて、古文もおもしろかったのを覚えてます。それで国語が好きになった気がします。明善高は不思議なところがあって二年の最後の実力テストは三年生と予備校の時習学園に通う浪人生が一緒にテストをしたんです。私はその国語のテストで一番でした。「源氏物語」が出題されたんです。「源氏物語」はよく読んでいたし、前の日に読んだところが出たようで、満点近く取ったと思います。

原武　東大を卒業してTBSに入社されたんですね。

原武　哲

帚木蓬生

帚木　東大に入るときも、国文科に行くか仏文科に行くか迷いましたが、国文科だとつぶしが効かない。そこへ行くと仏文科は商社がありますから、世界に羽ばたくことも可能。大江健三郎など錚々たるメンバーが先輩にいたので、選びました。就職は講談社とＴＢＳを受けて両方とも通りました。今からは放送業界がいいと思って、ＴＢＳに入ったんです。

○ＴＢＳに入るも、見通しがないと時習学園で受験勉強

帚木　ＴＢＳは転勤がないからいいと思って入ったんですが、地方での収録があるんです。二年目にバラエティ番組のＡＤ（アシスタントディレクター）に配属になります。出演者が字が読めないので、台本に振り仮名を書きました。これもＡＤの役割で、あるとき学校に「がっこう」と振り仮名つけたら、「これぐらいおれは読めるぞ」と言われて、「すいません」と謝ったことがありました。ぬいぐるみの中に入るのも下っ端ＡＤの仕事。私が入らされました。おふくろに電話して「今日テレビに出

るから見てくれ」といって、終わって電話したら、「そんな、顔が出ないようなものに出ちゃいかんよ」と言われました。こういうことをしててもしようがないと思いました。チーフADがよく金を借りに来るんです。これは先の見通しがないと、二年でやめました。

原武　テレビ局は若い人が憧れる仕事だと思いますが、その憧れの仕事を棒に振って、医学の道に入られた、その葛藤をすこし話してください。

帚木　私は東大の剣道部だったんですが、そこでいっしょだった、東大医学部を出て医者になった人が、「バイトしながら医者になった先輩がいるぞ」と言ってくれました。理科系を学びたいというのもあって、九大医学部に入るために時習学園にもどってきたんです。でも知っている先生がいる、まずいなーと思って、偽名を使って入ろうと思いました。そのとき思い出したのが帚木蓬生。雨夜の品定めの帚木、末摘花が出てくる蓬生《よもぎう》、これを組み合わせたら、誰もわかるまいと帚木蓬生の名で受験したわけです。ブランクが三年あるから悪いと思ったけど、意外と成績いいんです。時習学園のレベルがよくない。九大医学部は合格しました。

原武　私が明善高校教師時代、全日制の授業は一八時間担当し、そのほかに時習学園に勤務時間中に教えに行く、アルバイト（出稼ぎ）です。当時、伝統高校内に卒業生のアフターケアとして大学受験予備校を併設し、県教委の許可を受けて、授業に行っていました。今頃そんなことはできない、予備校にバイトに行ったら懲戒免職です。私は問題集と「大鏡」を教えました。帚木先生は、合格圏内にあるかどうかの目安として模擬試験だけ受けられたと思います。問題を作って採点までしましたが、採点してたら帚木蓬生という名前を見つけました。こんな名前が現実にあるのかと、女性なら蓬生とつけるかもしれない、でも姓も名も源氏物語の巻の名前は本名であるはずがない。「この野郎、予備校生のくせにふざけたマネを」と、心の中で思いました。

帚木　ははは（笑）。

○作家の道をあと押した丸山豊

原武　そのときは全然誰なのか、知らなかった。しばらくして、森山（成彬、本名）君が帚木蓬生だというのがわかりました。でも面識はありませんでした。その後、丸山豊先生（丸山医院医院長。詩人）のところに何回か行ったのですが、漱石の書簡をみつけたから鑑定してくれと言われてうかがったときに、帚木蓬生という明善の卒業生で将来有望な小説家がいる、と聞きました。丸山先生も医者で詩人です。

帚木　丸山先生は九州沖縄文学賞の福岡地区の選考委員でした。私が同賞を受賞する前に佳作になった作品を読んだ先生から、私が応募する前にはがきが来て、「あなたは見込みがあるから書き続けなさい」と書かれていました。そうか見込みがあるのかと、奮起して応募したのが「頭蓋に立つ旗」で、一九七六年第六回九州沖縄文学賞を受賞しました（新潮文庫『空の色紙』収録）。だから会ったことはないけど恩人ですね。

○帚木蓬生の名前の由来

帚木　私の実質上のデビューは『白い夏の墓標』（新潮社）です。このときは帚木蓬生の名の生原稿を送って、あとで編集担当の方に新潮社で会いました。編集者から、「生原稿で感動したのは久しぶり、あなたは将来松本清張のようになるでしょう」と褒められ、まさかと思いました。そのとき、「それにしてもこの帚木蓬生という、三〇ちょっと過ぎなのに六〇の爺いみたいな名前、どうにかなりませんか」と言われました。今は六〇どころか七〇になってちょうどいい帚木蓬生になって。赤川次郎とか浅田次郎とかにならんでよかったなーと思ってます。

原武　「源氏物語」に大変興味があられたということですが、「源氏物語」も五四帖いろんな巻の名前がありますが、その中で特に帚木と蓬生の巻を選ばれた理由はなんですか。

帚木　蓬生の巻は特異な巻です。末摘花という下級・中級の女性はいったん源氏に惚れて、源氏が須磨・明石に流された後もずっと待っていた。そして源氏が帰ってきたときに、訪れたことがある、と露のある庭に行ったら末摘花がぼろぼろになった館で待っていた。「源氏物語」に出てくる女性の中でも、特異な女性を書いている巻です。帚木の巻は雨夜の品定めで、源氏と頭中将、もろもろが高貴な女性もいいけど、中流の女性もいいのがいるなあ、と源氏に眼を開かせる大きな転換点になる巻です。もう一つ、信濃国に帚木という大きなヒノキがあった、遠くから見ると箒が立ったように見えるけれど、近づいたら見えないという伝説で有名でした。俺もこういう人間がいいなと思った。それと、杜甫の詩に蓬が出て来る詩があるんです。大草原で蓬が枯れると風に吹かれて、どんどん丸くなって転がっていくという詩で、箒にもなるし、いい風景だなと思って、その二つをかけているわけです。

原武　蓬生の巻は末摘花という不細工な女性をずっと世話している、そこにも興味があったのかなと思いました。名前の由来、面白く拝聴いたしました。

医者で文学者というのは森鷗外はじめたくさんいますが、帚木先生のなかで、医学と文学はどのようにアウフヘーベン（止揚）されているのでしょう。

○医学研究と文学の手法に共通点みつけて

帚木　医学部に入って、一番感じたのは、本当に生き死にに関する分野ですから、小説の材料がごまんと転がっているということでした。もうひとつ医学研究というのはよく観察し由来をたどり、揺さぶってみるというものです。患者さんの症状をよく観察して由来をたどる、それからどういう治療してきたか過去をさかのぼるということ、それから自分で揺さぶってみて自分なりの結論を出していく、そして医学論文を書くというのが、鉄則です。このやり方はそのまま小説づくりに役立つなと思ったんです。新しい医学的な事件なりを観察して、由来をたどって自分なりに揺さぶってみて、物語として打ち出せばいいというように同じ手法が文学にも通じるというのがあります。医学手法で文学も書けるという手ごたえはありました。

原武　現在は一年に一冊長編小説を書かれていると思いますが、時間的に一日のなかで診療の時間と文学創作の時間の配分はどのようにされてますか。

帚木　私は三時に起きて朝飯を作ります。それに一時間かかります。そうすると頭が冴えますから、机について二時間創作です。よくプロの作家というのは安楽椅子で一日中考えごとしていると思われますが、バカかと思います。作家もお百姓さんと同じですから。畑の前で考えているお百姓さんはいません。田畑に出る。私も机について原稿用紙に向かう。三十分で四百字原稿用紙一枚書きますから二時間で四枚書きます。一ヶ月百二〇枚書けます。一年に一千枚の小説一冊書けるという簡単な仕組みです。

○原稿用紙に向かって書くのが作家

原武　今も原稿用紙に書かれますか。

帚木　そうです。

原武　私は七〇過ぎて原稿用紙をやめまして、パソコンで打ってます。指が腱鞘炎《けんしょうえん》になってボールペンを持つのがつらくなりました。

帚木　私の握るのはシャープペンシル、２Ｂで〇・九ミリと太めを使っています。原稿用紙は大切です。Ａ４判で真ん中にＢ５のマスがついています。上に余白があり、吹き出しで「ここはもっと補強しておく」とか「ここはもっと調べる」とか書ける。左の余白には追加するときに書けるというように、非常にいいわけです。これならなかなか字は忘れませんが、七〇になるとやはり忘れます。だから必ず辞書を引く。その辞書を引く繰りようがリハビりになってると思います。

原武　文学研究する場合、推敲の跡が原稿用紙でないとわかりません。文学研究される方は作家が初校でこうなり、次にこうなってとどのように変えていったか推敲の跡が見たいというときは原稿用紙ですね。頑張って原稿用紙に書いてください。

○日本はギャンブル大国

原武　ギャンブル依存症についても著書を書かれていますが、それについても少しお話しください。

帚木　調べてみるとギャンブルのおもとは六割から八割はパチンコとスロットマシーンなんです。パチンコとスロットマシーンはギャンブルに指定されていないゲームですから、やりたい放題。国家公安委員会と警察の管轄です。この業界は年商二〇兆円くらいあります。日本のＧＤＰの四パーセントです。これに六種の公営ギャンブルがからむとＧＤＰの五パーセントが日本のギャンブル産業の売り上げということになります。シンガポールにカジノがありますが、シンガポールのＧＤＰの一パーセントしかない。日本のギャンブルの多さは世界の中で突出しているんです。さらにカジノをつくろうと言っているんですから大変な問題です。日本人はなるべく入れないようにと言っているが、外国人だけでは絶対にやっていけない。例えば韓国には一七のカジノがあり、ひとつだけ韓国人が入れるカジノがありますが、ここだけで他のカジノ以上に稼いでいるんです。日本人から巻き上げるためのカジノということです。カジノができると周りが潤うというのは大嘘。カジノは吸い取るんですから。京都の郊外にカジノをつくったら、そこに全部流れていきますから、京都の町では金を使わなくなります。経済効果なんてありえない。安倍首相はクリーンなカジノと言ってますが、カジノにクリーンはありえない。安倍首相がトランプが当選する前アメリカに行きました。そのあと内閣審議会でカジノ法案（正式名称、特定総合観光施設区域の整備・推進に関する法律案）が審議されて、二〇一六年一二月中旬に成立しました。トランプ大統領候補から日本にカジノをつくれと言われたのでしょう。トランプ大統領のスポンサーはカジノ王です。シンガポール・サンズや、ラスベガス・サンズというグループです。サンズグループはアトランタシティという町のカジノを運営し、同じくトランプ大統領も持っていましたがつぶれて、自己破産になった。サンズもつぶれかけた。これを救ったのがソフトバンクグループの孫正義社長です。孫社長とサンズの社長とトランプ大統領は仲がいい。安倍首相のあと、すぐに孫社長がトランプのところに行ったのはそういう理由です。厚労省はギャンブル障害の治療費の予算を今の五倍にすると言ってますが、五億円で何ができますか。

○ギャンブル依存症の怖さ

帚木　ギャンブル依存症ほど恐ろしい病気はない。まず特徴は同じ行為をしながら別の結果を求める。例えば、スロットマシーン、どこで押しても結果は同じなのに、なんとか出そうとする。それからギャンブルでつくった借金はギャンブルで返さないといけないと思う。数千万円をギャンブルで使ってきて、それをギャンブルで返せると思う。もう一つの特徴は借金と嘘つきになる。嘘と言い訳が続きますから人間が変わってきます。「見ざる、言わざる、聞かざる」人間になります。自分の病気が見えなくなる、人の忠告を聞かない、自分の気持ちを言わなくなる、何を考えているかさっぱりわからない。

それで奥さんが病気になる。借金と言い訳ですから。うちの診療所に見える患者の奥さんの一五パーセントはほかのメンタルクリニックにかかってます。家の中に振り込め詐欺がいるのと同じです。家庭内窃盗もあります。宝飾品をとったり財布からお札を抜いたりします。そして、「三だけ主義」。今だけよければいい、自分だけよければいい、金だけあればいい、人生で大切なのは金だけ。愛情なんてへったくれという、恐ろしい人間ができあがります。そのうえにカジノをつくろうというのは、現実を知らない患者が考えることです。国家をビジネス化してはいけません。

原武　ギャンブルの特徴と恐さがよくわかりました。ありがとうございました。

（『筑後地域文化誌　あげな・どげな』第一三号、二〇一八年八月二五日）

あとがき

『一三人の作家―藤村・草平・弥生子・らいてう・勇・和郎・捷平・葦平など―』と長たらしい書名であるが、一三人という数字には拘りはなく、たまたま一三人になっただけである。姓を省いて名だけにしたのも、一三人全部上げずに八人にしたのも、書名が長すぎるからである。

作家と包括的に言ったが、詩人・小説家・英文学者・女性解放運動家・歌人・文芸評論家・随筆家と様々である。その中で直接お会いしたことのある作家は、野田宇太郎氏・牛島春子氏・帚木蓬生氏の三名である。いずれも忘れ難い思い入れがある。

一三人の作家相互の間に特別な関連はない。野田宇太郎文学資料館所蔵書簡の翻刻註解調査した関係で調べ始めたもの、文部省科学研究費補助金（一般研究(C)）を使って調査したもの、編集者から割り当てられたもの、私自身で興味を持ったもの、私の生涯のテーマ夏目漱石と関連したものと様々である。初出で発表して二〇年以上経過したものもあるから、いかにも古色蒼然とした感じのものもある。しかし、愚直に教育と文学の道を歩んできた私としては、どれも愛着深い。作家との繋がり、接し方、表現の仕方もまた様々である。新聞「文化」に執筆したもの、学会誌に発表した論文、同人誌に発表したもの、事典に収録されたもの、所属大学の紀要論文あり、教科書の註解あり、対談あり、書簡の翻刻・註解あり、書き下ろしあり、様々である。長い年月をかけて調査し、海外まで出かけて調べ上げ、国際学会で発表したものもあり、一つ一つの論文には忘却しがたい思い出が詰まっている。

漱石関係の論文は既に単著四冊、私が主として編著したもの二冊、計六冊上梓したが、漱石以外の論文・雑文が七〇編ほど溜まったので、鼬の最後っ屁としてもう一冊作ろうとして、寄せ集めたところ、千頁を越してしまった。二冊に分冊することとして、第一冊目を『一三人の作家―藤村・草平・弥生子・らいてう・勇・和郎・捷平・葦平など―』と名付けたのである。

第二冊目は「原武　哲の歩んだ道」を中心に据えて、自分史的なもの、誇張して言えば自叙伝的なものを残したいと思った。本来ならば「原武　哲の歩んだ道」で一冊にしたかった。波乱万丈の人生ではなく、ただ愚直に教育と研究の道を平々凡々と、時に蹉跌し、時に僥倖に恵まれ、とぼとぼと歩んできたが、師や友や教え子に助けられて、ここまで辿り着いた。

今は周りの人々に深謝するのみである。

少しばかりの書き下ろしもあり、何とか健康で書き残しの拙文を纏め上げたいものと愚考している次第である。

二〇二三年一一月三日

筑後久留米　江戸屋敷僑居にて

原武　哲

〈著者紹介〉

原武 哲（はらたけ さとる）

1932 年 5 月 14 日福岡県大牟田市生まれ。

九州大学文学部国語国文学科卒業。

福岡女学院短期大学国文科助教授、教授を経て、1994 年 1 年間中国・吉林大学外国語学院日語系客員教授、福岡女学院大学人間関係学部教授。現在、福岡女学院大学名誉教授。

主な著書

『夏目漱石と菅虎雄―布衣禅情を楽しむ心友―』（教育出版センター、1983 年 12 月）。『喪章を着けた千円札の漱石―伝記と考証―』（笠間書院、2003 年 10 月）。『夏目漱石の中国紀行』（鳥影社、2020 年 10 月）。『夏目漱石は子役チャップリンと出会ったか？－漱石研究蹣跚―』（鳥影社、2022 年 4 月）。

編著に『夏目漱石周辺人物事典』（笠間書院、2014 年 7 月）。『夏目漱石外伝―菅虎雄先生生誕百五十年記念文集―』（菅虎雄先生顕彰会、2014 年 10 月 19 日）など。

一三人の作家

―藤村・草平・弥生子・らいてう・勇・和郎・捷平・葦平など―

乱丁・落丁はお取り替えします。

2024年1月1日初版第1刷発行

著　者　原武　哲

発行者　百瀬精一

発行所　鳥影社 (choeisha.com)

〒160-0023 東京都新宿区西新宿3-5-12トーカン新宿7F

電話 03-5948-6470, FAX 0120-586-771

〒392-0012 長野県諏訪市四賀229-1（本社・編集室）

電話 0266-53-2903, FAX 0266-58-6771

印刷・製本　モリモト印刷

ISBN978-4-86782-018-6　C0095